RENA ROSENTHAL

Die Hofgärtnerin

Blütenzauber

ROMAN

 PENGUIN VERLAG

Penguin Random House Verlagsgruppe FSC® N001967

1. Auflage 2022
Copyright © 2023 der Originalausgabe by Rena Rosenthal
Copyright © 2023 by Penguin Verlag
in der Penguin Random House Verlagsgruppe GmbH,
Neumarkter Straße 28, 81673 München
Redaktion: Angela Kuepper
Umschlaggestaltung: Favoritbuero
Umschlagabbildungen: ©Anne Krämer/ArcAngel, © Shutterstock
(GypsyGraphy, REDPIXEL.PL, Showtime.photo, asharkyu, lavendertime,
Anterovium, Spiroview Inc, Happy window, JeniFoto)
Satz: Uhl + Massopust, Aalen
Druck und Bindung: GGP Media GmbH, Pößneck
Printed in Germany
ISBN 978-3-328-10682-1
www.penguin-verlag.de

Für
Florentina

Prolog

Die dünne Schneeschicht auf dem Eis knirschte in der nahezu vollkommenen Stille, als Marleene sie auf ihren Schlittschuhen wie magisch durchschnitt. Sie sog die kalte Luft tief ein, genoss, wie die Frische ihren Kopf völlig klar machte. Es tat gut nach allem, was gewesen war. In weißen Wölkchen schwebte ihre Atemluft davon, und zum ersten Mal seit Wochen fühlte sie sich wieder ein wenig leichter. Verzückt blickte sie um sich. In letzter Zeit hatte sie in einer dunklen Wolke gelebt, doch nun war alles um sie herum weiß überzogen. Die kahlen Bäume mit ihren schneebedeckten Zweigen, die geschwungene Brücke über dem Bach, der ganz leise in den zugefrorenen Ellernteich plätscherte, und auch das Gras am Ufer ließ kein bisschen Grün durchschimmern.

Vorsichtig setzte sie zum nächsten Schritt auf Kufen an. Eine Dohle flatterte erschrocken fort, als Marleene an ihr vorbeiglitt, der Zweig mit den karminroten Beeren blieb sich wiegend zurück. Marleene beobachtete für einen Moment versonnen, wie pulverige Flocken von ihm auf den feinen Schneeteppich herabsegelten, und konzentrierte sich dann wieder auf die Kufen, die durch das Eis schnitten. Links, rechts, links, rechts. Ganz vorsichtig!

Es glückte. Sie hatte geahnt, dass sie es schaffen könnte, wenn sie es nur in Ruhe anging. Doch bereits nach dem Frühstück herrschte ausgelassener Trubel auf dem größten See in Rastede. Das halbe Dorf schien sich hier zu versammeln. Dann jagten die Kinder sich mit Schlitten, die jungen Leute spielten Eishockey, nachdem sie nach einem geeigneten Ast gesucht hatten, der ihnen als Schläger gute Dienste leisten würde. Die Erwachsenen versuchten indes, möglichst elegant über das Eis zu gleiten, zumindest die Erfahrenen unter ihnen. Sie selbst war als Kind nie Schlittschuh laufen gewesen. Als Julius, ihr Ehemann, von dieser Vergnügung erzählt hatte, war sie nur zu gerne mitgekommen. Sie wollte ebenso über den zugefrorenen Teich rasen wie die Jungen und Pirouetten drehen wie die Mädchen. Allerdings hatte sie, statt über das Eis zu wirbeln, die meiste Zeit auf ihrem Allerwertesten verbracht. Pirouetten schienen ihr wahrlich nicht zu liegen. In den darauffolgenden Jahren hatte sie nicht fahren können, da sie jedes Mal guter Hoffnung gewesen war. Trotz aller Vorsicht war ebenjene Hoffnung jedoch immer wieder zerstört worden.

Das letzte Kind hatte sie vor drei Monaten verloren, der Schmerz darüber war erdrückend gewesen. Selbst einfachste Handlungen waren zur Herausforderung geworden, und am liebsten hätte sie sich für den gesamten Winter in ihrem Bett verkrochen. Doch nun war das neue Jahr angebrochen, und sie hatte beschlossen, dass es so nicht weitergehen konnte. Sie war noch vor Tagesanbruch aufgestanden, hatte sich vorgenommen, heute über das Eis zu sausen und endlich diese vermaledeiten Pirouetten zu drehen.

Sie hatte schon so viel erreicht, erst die Gärtnerlehre, obwohl das für Frauen nicht vorgesehen war, und dann hatten Julius und sie eine eigene Gärtnerei aus dem Nichts aufgebaut. Es schmerzte sie beide zwar noch immer, dass Julius' Bruder Konstantin die Fliedervilla samt ehemaliger Hofgärtnerei geerbt hatte, aber sie hatten das Beste daraus gemacht. Sie war sogar zur Hofgärtnerin gekürt worden, und da sie den Hof des Großherzogs von Oldenburg belieferten, durften sie sich fortan »Hofgärtnerei« nennen. War das nicht mehr, als sie sich je erträumt hätte?

Marleenes Kehle schnürte sich zu, denn sie wusste, dass sie dankbar sein müsste. Nur war ein eigenes Kind mit dem Mann, den sie liebte, eben ihr sehnlichster Herzenswunsch. Es war das, was zur Vollendung ihres Glücks noch fehlte.

Daran wollte sie heute jedoch nicht denken.

Heute sollte es einzig und allein um das Schlittschuhlaufen gehen. Einen Tag lang wollte sie sich nicht grämen. Zaghaft wandte sie sich um und begutachtete stolz die zwei Linien, die ihre Kufen in die Schneeschicht gefurcht hatten. Sie durfte also mutiger werden. Mit dem rechten Bein beschrieb sie einen schwungvollen Bogen, so wie sie es bei einigen Eisläuferinnen beobachtet hatte. Tatsächlich drehte sie sich auf der Kufe, wenn auch wackelig. Sie quietschte vor Schreck, als sie wie von selbst schneller wurde. Schon im nächsten Moment drehte sie sich noch rascher – und schrie schmerzerfüllt auf.

Abermals war sie auf dem Po gelandet. Leise fluchend klopfte sie den Schnee von ihren Handschuhen und blieb sitzen. Wie aus dem Nichts erklang hinter ihr eine Stimme.

»Immerhin hast du dich diesmal überhaupt gedreht.«

Sie drehte überrascht den Kopf und sah Julius mit einem Lächeln um die Mundwinkel am Ufer stehen. Ihr Herz flatterte sachte. Vergessen war der Schmerz im Gesäß, und sie strahlte ihm entgegen, derweil er vorsichtig auf das Eis trat. Hinter den schneebedeckten Baumwipfeln ging jetzt die Sonne auf und brachte die Eiskristalle zum Glitzern.

»Was machst du denn hier?«, fragte Marleene noch immer verwundert, während er sie hochzog, ließ ihm aber zunächst kaum Zeit für eine Antwort, sondern küsste ihn.

»Das könnte ich dich genauso gut fragen. Aufstehen vor dem Morgengrauen?«

Sie hielt sich vorsichtig an Julius' Schulter fest und blickte in seine waldgrünen Augen. Sie blitzten unter den hellbraunen Haaren hervor, die sonst stets wirr von seinem Kopf abstanden, heute aber von seiner wollenen Mütze niedergedrückt wurden. Wie immer, wenn sie ihn küsste, wurde ihr warm, und sie fühlte sich voller Lebenskraft. Vielleicht brauchte sie nicht einmal mehr die heiße Schokolade mit Sahne, die sie sich für ihre Rückkehr nach ihrem Ausflug so bildhaft ausgemalt hatte, dass ihr der Kakaogeschmack bereits auf der Zunge gelegen hatte.

»Ach, ich wollte einfach noch mal schauen, ob ich nicht doch zur Eisprinzessin tauge.«

Sie musste ihm nicht sagen, dass sie das nur tat, um den Kummer aus ihren Gedanken zu vertreiben. Er verstand sie auch so, schließlich teilte er ihren Schmerz seit dem Verlust des ersten Kindes.

Zur Unterstreichung ihrer Worte wollte sie mit den Kufen aufs Eis klopfen, doch dabei geriet sie heftig ins Straucheln. Julius hielt sie an den Armen fest, während sich ihre Füße zu verselbstständigen schienen und mit einem grässlich kratzenden Geräusch das Eis zerschnitten. Kleine Flocken stoben nach hinten, obwohl sie einfach nur anhalten wollte.

»Herrje!«, fluchte sie mit Lachtränen und heftig atmend, als sie letztlich zum Stehen gekommen war. »Warum ist das so schwierig?« Das war es wirklich. Aber zugleich wohltuend. Endlich einmal kein Abzählen der Tage nach der Monatsblutung, um sich bei jedem Bauchzucken wahlweise dem Hoffnungsfunken hinzugeben oder der Angst zu erliegen – je nach Zustand.

»Vielleicht hältst du dich zunächst an den Flieder statt ans Eis … Du könntest meine Fliederprinzessin sein!«, sagte er mit einem Zwinkern und spielte damit auf den ganz besonderen Flieder an, der sie beide verband. Sie lachte und ließ sich von ihm ans Ufer helfen, wo sie die ledernen Schnallen löste, die die Kufen an ihren Schuhen befestigten. Der Flieder »Sensation« mit den zweifarbigen Blütenblättern, purpurviolett mit einem leuchtend weißen Rand, hatte nicht nur dazu geführt, dass sie und Julius sich gefunden hatten, sondern hatte sie stets in ihrem Willen bestärkt, ihren eigenen Weg zu gehen. Einst hatte sie ihn mit ihrem Vater veredelt, und wegen der Arbeit in ihrem Fliedergarten war sie sich schon früh sicher gewesen, dass sie Gärtnerin werden wollte.

Julius nahm ihr die Kufen ab und reichte ihr die Hand, um ihr aufzuhelfen. Während sie auf das Fuhrwerk zugingen, legte er einen Arm um sie, und sie schmiegte sich nur zu gerne an ihn.

»Es ist schön, dich so ausgelassen zu sehen«, sagte er sanft, und sie bemerkte die Sorge in seinen Augen.

»Ich denke, ich habe einfach mal etwas Ablenkung benötigt …« Ohne ein Wort zog er sie an sich, und sie genoss es, dass sie jemanden hatte, der sie verstand und ihr Leid teilte.

»Auch darüber habe ich nachgedacht.«

Marleene sah Julius neugierig von der Seite an. Bisher hatten sie nie offen darüber gesprochen, was sie machen würden, wenn die Kinder gänzlich ausblieben – und davon musste sie mittlerweile ausgehen.

»Du sollst wissen, dass du mich sehr glücklich machst. Ich liebe Kinder und hätte gerne welche, aber wenn es Gottes Wille ist, dass wir keine bekommen, dann werde ich dieses Schicksal hinnehmen.«

Marleene wollte protestieren, er bedeutete ihr jedoch, einen Moment zu warten.

»Ich sehe doch, wie es dir ergangen ist in den vergangenen Jahren. Das tut dir nicht gut, Marleene.« Beklommen stimmte sie ihm zu. In der Tat war sie zum Schatten ihrer selbst verkommen. Mit jedem verlorenen Kind war sie verbissener geworden. Kinder und Schwangerschaft waren alles gewesen, worum sich ihr Leben gedreht hatte. »Und sieh dich an … Eben noch warst du wie ausgewechselt.«

»Das stimmt«, sagte sie leise und schluckte gegen den Kloß in ihrem Hals an.

»Und warum? Weil du eine neue Aufgabe, ein Ziel hattest.«

Marleene nickte. »Aber … was soll ich denn machen? Ich habe dich, wir haben ein Haus, die Gärtnerei …«

Julius blieb stehen und wandte sich ihr zu. »Denk nach, Marleene. Was wolltest du früher immer tun?«

Sie zog die Augenbrauen zusammen. Es gab vieles, wonach sie sich gesehnt hatte, war sie doch in Armut aufgewachsen und hatte zumeist von der Hand in den Mund gelebt, nachdem ihr Vater verstorben war. Aber hatte sie nun nicht alles erreicht?

Bis auf die Kinder. Wenn sie sich ausmalte, wie sie eines Tages zurückblickte, waren da stets Kinder gewesen. Vermutlich ging das Leben jedoch nicht immer den Gang, den man sich vorstellte. Sonst wäre ihre herzensgute Cousine Frieda, die so viel Liebe zu geben hatte, gewiss nicht alleinstehend. Und ihre Freundin und Nachbarin Alma, die eine geborene Großbäuerin war, würde jetzt nicht in Hannover hocken, um Krankenschwester zu werden.

Amüsiert schüttelte Julius den Kopf. »Du erinnerst dich wahrhaftig nicht mehr? Hast du denn etwa meinen Heiratsantrag vergessen?«

»Niemals könnte ich den vergessen!«, rief Marleene sofort. Julius hatte ihn vor dem Oldenburger Schloss gemacht mit einem Zweig des besonderen Flieders, den er extra vorgetrieben hatte, damit er bereits im Winter blühte.

»Und was hast du dort meinem Vater an den Kopf geworfen?«

Dezent ließ er aus, dass sein Vater ihm untersagt hatte, jemals in die damalige Hofgärtnerei zurückzukehren, wenn er Marleene ehelichte.

Und sie hatte ihm gesagt, dass sie ohnehin bessere Pläne hatte.

Jetzt flossen die Bilder zurück in ihr Bewusstsein.

Sie hatte auf dem Weg zur Gärtnerin so vieles erfahren, was ihr widerstrebte. Dass selbst die feinen Damen aus der höheren Schicht nur über Umwege die Reifeprüfung ablegen konnten. Dass jede große Leistung als männlich angesehen wurde. Dass es noch mehr Frauen gab, die einen Beruf erlernen wollten, der offenbar für sie nicht vorgesehen war. Frauen wie sie. Frauen, die Ärztin, Professorin oder Anwältin werden wollten. Denen konnte sie in keiner Weise behilflich sein.

Einige Frauen wollten allerdings Gärtnerin werden. Leider war es jedoch unmöglich, als Frau eine Lehrstelle in einer Handelsgärtnerei zu ergattern – auch das hatte sie am eigenen Leib erfahren müssen. Ihr Blick glitt in die Ferne, wo die schneegekrönten Bäume ganz klein wurden und schließlich mit dem verschneiten See zu einem einzigen Weiß verschmolzen.

Wie hatte sie es dermaßen aus den Augen verlieren können?

Julius hielt ihr die Hand entgegen und holte sie aus ihrer Gedankenwelt zurück.

Ganz allmählich tauchten vage Umrisse erster Ideen in ihrem Kopf auf. Ihre Mundwinkel wanderten nach oben. Fragend sah sie ihn an, und Julius lächelte wissend.

»Ich werde mich auf das besinnen, was ich kann«, flüsterte sie probehalber, nur um zu schauen, wie es sich anfühlte.

Würde es wirklich gehen, eine Gärtnerinnenschule zu gründen? Oder übernahmen sie sich?

Die Leiterin der ersten Gartenbauschule, Hedwig Heyl, sah in der Pflanzenzucht eher eine Möglichkeit, die guten Sitten zu lehren und gesundheitliche Beschwerden zu lindern, als die Chance auf eine Berufsausbildung für Frauen zu schaffen. Wenn Marleene und Julius sich das zum Ziel machten, könnten sie zahlreichen Mädchen helfen, einen echten Beruf zu erlernen und auf eigenen Beinen zu stehen. Marleene fühlte sich, als hätte man eine Flamme in ihr entzündet. Am liebsten würde sie auf der Stelle mit der Planung beginnen. Gerade für Arbeiterinnen wäre es wichtig, als gelernte Kraft ordentliches Geld zu verdienen und nicht länger als Hilfsarbeiterin abgestempelt zu werden. In der bisherigen Gärtnerinnenschule wurden allerdings nur höhere Töchter aus gehobenen Familien akzeptiert. In einer eigenen

Schule könnten sie ausschließlich Arbeitermädchen aufnehmen. Und sie hatte tausend Ideen, was sie alles unterrichten könnte. Tagsüber könnten sich die Mädchen in ihrer Gärtnerei durch die Mitarbeit mit den wichtigsten Arbeiten vertraut machen. Abends würden sie die alte Pflanzenenzyklopädie ihres Vaters studieren und die Themen in der Theorie erlernen.

Sie klatschte aufgeregt in die Hände, sodass kleine Flocken von den Handschuhen hinabrieselten. »Ja, lass es uns angehen und eine Gärtnerinnenschule eröffnen.« Dann hielt sie inne. Ihr kamen die abfälligen Stammtisch-Kommentare und die Artikel in den Zeitungen in den Sinn, die jegliche Forderungen nach Gleichberechtigung zerrissen. »In der *Gartenwelt* lese ich immer wieder Artikel über die Frauengärtnerei. Die Leute … sie sagen, dass die Mädchen keine Gartenbauschulen *heimsuchen* sollen. Das, was an Hauswirtschaftsschulen gelehrt wird, würde für ihre Verhältnisse genügen. Und erst gestern stand in einem Leserbrief, dass Frauen sich doch auf echte weibliche Beschäftigungen wie Kochen, Schneidern und Putzarbeiten beschränken mögen.«

Echte weibliche Beschäftigungen, so hatte sogar die Überschrift gelautet. »Schwachheit, dein Name ist Weib«, hatte in einer weiteren Zuschrift zum Thema Frauengärtnerei gestanden. Die Verfasserin war zu allem Überfluss der Meinung, dass nicht allein die fehlende Muskelkraft den Frauen auf lange Sicht einen Strich durch die Rechnung machen würde, sondern vielmehr die konsequente weibliche Selbstüberschätzung und Unbescheidenheit.

Vielleicht litt sie ja auch unter einer solchen weiblichen Selbstüberschätzung, dachte Marleene. Doch sie war nicht gewillt, sich von all den negativen Stimmen und Ansichten aufhalten zu lassen. Dennoch würde ein dorniger Weg vor ihnen liegen.

»Es wird nicht einfach werden.«

Julius lächelte sie spitzbübisch an. »War irgendetwas in unserem Leben bisher einfach?«

1. Kapitel

Rastede im Großherzogtum Oldenburg, November 1897

Marleene knallte voller Verdruss den Füllfederhalter auf den Tisch in der Wohnküche des alten Ammerländer Bauernhauses. »Ganz gleich, wie ich es schiebe und rechne – es kommt einfach nicht hin.« Sie schob das Heft mit ihren Berechnungen weit von sich.

Ihre Cousine und beste Freundin Frieda warf ihr einen mitfühlenden Blick zu. Marleene vergrub den Kopf in den Händen. Fast ein Jahr lang hatten Julius und sie nun getüftelt, um den großen Traum der Gartenbauschule für Frauen wahr werden zu lassen.

Doch ihr Plan wollte nicht aufgehen.

»Mien Deern«, sagte ihre Mutter von ihrem Platz im Schaukelstuhl neben dem Kamin und sah sie aus ihrem faltigen Gesicht liebevoll an. Sofort wurde Marleene ein wenig leichter ums Herz, und sie richtete sich auf. Sie sollte es zu schätzen wissen, dass sie an diesem stürmischen Winterabend mit den ihr liebsten Menschen im Schwalbennest, wie ihr Haus genannt wurde, zusammensitzen konnte. »Wenn de Katt 'nen Fisch fangen will, mutt se sük de Pfoten natt maken«, meinte ihre Mutter, und Marleene lächelte unwillkürlich über den Pragmatismus.

»Wenn es nur das wäre … Aber diese Problematik lässt sich nicht durch Mehrarbeit oder Überwindung richten.« Sie seufzte tief und fuhr sich mit beiden Händen durch die hellblonden Haare, die sich aus der Flechte auf ihrem Rücken gelöst hatten. Für jedes Problem hatten sie bisher eine Lösung gefunden. Sie hatten einen Weg ausgetüftelt, um in anderthalb Jahren so viel Lehrstoff wie irgend möglich zu vermitteln. Zudem nahmen sie in Kauf, weniger Pflanzen anzubauen, damit immer einer von ihnen unterrichten konnte. Den Verlust würden sie im Folgejahr, sobald die Mädchen eingearbeitet waren, wieder einfahren müssen. Seit die gröbste Arbeit des Jahres getan war und sie nicht mehr wie ein Baum ins Bett fielen, brüteten sie nun schon über den Finanzen, doch die Einbußen waren immer zu hoch. »Uns fehlt ganz einfach der Platz! Wenn wir eine größere Anzahl Schülerinnen aufnehmen könnten, bekämen wir für nahezu den gleichen Aufwand mehr Schulgeld.« Doch das Schwalbennest war nicht so geräumig wie etwa Julius' Geburtshaus, die Fliedervilla mit ihren zahlreichen Räumen. Sie hatten nur zwei Kammern, in denen vier Schülerinnen wohnen könnten. Selbst mit ihrer Idee, Mädchen aus dem Umland anzusprechen, die abends nach Hause zurückkehren würden, waren die Mittel schlichtweg zu knapp.

Marleene zog das Heft wieder zu sich heran und deutete auf ihre Berechnungen. »Wir müssen für alle Schülerinnen die Gerätschaften bereithalten. Spaten, Hacken, Mistgabeln, Laubrechen, Jätegabeln, Gartenmesser, Okuliermesser, Pflanzkellen, Baumschaber, Heckenscheren … Wir können zwar nur sieben Schülerinnen aufnehmen, aber selbst da kommt eine beträchtliche Summe allein für die Gerätschaften zusammen. Und das bei verminderten Einkünften und mehr Essern? Das rechnet sich niemals, ganz gleich, wie sehr ich versuche, mit den anderen Kosten sparsam zu haushalten.«

»Herrje, das klingt wahrlich verfahren, dabei ist der Plan so herzallerliebst! Es ist wirklich allerhöchste Zeit, mehr für die Arbeitermädchen zu tun.« Frieda rückte näher an den Tisch und warf einen Blick auf Marleenes Notizen. »Können die Mädchen sich nicht mit den Gerätschaften abwechseln?« Aus ihren aufgeweckten braunen Augen unter ihrem Haarkranz blickte sie ihre Cousine fragend an.

»Leider nicht. Dann müssten wir die Arbeit aber- und abermals erklären, wenn nicht gleich jeder mitmachen und es selbst ausprobieren kann. Wir müssen möglichst vermeiden, dass die Schülerinnen untätig herumstehen. Ein Okuliermesser könnten sie vielleicht mitbringen, aber die anderen Geräte sind für die Arbeitermädchen zu kostspielig. Selbst das Messer wird für manche gewiss schon zur Herausforderung«, sagte sie und dachte an den Beginn ihrer eigenen Lehre zurück. »Aus diesem Grunde kann ich auch das Schulgeld nicht erhöhen, dann ist die Schule für niemanden aus der bedürftigen Bevölkerung mehr erschwinglich.« Enttäuscht blies sie die Luft heraus. Sollte ihr großer Traum doch scheitern? Ihr Wille, mehr Frauen zu einer fundierten Berufsausbildung zu verhelfen, war mit den Planungen nur noch stärker geworden – allerdings war ihr nicht bewusst gewesen, wie viel Geld sie vorstrecken müssten.

Geld, das sie nicht hatten. Denn im kommenden Jahr lief zudem die kostenfreie Pacht ihres Grundstücks ab, und sie mussten jeden Pfennig zur Seite legen, um das Land rechtmäßig vom Großherzog zu erwerben. Für fünf Jahre hatte er es ihnen für den Aufbau der Gärtnerei überlassen, jetzt hatten sie sich bewährt und wollten es übernehmen.

Julius kam mit einem Schwung eisiger Winterluft herein, küsste Marleene sachte auf den Scheitel und ging dann zur Waschschüssel hinüber.

»Was ist euch denn auf die Stimmung geschlagen?«, erkundigte er sich und blickte in die Runde. Marleene fasste die Probleme zusammen und legte den Kopf in die aufgestützten Hände.

»Ich habe auch noch viel über die Finanzierung nachgedacht«, sagte er über die Schulter, während er seine Nägel schrubbte. »Wenn bei der angedachten Stelle kein Geld fließt, muss man eben die Quelle wechseln, oder? Deine Mutter hat bestimmt einen guten plattdeutschen Spruch dazu …«

»Geld un Good hollt Ebbe un Flood«, warf Marleenes Mutter sogleich von ihrem Schaukelstuhl aus ein.

»Worauf willst du hinaus?«, fragte Marleene mit gerunzelter Stirn.

Julius griff nach einem Handtuch und trocknete sich die Hände ab. »Eine Arbeiterin mag sich ein höheres Schulgeld nicht leisten können. Aber es gibt ja auch junge Damen, die an einem Abend das an Schmuck tragen, wovon eine Arbeiterfamilie ein ganzes Jahr lang leben könnte.«

»Du meinst …«

»Ja.« Julius kam bedächtig auf sie zu. »Überleg noch mal, ob du nicht doch auch einige höhere Töchter mit aufnimmst. Ich weiß, für die Arbeiterinnen wäre es noch wichtiger, einen Beruf zu erlernen. Aber auch in der Oberschicht gibt es unglückliche Frauen, die sich nach einer Alternative sehnen. Und wenn ihr Schulgeld dann gleich die Ausbildung der Arbeiterinnen mitfinanziert …«

Marleene wog die Idee ab. Sie klang durchaus vielversprechend, obwohl sie es zunächst kategorisch ausgeschlossen hatte, höhere Töchter aufzunehmen. Sollte die Schule ansonsten jedoch gar nicht zustande kommen, wäre es gewiss besser. Und Julius hatte recht, die Frauen der gehobenen Schicht waren ebenfalls benachteiligt, auch wenn sie auf andere Weise darunter litten. »Aber ist es nicht ungerecht, wenn einige Schülerinnen mehr zahlen müssen als andere?«

Frieda verschränkte die Arme und prustete abfällig. »Ist es denn gerecht, dass einige Menschen gut zwanzig seidenrauschende Kleider im Schrank und eine auf Hochglanz polierte Equipage vor der Tür haben, während der kleine Fiete vom Marktplatz nur die zerlöcherten Lumpen tragen kann, die seine sieben Geschwister schon vorher anhatten, und dazu barfuß geht? Wenn man die Schulgebühr zum Jahreslohn der Familie ins Verhältnis setzt, zahlen die höheren Töchter höchstwahrscheinlich dennoch sehr viel weniger.«

Marleene nickte langsam. So gesehen wäre es nur rechtens, die Schulgebühr sozusagen vom Jahresverdienst der Eltern abhängig zu machen. »Wie viel könnten wir denn da verlangen?«

Julius zog einen der Binsenstühle zurück und setzte sich zu ihnen an den Tisch. »Also, Rosalies Höhere-Tochter-Schule hat zweitausend Mark gekostet.«

»Zweitausend«, riefen Frieda und Marleene wie aus einem Munde, und Marleenes Mutter schaukelte heftig in ihrem Stuhl. Eine stattliche Summe, wenn man bedachte, dass ein Fabrikarbeiter oft nicht einmal hundert Mark im Monat verdiente.

Julius hob die Schultern. »Mit Schulgeld, Pension und Anschaffungen kommt eben einiges zusammen.«

Kopfschüttelnd beugte Marleene sich wieder über ihre Notizen. »Kein Wunder, dass ich mit dem Budget nicht hinkomme. Aber selbst wenn wir nicht ganz so viel nehmen, könnten wir hochwertigere Gartengeräte anschaffen, die auch viel länger halten würden. Und … wir könnten sogar die Exkursionen an die Nordsee und in das Naturalienkabinett machen, die ich zugunsten des Budgets wieder gestrichen habe. Aber kann man Dinge nicht so viel besser verinnerlichen, wenn man sie direkt sieht?« Enthusiastisch zog sie das Tintenfass zu sich heran. »Lasst uns am besten gleich eine Anzeige für die *Gartenlaube* verfassen, die geht ja an fast jeden Haushalt.«

Nachdenklich legte sie das stumpfe Ende des Füllfederhalters an die Lippe. »Also, wie sollte eine angehende Gärtnerin aus gutem Hause denn sein, damit wir sie aufnehmen?«

»Na, sie sollte auf jeden Fall gut mit anpacken können und keine Arbeit scheuen. Zudem sollte sie nicht auf den Kopf gefallen sein und natürlich wetterfest.« Julius deutete mit dem Kinn zum Fenster, wo sich immer mehr Eisflocken auf den Querstreben sammelten. »Schnee, Wind, Regen, gleißender Sonnenschein – das alles sollte ihr nichts ausmachen. Außerdem wäre es gut, wenn sie ein gewisses Vorwissen mitbrächte und sich bereits einige Pflanzenenzyklopädien zu Gemüte geführt hätte.«

Marleene linste zu Frieda hinüber, deren Grinsen immer breiter geworden war und die nun leise gluckste. Julius schien davon nichts zu bemerken und sprach weiter. »Außerdem darf sie nicht zimperlich sein. Spinnen, Käfer, Jauche ... Davor darf sie sich nicht zieren. Und wohlauf sollte sie sein, stundenlanges Hocken oder Stehen sollten ihr nicht zusetzen.«

Mittlerweile gab es für Frieda kein Halten mehr, sie lachte schallend los, und auch Marleenes Mutter schmunzelte.

»Soll sie vielleicht auch noch liebreizend aussehen, weizenblonde Haare und strahlend blaue Augen haben?«, fragte Frieda und wischte sich Tränen aus den Augenwinkeln. Zwischen Julius' Augenbrauen bildete sich eine Falte. »Nein, wieso? Mit ist ganz gleich, wie sie aussieht.«

»Weil du gerade exakt Marleene beschrieben hast.«

»Tatsächlich?« Julius kratzte sich im Nacken. »Nun, sie war ja auch der perfekte Lehrling.«

Jetzt war es an Marleene aufzulachen. »Das hast du damals aber anders gesehen ...« Nicht nur er, sondern auch die Kollegen in der damaligen Hofgärtnerei in Oldenburg hatten ihr den Einstieg ziemlich schwer gemacht, da der damalige Chef sie an ihrem ersten Tag über den grünen Klee gelobt hatte.

»So oder so, ich fürchte, wenn ich all das aufführe, könnte es etwas abschreckend wirken. Wenn die feinen Damen erfahren, dass wir mit Jauche düngen ...« Sie wedelte mit der Hand, als hätte sie sich verbrannt. »Das sollten wir den Schülerinnen lieber schonend beibringen.«

»So wie dir damals?«, fragte Julius mit einem schalkhaften Lächeln, denn Marleene hatte seinerzeit nähere Bekanntschaft mit der Jauchegrube geschlossen, als ihr lieb gewesen war.

»Kein Wort davon, du hast ohnehin nur zwei Zeilen«, beschloss Frieda. »Sag einfach, sie solle aktiv und gerne an der frischen Luft sein, alles andere wird sich schon von selbst ergeben. Immerhin soll in der Überschrift stehen, dass es um eine Gärtnerinnenschule geht, oder? Da wird sich doch keine bewerben, die keine Blumen mag.«

Marleene schüttelte den Kopf. »Das kann ich mir auch nicht vorstellen.« Sie seufzte. »Ich hoffe nur, es bewerben sich überhaupt ausreichend höhere Töchter, sonst müssen wir die Schule wieder schließen, bevor sie auch nur begonnen hat.«

2. Kapitel

Es kam nicht oft vor, dass die Herrschaft die Räumlichkeiten des Gesindes betrat, und so blickten Lina und Hjördis überrascht auf, als Frau Nordhausen höchstpersönlich in die Küche stolzierte. Lina, die seit einem halben Jahr im Hause als Köchin angestellt war, fasste eilig ihren Wust an feinen Krissellocken zusammen. Eigentlich sollte sie bei der Arbeit stets einen Zopf tragen, doch ihre Haare waren so schwer, dass sie ihn zwischendurch öffnete, da die Haarwurzeln sonst schmerzten.

Frau Nordhausen stellte derweil eine Schüssel mit Essen auf den mit Kerben übersäten Holztisch. Mit ihrem roten Kleid aus feinster Pongéseide wirkte sie fehl am Platz. »Das ist für euch.« Sie lächelte mit ihren dünnen Lippen dem Stubenmädchen Hjördis und dann auch Lina zu. Sie bedankten sich und sahen der gnädigen Frau hinterher, bis ihre Schritte auf der Treppe verklungen und die Tür ins Schloss gefallen war. Neugierig zog Hjördis die Schüssel zu sich heran. »Eine ganze Kumme voll?« Begeistert sah sie zu Lina. »Ich frage mich, was in sie gefahren ist. Gibt es hier im Norden irgendeinen Feiertag, den ich noch nicht kenne?«

Es war tatsächlich ungewöhnlich, denn normalerweise bekamen sie nur das, was bei den Hauptmahlzeiten übrig blieb. Und da diese in der Regel knapp kalkuliert wurden, gingen sie häufig mit knurrendem Magen schlafen. Soße gab es schon gar keine, die war viel zu kostbar.

Dennoch hätte Lina sich an bloße Erdäpfel mit etwas Gemüse und sonntags einem kleinen Stück Fleisch gewöhnen können – wenn es doch nur ein wenig mehr gewesen wäre.

Aber das heute ging wahrlich zu weit.

»Des Rätsels Lösung ist viel einfacher«, sagte sie und nahm Hjördis den hölzernen Löffel aus der Hand, mit dem sie etwas Grünkohl auf ihren Teller häufen wollte.

»He!«, beschwerte sich diese und stemmte die Arme auf den Tisch. »Willst du, dass ich verhungere? Wir haben seit Tagen nur das Nötigste bekommen.«

Lina schüttelte den Kopf. »Ich will nicht, dass du die Nacht mit Magenkrämpfen auf dem Abort verbringen musst.«

Hjördis runzelte die Stirn, und Lina deutete auf die dunkelgrüne Pampe. »Ich durfte gestern kurz in die Speisekammer.« Hjördis riss die Augen auf, denn normalerweise bewachte die gnädige Frau den Schlüssel dazu wie einen Schatz, stets in Sorge, dass man sie beklauen könnte. Dabei hatten sie ursprünglich ausgemacht, dass sie für eine gewisse Summe, Kost und Logis in Stellung treten würde. Die Logis bestand aus einem in der Küche eingezogenen Hängeboden, in den sie mithilfe einer Leiter klettern und wie in einen Backofen hineinsteigen musste. Doch immerhin war es etwas Eigenes, das war bei sechs Geschwistern schon ein Vorteil. Wenn sie allerdings gewusst hätte, dass die Kost aus einem Kanten Brot und zwei Erdäpfeln am Tag bestand, hätte sie anders verhandelt. Aber so war das mit den Mädchen vom Lande, wie sie eines war. In Armut aufgewachsen, war sie den Hunger gewohnt, obwohl ihre Mutter schier alles gegeben hatte. Doch es waren zu viele Kinder gewesen. Deswegen war Lina froh, als sie alt genug gewesen war, um sich eine eigene Stellung zu suchen. Vielleicht würden wenigstens ihre Geschwister es besser haben. Sie tat alles dafür und schickte jeden Pfennig nach Hause, den sie erübrigen konnte. Dabei blieb kaum etwas für sie zum Leben.

Und dann war da noch der verdammte Stolz. Sie weigerte sich, sich wie ein Stück Dreck behandeln zu lassen, nur weil sie ein Arbeitermädchen war. Oder wie eine Leibeigene. Die Widerworte waren in ihrer ersten Arbeitsstätte nicht gut angekommen, und sie hatte mit einem entsprechenden Eintrag ins Gesindebuch gehen müssen. Das hatte sie in eine armselige Verhandlungsposition gebracht. Sie hatte froh sein müssen, die Anstellung als Köchin in einem angesehenen Haus bekommen zu haben, obwohl sie bisher nur daheim gekocht hatte, weil ihre Mutter stets arbeitete.

Immerhin würde sie so immer ausreichend zu essen haben, hatte sie angenommen, denn normalerweise herrschten die Köchinnen auch über die heilige Speisekammer. Frau Nordhausen aber hatte andere Vorstellungen.

»Weißt du noch vorgestern, als Frau Nordhausen vor dem Mittagessen überraschend Besuch bekommen hat?«

»Ja, ich musste ihr in aller Eile in das Tageskleid helfen.«

»Genau. Ich brauchte aber noch Erdäpfel, um den Steckrübeneintopf rechtzeitig fertig zu bekommen. Du weißt, dass Herr Nordhausen ungnädig wird, wenn das Essen nicht sättigend genug ist. Also hat sie mir den Schlüssel ausgehändigt …«

Hjördis legte den Kopf schräg. »Das ist doch Tage her. Was hat das mit unserem Essen zu tun?«

»Ich habe ihn dort stehen sehen. Den Grünkohl, den ich in der vorigen Woche gekocht habe. Schon da habe ich mich gewundert, denn ich habe mehr gemacht, als sie mir aufgetragen hatte, aber viel zu wenig ist zurück nach unten gekommen. Und dort im Regal stand eine ganze Servierschüssel voll.«

Nachdenklich sah Hjördis sie an, und Lina erklärte, was die Sache so prekär machte: »Allerdings war sie mit einer dicken Schimmelschicht überzogen.«

Hjördis schlug die Hand vor den Mund, und ihr Gesicht wurde

blass. Auch in Lina war an jenem Tag die Übelkeit aufgestiegen, und sie hatte sich rasch zurückgezogen. Schon da hatte sie eine Vorahnung gehabt.

Und nun war es tatsächlich so gekommen.

»Dann hat sie also die Schimmelschicht abgetragen und …« Hjördis fuchtelte unbeholfen in Richtung der Schüssel und sah sie fassungslos an. Lina nickte.

»Ja, sie hat den Schimmel entfernt und setzt uns den verdorbenen Rest zum Fraß vor. Aus purem Geiz. Als wären wir räudige Straßenhunde. Aber was sage ich da eigentlich? Nicht einmal denen würde ich so etwas zu essen geben.« Sie seufzte, und Hjördis sank ermattet auf einen Stuhl.

»Hast du die Zeitung mitgebracht?«, fragte Lina nach einer Weile.

Hjördis brachte stets die Zeitung vom Vortag mit herunter, wenn der Herr des Hauses keine Verwendung mehr dafür hatte. »Aber gewiss doch!« Sie holte sie von der Ablage und legte sie Lina vor die Nase. Die schlug sie auf und blätterte unwirsch zu den Stellenangeboten vor. Keinen weiteren Tag würde sie es hier aushalten.

»Gibt es etwas Ansprechendes?«, erkundigte sich ihre Leidensgenossin, die sich nun an den Abwasch machte.

»Womöglich. Möchtest du eine Kur machen?«

»Unter Umständen ja.« Hjördis warf übertrieben den Kopf nach hinten, denn natürlich wäre dies ein Unterfangen, das bei Weitem über ihren finanziellen Möglichkeiten lag. »Was haben Sie denn zu bieten?«

»Mildes Klima, Schutz gegen empfindliche Windströmungen, schöner Park, üppige Tannen- und Buchenwaldungen«, las Lina vor. »Oh, und offenbar sogar Ozon und Sauerstoff. Außerdem Lignosulfit-Inhalation und ein Röntgenzimmer! Dazu gibt es elektrische Beleuchtung und eine Wasserleitung.«

»Das Röntgenzimmer gefällt mir, das ist gewiss sehr ergötzlich. Aber was ist mit einem Kurhäuschen für die Höhenluft?«

Lina studierte die Anzeige abermals und schüttelte den Kopf. »Bedaure.«

»Ts, ts! Dann kommt es leider nicht infrage.«

Sie lachten die düstere Stimmung weg, und Hjördis nahm die Schüssel vom Tisch und entsorgte den Inhalt. Noch immer lächelnd, huschte derweil Linas Blick über die Annoncen mit den bunt gemischten Buchstaben in unterschiedlichen Schriftarten, wodurch der Setzer sich die Arbeit erleichterte. Ihre Augen blieben an einem Wort hängen, und je mehr sie von der Anzeige las, desto schneller schlug ihr Herz.

Gartenbauschule für Frauen
Unter der Leitung der Hofgärtnerin von Oldenburg.
Interessentinnen sollten aktiv sein und gerne an der frischen Luft arbeiten.
Höhere Töchter sowie Arbeiterinnen willkommen.

Es war nicht nur die Tatsache, dass Arbeiterinnen erstmalig nicht von vornherein ausgeschlossen wurden, nein. Wer die Hofgärtnerin von Oldenburg war, das wusste man im gesamten Großherzogtum. Viele waren beeindruckt, was sie als Frau niederer Herkunft geschafft hatte. So manch einer bewunderte sie gar. Aber Lina wusste mehr. Sie wusste, dass Marleene Langfeld kein guter Mensch war. Und nun wurde ihr eine Gelegenheit auf dem Silbertablett serviert, sie dafür büßen zu lassen.

3. Kapitel

»Ich bitte dich inständig, mein Liebchen, lass es uns wagen!« Konstantin hatte es sich mit seiner Gattin Dorothea im Salon der Fliedervilla gemütlich gemacht und legte nun alle Hoffnung und Zuversicht in seinen Blick, um seine Ehefrau von seinem Vorhaben zu überzeugen. Abermals. Alle paar Monate wagte er diesen Vorstoß – bisher leider stets vergeblich.

Doch diesmal hatte er sich etwas überlegt. Er würde Dorothea ein Angebot machen, das sie schwerlich zurückweisen konnte.

Zum gegenwärtigen Zeitpunkt sog sie nur betont die Luft ein. »Wir haben unzählige Male darüber gesprochen ... Ich verstehe einfach nicht, warum dir die Fliedervilla nicht mehr genügt!« Sie deutete auf die eleganten Möbel, von denen sie die Hälfte aus ihrem Stadthaus mitgebracht hatte. Und es war nicht nur das. Die herrschaftliche Villa war wunderschön gebaut, von Fliederbüschen umgeben, eine altehrwürdige Lindenallee führte auf das Anwesen zu.

»Und vor allem ist hier die Hofgärtnerei«, ergänzte Dorothea und verschränkte die kräftigen Arme.

Konstantin zog die gepflegten Augenbrauen zusammen und grummelte leise. »Gärtnerei Goldbach«, korrigierte er sie bitter. Obwohl er vor vier Jahren den Titel als Hoflieferant, den sein Vater geführt hatte, verloren hatte, nannten die meisten seine Gärtnerei weiterhin die *Hofgärtnerei* oder – und das war noch schlimmer – *ehemalige Hofgärtnerei*. Das erinnerte ihn stets an sein Versagen.

Aber die Zeiten der Hofgärtnerei waren für ihn vorbei.

Hier gab es nichts Prestigeträchtiges mehr – und deswegen musste er fort. Die ewig gleichen Arbeiten, die sich mit dem Lauf der Jahreszeiten unablässig wiederholten, ödeten ihn an. Er war zu Höherem berufen und wollte einen vollständigen Neuanfang. Ein ansehnliches Gutshaus mit üppigem Garten. Am besten in einer Gegend, wo sie kaum jemand kannte.

»Wir könnten es Gut *Dorotheenhöhe* nennen«, schmeichelte er seiner Frau und strich eine leicht gewellte Strähne ihres schwarzen Haares zurück, die sich aus der kunstvollen Hochsteckfrisur gelöst hatte.

Dorotheas rundliche Wangen wurden rosig, und sie blickte ihn aus ihren dunklen Augen überrascht an. »Das wäre reizvoll, aber dennoch … Warum sollten wir Oldenburg verlassen? Wir haben hier unsere Freunde, unsere Familien, ich bin zweite Vorsitzende im Frauenverein. All das müssten wir völlig neu aufbauen. Wozu die Mühe, wenn es uns hier doch gut geht?«

Konstantin bemühte sich, keine Miene zu verziehen. Seiner Frau mochte es gut gehen. Er hatte ihr zwar untersagt zu arbeiten, obwohl das ihr Wunsch gewesen war, aber sie hatte mit ihrem Engagement in diesem lächerlichen Frauenverein wohl ihre Erfüllung gefunden. Ihm sollte es recht sein, denn wenn sie etwas hatte, wo sie stetig mit Gleichgesinnten plappern konnte, hatte er mehr Ruhe. Und Zeit für andere Dinge. Nur gab es eben kaum mehr andere Dinge. Beim Gärtnerstammtisch konnte er sich nicht länger blicken lassen, da sein Bruder samt Frau dort hingingen. Und diesem miesen Weibsbild, das ihm den Titel als Hofgärtner – der ihm rechtmäßig zustand – abspenstig gemacht hatte, wollte er nicht unter die Augen treten. Sonst würde er sich noch vergessen.

In den vergangenen Jahren hatte er sich auf den Bällen und Festen der ländlichen Bevölkerung vergnügt, doch irgendwie glückte ihm das nicht mehr. Es war fast, als durchschauten die Frauen ihn. Dabei war er stets ein hervorragender Charmeur gewesen, spürte, was die jungen Damen hören wollten, und zögerte nicht, ihnen genau damit zu schmeicheln. Seit einiger Zeit waren seine Bemühungen jedoch nicht länger von Erfolg gekrönt.

Es war ihm ein Rätsel.

An seinem Erscheinungsbild konnte es gewiss nicht liegen, erst heute Morgen hatte ein Blick in den Spiegel ihm bezeugt, dass dies noch immer vortrefflich war. Ein akkurater Seitenscheitel in den kastanienbraunen Haaren, die so gut zu seinen Augen in ebendieser Farbe passten, ein astrein gepflegter Schnurrbart, und um das Ganze abzurunden, trug er stets den feinsten Zwirn im gleichen Braunton seiner Augen. Das hatte immerfort eine gewisse Wirkung auf die Damenwelt gehabt, insbesondere, wenn er sie mit seinem charmanten Lächeln bedachte. So etwas konnte schlichtweg nicht von heute auf morgen vergehen! Nein, sie mussten über ihn im Bilde sein. Und das vertrauliche Wissen hatte sich wie Unkraut verbreitet, war bis in die untersten Schichten der Gesellschaft vorgedrungen.

Aus diesem Grunde wollte er fort von hier.

»Dass es uns *gut* geht, bedeutet aber nicht, dass es uns nicht noch besser gehen könnte …«, warf er daher in die Waagschale und senkte den Blick, um Trübsinn zu signalisieren. Dorothea sprang umgehend darauf an.

»Ich wünsche mir doch ebenso einen Erben und bin überfragt, warum es mir nicht gelingt, aber ein neues Anwesen wird gewiss auch nichts daran ändern.«

Manchmal war es ihm ein Gräuel, dass er seine Frau nicht mühelos an der Nase herumführen konnte wie einst so manch leichtes Mädchen. Bei ihr musste er stets gewiefter vorgehen. In diesem Fall würde er mit ihren Schuldgefühlen arbeiten.

»Das Anwesen an sich nicht, das ist richtig. Aber die Lage. Frische Meeresluft soll sehr förderlich für die Gesundheit sein. Und wenn dein Wohlbefinden erst vollends wiederhergestellt ist, wird es schon gelingen mit der Schwangerschaft. Dann bekomme ich endlich einen Sohn.«

Dorothea presste die Lippen zusammen, er wusste, es lastete schwer auf ihr, dass sie es nicht zustande gebracht hatte, ihm ein weiteres Kind nach seiner Tochter zu gebären. Dass es ausschließlich ihre Schuld war, lag auf der Hand, immerhin hatte er bereits zwei Kinder gezeugt und einigen haltlosen Beschuldigungen zufolge sogar mehr. Aber nur bei der Arbeiterin Greta, die vor einigen Jahren in der Gärtnerei seines Vaters gearbeitet hatte – damals, als sie noch die Hofgärtnerei gewesen war –, und bei seiner Gattin konnte er sich vollkommen gewiss sein, dass es wahrhaftig seine Nachkommen waren. Nun brauchte er zudem einen offiziellen Erben. Immerhin hatte sein kleiner Bruder Julius mit Marleene ebenfalls keine Kinder – nicht mal ein Mädchen. Und seine Schwester Rosalie konnte wegen ihres Lehrerinnengedöns nicht heiraten. Am Ende würde die Familie Goldbach noch aussterben! Das konnte er nicht zulassen. Das nicht – und ebenso wenig, dass er in seinem Leben keinerlei Freuden mehr nachgehen konnte.

»Aber mit Sicherheit weiß man es nicht.« Dorotheas Blick war voller Zweifel.

Zum Glück war er darauf vorbereitet.

Er zog die Illustrierte hervor, die einen ganzen Artikel darüber gebracht hatte, was das frische Klima an der See Gütliches für die Gesundheit zu tun vermochte. Mit einem gekonnten Griff schlug er die entsprechende Seite auf und deutete mit dem Zeigefinger mehrmals darauf. Mit hochgezogenen Augenbrauen las Dorothea den Artikel. Schon bald sanken ihre Brauen wieder nach unten, und sie zog die Zeitschrift näher zu sich heran. Als sie geendet hatte, lehnte sie sich nach hinten. Für einen Moment ging ihr Blick durch das Fenster zum Garten hinaus, wo die kleine Helene spielte. Sie sah über die Topfpflanzen bis hin zu den Freilandquartieren, wo in der Ferne der alte Alois und ein neuer Arbeiter die Pflanzen verluden.

Dann wandte sie sich ihm wieder zu.

»Na schön«, willigte sie ein. »Lass uns ans Meer ziehen.«

4. Kapitel

Drei Monate später

»Bist du sicher, dass du die Schülerinnen nicht zu sehr verhätschelst, wenn du sie gleich am ersten Tag bekochst?«, fragte Frieda, die Möhren für den Eintopf in Stücke schnitt, während Marleene sich um die Kartoffeln kümmerte. Das Bauernhaus hatten sie bereits auf Hochglanz gebracht und die kleinen Kammern im Bereich der ehemaligen Viehställe hergerichtet. »Sollten wir sie nicht vielleicht besser von Anfang an Zucht und Ordnung lehren, wie an den gewöhnlichen Schulen?« Frieda blitzte sie vergnügt an.

»Du meinst also, wir sollten sie für kleinste Vergehen zusammenstauchen und nicht mit Schlägen mit dem langen Holzlineal geizen, anstatt alle mit einem deftigen Eintopf zu begrüßen?«

Frieda lachte. »Eigentlich nicht, das war damals grauenvoll. Bei uns in Wiesmoor hat nahezu täglich jemand bitterlich geweint.« Sie schüttelte sich. »Aber auf der anderen Seite ist es doch meistens so in der Schule … Anscheinend wird es auf diese Weise gemacht. Nicht, dass uns am Ende alle auf der Nase herumtanzen.«

»Das glaube ich nicht«, überlegte Marleene laut und rührte mit dem Holzlöffel in dem riesigen Topf. »Wir haben doch bei der Auswahl der Schülerinnen größte Vorsicht walten lassen und nur denen mit den überzeugendsten Briefen eine Zusage gegeben. Außerdem«, sie blinzelte Frieda an, »kannst du ganz schön resolut sein. Weißt du noch, wie du mir beigebracht hast, wie man sich als Mann benimmt? Da hast du mir ordentlich die Leviten gelesen …«

Ihre Cousine warf empört den Stumpf einer Möhre nach ihr. »Mitnichten habe ich das!« Marleene hatte sich weggeduckt und drohte nun, mit dem Kochlöffel auf sie loszugehen. Umgehend trat Frieda die Flucht durch die Wohnküche an und verschanzte sich hinter dem klobigen Esstisch neben dem Kamin, in dem ein behagliches Feuer knisterte. Sie griff nach dem Schürhaken. »Außerdem warst du der lausigste junge Bursche, der jemals in irdischen Gefilden gewandelt ist. Da musste ich mit Nachdruck arbeiten!«

Lachend verloren sie sich in der Erinnerung, wie Marleene damit gerungen hatte, als Knabe durchzukommen, um ihre heiß ersehnte Gärtnerlehre machen zu können. Dank Friedas Nachhilfe war es eine Weile gut gegangen, doch dann hatte sie sich in Julius, der damals noch der Sohn des Chefs gewesen war, verliebt, und die Dinge waren immer schwieriger geworden. Zum Glück hatten sie mittlerweile ihre eigene Gärtnerei, und mit ihrer Schule würde es mehr und mehr jungen Frauen möglich werden, als Gärtnerin zu arbeiten – ganz ohne sich dafür verkleiden zu müssen. Beziehungsweise mit offizieller Verkleidung, denn da die Arbeit in Hosen einfach praktischer war, würden die Schülerinnen diese statt Röcke tragen.

Sie hatten gerade ihre Messer wieder aufgenommen, um das letzte Gemüse für den Steckrübeneintopf zu schneiden, als es heftig an der Doppeltür des Schwalbennests donnerte.

Sollte etwa eine der Schülerinnen bereits so früh eintreffen? Bruno wollte eigentlich später alle vom Bahnhof abholen. Und würde ein Backfisch so vehement anklopfen?

Noch bevor Marleene den Besucher hereinbitten konnte, schwang die Tür auf. Rosalie Goldbach, Julius' Schwester, trat mit resoluten Schritten ein und klopfte sich den Schnee von den Haaren und dem Wollmantel. Mittlerweile verstand Marleene sich recht gut mit ihr, anfangs waren sie und Rosalie sich einander allerdings spinnefeind gewesen.

»Kann ich hier wohnen?«, fragte sie freiheraus, ohne sich die Mühe zu machen, Frieda oder Marleene zu begrüßen. Die beiden sahen sich überrascht an, Friedas Blick verdunkelte sich dabei umgehend. Sie hatte Rosalie nie verziehen, dass sie ihr einst den Verlobten hatte abspenstig machen wollen. Dann sah Marleene wieder zu Rosalie, die ihre goldenen, leicht gewellten Haare nach hinten schlug, die Arme verschränkte und sie abwartend ansah.

»I-ich verstehe nicht …«, sagte Marleene verwirrt.

»Was gibt es da nicht zu verstehen? Ich möchte wissen, ob ich fortan bei euch leben kann.« Sie sah sich im Schwalbennest um, als wäre sie zum ersten Mal hier. Von der geräumigen Wohnküche mit dem massiven Herd und dem riesigen Esstisch neben dem Kamin gingen drei Türen in kleinere Kammern ab, die einst die Viehställe gewesen waren. Frieda bewohnte eine davon, und auch die Schülerinnen, die von außerhalb kamen, sollten eine beziehen. Im hinteren Bereich, neben der schmalen Speisekammer samt Keller für die zu kühlenden Lebensmittel, befanden sich Marleenes und Julius' Schlafzimmer und eine Waschküche. Sonst nichts. Bisher wohnte Rosalie bei ihrem Bruder Konstantin in der Fliedervilla mit unzähligen Zimmern mit goldenen Türklinken, Doppeltreppe im Vestibül und Dienstboten. *Dat war een ganz anderer Schnack*, wie Marleenes Mutter zu sagen pflegte. Warum sollte sie solch einen Komfort gegen ein altes Bauernhaus tauschen? Rosalie hatte sich in den vergangenen Jahren zwar stark verändert und war nicht mehr die verwöhnte höhere Tochter, die sie einst gewesen war, aber ein Verzicht in diesem Ausmaß passte dennoch nicht zu ihr.

»Warum? Hast du dich mit Konstantin überworfen?«

»Ts«, Rosalie winkte ab. »Seine Missetaten sind mir mittlerweile einerlei. Ich lasse ihm sein Leben, solange er sich nicht in meines ein-

mischt, das war unser Arrangement, als ich nach dem Lehrerinnenseminar nach Oldenburg zurückgekehrt bin. Eigentlich konnten wir
damit beide gut leben.« Schmollend schob sie die Unterlippe vor.

»Warum dann dein Anliegen?«

»Weil er wegzieht.«

Marleene hielt die Luft an. Konstantin zog weg? Sie wusste, dass sie
sich nicht freuen sollte, immerhin war er ihr Schwager. Dennoch hatte
er ihr das Leben einst sehr beschwerlich gemacht, und sein Fortgang
wäre nicht unbedingt ein Verlust.

»U-und die Gärtnerei? Die Fliedervilla?«

Rosalie suchte ihren Blick. »Die will er verkaufen.«

* * *

Als Julius aus der Ferne seine Schwester mitten am Tag aus der Miet-
droschke steigen sah, stellte er das Schälchen mit Baumwachs umgehend zur Seite. Um die Astwunden der Apfelbäume würde er sich
später kümmern.

Eiligen Schrittes ging er auf das Schwalbennest zu, in das Rosalie soeben verschwunden war. Hinten, zwischen den Glashäusern,
tauchte nun Johannes auf, der einen langen Vollbart trug, obwohl er
nur wenige Jahre älter als Julius war. Bruno, der andere Arbeiter, ging
mit seinen feuerroten Haaren hinter Johannes her. Nur Franz, ihr
ehemaliger Lehrling, arbeitete unbeeindruckt weiter, stellte Julius mit
Blick auf die neu angelegte Obstbaumwiese fest, wo Franz die dünnen Äste herausbrach. Hoffentlich würde sich der Jüngling nicht von
der Horde junger Frauen, die in Kürze hier einfallen würde, den Kopf
verdrehen lassen. Oder umgekehrt.

Doch zunächst gab es offenbar andere Probleme, um die er sich
kümmern musste.

Er stieß die Tür auf und ließ sie offen, damit Johannes und Bruno, die zu engen Freunden der Familie geworden waren, ihm folgen konnten.

»Was ist geschehen?«, fragte er und sah besorgt von Marleene und Frieda zu seiner Schwester Rosalie, die wie immer wie aus dem Ei gepellt wirkte, auch wenn sie sich nicht mehr so elegant wie vor einigen Jahren kleidete.

»Ist es etwas Schlimmes? Was verschlägt dich mitten am Tage hierher?« Johannes hatte wohl die letzten Schritte im Laufschritt zurückgelegt und war leicht außer Atem. Bruno schloss leise die Tür hinter sich und sah mit großen Augen umher. Zwischen seinen Augenbrauen zeichnete sich eine steile Falte ab. Er war seit drei Jahren verheiratet, doch das hatte ihm nicht gutgetan. Er war immer stiller geworden, wirkte mittlerweile fast in sich gekehrt, dabei war er einst fröhlich und nie um ein Wort verlegen gewesen.

Rosalie stieß unbeherrscht die Luft aus und beantwortete erst dann Julius' Frage. »Dein Bruder hat beschlossen umzuziehen. Er will die ehemalige Hofgärtnerei und die Fliedervilla verkaufen. Unser Elternhaus, kannst du dir das vorstellen?« Sie verschränkte ihre Arme und ihre Unterlippe schob sich ein wenig vor. »Keinen Gedanken verschwendet er daran, was aus mir werden soll. Eiskalt setzt er mich an die Luft!« Sie sprühte vor Zorn, doch schon die Tatsache, dass sie Konstantin nur als seinen Bruder bezeichnet hatte und nicht etwa als ihren, hatte Julius gezeigt, dass Rosalies und Konstantins ohnehin schon zerrüttetes Verhältnis nun wohl nicht mehr zu kitten war.

»Darf ich hier wohnen?«, fragte sie vergrämt, und Julius sah sich unschlüssig um. Eigentlich wäre kein Platz übrig, wenn erst die Schülerinnen angereist waren. Sogar in Friedas Zimmer sollte eine achte Schülerin nächtigen, das hatte Frieda selbst vorgeschlagen.

Rosalie spürte offenbar sein Zögern. »Bitte, ich werde ohnehin den ganzen Tag in der Schule sein. Bald werde ich beim Stadtmagis-

36

trat vorstellig, der die Stellen vergibt, und ich wüsste keinen Grund, warum sie mich nicht nehmen sollten. Ihr werdet also kaum merken, dass ich da bin.«

Die Wahrscheinlichkeit, mit Rosalie in einem Haus zu leben und es nicht zu bemerken, war in etwa so hoch, wie mit einem Zirkuspferd beim sonntäglichen Kirchengang nicht aufzufallen. Dennoch mochte er es seiner Schwester in Not nicht verwehren. Sein Blick ging zu Marleene, die kaum merkbar nickte.

»Natürlich darfst du das.« Von der Seite hörte er Frieda nach Luft schnappen, aber er bedeutete allen, sich erst einmal hinzusetzen. Marleene stellte unterdessen den Kessel auf den Herd und setzte Teewasser auf.

»Vielleicht könnten wir dann jetzt ja …«, sagte Johannes, der gegenüber von Rosalie Platz genommen hatte, ungewohnt zaghaft. Wenn es um Rosalie ging, zeigte er sich selten so rebellisch, wie man es gewohnt war.

»Tse«, sagte seine Schwester konsterniert und hob gekonnt die linke Augenbraue. »Als wenn ich mir von einem Waldschrat wie dir die Daumenschrauben der Ehe anlegen lassen würde.«

»Gut. Solch eine biestige Suffragette, die sich von keinem etwas sagen lässt, würde ich ohnehin nicht wollen.«

Rosalie griff über den Tisch nach Johannes' Händen und lächelte ihn verliebt an. »Und dafür schätze ich dich sehr. Aber du weißt, ich möchte erst einige Jahre arbeiten, bevor wir heiraten. Jetzt, wo ich das Lehrerinnenseminar absolviert habe, kann ich nicht sofort in den Stand der Ehe treten.«

Johannes nickte resigniert, und Julius ahnte, dass sie dieses Gespräch schon viele, viele Male geführt hatten, doch leider war es momentan Pflicht, dass Lehrerinnen unverheiratet waren.

Rosalie wandte sich an Julius und Marleene, die nun blau geblümte Tassen auf dem Tisch verteilte. Frieda hielt sich dabei zurück, und

Julius konnte sich denken, warum. »Danke, dass ich bei euch wohnen darf. Ich kann noch immer nicht glauben, dass Konstantin unsere Fliedervilla verkauft. Samt Gärtnerei, könnt ihr euch das vorstellen?«

Sie redeten noch weiter, doch ihre Worte verschwammen vor Julius' neuen Gedanken zu Hintergrundgeräuschen. Erst jetzt begriff er so richtig, was Rosalie ihnen soeben eröffnet hatte. Er musste hart mit sich ringen, um die nun tosenden Gedanken zu bezwingen.

Die Fliedervilla stand zum Verkauf.

Die Fliedervilla samt ehemaliger Hofgärtnerei.

Das Haus, in dem er aufgewachsen war. Die Gärtnerei, in der er Marleene kennengelernt hatten. Zentral gelegen in Oldenburg mit Orangerie und modernster Bewässerung. Es gab zahlreiche Erdgewächshäuser und ein Wäldchen zur eventuellen Erweiterung der Gärtnerei – das im Grunde genommen der perfekte Standort für ein Mädchenwohnheim wäre. Es wäre die Lösung für das Platzproblem.

Der Kessel begann zu pfeifen, und Marleene hob ihn vom Herd, um den Ostfriesentee aufzugießen, hielt jedoch inne. Julius wollte ihr helfen, doch seine Gedanken nahmen ihn zu sehr gefangen. Er musste den Faden immer weiter spinnen. Für den Anfang könnten sie weitere Schülerinnen in der Villa unterbringen, sodass die Gärtnerinnenschule mehr Mädchen ausbilden könnte.

Was allerdings noch viel wichtiger wäre: Sie wären wieder zu Hause.

Er mochte das Schwalbennest, und die Gärtnerei, die sie hier aufgebaut hatten. Nicht zuletzt durch ihre Freunde war es zu einem schönen Ort geworden, an dem man sich wohlfühlte. Doch dieses ganz spezielle Gefühl der Heimat, diese innere Gewissheit, angekommen zu sein – das vermochte nur die ehemalige Hofgärtnerei in ihm auszulösen. Und mit den Ersparnissen, um das Land vom Großherzog zu erwerben, könnte es gerade hinkommen. Sie könnten stattdessen die ehemalige Hofgärtnerei zurückkaufen. Brennend darauf, seine Gedankengänge mit Marleene zu besprechen, sah er in ihre Richtung.

Ihr Blick lag bereits auf ihm.

Wortlos unterhielten sie sich, und er merkte, dass durch ihren Kopf genau die gleichen Gedanken gegangen waren. Strahlend nickte sie ihm zu, und er erwiderte es.

Sie würden es tun.

Sie würden sein Erbe zurückholen.

»Was in aller Welt ist denn in euch gefahren?«, fragte Frieda nun, die die unsichtbare Verbindung von Julius und Marleene vermutlich gespürt hatte, und selbst Rosalie hielt mit ihrem Geplapper inne. Alle sahen zwischen Marleene, die weiterhin unverrichteter Dinge neben dem Teekessel stand, und Julius am Küchentisch hin und her.

Sie antworteten nicht sofort.

»Nun ja«, begann Marleene dann aber mit einem geheimnisvollen Lächeln.

»Also wenn Konstantin die Fliedervilla samt Gärtnerei nicht mehr will …«, setzte Julius den Satz mit einem ebensolchen Lächeln fort.

Umgehend war es vollkommen still, allein das Holzfeuer knisterte im Kamin, sonst hätte man die Schneeflocken wohl an der Fensterscheibe schmelzen hören können.

Frieda hatte die Augen aufgerissen, holte tief Luft und legte sich eine Hand aufs Herz. Auf Johannes' bärtigem Gesicht zeichnete sich ein triumphierend genüssliches Grinsen ab, und Rosalie formte mit den Händen ein Dreieck um Mund und Nase, um ruhiger atmen zu können.

Nur Bruno blickte wie ein aufgeschrecktes Huhn um sich. »Hä? Was denn? Was habt ihr denn alle?«

Julius schmunzelte innerlich, aber immerhin kam er so in den Genuss, die Worte laut auszusprechen, nach denen er sich lange gesehnt hatte. »Wenn Konstantin die ehemalige Hofgärtnerei nicht mehr will, dann werden wir sie kaufen. Denn wir können uns nichts Schöneres vorstellen.« Marleene war dicht an ihn herangetreten, und er streckte eine Hand nach ihr aus, um sie zu drücken. Glücklich lächelten sie sich an.

»Ahhhh, jetzt wird 'ne Kuh draus.« Brunos Gesicht verzog sich verzückt, während durch seine Augen nostalgische Bilder vergangener Zeiten zogen, als er und Greta bloß Kollegen und das Tagesziel das Veräppeln des Lehrlings war. Mit einem Mal wirkte er endlich wieder ein wenig glücklich. »Dann kehren wir alle in die ehemalige Hofgärtnerei zurück?«, fragte er, und die Hoffnung, die in seiner Stimme mitschwang, war nicht zu überhören.

Es war Rosalie, die sie auf den Boden der Tatsachen zurückholte. »Dann solltet ihr euch aber beeilen«, warf sie ein.

»Wieso?«, fragte Julius. »Er wird sie doch kaum noch heute veräußern!?«

»Das nicht. Allerdings hatte er einen Termin diesbezüglich, ich weiß leider nicht genau, worum es da geht. Aber du kennst doch Konsti, wenn er etwas Neues entdeckt hat, kann es ihm gar nicht schnell genug gehen.«

»Gerade heute.« Julius sprang dennoch auf. »Wie viel Zeit haben wir noch, bevor die Schülerinnen kommen?«

Marleene sah zur vergoldeten Tischuhr, die er ihr zum Geburtstag geschenkt hatte. »Es könnte knapp werden.«

»Fahrt ihr nur los«, warf Frieda rasch ein. »Ich kann meinen Blumenladen heute später aufmachen und werde die Schülerinnen in Empfang nehmen.«

Julius und Marleene mussten lediglich einen kurzen Blick austauschen und nickten gleichzeitig. »Ich spanne das Pferd ein«, kündigte Bruno an, und Marleene griff nach ihrem wollenen Tuch. Julius holte derweil die Bargeldtasche, die ihre gesamten Ersparnisse enthielt. Sie hatten stets nur das Nötigste gekauft, trotzdem würde es vermutlich nicht ganz ausreichen, die ehemalige Hofgärtnerei war zu prestige-trächtig. Aber Konstantin würde seinem Bruder doch gewiss preislich entgegenkommen und erlauben, dass sie den Rest in Raten abbezahl-ten?

Sie sprachen vor Aufregung kaum ein Wort, während der Friese die Oldenburger Straße entlangtrabte, die bald in die Nadorster Straße überging, von der die Straße zur Hofgärtnerei abzweigte. Je näher sie dem Gebäude kamen, desto nervöser wurde Julius. Als er den Wagen nach links zwischen den schneebestäubten Linden auf die Villa aus roten Backsteinen zutraben ließ, schien sein Puls sich fast zu über-schlagen. Er schlug den Halskragen seines Mantels hoch, Marleene lächelte ihm zu. Niemals hätte er zu träumen gewagt, dass er jemals die Fliedervilla zurückbekommen könnte.

Jetzt war sie zum Greifen nahe.

* * *

Mit zittrigen Händen betätigte Julius den Türklopfer. Ein Mädchen in Dienstbotenuniform mit Spitzenhäubchen öffnete. Es war nicht Meike, das Stubenmädchen, das früher in der Villa gelebt und ge-arbeitet hatte – aber das war nicht weiter überraschend. Das neue Mädchen musste zum Personal seiner Schwägerin gehören, das sie bei ihrem Einzug mitgebracht hatte. Dorothea, geborene von Wal-lenhorst, war adeliger Herkunft und hatte vor Jahren jene Garten-bauschule für höhere Töchter von Hedwig Heyl besucht, in der es vor allem darum gegangen war, den jungen Frauen die Arbeit an der frischen Luft schmackhaft zu machen. Als sie bei ihnen in der Hof-gärtnerei angefangen hatte, war Julius zunächst nicht begeistert, mitt-lerweile wusste er aber, dass sie ein gutes Herz hatte.

Das Mädchen führte sie in den Salon, und Julius verspürte einen Stich, als er die vertrauten Möbel sah. Die mit grünem Samt bezogene

Sitzgruppe, wo sie einst Dorotheas Vater hatten beichten müssen, dass alle Rosen für seinen Rosenball vertrocknet waren. Das Fenster, das zur Gärtnerei hinausging, an dem sein Vater so gerne gestanden und über das Leben sinniert hatte. Die edle Kommode aus Nussbaumholz, auf der die Porzellankatzensammlung seiner Mutter und die goldene Uhr seines Großvaters einen Platz gefunden hatten.

Alles hier war gespickt mit Erinnerungen.

Schönen und auch weniger schönen. Dennoch konnte er es kaum abwarten, hier wieder einzuziehen und in dem Haus gemeinsam mit Marleene neue Momente zu erleben, die irgendwann zu Erinnerungen wurden.

»Brüderchen«, sagte Konstantin herablassend und würdigte Marleene keines Blickes. Sie hatte ihn einst verschmäht, das hatte er ihr bis zum heutigen Tag nicht verziehen, und als sie zudem den Titel der Hofgärtnerin erkämpft hatte, hatte dies seinem Verdruss die Krone aufgesetzt. »Was führt dich zu mir?« Er setzte sich auf den Ohrensessel, schlug die Beine übereinander und nickte immerhin zum Sofa, wo Julius und Marleene Platz nahmen.

Nicht ohne Stolz legte Julius die prall gefüllte Geldtasche auf den Nussbaumtisch.

Fragend sah sein Bruder ihn an.

»Du willst verkaufen, habe ich gehört? Hier ist das Geld.« Er lehnte sich zurück und verschränkte die Arme.

Für drei Sekunden musterte Konstantin die Tasche, und seine hellbraunen Augen schienen dunkler zu werden. Dann erhob er sich und trat zum Fenster, drehte ihnen den Rücken zu. »Du bist falsch informiert.«

»Du willst gar nicht verkaufen?«, fragte Marleene mit einem Anflug von Hoffnungslosigkeit, die auch er spürte. Sollte am Ende alles nur ein Missverständnis sein?

Zum ersten Mal an diesem Tage schien Konstantin sie überhaupt wahrzunehmen, und sein stechender Blick schoss in ihre Richtung. »Doch.«

Zeitgleich richteten Marleene und Julius sich auf. Sie griff nach seiner Hand und drückte sie fest. Es bestand noch Hoffnung! Nur warum zögerte Konstantin?

»Aber?«, hakte Julius nach.

»Ich werde die Fliedervilla samt Gärtnerei natürlich meistbietend versteigern.«

5. Kapitel

Lina sah sich neugierig um, als sie durch die geklinkerte Hauptstraße in Rastede lief. Um Geld zu sparen, war sie eine Station früher ausgestiegen und legte den Rest zu Fuß zurück. Lange Zeit war sie nicht hier gewesen, doch vieles wirkte sogleich wieder vertraut.

Der Turm der St. Ulrichskirche ragte in der Ferne sein rotes Spitzdach in den Himmel, und auch die Wirtschaft, die sie jetzt passierte, hatte es vor Jahren bereits gegeben.

In der Auslage der Putzmacherin türmten sich die Hüte, hübsch garniert mit Reiherfedern oder Blumen aus Samt und Spitze. Innerlich schnaubte Lina. Welch eine Verschwendung! Die einen konnten sich nicht mal ordentliches Schuhwerk oder ein zweites Hemd leisten, während andere gleich mehrere dieser sündhaft teuren Kopfbedeckungen besaßen, die nur der Zierde dienten.

Überrascht stellte sie fest, dass als Nächstes ein Blumenladen folgte. Den kannte sie bisher nicht. *Friedas Blumen* stand in geschwungenen Lettern über der Tür, er war jedoch noch geschlossen.

Blumen und Pflanzen schienen in dieser Gegend immer wichtiger zu werden. Sollte ihr die Gartenbauschule, für die sie sich beworben hatte, am Ende gar zugutekommen?

In ihrem Schreiben, mit dem sie um Aufnahme gebeten hatte, hatte sie lügen müssen, dass sich die Balken bogen. Sie hasste Arbeit im Freien bei Wind und Wetter, zog die heimelige Wärme der Küche vor. Dort gab es in jeder Ecke etwas Aufregendes, und je nachdem, wie sie die Zutaten zusammenstellte oder behandelte, konnte sie die schmackhaftesten Gerichte zaubern. War es nicht faszinierend, dass man aus einem Erdapfel sowohl Brei als auch Puffer oder geröstete Spalten machen konnte? Das war allemal besser als Pflanzen.

Immerhin würden die Blumen sie im Gegensatz zu ihrer Arbeit in der Küche nicht daran erinnern, wie hungrig sie war, tröstete sie sich, als sie das Rasteder Posthaus passierte.

Ihr Magen war so leer, dass es schmerzte, denn die Herrschaft hatte ihr am Tag ihrer Abreise kein Essen mehr zugestanden und sich nach ihrer Kündigung sogar noch knauseriger gezeigt als zuvor. Aber sie scheute davor zurück, ihre dürftigen Ersparnisse zu verwenden, die sie gewiss eines Tages dringend benötigen würde.

Nämlich, wenn sie im hohen Bogen hinausgeworfen wurde.

Und das würde sie – sobald man ihr auf die Schliche gekommen war, und das ließe sich auf die Dauer bestimmt nicht vermeiden. Aber Hauptsache, die Hofgärtnerin bekam, was sie verdiente, dafür ließ sie sich gerne als Saboteurin entlarven. Sie wusste nur noch nicht, was sie sabotieren könnte, aber da würde sich schon etwas finden. Aber jetzt musste sie zunächst hart bleiben und hungern. Obwohl es höchstwahrscheinlich erst am Abend etwas zu essen geben würde, denn die Ankunftszeit war gewiss mit Absicht so gewählt worden, dass sie gerade eben nach dem Mittagsmahl lag.

Endlich hatte sie den Bahnhof erreicht, wo sie abgeholt werden sollten. Auf dem Bahnsteig warteten vereinzelte Personen, einige fein herausgeputzt mit Anzug und Zylinder, andere mit zerschlissener Kappe oder Kopftuch. Vor dem Bahnhof standen zwei Mädchen im Backfischalter und redeten aufgeregt miteinander. Unter dem Arm trug jede von ihnen einen aus Weiden geflochtenen Reisekorb, wie fast alle Dienstmädchen ihn hatten, um ihre Habseligkeiten von einer Dienststelle zur anderen zu transportieren. Die Kleider waren einfach gehalten, die linke hatte eine Bandmütze aufgesetzt, die rechte ein besticktes Timpentuch um die Schultern gelegt. In der entgegengesetzten Richtung hingegen stand eine junge Dame in einem beigefarbenen Seidenkleid mit leuchtend rot abgesetzten Ärmeln und ebensolchem Mantel mit breitem Kragen. Die Raffungen im Rock wurden von roten Schleifen geziert. Der aufwendige Putz am kleinen Hut war in den passenden Farben gefertigt worden. Das Fräulein unterhielt sich gediegen mit ihrer Begleiterin, deren Kleidung darauf schließen ließ, dass sie ihre Kammerzofe war. Die beiden hatten gewiss ein anderes Ziel. Kurz entschlossen trat Lina auf die aufgeregt sprechenden Mädchen mit der schlichten Kleidung zu.

»Wollt ihr auch zur Gartenbauschule für Frauen?«

Das hintere Mädchen mit dem Timpentuch sah sie aus eng zusammenstehenden Augen aufgeschreckt an. Das vordere hingegen sprang leicht in die Höhe, sodass die Bänder ihrer Haube flatterten. »Du etwa auch? Das ist ja famos. Servus, i bin die Barbara aus Oberösterreich, aber alle nennen mich Babsi.« Sie schob das Mädchen mit dem dunklen Knoten im Nacken ein Stück vor. »Und das hier ist die Meike. Stell dir vor, sie hat vorher bei den Goldbachs als Stubenmädchen gearbeitet. Also in Oldenburg, in der Fliedervilla, wo die ehemalige Hofgärtnerei war«, sagte sie im Dialekt ihrer Heimat.

Dafür, dass sie von so weit her kam, schien sie sich bereits bestens auszukennen. Doch bevor sie noch mehr von ihrem Wissen preisgeben konnte, bog ein Fuhrwerk mit schwarzem Pferd um die Ecke. Meike deutete mit zittriger Hand darauf. »Wir werden abgeholt«, sagte sie leise.

Auf dem Bock saß ein junger Mann mit abstehenden Ohren und leuchtend roten Haaren, der von einer Gewitterwolke umgeben zu sein schien. Als er die Mädchen entdeckte, lächelte er jedoch und winkte ihnen zu. »Die Damen«, sagte er, als er sie erreicht hatte, zog formvollendet die Kappe vom Kopf und verbeugte sich. »Ich bin Bruno. Es freut mich sehr, Sie in Rastede begrüßen zu dürfen.

Wenn ich Sie jetzt zur Gartenbauschule geleiten dürfte?« Sie kicherten allesamt, und Lina ärgerte sich insgeheim, dass sie hier so herzlich empfangen wurde. Aber Bruno schien ja auch ein Arbeiter zu sein, ebenso wie sie. Wie zu erwarten, war er nett.

»Bei dir freut es mich natürlich besonders, Meike«, sagte er nun zu der Brünetten, und Lina machte sich eine innerliche Notiz, Meike nicht zu unterschätzen, denn offenbar war sie hier bereits sehr bekannt.

»Nehmt schon mal Platz!« Auf der Ladefläche des Fuhrwerks befanden sich mehrere Strohballen. Lina und die beiden anderen setzten sich je auf einen, und sie massierte nach dem langen Marsch in den Holzschuhen, den Holsken, ihre schmerzenden Füße. Bruno schien noch auf etwas zu warten, denn er blickte sich um.

Schließlich räusperte er sich und ging auf das Fräulein im beigefarbenen Kleid zu. Lina hielt die Luft an und merkte, dass Meike und Babsi ebenso gebannt verfolgten, was er vorhatte. Bevor er sie ansprach, nahm er die Kappe ab. »Felicitas Engelbrecht?«, sprach er sie an, und die junge Frau benötigte einen Moment, um zu erkennen, dass er sie meinte. Sie verzog das Gesicht zu einem künstlichen Lächeln.

»Ja?«

»Sie wollen heute an der Gartenbauschule für Frauen beginnen, nicht wahr?«

»Das ist richtig. Haben Sie eine Nachricht für mich? Die Equipage scheint sich zu verspäten.« Sie reckte den Hals, um abermals die Bahnhofstraße entlangzublicken.

»Nein, äh, also ja. Ich meine, ich glaube, ich bin diese Äqui-Dingens ...«

Sie rümpfte das feine Näschen. »Wie meinen?«

»Ich soll Sie abholen.« Er knetete seine Mütze und tat Lina richtig leid.

»Sie wollen mich abholen?« Das Fräulein Engelbrecht blickte verdattert von links nach rechts. »Aber womit denn? Wo ist die Kutsche?«

»Oh, die Gärtnerei besitzt noch keine Kutsche. Wir machen immer alles mit dem Wagen.« Er deutete mit dem Kinn zum Fuhrwerk, wo Meike und Lina gequält lächelten und Babsi verlegen ein Winken andeutete.

Erst sagte das Fräulein nichts, dann begann es herzlich zu lachen. »Grundgütiger! Beinahe wäre ich darauf hereingefallen.« Sie verdeckte ihr Lachen mit der behandschuhten Hand. »Aber nun verraten Sie mir doch bitte, wo die Kutsche steht, mir ist ein wenig blümerant von der Reise.«

Bruno warf ihnen einen kläglichen Blick zu, räusperte sich und sah dem gnädigen Fräulein fest in die Augen. »Ich … bedaure, aber es gibt wirklich keine Kutsche. Haben Sie die Broschüre denn nicht bekommen? Meine Chefin hat mir versichert, dass sie alle genauestens darüber aufgeklärt hat, was Sie erwartet.«

Fräulein Engelbrecht sah zu ihrer Begleitung, die den Kopf schüttelte, und schien dann ihre Möglichkeiten abzuwägen. Nach einem erneuten Blick in Richtung Pferdekarren mit Strohballen waren offenbar keine weiteren Überlegungen vonnöten. »Unter diesen Umständen werde ich wieder abreisen.«

»Aber …«, stammelte Bruno, doch bevor er mehr sagen konnte, machte sie bereits auf dem Absatz kehrt und ging auf das Bahnhofsgebäude zu.

»Auf Wiedersehen«, sagte sie entschieden.

Babsi und Meike wirkten bestürzt, während Lina damit kämpfte, sich ihre Schadenfreude nicht anmerken zu lassen. Das würde der Hofgärtnerin sicherlich Probleme bereiten, und alles, was ihr das Leben erschwerte, machte ihr eigenes Vorhaben leichter.

Wie ein begossener Pudel trottete Bruno zu ihnen zurück. »Und ich dachte, anderthalb Jahre an der Seite von Rosalie Goldbach hätten mich im Umgang mit den gnädigen Fräuleins auf alles vorbereitet«, murmelte er, bevor er sich auf den Kutschbock schwang.

»Fräulein Goldbach hat an der Seite von Bruno eine Zeit lang in der ehemaligen Hofgärtnerei gearbeitet«, flüsterte Meike ihnen als Erklärung hinter vorgehaltener Hand zu, und Lina wurde langsam stutzig. Höhere Töchter, die Seite an Seite mit Arbeitern verkehrten? Stubenmädchen, die sich zur Gärtnerin ausbilden lassen durften … Hier war doch einiges anders, als sie erwartet hatte.

Aber das würde sie noch genauer beobachten. Fürs Erste lehnte sie sich zurück und ließ die weiß gepuderte Landschaft an sich vorüberziehen. Babsi konnte kaum glauben, wie flach hier alles war, und erzählte von den Bergen in ihrer Heimat und ihrem Vater, der unter Tage arbeitete.

»Ich bin ja schon so gespannt, wie unsere Kammern aussehen werden. Ihr nicht auch?«, sagte Babsi zum Schluss. Lina wollte lieber nicht darüber nachsinnen, denn normalerweise waren die so, dass man nicht eben viel Zeit in ihnen verbringen mochte. Ein Alkoven unter der Treppe, eingelassene Hängeböden oder zugige Winkel hinter der Küche wurden meist für die Dienstboten als ausreichend angesehen, und sie hatte sich abgewöhnt, mehr zu erwarten, um der Enttäuschung vorzubeugen.

Nun bog das Fuhrwerk in einen unscheinbaren Weg ab, der durch ein Fichtenwäldchen führte. Lina staunte nicht schlecht, als sie inmitten der Bäume Rhododendren entdeckte, die seit einigen Jahren in aller Munde waren. Jeder wollte sie für seinen Garten, nachdem sich herumgesprochen hatte, wie sehr der Großherzog diese Pflanzen schätzte. Nach einer Kurve tat sich ein reetgedecktes Bauernhaus auf. Zwischen dem Fachwerk zeigten sich rote Ziegel, und in der Mitte hieß sie die typische Grootdör willkommen, die so groß war, dass ein Wagen hindurchfahren konnte.

Sie hörte Babsi nach Luft schnappen und musste zugeben, dass auch sie beeindruckt war von den sechs Gewächshäusern und den Blumenbeeten, wo die zarten Pflänzchen so weit in Reih und Glied wuchsen, dass sie am Ende spitz zusammenzulaufen schienen.

Eine junge Frau, die das dunkelbraune Haar in einem Flechtkranz um den Kopf gelegt hatte, trat nach draußen und lächelte sie aus einem sommersprossigen Gesicht herzlich an.

»Willkommen in der Hofgärtnerei, wie schön, dass ihr da seid! Kommt gerne herein, es ist alles vorbereitet.« Sie stutzte. »Fehlt nicht noch ein Mädchen?«

Bruno erklärte, was am Bahnhof vorgefallen war, und die Hofgärtnerin fasste sich an den Hals. Diese Marleene Langfeld sah vollkommen anders aus, als Lina sie sich vorgestellt hatte.

»Nun ja, lasst uns erst einmal essen«, sagte sie. »Euer Gepäck könnt ihr zunächst neben der Tür abstellen.«

Meike und Babsi sprangen vom Wagen und sahen vergnügt um sich, Lina folgte langsamer, traute dem Ganzen nicht. Schön, es gab in der Tat etwas zu essen. Allerdings bestimmt nur, um sie zunächst gütlich zu stimmen.

»Ich bin übrigens Frieda, Marleenes Cousine«, stellte sich die junge Frau mit den Sommersprossen jetzt vor. »Marleene ist untröstlich, ihr ist unseligerweise eine überaus wichtige Sache dazwischengekommen, sie hätte euch nur zu gerne persönlich begrüßt. Sie wird in etwa einer Stunde zurück sein. Kommt, ich zeige euch erst mal eure Kammern.«

Soso, die gnädige Frau Hofgärtnerin konnte sich nicht einmal dazu herablassen, ihre Schülerinnen selbst zu begrüßen. Das passte schon eher in das Bild, das Lina von ihr hatte.

Nachdem sie sich vorgestellt hatten, führte Frieda sie in das Haus, das offenbar Schwalbennest genannt wurde. Wie bei allen Bauernhäusern, die Lina kannte, ging die Diele direkt in einen geräumigen Wohnraum mit Kamin über. Vor holländischen Fliesen stand der eiserne Herd und davor, im Underslag, dem Bereich mit der unterschlagenen

Decke, ein langer eichener Esstisch mit vielen Stühlen. Die Wand neben gekröpften Kisten wurde von einer Anrichte mit blau-weißen Tellern und Zinnkannen geziert. Unweit des Herdes hing ein hübsch geschnitztes Salzfass an der Wand, und auf dem Herd selbst stand ein riesiger Topf, in dem es kaum vernehmlich blubberte. Es duftete herrlich nach geräuchertem Schinken und Bohnen. Unwillkürlich gab Linas Magen zu erkennen, dass er bisher nichts bekommen hatte, und sie wäre am liebsten im gelehmten Boden versunken. Doch Frieda lächelte sie verständnisvoll an. »Gleich gibt es etwas zu essen. Du musst ganz ausgehungert sein, wenn du seit dem Frühstück noch nichts hattest. Du bist aus Jever angereist, nicht wahr?«

Lina nickte stumm, und Frieda drückte kurz ihre Schulter. »Dann lasst uns keine Zeit verlieren.« Sie öffnete die erste Tür zu ihrer Rechten, wo einst die Stallungen gewesen sein mussten. Dahinter tat sich eine schmale, aber blitzsaubere Kammer auf. Zwei schlichte Holzbetten mit blau-weiß karierter Bettwäsche standen darin, jedes hatte ein Nachtschränkchen mit einer Öllampe darauf. Die Fensterbank zierte ein Emaillekrug mit Blumen; sie mussten aus den zahlreichen Gewächshäusern stammen, denn sie blühten. Auf dem Boden lag ein geknüpfter Teppich, und an der Wand stand ein schmuckloser, aber großer Schrank. Das Zimmerchen war offensichtlich mit Liebe hergerichtet worden, und Lina wollte das Herz aufgehen, denn solch eine hübsche Kammer hatte sie nie zuvor bewohnt. Rasch gebot sie ihrem Gefühl Einhalt.

Das musste alles noch gar nichts bedeuten.

»Zwei von euch können hier wohnen«, kündigte Frieda an und sah fragend zu den Mädchen. Babsi und Meike tauschten Blicke aus und waren sich offenbar schnell einig. »Gut«, sagte Frieda und wandte sich an Lina. »Dann ziehst du nebenan ein? Deine Mitbewohnerin wird erst später ankommen.«

Lina ging mit ihr in den Nebenraum, fest darauf eingestellt, dass dieser einem Hundezwinger gleichen würde, doch die nächste Kammer war ebenso apart hergerichtet worden wie die erste. Sie stellte ihren Korb ab und folgte Frieda in die Wohnküche, wo sie großzügige Portionen Eintopf auf die Schüsseln verteilte. Lina hatte gerade einen Nachschlag bekommen, als die Haustür sich öffnete.

»Marleene, Julius, da seid ihr ja!«, rief Frieda fröhlich.

Ein großer, gut aussehender Mann mit zerzausten Haaren und eine weizenblonde junge Frau traten ein, wirkten dabei jedoch überaus verdrießlich.

Ha!, dachte Lina. Genauso vergrämt hatte sie sich die Hofgärtnerin vorgestellt.

6. Kapitel

Alma Thormälen fand erst nachdem die Eisenbahn sich ächzend in Bewegung gesetzt hatte, einen noch freien Platz in einem Abteil. Eigentlich war es eine Klasse zu hoch für sie, doch nach drei Tagen Nachtschicht im Krankenhaus würde sie den Aufschlag in Kauf nehmen.

Sie lächelte den beiden Frauen zu, die an der linken Seite saßen, und wuchtete ihren Koffer auf die Ablage.

»Und, junge Frau, wohin verschlägt es Sie?«, fragte die Dame mit der üppigen Schleife um den Hut, nachdem Alma ihr gegenüber Platz genommen hatte. Unverhohlen musterte sie Alma, sodass diese rasch den Sitz ihrer Bluse kontrollierte und den dunklen Rock glatt strich. Die noch etwas feiner gekleidete junge Frau neben ihr starrte indes weiterhin aus dem Fenster.

»Nun?«, hakte die ältere Dame nach.

Alma dachte an das, was vor ihr lag, und konnte nicht verhindern, dass sich ihr Mund zu einem versonnenen Lächeln verzog.

»Nach Hause«, sagte sie knapp und unterdrückte den Impuls, all das hinzuzufügen, was ihr ebenfalls auf der Zunge lag. Dass sie drei Jahre nicht dort gewesen war. Dass sie in der Krankenpflegerinnen-Anstalt zu Hannover zur Schwester ausgebildet worden war, nun aber auf dem heimischen Hof gebraucht wurde – und dass sie die Rückkehr mit immenser Freude und größter Furcht zugleich verband. Und das hatte nicht einmal mit den tragischen Umständen ihrer Rückkehr zu tun, sondern eher mit denen ihres Fortgangs. Seitdem war viel Zeit verstrichen, und so schob sie den Gedanken beiseite. Es war absurd, wie sehr er sie noch immer schmerzte.

»Und wo ist das?«, fragte die Frau neugierig, und Alma beobachtete amüsiert, dass ihre Begleiterin ihr den Ellenbogen in die Seite stieß und sie tadelnd ansah. Es ziemte sich nicht, Fahrgäste dermaßen auszufragen, das wusste selbst Alma, obwohl sie nur eine Bauerstochter war, aber auch sie hatte nichts dagegen, sich die lange Fahrtzeit durch Gespräche zu verkürzen.

»Ich komme aus der Nähe von Oldenburg und werde dort von meinem Bruder abgeholt«, gab sie freiheraus zu, damit ihr Gegenüber sich nicht unbehaglich fühlte.

»Haben wir noch etwas zu essen? Ich sterbe vor Hunger«, unterbrach die junge Frau sie mit dünner Stimme und sah zu ihrer Gouvernante. Verdrehte diese etwa leicht die Augen? Alma vermochte es nicht mit Sicherheit zu sagen. Sie erinnerte mit ruhigen Worten, dass das gnädige Fräulein bereits in der Droschke zum Bahnhof den gesamten Reiseproviant vertilgt hatte.

In die betretene Stille hinein warf Alma rasch die Gegenfrage, woher die beiden kämen und was ihr Ziel sei.

»Oh, wir kommen aus Hildesheim und sind ebenfalls auf dem Weg nach Oldenburg. Fräulein Agneta von Tegenkamp wird sich dort auf eine Art Kur begeben.«

»Eine Kur?« Alma versuchte verstohlen, das Gesicht des Mädchens zu erkennen, das im Schatten der Hutkrempe lag. So gebrechlich hatte sie bisher gar nicht gewirkt. Allerdings wusste sie aus eigener Erfahrung, dass das Leid nicht immer äußerlich erkennbar war.

»Was denn für eine Kur, wenn ich mir die Frage erlauben darf? Ich wusste nicht, dass in Oldenburg überhaupt Kuren angeboten werden. Oder geht es weiter an die Nordsee?«

»Leider nicht«, antwortete Agneta nun mit schwächlicher Stimme, als ob sie beweisen müsste, dass sie durchaus kränklich war. »Es ist irgendein Nest in der Nähe der Stadt.«

Berta, wie die Begleiterin hieß, versuchte offensichtlich durch ihr Lächeln die Herzlichkeit wettzumachen, die Agneta vermissen ließ. »Es wird herrlich! Sie wird dort viel an der frischen Luft sein, lustwandeln durch die Natur, und sogar für den Geist wird etwas getan.«

»Das klingt entzückend! Wo ist denn diese Einrichtung? Mich wundert es, dass ich noch nie davon gehört habe, obwohl ich so lange in der Gegend gewohnt habe.« Abermals biss sie sich auf die Zunge, um nicht auch noch die tausend anderen Dinge auszuplaudern, die ihr durch den Kopf gingen. Das hatte sie unter anderem in ihrer Ausbildung gelernt. Zuhören war eine Tugend, hin und wieder verfiel sie aber nach wie vor in alte Verhaltensweisen und schüttete alle Worte aus sich raus, die in ihrem Kopf waren.

»Oh, die Einrichtung ist noch ganz neu«, wusste Berta zu berichten, während Agneta mit glasigem Blick aus dem Fenster sah, wo die Bäume vor den endlosen Wiesen an ihnen vorüberrauschten. »Soweit ich weiß, wird sie heute erst eröffnet. In Rastede.«

»In Rastede?« Das S in Almas Sprache war ziemlich zischend geworden, zu ihrem Unwillen lispelte sie stets, wenn sie aufgeregt oder nervös war. »Wie heißt dieses Kur-Centrum denn?«

»Oh, es ist nicht direkt eine Kur, wie gesagt.« Berta zog eine gefaltete Zeitung aus der Tasche und deutete auf eine Annonce. Alma genügte es, die fett gedruckte Überschrift zu lesen. *Gärtnerinnen-Schule.* Sie hatte in den vergangenen Jahren regen Briefkontakt mit Marleene gehalten. Hatte aus der Ferne gar Tischdeckchen und Gardinen für die Mädchenzimmer genäht und bestickt, und ihre liebe Freundin hatte ihr über alles Bericht erstattet. Sie hatte immer wieder betont, dass ihre Schule anders sein sollte als die erste Gartenbauschule von Hedwig Heyl. Sobald Frau Heyl von Marleenes Vorhaben gehört hatte, hatte sie die bestehende Schule sogar geschlossen. Sie hatte es sehr begrüßt, dass Marleene alles höchst professionell aufziehen wollte, und ihr obendrein ein Gewächshaus überlassen, für das sie nun keine Verwendung mehr hatte. In Marleenes Schule wurde also ein richtiger Beruf erlernt, und deswegen wurde gearbeitet – und nun gingen diese Herrschaften davon aus, es handle sich um eine Art Kur?

Es kam nicht oft vor, dass Alma um Worte rang.

Jetzt war es so weit.

»Aber … das … äh.« Sie setzte sich aufrecht hin und umklammerte mit der linken Hand die Finger ihrer rechten. »Das ist ja eine Schule … und kein Kurhaus! Soweit ich weiß, wird man dort zur Gärtnerin ausgebildet, da Frauen keine herkömmliche Lehre in einer Gärtnerei machen können.«

Berta nickte begeistert. »Das ist das Gute daran. Agneta wird sich nicht nur erholen, sondern sogleich auch lernen, wie sie die Blumen aus ihrem Garten schneiden kann. Vielleicht auch etwas Gemüseanbau, sodass sie die Gärtner später optimal anweisen kann, wenn sie ihrem eigenen Haushalt vorsteht. Und ihrer angeschlagenen Gesundheit wird es ebenso zugutekommen.«

Alma biss die Backenzähne zusammen. »Also, ich glaube nicht …«

»Seien Sie ohne Sorge! Eine Bekannte von Agnetas Familie hat bereits eine solche Schule besucht und war voll des Lobes.«

»Es ist nur …« Alma legte den Kopf in den Nacken und sah Hilfe suchend um sich, als könnte sie die fehlenden Worte in ihrem Abteil finden. »Ich kenne die Betreiberin der Schule, die Hofgärtnerin. Tatsächlich ist mein Elternhaus gar nicht weit davon entfernt, und so, wie ich es gehört habe, geht es dort um richtige Arbeit. Die Ausbildung in der Schule soll der Lehre in einer Handelsgärtnerei in nichts nachstehen. Die Mädchen werden von Sonnenauf- bis Sonnenuntergang arbeiten, sie werden mit bloßen Händen in der Erde wühlen, Pflanzen schneiden, Flieder veredeln, Mistbeetkästen vorbereiten, Jauche über die Beete verteilen … Um es kurz zu machen: Es wird alles andere als erholsam sein.«

So, nun war es raus.

Alma fühlte sich sogleich sehr viel leichter. Erst jetzt merkte sie, dass Agneta den Hut nach hinten geschoben hatte und sie anstarrte.

»Wie bitte?«, flüsterte sie mit schwächlicher Stimme, und Alma bereute ihre Worte umgehend. Sie hatte das Gefühl gehabt, sie müsse dieses Mädchen, das ganz offensichtlich in höheren Kreisen verkehrte und gewiss zu einer feinen Dame erzogen werden sollte, auf das vorbereiten, was es erwartete. Womöglich hätte sie dabei etwas umsichtiger vorgehen sollen?

»Es kann allerdings auch ein überaus erquickliches Gefühl sein, wenn man an einem Tag so richtig viel geschafft hat …«, setzte sie mit fipseliger Zunge nach, um Wiedergutmachung bemüht. »Und … und … und das mit der frischen Luft bleibt ja bestehen. Frische Luft wartet reichlich auf Sie!« Alma nickte heftig dazu, aber in ihrem Kopf fuhr in diesem Moment ihr Bruder Jost mit dem Güllefass über das Feld. Sie lächelte den Gedanken weg. Wenn nicht gerade Jauche gefahren wurde, war die Luft durchaus herrlich, kein Vergleich zum Smog in der Stadt. »U-u-und es gibt ein kleines Fichtenwäldchen auf dem Gelände, in dem die wunderschönen Rhododendren wachsen. Wenn Sie darin arbeiten, haben Sie Nähe zur Natur im Überfluss.« Und wenn man ohnehin im Wald war, konnte man bestimmt auch ein paar Knospen aus den Rhododendren brechen, damit sie besser wuchsen.

Doch Agneta wandte sich jetzt mit versteinerter Miene an ihre Gouvernante. »Berta, trage bitte dem Lokführer auf, dass er den Zug wenden möge«, hauchte sie. »Ich will sofort zurück.«

Berta lachte nervös und schob eine Strähne unter ihren Hut. Vermutlich suchte sie nach einer unverfänglichen Möglichkeit, Agneta zu erklären, dass man Züge nicht wenden konnte.

»Ich sag dir was«, platzte es aus Alma heraus. Sie hielt inne, als ihr bewusst wurde, dass sie eine höhere Tochter geduzt hatte, doch diese ließ sie mit einer resignierten Handbewegung gewähren. »Wie wäre es, wenn du es dir erst einmal anschaust? Sollte es dir nicht gefallen, kannst du immer noch zurückkehren.«

Zum Glück ließ Agneta sich seufzend auf den Vorschlag ein. Trotzdem schimpfte Alma die gesamte restliche Zugfahrt über im Stillen mit sich selbst, dass sie wieder einmal ihrem impulsiven Wesen erlegen war.

Dabei war sie eigentlich nicht mehr die alte Alma. Sie war jetzt eine ausgebildete Krankenschwester. Ein Pol der Ruhe und Zuversicht, auch von den schauerlichsten Verletzungen nicht aus der Fassung zu bringen. Nicht weit von Hannover hatte es ein Sägewerk gegeben, die von dort herrührenden Verletzungen waren stets eine schwere Prüfung für die Neulinge gewesen. Allgemein war der Umgang mit Blut und Wunden vor wenigen Jahren noch ein Argument gewesen, warum Frauen nicht im Krankenhaus arbeiten sollten. Einige Menschen waren überzeugt, dass das nichts für das zarte Gemüt einer Frau sei. Allein deswegen hatte Alma sich zusammengerissen, denn sie war der Überzeugung, dass, wenn Männer das schafften, es ihr ebenso gelingen würde. Dabei hatte ihr nicht zuletzt ihr Pragmatismus geholfen. Abgesägte Finger oder gar ein ganzer Armstumpf, da die Hand in das Sägewerk geraten war, sahen wahrlich fürchterlich aus, und einigen drehte es den Magen um. Sie hingegen hatte wie immer allein das gesehen, was getan werden musste. Da waren Menschen gewesen, die sich schlimm verletzt hatten und ihre Hilfe brauchten, also hatte sie rasch und gewissenhaft getan, was ihr möglich war, und war zum nächsten Fall übergegangen. Es nützte schließlich nichts, ewig darüber zu jammern oder sich zu zieren, davon wurde die Arbeit nicht schneller erledigt.

Eine Stunde später erreichten sie den Bahnhof. Alma stellte sich auf die Zehenspitzen, um ihren Koffer von der Ablage zu holen, und wunderte sich, dass Agneta und Berta offenbar nur eine kleine Tasche dabeihatten. Erst als sie durch die Bahnhofshalle liefen, bemerkte sie, dass gleich mehrere Kofferträger ihnen folgten und zwei Überseetruhen hinter ihnen hertrugen, auf denen sich Hutschachteln und Koffer türmten. Sie mussten ihre Sachen vor Reiseantritt aufgegeben und nun mit ihrem Gepäckschein eingelöst haben.

Sobald sie aus dem Gebäude getreten war, entdeckte sie ihren Bruder, denn er war ein Bär von einem Mann mit pechschwarzen Haaren und ausgeprägten Koteletten. Wie ein Felsen stand er vor ihrer Kutsche, die von ihren beiden Friesenpferden, Adler und Habicht, mit wallendem Fesselbehang gezogen wurde. »Jost!«, rief sie voller Freude und stürmte auf ihn zu. Ohne Umschweife fiel sie ihm um den Hals, was von Agneta mit konsterniertem Blick zur Kenntnis genommen wurde, wie sie aus dem Augenwinkel sah.

Danach wandte sie sich an ihre neue Bekanntschaft. »Sollen wir euch mitnehmen?« Nachdenklich beäugte sie dabei den Gepäckberg, der niemals auf die Ablage hinter der Kutschkabine passen würde.

»Danke, das wird nicht nötig sein«, sagte Agneta knapp und musterte Jost unauffällig.

»Die Schule wollte jemanden schicken«, erklärte Berta und ließ den Blick umherschweifen. Alma tat es ihr gleich, und in diesem Moment trabte ein weiterer Friese um das blumenbepflanzte Rondell in der Mitte des Bahnhofvorplatzes. Sie hatten das Fohlen von Adler Julius zum Geburtstag geschenkt, und er hatte es dem Vorbild seines Vaters folgend *Falke* genannt. Doch es war nicht Julius, der auf dem Kutschbock saß.

Ihre Blicke fanden sich sofort, und im selben Moment schien all der Lärm zu verschwinden. Kein Hufgeklapper mehr, kein Rufen, keine zischenden Züge und pfeifenden Lokführer. Da waren nur Brunos warme Augen unter seinen morgenroten Haaren, ansonsten stand die Welt still. Unverzüglich wusste Alma, dass sie falschlag.

Sie war kein Pol der Ruhe geworden.

Sie mochte die markerschütternden Schreie der Sägewerkarbeiter ertragen, schaffte es, sich bei absägten Fingern mit ausfransender Haut nicht abzuwenden. Doch ein Blick in Brunos Augen genügte offenbar selbst jetzt noch, um ihre Welt aus den Angeln zu heben – und sie wusste nicht, wie sie das ertragen sollte.

* * *

Julius ließ die Axt mit so viel Wucht durch das Holz sausen, dass die Klinge das Scheit wie Butter zerteilte. Viel zu tief grub sie sich danach in den Hauklotz und blieb stecken. Unwirsch stemmte Julius den Stiefel dagegen und zerrte die Klinge heraus.

Der Winter war fast vorbei, die Holzvorräte noch üppig, und es gab zahlreiche andere Aufgaben – doch er musste einfach Holz hacken. Er brauchte eine Arbeit, wo er etwas zerstören konnte. Sonst könnte er für nichts garantieren.

Es tat ihm leid, da die Schülerinnen heute angereist waren und er sie gerne fröhlich begrüßt und Marleene bei ihrer Führung begleitet hätte. Doch er spürte die rasende Wut und die Enttäuschung in jeder seiner Bewegungen. Und die Gefühle mussten raus. Wann immer er an die Begegnung mit Konstantin zurückdachte, schoss der helle Zorn abermals durch seine Glieder.

Wie konnte sein Bruder es nur wagen!?

Konstantin war selbst mit den einleuchtendsten Einwänden nicht davon abzubringen gewesen, die Fliedervilla zu versteigern. Das Haus, das seit Generationen in Familienbesitz war. Das Haus, in dem sie aufgewachsen waren.

Konstantin war es vollkommen gleich, wer das Familienunternehmen weiterführte. Für ihn zählte einzig und allein der Profit. Julius hatte sich dazu herabgelassen, ihn aufrichtig anzuflehen. Hatte auch Rosalie ins Spiel gebracht und alles geboten, was ihm in den Sinn gekommen war. Doch Konstantin war ungerührt geblieben.

Mit einem raschen »zitt« sauste die Axt durch die Luft und brachte das nächste Scheit zum Zerbersten. Julius atmete heftig – doch die Wut wollte nicht verschwinden.

Er wuchtete einen besonders großen Holzklotz auf den Block. Stellte sich vor, er wäre etwas anderes und ließ, ohne zu zögern, die Axt hindurchsausen. Deswegen mochte er das Holzhacken so. Man musste sich konzentrieren. Haargenau eine Stelle unter dem Holzscheit anpeilen und schonungslos zuschlagen, durfte nicht lange fackeln und abwägen. Für Sorgen war dann kein Raum mehr im Kopf.

Normalerweise.

Sein Bruder schaffte es durch sein Verhalten dennoch, dass er nicht vergaß. Konstantin machte ihn fassungslos, ihm war es nicht wichtig, dass die Villa und die Gärtnerei in Familienhand blieben. Höchstwahrscheinlich war es ihm sogar lieber, wenn sie an jemand Fremdes übergingen, bevor sein kleiner Bruder darin glücklich wurde.

Julius ächzte, als er das große Stück zerschlug. Instinktiv spürte er den Blick auf seiner Haut und sah auf. Marleene. Große Sorge lag in ihren Augen, das hatte er nicht gewollt. Er zwang sich zu einem Lächeln, rief sich ihr letztes Picknick in Erinnerung, damit es echt wirkte, und nickte ihr zu. Sie schien glücklich zwischen all den Schülerinnen, und er war froh, dass sie wenigstens das geschafft hatten.

* * *

Während Marleene den Schülerinnen das Gelände zeigte, glitt ihr Blick immer wieder zu Julius. Seit der Rückkehr von der Fliedervilla hackte er wie ein Besessener Holz. Erneut sauste die Axt durch die Luft.

Der Schweiß hing bereits in seinen Haaren, immer wieder musste er sich die Stirn abwischen und hatte die obersten Knöpfe seines Hemdes geöffnet. Sie konnte es ihm nicht verdenken. Auch sie spürte die herbe Enttäuschung noch immer, obwohl sie sich bemühte, sich dies in keinster Weise anmerken zu lassen. Ihre Schülerinnen hatten vermutlich ebenso auf diesen Tag hingefiebert wie sie, das wollte sie ihnen nicht verderben.

Aber Konstantins Entscheidung war wirklich unmöglich. Dass er Julius nun das Familienunternehmen samt Geburtshaus versagte, lag wahrscheinlich vor allem daran, dass sie seinen Hass auf sich gezogen hatte, dachte Marleene, und ihr Herz sank noch tiefer.

Und jetzt hatte Bruno ihr auch noch eröffnet, dass die höhere Tochter Felicitas Engelbrecht nicht kommen würde. Sofort hatte Marleene gedanklich alles durchgerechnet, immerhin fußte nahezu die gesamte Schule auf den Einnahmen, die durch die wohlhabenderen Familien reinkamen. Gott sei Dank hatte sie so viel Puffer eingeplant, dass sie mit dem Schulgeld durch die zweite höhere Tochter gerade so auskommen würden, wenn sie weniger Exkursionen machten als geplant und sich alle etwas zurücknahmen.

Es durfte allerdings nichts mehr schiefgehen. Sie waren darauf angewiesen, dass kein Arbeitsgerät kaputtging, nicht übermäßig viele Pflanzen eingingen, es keine ungeplanten Preiserhöhungen des Saatguts gab und auch keine weitere Schülerin abspringen würde. Marleene fühlte sich sehr unwohl, wenn sie dermaßen nahe am finanziellen Abgrund arbeitete. Da sie die Ersparnisse benötigten, um das Land auszulösen, blieb ihnen jedoch keine Wahl. Sie bemühte sich zunächst, nicht länger darüber nachzudenken und sich auf die Mädchen zu konzentrieren.

Marleene öffnete die nächste Gewächshaustür und wartete, bis die drei Schülerinnen hinter ihr eingetreten waren. Sie deutete auf die momentan recht kahlen Pflanzen auf Hochstamm. »Das hier sind all unsere veredelten Flieder. Warum die Veredelung vorgenommen wird und wie das geht, werdet ihr in den kommenden Monaten noch lernen. Und hier vorne haben wir eine Besonderheit, die ihr allerdings erst im Mai sehen könnt.«

»Was ist es denn?«, rief Babsi in ihrem zauberhaften österreichischen Dialekt.

»Die Blütenblätter des Flieders haben als Einzige auf der Welt zwei Farben. Normalerweise ist Flieder ja durchgängig helllila, dunkellila, gelb oder weiß. Aber dieser hier hat purpurviolette Blüten mit einem strahlend weißen Rand.«

Die Schülerinnen sahen sie verzückt an, und Lina rief: »Oh, ich kann es kaum abwarten, das zu sehen!«

Marleene lächelte ihr dankbar zu, das Arbeitermädchen hatte besonders zerschlissene Kleidung und erinnerte sie ein wenig an sich selbst, obgleich sie äußerlich ansonsten vollkommen anders aussah. Sie war eher klein, und als sie zuvor ihren Zopf neu geflochten hatte, hatte es gewirkt, als wären die langen feinen Locken doppelt so viele wie ihre. Aber sie meinte in Lina die gleiche Entschlossenheit zu spüren, die auch sie vorantrieb, und sie freute sich, sich für sie entschieden zu haben, nachdem sie ihren herzzerreißenden Brief gelesen hatte.

Gemeinsam traten sie wieder nach draußen. Das Geklapper der Hufe hinter dem Fichtenwäldchen kündigte einen Pferdewagen an, bevor sie ihn sahen.

»Das müsste die vierte Schülerin sein, die hier wohnen soll«, sagte Marleene aufgeregt. »Sie kommt aus der anderen Richtung, daher hat Bruno sie in Oldenburg abgeholt. Die anderen drei stoßen dann morgen zum Unterrichtsbeginn zu uns.«

Doch zu Marleenes Überraschung trabte nicht ihr junger Friese auf den Hof, sondern Adler und Habicht vor der Kutsche der Thormälens, ihrer Nachbarn. Noch bevor diese gänzlich zum Stehen kam, öffnete sich die Tür, und jemand, den sie viel zu lange nicht gesehen hatte, sprang heraus.

»Alma?«, rief Marleene ungläubig und legte eine Hand auf ihr Herz, das ihr beim Anblick ihrer lieben Nachbarin aufging. Alma strahlte sie aus ihren hellblauen Augen an. »Überraschung!«, rief sie und stürmte auf Marleene zu. Im nächsten Moment lagen sie sich in den Armen. »Warum hast du mir nicht gesagt, dass du kommst? Ich hätte etwas vorbereitet.«

Alma warf lachend ihre tiefschwarzen Locken nach hinten. »Zufällig wusste ich, dass du genug vorzubereiten hast. Eigentlich hatte ich vor, rasch einen Kuchen zu backen, und dann wollte ich bei euch an die Tür klopfen, so wie damals, als wir uns kennengelernt haben. Wäre das nicht vergnüglich gewesen? Aber dann …«, sie gestikulierte zur Kutsche, wo gerade eine Frau mit riesiger Schleife um den Hut einer jungen Dame in einem feinen bernsteinfarbenen Kleid aus der Kabine half. Jost stand geduldig abwartend daneben und hob stumm den Zeigefinger zum Gruß.

»Dann habe ich unterwegs zufällig eine deiner Schülerinnen getroffen. Offen gestanden fand sie die Aussicht, auf einem Strohballen auf der Ladefläche zu sitzen, nicht gerade …«, sie fuchtelte um Worte ringend in der Luft herum, »… *erquicklich*. Deswegen haben wir sie mitgenommen.« Jetzt senkte Alma ihre Stimme noch mehr und zog Marleene ein wenig beiseite, während Jost mit seinem leichten Humpeln auf die Kutschkabine zuging. Er beugte sich hinein und reichte eine Hutschachtel der Frau mit der großen Schleife nach draußen.

»Ich habe herausgehört, dass sie sich unter der Gartenbauschule offenbar eine Art Kur oder ein Sanatorium für gebrechliche Menschen vorstellen. Natürlich habe ich versucht, ihr schonend beizubringen, dass das nicht ganz so ist.« Die Gesichtsfarbe ihrer Freundin wechselte ins Rötliche. »Wenn ich ehrlich bin, hat das mit dem *schonend* nicht ganz so gut geklappt«, schoss es aus ihr heraus, als wäre der gesamte Satz ein einziges Wort.

»Was … hast du denn gesagt?«, fragte Marleene nervös, denn von diesem blässlichen Mädchen hing einiges ab, nachdem Felicitas Engelbrecht nicht einmal angereist war, obgleich Marleene zuvor in einem Brief allen Eltern geschildert hatte, was die Ausbildung beinhalten würde. Einige Einzelheiten hatte sie ein bisschen vage gehalten, wie etwa das Düngen der Pflanzen, denn sie wollte niemanden verschrecken und die höheren Töchter lieber stückweise an die Arbeit heranführen. So hatte es letztendlich auch bei Rosalie und Dorothea geklappt, die sich nach einer Eingewöhnungszeit recht gut in der Gärtnerei gemacht hatten. Man musste ja nicht gleich am ersten Tag Mistbeetkästen packen oder mit dem Jauchegemisch düngen.

Alma hob die Schultern. »Was ich ihnen gesagt habe? Na, die Wahrheit natürlich.«

Marleene schürzte die Lippen, während sie weiterhin das Abladen beobachtete, wo der Hutschachtel noch einige Koffer folgten. »Hast du … die Mistbeetkästen erwähnt?«

Alma verlagerte kaum merklich ihr Gewicht. »Möglicherweise.«

»Und das Düngen?«

Alma sog die Luft durch zusammengebissene Backenzähne ein und duckte sich weg.

»Alma!« Marleene fuhr sich durchs Gesicht.

»Es tut mir leid! Wirklich, ich bin wahrlich untröstlich!« Alma griff nach der dünnen silbernen Kette, die sie von ihrer Mutter geerbt hatte, und umklammerte das kleine Kreuz. »Ich … ich verspreche, ich werde es wiedergutmachen. Ich könnte jeden Tag für die Schülerinnen kochen. Und putzen, putzen kann ich auch für sie!«

Marleene lachte verhalten. »Eigentlich hatte ich gehofft, dass sie das selbst machen. Außerdem hast du nun wirklich genug zu tun, jetzt, wo Margarete …« Sie ließ den Satz ins Leere laufen, denn sie wusste nicht, wie sie es ausdrücken sollte. Almas Stiefmutter hatte vor zwei Monaten offenbar die Nase voll gehabt vom Landleben und hatte ihren Ehemann mit nichts weiter als einem Abschiedsbrief sitzen lassen.

Deswegen kehrte Alma jetzt zurück, obwohl sie gerade erst ihre Ausbildung beendet hatte. Aber es musste sich schließlich jemand um den Haushalt kümmern, selbst wenn Margarete vor drei Jahren dafür gesorgt hatte, dass Almas zwei jüngere Geschwister auf ein Internat kamen.

Marleene seufzte. »Es wird schon irgendwie gehen.« Sie sahen zu, wie Agneta leicht pikiert eine Hutschachtel entgegennahm, die Jost ihr in die Hand drückte, da die Begleiterin bereits voll beladen war, bevor er selbst zwei wuchtige Koffer nahm. »Jo, das war's.«

»Immerhin kommt sie mit relativ leichtem Gepäck. Keine Ahnung, was sie hier mit vier Hüten will, aber es hätte schlimmer kommen können.«

»Äh.« Alma kratzte sich im Nacken, während hinter dem Wäldchen wieder rhythmisch die Hufe auf den Boden schlugen. »Also, was das betrifft …« Sie nickte zur Auffahrt, wo jetzt Bruno mit dem Fuhrwerk auftauchte, das mit nur einem Pferd und voller Beladung deutlich langsamer war als die Kutsche. Marleene und auch die anderen Schülerinnen starrten ihm entgegen, Meikes Mund klappte auf, und das mochte etwas heißen, immerhin war sie einst Rosalies Mädchen gewesen. Doch auf der Ladefläche, wo zu Mittag drei Mädchen samt Gepäck gesessen hatten, türmte sich nun das Reisegepäck von Agneta.

»D-das … äh …« Marleene blinzelte. » … w-was?« Fassungslos sah sie zu Alma, die sich verlegen räusperte. »Ich … ich muss los«, sagte sie eilig und rannte den seitlichen Grasweg hinunter, der zum Hof der Thormälens führte.

* * *

Die Neue starrte Lina an, als hätte sie den Kopf eines Hirschhornkäfers, nachdem sie mit vereinten Kräften all ihr Gepäck in das Schwalbennest geschafft hatten, wo es sämtliche Wege versperrte.

Ihre Gouvernante hatte sich recht schnell verabschiedet und war zurück zum Bahnhof kutschiert worden. Vielleicht gab Agneta sich deswegen keinerlei Mühe, beim Betreten der Kammer zu verbergen, dass sie etwas anderes gewohnt war. Ihre Oberlippe zuckte stetig Richtung Nase. Mit den edlen Bernsteinkämmen in den hübsch hochgesteckten Haaren und dem feinen Kleid wirkte sie tatsächlich reichlich fehl am Platz.

Doch das zweite Bett an der gegenüberliegenden Wand der kleinen Kammer schien das Fass zum Überlaufen zu bringen. »Ich soll mit der da das Zimmer teilen?« Der Zeigefinger, mit dem sie fassungslos auf Lina deutete, zitterte leicht. Sie schaffte es nicht, ihn länger als zwei Sekunden in der Luft zu halten, bevor ihre Hand kraftlos an ihrer Seite herabsank.

Vielleicht wäre eine Bettnische in einem stickigen Alkoven hinter der Küche doch besser gewesen, als mit solch einem Zetermädchen zusammenwohnen zu müssen, dachte Lina. Oder sie hätte sich unterwegs mehr Mühe geben müssen, sich mit Babsi oder Meike gütlich zu stellen, die beiden schienen ja bereits ein Herz und eine Seele zu sein. Dicht beieinandergedrängt, standen sie an der Tür und beobachteten ebenso wie Lina, wie die Hofgärtnerin reagieren würde. Zu Linas Verwunderung hatte sie die Schülerinnen gebeten, sie schlicht und einfach bei ihrem Vornamen anzusprechen. Selbst das gehörte gewiss zu ihrer Taktik.

»Mir ist bewusst, dass du es gewohnt bist, ein ganzes Zimmer zu deiner eigenen Verfügung zu haben. Aber warum probierst du es nicht einfach mal aus? Glaub mir, es kann auch wohltuend sein, wenn man abends noch jemanden zum Reden hat oder des Nachts aufwacht und den ruhigen Atemzügen der Mitbewohnerin lauschen kann.«

»Außerdem ist es wärmer«, warf Meike schüchtern ein und zog flüchtig die Schultern hoch. Sie hatte vermutlich helfen wollen, Agneta blickte nun jedoch erschrocken um sich. »Wie meinst du das? Hat dieses Schlafgemach etwa nicht mal einen Ofen? Also, das geht nun wirklich nicht. Ich muss auf meine Gesundheit achten, sie ist leider nicht die beste.«

Marleene huschte in das Zimmer und klopfte sachte auf die hoch aufgebauschte blau-weiß karierte Bettwäsche. »Deswegen haben wir extra diese dicken Federbetten.« Lina war tatsächlich beeindruckt, dass ihnen echte Federbetten zur Verfügung gestellt wurden und nicht wie üblich eine einfache Strohfüllung. Agneta schien dies jedoch wortwörtlich kaltzulassen.

»Sie werden dich nachts kuschelig warm halten«, fuhr Marleene fort. »Und morgens werdet ihr abwechselnd früh aufstehen, um den Herd anzuheizen, dann ist es in der Küche gemütlich warm für das Frühstück.«

»Wir?«, fragte Agneta mit schriller Stimme, und Marleene biss sich auf die Unterlippe. Lina vermutete, dass sie es fest eingeplant hatte und für Agneta keine Extrawürste braten wollte, damit es zwischen den Mädchen nicht zum Unwillen kam. Ob ihr selbst das in die Hände spielen würde? Lina wusste noch nicht, wie sie Marleenes Vorhaben zum Scheitern bringen sollte, aber dieser Unmut zwischen den Schülerinnen könnte von Vorteil sein.

»Über die genaue Aufteilung können wir uns die Tage noch Gedanken machen. Willst du nicht erst einmal auspacken?« Marleene stutzte, und ihr Blick ging zur Tür, wo eine der Truhen den Weg versperrte. »Zumindest einen Teil? Einen … sehr kleinen Teil? Danach können die anderen dir alles zeigen, und in zwei Stunden gibt es Abendessen.«

»Es tut mir leid.« Agneta sank auf das Bett und hielt sich am Pfosten fest, während sie sich erneut umsah. »Ich fürchte, all das ist nichts für mich. Immerhin muss ich, wie gesagt, auf meine Gesundheit achten. Ich denke, es ist das Beste, wenn ich morgen mit dem ersten Zug zurück nach Hildesheim fahre.«

7. Kapitel

Frieda lächelte, als sie ihren Laden aufschloss. Auch nach vier Jahren erfüllte er sie noch mit so viel Stolz, dass sie sich jeden Morgen freute, wenn der Blumenduft sie einhüllte. Bewusst hatte sie keine helle Glocke über der Tür angebracht, wie in dem Laden von Frau Maader, wo sie gelernt hatte. Das war zwar ganz nett, hörte man jedoch tagaus, tagein das Gebimmel – und das tat sie als Inhaberin des einzigen Blumengeschäfts in Rastede zuhauf –, verlor es rasch seinen Reiz.

Doch das war nur die kleinste der Veränderungen. Anstatt schnöder Regale hatte sie mittig im Raum einen roh beschlagenen Holztisch aufgestellt, auf dessen unterer Ablage sie Zinkeimer deponiert hatte. Auf der Tischplatte standen hölzerne Kisten, um mehr Dekorationsfläche auf unterschiedlichen Höhen zu haben, darauf Töpfe, aus denen Grünpflanzen rankten, und Vasen mit bunten Blüten, Sukkulenten, Topfpflanzen und Blumen in vielfältigen Grüntönen. Mit Weidenruten umspannte Lampenschirme verströmten heimeliges Licht.

Auf der gegenüberliegenden Seite hatte sie einen alten Büfettschrank aufgemöbelt, und hier bot sie Blumentöpfe und Tonvasen in unterschiedlichen Größen an. Dafür hatte sie eigens in einer Töpferei angefragt, kaufte die Gefäße in rauen Mengen und verkaufte sie mit Aufschlag, was ihr lange Gewissensbisse bereitet hatte. Bisher hatte jeder Kaufmann ihr allerdings versichert, dass es eben so funktioniert. Sie war mittlerweile ganz die versierte Geschäftsfrau, so sehr in ihrem Element, dass sie mitunter vergaß, nur durch einen Trick an die Räumlichkeit gekommen zu sein. Marleenes Nachbar, Jost Thormälen, hatte vorgegeben, ihr Verlobter zu sein, und für sie den Mietvertrag unterschrieben, nachdem niemand an eine alleinstehende Frau vermieten wollte. Es war eine reine Formalität gewesen, sie zahlte brav ihre Miete, und er hatte mit alledem seither nichts mehr zu tun.

Und das war auch besser so.

Sie passierte den Tresen mit der großen silberfarbenen Kasse. Dahinter ging eine Kammer ab, in der sie die Blumen binden und Wasser zapfen konnte. Sie war im Laufe der Jahre jedoch dazu übergegangen, die Sträuße direkt im Laden zu fertigen. Auf diese Weise verpasste sie keine Kunden, und zudem sahen viele so fasziniert zu, als könnte sie zaubern, wenn sie mit ihrer speziellen Bindetechnik Blumen und Blätter miteinander kombinierte. Währenddessen hielten sie Klönschnack, weshalb sie bald etliche ihrer Kundinnen beim Namen kannte und diese gerne wieder bei ihr kauften.

»Hallihallo, Frieda!«, zwitscherte nun ihre erste Kundin des Tages und ließ den Blick von der Anrichte über die bunten Bouquets bis zur Auslage schweifen. Das taten viele, waren sie doch auf der Suche nach einem Präsent oder eindrucksvoller Dekoration. Bei dieser Kundin war der Grund allerdings ein anderer. Ihrem Mann gehörte der Laden, den er Frieda – beziehungsweise Jost – zur Anmietung überlassen hatte.

»Na, was haben Sie heute Schönes für mich?«

So skeptisch Frau Oltmanns anfangs gewesen sein mochte – insbesondere, als sie vermutet hatte, Frieda sei eine der Frauenrechtlerinnen –, letztendlich war sie eine ihrer besten Stammkundinnen geworden. Jeden Montag holte sie ein großes Bouquet für ihre Villa und ließ Frieda bei der Ausführung und Farbwahl inzwischen völlig freie Wahl.

Auch diesmal war sie ganz verzückt. »Herrlich, diese Christrosen und dazu die Beeren! Eine gewagte Kombination, aber wie Sie das umgesetzt haben ... Ein Träumchen!«

Frieda freute sich über das Lob, obwohl sie von Frau Oltmanns nie etwas anderes gehört hatte. Doch als diese nun zögerte, war sie umgehend in Habachtstellung. Was die gute Frau nämlich nicht wissen durfte, war, dass Frieda sehr wohl eine Frauenrechtlerin war. Nachdem sie einige Male die Vereinssitzungen in Oldenburg besucht hatte, die ohne Fahrrad oder Pferd jedoch nur schlecht zu erreichen waren, hatte sie kurzerhand einen eigenen Verein in Rastede gegründet. In der bürgerlichen Frauenbewegung ging es ohnehin eher um das Recht auf Erwerbsarbeit, und sie wollten sich das Recht erkämpfen, studieren zu dürfen. Frieda hingegen war es vor allem wichtig, dass sie zuallererst für bessere Arbeitsbedingungen der Arbeiterinnen kämpften. In ihrer Schicht arbeiteten ohnehin schon alle, sie hatten ja gar keine andere Wahl. Meist von früh bis spät – und das oft unter fürchterlichen Bedingungen und zu einem Bruchteil des Geldes, das die Männer für die gleiche Arbeit erhielten.

Nicht einmal während des Wochenbetts war ihnen eine Pause vergönnt, selbst die Arbeit in den Zechen unter Tage war weiterhin erlaubt. Viele Mütter gaben den Wickelkindern Beutel mit Schlafmohn zum Kauen, um zumindest ein wenig Ruhe zu haben. Das tat den Kindern nicht gut, und deswegen wollte sie für eine bessere Bezahlung und eine Pausenzeit für die Wochen nach der Geburt kämpfen. In der gehobenen Bürgerschicht bekam man dies eigentlich nicht mit, dennoch fürchtete Frieda bei jedem Zaudern von Frau Oltmanns, dass die feine Dame danach sagen würde: *Ich weiß von Ihrem kleinen Geheimnis.*

Doch es kam anders.

»Und dann bräuchte ich auch noch ein Tischgesteck für nächste Woche Freitag.«

»Das mache ich mit Vergnügen. Was ist der Anlass, wenn ich fragen darf? Dann schaue ich, ob ich die Blumen darauf abstimmen kann.«

Frau Oltmanns streifte durch den Laden und nahm eine Vase in die Hand. »Nichts Besonderes. Nur der Besuch von einigen lieben Freunden. Und ich habe mich gefragt …«

Sie warf Frieda einen kurzen Blick zu.

»Ja?«

»Ob Sie nicht auch dazustoßen wollen?«

»Ich?«, fragte Frieda überrascht.

»Ja. Sie und Ihr reizender Gatte?«

Sie und Jost? Eiskalte Panik erfasste sie. Im Verborgenen unter einigen großen Blättern hielt sie sich am Holztisch fest.

»Ach, Sie sind mir ja ein Herzchen, dass Sie auch nach so langer Zeit noch rot werden, wenn die Rede von ihm ist. Das müssen Sie doch nicht, er ist doch jetzt ganz der Ihrige.« Sie lachte herzhaft, und Frieda stimmte ein. Ihre Gedanken drehten sich indes wie wild.

»Meinen allerherzlichsten Dank für die Einladung, das ist überaus reizend von Ihnen, dass Sie uns in Ihrem erlesenen Kreis dabeihaben wollen. Aber …«, sie tat, als müsste sie nachdenken. »Nächste Woche Freitag sagten Sie? Ich bin untröstlich, an dem Tag haben wir bereits andere Verpflichtungen.«

»Wie schade«, sagte Frau Oltmanns betrübt. »Wissen Sie, was? Dann verschieben wir es einfach um eine Woche. Oder zwei? Ganz gleich, wir werden schon einen Termin finden, an dem alle Zeit haben.«

Frieda zwang sich zu einem Lächeln. Was sollte sie tun? Dagegenhalten, dass sie aus einer anderen Schicht kam? Dessen war Frau Oltmanns sich gewiss bewusst. Jost als Großbauer war gar nicht so weit von ihrem Stand als Bürgerliche entfernt – zumindest nicht so sehr wie sie als einfache Arbeiterin. Wobei sie jetzt ja Geschäftsführerin war, erinnerte sie sich selbst. Ihr fiel partout keine Ausrede ein, nur unter den äußersten Umständen könnte sie ein solches Entgegenkommen ablehnen, und mit ihren Vermietern wollte sie sich unbedingt gütlich stellen.

»Vielen, vielen Dank, wenn das so ist, nehme ich natürlich gerne an. Ich muss allerdings noch mit meinem Verlobten Rücksprache halten.«

Sie erwiderte Frau Oltmanns Lächeln, während der Schweiß ihr den Rücken hinunterrann. Die gute Frau ahnte ja nicht, dass sie mit Jost kaum ein Wort wechselte.

8. Kapitel

Marleene sackte auf das Ehebett, sobald Julius die Tür hinter ihnen geschlossen hatte. »Was für ein Tag«, murmelte sie todmüde.

Julius strich einige Male sanft über ihren Rücken. »Den großen ersten Tag der Gartenbauschule hattest du dir gewiss anders vorgestellt?«

»Absolut. Diese Freude wegen der Fliedervilla – gefolgt von der riesigen Enttäuschung. Es tut mir unendlich leid, dass es nicht geklappt hat. Konstantin ist wahrlich …«

»… der größte Egozentriker auf Erden?«

Sie lachte leise. »Ich hatte an ›unverbesserlich‹ gedacht, aber das ist auch passend.«

»Es ist in Ordnung. Wir sind hier doch ebenso glücklich und haben uns gut eingelebt. Solange wir uns haben, ist es fast egal, wo wir wohnen.«

Er lächelte sie an, und sie wusste, dass ein großer Teil davon wahr war, dennoch spürte sie die Enttäuschung in ihm. Die Fliedervilla und die dazugehörige Gärtnerei hatten einen fest verankerten Platz in seinem Herzen. Und dann gab es da noch etwas, was sie ihm bisher nicht gesagt hatte. Wenn sie die unglaubliche Neuigkeit überbrachte, würde er es umso mehr wollen. Mit Gewissheit würde er sich wünschen, dass seine Kinder so aufwuchsen wie er selbst. Falls es diesmal denn überhaupt klappte. Lieber noch abwarten. Der Schmerz des Verlusts war stets so fürchterlich, vielleicht konnte sie zumindest ihn davor bewahren. Ihr Blick sank zu ihren Füßen, die in dicken Wollsocken steckten. »Dennoch wäre mit deinem Elternhaus vieles einfacher gewesen. Auch wenn sie schon seit vier Jahren keine Hofgärtnerei mehr ist, genießt sie noch immer das Ansehen. Das hätte auch der Gärtnerinnenschule zugutekommen können. Und bei der Villa hätten bestimmt nicht die höheren Töchter auf dem Absatz kehrtgemacht ...«

Erschöpft löste sie ihren Zopf. Wie sollte das alles werden? Zweitausend Mark fielen durch das Wegbleiben von Felicitas Engelbrecht weg. Am besten schrieb sie den Platz schnellstmöglich neu aus. Aber würde es mit den anderen höheren Töchtern nicht ebenso vonstattengehen? Sie waren es gewohnt, von vorne bis hinten bedient zu werden. Bevor sie aufwachten, entfachte jemand ein Feuer in allen Öfen des Hauses und stellte warmes Wasser zum Waschen bereit. Danach half ihnen das Stubenmädchen oder gar eine Kammerzofe in die Kleidung und frisierte die Haare. Tagsüber stickten und musizierten sie, lernten vielleicht die eine oder andere Sprache und statteten sich gegenseitig Besuche ab. Und jetzt sollten sie hier in einem alten Bauernhaus leben? Das machte nicht jede mit, dazu mussten die Frauen schon wild entschlossen sein – wie Dorothea damals und selbst Rosalie. Nur wie brachte sie das in einem Inserat zum Ausdruck? Höhere Tochter, die sich nicht zu fein ist, sich die Hände schmutzig zu machen? Gnädiges Fräulein mit unbeugsamem Willen gesucht?

»Wie machen die Mädchen sich denn so?«, erkundigte er sich nun.

»Na ja.« Marleene stand auf, um das Nachthemd überzuziehen. »Die Hälfte des Gepäcks von Agneta steht jetzt drüben bei den Thormälens.«

»Agneta?« Julius hielt beim Aufknöpfen des Hemdes inne. »War das nicht die blasse Braunhaarige mit dem schicken Hut? Die hatte eine ganze Überseetruhe dabei, oder?«

»Zwei. Sie hatte zwei Überseetruhen dabei. Und noch diverse andere Taschen und Koffer. Es passte nicht einmal mehr in unseren Schuppen, also hat Jost es mit rübergenommen, ihre Scheune ist immerhin riesig. Agneta war das einerlei. Sie will morgen ohnehin gleich wieder abreisen.«

Marleene versuchte, den heißen Kloß in ihrem Hals herunterzuschlucken, denn Julius hatte sofort erkannt, was das bedeutete. Mit einem Satz war er bei ihr und schloss sie in die Arme.

»Warte doch erst mal ab, vielleicht kann ich ja noch mit ihr reden. Irgendwie erinnert sie mich an meine Mutter. Vielleicht kann ich sie ja überzeugen, wie schön das hier alles werden kann!«

»Wie denn? Frieda und ich und selbst Alma aus der Ferne haben ewig geschuftet, um ihnen möglichst hübsche Zimmer herzurichten. Aber Agneta war richtig entsetzt. Als ich ihr dann noch gesagt habe, dass wir uns alle beim Feuermachen abwechseln, wäre sie fast vom Glauben abgefallen …« Sie rieb sich die Tränen aus dem Gesicht und schüttelte den Kopf, verwundert darüber, dass sie plötzlich so nah am Wasser gebaut hatte. »Sie wird morgen abreisen, und so bleibt gar kein Geld mehr für die Schule. Nur mit einer höheren Tochter ist es ja bereits schwierig genug. Wenn sie auch geht, kann ich die anderen gleich hinterherschicken. Und dann war es das mit der Schule.«

* * *

Unhörbar löste Lina sich von der Tür, an der sie gelauscht hatte, und schlich auf Zehenspitzen über den eisigen Fußboden zurück zu ihrer Kammer. So hatte die Hofgärtnerin es also vollbracht. Sie war verwundert gewesen, dass sie als Arbeiterin das Schulgeld hatte aufbringen können, aber in Wahrheit lief das meiste über die Familien der höheren Töchter.

Das bewies abermals, welch eine hinterhältige Schlange diese Marleene war.

Und nun war die Schule offenbar selbst ohne ihr Zutun dem Untergang geweiht. Schade eigentlich. Lina hatte zwar immer nur einen vagen Plan gehabt, den sie entfalten wollte, wenn es darauf ankäme. Ganz die Wölfin im Schafspelz wollte sie sein. Immer brav, immer verlässlich, und dann, wenn es wirklich wichtig war und drauf ankäme, wollte sie eiskalt zuschlagen.

Doch nun würde der Untergang der Hofgärtnerin sang- und klanglos erfolgen.

Bevor die Welt mitbekommen hatte, dass die Hofgärtnerin eine Gartenbauschule für Frauen eröffnet hatte, würde sie wieder schließen. Babsi ging zurück nach Oberösterreich, Meike wohin auch immer, und sie durfte sich eine neue Stelle als Köchin suchen.

So hatte sie sich das nicht vorgestellt.

Eher, dass die Hofgärtnerin mit Pauken und Trompeten versagte, während aller Augen auf ihr lagen.

Lina hatte die zweite Tür von rechts erreicht, aus der ersten drang leises Schnarchen, und öffnete sie unhörbar. Vorübergehend hielt sie die Luft an und lauschte, um an den Atemzügen zu erkennen, ob Agneta schon schlief. Statt gleichmäßiger Atemzüge drangen allerdings unterdrückte Schluchzer an ihre Ohren. Kurz entschlossen steuerte sie Agnetas Bett anstelle ihres eigenen an.

»Rutsch mal rüber«, sagte sie und kroch zu ihr unter die Decke. Wie vermutet, war sie nur mäßig warm, und Agneta zitterte.

»Was hast du vor?«, fragte sie schniefend.

»Dir zeigen, wie die ärmere Bevölkerung sich warm hält, wenn es keinen Ofen im Zimmer gibt.«

»Bist du denn von allen guten Geistern verlassen?« Obwohl Agneta vollkommen erschüttert klang, ließ Lina sich nicht davon beeindrucken und machte es sich bequem. Anfangs tröpfelten die Worte verhalten, erst mit der sich allmählich verbreitenden Wärme wurden sie zu ganzen Sätzen. Und schließlich unterhielten sie sich. Lina erfuhr, dass Agneta ein Einzelkind und ihre Eltern viel auf Reisen waren, und sie selbst erzählte von ihren zahlreichen Geschwistern.

»Das muss schön sein, wenn man nie alleine ist«, flüsterte Agneta in die Dunkelheit, und Lina sah eine erste Gelegenheit zur Einflussnahme. In Wahrheit hatte sie sich nicht selten gewünscht, einfach mal einen Tag oder auch nur eine Stunde für sich zu haben. Ein paar Minuten, die ihr allein gehörten, in denen sie niemanden trösten, keinem zuhören oder Aufmerksamkeit schenken musste, nachdem sie sich den ganzen Tag auf dem Hof abgerackert und nicht selten die Schule dafür hatte sausen lassen. Dennoch war es manchmal schön gewesen.

»Das stimmt«, wisperte sie daher blütenzart zurück und bemerkte, dass es mittlerweile mollig warm unter der Bettdecke geworden war. »Wir sind zwar keine Kinder mehr, aber weißt du noch, wie es ist, wenn man ein fürchterlich albernes Wort hört und einfach darüber lachen muss? Das verstehen die Erwachsenen meist nicht, aber mit meinen Geschwistern habe ich oft so lange gelacht, bis uns die Tränen kamen. Oder wenn man die öden Kirchenlieder so lustig abwandelt … Stundenlang konnten wir darüber kichern, von meinen Eltern gab es dafür höchstens Schelte.« Unwillkürlich spannte sie den Rücken an, denn von ihrem Vater hatte es zumeist noch mehr Strafen gegeben, und sie spürte die schneidenden Schläge des ledernen Riemens noch heute ihre Haut zerreißen, wenn sie daran dachte. Doch sie wollte nicht von schlechten Dingen sprechen. »Ganz gleich, was kommt, man hält immer zusammen, man weiß, dass da jemand ist, auf den man sich verlassen kann. Und weißt du, was?«

Sie wandte Agneta den Kopf zu und hörte am Rascheln des Kissens, dass diese es ihr gleichtat. »Ich denke, dass es hier ganz genauso werden könnte.« Agneta wollte etwas einwenden, doch Lina erhob ihre Stimme. »Mir ist klar, was du jetzt denkst, wir kennen uns alle noch gar nicht und sind zudem grundverschieden. Das stimmt. Aber ich bin auch ganz anders als meine Geschwister. Trotzdem haben wir alle hier ein und dasselbe Ziel: Wir wollen Gärtnerin werden.«

»Doch ich …«

Fast hätte Lina geseufzt. »Magst du zumindest Blumen?«

»Ja, schon …«

»Na, siehst du. Wir teilen dieselben Interessen. Und auch wenn hier alles anders ist, als du es kennst, bin ich fest überzeugt, dass wir uns blendend verstehen werden, wenn du dem Ganzen nur ein wenig Zeit gibst. Bitte, willst du es nicht zumindest versuchen? I-i-ich übernehme sogar das morgendliche Feuermachen in deiner Woche für dich.«

»Das würdest du tun?«, wisperte Agneta andächtig.

»Aber gewiss doch! Schwestern sind schließlich füreinander da!«

Sie war froh, dass es absolut glaubhaft rüberkam, immerhin gehörte im wahren Leben das Übernehmen lästiger Aufgaben im Haushalt mitnichten zum geschwisterlichen Rückhalt.

Innerlich betete Lina, dass Agneta zusagen möge. Es konnte schlichtweg noch nicht vorüber sein. Es dauerte eine Weile, doch schließlich sagte Agneta: »Na, schön. Ich muss ja vielleicht nicht direkt morgen abreisen!« Und Lina hörte, dass sie dabei lächelte.

9. Kapitel

Am Horizont brach goldgelb die Sonne durch die Wolken, die Gräser waren taubesetzt, und aus Rosalies Mund kamen beim Atmen
kleine Wölkchen, so kühl war es an diesem Morgen noch, als sie aus
der Fliedervilla nach draußen trat. Genüsslich sog sie die frische Luft
ein, bevor sie das Fahrrad nahm, das an der Remise lehnte. Sie hatte
es sich am Ende ihrer Arbeitszeit in der ehemaligen Hofgärtnerei zugelegt, um unabhängiger zu sein. Wenn sie erst in Rastede bei Julius
und Marleene wohnen würde, war dies bitter nötig, von dort waren
es gut fünfzehn Kilometer bis Oldenburg.

Der Sand knirschte leise unter den Reifen, und einige eifrige Ler-
chen besangen ihren Aufbruch, das Reifezeugnis als frischgebackene
Lehrerin in der ledernen Tasche, die Johannes ihr zum bestandenen
Examen geschenkt hatte. Ein weiterer Beweis, wie glücklich sie sich
mit ihm schätzen konnte. Zahlreiche Männer untersagten es ihren
Frauen zu arbeiten. Auch sie müsste ihren Job an den Nagel hängen,
sobald sie heiratete, daher hatten sie abgemacht, mit der Hochzeit zu
warten. Dann blieben ihr zumindest ein paar Jahre in ihrem Beruf,
und vielleicht würde die Lage sich zwischenzeitlich ändern. Johannes
hatte immerhin versprochen, sich in seiner neuen Funktion als Partei-
vorsitzender der Sozialdemokraten mit Nachdruck dafür einzusetzen.
Ärgerlich war nur, dass sie durch eine Heirat zudem alle bis dahin er-
worbenen Ansprüche auf ihre Pension verlieren würde.

Dennoch machte es Rosalie stolz, denn es war ein bedeutsamer

Schritt hin zur Gleichberechtigung, dass es mehr Lehrerinnen gab. Bisher wurden Mädchen hauptsächlich in den schöngeistigen Fächern unterrichtet, um ihren späteren Gatten gute Gesprächspartnerinnen sein zu können. Die Reifeprüfung oder zumindest ein Abschlusszeugnis waren nicht selbstverständlich und der Weg zur Lehrerin dementsprechend steinig. Auf privatem Wege hatte sie die Maturitätsprüfung nachholen und dann weiter außerhalb, in Neuenburg, ein Lehrerinnenseminar absolvieren müssen. Die künftigen Oldenburger Schülerinnen sollten es leichter haben, hatte Rosalie beschlossen. Vielleicht würden einige von ihnen sogar studieren können? Auf jeden Fall hatte sie mannigfaltige Ideen, was man an den Schulen verbessern könnte, und sie brannte darauf, sich einzubringen.

Außer Atem kam sie vor dem neuen Rathaus aus rotem Backstein mit der kirchturmähnlichen Spitze an. Sie rannte die Treppe hinauf bis zu dem Zimmer, das im Brief angegeben worden war, da die Fahrt mit dem Rad länger gedauert hatte als vermutet. Mit einem leisen Quietschen öffnete sich die schwere Tür, und zu ihrer Verblüffung blickten ihr gut vierzig Augen entgegen. Rosalie lächelte verlegen, betrat den Raum, setzte den Hut ab und stellte sich vor. Immerhin wurde sie gebeten, an einem einzeln stehenden Schreibtisch Platz zu nehmen, denn ein wenig fühlte sie sich wie vor Gericht. Ein Mann mit gräulichen Haaren und Schnauzer erklärte ihr, dass das Oberschulkollegium gemeinsam mit dem Stadtmagistrat über jegliche Neuanstellungen von Lehrkräften entschied.

Zaghaft blickte sie nach links und nach rechts.

Ausschließlich Männer, stellte sie fest. Ohne Ausnahme.

»Sie haben vor, als Lehrerin in Oldenburg tätig zu werden, entnehme ich Ihrem Brief?«, fragte ein Herr mit einer Halbglatze, der sich als Direktor Wöbken vorstellte und an der kurzen Seite der hufeisenförmig aufgestellten Tische saß.

»Das ist richtig.«

Er runzelte die Stirn. »So 'ne schlechte Partie sind Sie doch gar nicht.«

Rosalie klappte der Mund auf. Entrüstet sah sie sich um, suchte nach Gleichgesinnten, die sich ebenso über diese unverschämte Bemerkung empörten. Aber alles, was sie hörte, war beipflichtendes Gemurmel. Sie war folglich wieder einmal auf sich gestellt.

Kerzengerade richtete sie sich auf und hob die Augenbrauen. »Wollen Sie damit etwa andeuten, dass Frauen nicht unterrichten sollten?«

»Nein, nein.« Wöbken schüttelte den rundlichen Kopf. »Wenn Sie nicht verheiratet sind und sonst keine ernste Aufgabe haben, halte ich das für durchaus angebracht.«

Die Antwort gefiel Rosalie ebenso wenig, doch leider war sie auf das Wohlwollen des Rates angewiesen und wollte sich hier niemanden zum Feind machen. Sollte sie die Taktik wechseln und versuchen, Wöbken um den Finger zu wickeln? Doch so etwas gelang in Gruppenkonversationen meist nicht, und die Zeiten, in denen sie sich angebiedert hatte, lagen ohnehin hinter ihr. Neutralität war besser. »Haben Sie denn etwas für mich?«

Eine Weile blätterte er einige Zettel durch, verzog dabei immer wieder das Gesicht.

»Bedauere, ich habe nur zwei offene Positionen. Einmal die fünfte und sechste Klasse einer gemischten Volksschule und einen Abschlussjahrgang.«

»Ich wäre für beides offen.«

Er lachte auf, und ein paar weitere Stimmen fielen leise ein. Hier lag wohl ein Missverständnis vor, aber gut, die Lehrerinnenausbildung war recht neu, und direkt in Oldenburg bestand nicht einmal die Möglichkeit dazu. Aller Wahrscheinlichkeit nach waren sie nicht im Bilde, was den Umfang betraf.

»Meine Ausbildung hat alle Jahrgangsstufen abgedeckt«, erklärte sie daher.

»Das ist schön und gut. Aber ich bitte Sie …« Er gestikulierte in ihre Richtung und reckte reiherartig den Hals, als wäre das als Erklärung genug.

»Ja?«

»Nun ja. Es ist doch für alle offen ersichtlich, dass das nun wirklich nicht geht.«

»Wieso sollte das nicht gehen?«

»Also wirklich …« Er ruckelte an seiner Krawatte und räusperte sich. »Sie? Als Frau? An gemischten Schulen?«

Rosalie schlug die Beine übereinander. »Ich sehe hier keine Problematik, immerhin habe ich die Maturitätsprüfung nachgeholt und das Lehrerinnen-Examen abgelegt.«

»Das mag sein. Nur wie wollen Sie die Rabauken zurechtweisen? Frauen mangelt es schließlich nicht nur an Geistes-, sondern auch an Durchsetzungskraft.«

Rosalie konnte ihn einfach nur ansehen. Das Argument mit der mangelnden Geisteskraft hatte sie mittlerweile so oft gehört, dass sie sich fast daran gewöhnt hatte. Nun sollte es ihr obendrein an Durchsetzungsvermögen fehlen? Zu gerne hätte sie ihm bewiesen, wie durchsetzungsfähig sie sein konnte.

»Und wie steht es um Mathematik und Kopfrechnen? Darin wurden Sie doch gewiss nicht ausgebildet, Frauen sind ja vom Verstande her nicht in der Lage, derart komplexe Vorgänge zu erfassen …«

Verstohlen ballte sie die Fäuste. Als Johannes in der früheren Hofgärtnerei die Düngerverteilung berechnet hatte, hatte sie sich geärgert, dass sie ihm kaum hatte folgen können, da Rechnen an der Mädchenschule schlichtweg nicht unterrichtet wurde. Aus der Überzeugung heraus, dass es sich ohnehin nicht lohnen würde. Aber nachdem Johannes es ihr erklärt hatte, fand sie es gar nicht so schwierig. Sich jetzt allerdings ihrem Groll hinzugeben wäre nicht zielführend, das wusste sie mittlerweile besser.

»Wir sehen die Lehrerinnen hier daher eher als Gehilfinnen. Ganz so, wie die Frau in der Ehe den Mann unterstützt, können Sie hier die *echten* Lehrer unterstützen.« Wohlwollend lächelte er ihr zu, und Rosalie presste die Lippen zusammen. Dieser Direktor Wöbken stellte wahrlich hohe Ansprüche an ihre Selbstbeherrschung.

»Sind wir mal ehrlich, als Frau werden Sie nie in dem Maße fähig sein, materielle oder ideelle Werte zu schaffen wie der Mann. Die Mädchen, ja, die könnten Sie unterrichten. Aber an den Volksschulen?« Er legte eine Hand an das Kinn, während er nachdachte. »Maximal die ersten drei Jahrgänge.«

Rosalie glaubte, sich verhört zu haben. Mehrmals schluckte sie, ihre Brust schien viel zu eng zu sein. Sie hatte darum kämpfen müssen, Lehrerin zu werden. Und nun, wo sie ihr Examen in der Tasche hatte, war der Kampf noch immer nicht beendet, sondern fing vielmehr von vorne an, nur dass ihr jegliche Waffen oder Schutzschilde fehlten?

»Nun schauen Sie doch nicht so entgeistert, Kindchen. Immerhin waren alle großen Pädagogen männlich! Sie haben die Volksschule zu dem gemacht, was sie heute ist. Und nur durch Manneskraft, Mannesmut und Mannesgeist wird sie fortschreiten.«

War das sein Ernst? Rosalie spürte förmlich, wie das Blut in ihr brodelte. Sie hatte geglaubt, hier unter gebildeten Menschen zu sein, und musste sich nun solch einen Unsinn anhören? Begriff er nicht, dass bisher keine Frau auch nur die Möglichkeit gehabt hatte, ebenfalls eine große Pädagogin zu werden? War seine eigene Geisteskraft dermaßen beschränkt?

Trotz alledem zwang sie sich, weiterhin ihre Contenance zu wahren, um sich nicht alles zu verbauen, wofür sie so hart gearbeitet hatte.

»Haben Sie denn demnächst etwas an einer Mädchenschule für mich?«, fragte sie leise und vermochte die Hoffnung in ihrer Stimme nicht zu vertuschen. »Oder in den unteren Jahrgängen der Volksschule?«

Direktor Wöbken ergriff nun wieder das Wort und räusperte sich. »Da müssen wir schauen. Wenn in dem Bereich eine Stelle frei wird, prüfen wir natürlich zunächst, ob eine männliche Kraft noch Kapazitäten hat.«

Rosalie runzelte die Stirn. Sie durfte nur diese eingeschränkten Jahrgänge unterrichten, und dennoch wurde den Herren selbst in diesen Stufen der Vortritt gewährt? Das war absurd.

»Warum?«, hakte sie perplex nach, und Direktor Wöbken schaute sie mitfühlend an, da ihr beschränkter Verstand sie offenbar abermals am Durchschauen der Zusammenhänge hinderte. »Na, die Herren sind schließlich viel flexibler einsetzbar …«

10. Kapitel

Die anderen Mädchen saßen bereits am Tisch, als Agneta leicht derangiert aus ihrer Kammer trat. Die Bernsteinkämme in den Haaren wirkten lose und waren auf ungleicher Höhe angebracht, und das bodenlange Kleid klaffte an vereinzelten Stellen auseinander. Vermutlich war sie es nicht gewohnt, die Miederknöpfe alleine zu schließen, und naturgemäß hatte sie nicht die Arbeitskleidung angezogen, die Marleene für alle Schülerinnen besorgt hatte. Sie wirkte völlig übernächtigt, aber Marleene konnte es ihr nicht verübeln, auch hinter ihr lag eine grauenvolle Nacht. Sie war wiederholt nur kurz eingenickt und hatte einen Albtraum nach dem anderen gehabt. Da war ein hämisch lachender Konstantin gewesen, ganz gelb im Gesicht. Er hatte verdattert gesagt, dass er natürlich die Villa versteigern würde – und das Schwalbennest noch dazu, und den Schlossgarten wollte er platt walzen. Dann gleich vier zerknirschte Brunos, die ihr verzerrt wispernd mitgeteilt hatten, dass das gnädige Fräulein Engelbrecht gar nicht erst hatte mitkommen wollen, und all die Zahlen, die fortan in ihrem Kopf herumgespukt waren. Wie sollte das alles funktionieren, wenn auch sie selbst nur noch eingeschränkt mitarbeiten könnte? Sie schüttelte die Gedanken ab und konzentrierte sich auf die Gegenwart.

»Setz dich ruhig zu uns, du bist doch bestimmt hungrig!«, lud Marleenes Mutter Agneta ein, und sie kam verlegen näher.

Julius schlug die Zeitung zu und legte sie beiseite. »Ich habe gehört, dass du uns bereits verlassen willst?«

»Ja, äh …« Sie legte ihre elfengleichen Finger um die hölzerne Lehne des Binsenstuhls.

»Gibt es denn nicht vielleicht irgendetwas, was wir tun können, damit du doch bleibst?«

Sie stockte. Dann sah sie in Julius' Richtung und musterte ihn eingehend. Sie sprach sehr leise.

»Nun ja … also, ich habe mir überlegt … Wenn ich hin und wieder die Erlaubnis bekomme, mich auszuruhen, wenn mir blümerant wird … Meine Gesundheit ist leider nicht die beste.«

Julius neigte den Kopf und sah zu Marleene.

Es käme darauf an, wie oft »hin und wieder« bedeutete, das würde sich allerdings gewiss noch einspielen. »Natürlich!«, sagte sie zu Agneta. »Wir werden niemanden zwingen zu arbeiten, der sich nicht gut fühlt.«

Der Teekessel begann zu pfeifen, und Meike, die offenbar nicht aus ihrer Haut konnte, sprang sogleich auf, stockte dann jedoch und sah unsicher zu Marleene. Sie nickte ihr zu und war froh, dass Meike den Tee aufgoss, sodass sie sich weiter dem heiklen Thema widmen konnte. Auf Agnetas kalkweißer Stirn waren derweil feine Falten erschienen. Sie musterte die emsige Meike, die wie die anderen Schülerinnen bereits die Gärtnerinnen-Uniform angezogen hatte.

»So etwas werde ich allerdings nicht anziehen«, verfügte sie sofort und starrte entsetzt die Cordhose an, die zwar ungewöhnlich, aber unendlich praktisch war. Lange hatte Marleene mit Frieda getüftelt, wie sie es machen sollten. Letztendlich hatten sie entschieden, dem englischen Vorbild zu folgen, denn dort gab es schon seit einigen Jahren Gärtnerinnenschulen. Zu den Cordhosen hatten die Mädchen einfache Leinenblusen mit Gurt und grüne Schürzen für die schmutzigeren Arbeiten angezogen. An den Regentagen würden sie Holzschuhe und Wickelgamaschen sowie ein Cape mit Kapuze und einen Filzhut tragen.

Marleene ahnte, dass Agneta nicht bereit wäre einzusehen, dass

Kleider und Röcke sie nur behindern würden. »Na schön«, willigte sie ein. »Zieh aber zumindest die grüne Schürze an, um deine Kleidung zu schützen, ja? Außerdem tätest du gut daran, dir einige einfachere Röcke zuzulegen.«

Agneta war bereits im Begriff zu nicken, dann zögerte sie. »Außerdem möchte ich, dass wir hin und wieder ans Meer fahren«, schob sie rasch hinterher. Marleene stimmte zu und beobachtete amüsiert, welchen Begeisterungsfunken diese Vorstellung bei den anderen Mädchen ausgelöst hatte, und beschloss, für sich zu behalten, dass sie ohnehin vorhatte, Exkursionen mit den Schülerinnen zu unternehmen. Ihren ersten eigenen Besuch am Meer hatte sie erst als erwachsene Frau mit Julius machen können, und die Landschaft war wunderschön gewesen. Vermutlich würde es der Arbeitsmoral guttun, und sie wollte, dass den Schülerinnen das Lernen auch Freude bereitete.

»Nun gut. Dann bin ich einverstanden«, verkündete Agneta gediegen wie eine Königin. »Und nun muss ich dringend etwas essen, ich sterbe vor Hunger!« Sie lächelte und zog sich den Stuhl heran. Die Mädchen im Raum applaudierten spontan, und Julius' Blick schien zu sagen: »Siehst du, ich kann eben gut mit verwöhnten Töchtern«, was sicherlich daran lag, dass er mit Rosalie unter einem Dach aufgewachsen war.

Alles wäre perfekt gewesen – wenn Marleene nicht in diesem Moment speiübel geworden wäre. So konnte sie nur mit vorgehaltener Hand aus dem Zimmer stürzen.

* * *

Draußen lernten Lina und die anderen Schülerinnen aus dem Schwalbennest die drei Mädchen kennen, die in der Nähe wohnten und für das Abendessen und zum Schlafen nach Hause zurückkehren würden. Die Größte mit dem dicken Zopf auf dem Rücken hieß Elise und kam

Lina vage bekannt vor. Für einen Moment fürchtete sie, sie könnten sich von früher kennen. Zum Glück stellte sich heraus, dass sie Julius' Cousine war. Das erklärte, warum die grünen Augen mit den kleinen Lachfalten bereits vertraut wirkten.

Die beiden anderen hatten dunkelblonde Haare, die Erste war bildschön und hatte sie zu Schnecken über den Ohren gedreht, wie unter ihrem Filzhut zu erkennen war. Die Zweite hatte die Haare in einer langen Flechte am Hinterkopf zusammengefasst.

»Ich bin Ottilie, und das hier ist meine Schwester Fenja«, sagte das Schneckenmädchen, und fast wären Linas Augenbrauen in die Höhe geschossen. Sie waren Schwestern? Die zwei hätten kaum ungleicher sein können. Ottilie hatte ebenmäßige Züge und gerötete Wangen, während sich über Fenjas Wange ein breites Muttermal zog und auf ihrer Nase ein Höcker thronte. Den anderen Mädchen schien es ebenso die Sprache verschlagen zu haben. Schweigen hing in der Luft, sodass Lina rasch das Wort ergriff.

»Freut mich, euch kennenzulernen. Was habt ihr denn vorher gemacht?« Das Eis war gebrochen, und alle tauschten sich aus, woher genau sie kamen, und sie erfuhren, dass Ottilie und Fenja zuvor in der ehemaligen Hofgärtnerei gearbeitet hatten.

Schiet! Das machte sie gewiss zu eifrigen und überaus passenden Schülerinnen, das würde Linas Vorhaben nicht eben erleichtern. In diesem Moment öffnete sich die Tür vom Schwalbennest, und eine reichlich blass wirkende Hofgärtnerin kam heraus. Wenn sie Lina nicht zutiefst zuwider wäre, hätte sie fast Mitleid haben können, so kläglich wirkte sie. Sie konnte sich denken, was los war, hatte es bei ihrer Mutter oft genug miterlebt.

»Ich komme gleich zu euch«, rief sie ihnen über die Schulter zu. »Macht euch gerne weiter bekannt, wir werden viel Zeit miteinander verbringen.«

Sie verschwand in einem Gewächshaus und kam wenig später mit einem recht jungen Burschen zurück. Er trug Lederstiefel über der Hose und einen grob gewebten Schafswollpulli, dessen hervorragende Qualität auf den ersten Blick zu erkennen war. Seine braunen Haare gingen ins Rötliche, und seinem kecken Lächeln nach zu urteilen, freute er sich auf seine bevorstehende Aufgabe.

»Das hier ist Franz«, stellte die Hofgärtnerin ihn vor und nannte ihm die Namen jeder einzelnen Schülerin, die sie bereits, ohne zu überlegen, kannte. »Franz hat vor drei Jahren seine Lehre hier beendet und ist seitdem Gärtnergehilfe. Es tut mir furchtbar leid, ich hatte mir euren ersten richtigen Schultag anders vorgestellt, aber für heute wird Franz euch in die anstehenden Arbeiten einweisen, denn mir geht es gar nicht gut. Ich hoffe, ihr verzeiht mir. Ich bin sicher, dass ich bald wieder selbst unterrichten kann, und bis dahin wird Franz mich würdig vertreten, nicht wahr?«

»Aber gewiss doch, ich erinnere mich ja auch noch sehr gut daran, wie ich selbst alles erlernt habe, und ich freue mich, mein Wissen weiterzugeben zu können.«

»Großartig, meinen allerherzlichsten Dank, dann werde ich mich wieder zurückziehen.«

Genauso hatte Lina es sich vorgestellt. Sie war es gewohnt, Tag um Tag zu schuften, ganz gleich, wie sie sich fühlte. Nur wenn man sich nicht mehr auf den Beinen halten konnte, war es erlaubt fortzubleiben. Doch Madame ließ sich bereits vertreten, sobald ihr ein wenig übel war. Lächelnd wünschte sie ihr jedoch wie die anderen eine baldige Genesung und folgte Franz in den Geräteschuppen, in dem sich jeder eine Gartenschere nehmen sollte. Anschließend gingen sie ins Gewächshaus, wo es zu Linas Freude deutlich wärmer war.

»Nun gut, Marleene hat mich gebeten, euch heute zu zeigen, wie man Steckhölzer fertigt. Es ist eine recht einfache Arbeit, die man den ganzen Winter über machen kann, und da heute der Boden nicht gefroren ist, können wir sie nachher auch gleich in die Erde stecken.«

Er sagte es mit so viel Freude, als wäre der Zirkus in die Stadt gekommen. Lina hätte am liebsten die Augen verdreht. Babsi, Meike und selbst die Schwestern strahlten ihn an – allerdings musste dies nicht zwangsläufig daran liegen, dass sie seine Begeisterung teilten. Er hatte eine gute Ausstrahlung, das konnte Lina nicht leugnen. Vollkommen unbefangen sprach er vor der Mädchengruppe, man spürte, dass er seine Arbeit liebte und zu Beginn nicht zu viel versprochen hatte – er teilte sein Wissen offenbar tatsächlich gerne. Seine hochwertige Kleidung und seine selbstsichere Ausdrucksweise ließen darauf schließen, dass er aus einem guten Elternhaus kam. Vermutlich hatte er nie richtig Not leiden müssen. Nicht so wie sie.

»Ohne Blattwerk sehen die Gehölze sich zum Verwechseln ähnlich. Deswegen ist es heute das Wichtigste, dass wir die Sorten nicht durcheinanderbringen. Wir haben Johannisbeeren, Bickbeeren, Jasmin, Hartriegel und Forsythien. Wir machen für jede Sorte einen Haufen direkt hinter dem Schild – schließlich wollen wir den Kunden ja später keinen Johannisbären für eine Forsythie aufbinden ...«

Dusseliger Scherz! Die anderen lachten trotzdem herzlich, und mit minimaler Verspätung tat auch Lina so, als wäre sie höchst amüsiert.

Er zeigte ihnen die sogenannten Augen, die kleinen Punkte, aus denen später die Blätter austreiben würden und von denen stets mindestens zwei am Steckholz sein sollten. Dann machten sie sich an die erste gärtnerische Arbeit. Abgesehen von den Schwestern natürlich, die hatten ihnen einiges voraus. Dabei wollte Lina doch die Musterschülerin werden.

Immerhin machte zu ihrer Überraschung die bildschöne Ottilie gleich zu Beginn einen Fehler. »Schau mal, jetzt hast du hier die beiden Blattknotenpunkte, die sogenannten Nodien, weggeschnitten, die brauchen wir allerdings für später.« Nah beugte er sich an sie heran, damit sie bei seinem Schnitt zusehen konnte, und Lina beobachtete verstohlen, wie die Hübsche versteinerte, obwohl sie gewiss Aufmerksamkeit von jungen Männern gewohnt war. Lina nutzte die Gelegenheit, um rasch ein paar Hölzer zu vertauschen.

Als Nächstes ging Franz zu Elise und korrigierte, wie sie das Messer hielt. Fenja hingegen konnte ein Lob einheimsen, genau wie Meike, die in der kurzen Zeit gleich fünf Hölzer fertig hatte. Lina beschloss, einen Zahn zuzulegen. Agneta hatte ihre Seidenhandschuhe angelassen und rutschte wiederholt ab, bis Franz ihr nahelegte, es ohne zu versuchen. Danach kämpfte sie jedoch mit der Gartenschere und statt des geraden Schnittes, den Franz ihnen gezeigt hatte, wirkten ihre Hölzer wie abgekaut. Sie war gespannt, wie Franz darauf reagieren würde; bei Ottilie war er ja recht streng gewesen.

»Sagt mal«, erkundigte sie sich bei den Schwestern, »bitte nehmt mir die Frage nicht übel, aber wenn ihr zuvor bereits in der ehemaligen Hofgärtnerei gearbeitet habt … Ist das alles hier dann nicht viel zu öde für euch?«

Gleichzeitig schüttelten die beiden die Köpfe. »Ganz und gar nicht«, sagte Fenja mit einer überraschend wohlklingenden Stimme. »Wir waren dort ja nur Hilfsarbeiterinnen und haben hauptsächlich Unkraut getilgt. Das war ziemlich langweilig, und wir waren ganz entzückt, als wir gehört haben, dass es nun diese Schule gibt.«

»Immerhin waren die Stellen offenbar gut bezahlt, wenn ihr davon die Schulgebühren bezahlen könnt«, warf Babsi nach einem Schnitt von der Seite ein.

Die Schwestern lachten auf. »Nein, das hätte nie und nimmer gereicht. Wir … haben auf andere Mittel zurückgegriffen.«

»Die ehemalige Hofgärtnerei wird doch von Julius' Bruder geführt, nicht wahr? Wie ist er denn so?«, fragte Lina.

»Och …« Waren die beiden eben noch auskunftsfreudig gewesen, schienen sie plötzlich gänzlich auf die Steckhölzer konzentriert. Lina war nicht sicher, ob sie richtig gesehen hatte, dass Fenja rot geworden war, denn sie beugte sich tief über ihr Holz.

»Wir haben gar nicht so viel von ihm mitbekommen«, sagte Ottilie schließlich.

»Nein? Habt ihr nicht länger dort gearbeitet?«

»Schon, er war jedoch wenig da. Damals hat Konstantin Goldbach sich ja noch um die Anlage des Schlossgartens gekümmert, was er vor einigen Jahren aber an Julius und Marleene abgeben musste, als sie die neue Hofgärtnerei wurden. Und er ist viel auf Reisen.«

»Nun gut.« So schnell wollte Lina nicht aufgeben, sie spürte, dass sie auf ein brisantes Thema gestoßen war. »Und von dem, was ihr mitbekommen habt – wie ist er so?«

Fenja sah noch immer nicht von ihrem Stab hoch.

»Ganz … passabel«, sagte Ottilie schließlich.

»So wie Julius?«

»Nein, nein«, jetzt stimmten auch Fenja und sogar Meike ein. »Das ist nun wirklich gar kein Vergleich.«

»Die zwei sind grundverschieden«, mischte sich nun Franz in das Gespräch ein. »Haben allemal die braunen Haare gemein, wobei Julius dazu ja grüne Augen hat und Konstantin braune.«

»Du kennst ihn also auch?«

»Natürlich, jeder in Oldenburg und Umgebung kennt die beiden. Außerdem …«, er zögerte, und Lina sah ihn auffordernd an, »… habe ich dort mal gearbeitet.«

Lina runzelte die Stirn. »Moment mal. Du hast dort gearbeitet, Ottilie und Fenja haben dort gearbeitet, in gewisser Weise hat auch Meike dort gearbeitet … Sind hier noch mehr, die früher in der damaligen Hofgärtnerei angestellt waren?«

Franz ließ die Fingerknöchel knacken, bevor er antwortete. »Ja, auch Bruno und Johannes haben früher bei Konstantin gearbeitet.«

»Und als er das Privileg verloren hat, den Großherzog zu beliefern, war euch das nicht mehr fein genug, oder was?«, fragte Lina patziger, als sie es wollte. Anstatt zurückzuschnauzen, schmunzelte Franz.

»Ganz genau! Weil wir uns alle dachten, dass wir in der Gärtnerei so einen richtig glänzenden und prestigeträchtigen Beruf erlernen.«

Natürlich lachten die Mädchen wieder über seinen Scherz.

»Nein, es hatte andere Gründe«, sagte er dann. »Vielfältige. Ist das Verhör nun beendet?«

Lina zuckte kurz mit der linken Schulter, da sie nicht wusste, was sie von alledem halten sollte, aber sie hatte das Gefühl, dass es momentan nicht die richtige Zeit war, um noch weiterzubohren.

Franz legte seine Steckhölzer beiseite und schaute jeder Schülerin über die Schulter. Mit ängstlichen Augen sah Meike ihm entgegen und freute sich, dass sie alles richtig gemacht hatte. Hin und wieder machte er Verbesserungsvorschläge, nur als er Agnetas Handvoll abgekaute Hölzer bemerkte, zauderte er. »Schon gar nicht schlecht«, sagte er dann jedoch freundlich und zeigte ihr abermals, wie sie einen möglichst glatten Schnitt hinbekäme. Im Rücken hörte sie, dass die anderen flüsterten.

»Ich bin nun mal nicht so kräftig«, sagte Agneta mit weinerlicher Stimme und hielt ihren Arm hoch, der noch immer in ihrem eng anliegenden Kleid steckte und demonstrierte, wie dürr sie war.

»Mit dem richtigen Werkzeug ist alles möglich.« Langsam strich er mit dem Zeigefinger über das Schneideblatt. »Vielleicht ist deine Schere nicht scharf genug. Soll ich sie dir schleifen?«, fragte er mit einem gewinnenden Lächeln.

Natürlich. Bei all den Mädchen, die ihn anhimmelten, hegte er allein für das wohlhabende Interesse. Gedankenverloren ließ Lina die Schere zuschnappen und schrie im nächsten Moment entsetzt auf. Sie hatte sich doch tatsächlich in den Finger geschnitten. Aber das war gut. Andernfalls hätte sie wohl gelächelt, denn sie hatte soeben eine brillante Idee bekommen, wie sie die Hofgärtnerin ins Verderben stürzen könnte.

* * *

»Sie wollen Kopfrechnen und Mathematik?«, fragte Johannes Rosalie am Sonntag nach ihrem missglückten Vorstellungsgespräch und zog die Brauen zusammen. Hinter seinen Augen loderte sein rebellisches Feuer. Wie nahezu jeden Sonntag gingen sie gemeinsam im Everstenholz spazieren, und da Rosalie ihren Platz in der feinen Gesellschaft endgültig aufgegeben hatte, verzichtete sie mittlerweile auf eine Anstandsdame. »Dann gib ihnen, was sie wollen.«

»Wie soll ich bitte schön Fächer unterrichten, in denen ich nicht ausgebildet wurde? Es wurde in Neuenburg ja nicht einmal angeboten.«

Johannes fuhr sich mit der Hand durch den Bart, sodass es leise raschelte, und dann lächelte er. »Dann musst du an die Quelle gehen. Frage doch im Oldenburger Lehrerseminar an, ob sie dich als Gasthörerin aufnehmen. Das wäre ein guter erster Schritt.«

Rosalie wiegte den Kopf. »Ich weiß nicht, die nehmen mich doch nie und nimmer.«

»Aber es kommt immer öfter vor. In Gießen und Göttingen haben einige Frauen nach ihrer Gasthörerschaft gar schon die Doktorwürde erhalten … Und kürzlich ist sogar ein Buch zu dem Thema erschienen: *Die akademische Frau.* In dem spricht sich knapp die Hälfte der Befragten *für* das Frauenstudium aus.«

»Das klingt alles recht vielversprechend, doch du hättest die Männer im Magistrat sehen müssen, Johannes … Die haben sich alle noch nie mit diesen Themen auseinandergesetzt, sehen es gar als Affront, dass wir einfach nur unser Recht fordern.«

»Genau das solltet ihr jedoch. Das Lehrerseminar wird vom staatlichen Haushalt finanziert. Dein Vater hat jahrelang seine Abgaben gezahlt, warum solltest du dort also nicht auch ausgebildet werden?«

»Ich weiß, es ist nicht gerecht, dass wir unsere Ausbildung selbst tragen müssen.« Rosalie blieb stehen und ließ die Schultern hängen. Mit dem Zeigefinger hob er ihr Kinn an, damit sie ihn ansah. »So kenne ich dich ja gar nicht. Wo ist meine rebellische Suffragette geblieben?«

Sie stieß einen tiefen Seufzer aus. »Es fühlt sich halt so an, als wäre es ein Kampf, den wir niemals gewinnen können. Immerhin ist die Hälfte der Welt gegen uns.«

»Das stimmt nicht. Du weißt doch, dass viele von uns Sozialisten die Frauenbewegung unterstützen.«

»… allerdings nicht vollkommen uneigennützig. Ihr wollt doch nur unsere Stimmen, wenn wir das Frauenwahlrecht endlich erobert haben.« Sie zwinkerte ihm zu. »Zudem gibt es ja auch noch zahlreiche Frauen, die sich dafür einsetzen, dass alles bleibt, wie es ist. Und ich bin so … müde. Ganz gleich, welches Hindernis ich überwinde, gleich danach tut sich stets ein neues auf, das meistens sogar höher ist als das vorherige.« Resigniert schob sie die Hände in ihren Muff.

»Leider ja, aber wenn du nicht willst, dass alles bleibt, wie es ist, musst du kämpfen. Etwas anderes bleibt uns nicht übrig. Einer, oder besser gesagt eine, muss den Anfang machen. Wir fordern und mahnen, bis man uns hört, und dort, wo wir aufhören, muss die nächste Generation weitermachen – bis wir die Gleichberechtigung erreicht haben. Von alleine wird sich nichts ändern. Also bitte, Rosalie, sei noch einmal stark. Hol die Kratzbürste im smaragdgrünen Kleid wieder heraus und überrasch sie alle, indem du keine Arbeit scheust.«

Rosalie lehnte die Stirn gegen seine Schulter und holte tief Luft, genoss den vertrauten Geruch von Seife und dem Leder seiner Hosenträger. Dafür liebte sie ihn. Sein Gerechtigkeitssinn kannte keine Grenzen, und wenn ihr die Kraft ausgegangen war, vermochte er ihr Feuer wieder zu entfachen. »Du hast vollkommen recht«, sagte sie entschlossen und streckte den Rücken durch. »Ich werde nicht aufgeben.«

11. Kapitel

Schon seit Stunden rumpelte die weiße Kutsche über die dürftig befestigten Wege. Wenn es nicht so kalt und die Bäume so kahl gewesen wären und ihre Tochter nicht neben ihr schlafen würde, hätte die Fahrt Dorothea an jene vor fünf Jahren erinnert, als sie Konstantin auf seinen Einkaufsfahrten begleitet hatte. Stunde um Stunde hatten sie damals geredet, gescherzt und gelacht – bis sie sich ganz allmählich in ihn verliebt hatte. Obwohl sie geahnt hatte, welch ein Schwerenöter er war.

Ihr hoffnungsvolles Herz hatte sie glauben lassen, dass er sich für sie ändern würde.

Wie dumm von ihr. Nicht einmal auf ihrer Hochzeitsfeier hatte er es geschafft, sich von fremden Röcken fernzuhalten. Dorothea hatte jedoch einen Weg gefunden, dass er ihr treu blieb. Sie hatte die bekannten Klatschbasen der Gesellschaft darüber in Kenntnis gesetzt, dass er keinerlei ernste Absichten hegte und er gerne den Damen schmeichelte, bis sie seinem Charme erlagen. Danach würde er sie fallen lassen wie eine heiße Kartoffel. Vorsichtshalber hatte sie zudem angedeutet, dass er der Lustseuche erlegen sei. Hinter vorgehaltener Hand wurde immer wieder von Syphilis-Erkrankten berichtet, und die Furcht war groß, weil es dagegen bislang kein Heilmittel gab.

»Gleich müssten wir da sein«, rief Konstantin freudig, der sich aus dem Fenster der Kutsche nach draußen lehnte.

»Ganz gleich, wie das Anwesen sein wird, es ist schon fürchterlich weit weg von Oldenburg, findest du nicht? Was ist denn mit diesem Gulfhof in Ostfriesland? Den fand ich äußerst reizvoll.«

»Ich weiß nicht.« Konstantin verzog das Gesicht. »Der war so … profan. Wie du weißt, gebe ich mich stets nur mit dem Besten zufrieden.« Er griff nach ihrer Hand und drückte sie kurz. Dorothea verkniff sich ein Seufzen. Der zauberhafte Nordseehof aus Fachwerk in Krummhörn, das historische Gutshaus bei Bremerhaven, das eindrucksvolle Herrenhaus mit den Säulen in Mormeerland. Nichts hatte ihm zugesagt. Dorothea hatte bereits zu hoffen gewagt, dass sie in der Fliedervilla bleiben würden – dann hatte er von diesem Gut an der Helgoländer Bucht gehört und sogleich brieflich einen Termin angefragt.

Wieder sah er hinaus, und seine Züge hellten sich auf. »Da ist es!« Er zeigte eine kindliche Begeisterung wie ihre Tochter Helene.

Dorothea beugte sich ebenfalls zum Fenster hin und konnte nicht leugnen, dass das, was sie sah, beeindruckend war. Ein schier riesiges Herrenhaus tat sich vor ihnen auf. In der zartgelben Front unter dem grauen Dach mussten sich gut zehn mächtige weiße Fenster nebeneinander reihen, sodass es ein wenig wie das Oldenburger Schloss wirkte.

»Heidewitzka!«, entfuhr es ihr.

Sobald die Kutsche zum Stehen gekommen war, sprang Konstantin heraus und ließ den Ausgehzylinder auf der Bank zurück. Dorothea weckte Helene und wartete gar nicht erst darauf, dass ihr Mann ihr beim Aussteigen behilflich wäre. Er war bereits einige Schritte weitergegangen und deutete auf einen riesigen See, der in scheinbar unvergänglicher Ruhe neben dem Anwesen lag.

»Sieh dir das an! Dort könnte ich angeln, und … und ich rudere euch jeden Tag in die Runde. Möchtest du das, Lenchen?«

»Ja«, rief die Kleine begeistert, und auch Dorothea gefiel die Vorstellung, bei Sonnenuntergang in einem Boot über das Wasser zu gleiten, während ein Fischreiher mit den anmutigen Schwingen schlug und in den Himmel flog.

Nur wie lange würde diese Faszination vorhalten?

Sie begrüßten den Verwalter, einen Mann mit wettergegerbtem Gesicht und gepflegtem weißem Bart, der ihnen erzählte, dass der Hof bereits im sechzehnten Jahrhundert schriftlich erwähnt und das unterkellerte Haupthaus mit der Freitreppe 1856 erbaut worden sei. Er führte sie zur ebenso großen Scheune westlich des Gebäudes, die eine so breite Tür aufwies, dass ganze Wagen hineinfahren konnten. Weiter hinten befanden sich Stallungen für gut zwanzig Pferde, Kühe und Schweine. Es gab auch ein eigenes Häuschen für den Gutsverwalter und frei stehende Arbeiterbaracken.

»Wie viel Land wird hier bewirtschaftet?«

»Einhundertsechsundsiebzig Hektar, hinzu kommen zweihundert Hektar Wald.«

Konstantin pfiff anerkennend. »Das ist ansehnlich.«

Der Verwalter nickte stolz. »Es ist ja nicht umsonst ein Rittergut.«

»Wahrhaftig, ein Rittergut?« In Hochstimmung sah Konstantin zu Dorothea, die am liebsten geseufzt hätte. Wäre er nicht bereits vorher so begeistert gewesen, wäre spätestens jetzt wohl sein inneres Feuer entfacht. »Das war mir gar nicht bewusst. Wie kommt es denn, dass es nun vakant geworden ist?« Die beiden Männer setzten sich ins Gespräch vertieft ab, und Dorothea ging mit Leni zu den Pferden, auf die ihre Tochter entzückt gedeutet hatte.

Es war schon alles überaus liebreizend mitten in der Natur, aber sie war in einem Stadthaus aufgewachsen, die Freundinnen und Mitstreiterinnen immer nur eine Kutschfahrt entfernt. Hier sah sie bis zum Horizont nichts als Felder, nicht einmal weitere Häuser konnte sie erblicken. Ob sie das glücklich machen würde? Immerhin gäbe es dann auch weniger Versuchungen für Konstantin, tröstete sie sich.

Mit Helene an der Hand folgte sie den beiden, nachdem sie die Pferde gestreichelt hatten. Die Männer waren inzwischen dermaßen in ihre Unterhaltung vertieft, als wären sie bereits beste Freunde.

»Natürlich hat das alles auch seinen Preis«, endete der Verwalter seine Ausführungen, als sie die Kutsche wieder erreichten, und Konstantin legte einen Arm um Dorothea.

»Gewiss«, sagte er weltgewandt. »Allerdings sind wir in der glücklichen Lage, dass Geld für uns keine Rolle spielt.«

Fast hätte Dorothea Einspruch erhoben, doch das hätte Konstantin ihr niemals verziehen. Erst auf dem Rückweg, als sie wieder in der Kutsche saßen, sprach sie ihre Bedenken an.

»Übernehmen wir uns mit so einem großen Gut nicht? Natürlich verfüge i…«, rasch verbesserte sie sich, denn mit ihrer Heirat war ihr Hab und Gut auch das seinige geworden, »verfügen *wir* über ein kleines Vermögen. Bei einem bescheidenen Lebensstil brauchten wir vermutlich nicht einmal mehr zu arbeiten. Aber so ein Gut …« Sie gestikulierte in die Richtung, und Konstantin nutzte die Gelegenheit, um sie zu verbessern.

»Ein Rittergut.«

»So ein ehemaliges Rittergut mit all den Ländereien und Tieren und Bediensteten … Das Haus ist vierzig Jahre alt, da muss gewiss auch etwas restauriert werden, und der Garten war ja eher Brachland. Da kämen sicherlich Unsummen auf uns zu.«

»Ach, Liebchen«, er beugte sich vor, nahm ihre Hände, und sie spürte seine Wärme durch die Spitzenhandschuhe zu ihr herüberwandern. »Natürlich muss man gewisse Summen investieren. Aber das Gute ist ja, dass auch stetig wieder Geld hineinkommt durch die Pächter und durch die Ernte. Glaub mir, ich kenne mich mit derartigen Kalkulationen aus.«

Am liebsten hätte sie ihn daran erinnert, wie er einst den Kunstdünger falsch berechnet hatte, obwohl sie ihn gewarnt hatte, dass es zu viel sein könnte. Sie wollte aber keinen zornigen Konstantin für die restliche Fahrt, die noch Stunden dauern würde.

»Außerdem gibt es dort keine Meeresbrise. Ziehen wir nicht vornehmlich deswegen um? Damit sich meine gesundheitliche Verfassung bessert?«

»Ach, wer braucht denn das Meer, wenn er solch einen großen See ganz für sich haben kann? Der ist für dein Wohlbefinden gewiss ebenso förderlich.«

»Vielleicht.« Dorothea lehnte sich zurück und kraulte Helenes Hinterkopf. Mit dem Wackeln der Kutsche wippten ihre Löckchen, während die Kleine die saftig grünen Wiesen begutachtete, die an ihnen vorüberzogen. Ihr reichte das Mädchen ohnehin, sie hatte nie geglaubt, überhaupt eines Tages Kinder zu haben. Nun liebte sie Helene so sehr, dass sie manchmal dachte, ihr Herz könnte bersten, sie brauchte nicht zwangsläufig einen Sohn dazu. Doch Konstantin war von dieser Idee wie besessen. Und sie wiederum wünschte sich, dass sie Konstantin endlich genügen würde. Dann musste sie ihm wohl das geben, wonach er sich sehnte.

»So ein Gut bringt andersgeartete Aufgaben mit sich als eine Handelsgärtnerei. Sind wir dem überhaupt gewachsen?«

Konstantin lachte auf, schien die Überlegung wahrlich amüsant zu finden. »Was soll da denn groß anders sein? Für die Tiere stellt man jemanden ein, und dann erntet man ein Mal im Jahr die Felder ab. Und dafür gibt es Erntehelfer. Wenn du mich fragst, ist das alles eine Frage der Organisation. Und die Bestellung der Felder wirst du mir als Obergärtner ja wohl noch zutrauen?«

»Natürlich«, sagte Dorothea schnell und meinte es ernst. Konstantin war ein begabter Kunstgärtner, hatte schon anspruchsvollste Gartenanlagen geplant. Und wenn er es so darlegte, klang es wirklich machbar. Auf der anderen Seite hatte sie zu Beginn den Beruf der Gärtnerin ebenfalls ein wenig unterschätzt und war überrascht gewesen, wie viel Wissen dazugehörte. Sie hatte sich vorgenommen, dass ihr das nicht wieder passieren würde, und ging davon aus, dass vermutlich jeder Beruf fachliche Kenntnisse erforderte, von denen Laien zunächst nichts ahnten. Aber vielleicht machte es tatsächlich keinen Unterschied, ob man einer Villa oder einem ganzen Herrenhaus vorstand? Und ob man nun eine Gärtnertruppe oder Landarbeiter anleitete? Da musste es gewisse Parallelen geben.

»Denk an das Potenzial des Gartens«, sagte Konstantin nun mit seinem Lächeln, das dafür sorgte, dass sie sich federleicht fühlte. »Bei der Größe … Du könntest einen Garten wie bei Anne Hathaways Cottage daraus machen.«

»Anne Hathaways Cottage Garden?«, flüsterte Dorothea eine Oktave zu hoch, und Helene drehte sich überrascht zu ihr um. Im vergangenen Jahr hatten sie das Cottage mit dem romantischen Garten in England besichtigt. Dort hatte Anne als junge Frau gelebt, während Shakespeare ihr den Hof gemacht hatte. Allein wenn sie daran zurückdachte, wie sich das reetgedeckte Fachwerkhaus in den romantischen Garten fügte, wurde ihr ganz nostalgisch zumute. Wie es wohl war, von einem so sprachbegabten Mann wie Shakespeare umworben zu werden? Im Haus hatte es sogar noch den echten Stuhl gegeben, auf dem Anne angeblich gesessen hatte, während Shakespeare sie umworben hatte. Es war eine traumhaft-romantische Reise gewesen.

Aber vielleicht lag es auch nur daran, dass Konstantins Englisch eher mäßig war und er bei den Frauen nicht sein übliches Süßholz hatte raspeln können.

»Ganz genau«, schmeichelte Konstantin. »Mit einem Blumengarten direkt am Haus und dem Küchengarten voll wohlschmeckender Kräuter. Der Duft nach Petersilie liegt mir noch heute in der Nase. Vielleicht brauchst du nicht gleich zwei Obstbaumwiesen – wobei, den Platz dazu hätten wir ja. Aber deine Obstbäume müssen nicht in Shakespeares Sonetten vorkommen«, er lachte charmant, »es sei denn natürlich, du möchtest es. In dem Fall könntest du auch einen deiner anderen Dichter und Denker nehmen, damit es sich nicht wiederholt. Etwa diesen Thomas Mann? Oder Storm oder Fontane?«

Oder vielleicht mal eine Frau, dachte Dorothea im Stillen. Wie in allen Berufen wurde auch den Schriftstellerinnen weniger Beachtung geschenkt als ihren männlichen Kollegen. Wenn sie auf Bällen oder Kaffeekränzchen erwähnte, dass Frankenstein von einer Frau geschrieben worden war, zeigten sich viele überrascht. Deswegen gefiel ihr der Gedanke, Derartiges in ihrem Garten aufzugreifen, und offenbar zeichnete sich das auf ihrem Gesicht ab.

»Dann bist du also einverstanden?«, fragte Konstantin enthusiastisch. Dorothea ließ das Leben, wie es sein könnte, vor ihrem inneren Auge abspulen. Ihr gefiel, was sie sah. »Also gut«, sagte sie zu ihm. »Lass uns nach Schleswig-Holstein ziehen.«

12. Kapitel

»Wollen wir noch ein wenig im Park lustwandeln?«, fragte Marleene Julius nach dem sonntäglichen Kirchenbesuch in Rastede. Ein Hauch von Frühlingsduft lag in der Luft, und sie war innerlich so aufgeregt wie die jungen Füllen, die sie auf dem Hinweg über die Koppel hatten toben sehen. Es war ausreichend, wenn eine Person aus dem Hausstand bei der Messe anwesend war, und normalerweise übernahm Frieda dies mit Vorliebe. Diesmal war sie jedoch ins Stottern geraten und hatte fadenscheinige Gründe vorgeschoben, warum sie keinesfalls gehen könne. Da ihre Cousine offenbar über die wahren Beweggründe nicht sprechen wollte, hatte Marleene nicht weiter nachgebohrt.

Bevor Julius antworten konnte, traten Herr und Frau Oltmanns auf sie zu. Frau Oltmanns bog ihren olivgrünen Hut, der so breit wie ein Wagenrad war, hoch und linste sie von unten an. »Ist Ihre Cousine heute nicht da? Ich wollte mich bei ihr nach etwas erkundigen.«

»Bedaure, Frieda war heute leider verhindert. Kann ich etwas ausrichten?«

Die Dame winkte ab. »Ich frage sie einfach morgen im Blumenladen.«

Sie verabschiedeten sich, und Julius bot Marleene seinen Arm dar und steuerte den hinter der Kirche liegenden Park an, den sie ebenfalls in ihrer Funktion als Hofgärtnerei neu anlegten. Diesmal war der Großherzog nach einer Bildungsreise zu den Landschaftsgärten in Wörlitz und England selbst tätig geworden und hatte eigenhändig Entwürfe für einen zehn Hektar großen Park samt belebenden Wasserflächen und einer Ausstattung wie einem niedlichen Teehaus und einem Pavillon angefertigt.

»Jetzt ist der erste Monat der Gartenbauschule für Frauen geschafft. Bist du zufrieden mit deinen Schützlingen?«

Marleene ließ sich die vergangenen vier Wochen durch den Kopf gehen. Ihre höchste Freude war es gewesen, den Mädchen zu zeigen, wie man Flieder veredelte, so wie sie es selbst einst von ihrem Vater gelernt hatte. Außerdem hatten sie Pflanzen versetzt, okuliert und Stecklinge geschnitten. Abends saßen sie gemeinsam um den Kamin, und Julius oder Marleene fasste eine Einheit zum Grundwissen zusammen. Es gab viel zu tun, aber sie hatten die Thematiken in kleine Bündel aufgeteilt und mit dem Aufbau der Pflanze und Bodenkunde begonnen. Danach mussten die Mädchen noch zwei Pflanzen in ihr Heft zeichnen, den botanischen Namen und ihre Eigenheiten angeben.

»Ich denke, ich kann mich nicht beschweren, sie sind alle sehr eifrig. Selbst Agneta. Sie benötigt zwar reiflich viele Verschnaufpausen, aber immerhin scheint sie wild entschlossen, nicht mehr nach Hause zurückzukehren. Vielleicht hat das mit dem Brief zu tun, der neulich für sie ankam, ich weiß es nicht. So oder so scheint die Gefahr zunächst gebannt, und wir können uns gänzlich auf die Inhalte konzentrieren.«

Julius tätschelte ihre Hand, und Marleene atmete die frische Luft ein. Alles schien auf einem guten Wege. Die Vögel kündigten aufgeregt den Frühling an, und um sie herum hatten die Bäume winzig kleine grüne Knospen gebildet, die so prall wirkten, dass man vermuten könnte, die Blätter würden in einem Satz hervorschießen, sobald man einen Zweig berührte. Zwischen den Bäumen übersäten zudem die Buschwindröschen den Boden, sodass sie wie ein weißer Frühlingsteppich wirkten, und hinten glitzerte bereits der Ellernteich, auf den sie zusteuerten.

Hier hatten sie vor über einem Jahr beschlossen, ihren Traum von der Gärtnerinnenschule anzugehen. Das Eislaufen glückte ihr noch immer nicht, aber die Gartenbauschule stand nun in den Kinderschuhen.

Und dann war da diese andere Sache, die sie nur zu gerne mit Julius teilen wollte. Auch in diesem Monat waren ihre Tage ausgeblieben. So langsam fühlte sie sich sicher genug, um Julius die frohe Botschaft zu überbringen. Beim ersten Mal hatte sie zwei größere Triebe ihres speziellen Flieders und dazu einen winzigen auf sein Kopfkissen gelegt. Er hatte es sofort verstanden und in heller Begeisterung zu ihr gesehen. Sie hatte statt einer Antwort ihr selbst gestricktes Erstlingsjäckchen hochgehalten, und im nächsten Moment hatten sie sich in den Armen gelegen, und Julius hatte sie übermütig durch die Luft gewirbelt.

Leider hatte das Glück nicht lange angehalten. Zwei Monate später war da plötzlich Blut gewesen, und als sich ihre Monatsblutung stetig wieder einstellte, hatte sie gewusst, dass sie das Kind verloren hatte. Beim zweiten und dritten Mal hatten sie versucht, mit ihrer Vorfreude hauszuhalten, doch es hatte sie nicht davor bewahrt, von Neuem durch das dornige Tal der Verzweiflung zu schreiten, als das Kind ihnen genommen wurde.

Diesmal hatte es gedauert, bis sie überhaupt wieder schwanger geworden war. Ob das ein gutes Zeichen war? Marleene wusste es nicht.

Sie freute sich ganz ungemein. Gleichzeitig fürchtete sie sich jedoch, sich der Freude hinzugeben. Was, wenn es abermals nicht klappte? Wenigstens Julius hatte sie diese Pein ersparen wollen, er sollte keine Hoffnung schöpfen, denn wer nicht hoffte, der konnte auch nicht enttäuscht werden. Sie hatte jedoch gehört, dass die ersten drei Monate die problematischste Zeit waren. Die hatte sie diesmal überstanden.

Als sie den Teich erreicht hatten, beobachteten sie, wie die Wasserläufer wie aus dem Nichts Kreise auf der dunklen Oberfläche erscheinen ließen. Es roch nach frischem Gras – und Neuanfang. Marleene fasste sich ein Herz. Sie blieb stehen, Julius tat es ihr gleich, und sie griff nach seiner zweiten Hand, bevor sie sprach. Dann atmete sie tief ein und sah in seine waldgrünen Augen, die sie neugierig musterten.

Wie würde er auf die Neuigkeit reagieren? Sie hatte sich noch immer nicht entschieden, auf welche Art sie es ihm diesmal sagen sollte. Eine festliche Ansprache schien ihr angemessen, gleichzeitig wollte sie für den Fall des Verlustes nicht zu viel Freude schüren. Wer höher flog, fiel umso tiefer.

»Ich bin schwanger«, sagte sie schließlich schnörkellos mit einem leichten Lächeln um die Lippen.

* * *

Marleene war wieder schwanger? Umgehend sprühte die Freude durch Julius' Körper. Er hatte bereits eine vage Vermutung gehabt, dass es so sein könnte, bisher aber nicht gewagt, danach zu fragen. Dass es tatsächlich so war, weckte in ihm den Wunsch, laut zu jauchzen, doch er mahnte sich zur Zurückhaltung. Noch konnte so vieles passieren. Er schloss sie fest in die Arme und drückte sie lange und innig an sich. Hoffte, sie möge durch die Umarmung spüren, wie viel ihm dies bedeutete.

»Ich freue mich«, flüsterte er in ihr blondes Haar und küsste sie sanft.

Erst nach einer ganzen Weile lösten sie sich voneinander. Jetzt galt es, alles dafür zu tun, dass es Marleene und dem Kind in ihrem Bauch gut ging. Am liebsten wüsste er sie den gesamten Tag im Bett und würde sie von hinten bis vorn umsorgen. Doch das würde sie niemals mit sich machen lassen. Aber vielleicht einen Teil davon? »Du wirst die nächsten Monate nur noch im Haus verbringen und rührst keinen Finger!«, ordnete er an. »Zumindest für die erste Zeit.«

»Die ersten drei Monate sind bereits geschafft.«

»Wirklich?« Er konnte kaum glauben, was er da hörte, und packte sie an den Seiten. »A-aber warum hast du denn nichts gesagt?«

»Na ja …« Sie bohrte ihren Schuh in den Waldboden, aber er verstand auch so, was los war.

Und das machte ihn wütend.

»Du wolltest mir das Leid ersparen?! Marleene, tu das bitte nie wieder! Ich *will* das Leid mit dir teilen. Haben wir uns das nicht geschworen, in guten wie in schlechten Zeiten? Da kannst du so etwas nicht vor mir verschweigen!«

Er konnte nicht verstehen, wie sie überhaupt auf die Idee gekommen war, Derartiges vor ihm zu verheimlichen. Wenn er könnte, würde er doch jede Bürde ihres Lebens aus dem Weg schaffen, und wenn das nicht ging, sollten sie zumindest die Last gemeinsam tragen. War es nicht immer so gewesen? Doch als er den glänzenden Film auf ihren Augen sah, bereute er die Heftigkeit seiner Worte umgehend.

»Ach, komm her«, sagte er, zog sie abermals fest an sich, und eine Zeit lang genossen sie den Halt des anderen. »Das heißt, du bist jetzt im vierten Monat? Und nun ist es unwahrscheinlich, dass …«

Marleene nickte. »Meine Hebamme meinte, die allerkritischste Zeit wäre überstanden. Sicher kann man sich natürlich nie sein, daher soll ich mich weiterhin schonen.« Sein Griff wurde fester, vielleicht sollte er sie nie wieder loslassen, dann könnte er alles von ihr abschirmen. Doch sie hob den Zeigefinger. »Was nicht heißt, dass man mich in Watte packen muss. Frische Luft ist sogar gut für mich. Ich soll nur nichts machen, was den Körper allzu sehr anstrengt, und nicht schwer heben …«

»Dann soll Franz einen Großteil des praktischen Unterrichts übernehmen. Ich bin ja momentan fast täglich mit den abschließenden Arbeiten im Schlossgarten beschäftigt, aber ich habe ihn mit den Mädchen beobachtet. Er macht seine Sache vortrefflich, und die Backfische himmeln ihn an.«

»Allerdings möchte ich …«, setzte Marleene an, doch er brauchte nur die Augenbrauen zu heben, um sie verstummen zu lassen. In diesem Punkt würde er keinerlei Einwände dulden.

»Ich verstehe ja, dass du am liebsten alles selbst machen willst, aber das ist jetzt wichtiger, oder?«

Marleene biss auf ihre Unterlippe. »Schon. Ich habe halt nur das Bedürfnis, mich persönlich um meine Schützlinge zu kümmern. Es fühlt sich sonst an, als würde ich sie im Stich lassen, wenn ich den Unterricht delegiere.«

»Sobald der kleine Racker erst mal da ist und du dich erholt hast, kannst du ja wieder voll übernehmen.« Er drückte ihre Hand, und Marleene stimmte zu. Die Mädchen würden es gewiss verstehen, und zumindest vereinzelte Lehreinheiten konnte sie ja übernehmen.

Fest untergehakt vollendeten sie ihre Runde, und er konnte während der ganzen Zeit nicht aufhören zu grinsen. Doch als sie ihren simplen Pferdewagen erreichten, wurde er an all das erinnert, was sie verloren hatten.

»Was ist?«, fragte Marleene zaghaft. Sie hatte offenbar bemerkt, dass seine Gedanken eine düstere Richtung eingeschlagen hatten.

Er presste die Lippen zusammen und schüttelte leicht den Kopf. »Ich werde noch einmal mit Konstantin sprechen. Bisher hat er ja kein Anwesen gefunden, das seinen Ansprüchen genügt. Wenn er bleiben will, schön und gut. Aber wenn nicht, muss er einfach an uns verkaufen. Ich will, dass meine Kinder dort aufwachsen, wo ich groß geworden bin. Vielleicht hat ja einer der Freimaurer noch eine Idee.« Seit drei Jahren war er Mitglied bei diesem Zusammenschluss der einflussreichsten Männer aus Oldenburg. Anfangs hatte er geglaubt, das sei nichts für ihn, doch dann war er mit einem von ihnen ins Gespräch gekommen und hatte festgestellt, dass ihm der Austausch gefiel.

»So oder so«, sagte er entschlossen, »werde ich alles tun, was in meiner Macht steht. Du hast immerhin schon oft genug bewiesen, dass es sich lohnt zu kämpfen.«

13. Kapitel

Der Brief hatte ihn gerade im rechten Augenblick erreicht. Seit geraumer Zeit hatte er das Leben hier satt. Die Tuscheleien hinter vorgehaltener Hand. Die Animositäten, die Vorurteile, die Vorwürfe. Er hatte oft mit einem Neuanfang geliebäugelt, doch hatte er sich einiges aufgebaut, das ließ man nicht ohne Weiteres hinter sich. Dafür musste die Alternative vielversprechend sein. Äußerst vielversprechend. Bisher hatte ihn nichts so recht überzeugen können, aber das hier? Er spürte, wie sich ein Grinsen in seinem Gesicht ausbreitete. Die Gelegenheit war zu gut, um sie sich entgehen zu lassen.

Er rief nach Jahn, seinem jüngsten Sohn. Es war der Einzige, der noch in seinem Haus lebte, die anderen Kinder waren bereits flügge – oder hatten es nicht über das erste Lebensjahr hinaus geschafft. Das letzte hatte dann auch seine Frau mit in den Tod gerissen. Seine vierte Frau. Diese Geburten und Schwangerschaften hatten wahrlich etwas Tückisches. Gut, dass er ein Mann war.

Jahn kam nahezu rennend ins Zimmer. Seine Schwäche zeigte sich sogar in den spärlichen Stoppeln, die sein Gesicht zierten und die er dennoch voller Stolz hegte und pflegte, als hätte er einen von diesen kunstvoll aufgezwirbelten Schnurrbärten. Jahn geriet ins Straucheln, als er überhastet stehen blieb. »Sie haben gerufen, Herr Vater?«

Er zog es vor, nach der alten Schule zu erziehen, und verlangte von allen Kindern Ehrerbietung und Respekt, daher siezten sie ihn, so wie er auch seine Eltern gesiezt hatte.

Das mit dem Respekt schaffte er, ansonsten war Jahn eine ziemliche Enttäuschung. Keinen Hauch des väterlichen Willens und Durchsetzungsvermögens hatte er geerbt. Mit zweitem Namen hieß er *Vincent,* das bedeutete »der Siegreiche«, doch nach dem, was sein Sohnemann bisher mit seinen siebzehn Jahren zustande gebracht hatte, hätte er ihn wohl eher »Verlierer« taufen sollen. Aber hatte sein eigener Vater ihm dies nicht ebenso oft an den Kopf geworfen? Vielleicht würde der Knabe sich ja noch machen. Auch ihm könnte ein frischer Start zugutekommen. Immerhin gab es da noch dieses Angebot …

»Pack deinen Koffer«, ordnete er an. »Wir werden verreisen.«

14. Kapitel

Lina beobachtete amüsiert, wie Agneta auf dem Bett saß und den Blick nicht von ihren Fingernägeln wenden konnte. Ohne die zahlreichen Bernsteinkämme und in dem einfachen Nachthemd sah sie ohnehin ganz anders aus als in ihrer sonstigen Aufmachung. Abermals wandte sie ihre ehemals reinweißen Hände von links nach rechts, zählte die harzigen Flecken, die kaum noch wegzuschrubben waren, und schluckte, als sie über die abgebrochenen Fingernägel strich. Es musste hart sein, wenn man den Verfall der vornehm gepflegten Hände zu Arbeiterhänden direkt miterlebte und er sich nicht gemächlich über die Jahre zog.

»D-das geht einfach nicht«, röchelte sie mehr, als dass sie sprach. »Sieh dir das an!« Sie hielt die Hände hoch und zitterte leicht. »Ich kann nicht glauben, dass meine Eltern für diese Tortur auch noch Geld zahlen.«

Lina nickte verständnisvoll. Kurz hatte sie überlegt, ihre eigenen Hände zur Aufmunterung neben Agnetas zarte Finger zu halten. Diese waren trotz ihrer jungen Jahre von schwieligen Narben verheilter Brandwunden gezeichnet, hatten tiefe Furchen, und es gab Flecken, die sie bereits seit Jahren nicht mehr wegbekam. Doch das würde Agneta womöglich nur noch mehr verschrecken, und sie brauchte die höhere Tochter, denn erfahrungsgemäß waren ihre Vergehen um einiges skandalträchtiger. Dass eine Arbeiterin unverheiratet schwanger wurde, stand ja fast schon auf der Tagesordnung, kaum ein Hahn krähte danach. In einem der vornehmen Häuser, in denen sie tätig gewesen war, war der junge Herr des Hauses gar dazu angehalten worden, bei den Bediensteten seinen Drang abzubauen. Das war ihnen lieber als irgendeine Dirne von der Straße oder aus einem Freudenhaus. Derlei Dinge wurden daher bei der arbeitenden Bevölkerung in Kauf genommen. Es war eben so.

Eine Tochter aus der gehobenen Gesellschaft hingegen?

Die durften ja meist nicht einmal ohne Anstandsdame das Haus verlassen. Lina fiel bei Weitem keine bessere Möglichkeit ein, den Ruf der Gärtnerinnenschule zu schädigen. Aber um das zu erreichen, musste Agneta ihr vertrauen. Sie ging daher vor ihr in die Hocke und umfasste ihre Handgelenke.

»Bade am Sonntag die Hände einfach eine Viertelstunde in warmer Buttermilch mit Kamillenblüten und einem Esslöffel Haferflocken. Dann werden sie wieder ganz weich.«

»Danke«, flüsterte Agneta und umarmte sie spontan. »Du bist wirklich die beste Schwesternfreundin, die ich mir hätte wünschen können.«

Lina wurde ein klein wenig schwer ums Herz, wenn ihre Zimmergenossin so überfloss vor Dankbarkeit. Letzten Endes würde Agneta es sich jedoch selbst zuzuschreiben haben, falls sie sich Franz hingab. Außerdem tat Lina wirklich recht viel für ihre Mitbewohnerin. Die anderen Schülerinnen betrachteten ihre ständigen Pausen und die Tatsache, dass sie so nah am Wasser gebaut hatte, mit Argwohn. Sie hatte schon einige Lästereien abwehren müssen, die gewiss dazu geführt hätten, dass Agneta auf der Stelle ihre Koffer gepackt hätte. Und die siebenundzwanzig Hutschachteln und zwei Überseetruhen noch dazu.

Aber die Mädchen ahnten schließlich nicht, dass jede Einzelne von ihnen es letztendlich Agnetas Schulgeld zu verdanken hatte, dass sie da sein konnten. In gewisser Weise fütterte Agneta sie mit durch, und dennoch war sie für die anderen nur die Etepetete-Tochter, der alles zu anstrengend war. Gleichzeitig zauderte Lina, es ihnen auf die Nase zu binden, denn sie wollte nicht, dass Agneta bloß deswegen gemocht wurde. Hinter der blassen Haut, die offenbar viel zu schnell aufriss und viel schmerzempfindlicher war als die ihrige, verbarg sich nämlich einzig und allein ein trauriges Mädchen, das sich nach Gemeinschaft sehnte. Vielleicht konnte ihr dieser Umstand helfen?

Als sie später unter die warmen Daunendecken geschlüpft waren, ging Lina zum zweiten Schritt ihres Plans über.

»Puh, Franz konnte heute ja kaum die Augen von dir wenden, was?«, fragte sie in das Zwielicht des Raumes, denn es war leichter, solch heikle Themen anzusprechen, wenn man sich nicht in die Augen sah.

»Sicherlich nur, weil ich mich beim Schneiden der Stecklinge so töricht angestellt habe.«

»Papperlapapp! Du hast dich genauso gut – oder schlecht – angestellt wie wir anderen auch. Außer Meike vielleicht, die scheint so etwas schon einmal gemacht zu haben.« Das ehemalige Stubenmädchen war unglaublich flott, das hatte sie bereits einige Mal beobachtet.

»Also wenn du mich fragst, hat der junge Mann so viel Zeit an deiner Seite verbracht, weil er es wollte.«

»Wirklich?«, fragte Agneta zweifelnd, doch Lina meinte auch ein wenig Stolz aus der Stimme herauszuhören. Genau, wie sie vermutet hatte. Es war durchaus von Vorteil, dass sie mit zahlreichen Geschwistern aufgewachsen war und danach die Tage in der Küche zwischen auskunftsfreudigen Dienstboten verbracht hatte. Ganz gleich, ob reich oder arm, letztlich sehnten sich die Herzen aller nach demselben Ziel: der Liebe. Die Menschen wollten ihr Herz verschenken, und wenn das nicht ging, zumindest geliebt werden. Das gedachte sie für ihre Zwecke zu nutzen.

»Da bin ich ziemlich gewiss. Hast du ein Glück! Mit seinem markanten Gesicht und der aufrechten Haltung ist er recht stattlich, nicht wahr?« Lina versuchte, so zu reden, wie sie es bei der Herrschaft oft gehört hatte, um Agneta nicht daran zu erinnern, dass sie als Arbeitermädchen für gewöhnlich ganz andere Maßstäbe ansetzte. Immerhin kam Agneta nicht sogleich auf seine vergleichsweise niedere Herkunft zu sprechen.

»Aber er hat rote Haare!«, sagte sie stattdessen.

»Nun ja, es ist zumindest nicht so ein grelles Feuerrot, womit Bruno geschlagen ist. Es ist ein schönes Rot, eher schon braun. Ich finde, es steht ihm sehr gut zu Gesicht.«

»Und dann diese ganzen Sommersprossen!«

»Himmlisch!«, schwärmte Lina verlogen. »Also ich wäre ganz angetan, wenn ein solcher junger Mann mir so viel Aufmerksamkeit schenken würde. Immerhin gibt es ja auch nicht mehr so viele Männer, da muss man auch Abstriche machen.«

»Hmmm«, sagte Agneta nachdenklich, und Lina schlug vor, nun zu schlafen, denn sie hatte bereits erreicht, was sie wollte. Womöglich war sie doch eine Gärtnerin – immerhin hatte sie soeben eine erste Idee gesät.

* * *

Zielstrebig radelte Rosalie wenige Tage später in die Petersstraße und stellte ihr Fahrrad vor dem weißen dreistöckigen Gebäude des evangelischen Lehrerseminars ab. Davor wuchs Flieder, wie sie dank ihrer Arbeit in der Hofgärtnerei auch anhand der spärlichen Blätterknospen erkennen konnte, und gab ihr etwas Zuversicht, da er sie an ihr Zuhause erinnerte. Sie raffte ihren Rock, um die Stufen zu erklimmen, und betrat das Gebäude, welches von einem langen Korridor mit zahlreichen abgehenden Türen durchzogen war. Wo mochte das Sekretariat sein?

Unschlüssig ging Rosalie den dunkel gefliesten Korridor entlang, lauschte dem Widerhall ihrer Absätze. Nach vier Schritten entdeckte sie einen gläsernen Informationskasten und blieb stehen.

Katechismus, Geographie, Singen, Verstandesübungen, Bewegungen im Freien, Kopfrechnen, biblische Geschichte, Mathematik, Physik, Sprachlehre, Orthographie, Katechetik, Lese- und Denkübungen, las sie. Hinter den einzelnen Fächern waren die jeweiligen Räume angegeben. Außerdem wurde eine Bildungsreise angekündigt, um die Topografie von Gebirgen kennenzulernen. Rosalie spürte Neid in sich aufsteigen. So etwas hatte es an ihrem Seminar nicht gegeben. Sie studierte die weiteren Aushänge und stellte fest, dass sich momentan alle Seminaristen auf einem Spaziergang befanden, der offenbar täglich zur Förderung der Gesundheit gemacht wurde.

Zumindest eine Menschenseele würde aber doch hoffentlich in diesem riesigen Gebäude zu finden sein? Sie wollte nicht unverrichteter Dinge nach Hause zurückkehren, wo sie gerade erst den Mut für ihr Anliegen aufgebracht hatte. Zaghaft ging sie weiter den Korridor entlang, rief in die Leere. Das Gebäude schien komplett verlassen zu sein, auch als sie um die Ecke in den nächsten Flur spähte. Dennoch ging sie ihn entlang – und blieb kurz darauf wutentbrannt stehen, als sie an der Tür eines Seminarzimmers einen Zettel entdeckte. Frauen und Hunde nicht erwünscht, stand dort in großen Lettern, und das Körnchen Neid, das sie zu Beginn gespürt hatte, entwickelte sich im Nu zur Wunderbohne aus dem englischen Märchen und schoss übermächtig in den Himmel. Offenbar hatten also schon andere Frauen eine ähnliche Idee wie sie gehabt und hier angefragt. Dass die Lehrer sich sträubten, war schlimm genug, aber musste man sie zudem mit einem Tier, das sich mitunter nicht zu benehmen wusste, auf eine Stufe stellen?

Sie riss die Tür auf, doch nur ein weiterer leerer Raum tat sich vor ihr auf. Sie würde ihre rechte Hand dafür geben, zu erfahren, welche Frauen vor ihr da gewesen waren. Allgemein hätte sie sich gerne stärker für Frauenrechte engagiert, aber bei den Treffen in Oldenburg war Marleenes Cousine Frieda da gewesen, und in deren Anwesenheit fühlte Rosalie sich nie so recht wohl. Mürrisch schloss sie die Tür wieder und folgte dem Gang weiter, als sie eine Bewegung aus den Augenwinkeln wahrnahm. Im Schulgarten arbeitete ein älterer Herr. Da viele Lehrer später auf dem Land eingesetzt wurden, wo sie sich oft selbst versorgen mussten, wurden auch Obst- und Gemüseanbau sowie Bienenzucht unterrichtet.

Rosalie öffnete die nächste Tür zu ihrer Rechten und trat in den Innenhof. Mit großen Schritten ging sie auf den älteren Herrn zu, der sich über ein Beet gebeugt hatte und Samen in die Erde drückte.

»Entschuldigen Sie bitte?«

Er zuckte zusammen, hatte sie offenbar nicht kommen hören und richtete sich mit einem Ächzen auf. »Was kann ich für dich tun, meen Deern?«

Rosalie machte den Rücken gerade, um zu unterstreichen, dass sie eine gebildete Dame war und keine junge Deern. »Ich würde mich gerne als Gasthörerin für den Mathematik- und Kopfrechenunterricht einschreiben. An wen muss ich mich da wenden?«

»Ich bin der Leiter, aber es tut mir leid«, er legte eine Hand in den Nacken, »das Seminar hier ist ausschließlich für männliche Lehrer.«

»Das ist mir bewusst. Deswegen möchte ich ja lediglich Gasthörerin sein. Dazu muss es doch gewiss eine Möglichkeit geben?«

Er rümpfte die Nase. »Ich weiß nicht, ich weiß nicht. Immerhin wird diese Institution vom staatlichen Haushalt getragen ...«

»Perfekt!« Rosalie setzte ihr strahlendstes Lächeln auf. »Meine Familie ist in Oldenburg ansässig und zahlt seit Generationen ihre pflichtgemäßen Abgaben.«

»Mag sein, aber die Bürger zahlen doch nicht für jemanden«, er gestikulierte vage, »wie Sie.«

»Wieso denn nicht?«

»Na, weil Sie eine Frau sind. Gewisse Dinge können Sie vom Verstand her einfach nicht erfassen. Das meine ich nicht als Beleidigung, das sind lediglich Tatsachen.«

Jetzt kam die alte Leier schon wieder. Trotzdem würde sie nicht aufgeben. »Das wollen wir doch erst einmal sehen. Ich wurde in allen Fächern in Neuenburg unterrichtet. Nur eben in Mathematik und Rechnen nicht, und deswegen bin ich ja hier. Ich mache Ihnen einen Vorschlag: Wir versuchen es, und wenn es mir nicht gelingt, dem Unterricht zu folgen, dürfen Sie mich im hohen Bogen hinauswerfen.«

Er schien es für einen Augenblick tatsächlich in Erwägung zu ziehen, doch dann griff er wieder nach seiner Schüssel voll Samen. »So ein Unsinn. Es betrifft ja nicht nur die Mathematik. Ich bezweifle, dass Sie in jeglichen Fächern mit den jungen Männern mithalten könnten.« Er sah sich um, blieb mit dem Blick an der noch kahlen Obstbaumwiese hängen und deutete darauf. »Nehmen wir doch die Naturkunde zum Exempel. Was haben wir hier?«

Eine listige Frage, denn für Laien waren die Unterschiede kaum zu erkennen. Er ahnte ja nicht, dass Rosalie vor wenigen Jahren noch mit Bruno und Johannes unter anderem auf der Streuobstwiese der Hofgärtnerei gearbeitet hatte. Im Herbst hatten sie Äpfel, Birnen und Pflaumen geerntet, im Winter das alte Fruchtholz entfernt und im Frühjahr mit der überlangen Schere die Raupennester herausgeschnitten. Natürlich hatte Johannes sie damals aufgefordert, die Schere mit den zwei Meter langen Griffen zu benutzen, was ihr innerhalb von kürzester Zeit viel zu schwer in den Armen geworden war. Dennoch kannte sie verständlicherweise nach all der Zeit die Bäume in jeder Vegetationsphase.

»Einen Apfelbaum.« Ihre Antwort kam ohne jegliches Zögern. Sein Zeigefinger schnellte in bester Oberlehrermanier zum nächsten Baum.

»Birne«, sagte Rosalie, da die Krone ein wenig spitzer zulief. Es folgten Kirsche und Pflaume, bevor er sie beeindruckt ansah. »Mein lieber Herr Gesangsverein, so ganz ohne Blätter und Früchte ist das gewiss eine Leistung.«

Endlich erlaubte Rosalie sich zu lächeln. »Im Lehrerinnenseminar wurde alles sehr gründlich unterrichtet.« Sie strich ihren Rock glatt. »Nur eben mit der Mathematik hapert es noch ein klein wenig. Denken Sie also …?«

Eben hatte er noch fröhlich gewirkt, jetzt stieß er grantig die Hacke in die Erde. »Nein.« Er wirkte fest entschlossen. »Das kommt gar nicht infrage. Mag sein, dass Sie sich mit Obstbäumen auskennen, aber das Lehrerseminar bleibt den Lehrern vorbehalten.«

Rosalie spürte, dass sie eine ganze Handbreit in sich zusammensackte. Er war ihr für einen Moment wohlgesinnt gewesen, dennoch weigerte er sich. Sie murmelte einen Abschiedsgruß und verließ den Schulgarten, durchquerte das Gebäude bis zu ihrem Fahrrad. Missmutig radelte sie im Schneckentempo heimwärts zur Fliedervilla. Noch schlimmer konnte der Tag nicht werden.

An der Kutsche auf dem Vorplatz erkannte sie, dass Konstantin und Dorothea ebenfalls zurück waren. Seit sie im vergangenen Monat dieses Rittergut besichtigt hatten, waren sie ständig außer Haus gewesen. Sie hörte Stimmen aus dem Salon und beschloss, sich dazuzugesellen. Konstantin würde gewiss bald wieder gehen, dann konnte sie in Ruhe Dorothea alles erzählen.

»Da seid ihr ja wieder. Ihr glaubt nicht, was ich heute erlebt habe«, sagte sie anstelle einer Begrüßung.

Konstantin schwang zu ihr herum, er war in freudiger Erregung. »Und *du* glaubst nicht, was wir haben!« Er hielt ein dicht beschriebenes Blatt Papier hoch. »Das Rittergut, der Verkauf ist so gut wie unter Dach und Fach. Wir haben zwei Wochen, um das Geld zu zahlen. Wie schnell kannst du ausziehen?«

Rosalie schluckte, sie war nicht in der Lage, etwas zu sagen. Sie bemerkte nur, dass Dorothea sie zerknirscht ansah. Konstantin legte derweil den Brief auf den Nussbaumtisch und bewegte sich durch den Raum. »Du hättest es sehen sollen, Rosalie! Das Anwesen liegt direkt an einem See. Und es ist mehr als drei Mal so groß wie die Hofgärtnerei!«

Langsam schüttelte sie den Kopf, sie konnte schon gar nicht mehr zählen, wie oft er davon berichtet hatte. Nur diesmal klang er fest entschlossen. »Du machst also wahrhaftig Nägel mit Köpfen?«

»Aber gewiss doch. Also, wann kannst du packen? Beziehungsweise, ich ziehe die Frage zurück. Du musst in zwei Wochen hier raus sein. Der Auktionator sagte mir, dass Sonntage prädestiniert für Versteigerungen seien, da nehmen die Leute sich einfach mehr Zeit.«

Zwei Wochen? Das ging jetzt alles rasend schnell. Sie wünschte, es gäbe etwas, das sie tun konnte. Die Aussicht, ihr Elternhaus zu verlieren, schmerzte noch mehr als all die Abweisungen als Lehrerin.

»Willst du denn wirklich nicht an Julius verkaufen?«

Kurz hielt er inne und sah sie verdattert an. »An Julius? Wo denkst du denn hin, ihm fehlen einfach die nötigen finanziellen Mittel. Wir brauchen schließlich eine relativ hohe Summe für das Rittergut.«

»Bitte, Konstantin, ich flehe dich an. Überlege es dir noch einmal. Wenn Julius die Fliedervilla kauft, könnte ich auch weiterhin hier wohnen. Ich würde auch mein Erspartes dazugeben.« Sie verabscheute sich selbst dafür, wäre für diesen Herzenswunsch trotz alledem sogar vor ihm auf die Knie gefallen.

»Ach, Herzchen.« Mitleidig sah er sie an. »Das ist ganz reizend von dir ... Aber ich ... Ich muss Prioritäten setzen. Wir sind Julius nichts schuldig, ich habe ihn wie alle weichenden Erben ausbezahlt, und das ist, soweit ich weiß, alles, was er hat. Sämtliche Einnahmen haben sie in die Gärtnerei und diese lächerliche Schule gesteckt, und ich kann ihm die Villa samt Gärtnerei ja nicht schenken. Und ihm auch keinen Kredit gewähren, wie er vorige Woche abermals vorgeschlagen hat, schließlich bin ich kein Bankhaus. Ich hoffe, du verstehst?«

Beklommen nickte sie. »Ich verstehe sehr gut. Allerdings weiß ich nicht, ob ich künftig jemals wieder ein Wort mit dir wechseln kann.«

15. Kapitel

»Denk daran, was wir besprochen haben«, mahnte Julius Marleene nach dem Frühstück und legte eine Hand auf ihre Taille. Er war im Begriff, sich auf den Weg nach Oldenburg zu machen, wo er die Fertigstellung des Schlossgartens beaufsichtigen und auch selbst mitarbeiten würde.

»Aber gewiss doch.« Marleene verdrehte amüsiert die Augen. »Kein schweres Heben, kein Rennen, kein Führen schwerer Gerätschaften. Ich werde lediglich den abendlichen Unterricht übernehmen und kochen, während Franz die Arbeit der Mädchen in der Gärtnerei beaufsichtigt. Generell behandelt mich jeder wie ein rohes Ei.« Sie zwinkerte Frieda zu, die soeben aus ihrer Kammer trat.

»So ist's gut!« Er küsste Marleene mit einem Lächeln auf die Wange und wandte sich dann an ihre Cousine. »Guten Morgen, Frieda, soll ich dich ein Stück mitnehmen? Ich fahre gleich mit dem Fuhrwerk nach Oldenburg.«

»Danke, das ist herzallerliebst«, sagte Frieda gähnend und setzte sich zu Marleenes Mutter an den Tisch. »Aber bevor ich gehe, muss ich noch neue Pflanzen für den Laden aussuchen. Vielleicht kann Bruno mich dann rüberfahren.«

»Natürlich. Nun gut, ich muss mich beeilen, der Erbgroßherzog will heute unsere Fortschritte inspizieren. Vermutlich will er sicher-gehen, dass wir den Einweihungstermin auch halten können.« Julius lachte leicht nervös, hob die Hand zum Abschied und eilte hinaus. Am liebsten hätte Marleene ihn begleitet und den ganzen Tag die letzten

Rhododendren an die geplanten Stellen gepflanzt, doch die Arbeit mit dem Spaten und den schweren Pflanzen war kräftezehrend, und Julius hätte es nie und nimmer zugelassen. Vielleicht könnte sie später zumindest bei der Finalisierung der Spazierwege behilflich sein.

Sie kochte Zichorienkaffee für alle und setzte sich dann mit der Pflanzenenzyklopädie ihres Vaters, aus der sie die heutigen Blumen für den Unterricht heraussuchen wollte, zu Frieda und ihrer Mutter an den Tisch.

»Also Meike, das liebreizende Stubenmädchen der Fliedervilla, ist wirklich eifrig«, sagte Frieda mit Blick aus dem Fenster, wo die Mädchen in einiger Entfernung unter Franz' Anleitung Frühkartoffeln in die Erde drückten. Meike bewegte sich deutlich schneller als die restliche Truppe. »Vorige Woche habe ich sie beobachtet, wie sie Stecklinge macht, das war wahrlich eindrucksvoll.«

»Und Elise is och nich in de verkehrte Schöstein fallen. Man merkt, dass sie viel op de Tafelgut ihrer Ollern helpen hat«, ergänzte Marleenes Mutter, die mit ihren zittrigen Händen langsam Kartoffeln schälte – Marleene hatte es mittlerweile aufgegeben, ihr das Arbeiten auszureden.

Sie ließ ebenfalls den Blick aus dem Fenster schweifen, wo Lina gerade neben Franz stand, der auf das Beet deutete und offensichtlich etwas erklärte. »Lina ist immer so zuvorkommend und bemüht, und über Ottilie und Fenja kann man sich auch nicht beschweren. Man merkt, dass sie bereits Vorerfahrung haben, obwohl sie ja meist nur Hilfstätigkeiten nachgegangen sind.«

Frieda nahm vorsichtig einen Schluck aus der dampfenden Tasse. Vor einiger Zeit hatte sie beschlossen, am Montag erst zur Mittagszeit den Laden aufzumachen, da am Montagmorgen kaum jemand Blumen kaufen wollte, und so konnte sie an diesem Tag in aller Ruhe ihren Wocheneinkauf in der Hofgärtnerei erledigen. »Es war ja wirklich herzallerliebst von Dorothea, dass sie das Schulgeld für die beiden übernommen hat. Dennoch frage ich mich weiterhin, warum. So etwas macht man doch nicht aus reinster Nächstenliebe!?«

Marleene spürte, wie ihre Ohren heiß wurden, denn sie für ihren Teil hatte eine recht gute Vorstellung, warum Dorothea die Mädchen nicht mehr in der Gärtnerei haben wollte. Aber wie schlimm es tatsächlich um Konstantins Neigung zum Schürzenjäger bestellt war und dass selbst sie seinem Charme vor langer Zeit beinahe erlegen wäre, hatte sie Frieda nie erzählt. Es war schlichtweg zu blamabel. Auch Dorothea hatte sie seinerzeit nicht vor ihm gewarnt, und seitdem fühlte sie sich schuldig. Als ihre Schwägerin ihr schließlich nach einem Frauenrechtler-Stammtisch unter Tränen gestanden hatte, dass sie Konstantin eng umschlungen mit einer der Schwestern erwischt hatte und nicht wüsste, was sie tun sollte, während Marleene gerade überlegt hatte, wie sie die ersten Schülerinnen für ihre Schule finden sollte, hatten sie beide erkannt, dass dies die perfekte Lösung wäre. Selbst die Schwestern hatten sich begeistert gezeigt, nachdem Dorothea ihnen den Vorschlag unterbreitet hatte. Alle vier hatten geschworen, dass die wahren Umstände nie ans Licht kommen würden, und dieses Versprechen wollte sie halten.

»Dorothea hat sich doch schon immer für verbesserte Bildungsmöglichkeiten für Frauen eingesetzt …«, sagte sie daher nur vage. Weiter kam sie nicht, denn von außen ertönte Hufgeklapper. »Wer mag das sein?« Marleene sprang auf. »Wir erwarten keine Lieferung, und angekündigt hat sich auch niemand.« Sie öffnete die kleinere Tür, die in die braune Grootdör eingelassen war. Draußen kam zu ihrer Verwunderung gerade Lotte, der Haflinger der ehemaligen Hofgärtnerei, zum Stehen. Auf dem Kutschbock des Wagens saß einer der vielen neuen Arbeiter von Konstantin, über deren Namen Marleene so langsam den Überblick verlor. Aber sie meinte sich vage zu erinnern, dass er Hagen hieß. Neben ihm saß eine fuchsteufelswilde Rosalie. Die Ladefläche bog sich förmlich vor Truhen, Koffern und Kästen und erinnerte an Agnetas Auftritt. Ohne jegliche Hilfe sprang Rosalie vom Wagen und strauchelte, als sie mit ihren Schnürstiefeln etwas schräg auf dem Kopfsteinpflaster aufkam.

»Da bin ich«, trällerte sie und öffnete in Theatermanier die Arme, schnaubte danach jedoch wütend.

»Oh. Äh. Jetzt schon?«, stammelte Marleene und sah zu Frieda und ihrer Mutter, die ebenfalls an die Tür gekommen waren. Sie hatte damit gerechnet, dass es noch Monate dauern würde, bis Konstantin weg- und Rosalie einzog. Dann wurde ihr klar, was das bedeutete, und sie schlug die Hand vor den Mund. »Hat Konstantin etwa bereits ein neues Anwesen gefunden?«

»Du sagst es. In zwei Wochen ist die Versteigerung.« Schon bei der Vorstellung, dass die Fliedervilla unter den Hammer kommen würde, zog sich in Marleene alles zusammen. Sie durfte sich nicht aufregen, erinnerte sie sich und zwang sich, ruhig zu atmen. Inzwischen waren Bruno und Johannes vom Feld gekommen. Die Mädchen lugten aus der Ferne, wo sie noch immer Frühkartoffeln setzten, neugierig herüber, aber Franz hielt sie offensichtlich dazu an weiterzuarbeiten.

»Tragt das bitte rein«, ordnete Rosalie hoheitsvoll an, und bevor Marleene protestieren konnte, da sie kaum mehr Platz für weitere Truhen hatten, machten die Männer sich bereits an die Arbeit.

»Kann ich mal unter vier Augen mit dir sprechen?«, raunte Frieda ihr zu, während sie zurück ins Haus gingen.

»Ja, äh, gleich«, murmelte Marleene gedankenverloren, derweil sie sich das Hirn zermarterte, um eine Lösung zu finden, wie sie alles unter einen Hut bekommen könnte.

Nachdem die Männer die Koffer und Truhen hineingeschafft hatten und wieder an die Arbeit gegangen waren, sank Rosalie auf eine ihrer edlen Truhen nieder und schüttelte traurig den Kopf. »Ich kann noch immer nicht fassen, dass er mir das antut.« Dann blickte sie umher. »Also, wo sollen meine Sachen hin?«

»Ähmm«, überlegte Marleene laut, denn eigentlich war nur noch in Friedas Kammer Platz, wo die zweite höhere Tochter hatte nächtigen sollen. Bevor sie etwas sagen konnte, erhob Frieda ungewohnt heftig ihre Stimme. »Verstehe ich es richtig, dass ... diese Person nun wahrhaftig hier wohnen soll?« Sie stemmte die Hände in die Hüften.

»Nun ja ...«, stammelte Marleene. Sie wusste, dass Frieda Rosalie noch immer grollte, gleichzeitig war sie jedoch Julius' Schwester. Und sie hatte sich verändert.

»Wo soll ich denn sonst hin?«, schimpfte Rosalie indes und sah Frieda empört an.

»Was weiß ich? Zu deinem Onkel nach Mansholt, irgendwelchen Verwandten ... Oder zieh doch einfach mit Konstantin weg. Je weiter, desto besser.«

»Ts!« Rosalie verschränkte die Arme. »Das hättest du wohl gerne. Aber mein Lebensmittelpunkt ist Oldenburg. Hier wohnt mein Verlobter, und ich bin auf dem besten Wege, eine Anstellung zu bekommen.«

»Mir ist ganz egal, was du machst. In einer Sache bin ich mir allerdings sicher«, sie wandte sich an Marleene. »Ich werde mit dieser Person nicht unter einem Dach leben. Und in einer Kammer schon gar nicht – oder wo soll sie hin?«

»I-ich ...«, setzte Marleene an, wurde aber von Rosalie unterbrochen. »Was hast du denn noch immer gegen mich?! Habe ich mich nicht tausend Mal entschuldigt für das, was mit Manilo geschehen ist?«

Frieda runzelte die Stirn und wirkte überrascht. »Nein!?«

Das schien Rosalie aus dem Konzept zu bringen, doch sie fing sich rasch wieder. »Dann mache ich es eben jetzt. Es tut mir leid, verstanden? Ich bin wirklich untröstlich, allerdings habe ich soeben mein Zuhause verloren, und du hast nichts Besseres zu tun, als dem Ganzen die Krone aufzusetzen!? Wie kann man nur so herzlos sein?«

»Ich – herzlos?« Frieda lachte sarkastisch auf. »Lustig, wenn das von der egozentrischsten Person aus ganz Oldenburg kommt. Du glaubst vermutlich wirklich, dass du einmal sagen kannst, dass es dir leidtut, und dann ist alles wieder gut, oder? Weißt du eigentlich, dass du wie eine Dampfwalze durchs Leben rauschst? Ganz gleich, wo du bist, du hinterlässt einzig und allein Zerstörung! Deinetwegen wurde Marleene enttarnt und konnte die Lehre nicht abschließen. Deinetwegen habe ich die Liebe meines Lebens verloren!«

»Das ist alles sehr bedauerlich, nur was soll ich denn noch machen, als mich zu entschuldigen?«, schrie Rosalie nun dazwischen. Tränen liefen dabei so rasch wie Regentropfen über ihre Wangen.

»Keine Ahnung!«, schrie Frieda zurück und gestikulierte in die Luft. Ihre Augen verengten sich zu schmalen Schlitzen. »Wer weiß? Vielleicht kannst du ja nichts machen, weil das Verdorbene in dir einfach viel zu tief sitzt!« Zaudernd hielt sie inne und flüsterte verächtlich: »Vielleicht wirst du stetig alle mit dir in den Abgrund reißen!?«

Mittlerweile standen sie nur noch eine halbe Armlänge voneinander entfernt, die Luft zwischen ihnen schien zu knistern, und sie starrten sich heftig atmend an. Friedas Worte hatten Rosalie schwer getroffen – so wie Rosalies Verhalten in Frieda vor fünf Jahren eine Wunde geschnitten hatte, die so tief war, dass sie bis heute klaffte.

Ein Schluchzer durchzuckte Rosalies Körper, sie rückte mit Tränen in den Augen von Frieda ab. Marleene konnte nicht anders, als zu ihr herüberzueilen und ihr über den Rücken zu streichen.

»Mag sein, dass Marleene dir verzeiht, ich hingegen werde nie vergessen, was du ihr angetan hast. Du hast allen Menschen wehgetan, die mir etwas bedeuten, und deswegen werde ich den Teufel tun und mit dir zusammenwohnen.« Traurig sah sie zu Marleene. »Also, sie oder ich?«

Marleene sah von ihrer herzallerliebsten Cousine zu ihrer Schwägerin in Not. Wie sollte sie da eine Entscheidung treffen? Musste sie das überhaupt? Konnte es nicht einen Weg für sie alle geben?

»V-vielleicht könnte Rosalie …«

Frieda nickte mit Tränen in den Augen. »Verstehe.«

16. Kapitel

»Nun gut, meine Damen, Sie haben sich wacker geschlagen«, sagte Franz am Abend, nachdem die Dunkelheit nahezu vollständig hereingebrochen war, und Lina atmete erleichtert auf. Das Schwalbennest wirkte mit seinen leuchtenden Fenstern mehr als einladend. Sowohl Julius als auch Rosalie, die jetzt seit einer Woche ebenfalls dort wohnte, waren vor Kurzem darin verschwunden, und sie hatte ihnen sehnsüchtig hinterhergeblickt. Die Hofgärtnerin hatte sich bereits vor über einer Stunde dorthin zurückgezogen, nur die Schülerinnen, Franz, Bruno und Johannes rackerten sich hier draußen in der Eiseskälte ab. Am Vormittag hatten sie unter Aufsicht der Hofgärtnerin die Obstbäume von Moos und Raupennestern befreit, danach die Rieselwiesen bewässert. Am Nachmittag hatten sie mit Franz Früherbsen, Lauch, Schwarzwurzeln, Radies und Wirsing ausgesät. Jeder hatte ein eigenes Beet übernommen, und während alle bei den anderen geguckt hatten, um zu sehen, worauf man bei der Aussaat zu achten hatte, hatte sie unauffällig einige Schilder mit den Beschriftungen der Sorten vertauscht. Derlei Kleinigkeiten erlaubte sie sich immer wieder, es würde die Hofgärtnerin allemal ärgern. Doch es war Zeit, dass sie auch mit ihrem großen Plan weiterkam und Franz und Agneta einander schmackhaft machte, zumal sich erste Erfolge zeigten.

»Machen wir für heute Feierabend«, sagte Franz nun. »Morgen werden wir die Raupennester verbrennen, und Julius wird euch zeigen, wie man Pfropfreise schneidet, und meine Wenigkeit, wie man die alten Bäume mit Kalkwasser bestreicht. Für heute ist es erst einmal genug, ich werde mich um den Rest kümmern.«

Es war kaum zu glauben, wie viel sie in fast zwei Monaten gelernt hatten – nichtsdestotrotz hatten sie alle Erfahrungen an der frischen Luft bei eisiger Kälte machen müssen. Linas Hände waren bereits seit Stunden kalkweiß, und sie hatte kaum mehr Gefühl in den Fingern.

»Ein Glück, ich sterbe vor Hunger«, rief Agneta und steuerte schnurstracks auf das Schwalbennest zu. Auch die anderen Mädchen zögerten nicht lange, lächelten Franz dankbar bis verzückt zu und machten sich auf den Heimweg. Die eine Hälfte marschierte beschwingt die Auffahrt zwischen dem Kiefernwäldchen hinunter, da es heute keinen Unterricht gab. Die andere, also Agneta, Babsi und Meike, in Richtung Schwalbennest.

»Was ist mit dir? Bist du nicht müde?«, fragte Franz und warf Lina einen kurzen Blick zu, während er die übrig gebliebenen Samen sorgfältig in eine unterteilte Holzkiste mit beschrifteten Fächern gab.

Lina trat an seine Seite. »Schon. Aber du doch gewiss auch?« Sie sehnte sich danach, ihre Füße in den Muff aus Schaffell auf der Füürkiep zu schieben. Die glühenden Kohlen in dem hölzernen Kasten würden sie langsam wieder durchwärmen und dafür sorgen, dass gemächlich prickelnd das Gefühl in ihre Zehen zurückkehrte, doch sie mahnte sich, an den Plan zu denken. Schließlich hieß es: *Pflücke die Rose, solange sie blüht; schmiede das Eisen, solange es glüht.* Und Agneta hatte an den vergangenen Abenden immer öfter das Gespräch auf Franz gelenkt. Sie lobte seine Geduld beim Erklären der Tätigkeiten, seine handwerkliche Begabung und sogar den stets so gepflegten Zustand seiner Lederstiefel. Lina hatte folglich keine Zeit zu verlieren. Besser, sie versuchte so früh wie möglich, auch ihn in eine gewisse Bahn zu lenken. »Ich dachte daher, ich helfe dir noch schnell.«

Er hob leicht die rechte Schulter. »Ich bin die Arbeit ja gewohnt. Und es ist nicht mehr viel. Ruh dich ruhig aus, es war ein langer Tag.«

Unbeirrt von seinen Worten, holte Lina die blecherne Samenschale vom Ende des Beetes mit den Schwarzwurzelsamen. »Es ist ja schon etwas garstig, dass die da drinnen es sich gut gehen lassen, während du hier draußen noch schuftest …«

Sie hatte gehofft, dass Franz sich über Julius und Marleene auslassen würde, doch er lachte auf. »Na, es ist ja nicht so, als würden sie den lieben langen Tag auf der faulen Haut liegen. Julius hat sich tagsüber um den Schlossgarten gekümmert, und Marleene kocht da drinnen für euch. Glaub mir, das bereitet ihr kein Vergnügen. Oder würdest du gerne den ganzen Tag über Kochtöpfe gebeugt stehen?«

Lina spürte die Hitze in ihre Wangen kriechen, denn sie hatte bisher niemandem verraten, dass sie zuvor als Köchin gearbeitet hatte. Besser, sie wechselte rasch die Taktik.

»Es muss ungewohnt sein, plötzlich tagaus, tagein von lauter Backfischen umgeben zu sein«, sagte sie, während sie die nächste Samenschale holte.

»Ja, der Umgang ist schon etwas anders. Aber es gefällt mir, dass ich mein Wissen weitergeben darf. So gehe ich selbst auch noch mal durch, was ich gelernt habe, und es wird dadurch gefestigt. Gestern Abend habe ich eigens für euch sogar noch eine Sache nachgeschlagen, ich will euch schließlich nichts Falsches beibringen.« Umgehend notierte Lina sich dies in Gedanken als weitere Möglichkeit, die Schule zu sabotieren. Vielleicht könnte sie irgendwie dafür sorgen, dass alle Schülerinnen etwas Falsches lernten und sich eines Tages fürchterlich blamierten? Doch dann besann sie sich auf ihr jetziges Ziel.

»Und diese ganze Aufmerksamkeit tut bestimmt auch gut.«

Er nickte, ohne von der Samenkiste aufzusehen, wo er die verbliebenen Radiessamen einordnete. »Ja, es ist schön, dass ihr alle so wissbegierig seid.«

»Insbesondere Agneta kann ja gar nicht genug von dir zu hören bekommen.« Geschwind beugte sie sich zur Schale mit den Wirsingsamen, um ihm nicht in die Augen sehen zu müssen. »Ich glaube, sie will wirklich unbedingt Gärtnerin werden.«

Er hielt inne und sah sie mit gerunzelter Stirn an. »Die Agneta, die am ersten Tag mit Spitzenhandschuhen die Steckhölzer schneiden wollte? Und die heute die meiste Zeit auf der Palette saß, weil sie ihren Fuß unglücklich am Spaten gestoßen hatte und deswegen nur noch humpeln konnte?«

Lina reichte ihm die Kumme und zuckte fast zusammen, als seine Finger ihre streiften, während er sie entgegennahm. Offenbar waren sie selbst ohne Kaminfeuer wieder warm geworden. »Die scharfen Kanten eines Spatens können aber auch gefährlich wehtun ...«, gab sie zu bedenken.

»Du hast nicht mal mit der Wimper gezuckt, als Meike dir beim Aussäen die Hand ins Gesicht geschlagen hat.«

Mit einer raschen Geste wischte sie die Bemerkung fort. »Das war nicht weiter schlimm.«

»Du hattest einen roten Abdruck auf deiner Wange.« Er fixierte sie mit seinen graugrünen Augen, und Lina wäre am liebsten losgerannt, um die nächste Schale zu holen. Sie war schließlich nicht hier, um über sich zu reden. Gab es eine Möglichkeit, die Kurve zu kriegen?

»Du bist doch stets voll des Lobes für Agneta ...«

Wie ertappt wendete der sich wieder der Einordnung der Samen zu. »Das hat andere Gründe.«

»Nun ja«, sagte sie stockend. »Vielleicht hat es ebenfalls andere Gründe als den Gärtnerinnenberuf, dass sie ständig von dir redet.« Sofort blickte er auf.

»Ich geh dann mal besser. Du meintest ja, du kommst zurecht«, rief sie hastig und stiefelte zum Bauernhaus hinüber. Ein schalkhaftes Lächeln breitete sich auf ihrem Gesicht aus. Hunderte von Samen hatte sie an diesem Tag in die Erde gedrückt, doch nachdem sie bereits bei Agneta eine solche Idee gesät hatte, war dieser bei Weitem der wichtigste. Wenn sie es richtig verstanden hatte, musste sie ab jetzt nur noch regelmäßig gießen.

17. Kapitel

»Wir müssen einen Termin finden. Ich dulde schlichtweg keinen weiteren Aufschub«, sagte Frau Oltmanns mit der üppig bepflanzten Jardiniere in der Hand, die Frieda für sie vorbereitet hatte. Sie lächelte fröhlich, und kleine Ringellöckchen umspielten dabei ihr Gesicht. Dennoch spürte Frieda, dass es ihr vollkommen ernst war. Woche um Woche hatte sie die Gattin ihres Vermieters hingehalten und andere Verpflichtungen und schließlich sogar Unwohlsein vorgeschoben, um Jost nicht unter die Augen treten zu müssen.

Nun gab es kein Entkommen mehr.

Sie hatte Frau Oltmanns' Geduld überstrapaziert.

»Nächste Woche werde ich eine Antwort für Sie haben«, versprach sie, hielt Frau Oltmanns die Tür auf und verabschiedete sich.

Sobald die Tür geschlossen war, seufzte sie und fuhr sich erschöpft über das Gesicht. Wutentbrannt hatte sie vor gut einer Woche das Schwalbennest verlassen und verbrachte die Nächte seitdem auf dem kalten Steinfußboden der Bindekammer, über den sie notdürftig eine Decke ausgebreitet hatte. Noch immer war sie über Marleenes Entscheidung entsetzt. Ganz gleich, was war, Frieda hatte stets zu ihr gehalten und ihr sogar bei dem waghalsigen Unterfangen geholfen, sich als Junge zu verkleiden.

Und nun schlug ihre Cousine sich ausgerechnet auf die Seite der Person, die dafür gesorgt hatte, dass sie aufflog? Sah sie nicht, dass Rosalie alle nach ihrer Pfeife tanzen ließ? Entschied sie sich wirklich für diese falsche Schlange anstelle ihrer besten Freundin, mit der sie durch dick und verdammt dünn gegangen war?

Es war ja nicht einmal nur das gewesen, keine simple Enttarnung, gefolgt von einem Rauswurf. Rosalie hatte es geschafft, dass Marleene sich vor halb Oldenburg blamiert hatte. Das machte Frieda bis heute fürchterlich wütend.

Und dann war da natürlich die Sache mit Manilo.

Sie sah ihn vor sich, wie er sie mit seinem sonnigen Lächeln anstrahlte, ihr von Italien erzählte, dem Land, in dem er lebte, und all den Annehmlichkeiten, die es dort zu entdecken gab. Wie es ihm wohl in den vergangenen Jahren ergangen war? Gewiss hatte er sich mit seiner neuen Verlobten ausgesöhnt und bereits mehrere Kinder. Das würde zu ihm passen, er hatte sich immer eine Familie gewünscht.

Frieda schluckte. Wären die Dinge nur ein klein wenig anders verlaufen, hätte sie die Frau an seiner Seite sein können.

Wenn Rosalie doch nur seine Briefe nicht zerstört hätte, die er ihr geschrieben hatte, nachdem er fälschlicherweise als hundsgemeiner Dieb beschuldigt und des Landes verwiesen worden war! Das Herz wurde ihr schwer, und sie band die nächste Bestellung, einen Brautstrauß, viel zu langsam. Den gesamten restlichen Tag dachte sie über ihre neue Situation nach, lauschte den Erzählungen der Kunden nicht ganz so aufmerksam wie gewöhnlich, und ihr Lächeln kam nicht von Herzen. Am späten Nachmittag beschloss sie, den Laden früher zu schließen und wenigstens das eine lösbare Problem in ihrem Leben in Angriff zu nehmen. Sie würde Jost aufsuchen und ihn bitten, ein weiteres Mal ihren Verlobten zu spielen, so wie kurz vor der Unterzeichnung des Mietvertrages. Gewiss würde er es hassen, immerhin hatte sie beteuert, dass es bei diesem einen Mal bleiben würde. Aber sie hatte keine Wahl. Hoffentlich würde sie zumindest nicht Marleene über den Weg laufen, wenn sie auf dem Nachbarhof des Schwalbennests war.

Zu Fuß machte sie sich auf den Weg, vermisste das Fahrrad, das

Julius und Marleene zur Hochzeit geschenkt bekommen hatten, und hatte eine halbe Stunde später ihr Ziel erreicht. Zum Glück musste sie gar nicht bis zum Hof des Großbauern laufen, sie entdeckte Jost schon zu Beginn des Birkenweges auf einem der zahlreichen Felder. Seine hochgewachsene Gestalt mit den breiten Schultern und der dunkle Lockenkopf waren unverwechselbar. Auch er schien sie schon von Weitem zu erkennen und zügelte die Pferde, die er vor eine kompliziert wirkende Maschine gespannt hatte.

»Moin!«, sagte er schlicht, sobald sie in Hörweite war, und trat mit seinem leichten Humpeln auf sie zu. Er wirkte nicht verärgert, sagte aber sonst nichts weiter. Ganz offensichtlich störte sie, und er hoffte vermutlich, sie so schnell wie irgend möglich wieder loszuwerden.

»Was ist das hier?«, erkundigte Frieda sich nach ihrer Begrüßung, da er sehr gern über diese technischen Dinge sprach und sie nicht gleich mit der Tür ins Haus fallen wollte. Er erklärte ihr, dass er eine Saatmaschine entwickelt hatte, die es ihm erlaubte, ein Feld fünf Mal so schnell zu bestellen, wie wenn man es per Hand schaffen würde.

Frieda nickte anerkennend, hörte sich noch einige technische Finessen zur Maschine an, bis er plötzlich innehielt. »Aber deswegen bist du gewiss nicht hier?«, fragte er und klang etwas bissig.

»Nein.« Sie knetete ihre Finger. »Ich meine, das hier ist überaus interessant, kaum zu glauben, was in unserer modernen Welt alles möglich ist. Ich habe gehört, zum Ernten hast du ebenfalls eine Maschine entwickelt? Komm nur ja nicht auf die Idee, eine Blumenbindemaschine zu entwickeln, ich bin froh, diesen Beruf für mich entdeckt zu haben.«

Er verzog keine Miene angesichts ihrer scherzhaften Bemerkung. »Keine Sorge.«

Da er Anstalten machte, wieder an die Arbeit zu gehen, beeilte Frieda sich, zur Sache zu kommen. »Wir wurden eingeladen.«

Er gefror mitten in der Bewegung. »Wohin?«

»Zu einem heiteren Abend. Bei … den Ladenbesitzern.«

»Aha.«

»Weißt du, was das bedeutet?«

»Jo.«

Wusste er es wirklich? Machte es ihm nichts aus? Herrje, sie wurde aus diesem Mann einfach nicht schlau. »Wir haben ihnen ja gesagt, dass wir verlobt sind«, erinnerte sie ihn vorsichtshalber, und Jost nickte knapp.

»Und jetzt erwarten sie, dass wir sie gemeinsam mit einigen guten Freunden zum Abendessen besuchen ...«

»Verstehe.«

Noch immer verzog er keine Miene, und Frieda unterdrückte den Drang, die Worte aus ihm herauszuschütteln. Verstand er es rein formal oder auch die Konsequenzen, die sich daraus ergaben?

»Wir beide.«

»Schon klar.«

»Also stört es dich nicht?«

»Was sollte mich stören?«

»Dass du dort ... meinen Verlobten spielen musst?«

Er zuckte die Achseln. »Warum sollte es mich stören?«

Weil du in den vergangenen Jahren vielleicht drei Worte mit mir gewechselt hast und ich fest überzeugt bin, dass du mich aus Herzensgrunde verabscheust, hätte Frieda am liebsten geschrien. Doch was er konnte, das konnte sie allerdings auch. Ähnlich wie er zuckte sie mit der Schulter und sagte nüchtern: »Hätt ja sein können. Wann passt es dir denn?«

»Alltied.«

»Immer?«, fragte Frieda ungläubig auf Hochdeutsch.

»Jo. Hab abends nichts vor.«

Gut, dass Frau Oltmanns das nicht hörte, dachte Frieda im Stillen. Aber umso besser, dann könnte sie sich nächsten Montag ganz entgegenkommend zeigen, nachdem sie sich so lange geziert hatte.

»Fantastisch!«, sagte Frieda. »Dann lasse ich dich wissen, auf welchen Tag der Termin festgesetzt wurde?«

»Jo.« Er tippte sich an die Kappe und wandte sich wieder seiner kolossalen Maschine zu. Mit einem zaghaften Lächeln im Gesicht kehrte Frieda über das Feld zum Birkenweg zurück. Doch dann entdeckte sie in der Ferne die Person, der sie am allerwenigsten über den Weg laufen wollte. Ausgerechnet Marleene war mit ihrem Fahrrad aus dem kleinen Kiefernwäldchen auf den Birkenweg gebogen.

»Frieda!«, rief Marleene, sobald sie sie erkannt hatte. Frieda beschleunigte ihre Schritte, aber auf dem Rad hatte Marleene sie im Nu eingeholt.

»Frieda, lass uns bitte noch mal über alles reden.«

Frieda blieb nicht stehen. »Was gibt es da zu reden? Sie ist eine abscheuliche Person, und ich verstehe nicht, wie du ihr all das verzeihen konntest, was sie uns angetan hat.«

Marleene räusperte sich. »Sie ist doch schon lange nicht mehr der Mensch, der sie einmal war …«

»Ja, sie hat sich geändert. Allerdings ändert das nichts an dem, was sie getan hat. Möchtest du auch Mörder frei herumlaufen lassen, wenn sie sich entschuldigen? Soll ich etwa alles vergeben und vergessen, nur weil sie jetzt keine Kammerzofe mehr hat und mit einem Arbeiter zusammen ist? Schön, dass sie ihr persönliches Glück gefunden hat. Das kleine Problem ist nur, dass sie das Glück der anderen so rücksichtslos mit Füßen getreten hat, dass es unwiederbringlich zerstört ist. Dass ihr die Gärtnerei aufbauen konntet, war ein Geschenk des Himmels, aber was hättet ihr gemacht, wenn ihr das Land dafür nicht bekommen hättet?«

»Allerdings wäre ich heute höchstwahrscheinlich auch nicht Hofgärtnerin, wenn ich den gewöhnlichen Weg der Lehre zu Ende gegangen wäre.«

»Willst du etwa sagen, dass du es letztlich Rosalie zu verdanken hast, dass du Hofgärtnerin geworden bist?«

»Nicht nur. Du warst ebenso eine wichtige Stütze. Und Julius. Und Alma. Letztendlich hat jeder etwas Wichtiges beigetragen. Und ich finde, man muss auch verzeihen können.«

»Mag sein. Vielleicht muss man aber auch wissen, wann genug genug ist.« Frieda stemmte ihre Hände in die Hüften. »Ich hätte mit Manilo glücklich sein können, Marleene!«

»Rosalie hat doch all das nur deshalb gemacht, weil sie selbst so unsterblich in Manilo verliebt war. Verstehst du? Sie hat nicht aus purer Bosheit gehandelt, sondern weil ihr Herz gebrochen war. Solltest nicht gerade du das verstehen?«

Frieda blieb abrupt stehen. Das war ja wohl die Höhe! »Du meinst, weil keiner sich so gut mit gebrochenen Herzen auskennt wie ich? Weil ich bisher noch keine rauschende Hochzeit feiern durfte?«

»Nein, nein, nein, so war das absolut nicht gemeint. Ich dachte nur …«

»Vergiss es!«, schnitt Frieda ihr das Wort ab. Sie konnte kaum glauben, was ihre ehemals beste Freundin da gerade zu ihr gesagt hatte. Sie spürte, wie der Kloß in ihrem Hals zu einem riesigen Klumpen wurde, beschleunigte ihre Schritte und drehte sich nicht mehr nach ihr um.

18. Kapitel

Es brauchte keinen verwelkten Blumenstrauß auf dem Küchentisch, um Marleene daran zu erinnern, dass Frieda schon seit einer Woche fort war. Vielleicht für immer. Marleene vermisste sie in jeder einzelnen Minute. Sobald sie morgens das Wasser für den Zichorienkaffee aufsetzte und während sie die Butterbrote für den Tag schmierte. Und auch am Abend, wenn sie zusammen mit ihrer Mutter das Essen gekocht und Frieda allerlei Klatsch aus dem Dorf, den ihre Kunden an sie herangetragen hatten, zu berichten gewusst hatte.

Heute saß sie alleine mit ihrer Mutter am großen Tisch und blätterte den Buskohl ab. Ihre Mutter sah traurig zu ihr herüber. »Da is keen Füür so heet, dat Water nich utmaken kann«, gab sie auf Plattdeutsch zu bedenken. Jeder Streit konnte beigelegt werden. Auch dieser? Marleene zuckte die Schultern. »Was soll ich denn machen? Ich kann schlecht meine Schwägerin hinauswerfen, nur weil Frieda ihr auch nach Jahren noch nicht verzeihen kann.«

»Aber ihr wart doch immer een Büx un een Wams ...«

Marleene seufzte. »Ich weiß.« Um sich abzulenken, widmete sie sich dem Kohl, der rasch fertig war, und gab ihn ins Wasser. Immerhin spürte sie tief in ihrem Bauch immer wieder ein leichtes Flattern, das sie glücklich stimmte, und auch mit der Gärtnerinnenschule lief es bestens. Die Mädchen verstanden sich überraschend gut, es gab bisher kein Rumgezicke, und sie waren dankbar für alles, was sie lernen durften. Sobald das Wetter besser war, würden sie eine erste Exkursion machen können. Wenn es so bliebe, würde einer Vergrößerung der Schule nichts mehr im Wege stehen. Nur um die Fliedervilla war es nach wie vor schlecht bestellt. Wiederholt hatte Julius den Kontakt zu Konstantin gesucht, doch dieser hielt an seiner Entscheidung eisern fest. Heute war aber wieder Freimaurertreffen, und Julius wollte die Angelegenheit dort zur Sprache bringen.

Deswegen eilte Marleene sofort auf ihn zu, sobald er am Abend in die Küche kam. Er zerrte sich die Mütze vom Kopf, und seine wilden Haare richteten sich umgehend nach oben. Marleene beeilte sich, ihm einen Kuss zu stehlen, bevor die Schülerinnen für das Abendessen ins Schwalbennest kamen.

»Wie war es in Oldenburg? Gibt es etwas Neues von den Freimaurern? Schreiten die Arbeiten des Schlossgartens gut voran? Hast du die Zeitung mitgebracht?« Heute sollte ihr Inserat für die Nachbesetzung des Platzes von Felicitas Engelbrecht erscheinen, deswegen brannte Marleene darauf, es in gedruckter Form zu sehen. Hoffentlich hatte die Anzeige eine gute Platzierung erhalten, teuer genug war sie gewesen.

»Äh … nein. Die … die war ausverkauft. Hmmm, hier riecht es ja schon köstlich, was gibt es denn?« Er spähte in den Topf, wo der gefüllte Buskohl vor sich hin köchelte. »Sieht lecker aus!«, schwärmte er, während er vorsichtig den Deckel zurücklegte. »Und ich habe großartige Neuigkeiten.«

»Oh, die sind mir die liebsten, und sie kommen gerade recht«, antwortete Marleene mit Blick auf den verwelkten Blumenstrauß. »Hattet ihr bei den Freimaurern eine gute Idee?« Viel Hoffnung hatte sie nicht gehegt, deswegen überraschte Julius' gute Laune sie ein wenig.

»Allerdings!« Gemächlich setzte er sich zu Marleenes Mutter an den Tisch, die Pfundsbirnen für den Nachtisch vorbereitete. »Ich habe dort von unseren … *Neuigkeiten* um das Familienunternehmen berichtet.«

Neuigkeiten war eine hübsche Umschreibung dafür, dass die Fliedervilla zum Greifen nahe gewesen war und sie dann trotzdem wie die Samen einer Pusteblume entfleucht war.

»Und was halten sie von der Sache?«, fragte sie etwas lauter, um das Brodeln des Kochtopfes zu übertönen.

»Sie können Konstantins Verhalten ebenso wenig nachvollziehen – und das, obwohl viele von ihnen Geschäftsmänner sind und unternehmerisch denken und wissen, wie wichtig die Gewinnoptimierung ist. Aber alle waren sich einig, dass es eine Frage der Ehre wäre, das Familienunternehmen in der Familie zu belassen.«

»Das stimmt.« Marleene seufzte und pikste in den Kohl, um die Garzeit zu überprüfen. »Leider hilft uns das jedoch nicht weiter – wobei es eine gewisse Genugtuung ist, dass wir uns alle einig sind, dass Konstantin sich unehrenhaft verhält.« Sie zwinkerte Julius zu, und sein Lächeln zeigte ihr, dass er es ihr nicht übel nahm, wenn sie schlecht über seinen Bruder redete.

»Das nicht. Die gleichzeitige Anstrengung von gut zwanzig Köpfen mit anschließendem Disput hat hingegen Wirkung gezeigt.«

Marleene drehte sich überrascht um. »Aha? Und was haben die zwanzig Köpfe sich überlegt?« Sie war wirklich gespannt, wie sie aus der vertrackten Situation herauskommen sollten.

Julius lächelte geheimnisvoll. »Wir haben überlegt, dass eine Versteigerung nur von Erfolg gekrönt ist, wenn es Interessenten gibt, die sich gegenseitig überbieten. Nun sind jedoch viele der infrage kommenden Käufer Freimaurer … Und die waren sich wie gesagt alle einig, dass wir das Vorkaufsrecht haben sollten.«

Marleene fühlte sich mit einem Schlag vor Aufregung hellwach, das klang durchaus vielversprechend. Doch dann zogen die Zweifel in ihre Gedanken ein. »Aber gewiss können nicht *alle* infrage kommenden Käufer Freimaurer sein?«

Julius schüttelte den Kopf. »Das nicht. Allerdings hat jeder von ihnen Freunde und Kontakte zu anderen Unternehmern. Auf diese

Weise entsteht ein recht großes Netzwerk, und so werden zahlreiche Menschen davon abgehalten, auf die Fliedervilla zu bieten.«

»Alle anderen könnten wir vor der Lindenallee abfangen und in eine andere Richtung schicken«, sagte eine hohe Stimme hinter ihnen. Rosalie war aus ihrer Kammer getreten und schlug entschlossen auf die Tischplatte.

»Ich weiß nicht …« Es kam Marleene falsch vor.

»Wollt ihr Vaters Gärtnerei zurück oder nicht?«, fragte Rosalie schnippisch und setzte sich an den großen Holztisch. »Konstantin kämpft seit jeher mit unlauteren Mitteln, da müsst ihr ebenso den einen oder anderen Kniff parat haben.«

»Das können wir ja beizeiten noch mal überlegen. Es ist schon mal fantastisch, dass die Freimaurer auf unserer Seite sind. Wie schreiten denn die Arbeiten im Schlossgarten voran?«

»Der Schlossgarten wächst und gedeiht ganz nach Plan. Die Rhododendron-Anpflanzungen sind jetzt fast fertig, aber stell dir vor, der Erbprinz will nun ein eigenes Domizil – direkt in unserem Schlossgarten!«

»Was?«, stieß Marleene empört aus und musste sich in Erinnerung rufen, dass es nicht wirklich ihr Schlossgarten war. Trotzdem wurmte es sie, dass dort nun ein Gebäude hineingepresst werden sollte.

»Ja, und das ist noch nicht alles. Das Palais soll durch eine Brücke über den Schlossplatz mit dem Schloss verbunden werden.«

Marleenes Mutter klappte der Mund auf. »Neohneohne«, murmelte sie leise vor sich hin.

»Und auf der Brücke soll es eine Gemäldegalerie geben.«

»Das ist ja nicht möglich! Und woher weißt du das? Hat der Großherzog es dir erzählt?«

»Nein, es gab einen Bericht in der Zeit…« Julius hielt mitten im Satz inne, und Marleene nahm ihn ganz genau unter die Lupe. »In der Zeitung? Etwa in der Zeitung, die heute ausverkauft war?«

»Nun …«, sagte Julius, während er den Teller mit Birnen zu sich herüberzog und ihn intensiv inspizierte. »Heute war sie ausverkauft, den Bericht hatte ich bereits gestern gelesen.«

Marleene verengte die Augen, um Julius noch schärfer zu inspizieren. »Und dennoch erzählst du mir erst heute von dem geplanten Palais?«

»Na ja«, er schob den Teller wieder zu ihrer Mutter und beugte sich zu seinen Schuhen hinab, offenbar hatte sich ein Senkel gelöst. »Ich hatte es in der Aufregung um die Schülerinnen ganz vergessen.«

»Gestern? Als wir alle stundenlang todmüde am Tisch saßen, nachdem die Mädchen den ganzen Tag das Pflügen geübt hatten, und uns schon die Gesprächsthemen ausgegangen waren? An dem Abend hast du vergessen zu erwähnen, dass der Erbprinz ein Haus in unserem Park errichten will?«

»Marleene, es ist nicht unser Park, das weißt du.« Julius war weiterhin damit beschäftigt, seine Schnürsenkel zu lösen, und Marleene wunderte sich bereits, wie man sich dermaßen ungeschickt dabei anstellen konnte. Mit hochrotem Kopf tauchte er wieder auf. »Und hier ist immer so viel Tohuwabohu, da kann man doch schon mal was vergessen.« Er stand auf und lief Richtung Herd. »Ist der Kohl bald fertig? Ich sterbe vor Hunger.«

Täuschte sie sich, oder mied er den Blick in ihre Augen? Im nächsten Moment flog abermals die Tür auf. Marleene fürchtete schon, dass es bereits die Mädchen wären, obwohl das Essen noch nicht fertig war. Doch es war nur eine einzelne kleine Person – die allerdings für sechs reden konnte.

»Marleene, es tut mir unendlich leid. Aber ich sag dir was, mach dir einfach nichts draus! Die haben schlichtweg überhaupt keine Ahnung, vermutlich fürchten sie sich bloß. Sie haben Angst, dass wir Frauen ihnen die Stellungen wegschnappen, weil sie nämlich sehr gut wissen, dass wir genauso gut sein können – wenn nicht sogar besser. Solche

Entwicklungen brauchen letztendlich auch immer Zeit. Bei uns Krankenschwestern war das anfangs ja auch so, erst wollte uns niemand in die Krankenpflege lassen, aus angeblicher Sorge, dass das zu viel für unsere zarten Gemüter sei.« Alma lachte sarkastisch auf. Marleene starrte sie mit halb geöffnetem Mund an, kam jedoch nicht dazu, ihre Frage zu stellen, denn Alma hob den Zeigefinger und redete direkt weiter. »Trotzdem sind wir hartnäckig geblieben, und nun ist eine Krankenpflegerin mittlerweile vollkommen gängig. Lass sie sich also ruhig die Mäuler zerreißen, früher oder später werden sie sehen, dass Frauen ebenso gute Gärtner werden können wie Männer.«

Während ihrer Rede war sie in der Wohnküche auf und ab gelaufen. Jetzt blieb sie vor dem knisternden Kamin stehen, schaute von Marleene zu ihrer Mutter und schließlich zu Julius am Herd, den Marleene nur aus den Augenwinkeln sehen konnte und der irgendwie wild zu gestikulieren schien.

»Alma, wovon zum Teufel redest du eigentlich?«

Nur langsam löste sie den Blick von Julius und schob im nächsten Moment die rechte Hand hinter ihren Rücken. »Was? Von nichts. Also nichts Bestimmtem. Ich wollte dir nur die ganze Zeit schon erzählen, wie widrig es anfangs war, wenn man Krankenschwester werden wollte. Hmm, hier riecht es aber gut. Schmorkohl? Soll ich schon mal den Tisch decken?«

Sie reckte den Kopf in Richtung der alten Anrichte mit den Tellern, sah dabei allerdings so ungelenk aus wie ein Schwanenküken. Natürlich gab es keinen Grund, dass Alma als Gast bei ihnen den Tisch decken sollte, normalerweise würde sie sich jedoch nicht darum scheren und wäre bereits beim Schrank gewesen. Nun stand sie weiterhin neben dem Kamin, und Marleene erkannte schließlich den Grund. Mit drei großen Schritten hatte sie Alma erreicht. Diese versuchte zwar noch, sich zu wehren, aber Marleene hatte schon die Zeitung, die sie hinter dem Rücken versteckte, aus ihrem Griff entwunden.

»Und jetzt will ich endlich wissen, was hier los ist!« Sie pfefferte die Zeitung auf den Küchentisch, war im Begriff, sie zu durchsuchen, hielt dann aber inne. Direkt unten auf der Titelseite verfing sich ihr Blick in einer Schlagzeile. Sie sank auf einen Stuhl. »So eine Unverschämtheit«, flüsterte sie fassungslos. Sie hatte mit Gegenwind gerechnet. Auf dies hier hatte sie jedoch keiner vorbereiten können, und es ließ sie alles infrage stellen.

* * *

Abermals hatte Lina eine Ausrede gefunden, um zurückzubleiben und Franz beim Aufräumen zu helfen, nachdem es beim ersten Mal so gut geklappt hatte. Mittlerweile versuchte er nicht einmal mehr, sie davon abzubringen. Heute hatte sie nebenbei einfließen lassen, wie häufig Agneta Briefe erhielt, und sie hatte recht offensichtlich angedeutet, dass sie von ihren zahlreichen Verehrern kamen. Dank ihrer Horde Geschwister wusste sie immerhin, dass zumeist gerade jene Dinge von Interesse waren, die andere für sich erkoren hatten. Doch dieser Dummbüddel von Gärtnergehilfe schien sich einfach für Agneta zu freuen und wirkte allemal ein wenig überrascht.

»Wieso verwundert dich das so?«, hakte sie auf dem Weg zum Geräteschuppen nach. »Sie ist eine angenehme Gesellschaft und ist zudem noch liebreizend anzuschauen, oder willst du das etwa abstreiten?«

»Das nicht. Es geht mir auch nicht um ihr Äußeres, sondern eher um die Art.« Voll beladen mit Gerätschaften, öffnete er mit dem Ellenbogen die Tür. Gemeinsam tauchten sie ins Halbdunkel des Schuppens ein.

»Was soll an ihrem Verhalten falsch sein?«

»Na ja, würdest du dein Leben mit jemandem teilen wollen, dem bei jeder Kleinigkeit die Tränen in die Augen schießen? Dem ständig alles zu viel ist?«

»Also ganz so ist es ja nun auch nicht bei Agneta«, wandte Lina rasch ein, während sie die Hacken an die dafür vorgesehenen Plätze an der Wand hängte. »Du müsstest sie mal abends erleben! Wenn wir schon alle herzhaft gähnen, möchte sie am liebsten noch weiter lernen. Und ständig bringt sie die ganze Truppe zum Lachen, da ist sie eine wahre Frohnatur.«

»Tatsächlich?«, fragte er voller Skepsis, und seine Augen blitzten im hereinfallenden Licht auf. »Das kann ich mir bei ihr kaum vorstellen.«

»Doch, ganz bestimmt! Vielleicht kannst du uns abends ja auch mal unterrichten?« Lina hatte überlegt, dass es gut wäre, wenn die beiden so viel Zeit wie nur irgend möglich miteinander verbringen könnten.

»Na klar. Wenn dir meine Anwesenheit tagsüber noch nicht reicht …«, sagte er zwinkernd, und Lina schalt sich selbst. Nun war es vollkommen falsch herübergekommen. »Also, ich wüsste da auf jeden Fall jemanden, der sich ganz besonders darüber freuen würde.«

»Die heiß umworbene Agneta?«

Oh, nein. Nicht dass anstatt seines Jagdtriebes die Resignation von ihm Besitz ergriff! Die gesamte Verkupplung war ein wahrer Drahtseilakt. »Womöglich waren es nur Briefe von ihrer Familie. Ganz sicher bin ich mir da nicht.«

Jetzt winkte er obendrein noch ab. »Ist ja auch nicht wichtig. Ich wünsche dir einen schönen Feierabend.« Er lächelte sie an, und für einen Moment war es so still, dass sie zusammenzuckte, als draußen der Ruf eines Waldkauzes ertönte.

»Danke gleichfalls«, sagte sie barsch und wandte sich umgehend ab.

Im Schwalbennest genoss sie die heimelige Wärme, die sie umfing, sobald sie die Tür geöffnet hatte. Eigentlich hatte sie geglaubt, dass alle am Tisch säßen und nichts als das Löffelklirren zu hören wäre, während sie ausgehungert den duftenden Kohl aßen. Um den Tisch waren wahrhaftig alle versammelt – doch sie standen. Nur Marleenes

Mutter saß am Kopfende. Die anderen redeten wild durcheinander. Irritiert kämpfte Lina sich einen Platz am Tisch frei, verstand aber einfach nicht, worum so viel Aufhebens gemacht wurde.

»Was ist denn geschehen?«, fragte sie Marleenes Mutter, die fahrig die Hände knetete. Kraftlos deutete sie auf die Zeitung, die auf dem Tisch lag.

»Dat is dat Ende«, flüsterte Frau Langfeld. »Ich wusste wohl, dat dat nech goodgahn kann.«

Lina zog die Zeitung zu sich heran. Gleich auf der Titelseite war eine garstige Karikatur mit betont hässlichen Frauen voller Pickel im Gesicht abgebildet. Einige rauchten Pfeife, und eine popelte gar in der Nase. Eine andere war spindeldürr mit Warze auf der Nase und einer Harke über der Schulter, die anderen sogenannte Mannsweiber, mit klobiger Statur, rauchend und mit einem Eimer in der Hand. Darunter prangte die Schlagzeile: Würden Sie eine feine Dame auf die Gärtnerinnenschule schicken?

Eine Flamme der Wut loderte in ihr auf, die zu züngeln begann, als sie den dazugehörigen Artikel las. Er sprach von der Ausbildung von klimpernden, piepsenden und pinselnden Salonpüppchen zur Gärtnerin und ließ keinen Zweifel daran, was davon zu halten sei. Nämlich gar nichts. Es ärgerte sie, dass sie und ihre Mitschülerinnen so dargestellt wurden und dass man ihnen nichts zutraute. Dabei hatten sie sich bisher recht ordentlich geschlagen.

Die Hofgärtnerin sank auf einen Stuhl neben ihrer Mutter. »Ich hoffe nur, dass sich der Inhalt des Artikels nicht herumspricht und die Menschen nicht die falschen Schlüsse ziehen.«

»Warum?«, fragte Babsi scheu.

»Momentan habe ich bereits achtzehn Reservierungen für das kommende Jahr, in dem wir die Schule vergrößern wollen. Wenn die nun zurückgezogen werden … Dann war der erste Gärtnerinnen-Jahrgang zugleich der letzte.«

Alle Mädchen schnappten nach Luft oder starrten Marleene schlichtweg an, nur Lina bemühte sich, keinerlei Emotionen zu zeigen. Vielleicht würde sich ihr Vorhaben auch ganz von allein lösen, und die Gärtnerinnenschule würde ohne ihr Zutun scheitern. Und das würde der Hofgärtnerin nur recht geschehen. Aber wie viel Genugtuung ihr das bescherte, brauchte ihr ja niemand von der Nasenspitze abzulesen.

19. Kapitel

Marleene wischte sich am frühen Morgen den Schweiß von der Stirn. Jetzt im April musste sie die im Vorjahr okulierten Bäume dicht über dem Auge abschneiden. Das war ihr heute sehr recht. Erbarmungslos ließ sie die Schere durch das Holz rasen. Diese Karikatur könnte ihren großen Traum zunichtemachen. Alles, wofür sie so hart geschuftet hatten! Obendrein war ein weiterer Artikel erschienen. In der *Gartenwelt!* Ein hoch angesehenes Fachblatt, für das auch Julius gerade über ihre Versuche zur besseren Veredelung ihrer Flieder-büsche schrieb, um sich einen ersten Namen als Autor zu machen. Der Artikel stammte ausgerechnet aus der Feder von Max Hesdörf-fer, dem Herausgeber der Zeitung, höchstpersönlich. Auch er sprach der Frauengärtnerei, wie es gerne genannt wurde, jegliche Daseins-berechtigung ab. Wütend knallte sie die gesammelten Spitzen in den Abfallkorb. Hatten sich denn alle gegen sie verschworen? Der Artikel war zwar nicht so reißerisch wie der Begleitartikel zur garstigen Kari-katur, Hesdörffers sachliche Begründungen machten aber eigentlich alles nur noch schlimmer.

War es zu früh gewesen?

Offensichtlich war die Gesellschaft noch nicht so weit. Doch nun hatte sie bereits alles angezettelt. Die Mädchen hatten ihre jeweiligen Dienststellen gekündigt, und sie hatten trotz ihrer knappen Mittel viel Geld in den Aufbau der Gärtnerinnenschule gesteckt.

Was, wenn das ein einziger Fehler gewesen war?

Was, wenn die Gärtnerinnenschule scheiterte? Vielleicht würden die Mädchen so schnell keine neue Anstellung finden, womöglich hatte sie den Ruf der Schülerinnen ruiniert, da diese fortan als rebellisch galten.

Das mochte sie sich gar nicht weiter ausmalen. So viel Verantwortung lag auf ihren Schultern. Sie wollte ihnen helfen, nicht nur den jetzigen Schülerinnen, sondern mehr oder weniger der gesamten Generation. Hatte sie sich zu viel vorgenommen?

Fahrig strich sie sich eine Strähne aus dem Gesicht.

Und das war noch nicht alles.

Letztlich hatten sie durch die Gärtnerinnenschule ihre eigene Gärtnerei aufs Spiel gesetzt. Und sie würden sie nur behalten können, wenn die Gärtnerinnenschule überlebte, denn damit diese sich rentierte, mussten sie langfristig kalkulieren.

Momentan fehlte ihnen ständig einer der Arbeiter, da Erklären und Beaufsichtigen länger dauerte, als etwas schnell selbst zu machen. Und bald würde sie ebenfalls für einige Wochen ausfallen – auch wenn der Grund dafür überaus erfreulich war. Obwohl die Schülerinnen zu siebt waren, waren zunächst viele der Dinge, die sie fertigten, noch nicht brauchbar. Schließlich waren sie in der Lehre, und so konnten sie in diesem Jahr weniger Bäume und Obst anpflanzen, als sie eigentlich benötigten. Natürlich hatte sich nach dem grauenvollen Artikel keine höhere Tochter um den freien Schulplatz beworben. Zusammen mit dem Schulgeld müsste es gerade so eben reichen, dennoch durfte nichts schiefgehen. Keine von ihnen durfte aufgeben – schon gar nicht Agneta. Vermutlich hätte sie doch mehr höhere Töchter aufnehmen müssen, um einen gewissen Puffer zu haben. Marleene war jedoch zu besorgt gewesen, dass die luxusverwöhnten Töchter aus gutem Hause womöglich dem Ruf der Gärtnerinnenschule schaden könnten. In späteren Jahrgängen, wenn sich alles eingependelt hätte, könnte man sie problemlos aufnehmen, aber nicht zu diesem Zeitpunkt, wo sie mit Argusaugen beobachtet wurden.

Allerdings waren gerade im Frühjahr die Ausgaben für Gärtnereien immens. Man kaufte das teure Saatgut in rauen Mengen, da nicht alles austreiben würde, dazu noch den Dünger und hatte weiterhin die laufenden Kosten und Löhne zu zahlen. Gleichzeitig musste man jedoch Monate bis Jahre warten, bevor man das Geld durch den Verkauf wieder hereinbekam. Da sie zudem zahlreiche Gerätschaften in den vergangenen Jahren hatten erstehen müssen, hatten sie abgesehen von dem beiseitegelegten Geld nur wenig Ersparnisse aufbauen können. Und nun hatten sie für die Schule Arbeitsgeräte in siebenfacher Ausführung anschaffen müssen.

Wenn die Schule scheiterte, war all das für die Katz, und im Sommer und Herbst könnten sie darüber hinaus nicht im gewohnten Umfang verkaufen.

Hatten sie sich verkalkuliert?

Zwei kräftige Arme umfingen sie von hinten, und der sanfte Duft nach Kiefern stieg ihr in die Nase. Leise seufzend lehnte sie sich an Julius, und für einen Moment genossen sie die morgendliche Stille.

»Du kommst jetzt mit«, ordnete er im Flüsterton an.

»Was? Wohin?«, fragte sie in einem Anflug von Panik. »Ich muss das hier noch fertig machen und die Obstbäume verpflanzen. Danach wollte ich mit dem Vereinzeln beginnen …«

»Dazu ist morgen auch noch Zeit. Und übermorgen.«

Marleene biss nachdenklich auf ihre Unterlippe. »Und was ist mit den Mädchen?«

»Franz wird sich weiterhin um die jungen Damen kümmern. Ansonsten gibt es ja auch Johannes und Bruno.« Er legte eine Hand auf ihren rundlichen Bauch. »Na komm.«

Marleene schluckte ihren Widerspruch hinunter und erinnerte sich daran, dass sie gewiss kein Risiko eingingen, auch wenn sie in der

Schwangerschaft noch nie zuvor so weit gekommen war. Also drückte sie ihm einen Kuss auf die Wange und ließ sich entführen.

**

Normalerweise packte Julius bei diesen Gelegenheiten, zu denen sie sich davonstahlen, gerne einen Picknickkorb ein, insbesondere zu Beginn, als sie jeden Pfennig zweimal hatten umdrehen müssen. Heute jedoch nicht.

Für heute hatte er sich etwas noch Besseres überlegt. Amüsiert beobachtete er, wie Marlecne sich immer wieder in alle Richtungen drehte und zu ergründen versuchte, wohin die Reise ging. Er widerstand all den Fragen, mit denen sie ihn löcherte.

Als sie am riesigen See anlangten und lauschten, wie das Wasser sachte gegen das Ufer schwappte und hoch über ihnen die Möwen kreischten, wusste er, dass er die richtige Wahl getroffen hatte.

»Jetzt verstehe ich, warum der riesige See das *Zwischenahner Meer* genannt wird«, sagte Marleene und blinzelte, um das gegenüberliegende Ufer zu erkennen. Julius nickte. »Ich dachte mir, dass es genau der richtige Ort ist, um auf andere Gedanken zu kommen. Wenn ich bitten dürfte?« Er bot ihr seinen Arm an, und Marleene hakte sich mit einem Lächeln um die Mundwinkel unter. Während sie am Ufer entlangspazierten, sparte er das heikle Thema wohlbedacht aus. Es war noch zu früh.

Stattdessen erkundigte er sich nach den Fortschritten der Schülerinnen, berichtete von den voranschreitenden Arbeiten des Schlossgartens und zankte sich zärtlich mit ihr über passende Namen für das Kind. Mittags kehrten sie im Kurhaus ein, und Julius bestellte herrlichen Smoortaal mit Ammerländer Schwarzbrot, danach schlenderten sie gemächlich weiter um den See.

Als sie den Ausgangspunkt fast wieder erreicht hatten, senkte sich bereits eine märchenhafte Abendstimmung über das Meer. Der Frühling lag nun spürbar in der Luft, sodass der Himmel zartrosa hinter den bauschigen Wolken leuchtete. Im warmen Licht spiegelten sich die klassizistischen Herrenhäuser auf den sanften Wellen des Wassers. Glücklich stellte er fest, dass die Anspannung Marleenes Körper verlassen hatte, endlich wirkte sie wieder gelöst.

»Danke für diesen wundervollen Tag«, sagte sie, und Julius drückte ihre Hände. »Du hast es viel besser erkannt als ich selbst. Vermutlich hätte ich einfach nur noch härter gearbeitet«, gestand sie zerknirscht.

Genau das hatte er vermutet, und es gab gewiss genug zu tun. Doch manchmal war es wichtig, einen Schritt zurück zu machen, eine neue Perspektive einzunehmen.

Nun aber mussten sie sich den Problemen stellen.

Ob sie wollten oder nicht, die Dinge würden sich nicht von alleine lösen, ganz gleich, wie sehr er sich das wünschte. Seine Glieder fühlten sich an wie aus Stein, als er mit Marleene eine Bank am Wasser ansteuerte. Vielleicht würde die zauberhafte Stimmung die schwere Thematik erleichtern? Oder wurde dadurch alles nur noch schwieriger?

Er hasste es, diesen herrlichen Tag zu zerstören. Warum mussten sie in einer solch garstigen Gesellschaft leben, wo der eine dem anderen nicht die Wurst auf dem Brot gönnte? Warum konnten die Menschen einander nicht gewähren lassen?

Noch einmal sah er über die sanften Wellen und dann in Marleenes Gesicht, das ihm mittlerweile so vertraut war, dass er jede Sommersprosse und jedes kleine Fältchen darin kannte. Seit sie guter Hoffnung war, waren ihre Wangen ein wenig rundlicher geworden, und die reine Haut wirkte wie gepudert. Und jetzt lächelte sie ihn so glücklich an. Musste er es wirklich ansprechen? Den Frohsinn aus ihren Augen vertreiben?

Es nützte nichts.

Noch einmal holte er tief Luft, räusperte seine Kehle frei. »So leid es mir tut, ich denke, wir sollten über die Gärtnerinnenschule sprechen. Vielleicht können wir einen Schlachtplan entwickeln?«

Er presste die Zähne zusammen, als er sah, wie die Anspannung in Marleenes Körper zurückkehrte. Diese fürchterliche Erschrockenheit in ihren Augen.

»Was soll ich denn machen?«, fragte sie hilflos. »Ich kann ja nicht die Gesellschaft ändern.«

Julius nickte nachdenklich. Einfach nur abwarten würde ebenso wenig funktionieren. Wenn der niederschmetternde Artikel von noch mehr Zeitschriften aufgegriffen werden würde, sähe es für das kommende Schuljahr düster aus.

»Können wir nicht widersprechen? Mit einem Leserbrief oder dergleichen?«

»Ich fürchte, ein vereinzelter Leserbrief wird kaum etwas bringen«, sagte Marleene betrübt. »Vermutlich könnten nicht einmal zehn oder zwanzig Leserbriefe etwas ausrichten. Und den Redakteur vom Gegenteil überzeugen kann ich ebenfalls nicht, er war so überzeugt von seinem Standpunkt.«

Den Eindruck hatte Julius auch gewonnen. Ihm hätte es sehr viel besser gefallen, wenn der Journalist die Thematik von zwei Seiten beleuchtet und nicht stumpf versucht hätte, die Lesenden auf seine Seite zu ziehen. Damals, als er in London gelebt hatte, hatte er ganz andere Artikel gelesen. Oft nahmen die Verfasser dort einen eher neutralen Standpunkt ein, zeigten beide Seiten auf und ließen die Leser selbst entscheiden. So etwas brauchten sie hier.

»Den Redakteur mit dem Karikatur-Artikel können wir vermutlich nicht überzeugen. Aber vielleicht ja einen anderen? Es gibt nicht zufällig weibliche Redakteurinnen?«

»Das wäre natürlich perfekt für uns, ich bezweifle es jedoch. Und selbst wenn, würde sich die Zeitung bestimmt nicht selbst widersprechen, wie sähe das denn aus? Es sei denn natürlich …« Langsam stand sie auf und ging näher auf das Wasser zu. Die Dämmerung war nun fast greifbar, und die weißen Villen wirkten grau.

»Es sei denn was?«

»Es sei denn, wir finden einen richtig großen Aufhänger.«

Julius' Gesicht hellte sich sofort auf. So könnte es funktionieren. »Das wäre fantastisch!« Er hielt inne. Die Idee war gut. Wirklich gut. Allerdings gab es da dieses kleine Problem. »Nur … was haben wir denn Erwähnenswertes?«

Marleenes Blick folgte zwei Schwänen, die majestätisch über das Wasser glitten. »Nun ja, angenommen, dein Plan gelingt, und keiner überbietet uns nächste Woche, wenn die Fliedervilla versteigert wird …«

Julius trat neben sie ans Wasser, und umgehend fanden ihre Hände ineinander. »Dann wäre es eine vortreffliche Schlagzeile: *Die Hofgärtnerei kehrt zurück nach Oldenburg.* Den Anlass nutzen wir und stellen quasi im selben Atemzug unsere Schülerinnen und unser Konzept vor. Dann werden alle sehen, dass es fundiert ist und von klimpernden, piepsenden und pinselnden Salonpüppchen keine Rede sein kann.«

»Au ja«, Marleene wippte vergnügt auf den Zehenspitzen. »Und sollten wir wirklich in die Fliedervilla ziehen, könnte ich in einer neuen Anzeige mit der luxuriösen Ausstattung der Gemächer werben. Dann springen die höheren Töchter bestimmt nicht mehr reihenweise ab. Vielleicht gelingt es mir dann endlich, Felicitas Engelbrechts Platz neu zu besetzen!«

Ein letzter Goldstreifen der untergehenden Sonne hing noch über den Baumwipfeln des gegenüberliegenden Ufers. Vermochte er auch kein Licht mehr zu spenden, schaffte er eins: Er gab ihnen Hoffnung.

20. Kapitel

Lina stand mit den anderen fünf Mädchen vor den weit geöffneten Mistbeetkästen, jede von ihnen eine Forke in der Hand. In den vergangenen Tagen hatten sie noch mehr Samen ausgesät und die angewurzelten Stecklinge aus dem Vorjahr verpflanzt. Verzückt hatte sie festgestellt, dass in den Glashäusern schon die ersten Blumen blühten. Die Hofgärtnerin hatte erzählt, dass dies wichtig sei, da der Großherzog zu jeder Zeit von frischen Blumen umgeben sein wollte. Deswegen würden sie alles so organisieren, dass stets etwas blühte. Durch die Wärme in den Warmhäusern wurde den Pflanzen mehr oder weniger vorgespielt, dass der Frühling bereits angebrochen sei, und sie trieben dementsprechend aus; vereinzelt wurde die Blüte aber auch in den Kalthäusern zurückgehalten.

Heute wäre dies nicht nötig, es wehte ein eisiger Nordwind, der durch die Kleider direkt bis auf ihre Haut kroch. An Tagen wie diesen fragte sie sich, ob sie mit ihrem Racheplan womöglich etwas zu weit gegangen war und nur deswegen eine Lehre machte, die sie nicht mochte. Doch dann erinnerte sie sich daran, was die Hofgärtnerin getan hatte, und sie wusste umgehend, dass es die Strapazen wert war. Ihre Handlungen durften nicht ungesühnt bleiben.

»Hast du das verstanden, Lina?«, fragte Franz unüberhörbar und riss sie damit aus ihren Gedanken.

»Äh, was?«, stotterte sie verlegen.

»Passt bitte alle gut auf«, sagte er in die Runde. »Das Anlegen und

Packen der Mistbeete mag etwas unangenehm erscheinen, doch es ist eine wichtige Aufgabe, von der sehr viel abhängt. Stroh allein wärmt leider nicht, deswegen brauchen wir …«, er hielt inne, und seine Wangen röteten sich, »… wir brauchen … die Exkremente von Pferden und Kühen.«

»Pfui!«, schrie Agneta konsterniert auf und rümpfte die Nase. »Da mache ich sicherlich nicht mit.«

»Tut mir leid, aber wenn du erfolgreich gärtnern willst, führt leider kein Weg an dieser Form von Dünger vorbei. Falls du es allerdings vorziehst, die Gartenbauschule abzubrechen …«

Lina biss sich auf die Zunge. Das konnte er ihr doch nicht anbieten! Seit Wochen tat sie alles, um Agneta das Gärtnerinnenleben und natürlich auch Franz schmackhaft zu machen, und er drohte, sie nach Hause zu schicken!?

»Schon gut«, murmelte ihre blasse Zimmergenossin überraschenderweise, und Lina musterte sie aufs Gründlichste. Das war höchst interessant. Trotz aller Beschwerlichkeiten schien sie nicht nach Hause zu wollen. Das war gut, das war sogar sehr gut. Sollten etwa ihre Bemühungen erste Früchte tragen, und Agneta hatte Gefallen an Franz gefunden? Zumindest hingen ihre Blicke an ihm, allerdings erklärte er auch weiterhin, wie das mit den Frühbeetfenstern funktionierte, und Agneta war an sich eine Musterschülerin, wenn ihre Zimperlitzchen ihr nicht gerade einen Strich durch die Rechnung machten.

»Die Feuchtigkeit des Strohmists beeinflusst die Erwärmung maßgeblich. Zu nasse Frühbeete werden nicht warm, zu trockene verbrennen zu schnell. Damit wir eine geringe, aber anhaltende Wärme bekommen, schichten wir Laub und Mist abwechselnd. Meine Damen«, er deutete zu einem Laubhaufen, »an die Arbeit, würde ich sagen. Jede übernimmt einen Kasten. Seid vorsichtig mit den Fenstern, die zum Schluss obenauf kommen, die kosten ein Heidengeld!«

»Benötigen wir für Mistbeetkästen denn nicht … Mist?«, fragte Babsi zögerlich.

»Richtig«, rief Franz und ging auf eine hölzerne Schubkarre zu. »Den muss ich erst noch von den Nachbarn holen. Wer hilft mir?«

Niemand antwortete, und Lina gab sich einen Ruck. Es war wahrlich keine appetitliche Aufgabe, aber sie bekam nicht oft genug die Gelegenheit, mit Franz unter vier Augen zu sprechen, denn in der Regel räumte jeder seine eigenen Arbeitssachen weg. Er übernahm dies nur, wenn er bemerkte, dass den Schülerinnen nahezu die Augen zufielen.

»Woher hast du es gewusst?«, fragte sie leise, nachdem sie außer Hörweite der Mädchen waren, die fleißig eine erste Laubschicht in die Kästen verteilten.

»Was gewusst?«

»Dass Agneta nicht abreisen wird? Die Hofgärtnerin hätte dir doch gewiss die Hölle heißgemacht, wenn du eine ihrer Schülerinnen vergrault hättest.«

»Ach das … Es ist eigentlich ganz einfach. Wenn sie wirklich gehen wollte, wäre sie doch bereits am ersten oder spätestens am zweiten Tag abgereist. Es scheint bei ihr zu Hause folglich etwas zu geben, was sie davon abhält, dorthin zurückzukehren.«

»Oder umgekehrt«, sagte Lina und lächelte ihn vorsichtig an.

»Es gibt etwas, das sie hier hält? Was sollte das denn sein? Die Gärtnerinnenarbeit? Sie hat beim Verpflanzen der Stecklinge vielleicht dreißig am ganzen Tag geschafft. Und sie hat dabei den kleinen Finger abgewinkelt – das muss man erst einmal hinkriegen.«

Sie hatten den nachbarlichen Hof der Thormälens erreicht, und er stellte die Karre neben den Misthaufen, spreizte den kleinen Finger ab und drehte die Hand in alle Richtungen. »Also ehrlich, wie kann man so arbeiten?« Lina lachte, und er griff pikiert zur Mistgabel. Sie tat es ihm gleich, und in winzigen Portionen luden sie glucksend den Pferdemist auf die Karre.

Dann trat Alma Thormälen, die junge Nachbarin, mit der Agneta angekommen war, aus der Scheune. Auf ihrem Gesicht erschien ein Strahlen, sobald sie sie entdeckte, und sie lief eiligen Schrittes auf sie zu. Selbst in der einfachen Aufmachung mit dem Kopftuch war dank ihrer feinen Züge zu erkennen, wie hübsch sie war, und Lina wünschte sich, dass sie wieder gehen würde. Nicht dass Franz sich in sie verliebte.

»Ah, macht ihr heute die Frühbeete? Lasst mich euch rasch helfen.« Sie griff nach einer Heugabel, die an der Mauer lehnte, und im Nu füllte sich die Karre. Irgendwie schaffte sie es zeitgleich, Lina über die schwierigen Familienverhältnisse bei sich zu Hause aufzuklären. Anscheinend war Almas Mutter schon vor vielen Jahren gestorben und ihr Vater, Hermann, hatte eine neue Frau geheiratet. Doch die hatte ihn von heute auf morgen verlassen, deswegen war Alma zurückgekehrt, obwohl sie gerade Krankenschwester geworden war. »Mein älterer Bruder Jost hat noch nicht die Richtige gefunden – wobei ich eigentlich eine ziemlich gute Idee hätte, wer die Richtige für ihn sein könnte. Egal, ich will mich da nicht einmischen. Deswegen bin ich jedenfalls wieder hier. Im Sommer werde ich euch zeigen, wie man das Gemüse richtig erntet und aufbewahrt, für diejenigen, die später mal auf einem Gutshof arbeiten werden. Marleene hat mich schon letztes Jahr darum gebeten, als sie über dem Lehrplan gebrütet hat. Ursprünglich wollte ich nur für eine Woche wiederkommen, aber jetzt wohne ich ja sogar wieder hier, hach, es ist schon komisch, welche Wege das Leben manchmal geht.« Von einem Moment auf den anderen verstummte sie, und man hörte nur noch das leise Quietschen des Wetterhahns auf dem Dach, der den kalten Nordwind ebenfalls nicht zu mögen schien.

Lina sah, wie sich Almas Kehle bewegte, dann umfasste sie ein schmales Kreuz, das an einer filigranen Silberkette um ihren Hals hing. Zaghaft sah sie zu Franz. »Ist Bruno diese Woche bei euch?« Sie hatte viel leiser gesprochen als zuvor.

Franz' Blick wurde auf einmal ganz weich, und Lina wunderte sich, was hier vorging. »Natürlich. Er ist wie immer da.«

»Gut. Das ist gut. Und stimmt, wo sollte er auch sonst sein. Er arbeitet jetzt ja bei Julius und Marleene. Es hätte ja nur sein können, dass er vielleicht mal krank ist, oder ...«, sie fixierte den gepflasterten Hof, »... oder ... äh ... dass womöglich ein neues Kind kommt. Das ist bei jung Verheirateten immerhin nicht auszuschließen. Es heißt ja auch, ›Regen bringt Kindersegen‹, und geregnet hat es in den vergangenen Monaten wahrhaftig oft genug.« Sie lachte auf, es klang aber eher wie ein Hickser.

Franz schüttelte ruhig den Kopf. »Nein, Alma, Bruno ist bisher nicht Vater geworden. Und soweit ich weiß, wird sich das in den nächsten Monaten auch nicht ändern.«

»Oh«, sagte Alma leise mit tieftraurigen Augen, und es wunderte Lina, dass es sie so belastete. »Wie bedauerlich.« Sie blickte in den Himmel und lächelte sie abrupt an. »Ich fürchte, ich muss rasch weitermachen, es soll heute noch Pudding zum Nachtisch geben.«

So schnell, wie sie gekommen war, war sie wieder verschwunden, und Lina warf Franz einen fragenden Blick zu.

»Ist 'ne lange Geschichte ...«, sagte er schlicht und hob die Schubkarre an.

»Dann beeil dich lieber, wir haben nur ein paar Minuten, bis wir zurück bei den anderen sind.« Verschwörerisch grinste Lina ihm zu, und er schmunzelte.

»Wenn ich das damals in meiner Lehre richtig beobachtet habe, waren Bruno und Alma ineinander verliebt.«

»Was?«, rief Lina überrascht und inspizierte Franz aufs Genaueste, um zu prüfen, ob er sie nicht auf den Arm nahm.

»Wieso? Ist das so verblüffend?«

Sie dachte an Bruno mit den abstehenden Ohren, den schiefen Zähnen und den grässlich roten Haaren. »Na, weil Bruno hässlich wie 'ne Vogelscheuche ist und Alma die reinste Augenweide?« Allemal war er gut gebaut, und in seiner tapsigen Art hatte er mitunter etwas Herzerwärmendes. Aber dennoch, sie wären ein höchst ungleiches Paar.

Franz blieb stehen und taxierte sie mit einem unergründlichen Blick. »Ist das denn das Wichtigste?«

Mit einem Mal kam sie sich ziemlich schäbig und oberflächlich vor, und es ärgerte sie, dass er diese hässliche Seite von ihr gesehen hatte. »Natürlich nicht«, lenkte sie rasch ein. »Aber es gehört viel dazu, direkt auf das Herz eines Menschen zu blicken und nicht auf die Fassade. Ich denke nicht, dass es vielen gelingt, deswegen war ich überrascht.« Puh, das war gerade noch mal gut gegangen, beschloss sie.

»Bruno war früher ganz anders«, erklärte Franz, und es gefiel ihr, dass er besonders langsam über den Feldweg lief. »Immer strahlend und gut gelaunt, in seiner Gegenwart konnte man eigentlich nur fröhlich werden. Außerdem liebst du nun mal nicht jemanden wegen seines Aussehens, seiner Kleidung oder seines schicken Autos, sondern weil er ein Lied singt, das nur du hören kannst.«

Perplex starrte Lina Franz an. Solch wunderschöne Worte hätte sie ihm niemals zugetraut. Wie überwältigend musste es sein, jemanden zu haben, mit dem einen etwas verband, was nur er oder sie teilte?

Doch nun begann er zu lachen, vermutlich weil sie vollkommen verklärt ausgesehen haben musste.

»Das war nur ein Spruch im Hauskalender meiner Mutter. Er stammt angeblich von Oscar Wilde, hat mir irgendwie gefallen.«

»Das stimmt, der ist nett«, sagte sie lächelnd. Mittlerweile standen sie fast. »Es bleibt nur eine Frage. Wenn die zwei sich auf diese Weise gefunden haben, warum erkundigt sich Alma dann auf die umständlichste Art aller Möglichkeiten nach ihm? Warum sind sie nicht zusammen?«

Franz erklärte ihr, dass Bruno seinerseits eine gewisse Greta, seine ehemalige Kollegin aus der Hofgärtnerei, bei sich aufgenommen hatte. »Offenbar war er zuvor für eine sehr lange Zeit in Greta verliebt und hatte ihr mehrmals versprochen, immer für sie da zu sein. Sogar heiraten wollte er sie, damit ihr uneheliches Kind, das sie übrigens von Julius' Bruder Konstantin hat, nicht in Schande aufwächst.«

Von Greta hatte sie schon mal gehört, doch das konnte sie Franz gegenüber nicht zugeben. Dass allerdings Konstantin der Vater ihres Kindes war, ließ sie aus allen Wolken fallen. Zu der Zeit musste Lina bereits zu weit entfernt von ihrer einstigen Heimatstadt gelebt haben.

»Und sie wollte nicht?«

Franz presste die Lippen zusammen. »Wenn ich das richtig gesehen habe, ist Bruno erst interessant für sie geworden, nachdem Konstantin verheiratet war und Alma ganz offensichtlich Gefallen an Bruno fand.«

»Was für eine Unverschämtheit! Hat Bruno das denn nicht durchschaut? Warum hat er sich nicht für Alma entschieden? Diese Greta hat ihn doch gar nicht verdient!«

Langsam nahm Franz die Schubkarre wieder auf, sie hatten vermutlich bereits viel zu viel Zeit vertrödelt, aber das alles hier war höchst aufschlussreich. Sie durfte nur ihr eigentliches Ziel nicht aus den Augen verlieren.

»Das war wohl alles nicht einfach damals. Du siehst ja, wie Alma lebt ... Dieser riesige Bauernhof mit den Gerätschaften nur vom Feinsten, und ihnen gehören die Ländereien um halb Rastede herum. Bruno hingegen ist der zweitgeborene Sohn einer ärmlichen Bauernfamilie. Er konnte ihr rein gar nichts bieten. Außerdem hatte er Greta ja ein Versprechen gegeben, und er ist ein Mann, der zu seinem Wort steht.«

Lina konnte nicht anders, als wieder anzuhalten, diese ganze Geschichte drohte ihr Herz zu zerfressen. »Aber das singende Herz ...«, protestierte sie kraftlos.

Fast hatten sie die Gärtnerei erreicht, nur noch eine Kurve trennte sie von den anderen. Franz wandte sich ihr zu. »Würdest du dich denn für jemanden entscheiden, der zwar dein Herz zum Singen bringt, ansonsten jedoch rein gar nichts hat?«

Sein Blick war so intensiv, dass sich ihre Haare diesmal nicht wegen der Kälte aufstellten, die war sowieso seit einer ganzen Weile so gut wie vergessen. Sie dachte an den quälenden Hunger ihrer Kindheit, die zahlreichen Geschwister, die wegen des Mangels an Nahrung und der feuchtkalten Räume, in denen sie gelebt hatten, viel zu früh von ihnen gegangen waren. An die Schlafgänger aus der Glasfabrik, die tagsüber im engen Schlafwohnzimmer das große Bett belagert hatten. An den ewig betrunkenen Vater, der nur allzu schnell den Ledergürtel bei der Hand hatte, und die Mutter, die eigentlich immer am Arbeiten war.

Damals hatte sie sich geschworen, dass es ihren Kindern besser ergehen würde. Ansonsten würde sie gar nicht erst welche bekommen. In solchen Verhältnissen sollte kein einziges Kind groß werden. Doch wie wäre es, wenn sie sich in jemanden verliebte, der ebenso mittellos war wie sie? Wie würde sie sich dann entscheiden? Die Vorsätze, die sie als Kind getroffen hatte, die aber noch immer sinnig und wichtig waren, über Bord werfen? Wie lange würde ein solches Liebesglück überhaupt halten, wenn es dazu verdammt war, im Elend zu enden?

Rasch schüttelte sie die Gedanken ab. Sie hatte wider besseres Wissen ihr Ziel aus den Augen verloren. Es gab schließlich eine Person, die maßgeblich an der Misere ihrer Familie beteiligt war, und der würde sie es heimzahlen. Dazu musste sie dringend den Fokus von sich weglenken.

»Mag sein«, sagte sie geheimnisvoll. »Aber apropos singendes Herz, vielleicht ist das des Rätsels Lösung um Agneta? Womöglich hält sie nicht etwas hier in der Gärtnerinnenschule, sondern *jemand*.«

21. Kapitel

»Moin!« Obwohl nur dieses eine Wort durch den Blumenladen schallte, wusste Frieda sofort, wer es war. Wenige sprachen noch tiefer als er, und wenige schafften es, sich kürzerzufassen. Die meisten würden gewiss etwas hinzusetzen wie: *Frieda, bist du da?* Oder: *Ich bin's*, doch er sagte stets einfach nur *Moin. Jo* und *Nee* waren vollkommen vollständige Sätze für ihn.

»Bin gleich da«, rief Frieda aus dem Bindestübchen und schob ihre Kleidung unter eine der vielen Decken. Unter gar keinen Umständen durfte er bemerken, dass sie hier nächtigte. Um die kleine Waschschüssel zu verstecken, war kein Platz, aber er würde höchstwahrscheinlich ohnehin nicht in die Bindekammer kommen.

Sie prüfte den Sitz ihres Haarkranzes im angeschlagenen Spiegel und trat nach draußen, streng darauf bedacht, den Vorhang nur für wenige Sekunden zur Seite zu schlagen.

»Jost, welch eine Überraschung! Was führt dich so früh zu mir?« Der Tag eines Bauern begann noch früher als der ihrige. Jost wirkte, als wäre er seit Stunden wach, und vermutlich war er das auch.

»Bauer Scheper vom anderen Ende des Dorfes hat eine meiner Landmaschinen geliehen. Mal sehen, was er davon hält. Wenn sich herumspricht, dass man damit die Arbeit doppelt so schnell fertigbekommt, könnte ich mich darauf spezialisieren und nur noch Maschinen bauen.«

Frieda korrigierte ihre Gedanken. Wenn es um Maschinen und

Konstruktionen ging, sprach Jost doch mehr. So wie sie Stunde um Stunde damit verbringen konnte, neue Blumenkombinationen zu ersinnen, ging er in der Arbeit an Maschinen auf. Ihm konnte es kaum kniffelig genug sein. Als Julius und Marleene die Heizkessel für ihre Gewächshäuser nicht zum Laufen bekommen hatten, hatte er tagelang versucht, eine Lösung zu finden. Wenn sein Vater nicht gewesen wäre, hätte er wohl obendrein die Nächte durchgetüftelt.

Trotzdem war ihr nie in den Sinn gekommen, dass Jost womöglich gar kein Bauer sein wollte. Dass auch er seiner Leidenschaft vollumfänglich nachgehen wollte. Letztendlich hatte vermutlich jeder sein Päckchen zu tragen. Vielleicht war es für ihn nicht ganz so hart, schließlich hatte er nie von der Hand in den Mund leben müssen, aber was nützte ein Leben, wenn man tagein, tagaus eine Arbeit verrichtete, die einen nicht glücklich machte? Kein Wunder, dass er all diese Maschinen entworfen hatte, die ihm halfen, die anstrengende Arbeit schneller zu verrichten. Sie überlegte. Jost hatte ihr einst geholfen, ihren Traum zu verwirklichen, indem er behauptet hatte, sie seien verlobt, und den Mietvertrag für sie unterzeichnet hatte. Konnte sie ihm nicht ebenso helfen?

»Warum lässt du nicht ein paar Handzettel drucken und legst sie hier im Laden aus?«

Er presste die Lippen zusammen. »Vater wäre es gewiss nicht recht«, meinte er dann. »Wir haben ein Abkommen: Ich darf machen, wonach mir der Sinn steht – solange ich den Bauernhof nicht vernachlässige.«

»Könnte Alma denn nicht …?«

»Oh, das würde ihr bestimmt gefallen. Doch was das betrifft, ist Vater sehr altmodisch. Er würde sie niemals ohne Mann den Bauernhof führen lassen. Nun ja, warum ich eigentlich hier bin: Ich habe dich neulich gesucht. Marleene sagte mir, dass du nicht mehr im Schwalbennest wohnst?«

»Ja«, antwortete Frieda lang gezogen und ging zum Holztisch im Laden hinüber, griff nach den ersten drei Blüten, ihre Finger mussten dringend etwas tun. »Mit den ganzen Schülerinnen und Rosalie … Das passte einfach nicht mehr.«

»Und wo wohnst du jetzt?« Er stockte. »Immerhin bist du meine Verlobte …«, setzte er hinzu, und Frieda sah ihn überrascht an. Seine Haut wurde eine Nuance rötlicher. »Wenn auch nur gespielt«, ergänzte er rasch.

»Ich habe ein kleines Zimmer gemietet. Gar nicht weit von hier.« Er durfte nur nicht wissen, wie nah, denn er würde es sicher nicht gutheißen, dass sie auf einer Wolldecke auf dem Fußboden schlief.

»Hier an der Hauptstraße? Das ist sicherlich teuer.«

Frieda spürte, wie ihr der Schweiß ausbrach. Er hatte recht, ein Zimmer in dieser Lage wäre unbezahlbar. Rastede war zwar nur ein Dorf, doch der Großherzog von Oldenburg hatte hier seinen Sommersitz, sodass es schon immer von einem mondänen Flair umgeben war. Nie und nimmer könnte sie sich eine Kammer an der Hauptstraße leisten.

»Nein, nein, es ist in einer der kleineren Seitenstraßen. Eine alte Dame hat mich aufgenommen.«

Jost runzelte die Stirn. »Wie heißt denn die Straße?«

Herrje! Warum nahm er stets alles so genau, und warum hatte sie nie auf die Straßennamen geachtet? Marleene war zwar in Rastede aufgewachsen, Frieda kam jedoch aus Wiesmoor. Seit sie hier lebte, war sie nur den Weg vom Schwalbennest, das ein wenig außerhalb lag, zum Ortskern gelaufen oder mit dem Rad gefahren. Unzählige Male war sie über die Hauptstraße flaniert, hatte sich dabei allerdings nie die Namen der Seitenstraßen gemerkt. Sie kannte allemal die Bahnhofstraße, doch an der lagen nur die Villen, in denen selbst eine kleine Kammer viel zu kostspielig für ihre Verhältnisse wäre. Aber sie konnte schlecht sagen, dass sie nicht wusste, wo sie wohnte.

Nervös lachte sie auf und griff mit schwitzigen Händen nach den nächsten Blüten, um ihm nicht in die Augen zu sehen.

»Es ist die Akazienstraße.« Irgendwo hatte sie diesen Namen einmal gesehen und sich gedacht, dass Akazie ein wahrlich entzückender Name für einen Baum war. Jetzt konnte sie nur noch hoffen, dass es bei ihrem Schaufensterbummel gewesen war.

»Aha.« Lag ein Hauch von Irritation in Josts Stimme? Es war schwer zu sagen.

»Alma lässt außerdem fragen, ob du ihr ein Buch leihen könntest? Marleene liest ja immer nur Fachbücher, und sie sagte, ihr wäre nach einem richtig schönen Roman zumute. Offenbar langweilt sie sich, seit sie nicht mehr rund um die Uhr Patienten versorgen muss.«

Frieda schmunzelte, das sah Alma nur allzu ähnlich. »Ja, warte, ich habe erst neulich einen wundervollen Roman beendet, den kann ich ihr gerne leihen.« Sie steuerte die Bindekammer an und erkannte ihren Fehler erst, als Josts Worte sie stoppten.

»Du hast das Buch sogar hier?«

Herrjemine, hatte sie sich verraten? Aber noch war nicht alles verloren. »Gewiss, falls mal keine Kunden kommen. Meine frühere Chefin hat in der Zeit Hunderte von Heftromanen verschlungen.«

»Bindest du dann nicht weitere Sträuße und machst Gestecke? Und mit den zahlreichen Bestellungen, die jeden Tag kommen, bleibt gewiss nicht viel Zeit übrig.«

Harrijasses, er kannte sie besser, als sie geglaubt hatte. Vollkommen sicher konnte er sich jedoch nicht sein. »Stimmt, aber für den Fall der Fälle, dass doch Zeit bleibt, habe ich es dabei.« Mit den Worten verschwand sie hinter dem Vorhang, suchte zwischen ihrem ganzen Hausrat das Buch heraus und schwang wieder herum.

Sie erstarrte. Im Türrahmen stand Jost und füllte ihn mit seiner hohen Statur fast gänzlich aus. Wortlos sah er sich um. »So kannst du nicht wohnen«, entschied er.

Frieda verschränkte die Arme. »Natürlich kann ich das.«

»Du schläfst auf dem Boden wie eine Bettelfrau. Bitte, komm zu uns auf den Bauernhof. Wir haben reichlich Platz.«

Es wäre eine einfache Lösung. Doch alles in Frieda sträubte sich dagegen. Wenn sie bei den Thormälens wohnen würde, dann würde Marleene sehen, dass sie es alleine nicht schaffte. Aber sie wollte auf eigenen Beinen stehen und sich selbst versorgen.

Unwirsch drückte sie Jost die Lektüre gegen die Brust. »Hier – oder war das nur ein Vorwand, um hinter mir her zu spionieren?«

Er schüttelte den Kopf und nahm das Buch. »Frieda …«, sagte er hilflos.

Sie las in seinen Augen, was er wollte. Er wollte ihr helfen. Wollte einen Teil von dem abgeben, was er ohne sein Zutun hatte, einfach weil er in eine wohlhabendere Familie hineingeboren worden war. Doch auf den Frauenstammtischen besprachen sie immer wieder, dass sie sich aus der Vorherrschaft des Mannes lösen mussten. Deswegen konnte sie sein großzügiges Angebot nicht annehmen. Sie musste es aus eigener Kraft schaffen, wenn sie nicht ihr Leben lang auf das Wohlwollen eines Mannes angewiesen sein wollte.

»Bitte geh jetzt«, flüsterte sie kraftlos. Er warf ihr einen letzten Blick zu – und erfüllte ihr den Wunsch.

22. Kapitel

Es war eher ein Gefühl als ein Geräusch, das Alma innehalten ließ. Der Weidenrutenbesen schabte ohnehin viel zu laut über die Stallgasse, sodass nahezu alles andere übertönt wurde.

Aber sie spürte, dass jemand da war.

Jost konnte es nicht sein, der verbrachte in letzter Zeit jede freie Minute in seinem Tischlerschuppen, offenbar hatte er eine neue Idee, an der er arbeitete. Unauffällig verlangsamte sie ihre Bewegungen und hielt schließlich gänzlich inne. Es blieb still. Nur ganz langsam drehte sie sich um – und musste sich im nächsten Moment an den Besenstiel klammern, als ihr gesamter Körper in Habachtstellung ging. Da stand er. Obwohl hinter ihm das Licht durch den Eingang fiel und seinen Umriss dunkel färbte, erkannte sie ihn mit dem ersten Herzschlag. Dafür brauchte sie keinen Blick auf seine roten Haare zu erhaschen.

Unwirsch fegte sie weiter. »Was willst du?«

Bruno trat zögerlich ein, blickte nach links und nach rechts, bevor er sie flehentlich ansah. »Ich wollte noch einmal mit dir reden. Du meidest die Gärtnerei, nicht wahr? Früher warst du ständig bei Julius und Marleene …«

Alma blähte ihre Nasenflügel. Früher. Das waren Zeiten gewesen, wo sie Tag für Tag darauf gehofft hatte, er möge vorbeikommen, um ihren Nachbarn beim Aufbau der Gärtnerei behilflich zu sein, denn da hatte er noch in der damaligen Hofgärtnerei von Julius' Bruder gearbeitet. Höchstens an den Wochenenden hatten sie sich gesehen.

Dennoch waren sie sich immer nähergekommen. Auf dem Polterabend und der Hochzeit von Julius und Marleene hatten sie den ganzen Abend getanzt, er hatte ihre verlorene Kette tagelang gesucht, wie sie im Nachhinein erfahren hatte, und sie hatte versucht, ihm durch die schmackhaftesten Kuchen ihre Zuneigung zu zeigen.

Und gerade als sie sich ein Herz gefasst und ihn zur Vermählung ihres Cousins als Begleitung hatte einladen wollen, hatte er ihr gesagt, dass er mit Greta zusammengekommen sei. Schon bei dem Gedanken fühlte sie sich wieder dünn wie Seidenpapier.

»Die Dinge haben sich geändert«, sagte sie. »Damals war ich noch nicht alleine für den Haushalt zuständig. Aber seit Margarete weg ist …«, setzte sie hinzu, damit er ja nicht auf die Idee kam, dass sie seinetwegen wegblieb.

Selbst wenn es so war.

»Verstehe.« Er kam weiter in die Stallgasse und blieb neben dem Pferdegeschirr stehen. Für einen Moment nestelte er an seiner Kappe herum, und Alma wollte bereits weiterfegen, als er doch noch etwas sagte.

»So oder so wollte ich mich entschuldigen.« Aufrichtig sah er sie an, und in seinen Augen lag so viel Traurigkeit, dass sich alles in ihr zusammenzog. Geschwind zuckte sie mit den Schultern und fegte weiter. »Das musst du nicht. Du hast dir nichts zuschulden kommen lassen, du hast mir nie irgendwelche Versprechungen gemacht.« *Im Gegensatz zu Greta*, ergänzte eine Stimme in ihrem Kopf.

»Das mag sein.« Bruno fuhr sich durch das Gesicht. »Dennoch habe ich viel darüber nachgedacht und …«, er schluckte, »ich weiß nun, dass es falsch war.«

Sie schaffte es nicht, ihn anzusehen, und fegte nur umso heftiger, konnte es gar nicht mehr fegen nennen, vielmehr wirbelte sie achtlos den Dreck von einer Seite zur nächsten, ohne irgendetwas zusammenzukehren. Das alles überforderte sie. Die letzten zweieinhalb Monate, seit sie wieder da war, hatte sie sich wie eine zerbrochene Porzellantasse gefühlt, für die der richtige Kleber fehlte. Kaum funktionstüchtig, und schon die geringste Berührung würde dazu führen, dass sie abermals brach.

Und was Bruno hier tat, rüttelte sie tüchtig durch.

Dennoch musste sie es wissen.

Langsam drehte sie sich zu ihm um. »Warum sollte es falsch gewesen sein?«, erkundigte sie sich mit belegter Stimme. »Du hattest ihr dein Wort gegeben und hast dazu gestanden.«

»Ich bereue es morgens nach dem Aufstehen. Ich bereue es, wenn ich mich im kleinen Heuerhus anziehe. Ich bereue es, wenn Greta mir meinen Tee hinstellt. Ich bereue es, wenn ich zur Arbeit laufe, und mit eurem Hof so nah, kann ich während der Arbeit ohnehin an kaum etwas anderes denken. Ich bereue es abends beim Essen, wenn es zum sechsten Mal in Folge Steckrübensuppe gibt, und vor dem Einschlafen. Das einfache Leben macht mir nichts aus, ich kenne es ja nicht anders. Ich bereue es, weil sie nicht du ist.« Er trat noch einen Schritt auf sie zu, und Alma sah, dass er hart schluckte. »Mittlerweile bin ich mir sicher, damals den größten Fehler meines Lebens begangen zu haben.«

23. Kapitel

»Kommst du?«, fragte Lina ihre Mitbewohnerin mit ungewohnter Aufregung, denn heute stand etwas Besonderes auf dem Plan. Normalerweise glänzte sie nicht eben mit Fleiß, während die anderen Schülerinnen abends büffelten. Natürlich musste sie hierbei mit Bedacht vorgehen und konnte nicht einfach Däumchen drehen. Neulich hatte sie absichtlich alles über Pilze gelesen, da sie sicher war, dass dies gewiss nie von Bedeutung sein würde. In kaum einer Gärtnerei wurden Pilze verkauft. Als die Hofgärtnerin sie darauf hingewiesen hatte, hatte sie unschuldig auf deren hochverehrte Pflanzenenzyklopädien gedeutet, bei der Marleene die Seiten stets nur mit Bedacht umblätterte. Sie hatte ihnen gesagt, dass sie jede Pflanze des Lexikons zum Ende ihrer Lehre kennen sollten. Und bei der Tollkirsche waren einige Pilze ganz klein am unteren Rand abgebildet gewesen, da die Inhaltsstoffe der Pflanze gegen Pilzgift wirkten.

Die Hofgärtnerin hatte herzlich gelacht und Lina für ihren Eifer gelobt, ihr aber versichert, dass sie noch nicht allzu sehr in die Tiefe gehen musste, sondern sich zunächst einen Überblick verschaffen sollte.

Genau das versuchte Lina jedoch zu verhindern. Marleene hatte ihnen allen begreiflich gemacht, wie viel von ihnen als erste Gärtnerinnengeneration abhing. Die Augen der Nation lagen auf ihnen – und nicht wenige wollten sie scheitern sehen. Das wäre dann nicht nur ein persönliches Versagen, sondern ein Rückschritt der Frauenbewegung, denn die Gegner würden nicht zögern, jeden noch so kleinen Fehler als Bestätigung dafür zu nehmen, dass Frauen für diesen Beruf ungeeignet waren. Lina hatte sich insgeheim gefreut, denn das bedeutete, dass sie eine weitere Möglichkeit hatte, Marleenes Schule ins Verderben zu stürzen.

In den anderen Mädchen hatte dies einen Feuereifer geweckt. Jede von ihnen wollte den Skeptikern zeigen, wozu Frauen fähig waren. Ganz gleich, was es war, sie stürzten sich nahezu darauf: Bodenkunde, Düngerlehre, Witterungskunde, Pflanzenkulturen. Und während der Fleißarbeiten in der Gärtnerei fragten sie sich freiwillig gegenseitig ab. In den kommenden Monaten sollten gar noch Gemüse- und Obstbau, Blumenbinderei und sogar Gartenkunst hinzukommen. Des Nachts schwirrte Lina der Kopf voller Fachbegriffe, sie konnte von Glück sagen, dass sie dennoch mit ihrer ganz eigenen Agenda vorangekommen war. Zunächst war es noch etwas zögerlich verlaufen, doch mittlerweile hatte sie Agneta davon überzeugen können, dass sie Franz gefiel. Sie war vermutlich die Einzige, die nicht für das Ansehen der Frauengärtnerei paukte, sondern um Franz zu beeindrucken.

»Gib mir noch einen Augenblick, bitte«, sagte Agneta mit ihrer dünnen Stimme und griff wie so oft nach dem braunen Fläschchen, das sie in ihrem Nachtschränkchen aufbewahrte. *Laudanum* stand auf dem Etikett, und Agneta zufolge half es gegen Schmerzen jeglicher Art. »Weißt du, früher konnte mir einfach nichts gegen die immerwährenden Schmerzen helfen«, hatte sie ihr erklärt. »Keine Kräutertinktur zum Einreiben der Brust, nicht das Leberöl des Dorsches und auch keine Eselsmilch in kleinen Schlucken. Deswegen bin ich so froh, dass ich das Laudanum verschrieben bekommen habe.«

Lina hatte misstrauisch genickt, denn ihre Mutter hatte stets auf Hausmittel gesetzt.

Leise mitzählend gab Agneta einundzwanzig Tropfen in einen Becher und trank diesen in einem Zug aus.

»Vortrefflich!« Sie seufzte erleichtert. »Jetzt fühle ich mich sogleich pässlicher.« Sie griff nach einem hellblauen und einem kirschroten Schleifenband und hielt je eins auf jeder Seite neben ihre braunen, leicht gewellten Haare. »Was denkst du, mit welchem wird Franz mich erklecklicher finden?«

Lina winkte ab. »Mach dir diesbezüglich keine Sorgen. Erst neulich, als wir Asche über die Mistbeete gestreut haben, um die Erdflöhe zu vertreiben, und du ein Kopftuch um die Haare gebunden hattest, hat er wieder von deiner Anmut geschwärmt. Du gefällst ihm also auf jegliche Weise.«

»Fürwahr?« Agnetas Wangen färbten sich rosig und machten sie tatsächlich hübscher. Lina nickte lächelnd und ignorierte den kleinen Stich unter ihrem Herzen, der sie daran erinnerte, dass Franz sich lediglich amüsiert hatte, weil Lina sich so ungeschickt angestellt und die halbe Asche in ihrem Gesicht verteilt hatte, sodass sie ausgesehen hatte wie ein Moorbrenner in Frauenkleidern.

»Ich wünschte nur, er würde sich mir endlich öffnen. So verschüchtert, wie du sagst, kommt er mir eigentlich gar nicht vor.«

Lina eilte zu ihr herüber, um Agneta mit der kirschroten Schleife behilflich zu sein, die sie an ihre Bernsteinkämme stecken wollte. Noch immer waren einige Dinge für sie ohne Kammerzofe beschwerlich.

»Nun, es ist ja auch keine leichte Situation für ihn. Immerhin sind wir ihm unterstellt, du bist eine höhere Tochter, er ist ein Arbeiter, und er ist natürlich sehr gehemmt durch deine Schönheit und dein anmutiges Wesen. Das hat er mir selbst gesagt.«

»Hmmm.« Agneta biss sich auf die Unterlippe, während sie im gefleckten Spiegel Linas Werk mit dem Schleifenband begutachtete. »Was mache ich denn nur?«

Am liebsten wäre Lina es gewesen, wenn Agneta sich dem Gärtnergehilfen schamlos an den Hals geworfen hätte. Je früher die zwei einander verfielen und die Gesellschaft sich die Mäuler über die unstandesgemäße Beziehung zerreißen würde, die über die Gärtnerinnenschule zustande gekommen war, desto besser. Dann könnte sie sich klammheimlich davonmachen und wieder schön im Warmen in einer Villa oder auf einem Gutshof kochen.

Aber sie musste mit Bedacht vorgehen. Nichts überstürzen. Keiner der beiden durfte Verdacht schöpfen.

»Ich denke, es würde helfen, wenn du ihn ein wenig ermunterst.«

»Wie denn? Es gibt hier ja keine Bälle oder Tanzabende, wo ich ihm besonders freudig meine Tanzkarte überreichen oder, besser noch, einen Papierorden nach dem Cotillon anstecken könnte. Ich habe auch kein Taschentuch, das ich für ihn besticken könnte.«

»Das nicht. Vielleicht könntest du ihm ja besonders freudig den Spaten überreichen oder dergleichen? Generell solltest du in seiner Nähe viel lächeln und ihm immer wieder lange Blicke zuwerfen.«

Brüskiert sog Agneta die Luft ein. »Das entspricht doch ganz und gar nicht der Etikette!«

Fast hätte Lina die Augen verdreht. Diese ganzen Regeln der herrschenden Gesellschaftsschicht waren wahrlich anstrengend. »Du musst bedenken, dass er nicht weiß, was bei euch üblich ist. Wir einfachen Leute vom Lande gehen da ein wenig anders vor, und du musst forscher werden.« Sie senkte die Stimme. »Dann ahnt er, dass seine Gefühle womöglich erwidert werden – und eines Tages ist er vielleicht nicht mehr ganz so ein Hasenfuß. Ich fürchte, wir müssen nur ein wenig geduldig sein.« Früher oder später würde ein gewöhnlicher Arbeiter wie Franz doch gewiss weich werden, wenn ein Fräulein wie Agneta Interesse bekundete? Sie konnte es nur hoffen.

Agneta seufzte abermals. »Nun gut. Wollen wir dann?«, fragte sie. »Ich sterbe vor Hunger.«

* * *

Als die beiden nach dem Frühstück auf den Hof traten, bemerkte Lina, dass bereits alle auf sie warteten. Sie waren längst mit dem Essen fertig gewesen, nur Rosalie saß noch am Tisch. Agneta bestand darauf, dennoch etwas zu essen, und schmierte ein Brot nach dem anderen. Es war kaum zu glauben, wie viel Essen in diese zarte Person hineinpasste. Nun standen die anderen fünf Schülerinnen heute ausnahmsweise in normalen Kleidern, da es in die Stadt ging, und nicht in Cordhosen mit grünen Schürzen in zwei Gruppen zusammen und schnatterten und lachten. Die Hofgärtnerin saß auf dem Pferdewagen mit Falke, dem jungen Friesen, und Franz zurrte gerade einen Lederriemen am Nachbarspferd fest, das vor der Kutsche der Thormälens auf ihrem Hof stand. Sein Gesicht hellte sich auf, als er die beiden erblickte.

»Hebt ihr all nen Unnerhemd an?«, fragte Marleenes Mutter, die hinter ihnen über einen Stock gebeugt nach draußen getreten war. »Kopp kold, Foten warm, maakt de beste Dokter arm.« Alle bejahten die Frage pflichtbewusst und versicherten ihr, dass sie einen kühlen Kopf und warme Hände hatten.

»Sehr schön, dann können wir ja endlich los«, rief die Hofgärtnerin enthusiastisch. »Verteilt euch bitte auf die Wagen.«

Drei Schülerinnen steuerten ihren Wagen an, und Babsi und Meike gingen mit ihnen zu Franz hinüber.

»Eine kann mit mir vorne auf dem Kutschbock sitzen, die anderen bitte in die Kabine. Wer möchte?« Er sah in die Runde, und Lina versuchte Agneta durch auffordernde Augenbewegungen zu verstehen zu geben, dass dies eine gute Gelegenheit wäre.

»Agneta?«, fragte Franz dann auch mit sanfter Stimme, doch sie lachte auf und zog den Wollmantel enger um sich. »Bist du noch bei Sinnen? Wenn uns schon mal die Kutsche der Nachbarn zur Verfügung gestellt wird, werde ich standesgemäß in der Kabine reisen. Vorne ist es immer so grässlich zugig, und ich muss auf meine Gesundheit achten, sie ist leider …«

»Schon gut«, unterbrach Franz sie. »Lina?«

»Wenn's sein muss«, brummte sie und warf Agneta einen tadelnden Blick zu, derweil sie auf den Kutschbock kletterte. Zerknirscht sah Agneta zurück, ihr war der Fauxpas mittlerweile offenbar bewusst geworden.

»Das war ja mal wieder klar«, murrte Franz unwirsch, während die Friesen durch das Fichtenwäldchen hinter dem Fuhrwerk der Hofgärtnerin hertrabten.

»Tut mir leid, dass du mit meiner Gesellschaft vorliebnehmen musst.« Tatsächlich hatte Lina sich ein klitzekleines bisschen gewundert, dass er Agneta gebeten hatte, bei ihm zu sitzen, denn trotz aller Bemühungen wollte bei Franz bisher keine Begeisterung für Agneta aufkommen. Dabei war sie nie müde geworden, dezent deren Vorzüge anzupreisen.

»Ach, die Gesellschaft ist mir eigentlich ganz recht«, er grinste sie schief an, sodass Lina irgendwie die Vermutung bekam, dass er sogar *mehr als recht* meinte. Sie rückte ein bisschen von ihm ab und vermisste sogleich die Wärme, die er ausstrahlte. »Ich wollte einfach, dass Agneta so viel frische Luft wie möglich bekommt. Sie ist noch immer so fürchterlich blass und hat diese tiefen Ringe unter den Augen, das macht mir Sorgen. Und frische Luft ist schließlich gesund.«

»Wie lieb, dass du dir Sorgen um sie machst«, sagte Lina und hatte Mühe, nicht allzu begeistert zu klingen. Es schien ihr ein wirklich gutes Zeichen, sorgte man sich nur um Menschen, die man mochte?

»Ja, eine meiner Schwestern ist an Schwindsucht gestorben, und ein wenig erinnert Agneta mich an sie.«

»Oh«, stieß Lina hervor und wusste nicht, was sie sonst noch sagen sollte. Franz war stets so gelassen und wohlgemut, dass sie gar nicht damit gerechnet hatte, er könnte es auch schon schwer gehabt haben in seinem Leben. Und dass Agneta ihn an seine tote Schwester erinnerte, war womöglich doch kein allzu gutes Zeichen.

»Egal, es ist lange her«, sagte Franz nun und lächelte sie kurz von der Seite an. Offenbar hatte er ihr bedrücktes Gemüt sofort bemerkt. »Freust du dich auf das Museum? Marleene hat extra ihren Kontakt zum Großherzog genutzt, damit wir an einem Tag ohne Besucher kommen dürfen und das gesamte großherzogliche Naturhistorische Museum für uns haben.«

»Ja, sehr. Ich war noch nie in einem Museum«, sagte sie und konnte nicht verhindern, dass ihre aufgeregte Freude durchschlug. Leider ließ sich nicht leugnen, dass sie ihren Ausflug wirklich spannend fand, und sie zürnte der Hofgärtnerin, dass sie es ihr bisweilen so schwer machte, ihr feindselig gesinnt zu sein.

»Ich ebenfalls nicht«, gab Franz nun zu. »Ich habe gelesen, dass es dort Skelette wilder Tiere, Edelsteine, 490 ausgestopfte Vögel und sogar das nicht bebrütete Ei eines Riesenalks geben soll, der vor fünfzig Jahren ausgestorben ist.« Er klang wie ein kleiner Junge vor dem Weihnachtsfest, und Lina war abermals verwundert.

»Du warst noch nie in einem Museum?«, hakte sie nach. »Ich dachte …« Sie sah auf seine hochwertige Kleidung und die teuren Lederstiefel, während sie wie viele Arbeiter in einfachen Holsken herumlief. Und wegen seines Gebarens und der Ausdrucksweise war sie stets davon ausgegangen, dass er der Mittelschicht entstammte.

»Was?«, fragte er amüsiert.

»… dass derlei Ausflüge häufig von den Schulen gemacht werden?«

»Das ist richtig.« Er brachte die Friesen zum Stehen, um ein riesiges Fuhrwerk passieren zu lassen. »Ich habe ehrlich gesagt die Schule nicht oft von innen gesehen. Meine Eltern hatten viele Kinder und wenig Geld. Wir alle mussten stets zu Hause mithelfen, und wenn so etwas wie ein Ausflug auf dem Tagesplan stand, dann ohnehin.«

Lina presste die Lippen zusammen. Ganz genauso war es bei ihr zu Hause gewesen. Doch wie konnte Franz dabei noch so unbeschwert durchs Leben gehen? Und eine weitere Sache verstand sie nicht. »Aber deine Kleidung ...«, stammelte sie.

Stolz strich er über seine Hose aus festem Lodenstoff, bevor er die Zügel wieder aufnahm. »Du hättest mich vor sechs Jahren mal sehen sollen.« Er lachte ausgelassen. »Da wurde meine Kleidung eher von den Löchern zusammengehalten. Wie das eben so ist, wenn ...«

»... man die achte oder neunte Person ist, die sie aufträgt?«

Überrascht sah er zu ihr herüber, und sie erkannte in seinen Augen, dass er all das, was ihre Kindheit so schwer erträglich gemacht hatte, auch kannte. Es dauerte einen Moment, bis er antwortete.

»Ganz richtig«, sagte er mit einem leichten Lächeln und sah gar nicht mehr auf die Straße, wo die beiden Friesen zum Glück stur dem voranfahrenden Fuhrwerk folgten.

»Ich glaube, wir sind da«, murmelte Lina schließlich mit schwitzigen Händen, als das Fuhrwerk der Hofgärtnerin vor einem dreistöckigen Gebäude aus roten Backsteinen mit Bogentüren und Fenstern hielt.

Lina war heilfroh, dass sie absteigen konnte und die Hofgärtnerin sogleich die ersten Anweisungen gab. »Für uns sind vor allem das Naturalienkabinett und die 9800 Insekten von Interesse«, erklärte sie mit museumsgedämpfter Stimme, derweil sie das Gebäude betraten. Ein merkwürdiger Geruch lag in der Luft, und so weit das Auge reichte, erstreckten sich dunkle Holzvitrinen an den Wänden. Während Marleene im ersten Raum allerhand über Käfer und Larven sprach, raunte Agneta ihr zu, dass sie ihren Fauxpas mit Franz wiedergutmachen würde.

Fortan lächelte Agneta wiederholt in seine Richtung. Schließlich bemerkte er es und lächelte – wenn auch ein wenig verwirrt – zurück. Zufrieden beobachtete Lina, dass sich daraufhin ein rötlicher Schleier auf Agnetas Gesicht legte, während Franz rasch den Blick senkte. Für einen Moment lauschten sie alle Marleenes Ausführungen über den Maikäfer, den Rosenblatt- und Junikäfer.

»… und der blaue Rebenstecher sticht nicht nur die Blätter der Weinstöcke und zieht sie tütenförmig zusammen, sondern auch in die der Birnen und Quitten. Hier müsst ihr die Blattwickel sammeln und verbrennen.« Alle nickten, und Lina stimmte rasch ein.

»Und wer kann mir sagen, was das hier ist?«, fragte Marleene mit einem strahlenden Lächeln als Nächstes in die Runde. Die anderen schien die Frage aus irgendeinem Grund zu amüsieren, und Lina hätte fluchen mögen, als Marleenes Blick ausgerechnet an ihr hängen blieb. Die alte Hexe ahnte vermutlich, dass sie keinen blassen Schimmer hatte.

»Lina, hast du eine Idee?«

»Ich …« Unsicher sah sie sich um. Warum grinsten alle? Franz machte zudem hinter Marleenes Rücken einen Karpfenmund und tat irgendetwas mit seiner Nase. War er verrückt geworden? Alle schienen zu erwarten, dass sie die Antwort wusste.

Aber sie hatte nicht immer so gut aufgepasst und nicht ganz so fleißig mitgeschrieben wie die anderen. Wozu auch?

Doch dann hatte sie eine Idee. Neben dem Maikäfer gab es eigentlich nur einen weiteren, den sie kannte, denn die Geschichte dazu hatte sie einen ganzen Abend in Bann gezogen. Im zweiten Jahr, als Julius und Marleene ihre Gärtnerei aufgebaut hatten, hatten sie mit ihren Pflanzen zur Gartenbauausstellung nach Hamburg fahren wollen – und das war so ziemlich im Desaster geendet.

»Ein Dickmaulrüssler?«, fragte sie zaghaft, und alle applaudierten mit Überschwang, sodass Lina sich einfach freuen musste. Die Arbeit war wirklich hart und die Hofgärtnerin nur schwer zu ertragen, aber die Mädchen und vielleicht auch Franz waren schon in Ordnung – jetzt im Nachhinein verstand sie seine kryptischen Gesten nämlich, er hatte versucht, den legendären Dickmaulrüssler darzustellen.

»Ganz richtig.« Die Hofgärtnerin fasste zusammen, wie man ihn am besten bekämpfte und was seine Larven ausrichten konnten, bevor sie zum nächsten Schaukasten übergingen, der voller Schmetterlinge war. Diesmal bemühte Agneta sich, direkt neben Franz zu stehen, und warf ihm in regelmäßigen Abständen verstohlene Blicke zu. Leider wirkte Franz darüber nicht eben begeistert. Vergrößerte er da kaum merklich den Abstand? Lina war sich nicht sicher.

Doch nachdem er sie in der Dämmerstunde nach dem erlebnisreichen Tag zurück nach Hause kutschiert hatte, bat er sie um Hilfe, um das Pferd zu den Thormälens zurückzubringen.

»Was zum Teufel ist bitte in Agneta gefahren?«, zischte er von seiner Seite des Pferdes zu ihr herüber, sobald sie die anderen hinter sich gelassen hatten.

»Ich habe keine Ahnung, wovon du sprichst«, antwortete Lina unschuldig.

»Sie ist mir während der gesamten Exkursion kaum von der Seite gewichen. Und dann hat sie immer gegrinst wie eine Bisamratte.«

Lina lachte. »Wie grinst denn bitte eine Bisamratte?«

»Weiß ich auch nicht. Merkwürdig eben. Zumindest war sie heute ganz anders als sonst, und ich weiß nicht, wie ich das einordnen soll.« Am Rasseln des Pferdegeschirrs konnte sie hören, dass er mit der Schulter zuckte, während sie durch die frische Abendluft liefen. Wie passend, dass schon ein Hauch Frühlingssonne darin zu hängen schien. Sie atmete hörbar ein.

»Ist das deine Antwort?«

»Vielleicht.«

Franz schnaubte. »Was soll das bedeuten?«

»Tu es mir doch einfach mal gleich. Atme tief ein. Was riechst du?«

Sie hörte ihn nach Luft schnappen.

»Und?«

»Keine Ahnung. Matschiges Gras und einen Anklang des Misthaufens, den wir gleich erreichen?«

Abermals musste Lina lachen, wurde dann aber wieder ernst. »Nein, unterschwellig meine ich.«

Jetzt schnupperte Franz gleich mehrmals. »Weiß immer noch nicht. Ich glaube, mir steckt weiterhin das Formalin aus dem Museum in der Nase. Und Pferdeschweiß. Wie soll mir das alles weiterhelfen?«

»Also ich spüre, dass der Frühling in der Luft liegt.«

»Logisch, sonst würden die Pflanzen ja auch nicht sprießen. Momentan kann ich es allerdings nicht riechen. Und ich weiß noch immer nicht, wie in aller Welt mir das mit Agneta helfen soll.«

»Nun gut, vielleicht ist es dann eben kein Frühlingsgeruch, sondern eher ein … Gefühl?«

»Du hast Frühlingsgefühle?«

»Was? Äh, nein.« Linas Herz machte einen Stolperschritt. »Ich doch nicht! Von wem reden wir denn gerade? Agneta. Sie hat heute ständig deine Nähe gesucht und dich wiederholt angelächelt. Im Frühling. Jetzt denk gut nach, Franz. Was sagt dir das?«

Sie hatten den Hof erreicht, und der Friese trottete eigenständig in den Stall. Franz blieb direkt vor Lina stehen, kein schützender Pferdeleib war mehr zwischen ihnen, und er musterte sie.

»Glaubst du wirklich?«

Sie hob zaghaft die Schultern. »Ich weiß es nicht«, sagte sie mit geheimnisvoller Stimme. »Aber wenn du möchtest, kann ich es für dich herausfinden.«

24. Kapitel

Marleene erwachte am Tag der Versteigerung der Fliedervilla viel zu früh, obwohl der Ausflug ins Naturkundemuseum anstrengend gewesen war und sie von ihrer Nervosität hatte ablenken können. Nun konnte sie vor Aufregung nicht mehr einschlafen. Mit etwas Glück würde es heute für Julius und sie zurück nach Hause gehen, und gleichzeitig hätten sie einen großartigen Aufhänger, um den guten Ruf der Gärtnerinnenschule wiederherzustellen und standesgemäße Unterkünfte für die höheren Töchter anzubieten. Ein Inserat in *Der Hausfreund* hatte sie sogar schon mit diesem Hinweis aufgegeben, denn die Zeitschrift hatte eine sehr lange Vorlaufzeit, und sie konnte sich nicht erlauben, auf jegliche Werbung zu verzichten. Nachdem ihre letzte Anzeige zeitgleich mit dem desaströsen Artikel erschienen war, hatte diese zu keinerlei Anmeldungen geführt.

Sie konnte nur noch beten, dass ihr Plan aufging.

Als Julius die Augen aufschlug, schien er sofort hellwach.

»Der große Tag ist gekommen«, flüsterte Marleene mit morgenkratziger Stimme, und er atmete tief ein, fast so, als würde ihn dies wappnen. Sie schlichen in die Wohnküche, und während Julius im Herd das Feuer entfachte, bereitete Marleene so geräuschlos wie möglich den Haferbrei vor. Sie wollte die Mädchen nicht wecken, sie hatten sich ihren freien Tag redlich verdient. Sie wussten zwar, dass heute niemand im Hause war, glaubten aber, dass Julius, Rosalie und sie auf Verwandtschaftsbesuch seien – was nicht vollkommen falsch war, Konstantin war schließlich mit ihnen verwandt, doch sie mussten nicht unbedingt wissen, dass sie vorhatten, Julius' Erbe zurückzukaufen. Die Vorstellung, bald in einer echten Villa zu wohnen, hätte sie vermutlich ganz aus dem Häuschen gebracht.

Gähnend kam Rosalie mit tiefen Ringen unter den Augen hinzu. Marleene zwang sich, etwas von dem Haferbrei zu essen, doch ihre Portion fiel ebenso dürftig aus wie Julius' und Rosalies.

»Wollen wir dann?«, fragte Rosalie um Punkt acht und strich sich fahrig eine ihrer goldenen Strähnen hinter die Ohren. Für den heutigen Tag hatte sie offensichtlich eines der Kleider aus ihrem früheren Leben ausgepackt und wirkte sehr elegant. Noch immer war sie fest entschlossen, jegliche Besucher, die nicht zu den Freimaurern gehörten, wegzuschicken. Julius hatte mit den Mitgliedern besprochen, dass alle eine Vergissmeinnicht-Brosche als Erkennungszeichen tragen würden. Sie würden der Versteigerung beiwohnen, damit Konstantin keinen Verdacht hegte, allerdings nur bis zu einer gewissen Summe mitbieten.

Eigentlich konnte nichts schiefgehen.

»Ich halte es ebenfalls nicht mehr aus«, stimmte Julius zu und stellte die Teller in die Waschschüssel. Im dunklen Anzug sah er überaus stattlich aus, aber Marleene entging seine Nervosität nicht. »Treffen wir Johannes dort?«

Rosalie bestätigte seine Vermutung. Er griff nach seinem Überrock, da draußen das reinste Aprilwetter tobte, und Marleene holte ihr Wolltuch. Für die Fahrt hatten sie Glück, weder Regen noch Hagel peitschten auf sie nieder. Dennoch blieb die Stimmung angespannt, und kaum einer sprach ein Wort. Marleenes Handflächen wurden feucht, als sie auf die majestätische Lindenallee einbogen, an deren Baumbestand sich zartes Frühlingsgrün zeigte. Sie führte direkt auf die Fliedervilla zu, die mit ihren Spitzdächern und den weiß umrandeten Fenstern sie geduldig zu erwarten schien.

Rosalie verabschiedete sich leise von ihnen und schritt zurück durch die Lindenallee, um ihr Vorhaben in die Tat umzusetzen. Johannes würde gewiss bald zu ihr stoßen, und wenn es jemandem gelang, die Leute davon zu überzeugen, dass die Versteigerung schon vorüber war, dann den beiden. Nach kurzer Beratschlagung beschlossen Julius und Marleene, bereits ihre Aufwartung zu machen, immerhin waren sie keine normalen Interessenten.

Julius betätigte den goldenen Türklopfer, ein Hausdiener in Uniform öffnete und verneigte sich kurz. »Wen darf ich melden?«

»Julius. Julius Goldbach und Gattin, bitte.«

»Oh.« Verwunderung zeigte sich in seinen Zügen, bevor er mit einem »Sehr wohl« davoneilte.

Wenig später wurden sie eingelassen. Verwundert sah Marleene sich um. Zahlreiche Koffer und Truhen warteten auf Abholung, doch die Möbel standen alle noch genau so, wie sie es in Erinnerung hatte. Nichts davon war verladen worden.

Konstantin, geschniegelt wie eh und je, kam in einem kastanienbraunen Anzug die Doppeltreppe herunter. »Julius, was führt dich zu mir? Ich bedaure, leider habe ich heute wenig Zeit, die Villa wird versteigert.« Vor einem vergoldeten Spiegel rückte er seinen braunen Binder zurecht.

Dachte er wirklich, das wüssten sie nicht?

Endlich löste Konstantin den Blick von seinem geschniegelten Spiegelbild. »Ach, du willst mitbieten?« Er verzog das Gesicht wie im Schmerz. »Ich weiß nicht, ob eure finanziellen Mittel dafür reichen werden. Hofgärtnerei hin oder her, ihr musstet ja erhebliche Investitionen tätigen in den letzten Jahren …«

Ja, weil du alles geerbt hast und Julius einen lächerlichen Pflichtteil, ergänzte Marleene in Gedanken.

»… und dann noch diese kleine Spielerei, die ihr euch da gegönnt habt, diese Mädchenschule. Ich fürchte, das wird nicht reichen.« Scheinbar mitleidig sah er sie an, als läge es nicht in seiner Hand.

»Netter Bericht übrigens neulich in der *Gartenwelt*. Und der in der Zeitung mit diesen Zeichnungen, ich habe mich köstlich amüsiert.«

Marleene ballte die Fäuste. Konstantin hatte stets etwas an sich, das sie beinahe dazu brachte, sich zu vergessen.

»Dann ist es allerdings höchst verwunderlich, dass du eines dieser Salonpüppchen geheiratet hast«, sagte nun eine tiefe Frauenstimme hinter ihm, und Konstantin fuhr herum.

»Dorothea, mein Zuckertäubchen, du bist schon wach? So habe ich das gewiss nicht gemeint. Aber hast du diese Zeichnungen gesehen? Das war überaus ergötzlich.«

Dorothea beachtete ihn nicht weiter und bat Julius und Marleene ins Arbeitszimmer, da im Salon die Versteigerung vorbereitet wurde.

»Was ist eigentlich mit dem Mobiliar? Warum habt ihr noch nichts davon verladen? Wolltet ihr nicht schon nächste Woche umziehen?«

»Ach …« Konstantin, der ihnen gefolgt war, winkte ab. »Diesen altmodischen Kram nehmen wir doch nicht mit. Von wann sind die Möbel, aus Großvaters Zeiten? Diese Schlichtheit mit den klaren Linien … Das ist zwar ganz beschaulich, macht allerdings wenig her. Wir werden nur Dorotheas Möbel mitnehmen, sie hat darauf bestanden, und ansonsten unser Rittergut modern einrichten.«

»Dann werden also auch Vaters und Mutters Möbel versteigert?« Julius' Stimme klang wie abgehackt.

»Ja, alles zusammen. Ich wollte da nun keine große Sache draus machen, daher wird es die Villa samt Möbeln und Gärtnerei sein. Entweder man nimmt alles oder nichts.«

»Mutters Sekretär? Großvaters Standuhr? Die Familienwiege?«, fragte Julius, und Marleene tastete unwillkürlich nach ihrem Bauch.

Konstantins Antlitz verhärtete sich. »Es war nicht meine Entscheidung.«

Julius lehnte sich erschüttert in seinem Stuhl zurück, und Marleene sah ihn mitfühlend an.

Viel zu schnell war es so weit. Die Reihen von Stühlen, die im Salon aufgestellt worden waren, füllten sich, doch mit Genugtuung stellte Marleene fest, dass jedes Revers bisher ein Vergissmeinnicht zierte. Entweder setzten Rosalie und Johannes ihr Vorhaben grandios in die Tat um, oder es war tatsächlich niemand von außerhalb gekommen.

Immer mehr Plätze waren belegt – bis kein einziger übrig blieb und vereinzelte Herrschaften gar stehen mussten. An einem improvisierten Pult stand ein Mann in schwarzer Kluft mit reinweißem Hemd, zurückgekämmten ergrauten Haaren und einer gebogenen Nase. Als es exakt zehn Uhr war, räusperte er sich und fasste den Grund der Zusammenkunft zusammen. Er verdeutlichte, dass alles auf einmal gekauft werden müsse und wie dies ablaufe. Wer einzelne Dinge nicht wollte, würde sie eigenhändig weiterverkaufen oder entsorgen müssen.

Er begann die Auktion mit einer stattlichen Summe, die weit über dem lag, was Julius und Marleene aufbringen konnten.

Doch keiner bot mit.

Konstantin sah sich immer wieder um und schien innerlich zu brodeln, konnte seiner Empörung öffentlich jedoch nicht Luft machen.

Zwei Mal war der Notar gezwungen, das Anfangsgebot nach unten zu korrigieren. »Nun gut, dann beginnen wir bei zweihunderttausend. Ein wirklich günstiger Preis für das, was darin enthalten ist. Wer bietet zweihunderttausend?«

Julius holte tief Luft. Und hob die rechte Hand. Marleene drückte seine linke.

Der Auktionator wirkte erleichtert. »Und wir haben ein Gebot. Zweihunderttausend für den Herrn mit der stürmischen Frisur in der letzten Reihe. Wer bietet mehr? Höre ich zweihundertundzehntausend?«

Wie sie es verabredet hatten, erhöhte sich der Preis zwei Mal. Dann war ihr Limit erreicht.

»Und wir sind bei zweihundertfünfzigtausend, wer bietet zweihundertfünfzigtausend Mark für diese wunderschöne dreistöckige Villa mit zwölf Zimmern und die Gärtnerei?«

Julius hob die Hand, und der Weißhaarige nahm es zur Kenntnis.

»Zweihundertfünfzigtausend in der letzten Reihe. Wer bietet mehr? Es wäre noch immer äußerst preisgünstig, ich erinnere, dass selbst die Möbel enthalten sind.« Runde um Runde blickte er in den Raum. »Niemand?« Er schien es kaum zu fassen, doch abgesehen von Konstantins empörtem Schnauben war im gesamten Salon nichts zu hören.

»Nun gut. Keine weiteren Gebote?« Abermals sah er in die Menge. »Dann sage ich zweihundertfünfzigtausend für den jungen Mann in der letzten Reihe zum Ersten, zweihundertfünfzigtausend zum Zweiten …«

Julius' und Marleenes Hände fanden zueinander, und sie drückte so fest, dass sie fürchtete, seine Finger zu zerquetschen. Die Villa war zum Greifen nahe. In einer Sekunde würde sie ihnen gehören.

»Und«, verkündete er mit extrem lang gezogenem U, als vom Korridor her ein Tumult zu hören war.

Marleene wollte ihm zurufen, er solle weitermachen, doch alles im Raum hielt inne. Die Tür öffnete sich, und Marleenes Mund klaffte auf, als sie sah, wer dort mit Hagelkörnern in den Haaren hereingeschneit kam. »Wo sind wir?«, fragte er außer Atem. »Welche Summe wird geboten?«

Der Auktionator brauchte nur einen kurzen Moment, um sich zu sammeln. »Zweihundertfünfzigtausend«, teilte er dann mit.

Und wie im Schneckentempo schien der Mann den Arm zu heben – dabei war es die Zeit, die plötzlich verlangsamt lief. »Dreihunderttausend«, rief der Mann selbstbewusst, klang irgendwie verzerrt, und Marleene hätte am liebsten aus voller Kehle aufgeschrien. Das durfte nicht sein. Jeder – nur nicht er!

25. Kapitel

Nach dem Kirchbesuch am Sonntag war Frieda so in Gedanken versunken, dass sie zusammenfuhr, als sie eine Hand auf ihrer Schulter spürte. War es Marleene? Sie pflegte extra früh in die Kirche zu kommen und sie als Letzte zu verlassen, um ihrer Cousine aus dem Weg zu gehen. Doch zu ihrer Überraschung blickte sie in die steingrauen Augen von Jost. »Kann ich kurz mit dir sprechen?«

»J-ja. Ja, natürlich, was hast du auf dem Herzen?«

Jost sah erst über seine rechte Schulter, dann über die linke. Keiner war in Hörweite. »Können wir in den Blumenladen gehen?«, fragte er dennoch.

»Natürlich.« Er lag schräg gegenüber der Kirche, und streng genommen war es ja ohnehin Josts Laden, schließlich lief die gesamte Anmietung über ihn.

Trotz der wärmenden Frühlingssonne waren Friedas Finger eiskalt. Was mochte er auf dem Herzen haben? Er bekam doch nicht etwa kalte Füße wegen des Essens in der Villa der Oltmanns? Frieda ahnte, dass derartige gesellschaftliche Zusammenkünfte nicht gerade zu Josts Herzensvergnügungen gehörten. Vermutlich benötigte er danach drei Tage nur für sich, um wieder ins Gleichgewicht zu kommen. Nichtsdestotrotz betete sie, dass nicht das sein Anliegen war. Vorige Woche hatte sie Frau Oltmanns die Zusage gegeben, und sie war außer sich vor Freude gewesen. Nachdem Frieda sie so lange hingehalten hatte, würde sie bestimmt ihren Zorn auf sich ziehen, wenn sie nun einen

Rückzieher machte, wo die gute Frau doch schon die Einladungen verschickt hatte.

Sie schloss den Laden auf, und Jost nahm sich Zeit, seine Schuhe abzutreten, bevor er eintrat. Er wartete, bis sie die Tür hinter ihnen zugemacht hatte, und folgte ihr mit seinem leichten Humpeln in den Laden. Dabei sah er sich so neugierig um, als wäre er zum ersten Mal hier. Dann räusperte er sich, griff in die Innentasche seiner Jacke und überreichte ihr einen kleinen Stapel Handzettel.

»Wenn ich doch auf deine Idee zurückkommen dürfte …«, sagte er mit einem Anflug von Schüchternheit in der Stimme.

Friedas Herz blühte auf, als sie das oberste Blatt studierte und feststellte, dass er tatsächlich Werbung für seinen Landmaschinenverleih machte. Gleichzeitig war sie erleichtert, dass der Grund seines Besuches ein so unverfänglicher war.

»Das ist fantastisch, Jost!« Sie eilte zur Kasse und legte die Hälfte des Stapels direkt daneben. »Wir werden einen Teil hier auslegen und die andere Hälfte direkt neben der Tür. Ich kann auch einen Handzettel ins Fenster hängen, wenn du möchtest?«

Jost nickte knapp.

»Außerdem werde ich jeden Kunden und jede Kundin persönlich auf diese großartige Gelegenheit aufmerksam machen. Du wirst schon sehen, bald werden die Bürger des Oldenburger Landes bei dir Schlange stehen.«

Er lächelte leicht und trat dabei von einem Bein auf das andere.

»Kann ich sonst noch etwas für dich tun?«, fragte Frieda beschwingt, weil sein Anliegen solch gütlicher Natur war.

Seine klobigen Hände strichen über die grobe Cordhose. Er räusperte sich und ging ein paar Schritte in den Laden hinein. Frieda legte den Kopf schief. Sein Blick flog für den Bruchteil einer Sekunde zu der Bindekammer, wo sie nun schlief, dann zu ihr und schließlich zum Boden.

»Ich … äh …«

»Ja?«

Er presste die Lippen zusammen. »Ich musste immer wieder daran denken, wie du hier wohnst.«

Friedas Frohsinn verschwand augenblicklich, sie verschränkte die Arme, und ihre Züge verhärteten sich. »Was ist damit?«, fragte sie harsch.

Er schüttelte den Kopf. »Das geht so nicht.«

»Natürlich geht das. Wenn du mich jetzt bitte entschuldigen würdest? Ich habe noch zu tun.« Sie ging an ihm vorbei, rechnete fest damit, dass er bei so viel Unwillen wie ein beleidigter Pudel abziehen würde, aber er rührte sich nicht von der Stelle. »Was ist?«, hakte sie unwirsch nach.

»Bitte überlege es dir noch einmal. Willst du nicht doch bei uns wohnen? Du weißt, dass wir ausreichend Platz haben. Und Alma würde sich freuen.«

Frieda stellte sich vor, wie ihr Leben auf dem Hof des Großbauern aussehen würde. Gewiss hätte sie eine Kammer ganz für sich, und sie war ziemlich sicher, dass Alma selbst die Gästebettwäsche meisterhaft mit Blumen bestickt hatte und feinste Mullgardinen die Fenster zierten. Zudem wäre sie auch die Sorgen um das Essen los, denn ohne Herd konnte sie sich momentan nur von Brot und anderen kalten Speisen ernähren. Alma hingegen würde einfach von allem ein wenig mehr zubereiten, und Frieda hätte wie die Männer des Hauses den Rücken frei, um ihrem Beruf nachzugehen.

Es wäre ein Traum.

Auf der anderen Seite hätte sie es auf diese Weise wieder nicht aus eigener Kraft geschafft. Abermals wäre sie auf die Almosen anderer angewiesen. Ganz gleich, wie eng es war und wie hart der steinerne Fußboden, sie war dennoch stolz, dass sie es fertigbrachte, sich selbst zu versorgen. Von den Einnahmen ihres Ladens, ohne die Mildtätigkeit ihrer Freunde oder gar eines unechten Verlobten. Sie stand auf eigenen Füßen. Zudem würde sie bei den Thormälens Tür an Tür mit Marleene und Rosalie wohnen, und da die beiden sich jetzt offenbar gegen sie verschworen hatten, wollte sie am liebsten nichts mehr von ihnen hören oder sehen.

»Ich weiß dein Angebot sehr zu schätzen, aber ich ziehe es vor hierzubleiben.«

Sie hatte seinem Gesichtsausdruck nach fast erwartet, dass er toben würde, doch lediglich seine Kiefermuskulatur verhärtete sich. Hatte er mit dieser Antwort gerechnet?

»Dann lass mich wenigstens ein paar Verbesserungen an der Kammer vornehmen. Ich habe Holz dabei.«

Frieda kräuselte ihre Stirn. »Was hast du vor?«

»Ich werde dafür sorgen, dass du nicht länger auf dem Boden schlafen musst.«

Frieda winkte ab. Selbst diese Art von Almosen wollte sie nicht. »Es geht schon.«

Eindringlich sah er sie an. »Frieda, du bist dem Papier nach meine Verlobte. Und ich werde nicht zulassen, dass meine Verlobte auf ein paar Lumpen auf dem Boden schläft.«

Frieda presste die Lippen zusammen. »Es sind keine Lumpen. Nur meine Kleider. Und was willst du eigentlich damit sagen?«

»Ganz einfach.« Er ging einen Schritt auf sie zu, ohne sie aus den Augen zu lassen. »Du hast mich neulich um einen Gefallen gebeten. Jetzt bitte ich dich. Ich zwinge dich ungern, aber eine Hand wäscht die andere. Wenn du also willst, dass ich etwas für dich tue, tust du mir bitte den Gefallen und lässt mich hier heute den ganzen Tag allein.«

* * *

Frieda sah ihn so finster an, dass sie sich nicht gewundert hätte, wenn sie höchstpersönlich einen Donnerschlag heraufbeschworen hätte. Sie wollte noch rasch etwas zu essen mitnehmen, doch Jost beorderte sie nach draußen, wo sie das mit langen Holzsparren beladene Fuhrwerk vorfand.

Als Nächstes zog er ein Briefkuvert aus der Tasche und reichte es Frieda, die es verblüfft öffnete. *Meine liebe Frieda,* las sie. *Stell dir vor, jetzt habe ich mit viel Mühe einen Sonntagsbraten für fünf Personen im Ofen, und nun offenbart mein lieber Bruder mir, dass er den ganzen Tag außer Haus sein wird. Er verrät nicht, worum es geht, nur, dass es etwas mit dir zu tun hat. Würdest du uns daher bitte die Ehre erweisen und seinen Platz beim Essen einnehmen?*

Verblüfft sah sie zu Jost.

»Du weißt, dass sie tödlich beleidigt ist, wenn du nicht kommst?«

Frieda seufzte. Alma war ein herzensguter Mensch, und es gab nicht viel, was sie wütend machte, aber verschmähte Mahlzeiten, die sie mit Mühe zubereitet hatte, gehörten gewiss dazu.

»Dann will ich mich mal lieber auf den Weg machen«, murmelte sie.

Jost nickte. »Lass dir ruhig Zeit. Vor Einbruch der Dunkelheit kann ich dich hier nicht gebrauchen.«

»Offenbar habe ich ohnehin nichts mehr dazu zu sagen«, fauchte Frieda und machte sich auf den Weg.

Der Tag auf dem Thormälenhof wurde jedoch noch richtig schön. Almas jüngere Geschwister waren für das Wochenende nach Hause zurückgekehrt. Zum Glück waren sie mittlerweile zu alt, um Frieda mit ekligen Krabbeltieren Streiche zu spielen, wie sie es früher gern getan hatten. Der Braten war köstlich, danach half Frieda, die Tiere zu versorgen. Nur als sie sich auf dem Weg zur dicken Kunigunde machten, der trächtigen Sau, die in wenigen Wochen werfen sollte, wurde Alma plötzlich ganz still.

»Ich finde es schade, dass du nicht mehr im Schwalbennest wohnst«, sagte sie, während sie über das Gatter in den mit Stroh ausgelegten Stall spähten.

»Ich ebenso«, sagte Frieda traurig und meinte es auch so.

»Kannst du es dir denn nicht noch einmal überlegen?«

Frieda atmete tief ein. »Ich liebe Marleene wie eine Schwester und würde ihr nahezu alles verzeihen. Aber Rosalie?« Sie schüttelte den Kopf. »Es geht einfach nicht.«

»So schlimm scheint sie gar nicht mehr zu sein«, gab Alma zu bedenken. »Selbst Bruno meinte, dass Rosalie nett zu ihm war …«

Frieda hatte es sich wieder und wieder durch den Kopf gehen lassen. Sie konnte es auch nicht abstreiten, es stimmte, was alle sagten. Rosalie hatte sich gebessert, sie war nicht länger die eingebildete Schnepfe von früher. Dennoch machte dies ihre Vergehen nicht ungeschehen.

»Das mag sein. Aber würdest du mit Greta unter einem Dach wohnen wollen, nur weil sie jetzt vielleicht nicht mehr ganz so garstig ist wie früher? Oder könntest du Bruno je verzeihen, dass er sich trotz aller Garstigkeit für sie entschieden hat?«

Frieda bereute den Satz, sobald er ausgesprochen war, denn Almas Augen glänzten feucht in der Nachmittagssonne, als sie den Stall verließen. »Weißt du, er war neulich sogar hier und hat sich entschuldigt«, flüsterte Alma leise.

»Bruno, wirklich?« Frieda freute sich. Die zwei waren wie geschaffen füreinander, und sie wünschte sich so sehr, dass sie zueinanderfanden. »Und konntest du ihm vergeben? Ich denke, er bereut es wirklich außerordentlich.«

Alma nickte langsam. So ruhig und nachdenklich hatte Frieda sie selten erlebt. »Das glaube ich auch. Trotzdem konnte ich nicht.«

Friedas Schultern sanken herab. Es war solch ein Jammer, trotzdem konnte sie es nachvollziehen. »Ganz genauso ergeht es mir«, antwortete sie.

Nachdem die Sonne untergegangen war und Alma sie mit Kuchen

und Stullen vollgestopft hatte wie ein Mastschwein, machte Frieda sich auf den Weg zurück ins Dorf. Vereinzelte Bretter lagen auf dem Wagen, der noch immer vor dem Laden stand, doch hatte er sich ordentlich geleert. Zaghaft klopfte sie an die Tür ihres eigenen Ladens und öffnete sie einen Spalt. »Darf ich eintreten?«, rief sie in den Raum.

Jost kam ihr mit Sägemehl auf dem Hemd entgegen und nickte. »Du kommst gerade richtig.«

Sie durchquerte den schummrigen Raum bis zum Türrahmen der Bindekammer, wo Jost zahlreiche Öllampen aufgestellt hatte.

»Grundgütiger!«, rief sie aus und schlug beide Hände vor den Mund. Mit Tränen in den Augen sah sie zu Jost, der stumm, aber glücklich von einem Ohr zum anderen lächelte.

Sie hatte geglaubt, dass er ihr ein Bett zimmern würde, und sich bereits auf dem Weg zu Alma eingestanden, dass dies womöglich keine allzu schlechte Idee wäre, denn sie musste zugeben, dass es nachts weiterhin bitterkalt auf dem Boden war. Doch hier stand nicht nur ein Bett an der Wand, sondern auch ein niedliches Nachtschränkchen und eine schmale, aber lange Truhe, auf die er nun deutete. »Die ist für deine Kleider. Vielleicht kannst du noch ein paar Kissen nähen, dann dient sie gleichzeitig als Sofa.« Er musste seit Tagen daran gearbeitet haben, nie im Himmel hätte er all das heute geschafft.

Jetzt trat er zur Seite, und hinter ihm entdeckte Frieda ein merkwürdiges Gebilde aus Eisen. »Dieser Ofen erfüllt eine Doppelfunktion. Du kannst damit heizen, aber obendrauf auch kochen.«

Es war der kleinste Ofen, den Frieda je gesehen hatte, und sie machte ein peinlich japsendes Geräusch, da sie gleichzeitig glücklich auflachte und nach Luft schnappte. Am liebsten wäre sie Jost um den Hals gefallen, befreite der Ofen sie doch von so vielen Problemen.

Weiter oben hatte er mehrere hübsch geschnitzte Regalbretter angebracht, und sie konnte es kaum abwarten, ihre Becher, Tassen, Bücher und kleinen Topfblumen darauf zu stellen, sodass es gar nicht mehr wie eine Abstellkammer wirkte. Sie war bereits im siebten Himmel, doch dann kam eine weitere Überraschung, mit der Frieda nie und nimmer gerechnet hätte.

»Damit du nicht alles vom Bett aus im Sitzen verrichten musst, habe ich mir etwas überlegt. Moment.« In einer fließenden Bewegung hatte er ihr Bett hochgeklappt, sodass es samt Matratze schmal an der Wand hing und kaum in den Raum hineinragte. Dann wandte er sich dem Bereich unter den Regalen zu, löste einen Haken und hatte im Nu einen kleinen Tisch gezaubert. Mit zwei weiteren Handgriffen hatte er auf die gleiche Art zwei Sitzplatten auf je einer Seite des Tisches hervorgezogen. Er bedeutete ihr, Platz zu nehmen, was Frieda – noch immer vollkommen fassungslos – sogleich tat. Jost setzte sich an die gegenüberliegende Seite des schmalen Tisches. Sogar solch einen Bären von einem Mann, wie Jost einer war, schien die Konstruktion problemlos auszuhalten.

Überglücklich sah sie sich in ihrer süßen Miniatur-Wohnung um. Ihr fehlten die Worte, doch zur Abwechslung übernahm Jost das Sprechen.

»Ich dachte mir, tagsüber könntest du es dann so haben, und wenn du schlafen möchtest, klappst du das Bett herunter. Außerdem habe ich dir noch das da gebaut.« Er nickte mit rotem Kopf zur Wand neben der Tür, in deren Ecke nun ein winziger Schrank integriert war. Obendrauf hatte er die Waschschüssel in einem eingesägten Loch versenkt und einen ovalen Spiegel darüber angebracht. Im Schränkchen konnte sie hervorragend ihre Bürste, die Seife und die Zitronen-Flieder-Kur nach dem Rezept ihrer Oma verstauen.

Es war schlicht und ergreifend perfekt. Jeden noch so kleinen Winkel hatte er ausgeklügelt genutzt, sodass die Kammer drei Mal so groß wirkte wie vorher.

»Jost …«, stammelte sie, unsicher, wie sie ihm jemals würde danken können.

Er stand auf. »Jo, denn man to. Ich muss dann auch wieder, morgen ist wieder Tach. Willst du es mit den Klappmöbeln selbst versuchen?«

Frieda stimmte zu, und auch ohne seine Hilfe gelang es ihr problemlos, Tisch und Sitzflächen wieder hoch und das Bett herunterzuklappen. Unschlüssig standen sie sich danach einen Herzschlag lang gegenüber. Frieda hätte ihn gerne in die Arme geschlossen, fürchtete aber, dass das zu viel Nähe für ihn war.

»Ich danke dir von Herzen. Du weißt gar nicht, was mir all das hier bedeutet«, sagte sie andächtig und sah ihm fest in die Augen, um ihm klarzumachen, wie ernst es ihr war. Zögerlich trat sie auf ihn zu. All dies umzusetzen musste ein Höchstmaß an Planung bedeutet haben. Das tat man nicht einfach so. Sollte ihm am Ende doch etwas an ihr liegen? Oder liebte er lediglich solche Herausforderungen?

Hastig hob er die Hand zum Abschied, hielt sie damit auf Abstand. »Man sieht sich«, sagte er und ging mit schweren Schritten davon. Wieder einmal wäre sie ihm fast zu nahe getreten.

26. Kapitel

Die Maisonne strahlte schon am frühen Morgen so stark, dass Marleene ihre Strickjacke auszog, sobald sie nach draußen trat. Sie eilte zu den Gewächshäusern hinüber. Die Blumenpracht leuchtete ihr in sattem Gelb, strahlendem Rot und Orange entgegen, und Bienen surrten von Blüte zu Blüte. In ihrem Inneren war jedoch gar nichts bunt und sonnig. Auch drei Wochen nach der Versteigerung dröhnte das markerschütternde »Verkauft an den Herrn mit dem holländischen Akzent!« durch ihren Kopf und sorgte dafür, dass ihr Herz sich schmerzlich zusammenzog. Dorothea hatte alles versucht, um Konstantin zu überreden, den Käufer abzulehnen, doch Konstantin war viel zu besessen von seinem neuen Ziel.

Julius ging es noch schlechter. Er lächelte eigentlich nur mehr, wenn er seine Hand auf ihren runden Bauch legte, doch da war stets auch ein Anflug von Traurigkeit in seinen Augen.

Sie konnte es ihm nicht verdenken. Der Verkauf war schlimm genug – aber ausgerechnet De Vos?

Der Mann, den sie am meisten verabscheute, da er sich an Frieda, ihr und wer weiß wie vielen Frauen hatte vergehen wollen. Und sie hatten nichts dagegen ausrichten können. Vor Gericht interessierte vor allem, ob das Jungfernhäutchen noch intakt war, und solange dies gegeben war, galt die Ehre als nicht verletzt, und somit lag für die Richter bezüglich der versuchten Übergriffe keine große Problematik vor. Gleichzeitig schadete jede Frau sich selbst, wenn sie beweisen konnte, dass sie entjungfert worden war und so öffentlich publik wurde, dass sie ihre Ehre verloren hatte. Nicht selten gelang es den Anwälten der zumeist bessergestellten Widersacher zudem, es so aussehen zu lassen, als wäre die Frau eine verdorbene Person, die den Mann ermuntert habe. Mitunter wurde sie gar zur Prostituierten erklärt, um jegliche Schuld vom Täter wegzulenken.

Während in der Gärtnerinnenfrage immer wieder angeführt wurde, dass Frauen wegen der fehlenden Muskelkraft dem männlichen Gärtner niemals gleichwertig sein könnten, wurde ironischerweise vor Gericht angenommen, dass jede integre Frau in der Lage sei, sich erfolgreich gegen Übergriffe zur Wehr zu setzen. Jegliches Zögern und selbst die Angststarre wurden als Einvernehmen ausgelegt.

Deswegen hatten weder sie noch Frieda De Vos angeklagt. Marleene hatten zu jener Zeit die Mittel gefehlt, und Frieda hatte die Aufmerksamkeit nicht gewollt, nachdem er sie im Schwalbennest bedrängt hatte. Hätte Marleenes Mutter ihm nicht mit dem Schürhaken eins übergezogen, hätte er sich womöglich an ihr vergangen. Und nun sollte dieser Widerling in die geliebte Fliedervilla einziehen? Allein bei der Vorstellung, wie er dort durch die Zimmer lief und seinen zwiebeligen Geruch verbreitete, wurde ihr schlecht. Und obendrein würde er die ehemalige Hofgärtnerei betreiben?

Nun stiegen Bilder in ihr auf, wie De Vos mit seinen schmierigen Haaren über den Hauptweg lief und auf die ihm eigene Art bis auf das Zahnfleisch lächelte, während er zufrieden um sich blickte. Widerlich!

Warum hatten sie es nicht kommen sehen?

De Vos suchte schon seit Jahren ein geeignetes Gärtnereigrundstück im Oldenburger Land, natürlich nahm er eine bereits eingeführte Gärtnerei mit Kusshand. Durch ihre Bemühungen, den Preis niedrig zu halten, hatte sie ihm gar noch in die Hände gespielt.

Das war alles zu viel. Und doch war sie machtlos. Am liebsten hätte sie aufgegeben, denn seit seinem Sieg hatte jegliche Kraft ihren Körper verlassen. Sie konzentrierte sich auf ihre Atmung, um das Gefühl der sich zuschnürenden Kehle loszuwerden, und zwang sich, weiterzumachen. Schritt für Schritt würde sie auch dieses Tal durchwandern. Wenn sie jetzt die Gärtnerinnenschule schloss, würde er doch nur noch umso mehr jubilieren.

Jede ihrer Niederlagen war sein Triumph.

Allein deswegen durfte sie sich nicht geschlagen geben.

Sie ging in die Hocke und wurde unwillkürlich daran erinnert, dass sie schwanger war, als ihre Oberschenkel gegen den Bauch stießen. Sie würde sich auf das Positive konzentrieren. Mit einem versonnenen Lächeln kontrollierte sie mit zwei Fingern die Feuchtigkeit der Erde. Staubtrocken. Zwei und drei Töpfe weiter genau das Gleiche, ebenso wie auf der gegenüberliegenden Seite. Ihr Lächeln verschwand.

Das war nicht gut, ganz und gar nicht gut.

Erst in der vergangenen Woche hatte sie den Schülerinnen erklärt, wie wichtig es im Mai war, die Gewächshäuser bei jedem Wetter zu lüften, um die Pflanzen an Luft und Licht gewöhnen zu können. Nur die hinteren beiden, wo die Orchideen und Palmen standen, sollten geschlossen bleiben. Generell mussten alle von nun an gut gewässert und einige nachts beheizt, andere hingegen an warmen Sonnentagen schattiert werden. Jeweils zu zweit hatten die Mädchen ein Kalt- oder Warmhaus übernommen.

Mit einem leichten Schwindelgefühl richtete sie sich wieder auf, hielt sich dabei an der Gewächshaustür fest und atmete tief ein. Die Stimmen draußen verrieten ihr, dass nun die Schülerinnen an ihren Arbeitsplatz zurückkehrten, und Marleene trat in die Frühlingssonne.

»Wer ist für dieses Warmhaus zuständig?«, fragte sie in strengem Tonfall. Alle Schülerinnen blickten zu Boden.

»Nun?«

Meike versteckte sich halb hinter Babsi, die ihre Schuhspitzen begutachtete, Ottilie spielte mit einer Haarsträhne, Fenjas Augen suchten den Horizont ab, und Elise presste die Lippen zusammen. Lina und Agneta schienen derweil unter sich einen stummen Streit auszutragen.

»Wenn ich die Verantwortliche nicht finde, wird mir nichts anderes übrig bleiben, als den Ausflug an die Nordsee nächste Woche zu streichen«, sagte sie zornig. Mit der fortschrittlichen Technik, über die die Holländer dank ihrer jahrelangen Erfahrungen als Baumschulgebiet verfügten, konnte De Vos ihnen nämlich im Nullkommanichts das Prädikat der Hofgärtnerei abjagen. Sie durften sich unter gar keinen Umständen auch nur den kleinsten Fehler erlauben. Ungünstigerweise lagen momentan gerade ohnehin aller Augen auf ihnen. Ein jeder beobachtete mit Spannung, wie sich die ersten Schülerinnen der neuartigen Gartenbauschule schlagen würden.

Aufforderungsvoll sah sie die Mädchen an und schließlich schnellte Linas Arm in die Höhe. »Ich war's«, rief sie. »Agneta und ich hatten die hinteren Warmhäuser. Sie hat das linke betreut, ich das rechte. Es tut mir leid, dass ich das Gießen vergessen habe, aber bitte bestrafen Sie die anderen nicht für meinen Fehler.«

»Natürlich nicht. Mir geht es einzig und allein um Ehrlichkeit. Wenn ihr einen Fehler gemacht habt, erwarte ich, dass ihr dazu steht. Noch ist ja nichts geschehen, und ihr seid schließlich hier, um zu lernen. Fehler sind folglich erlaubt. Aber sie haben Konsequenzen. Du wirst heute Abend alle Pflanzen der gesamten Gärtnerei alleine gießen.«

Lina sah sie so entsetzt an, das Marleene am liebsten ihre Worte zurückgenommen hätte.

»Ich auch?«, fiepte Agneta. »Ich muss mich doch schonen!«

Marleene konnte die Panik verstehen. Die Tage waren ohnehin lang. Dazu noch obendrein zu arbeiten, wenn die anderen bereits im Feierabend waren, war hart. Doch in den Handelsgärtnereien arbeiteten die Lehrlinge gewöhnlich am härtesten, denn sie bekamen von allen Arbeitern die unterschiedlichsten Aufgaben aufgebrummt, sodass sie oft als Letzte nach Hause gingen. Ihre Backfische mussten gegen solche abgehärteten Arbeiter später ankommen können.

»Nein, Agneta, wenn es Linas Gewächshaus war, wird Lina auch die Konsequenzen alleine tragen. Ich weiß, dass das jetzt hart klingen mag«, erklärte sie, da es etwas gab, das die Mädchen bisher offenbar noch nicht verstanden hatten. »Jede von euch ist bereits sehr bemüht. Aber wir alle tragen eine große Verantwortung«, erinnerte sie die Mädchen. »Es geht hier nicht nur um uns, sondern gleichzeitig um den Erfolg oder das Scheitern der Gärtnerin an sich. Jeder beobachtet uns mit Argusaugen. Und wenn wir Fehler machen, die andere mitbekommen, ist es in unserem Jahrgang nicht allein unser persönlicher Fehler. Nein, in unserem Fall heißt es dann gleich, dass Frauen generell sich nicht als Gärtnerin eignen. Deswegen müssen wir härter und besser arbeiten als jeder Mann.«

Marleene beobachtete, wie die Schülerinnen sich untereinander unsichere Blicke zuwarfen. Meike rieb sich die Gänsehaut von den Armen. Bisher waren alle Fehler im Rahmen gewesen, und Marleene sah sie als natürliches Vorkommen in einer Lehre an. Es durfte nur nicht öffentlich werden, denn die Gesellschaft da draußen würde ihnen keinen einzigen Missgriff verzeihen.

27. Kapitel

Wütend stieß Lina die Gießkanne in das Wasserbecken und strich ihre verschwitzten Krissellocken zurück. Hätte sie bloß den Mund gehalten! Es war Agneta gewesen, die das Gießen vernachlässigt hatte, doch um diese bei Laune zu halten und dafür zu sorgen, dass ein gutes Licht auf sie fiel, hatte sie sich gemeldet.

Wer hätte denn mit einer solchen Strafe gerechnet? Ächzend schleppte sie die Gießkanne voran. Wie konnte man nur freiwillig Gärtnerin werden wollen?

»Moin!«, tönte es plötzlich hinter ihr, und Lina drehte sich mit so viel Schwung samt Gießkanne um, dass Franz vor dem Wasserstrahl wegspringen musste.

»He!«, beschwerte er sich. »Geht man so mit seinen honorablen Helfern um?«

Erst jetzt sah sie, dass er ebenfalls eine Gießkanne dabeihatte. Er begann, das Wasser auf der anderen Seite vom Mittelgang des Gewächshauses zu verteilen.

Miesepetrig hob sie ihre Kanne wieder hoch. »Was soll das?«

»Du hast mir so oft beim Aufräumen geholfen. Dachte, es wäre eine gute Gelegenheit, mich zu revanchieren.«

»Lass das lieber. Nicht dass du noch Ärger mit Madame Hofgärtnerin bekommst.«

»Warum bist du so erbost? Findest du die Strafe nicht angemessen? Um ein Haar wäre ein ganzes Gewächshaus voller Pflanzen vertrocknet. Ich hätte seinerzeit in der ehemaligen Hofgärtnerei, als ich dort Lehrling war, vermutlich Schläge bekommen.«

Lina riss die Augen auf. »Wirklich?« Wie hatte sie jemals annehmen können, dass er es in seinem Leben leicht gehabt hätte? Und letztendlich hatte er wahrscheinlich recht. Das Gießen kostete sie zwei bis drei Stunden. Wenn sie sich den Fehler wahrhaftig geleistet hätte, wäre es eine gerechte Strafe gewesen. Doch sie war ja nicht verantwortlich, es war alles Agnetas Schuld gewesen. Vielleicht konnte sie diese unverhoffte Zweisamkeit wenigstens für ihre Mission nutzen.

Sie lächelte Franz verschwörerisch an, und er kam näher, wirkte trotz der garstigen Arbeit freudig. »Ich habe übrigens ein wenig nachspioniert.«

»Ja?« Er kam noch näher, lächelte sie von einem Ohr zum anderen an. Sein Interesse schien geweckt.

»Ja, wegen der Briefe. Wie es aussieht, hat Agneta tatsächlich einen Verehrer«, sagte sie zerknirscht, denn gewiss betrübte ihn das. Aber vielleicht stachelte ihn das endlich an, etwas offensiver vorzugehen.

»Ach so.« Sein Frohmut war wie weggewischt.

»Die meisten sind allerdings von ihrer Gouvernante«, beeilte Lina sich zu sagen – was die eigentliche Wahrheit war. »Und von ihrer Familie. Nur hin und wieder steht da ein Jungenname.« Ohne sie anzusehen, goss Franz die Blumen, seine Schultern hingen herab.

»Vielleicht ist es ja nur ihr Vetter oder sonst jemand aus ihrer Familie«, schoss Lina hinterher. Mist! Nicht dass er nun gänzlich das Interesse verlor. »Ich kann sie ja mal zu ihrer Familie befragen. Unauffällig natürlich.«

»Weißt du …«, er schwang zu ihr herum. Sein Lächeln war zurückgekehrt und nahm auch die Schwere von ihren Schultern. »Mich würde viel mehr deine Familie interessieren. Wie ist sie denn so?«

Lina erstarrte. Warum wollte er das wissen? War er ihr auf die Schliche gekommen?

Sie holte neues Wasser, obwohl ihre Kanne noch nicht leer war, um ihm den Rücken zukehren zu können. »Ach, da gibt es nicht viel zu erzählen. Eine ganz normale Arbeiterfamilie eben. Viele Kinder, wenig essen, viel Arbeit. Lass uns lieber über etwas Schöneres sprechen. Was hast du an deinem freien Tag vor?«

»Hmmm, das tut mir leid. Klingt, als wäre es nicht einfach für dich gewesen. Aber es kann doch nicht alles immer nur schlecht gewesen sein. Erzähl mir vom schönsten Tag deiner Kindheit!«

Lina blieb stehen, musste die schwere Zinkkanne auf den Boden stellen. Dann begann sie tief in ihren Erinnerungen zu graben. Was war schön gewesen? An den Geburtstagen hatte es manchmal etwas mehr zu essen für sie gegeben, genau wie an Weihnachten. Hin und wieder hatte es sogar Kuchen gegeben. Und den ersten Schultag hatte sie gemocht, denn im Klassenzimmer war es warm gewesen. Die Geburten der Geschwisterchen waren eher anstrengend gewesen, denn die Hebamme hatte sie dann aus dem Haus geschmissen, und sie hatte erst wiederkommen dürfen, wenn die Mama nicht mehr geschrien und gejammert hatte. Dann war da ein süßes Wickelkind gewesen, aber ihr Vater hatte ständig getrunken, und die Mutter war wochenlang erschöpft gewesen. Zwei Säuglinge waren kurz nach der Geburt gestorben. Lina schüttelte sich, um die Gedanken daran loszuwerden.

Hatte es denn überhaupt irgendetwas Schönes gegeben?

Doch ja ... Ein Windhauch strich über ihre Wange, und da kam ein Erinnerungsfetzen wieder. Es war einer jener Sommertage gewesen, die nach Heu dufteten und von denen es sich anfühlte, als würden sie ewig währen.

»Was ist es?« Mit sanfter Stimme hatte Franz sie zurückgeholt.

»Da gab es einen Tag auf dem Land ...«

»Hast du nicht erzählt, ihr hättet in der Stadt gewohnt?«

Das hatte er sich gemerkt? Sie hatte es doch nur ganz am Rande erwähnt. Aber dann musste sie jetzt vorsichtig sein. »Das haben wir. Aber dann haben meine Eltern ein kleines Stück Land ergattern können und wollten dort Gemüse anbauen. Ich war mit meinen zwölf Jahren das älteste Kind im Haus, die anderen hatten bereits Stellungen bezogen, und so sollte ich mitkommen, während meine Schwester auf die jüngeren Geschwister aufpasste. Als wir früh am Morgen draußen ankamen, war es endlich mal vollkommen still. Nur die Vögel zwitscherten, und der Wind raschelte durch die Pappeln. Neben dem Streifen Land wogten die duftenden Kornfelder wie das Meer bis zum Horizont, während die Morgensonne ihre Strahlen über alles verteilte. Ich habe mir aus den Blumen am Wegrand einen Kranz gebunden und auf den Kopf gesetzt ...«

Versonnen lächelte sie vor sich hin.

»Das klingt sehr schön«, sagte Franz und trat etwas näher an sie heran.

»Das war es in der Tat. Und weißt du, was das Beste war?«

Er schüttelte den Kopf.

»Die Schaukel. Sie musste den verwöhnten Bauernkindern gehört haben, ich habe sie ganz am Rand des Kornfelds entdeckt, wo die ersten größeren Bäume standen.« Wieder verzog ein Lächeln ihr Gesicht. »Die Seile waren so lang, dass ich das Gefühl hatte, ich würde fliegen, wenn ich genügend Schwung bekam.« Jetzt verfinsterte sich ihre Stimmung. »Viel zu schnell hat mein Vater mich zur Arbeit gerufen, und den restlichen Tag habe ich mit einer solchen Kanne«, sie hob die schwere Blechkanne ein Stück höher, »die Wiese bewässert.«

»Oh.« Jeder andere junge Bursche hätte sich wohl über ihr kindliches Verlangen von damals lustig gemacht, doch Franz sah sie mit ehrlichem Mitleid an.

»Er hatte mir versprochen, dass ich noch einmal schaukeln dürfte, bevor wir gingen. Aber als es endlich so weit war, war die Dunkelheit hereingebrochen, und meine Eltern wollten nur noch nach Hause.

Alles Betteln und Flehen hat nichts genutzt. Dabei wollte ich nur für ein paar Minuten die Arbeit vergessen. So sollte es auch in den folgenden Wochen weitergehen. Fünf Minuten nach unserer Ankunft durfte ich schaukeln. Ganze fünf Minuten frei wie ein Vogel und Kind sein. Dann war für den Rest des Sonntags Arbeit angesagt.«

Lina seufzte versonnen, ließ den Blick über die Felder in der Ferne gleiten und vertrieb die Gedanken an früher. Das hier war viel zu schön, um es mit den Geistern der Vergangenheit zu trüben.

28. Kapitel

Eik De Vos durchquerte die Fliedervilla mit ausladenden Schritten, um draußen seine Anweisungen zu geben. Seit einer Woche wohnte er nun hier und hatte zunächst mit Jahn nur das Nötigste ausgepackt, denn er musste sich auf Wichtigeres konzentrieren. Zu seiner Überraschung hatte Konstantin Goldbach das Unternehmen recht lasch geführt, doch er hatte zügig härtere Bandagen aufgezogen. Nach Hause gehen durften die Arbeiter selbstverständlich erst, wenn die Arbeit verrichtet und nicht etwa, wenn die Sonne untergegangen war. Zudem würde er einen Teufel tun und der verfressenen Meute ein Mittagessen auftischen. Als der Obergärtner Oskar diesen Wunsch geäußert hatte, hatte er gelacht und zu spät begriffen, dass dieser nicht gescherzt hatte.

Vor der Remise warteten die Arbeiter, von denen er sich abgesehen von Oskar nicht die Mühe machte, ihre Namen zu lernen. Es reichte, wenn sie seinen Namen kannten.

»Gut.« Er klatschte in die Hände und nickte einem Alten mit faltigem Knautschgesicht zu. »Du fährst wie immer die Bestellungen aus. Du mit der grauen Kappe und dein Kumpan, ihr verpflanzt die Chrysanthemen in Töpfe und die Dahlien ins Freilandquartier. Du hier vorne«, er deutete auf den Kriegsversehrten neben sich. Dabei fragte er sich abermals, welchen Ausschuss Konstantin eigentlich für seine Gärtnerei angestellt hatte, und nahm sich vor, den Lohn des Mannes zu kürzen. Mit nur einem Arm konnte er schließlich auch nur halb so schnell die Arbeit verrichten. »Du verpflanzt die Stauden, ich frage mich, warum das nicht längst geschehen ist. Du daneben mit der löchrigen Jacke …«

»A-aber …«

Er zögerte, denn der Kriegsversehrte hielt nun hilflos seinen Armstumpf in die Höhe. Gewiss wäre eine andere Arbeit leichter für den Mann, doch sollte er etwa darauf Rücksicht nehmen?

»Wenn du der Arbeit hier nicht gewachsen bist, kannst du dir ganz nach deinem Belieben etwas anderes suchen«, klärte er ihn freundlich auf und wandte sich erneut dem Nächsten zu. »Du mit der löchrigen Jacke bestreichst die Mistbeetkästen mit Kalkmilch, mische aber ja nicht zu viel Waschblau hinein.«

Neuerlich musste er sich unterbrechen, da Oskar sich räusperte und seine stinkende Kappe verrückte. Der Klops müsste dringend mal die eine oder andere Schweinshaxe weglassen. Entnervt sah er ihn an.

»Wäre es nicht … sinniger, wenn Emmerich und Ludwig die Arbeiten tauschen?« Mit einem Blick hatte Eik De Vos erfasst, was Oskar meinte. Mit nur einer Hand wäre es einfacher, die Glasplatten der Frühbeetfenster zu bestreichen, um die Pflanzen vor der Sonne zu schützen, statt die Stauden zu verpflanzen. Doch es war zu spät, sich anders zu entscheiden, eine solche Schmach würde er sich nicht antun. Er schoss Oskar einen düsteren Blick zu; er würde ihn später zur Seite nehmen, damit etwas Derartiges nicht noch einmal vorkam. Dann teilte er die restlichen Arbeiter ein.

»Keiner geht nach Hause, bis seine Arbeit erledigt ist«, mahnte er mit erhobenem Finger zum Schluss. Die erschrockenen Augen zeigten ihm, dass er recht viel verlangte, aber er musste den Schlendrian, der hier eingekehrt war, wieder ausmerzen. Erst wenn er die Gärtnerei auf Kurs gebracht hatte, würde er eine Chance haben, sie zu dem Ansehen zu führen, das sie einst genossen hatte. Jeder kannte sie noch als Hofgärtnerei, und er würde alles tun, was in seiner Macht stand, um der neue Hofgärtner von Oldenburg zu werden. Dass würde diesem Weibsbild nur recht geschehen. Schlimm genug, dass sie ihm damals im Hotel Holthusen erst schöne Augen gemacht und dann, als er sich mit ihr hatte vergnügen wollen, einen Rückzieher gemacht hatte. Als er erfahren hatte, dass sie noch Jungfrau gewesen war, hatte er ihr eine mehr als großzügig bemessene Summe angeboten. Doch sie hatte abgelehnt, sich mit Händen und Füßen gewehrt, als wäre er ein Lustmolch oder so.

Und das war bei Weitem nicht das Schlimmste. Er wusste ja, dass die Weiber sich nur zu gerne zierten und manchmal zu ihrem Glück gezwungen werden mussten. Sie liebten dieses Spiel. Nein, das Schlimmste war, dass sie ihn zum Gespött der Leute gemacht hatte. Noch heute sah er es vor sich, wie er in der Oldenburger Wirtschaft gesessen und am Gärtnerstammtisch sein erfolgreichstes Jagderlebnis zum Besten gegeben hatte. Die Männer hatten an seinen Lippen gehangen und ihn gut in ihrer Runde aufgenommen.

Bis sie aufgetaucht war und diese ganzen Unwahrheiten aufgetischt hatte.

Und sie hatten ihr geglaubt.

Sein Vorhaben, im Oldenburger Land eine eigene Gärtnerei aufzubauen, hatte er danach vergessen können. Gut, dass Konstantin Goldbach an ihn gedacht hatte, als er verkaufen wollte. Wenigstens eine Sache, die er hinbekommen hatte. Davon abgesehen war er allerdings ein Narr, ein Juwel wie die ehemalige Hofgärtnerei aufzugeben – selbst wenn sie in den vergangenen Jahren an Glanz verloren hatte.

Doch er würde schon zusehen, dass er sie wieder aufpolierte. Das musste er auch, denn nach Holland zurückkehren konnte er nicht. Die Dinge waren ohnehin bereits schwierig gewesen, da konnte er nicht mit eingezogenem Schwanz wieder auftauchen. Er musste es hier schaffen. Zunächst würde er dazu sein gesellschaftliches Ansehen wiederherstellen, das dieses Biest zerstört hatte. Niemand würde eine

Lachnummer zum Hofgärtner ernennen, ganz gleich, wie qualitativ hochwertig seine Gewächse bis dahin wären.

Er wusste nur noch nicht, wie er es anstellen sollte. Zum Glück hatte er hier jemanden kennengelernt, der sich mit derartigen Fragen bestens auskannte.

* * *

»Hallo, Eik, wie schön, dich heute schon so früh am Tage zu sehen«, flötete die Direktorin, als er zur Mittagszeit ins Hotel Holthusen spazierte. Der Geruch von kaltem Zigarettenqualm zog mit ihrem Auftritt in seine Nase. Doch da er noch keine Haushälterin hatte, hatte er bisher jeden Tag das Abendessen in dem Hotel eingenommen, in dem er zuvor auf seinen Besuchen in der Stadt stets abgestiegen war. Mittlerweile war er mit Käthe Holthusen sogar schon per Du. In ihrem Hotel war er auch zum ersten Mal auf Marleene Langfeld gestoßen, zu den Zeiten, als sie noch als Zimmermädchen in Stellung gewesen war. Er hatte nicht schlecht gestaunt, dass das Biest ihm ein Jahr später als Verlobte von Goldbach dem Jüngeren vorgestellt worden war. Dass sie sich als Arbeiterin einen Herrn des gehobenen Bürgertums gekrallt hatte, zeigte nur zu gut, wie durchtrieben sie war.

»Ich habe später noch einen Termin bei Kurt in der Apotheke«, erklärte er, während er sich auf den samtbezogenen Holzstuhl setzte. Den Apotheker Kurt Winkelmann hatte er auf Konstantins Hochzeit kennengelernt, und dieser hatte angeboten, seinen Sohn in die Lehre zu nehmen.

»Dennoch wollte ich nicht meinen einzigen Lichtblick des Tages verpassen, also komme ich zum Mittagsmahl«, schmeichelte er und schenkte Käthe ein Lächeln. Die Wangen in ihrem vergrämten Gesicht leuchteten kurz auf, und auf seine Geste hin setzte sie sich für einen Moment zu ihm an den Tisch.

»Spuren sie mal wieder nicht?«, fragte sie mitfühlend, denn er hatte ihr von den desaströsen Zuständen in der Gärtnerei erzählt.

»Du machst dir keine Vorstellung«, sagte er seufzend. »Widerworte, zaudern, trödeln … Sobald ich ihnen den Rücken zukehre, wird der Schneckengang eingelegt. Aber nicht mit mir«, er hob den Zeigefinger, »das will ich dir sagen.«

»Richtig so, vielleicht sollte ich das auch machen. Hier ist es ja genau das Gleiche. Kaum bin ich außer Hörweite, wird den lieben langen Tag geplappert. Und wenn sie etwas kaputt machen und ich es ihnen vom Lohn abziehe, sehen sie mich an, als wäre ich ein Drachen.«

»Ts, ts.« Er schüttelte den Kopf. »Dabei ist es doch eindeutig ihre Schuld. Nee, oh, nee. Die Undankbarkeit kennt keine Grenzen! Wir geben ihnen Lohn und Brot oder, äh, zumindest Lohn. Egal, was man macht, man stößt auf Unverständnis und Unwillen. Was willste da machen!?«

In der Verbundenheit des geteilten Leids sahen sie sich an, und er fragte sich, ob er es nicht doch noch einmal mit einer Ehefrau versuchen sollte. Die anderen waren ihm zwar alle weggestorben, aber Käthe war ein älteres Semester und würde womöglich gar nicht mehr in andere Umstände kommen.

Sie seufzte. »Ich frage mich das auch. Nun gut. Was darf ich dir heute bringen? Wir haben Beer'n, Boh'n un Speck als Tagesgericht.«

»Birnen, Bohnen und Speck?«, versicherte er sich, obwohl Niederländisch oft sehr nah an der plattdeutschen Sprache war, und sie nickte.

»Das nehme ich. In deiner Gegenwart schmeckt mir ohnehin alles.«

Nachdem sie ihm Milchreis mit Apfelkompott als Nachtisch serviert hatte, setzte sie sich wieder zu ihm, und er brachte sein Anliegen hervor.

»Du, sag mal, ich bin noch gar nicht so richtig angekommen und kaum integriert in die Oldenburger Gesellschaft. Das würde ich gerne ändern. Hast du eine Idee, wie ich das angehen könnte?«

Käthe legte eine Hand an ihr spitzes Kinn, und auf ihrer Stirn bildeten sich tiefe Falten.

»Hmmm, lass mich überlegen. Du könntest nach und nach alle Familien von Rang und Namen in die Fliedervilla einladen. Wenn sie akzeptieren, sind sie gezwungen, dich ihrerseits einzuladen, und so würdest du nach und nach deinen Weg in die Gesellschaft finden …«

Er ließ sich den süß-säuerlichen Apfelgeschmack auf der Zunge zergehen, während er über ihren Vorschlag nachdachte. »Das ist richtig. Bloß was, wenn ich diesen Prozess etwas beschleunigen will? Gibt es irgendwelche Bälle, wo ich mich um eine Einladung bemühen und gleich mehrere angesehene Familien auf einen Schlag kennenlernen könnte?«

»Hmmm.« Käthe schürzte die Lippen. »Das ist schwierig, der Großherzog ist momentan verreist, der Rosenball wurde abgesagt … Unser Weihnachtsball ist erst im Dezember. Aber warte mal …« In nahezu jugendlicher Aufregung sah sie ihn an. Dann sprang sie auf und kehrte erst zurück, als er den Nachtisch schon längst verspeist hatte. Sie schob seine Schüssel beiseite und legte ihm stattdessen eine leicht vergilbte Zeitung vor die Nase. »1883«, las er verblüfft am oberen Rand, sie war über zehn Jahre alt.

Mehrmals tippte Käthe mit ihren spitzen Fingern auf den Artikel der ersten Seite. »Das haben die Vanderbilts in New York damals gemacht, um am gesellschaftlichen Leben der englischen Aristokratie teilzunehmen.«

Er überflog die Zeilen und sah Käthe verblüfft an. »Ein Kostümball? Ich soll einen Kostümball veranstalten?«

Sie zuckte mit den Schultern. »Oder einen Maskenball. Beides würde ungemeines Aufsehen in der Gesellschaft erregen. Die Zeitungen waren damals wochenlang voll davon. 250 000 Dollar wurden in das Fest investiert, und es gab unglaubliche Kostüme. Alva Vanderbilt selbst ist als venezianische Prinzessin gegangen, aber einige haben sich auch als Porzellanfigur, Suez-Kanal oder gar als Elektrizität verkleidet.«

Er kratzte sich an seinem spärlich behaarten Kopf. »Wie verkleidet man sich denn als Elektrizität?«

»Ganz einfach. Ein Kleid aus glänzendem blauem Satin mit silbernen Zickzackblitzen. Dazu schlingt man silberne Schnüre um Hals, Arme und Taille, um die elektrischen Spulen darzustellen. Bestenfalls hat man noch ein elektrisches Licht im Haar.«

Sie scherzte also nicht einmal. Wäre das wirklich für die Oldenburger von Interesse? Und wie sollte er solch eine Festivität organisieren? Und konnte er einen Ball ohne Anlass feiern? Er kannte sich mit derlei Sachen nicht aus, er verstand nur etwas vom Gärtnern. Und ein wenig von Frauen. »Aus welchem Grunde könnte ich zu einem derartigen Ball laden?«, äußerte er eines seiner zahlreichen Bedenken.

»Also, der Vanderbilt-Kostümball war eine Hauseinweihung.«

Niemals hatte er in Erwägung gezogen, seinen Einzug zu feiern, unter diesen Umständen bot es sich allerdings an. Dennoch blieb die Frage, ob er so ein großes Fest ohne jegliche Erfahrung ausrichten könnte. Er wusste ja nicht einmal, wen er einladen sollte und wen besser nicht. Er ruckelte sein Einstecktuch zurecht und wandte sich an Käthe, die nicht nur den alljährlichen Weihnachtsball des Hotels organisierte, sondern auch jeden von Rang und Namen in Oldenburg kannte.

»Könntest du dir vorstellen, mir bei einem solchen Vorhaben behilflich zu sein?«

»Natürlich.« Sie lächelte wie eine Katze, und ihm wurde leichter ums Herz. »Natürlich würde ich das nicht für irgendwen machen«, fuhr sie fort. »Ich müsste zu der Person schon in einem recht engen Verhältnis stehen ...«

29. Kapitel

»Wie weit ist es denn noch?«, fragte Lina Franz, der mit dem Handwagen neben ihr die Oldenburger Straße entlanglief. Sie sollten heute zur Reeperbahn gehen, wo die Reepe, also Seile und Taue, durch das Verdrillen dünner Seile hergestellt wurden. Als Franz seine Begleitung ausgesucht hatte, hatte sie extra Agneta ein kleines Stück vorgeschoben, und diese hatte sogar scheu gelächelt, doch seine Wahl war abermals auf Lina gefallen. So langsam musste sie zusehen, dass ihr Vorhaben nicht ganz und gar aus dem Ruder lief.

»Weniger als eine halbe Stunde«, schätzte Franz und lächelte ihr aufmunternd zu. »Die Hälfte des Weges haben wir schon geschafft. Ich hatte eigentlich gedacht, du freust dich über die Abwechslung«, fügte er etwas betrübt hinzu.

Sie winkte ab. »Ich brauch doch keine Abwechslung. Warum hast du nicht Agneta gefragt? Die wäre gewiss ganz aus dem Häuschen gewesen. Sie will mich ständig überreden, mit ihr in die Stadt zu gehen, weil sie dort irgendetwas ganz dringend besorgen muss.«

»Mag sein, aber dann hätte ich mir einen Großteil des Weges anhören müssen, was nicht alles schmerzt und wie schwächlich sie sich fühlt, da ihre Gesundheit nicht die beste ist.«

Er mochte recht haben, das waren in der Tat Agnetas liebste Themen, obgleich sie gegen jedes Wehwehchen dieses Laudanum nahm. Aber wenn ihm Agnetas permanentes Leid missfiel, sollte sie vielleicht ebenfalls ein wenig jammern, denn sein Lächeln war in letzter Zeit einen Deut zu herzlich, und seine Blicke verweilten eine Spur zu lange auf ihr.

Sie unterhielten sich weiter, und nach einer Weile verzog sie das Gesicht und sog zischend die Luft ein.

»Geht es dir nicht gut?«, erkundigte er sich sogleich.

»Aaaaaah«, klagte sie. »Meine Füße schmerzen gar fürchterlich in den Holsken.« Das taten sie tatsächlich, doch natürlich hatte sie sich längst daran gewöhnt und beschwerte sich für gewöhnlich nicht deswegen. Schließlich hatte sie ihr ganzes Leben zu großes oder kaputtes Schuhwerk getragen.

»Hier, setz dich hin«, ordnete er an und drückte sie sanft auf die Ladefläche des Handwagens. Dann zog er ihr behutsam die Holzschuhe aus und befreite sie unter ihrem Protest auch von den Socken. Mit gerunzelter Stirn begutachtete er ihre ramponierten Füße voller aufgeplatzter Blasen und Druckstellen. »Warum hast du nicht früher etwas gesagt, das muss höllisch schmerzen. Bei so etwas hätte Agneta Grund zum Jammern! Komm, ich ziehe dich die restliche Strecke im Wagen, und wir machen Zwischenstation in der Apotheke, um Arnikasalbe für dich zu besorgen.«

»Aber ich …«

Er hob die Hand. »Keine Widerrede! Und jetzt halt dich fest, es geht los.« Er nahm den Griff des Handwagens auf und rannte los. Der Wagen kam dabei so sehr ins Schlingern, dass Lina kreischte und sich an beiden Seiten festhalten musste. Erst kurz vor den Geschäftsstraßen nahm Franz wieder ein etwas gesitteteres Tempo auf, und dennoch zogen sie allerlei neugierige Blicke auf sich, wie sie mit entblößten und hochgelegten Füßen prinzessinnengleich im Wagen saß, derweil ihre Kleidung eher der einer Gänsemagd glich.

Vor der Apotheke half er ihr aus dem Wagen, und sein vertrauter Geruch nach Wolle und Seife stieg ihr dabei in die Nase. Mit nackten Füßen schlüpfte sie in die Holzschuhe, geriet ins Straucheln, doch er legte rasch einen Arm um sie, und für einen Moment verhedderten sich ihre Blicke.

»Wollen wir dann?«, fragte sie borstig.

»Ja, du hast gewiss große Schmerzen.«

Eine Glocke kündigte sie in der Apotheke an, deren Tresen verlassen dalag. Es roch nach Holz, Öl und undefinierbaren Kräutern. Lina bestaunte die mannigfaltigen braunen und durchsichtigen Fläschchen in den Regalen und die vielen kleinen Schübe hinter der Theke.

»W-wie kann ich Ihnen behilflich sein?«, fragte ein Jüngling mit dünnen Haaren und zartem Oberlippenbart zu leise. Er wirkte, als wolle er sich am liebsten hinter dem Tresen verstecken.

»Wir benötigen etwas zur Behandlung wunder Füße. Arnikasalbe, oder können Sie etwas Besseres empfehlen?«

Er schüttelte heftig den Kopf und verschwand ohne ein weiteres Wort im hinteren Teil des Ladens. Franz sah Lina irritiert an, sie kehrte die Handflächen nach außen, und erst als der Jüngling zurückkehrte und ein verschlossenes Tongefäß auf den Tresen stellte, begriff sie, dass er die Salbe soeben angerührt hatte.

Franz legte eine Münze auf den Tisch, ließ wieder keinerlei Protest zu, und draußen bestand er doch glatt darauf, ihre Füße vorsichtig einzureiben. Sie musste zugeben, dass es sich ziemlich gut anfühlte. Danach sollte sie die Salbe in der frischen Luft einziehen lassen, während er sie weiter durch die Oldenburger Straßen zog, die in Lina so viel Kindheitserinnerungen weckten. Es ging vorbei an der Lambertikirche mit dem Marktplatz bis zum Damm, wo sich gleich drei Reeperbahnen befanden. Franz legte gut zwanzig Seile in den Wagen, da die Gärtnerei einen hohen Verbrauch an solchen hatte, sei es, um die Pflanzreihen abzustecken oder großballige Pflanzen zusammenzubinden. Lina bestand darauf, ab hier zu laufen, denn die Fuhre war auch ohne sie schwer genug.

Anerkennend sah er sie an, woraufhin sie rasch vor Schmerz das

Gesicht verzerrte und ausgiebig jammerte. »Setz dich doch wieder in den Wagen«, bot er hilfsbereit an.

»Nein, nein, es geht schon.«

»Aber bitte, ich sehe doch, wie schlecht es dir geht.«

»Nein, wirklich«, fauchte sie erbost. »Ich habe doch gesagt, dass es geht!« Wie oft musste sie sich noch wiederholen?

»Lina, nun stell dich bitte nicht so an, und lass mich das für dich tun.«

»Franz, ich habe gesagt, dass ich klarkomme. Nun hör endlich auf, mich zu bemuttern.«

Schweigend liefen sie nebeneinanderher bis nach Ofenerdiek. Irgendetwas wurmte sie, es fühlte sich nicht gut an, mit Franz einen Zwist zu haben, dabei war es doch genau das, was sie gewollt hatte. Schon viel zu weit war sie vom Ziel abgekommen.

Sie bogen in den Birkenweg, und der Duft der am Wegesrand wachsenden bunten Wiesenblumen, die neben dem noch grünen Roggen blühten, stieg ihr in die Nase.

Plötzlich hatte sie eine Idee.

»Macht es dir etwas aus, den Rest des Weges alleine zurückzulegen? Ich würde gerne einen Blumenstrauß für die Hofgärtnerin pflücken. Sie ist stets so bemüht um uns …«

Franz blieb stehen. »Natürlich, da wird Marleene sich freuen. Es ist jetzt ja eh nicht mehr weit. Und … äh …« Er kratzte sich im Nacken. »Es tut mir leid, wenn ich vorhin zu übergriffig war. Ich … ich möchte doch einfach nur, dass es dir gut geht.«

Am liebsten hätte Lina die Augen geschlossen. Da lag so viel Fürsorge in seinem Blick, dass sie es kaum ertragen konnte. Er sorgte sich ehrlich um sie, und sie versuchte einzig und allein, ihn in die Richtung zu lenken, in der sie ihn haben wollte. Auf der anderen Seite war Agneta ein patentes Mädchen. Er würde gut daran tun, ihr sein Herz zu schenken, dort wäre es gewiss bestens aufgehoben. Und wenn er das nicht erkannte … Na, dann musste sie eben weiterhin nachhelfen.

»Schon in Ordnung«, murmelte sie so emotionslos, wie sie nur konnte, und wandte sich ab. Mit hängenden Schultern trottete er davon, und sie pflückte die ersten karfunkelroten Blüten des Klatschmohns, kombinierte ihn mit Hahnenfuß, Malven und Kornblumen, sodass ein buntes Einerlei entstand.

Im Schwalbennest saß Marleenes Mutter in ihrem Schaukelstuhl, und aus einer spontanen Eingebung heraus teilte Lina ihren Strauß und hielt ihr die Blumen entgegen. »Bitte sehr. Ein kleiner Dank, weil Sie uns immer diese spannenden Geschichten von früher erzählen.«

Überrascht und voller Dankbarkeit sah die alte Frau sie an. »Daar frei ik mi aber to!«

Die Freude war so echt, dass abermals das schlechte Gewissen sie einholte, denn Lina hatte ihr den Strauß nur für den Fall geschenkt, dass Franz ins Schwalbennest kam. Er sollte sich nicht wundern, dass er keine Wiesenblumen entdeckte. Und der Hofgärtnerin würde sie gewiss keine Blumen schenken. Nicht einmal zur Vertuschung ihres eigentlichen Vorhabens.

»Ich stelle ihn rasch in eine Vase«, beeilte sie sich zu sagen und holte gleich zwei von der Anrichte herunter. Den zweiten Strauß stellte sie in ihre Kammer, direkt neben die kleine Cremedose, die Franz ihr überlassen hatte.

Wie sie vermutet hatte, war Agneta überrascht, als sie nach getaner Arbeit ihr gemeinsames Zimmer betrat. Mitten im Türrahmen blieb sie stehen.

»Oh, was ist denn das?«

Dezent drängte Lina sie herein und schloss die Tür hinter ihnen. »Das hat Franz mir heute für dich übergeben«, sagte sie mit gesenkter Stimme und ignorierte die leise innere Stimme, die Protest erhob.

»Den Blumenstrauß hat er auf dem Rückweg eigenhändig für dich gepflückt. Im Vertrauen hat er mich dann gebeten, ihn auf deinen Nachttisch zu stellen. Ist das nicht ein wundervoller Gedanke? Oh, ich wünschte, ein junger Mann würde mich mit so viel Aufmerksamkeit bedenken …«

Agneta stimmte begeistert zu und griff dann nach dem Tiegel neben den Blumen. »Und was ist das?«, fragte sie neugierig, während sie mit der Dose in der Hand auf das Bett niedersank.

»Oh, das war auch so eine herrliche Idee von ihm. Er hat darauf bestanden, dass wir in der Stadt einen kleinen Umweg zur Apotheke machen, da er mitbekommen hat, dass du dich gestern an den Rosendornen aber- und abermals gestochen hast. Für deine zarten Hände hat er daher diese Wundsalbe besorgt. Ist das nicht aufmerksam?«

»Ihr wart in einer Apotheke? Meinst du, ich könnte da auch einmal hingehen? Ich habe kaum noch Laudanum. Bei all den Beschwerlichkeiten hier muss ich immer mehr nehmen …«

»Ja, das lässt sich gewiss einrichten. Aber was sagst du nun zu seinem Geschenk? Er hat während der gesamten Zeit wieder nur von dir geredet … Offenbar hat er einen richtigen Narren an dir gefressen.« Nachsichtig schüttelte sie den Kopf und lachte leise.

»Wann, meinst du denn, ginge das mit der Apotheke?«

Lina hatte nicht wenig Lust, Agneta anzuschreien. Konnte sie sich jetzt endlich mal über die Aufmerksamkeiten freuen, anstatt nur über diese blöde Apotheke zu reden?

Doch dann hatte sie eine Idee. Sie suchte ja ohnehin nach Möglichkeiten, dass die beiden mehr Zeit miteinander verbrachten. Gegebenenfalls war dieser Apothekenausflug gerade richtig?

»Bestimmt. Elise durfte neulich ja auch zum Arzt. Womöglich dürfen wir einmal samstags früher Schluss machen? Ich fürchte nur … Also, ich bin nicht sicher, ob ich den Weg noch finden würde. Vielleicht fragst du also besser Franz?«

Agneta schnappte nach Luft. »Ich soll alleine mit einem Mann in die Stadt gehen? Ohne Anstandsdame?«

»Das habe ich doch heute auch gemacht. Es muss ja keiner wissen, dass du eine höhere Tochter bist.«

Nachdenklich nagte Agneta an ihrer Unterlippe. »Na schön«, sagte sie schließlich. »Solange ich an mein Laudanum komme … Ich weiß nicht, wie ich das alles sonst überstehen soll.«

Das war gut, sehr gut. Dass die beiden zusammen in der Öffentlichkeit gesehen würden, wäre ein wichtiger Schritt. Jetzt musste sie nur noch dafür sorgen, dass ihr kleines Arrangement mit den Geschenken nicht zur Sprache kam, denn das könnte peinlich werden.

»Es gibt da übrigens eine weitere Sache aus unserer Schicht, die dir vermutlich nicht bewusst ist …«

»Ach ja?« Agneta stellte die Salbe zurück auf das Tischchen und sah sie aufmerksam an. »Was ist es denn? Ich möchte ungern in Fettnäpfchen treten.«

Lina robbte auf ihrem Bett ganz nach hinten und lehnte sich an die Wand. »Also. Es ist so, dass Franz sich mit der Creme in ziemliche Unkosten gestürzt hat.«

Agneta legte eine Hand auf ihr Herz. »Fürwahr?«

»Ja. Dafür musste er bestimmt eine Stunde arbeiten, und du weißt jetzt ja, wie hart das ist …«

Betroffen sah Agneta sie an. »Ach herrje, wenn ich das gewusst hätte. Ich will gar nicht, dass er dergleichen für mich auf sich nimmt, immerhin bin ich mir meiner Gefühle noch nicht vollkommen sicher. Vielleicht kann ich ihm das Geld dafür zurückgeben?«

»Auf gar keinen Fall«, rief Lina mit einem Anflug von Panik.

»Nein?«

»Bloß nicht. Das würde ihn nur beschämen. Genau genommen ist es bei uns Arbeitern so, dass wir derartige Aufmerksamkeiten mit keiner Silbe mehr erwähnen.« Das war natürlich erstunken und erlogen.

Sie wüsste auch gar nicht, ob jemals eine Magd oder ein Bauernmädchen mit Geschenken umworben worden war. Meistens traf man sich auf Hochzeiten, Dorffesten oder der Danz op de Deel, und der in rauen Mengen fließende Alkohol erledigte den Rest. Eigentlich wäre es optimal, wenn sie die beiden auf ein Fest kriegen würde, nur wie sollte das gehen?

»Aber wie soll ich ihm denn meinen Dank bekunden? Sein Präsent bedeutet mir wirklich ungemein viel! Bisweilen wirkt er nahezu enerviert, wenn ich Schmerzen erleide, und dass er nun extra für mich eine Apotheke aufgesucht hat, ist wahrlich entzückend.«

»Also der Dank«, Lina schlug die Beine übereinander und schürzte die Lippen, »den vermitteln wir eher zwischen den Zeilen.«

»Und wie geht das vonstatten?«

»Na ja, ein Lächeln vermag viel auszusagen. Du lächelst ihn fortan also immer wieder glücklich an, dann weiß er schon, worauf du hinauswillst. Und wenn du besonders dankbar bist, kannst du auch seine Nähe suchen. Vielleicht sogar mal deine Hand auf seinen Arm legen …«

»Ich weiß nicht.« Agneta wiegte den Kopf hin und her. »Ist das nicht etwas anbiedernd?«

»Eigentlich nicht. Franz hat durch sein Geschenk ja einen großen Schritt auf dich zugetan. Nun ist es eben an dir, ihm deinen Dank zu vermitteln. Ich wünschte ja auch, wir könnten einfach eine Dankesnotiz schreiben, aber bei uns herrschen nun mal andere Regeln.«

»Na schön.« Agneta atmete tief ein. »Danke, dass du mir in all diesen Dingen so behilflich bist. Ohne dich würde ich mich gewiss regelmäßig bis aufs Blut blamieren.«

30. Kapitel

»Da wird Herr Goldbach aber staunen, dass die gnädige Frau selbst Hand angelegt hat«, sagte Hanne, die eifrige Köchin mit den kugelrunden Augen, als Dorothea die Gewürzgurken für den Hackbraten in feine Würfel schnitt. Sie hatte die junge Frau mit den Sorgenfalten auf der Stirn gebeten, ihr das Kochen beizubringen. Teilweise, weil sie sich in der Einöde des Landlebens ein wenig langweilte, hauptsächlich jedoch, um Danke zu sagen.

Konstantin hatte sich in den vergangenen Wochen vorbildlich verhalten. Gleich nach dem Aufstehen suchte er den Gutsaufseher auf, und Dorothea war nicht vollkommen sicher, welchen Arbeiten er genau nachging, sie wusste aber, dass er nur zum Mittag- und Abendessen in das Gutshaus zurückkehrte und abends todmüde ins Bett fiel. Das Landleben tat ihm sichtlich gut. Wie er es versprochen hatte, war er mit ihr und Leni sogar schon zwei Mal über den See gerudert, und die Kleine hatte begeistert ihre Fingerspitzen durch das Wasser gleiten lassen und gelacht. Helene liebte es zudem, die Hühner zu jagen oder die Kühe und Pferde zu besuchen. Das Kindermädchen hatte kaum Arbeit, da sich immer jemand fand, der ihr etwas zeigte oder aus der guten alten Zeit erzählte.

Nur Dorothea selbst hatte ihren Platz bisher noch nicht gefunden. Daher ihre Idee mit dem Kochen. Konstantin erlaubte weiterhin nicht, dass sie draußen mitarbeitete, wegen der schlechten Außenwirkung, sagte er. Nicht einmal die Auszahlung der Löhne oder die

Buchhaltung durfte sie übernehmen. Und bezüglich des versprochenen Gartens hatte er sie auf später vertröstet. Somit blieb ihr nur der Haushalt. Sie hätte sich lieber den Pflanzen gewidmet, aber Kochen war immer noch besser als Nichtstun, und der Rest würde sich finden. Konstantin wirkte glücklich, das war das Wichtigste, und sie spürte, dass dies ein richtig guter Neuanfang für sie werden könnte.

Dem wollte sie nicht im Wege stehen.

Hanne räusperte sich, und Dorothea sah sie fragend an, nachdem sie Semmelbrösel in die Fleischmasse gegeben hatte.

»Es gibt da noch etwas, worum ich Sie bitten wollte.« Sie klang ungewohnt schüchtern.

»Aber gewiss doch, was ist es denn? Du hast mir so viel gezeigt, ich freue mich, wenn ich mich revanchieren kann.«

Trotz ihrer einladenden Worte druckste Hanne herum. »Es ist nur … Meine Schwester, Hilda, sie ist die Jüngste von uns. Sie hat jetzt ihr Kind bekommen.« Hanne ging zum Korb mit den Kartoffeln hinüber und legte eine nach der anderen in ihre Schürze, bis ein kleiner Haufen entstand. »Deswegen fällt ihr Lohn natürlich weg. Dabei müssen wir noch so vieles kaufen. Wolle für die Jäckchen, Windeltücher, der Kleine hat nicht einmal ein Bettchen.«

Dorothea unterdrückte den Stich in ihrem Herzen. Anderen schien es so leichtzufallen, schwanger zu werden. Sogar, wenn es nicht gewollt war. Insbesondere, wenn es nicht gewollt war. So ließ das dezente Nichterwähnen des Kindsvaters es sie zumindest vermuten. Obendrein ein Junge. Ob sie der jungen Mutter ihre Kindersachen überlassen sollte? Aber das würde sich anfühlen, als hätte sie endgültig aufgegeben. Dabei waren sie doch gerade erst angekommen, noch ganz frisch auf dem Weg, ihr Eheleben zu verbessern.

»Jedenfalls wollte ich darum bitten, meinen Lohn für den nächsten Monat früher zu bekommen. Es würde uns so viel helfen, und für Sie …« Hanne unterbrach sich selbst und wandte verlegen den Blick ab. Doch es stimmte. Für sie machte es keinen Unterschied. Dorothea würde den Betrag, ohne mit der Wimper zu zucken, auszahlen und einen Bonus obendrein, wenn sie an Helenes Geburt zurückdachte. Den hätten sich eigentlich alle Frauen verdient nach den Strapazen. Das Problem war nur, dass Konstantin ihr sämtliche Geldangelegenheiten aus der Hand genommen hatte. Seiner Meinung nach ziemte sich dies nicht für Frauen, und er hatte so getan, als würde er sie von einer Last befreien. Er konnte wirklich charmant sein, wenn er wollte, dachte Dorothea versonnen.

Ihre Instinkte sagten ihr jedoch, dass Konstantin die Bitte der Köchin abschlagen würde. Er zog eine strenge Hand bei der Führung des Personals vor, nachdem ihm selbst klar geworden war, dass er in der Hofgärtnerei geschludert hatte. Aber vielleicht würde sie dennoch helfen können? Einen kleinen Notgroschen, den sie hie und da hatte abzwacken können, bewahrte sie in ihrer Kommode auf.

»Um welchen Betrag handelt es sich denn?«

Als Hanne ihr die Summe nannte, war Dorothea dankbar für ihre Übung im Wahren der Contenance. Konstantin zahlte der Köchin halb so viel wie dem Stubenmädchen der Fliedervilla!

»Ich kann froh sein, dass ich überhaupt etwas bekomme«, erklärte Hanne nun – möglicherweise war Dorothea doch nicht mehr so gut im Verstecken ihrer Gefühle, wie sie geglaubt hatte. »Eigentlich sind Kost und Logis schon genug an Lohn«, setzte Hanne hinzu, es klang jedoch stark nach Konstantin.

Wie konnte sie der jungen Frau nur begreiflich machen, dass sie für ihre Rechte einstehen sollte, ohne ihren eigenen Ehemann an den Pranger zu stellen?

»Weißt du, ich habe noch Kinderkleidung und Wickeltücher in den Truhen im Keller. Warum holen wir die nicht für deine Schwester, solange der Braten im Ofen schmort?« Sollte sie wider Erwarten schwanger werden, könnte sie schlichtweg neue Sachen kaufen, hatte Dorothea kurzerhand umentschieden. Konstantin hatte ohnehin keinen Überblick über Helenes Säuglingsausstattung und würde sich nicht beschweren können. »Und dann schaue ich mal, was ich an Geld hier habe.«

»Wirklich? Oh, ich kann Ihnen gar nicht sagen, wie dankbar ich Ihnen bin!« Hannes sonst eher sorgenvolles Gesicht leuchtete vor Freude, und diese war so echt, dass sie auf Dorothea übersprang.

Es tat so gut, dass sie sich fragte, ob dies wegweisend sein könnte. Es gefiel ihr, anderen zu helfen. Noch lieber würde sie Hilfe zur Selbsthilfe leisten, aber solange das nicht ging, wäre das direkte Anpacken gegebenenfalls eine Möglichkeit für sie, etwas Sinnvolles zu tun. Vielleicht könnte sie eine Art Wohltätigkeitsverein gründen?

Wohlgestimmt begrüßte sie Konstantin, als er das Gutshaus betrat. »Rate, wer heute gekocht hat?«, trällerte sie voller Stolz. »Zur Hälfte zumindest.«

Konstantin lächelte sie aus seinem braun gebrannten Gesicht an, die Zähne wirkten noch weißer. Es war nicht vornehm, trotzdem gefiel es ihr. »Doch nicht etwa du, mein Liebchen?«

Er frohlockte, Leni stürzte glücklich auf ihren Papa zu, in der Küche war Hanne guten Mutes. Wenn es so bliebe, wäre sie gewiss, dass der Umzug die richtige Entscheidung gewesen war. Leichtfüßig lief auch sie auf Konstantin zu und hauchte ihm einen Kuss auf die Wange. War da eine Nuance Branntwein in seinem Atem? Nein. Nicht heute. Nicht schon wieder. Rasch wandte sie sich ab und öffnete die Flügeltür zum Esszimmer.

31. Kapitel

Rosalie machte sich am Montagmorgen mit Sorgfalt zurecht. Ein strenger Knoten am Hinterkopf ließ sie weniger naiv wirken, als wenn ihre goldblonden Wellen zur Geltung kamen. Das dunkle Kleid hatte lediglich am Kragen ein paar aufgenähte Blumen zur Zierde, darunter trug sie eine helle Bluse. Nachdem sie so lange auf eine Stelle hatte warten müssen, war die Ernüchterung gewachsen, mit der sie sich nun auf den Weg zur Schule machte. Man hatte ihr eine provisorische Stelle zugewiesen, natürlich nur, weil kein Lehrer zu haben war. Allerdings könnte sie jederzeit entlassen werden, wurde ihr mitgeteilt, da junge Männer nun mal ein Anrecht auf eine Anstellung im staatlichen Dienst hatten. In dem Fall müsste sie sich um eine Stelle an einer Privatschule oder als Hauslehrerin bemühen.

Aber zumindest hatte sie fürs Erste eine Anstellung. Alles Weitere würde sich gewiss ergeben, wenn sie eine Weile tätig war, immerhin war es in der Hofgärtnerei auch so gewesen. Sie flüsterte sich selbst Mut zu, bevor sie das klassizistische Gebäude betrat, und sprach selbstbewusst die nächstbesten Schüler an. Beide trugen bereits in ihren jungen Jahren einen schwarzen Anzug mit weißem Stehkragen und einer Fliege.

»Entschuldigt bitte, könnt ihr mir sagen, wo ich Herrn Widdendorf finde?«

»Ja, der ist ganz oben«, antwortete der aschblonde Junge mit den leichten Segelohren, ohne zu zögern. »Letzte Tür auf der rechten Seite.«

»Warte!« Sein dunkelhaariger Kumpan fasste ihn am Arm, und die Schiefertafel, die von seinem Schulranzen baumelte, wackelte samt Lappen hin und her. »War es nicht die vorletzte Tür auf der linken Seite?«

»Nein, ich bin ganz gewiss«, widersprach der Junge, und die beiden schienen einen Streit austragen zu wollen, sodass Rosalie sie lieber unterbrach.

»Danke, ich werde es schon finden.«

Sie eilte die drei Treppen hinauf und wandte sich zunächst nach rechts. Bisher war kein Lehrer zu sehen, und so wartete sie mit laut schnatternden Schülerinnen und Schülern, bis ein Herr mit weißer Weste über dem gewölbten Bauch das Klassenzimmer betrat.

Rosalie erhob sich. »Herr Widdendorf?«

Irritiert sah er sie an. »Also der bin ich gewiss nicht.«

»Wissen Sie denn, wo ich ihn finden kann?«

»Leider nicht, er könnte ja überall im Gebäude sein …«

Rosalie biss sich auf die Zunge. Hätte sie bloß nicht so lange gewartet, jetzt würde sie zu spät kommen und den Unterricht der anderen Lehrkräfte stören müssen.

Sie klopfte an die vorletzte Tür des endlosen Flures und traf dort zu allem Überfluss auf einen Herrn der ganz alten Schule, der sehr ungehalten auf ihr Erscheinen reagierte. Auch auf der linken Seite hatte sie kein Glück. Also beschloss sie, das Ende der ersten Stunde abzuwarten und sich danach systematisch durchzufragen.

»Herr Widdendorf?«, fragte sie im Erdgeschoss nach zwei weiteren glücklosen Versuchen einen dynamischen Mann, der soeben die Tafel abwischte.

»Ja, was kann ich für Sie tun?«

»Ich bin Rosalie Goldbach und soll Sie fortan beim Unterrichten unterstützen.« Sie strahlte ihn stolz an, da er sich gewiss nach Hilfe sehnte, wenn hier ein derartiger Lehrermangel herrschte.

»Das auch noch«, murmelte er jedoch und setzte sich seufzend an das Pult. »Als hätte ich nicht bereits genug zu tun.«

»Ich verstehe nicht ganz ...«

»Ich weiß, es ist nicht Ihre Schuld. Ich will mich aus der ganzen Debatte auch heraushalten, ich weiß nur, dass ich eine weitere Klasse mehr übernehmen muss, weil ich Sie nun an meiner Seite habe.«

»Fürwahr?« Wenn es so war, konnte sie seine Haltung sogar nachvollziehen. Sie hätte ebenfalls lieber alleine unterrichtet und nicht bloß einem vermeintlich echten Lehrer zugearbeitet, der nachvollziehbarerweise genervt war, dass er nun mehr Arbeit hatte. Doch sie hatte die Regeln nicht gemacht.

Als sie am späten Nachmittag in das Lehrerzimmer trat, schwirrte ihr der Kopf von all den Fragen der Schülerinnen und Schüler. Sie musste sich noch daran gewöhnen, mehrere Klassen auf einmal zu unterrichten, aber es hatte ihr Freude bereitet. Dennoch benötigte sie jetzt dringend einen Kaffee, konnte allerdings nirgendwo eine Kanne entdecken. Sie wandte sich an einen älteren Herrn mit erstaunlich kräftigem Haupthaar und Zwickel auf der Nase.

»Entschuldigen Sie bitte, ich bin die neue Vertretungslehrerin und kenne mich noch nicht aus. Könnten Sie mir bitte ...«

Ohne sie zu Ende sprechen zu lassen, stand er auf und steuerte die Tür an. Rosalie unterdrückte den Impuls, mit dem Fuß aufzustampfen. Aber wenn er dachte, sie würde ihn einfach so gehen lassen, hatte er sich verrechnet.

»Äh, entschuldigen Sie mal!?«, rief sie ihm empört hinterher.

Er schwang herum und deutete mit seinen faltigen Fingern auf sie. »Ich muss gar nichts entschuldigen. Es kann doch nicht sein, dass plötzlich so viele junge Frauen Lehrerin werden wollen, wer kümmert sich denn um ihre Familie? Wenn Sie mich fragen, sind Sie eine Schande für die Gesellschaft. Eine Gefahr für die Schule und die gesunde Erziehung des Volkes!« Schwungvoll öffnete er die Tür, und es fehlte nur, dass er sie zuknallte. Sprachlos sah sie ihm hinterher, als hinter ihr eine Stimme ertönte.

»Jetzt hat er doch glatt vergessen zu erwähnen, dass wir dem Prestige der Schule schaden.« Eine junge Frau mit weißer Bluse und einem Stapel Bücher in der Hand war neben sie getreten. Sie musste durch die andere Tür ins Lehrerzimmer gekommen sein. »Willkommen an unserer Schule! Ich bin übrigens Henny.«

Es gab an dieser Schule eine weitere Lehrerin? Rosalie konnte ihr Glück kaum fassen. »Danke!« Zum ersten Mal an diesem Tag lächelte sie und fühlte sich sogleich etwas leichter.

32. Kapitel

Vorsichtig schnitt Bruno für das Okulieren ein T in die einjährigen Obstgehölze, wo er das treibende Auge des Edelreises einsetzen wollte. Er kam aber nicht umhin, immer wieder zu Franz und den Schülerinnen hinüberzulugen. Er selbst hatte sie zu Beginn der Woche bereits mit dem Okulieren vertraut gemacht, heute sollten sie sich jedoch um die Chrysanthemen kümmern.

»Hier nehmen wir entweder die Spitzen ab«, erklärte Franz gerade mithilfe einer Chrysantheme, die er für alle gut sichtbar hochhielt, »damit sie zu einer buschigen Pflanze mit vielen Blüten heranwächst, oder wir entfernen die Nebentriebe und einen großen Teil der Knospen, um sie zu Exemplaren mit Schaublüten zu erziehen.«

Das Faszinierende war aber nicht etwa Franz' Ausführungen, das wusste Bruno schließlich selbst, sondern Agneta. Sie ließ Franz keine Sekunde aus den Augen und lächelte ihm permanent zu, während sie mit dem Zeigefinger eine ihrer honigbraunen Locken aufwickelte. Franz hingegen schenkte ihr kaum Beachtung. Hatte es so damals in der alten Hofgärtnerei auf andere gewirkt, als er bis über beide Ohren in Greta verliebt gewesen war?

»Kannst du mir das noch mal zeigen?«, fragte Agneta nun, als die restlichen Mädchen längst an der Arbeit waren, und legte eine Hand auf seinen Arm.

»Entzückend, nicht wahr?« Johannes, der einige Reihen neben ihm okulierte, grinste ihm zu.

»Absolut«, stimmte Bruno zu und besann sich wieder auf seine Aufgabe. »Wie geht es Rosalie?«

»Ach«, Johannes winkte mit der Schere in der Hand ab. »Sie war überglücklich, nachdem sie endlich eine Vertretungsstelle ergattern konnte, doch ganz so leicht ist es noch immer nicht. Sie ...«

Ein lautes Klirren unterbrach sie, und Motte und ... Nein, Fenja und Ottilie, verbesserte er sich in Gedanken, sahen betreten von einer zur anderen. Offenbar hatten sie die Mistbeetkästen lüften sollen, und nun lag eines der Fenster in großen Scherben da. Und das, wo Glas so unsagbar teuer war. Die beiden konnten von Glück sagen, dass Julius und Marleene derartige Dinge nicht vom Lohn abzogen, da sie es als Arbeitsunfall werteten.

»Blixem!«, fluchte Fenja und beugte sich nach unten, um die Scherben einzusammeln. »Warte, lass mich das machen«, rief Bruno, da seine Mutter immer wieder mahnte, wie vorsichtig man mit den messerscharfen Kanten sein müsse. Er war zu den Mädchen hinübergelaufen und wollte Fenja das Bruchstück aus der Hand nehmen.

»Nein, nein, es geht schon«, beteuerte sie, doch Bruno hatte so vehement daran gezogen, dass es ihr ruckartig aus der Hand glitt. Bruno verstärkte instinktiv den Druck seiner Finger, doch die scharfe Kante rutschte ausgerechnet in die Kuhle zwischen Daumen und Zeigefinger. Es fühlte sich an, als wäre ein gleißender Blitz direkt dort hineingefahren, und Bruno stieß einen gellenden Schrei aus. Ein riesiger Schwall Blut floss aus der Wunde und ergoss sich wie dickflüssiger Regen über Glassplitter und Grashalme, während Bruno fluchend und sich vor Schmerz windend von einem Bein auf das andere hüpfte.

Von überall schienen Menschen aufzutauchen, die wild durcheinanderriefen. Marleenes Mutter verlangte auf ihren Stock gebeugt, man möge ihm doch »een Sluck Rum for'n Schreck« geben und wollte Spinnengewebe oder Lehm mit Kuhhaaren oder gar Urin auf die Wunde tun – da brüllte Bruno nur noch mehr.

Erst als er bemerkte, dass jemand Alma geholt hatte und er ihre sanfte Stimme hörte, beruhigte er sich ein wenig. Als Erstes ordnete sie resolut an, dass jeder an seine Arbeit zurückkehrte und sie in Ruhe machen ließ. Danach säuberte sie in beeindruckender Geschwindigkeit die Wunde, desinfizierte und nähte sie, bevor sie einen festen Druckverband anlegte.

»Ich fürchte, die Sehne ist durchtrennt«, sagte sie zu Marleene, die mit ihrem kugelrunden Bauch auf sie zutrat, und diese sah ihn mitfühlend an.

»Bruno, du fährst jetzt erst einmal nach Hause und ruhst dich aus.«

»Aber ...«, setzte er an, doch Marleene wollte keine Widerworte hören. »Wir kommen schon zurecht.« Für einen Moment blieb ihr Blick an Alma hängen, und Bruno hoffte, sie würde noch länger an seiner Seite verweilen. Nach seiner Entschuldigung hatten sie bisher nicht wieder miteinander gesprochen, aber ihr Blick wanderte weiter.

»Johannes, kannst du bitte Bruno mit dem Wagen nach Hause fahren?«

Johannes klappte sein Okuliermesser zusammen und sprang auf. »Natürlich.«

Unterwegs erzählte er mehr von Rosalies neuer Stelle. Offenbar wurde sie entgegen ihrer Hoffnung nur als Vertretung eingestellt, was Bruno sehr leidtat. So richtig konnte er allerdings nicht zuhören. Die Wunde pochte in seiner Hand, und Almas Nähe hatte ihn durcheinandergebracht. Er hatte in ihrem blumigen Duft geschwelgt und es genossen, sie in aller Ruhe betrachten zu können, während sie hoch konzentriert den Schnitt genäht hatte. Die feiner werdenden Haare neben ihren Ohren, das schmale ovale Muttermal unter ihrem Lid, die leicht geöffneten Lippen ...

Wie so oft fragte er sich, wie sein Leben verlaufen wäre, wenn er sich vor fünf Jahren anders entschieden hätte. Johannes hatte ihn offenbar beobachtet.

»Du bereust es, nicht wahr?«

Bruno blickte stier geradeaus auf die Ohren des Pferdes, die abwechselnd zur Seite zuckten. Bisher hatte er es vermieden, darüber zu sprechen. Das würde es irgendwie … wahr machen. Aber vielleicht konnte Johannes ihm ja helfen, kam ihm dann in den Sinn. Er verstand etwas von Frauen. Also nickte er.

»Was soll ich nur tun? Ich komme da einfach nicht mehr raus.«

Johannes nahm die Zügel in die linke Hand und fuhr sich mit der rechten Hand durch den Rauschebart. »Kann es nicht sein, dass das bereits der Schlüssel ist? Wenn du es nicht ändern kannst, solltest du dich dann nicht damit abfinden?«

»Vermutlich schon. Bloß, wie soll das gehen? Greta ist die ganze Zeit grantig und redet kaum mehr mit mir.« Jeden Abend, wenn er nach Hause zurückkehrte, graute ihm davor, die Tür zu öffnen, denn die Luft war spürbar dicker. Geladen wie kurz vor einem heftigen Sommergewitter.

»Hmmm.« Johannes schob den Mund von links nach rechts. »Allerdings war es so ja nicht immer. Besinn dich doch mal auf früher. Wie hast du Greta gesehen, als wir noch in der damaligen Hofgärtnerei gearbeitet haben?«

Mit aller Macht versuchte Bruno, sich die alten Bilder in Erinnerung zu rufen. Wie war das gewesen? Greta hatte in jenen Tagen zwei lange Zöpfe gehabt, wie ein junges Mädchen. Meistens hatte sie mit der viel älteren Hildegard zusammengegluckt, die sich später als Pflanzendiebin entpuppt hatte. Das hätte keiner von ihnen vermutet. Aber er wollte ja über Greta nachdenken. Sobald sie aufgetaucht war, hatte er sich gefreut. Sie war einmal sehr nett zu ihm gewesen, nachdem Alexander ihn wegen irgendetwas zusammengestaucht hatte. Seitdem war er stets merkwürdig aufgeregt gewesen, wenn er ihr auch nur näher gekommen war. Und sie hatte immer interessante Dinge zu erzählen gewusst und geistreiche Kommentare beigesteuert. Als er obendrein gehört hatte, dass sie im Waisenhaus aufgewachsen war, hatte er endgültig sein Herz an sie verloren.

Wo war all das geblieben?

»Hast du es wieder?«, fragte Johannes von der Seite.

»Zumindest erinnere ich mich, wie es war.«

»Sehr gut, vielleicht kannst du dir das ja bewahren, dann könnte es auch eure momentane Situation beeinflussen. Weißt du, Marx sagt: ›Das Sein bestimmt das Bewusstsein‹, und auch wenn er es anders gemeint hat, könnten wir versuchen, es auf dich anzuwenden.«

Das war einer der Momente, in denen Bruno daran erinnert wurde, dass Johannes viel schlauer war als er, denn er hatte keine Ahnung, worauf sein Freund und Kollege hinauswollte.

»Hä?«, sagte er daher. »Was soll ich machen?«

Johannes schmunzelte. »Versuche, sie wieder so zu sehen wie früher, durch deine verliebten Augen. Vielleicht könnt ihr am Wochenende einen schönen Ausflug zusammen machen. Du verhältst dich wie ein Verliebter, um dich aufs Neue zu verlieben, verstehst du? Wenn du eure jetzige Situation änderst … Vielleicht ändern sich dann auch deine Gefühle. Immerhin war da ja mal etwas.«

Bruno stellte es sich vor. Er hatte mitbekommen, dass Julius und Marleene sich trotz aller Anstrengungen und der Arbeit immer wieder Zeit für sich nahmen. Mal fuhren sie an die Nordsee oder ins Schwimmbad, und er sah sie manchmal mit einem Picknickkorb den Hof verlassen.

Vielleicht kreisten seine Gedanken so sehr um Alma, dass er derartige Dinge vernachlässigt hatte? Das war schon möglich. Er musste sie endlich aus seinen Gedanken verbannen und sich auf das besinnen, was er hatte. Gleich am Wochenende würde er seine Mutter um Hilfe bitten, auch mal einen Picknickkorb zu packen. Vielleicht würde sie sogar ein Stück von ihrem himmlischen Ammerländer Schinken spendieren. Und dann wäre Greta womöglich nicht mehr ganz so miesepetrig. Begeistert sah er Johannes an.

»Danke! Das ist eine schöne Idee, du weißt wirklich gut Bescheid.«
Johannes zwinkerte ihm mit beiden Augen zu. »Gute Besserung«,
sagte er, da sie nun das schmale Heuerhus erreicht hatten, das Greta
und er bewohnten.

Bruno bedankte sich, sprang vorsichtig vom Wagen und winkte
ungewohnt mit der linken Hand zum Abschied. Greta würde Augen
machen, wenn sie sah, dass er schon da war. Und erst recht, sobald
er ihr von seinen Ausflugsplänen berichtete. Zu seiner Überraschung
war die Wohnküche leer, auf dem Herd köchelte ein Topf vor sich
hin, und es duftete nach Bohnensuppe.

»Greta?«, rief er in den einzigen Nebenraum, wo sie schliefen. »Bist
du da?« Umständlich mit der Linken seine Jacke aufknöpfend, stieß er
die Tür auf, um die Arbeitskleidung loszuwerden – und blieb auf der
Stelle stehen. Vergessen war der Schmerz in der Hand. Greta war im
Bett, die Decke bis zum Hals hochgezogen, und starrte ihn ängstlich
an. Links von ihr stand ein Mann, mit nichts als einem Hemd bekleidet
und einem Bündel brauner Klamotten in der Hand, gerade im Begriff,
durch das schmale Fenster zu steigen.

»Hoppla«, sagte er ohne jegliche Scham oder Reue.

Nicht zuletzt diese Arroganz brachte jedes Tröpfchen Blut in
Bruno zum Kochen.

»Wie kannst du es wagen!?«, schrie er Konstantin Goldbach an, der
minimal die Schultern hob. Das erboste Bruno nur noch mehr. Der
Kerl tat tatsächlich so, als wäre das alles hier nicht der Rede wert und
nicht etwa Verrat der schlimmsten Sorte! Er würde ihm am liebsten
mit bloßen Fingern den Hals umdrehen. »Du wolltest dich gerade wie
ein Halunke durch das Fenster davonstehlen? Bitte, dann mach das
auch, denn ich will dich hier nicht länger sehen, und du verdienst es
nicht, die Tür zu benutzen.« Er deutete auf das schmale Fenster, das
es ihm nicht möglich machen würde, schmerzfrei das Haus zu verlassen. Aber eben noch war es gut genug gewesen, dann sollte er es

jetzt auch durchziehen. Es würde Brunos Schmerz dennoch nicht im Ansatz nahekommen.

»Raus!«, brüllte Bruno mit Nachdruck, da Konstantin noch immer zögerte, und deutete abermals auf das Fenster. Zaudernd wandte Konstantin sich tatsächlich wieder dem Fenster zu und wand mit sichtlicher Mühe den Oberkörper hindurch. Das alles dauerte Bruno zu lange. Er wollte diesen Widerling nicht länger in seinem Haus haben. »Lass mich dir gerne helfen!« Er warf sich mit aller Macht gegen ihn und drückte mit dem gesamten Körper Konstantins Hintern und die Beine nach draußen. Sein ehemaliger Chef jaulte auf vor Schmerz, doch das war Bruno einerlei. Er wollte im ersten Moment die Kleider hinterherwerfen, besann sich dann jedoch eines Besseren. Lautstark schlug er das Fenster zu und scherte sich nicht um Konstantins vehementes Klopfen.

Als Nächstes wandte er sich Greta zu.

Sie krallte sich an die Bettdecke und hatte nun die Knie zu sich herangezogen. Tränen liefen über ihr Gesicht.

»Er?« Bruno wies nach draußen. »Ausgerechnet er? Wie konntest du nur? Und das, während ich maloche, um nicht nur dich, sondern auch das Kind, das du von ihm hast, zu versorgen? Für wie dumm haltet ihr mich eigentlich?«

Bruno wusste nicht, wohin mit seiner Wut, und trat kurzerhand gegen einen Stuhl, der laut polternd zu Boden fiel. Doch das reichte ihm nicht. Die Rage tobte durch seinen Körper, und er hatte das Gefühl, die gesamte Wohnung auseinandernehmen zu müssen. Aber vermutlich würde nicht einmal das helfen.

Letztendlich lief es immer wieder auf die eine Sache hinaus, die seine Wut so übermäßig schürte. Und diese Frage stellte er nun abermals der wild schluchzenden Greta.

»Wie konntest du das tun?« Er fuhr sich verzweifelt durch die Haare, während er weiter auf und ab lief. »I-ich habe dir alles gegeben … Ich … ich habe meine große Liebe für dich aufgegeben!« Seine Kehle schmerzte vom Schreien.

Greta schluckte und sah ihn aus tränennassen Augen an. »Ich weiß es nicht …«, sagte sie so tränenerstickt, dass es nahezu ein Flüstern war. »Es … es ist fast, als hätte er eine gewisse Macht über mich. Mit ihm war schon immer alles anders. Vermutlich wegen jenes Abends auf dem Alpenrosenball. Er hat etwas in mir gesehen, das ich zuvor nicht war. Bei ihm war ich nicht nur das einfache Arbeitermädchen. Er hat mir das Gefühl gegeben, etwas Besonderes zu sein.«

Bruno blieb stehen. Ganz und gar entkräftet schüttelte er den Kopf. All die Wut, all die Raserei hatten ihn erschöpft. Er konnte nicht mehr. Nur diese eine Sache musste er noch loswerden. Er mochte nicht der Schlauste sein, aber das hier verstand selbst er.

»Damit liegst du falsch«, sagte er und sprach nun ganz ruhig. »*Ich habe etwas in dir gesehen, das du nie warst.*«

33. Kapitel

Eik De Vos war fassungslos, als er vor Doktor Winkelmanns Villa stand. Wie in Herrgottsnamen konnte sich ein einfacher Apotheker eine solche Prachtvilla leisten? Vermutlich hätte er doch mehr Lehrgeld für seinen Sohn heraushandeln sollen. Das Anwesen war noch um einiges größer als die Fliedervilla. Dass der Hofgärtner des Großherzogs sich seinerzeit eine repräsentative Villa hatte leisten können, konnte er nachvollziehen. Aber wie schaffte das ein Apotheker, fragte er sich wieder. Und das zudem mitten in der Stadt? Das weiße Gebäude lief an seiner rechten Ecke zu einem Türmchen mit Runddach aus, in der Mitte fand sich ein Erker, über dem eine Loggia verlief, und das Dach formte sich zu einem imposant geschwungenen Treppengiebel. Der Garten hatte obendrein parkähnliche Ausmaße.

»Wie kann er sich das leisten?«, raunte er seiner frisch Verlobten zu, doch Käthe zuckte nur mit den Schultern.

Ein Dienstmädchen öffnete die schwarz glänzende Tür, nahm ihre Mäntel entgegen und führte sie in den Salon. Bald darauf stieß Doktor Winkelmann zu ihnen, begrüßte sie mit Handschlag und stellte seine aufs Feinste herausgeputzte Gattin vor. De Vos kam sich in seinem einfachen Anzug und mit Käthe an seiner Seite, die niemals Schmuck trug, fast schon schäbig vor. War es ein Fehler gewesen, ihr einen Antrag zu machen?

»Wie ich höre, haben wir heute einen weiteren Grund anzustoßen?«, fragte Winkelmann mit Blick auf seine Begleitung. »Du hast dich ja schnell eingelebt. Nach nur zwei Monaten bei uns im Lande bereits verlobt, Junge, Junge!«

»Nun ja, Käthe und ich kannten uns zuvor bereits eine ganze Weile«, erklärte er wie zur Entschuldigung. »Wo wir gerade bei dem Thema sind, wir wollten euch heute gerne dies überreichen.« Doktor Winkelmann nahm das Kuvert aus Kraftpapier entgegen, das Käthe höchstpersönlich in feinster Kalligrafie beschriftet hatte. Zu seiner Überraschung hatte sie genaueste Vorstellungen, was ihre Hochzeit betraf, so als hätte sie diese seit Jahren geplant. Dabei war sie doch eine Witwe.

Winkelmann brach das Siegel und las die kunstvoll geschriebenen Zeilen. »Ein Kostümfest? Welch vortreffliche Idee, das hatten wir ja noch nie. Wir kommen natürlich gerne.«

Ein weiteres adrettes Dienstmädchen mit üppigem Busen kündigte an, dass das Essen bereit sei, und Winkelmanns Gattin bat sie in ein edles Esszimmer mit einem silbernen Kandelaber auf dem Tisch und imposanten Palisandermöbeln. Ein greller Blitz der Eifersucht durchzog De Vos, als er sah, mit welch hochmodernen Möbeln Winkelmann seine Villa ausgestattet hatte.

»Nun will ich aber erst einmal wissen, wie macht sich denn mein Filius?« Innerlich betete er inständig, dass keine Klagen kamen. Gärtner, Hufschmied, Seilermeister, Tischler, all das hatten sie bereits versucht, und aus einer Anstellung nach der anderen war der zarte Junge wieder rausgeflogen.

»Doch, doch, ich kann mich nicht beschweren. Etwas kontaktscheu ist er ja, aber er hat was im Köpfchen.« Doktor Winkelmann klopfte sich an das selbige. »Neulich habe ich mich bei der Berechnung einer neuen Rezeptur minimal verrechnet, und er hat es sofort bemerkt. Und das Abwiegen und Anmischen der Arzneien, das liegt ihm wohl. Jetzt müsste er nur noch besser auf die Kunden zugehen und sich nicht im Hinterzimmer verstecken …«

Doktor Winkelmann lachte, und De Vos stimmte dröhnend ein. Insgeheim merkte er sich jedoch, dass er Jahn noch einmal ordentlich in den Allerwertesten treten musste. Im Hinterzimmer verstecken? Das war beschämend, und er würde nicht dulden, dass sein eigener Sohn ihn lächerlich machte.

* * *

Es war schwer zu schlafen, wenn im eigenen Bauch ein Stierkampf stattfand. So fühlte es sich zumindest an, und obwohl Marleene es nicht schlimm fand, da jeder einzelne Tritt ein Lebensbeweis war, der sie glücklich machte, stand sie mit dem ersten Morgenlicht auf. Obgleich sie nur wenige Stunden geruht hatte, würde sie ohnehin nicht weiterschlafen können. Allerdings lag das nicht an den Leibesübungen in ihrem Kugelbauch. Auf Zehenspitzen schlich sie in die Küche, stellte überrascht fest, dass ihre Mutter bereits am Fenster saß und Rosalie ebenfalls schon wach war. Wobei diese mitunter vergaß, dass sie auch selbst Aufgaben übernehmen konnte. Und so machte Marleene sich daran, den Teekessel aufzusetzen.

»Wie ist es mittlerweile in der Schule?«, erkundigte Marleene sich, während sie Haferflocken in den Topf gab.

»Ganz gut, ich bin so froh, in Henny eine Leidensgenossin zu haben. Wir wollen jetzt einen Verein gründen. Und die Gärtnerinnenschule?«

»Genau«, hakte auch ihre Mutter ein. »Kummt nun egentlik noch eene andere höhere Tochter als Schoolwicht?«

Marleene seufzte. Auf ihr Zeitungsinserat hin hatte sich trotz anfänglichen Interesses keine positive Rückmeldung ergeben. Niemand sagte es direkt, aber sie war sich ziemlich sicher, was hier geschah. Jetzt, wo die Ausbildung nicht in der prestigeträchtigen ehemaligen Hofgärtnerei mit Villa und Orangerie stattfinden würde, kam sie für höhere Töchter nicht mehr infrage. Die Lehrinhalte waren ein und dieselben, doch die Menschen aus dem Großbürgertum waren noch zu sehr auf das Ansehen bedacht und auf das, was die Leute über sie tuschelten. Nach der Versteigerung hatten sie abermals nichts als das Schwalbennest, das Marleene urig und gemütlich fand. Agnetas Reaktion bei ihrer Ankunft hatte allerdings keinen Zweifel daran gelassen, dass es für höhere Töchter nicht standesgemäß war. Deswegen war es bisher weiterhin nicht geglückt, Felicitas Engelbrechts Platz nachzubesetzen. Wenn es so weiterging, würden sogar die Plätze für das nächste Jahr, die sie durch höhere Töchter besetzen wollte, frei bleiben.

Marleene schluckte. Ohne höhere Tochter würde sie die Schule nicht weiterführen können. Sie konnte wahrlich von Glück sagen, dass sie Agneta hatten – ganz gleich, wie anstrengend sie mitunter war. Gleichzeitig hatte sie stets etwas von einem verletzten Kätzchen an sich, das man beschützen wollte.

»Leider nicht«, sagte sie zu ihrer Mutter und legte traurig eine Hand auf ihren Bauch, in dem es nun vollkommen friedlich war – wie so oft, sobald sie sich bewegte.

Wenn sie verhindern wollte, dass die Schule kläglich scheiterte, musste es ihr unbedingt gelingen, sie in ein besseres Licht zu rücken. Die Mädchen waren allesamt so herzlich, wissbegierig und fleißig, doch die Leute da draußen hatten allein die Karikaturen aus der Zeitung im Kopf.

34. Kapitel

Tagelang hatte Agneta Lina in den Ohren gelegen. Und da das durchsichtige Fläschchen mittlerweile nur noch mit einem feinen Film Flüssigkeit bedeckt war, ließ sie gar nicht mehr locker. Trotz alledem brachte sie ihr Anliegen Franz gegenüber nicht selbst über die Lippen, denn sie behauptete steif und fest, dass sie bisher kaum Gelegenheit gehabt habe, unter vier Augen mit jungen Männern zu sprechen, und daher zierte sie sich.

Um Agneta weiterhin gütlich zu stimmen, hatte Lina schließlich eingewilligt und half Franz, das restliche Unkraut zu verbrennen, während die anderen bereits ins Schwalbennest oder nach Hause gegangen waren. Die Flammen zuckten knisternd im Brennkorb, und eine dichte Rauchsäule stieg zwischen ihnen auf, da das Unkraut noch nicht gänzlich getrocknet war. Franz warf ihr einen neugierigen Blick zu, als sie an seiner Seite blieb; immerhin hatte sie ihn in den vergangenen Wochen tunlichst gemieden, damit er sich endlich auf Agneta konzentrierte. Zu ihrer Freude war diese nun wirklich bemüht und suchte oft seine Nähe, der Blumenstrauß hatte seine Wirkung getan.

»Hast du etwas auf dem Herzen, oder wolltest du einfach nur mit mir das Feuer genießen?«, fragte Franz schelmisch und riss sie damit aus den Gedanken.

»Ja … ich … ich habe tatsächlich ein Anliegen. Ich wollte dich um einen Gefallen bitten.«

Er schien sich aufrichtig zu freuen. »Was kann ich denn für dich tun?«

»Ich … also besser gesagt, Agneta, müsste dringend zur Apotheke. Und da sie sich hier nicht auskennt und du ja schon, dachte ich, dass du vielleicht …«

Mit einem Mal verdüsterte sich sein Gesicht wieder. Was hatte er denn? Er konnte doch froh sein, wenn eine höhere Tochter Interesse an seiner Person zeigte. »Und das kann sie mich nicht selbst fragen?«

»Nun ja …« Lina trat von einem Bein aufs andere und beobachtete, wie die Flammen an den eisernen Streben leckten. »Sie ist den Umgang mit jungen Männern nicht gewohnt. Auch nicht den mit jungen charmanten Männern …«, setzte sie schmeichelnd hinzu.

»Und dann soll ich alleine mit ihr in die Stadt fahren!?« Er klang geradezu entsetzt. »Ich weiß doch gar nicht, was ich mit ihr reden soll. Und darf sie ohne Anstandsdame überhaupt mit mir gesehen werden?«

»Sind wir nicht hier, um zu lernen?«, fragte Lina spitzfindig. »Müssen junge Gärtnerinnen später nicht ständig mit Männern umgehen? Sieh es doch einfach als kleine Privatlektion deinerseits.« Ha, das hatte gesessen, dagegen konnte er kaum etwas einwenden.

Er warf eine weitere Ladung Unkraut ins Feuer, das laut knisternd protestierte und qualmte. »Ich sag dir was. Ich fahre sie hin, wenn du uns begleitest.«

Beinahe hätte Lina geseufzt. Er schaffte es immer wieder. Jetzt hatte sie diese großartige Gelegenheit gefunden, damit die beiden Zeit miteinander verbrachten, und er drehte den Spieß einfach um. Sollte sie die Strategie wechseln? Ihr ging nicht aus dem Kopf, was die Hofgärtnerin über die Vorbildfunktion gesagt hatte. Dass aller Augen auf ihrem Jahrgang lagen und sie für das Bild der künftigen Gärtnerinnen verantwortlich waren. Nur wie sollte sie es schaffen, dass die anderen Mädchen sich öffentlich danebenbenahmen? Nein, da war es einfacher, Agneta und Franz zusammenzuführen. Agneta hatte sich immerhin schon für ihn erwärmen können, und sobald Franz erkannte, dass Agneta nicht ausschließlich wehleidig war, würde er sich gewiss auch verlieben.

»Leider muss Agneta schon diesen Samstag zur Apotheke, und da bin ich verhindert«, sagte sie entschuldigend.

»Hmm.« Franz nahm sich Zeit, um mit einem langen Ast im brennenden Unkraut herumzustochern. »Ich fürchte allerdings … wenn du verhindert bist, bin ich auch verhindert.«

Lina verdrehte innerlich die Augen. Manchmal wusste sie nicht, wer von ihnen beiden eigentlich störrischer war.

* * *

Lina hatte schließlich eingelenkt, und am darauffolgenden Samstag machten die drei sich auf den Weg. Die Hofgärtnerin hatte ihnen sogar erlaubt, den Pferdewagen in die Stadt zu nehmen, vermutlich, damit sie so lange wie möglich arbeiten konnten.

»Setz du dich ruhig neben Franz auf den Kutschbock«, sagte Lina zu Agneta und beachtete den bösen Blick, den Franz ihr zuwarf, gar nicht. »Mir macht es nichts aus, auf der Ladefläche zu sitzen.«

Auf Linas Anregung hin hatte Agneta eines ihrer hübschen Kleider angezogen, während sie selbst ihren zerschlissenen Rock gewählt hatte. Am liebsten hätte sie sich gar nicht umgekleidet, aber in Hosen wollte sie nun wirklich nicht in der Stadt gesehen werden.

»Jetzt hilf ihr schon hoch«, raunte sie Franz zu, dem offenbar entgangen war, dass Agneta in Wartehaltung vor dem Pferdewagen stand. Er reichte ihr von oben die Hand und half ihr wie gewünscht, doch unterwegs schaute er immer wieder zu Lina, die es sich auf dem Strohballen gemütlich gemacht hatte, und versuchte, sie in ein Gespräch zu verwickeln. Was konnte sie nur tun, um seine Aufmerksamkeit auf

Agneta zu lenken? Ihn nicht zu beachten half nicht, das hatte sie zur Genüge versucht. Was würde ihm so ganz und gar nicht gefallen? Was gehörte sich nicht?

Kurzerhand rülpste sie laut und ungeniert.

»Lina!?«, kreischte Agneta und drehte sich entsetzt um. Lina schielte indes zu Franz – doch der lachte herzlich.

»Besser in die große Welt als in den kleinen Magen«, rief er vom Kutschbock, während Agneta nur langsam ihre Fassung zurückerlangte.

Lina murmelte eine Entschuldigung, doch es dauerte noch eine Weile, bis die beiden vorne Konversation betrieben. Zufrieden streckte sie die Beine aus und ließ die Landschaft an sich vorüberziehen. Doch dann horchte sie auf.

»Meinen herzlichsten Dank übrigens noch für …« Selbst von hinten sah Lina, wie Agneta mitten im Satz erstarrte. Anscheinend erinnerte sie sich jetzt, dass Lina ihr davon abgeraten hatte, die Geschenke offen zu erwähnen. Franz sah sie von der Seite an.

»Wofür?«

»Für … die Sachen.« Agnetas Kopf war fast so rot wie ihr seidiges Kleid.

»Welche Sachen?«

»Na du weißt schon.« Sie beschrieb eine Kreisbewegung, und wenn er ihr wahrhaftig etwas geschenkt hätte, würde er nun vermutlich Bescheid wissen. Aber Franz wusste ja nichts von der Salbe, die sie Agneta als vermeintliches Geschenk von ihm übergeben hatte.

»Wann sind wir denn endlich da?«, fragte Lina so motzig, wie sie nur konnte, von ihrem Platz auf der Ladefläche, um sämtliche Aufmerksamkeit auf sich zu lenken. Über die Schulter warf Franz ihr einen verwirrten Blick zu. »Du weißt doch, wo die Apotheke ist. Wir waren ja dort, als ich …«

O nein, o nein, o nein. Sie musste sofort diesen Satz beenden.

Sollte sie sich vom Wagen stürzen? Franz küssen? Ihm die Zügel aus der Hand reißen und den Friesen zum Jagdgalopp treiben? Das war vielleicht alles etwas drastisch.

»Ach ja«, rief sie leicht krächzend. »Jetzt weiß ich wieder. Das war mir entfallen. Mit all diesen neuen Dingen, die wir tagtäglich lernen, kommt viel zusammen. Apropos, kannst du noch mal erklären, wie wir das richtige Maß an Dünger berechnen? Das habe ich nämlich noch nicht so richtig verstanden.«

Hervorragend, Lina!, schimpfte sie sich. Das sollte ein romantischer Ausflug werden, und sie brachte das Gespräch auf dieses widerwärtige Gemisch aus Kuhdung, Blut, Hornspänen und Pferdepisse. Als Agneta zum ersten Mal davon gehört hatte, wäre sie fast auf der Stelle abgereist.

»Jetzt?«, fragten Franz und Agneta wie aus einem Munde. Agneta funkelte sie obendrein wütend an.

»Ihr habt ja recht, wir haben Feierabend. Redet ihr nur weiter, ich werde mich hier hinten einfach zurücklehnen und die Landschaft bewundern.«

Puh, das was gerade noch mal gut gegangen. So langsam nahm auch die Konversation zwischen den beiden wieder Fahrt auf, und Agneta erzählte von der Villa in Hildesheim, die ihre Familie bewohnte.

Als sie eine Viertelstunde später die Apotheke erreichten, bat Franz die Mädchen, alleine hineinzugehen, er würde sich solange um das Pferd kümmern. Warum kam er nicht mit?, zürnte Lina. Sie wollte, dass er Agneta in ihrem Element erlebte, und wann immer sie von diesem Wundermittel sprach, war sie voller Freude.

Nachdem sie unter Glöckchengebimmel die Apotheke betreten hatten, sah sie, wie der junge Apotheker hinterm Tresen rot wurde, als er Agneta mit den edlen Bernsteinkämmen im Haar und dem hübschen Kleid erblickte.

Sie wollte eine besonders große Ration Laudanum bestellen,

unglücklicherweise hatte er jedoch nicht so viel vorrätig. War das eine gute Gelegenheit für einen weiteren Ausflug? Agneta war das wohl zu heikel, sie wollte sich nicht darauf verlassen.

»Liefern Sie auch?«

Der junge Mann mit dem dünnen Bärtchen wurde eine weitere Nuance röter. »I-i-ich muss gestehen … das weiß ich nicht. Ich habe gerade erst meine Lehre begonnen, und der Meister ist nicht da. Wo … äh … wo wohnen Sie denn, wenn ich mir diese Frage erlauben darf?«, fragte er mit seinem charmanten holländischen Akzent.

Agneta reckte die Schultern nach hinten. »Wir sind Schülerinnen der Gartenbauschule für Frauen. Sie wird von der Hofgärtnerin in ihrem Betrieb in Rastede geleitet.«

»Sie wollen Gärtnerin werden!?« Seine Haltung veränderte sich, und in seinem Blick blitzte Überraschung auf.

»Ja«, sagte Agneta nicht ohne Stolz. »Wir sind sehr modern eingestellt und finden, Frauen können den Beruf genauso gut ausüben wie Männer – ob Ihnen das nun passt oder nicht.«

»Oh, nein, nein«, erschrocken riss er die Augen auf, »das wollte ich damit keineswegs andeuten. Mein Vater ist nur auch Gärtner, und ich hätte das auf den ersten Blick bei einer so vornehmen Dame wie Ihnen nicht vermutet. Ich bin allerdings überzeugt, dass Sie eine ganz ausgezeichnete Gärtnerin sein werden.«

Die beiden lächelten sich so selbstvergessen an, dass Lina sich räusperte. Was ging hier eigentlich vor sich? Sie riss sich sprichwörtlich ein Bein aus, um Agneta Franz schmackhaft zu machen, was mehr als schleppend lief, und nun schmeichelte der schüchternste Apothekerlehrling auf Erden ihrer Zimmergenossin, und der schien es zu gefallen?

»Danke für das Kompliment«, sagte Agneta taxierend. »Und ich für meinen Teil bin überzeugt, dass Sie ein ganz vorzüglicher Apotheker werden.«

Fast wären Lina die Augen aus dem Kopf gefallen. Was tat Agneta hier nur? Hatte sie nicht behauptet, dass in ihrer Schicht stetige Zurückhaltung angebracht sei?

»… insbesondere, wenn Sie es schaffen, mir meine nächste Laudanum-Ration liefern zu lassen. Denken Sie, Sie könnten einen Boten schicken, wenn ich jetzt bereits zahle?« Er nickte zügig. »Wenn nicht, werde ich höchstpersönlich bei Ihnen in der Gärtnerei vorbeikommen.«

* * *

Eik De Vos schnalzte mit der Zunge, als er Jahn im Wintergarten vorfand. Lesend! Bei bestem Sonnenschein. Der Bengel sollte draußen bei diversen Landpartien den Röcken nachstellen und am Abend mit seinen Freunden einen heben. Stattdessen saß er hier mit seinem dünnen Schnurrbart, den er seit Kurzem auch noch dämlich an den Seiten aufzwirbelte. Er studierte seine Lektüre, ganz so, als wäre er in den Fünfzigern und nicht etwa sein Vater. Dennoch nahm De Vos sich zusammen und schnauzte ihn nicht gleich an.

»Was liest du denn da?«

Jahn steckte den Zeigefinger ins Buch und klappte es zu. »Etwas über Medizin. Ich dachte, es kann nicht schaden, mich stärker in mein neues Fachgebiet einzuarbeiten.« Er sah ihn so hoffnungsvoll um Anerkennung heischend an, dass De Vos knapp nickte. »Dann sagt dir die neue Lehre also zu?«

»Sehr sogar. Ich bin Ihnen sehr zu Dank verpflichtet, dass Sie das arrangiert haben, Herr Vater.«

De Vos trat ans Fenster und ließ den Blick über die Gärtnerei schweifen. Ob Goldbach senior das wohl auch gemacht hatte? Und wären ihm dabei ebenso das lästige Unkraut, die unbeschnittenen Hecken und die viel zu großen Pflanzen in viel zu kleinen Kübeln aufgefallen? Er musste dringend ein ernstes Wort mit den Arbeitern reden, sie waren noch immer zu faul.

»Vermassle das ja nicht wieder, es ist das letzte Mal, dass ich dir geholfen habe. Winkelmann hat gesagt, du gehst nicht genug auf die Kunden zu, muss ich da etwa noch nachhelfen?« Er ruckelte an seiner Gürtelschnalle, und Jahn schüttelte entsetzt den Kopf.

»Nein, Herr Vater, ich gelobe Besserung. Ich werde alles genau so erledigen, wie Doktor Winkelmann es verlangt.«

»Gut.« Abrupt wandte er sich von der Fensterscheibe ab und setzte sich dann zu Jahn. »Wie laufen die Geschäfte denn so in der Apotheke? Er hat eine ziemlich eindrucksvolle Villa, muss also gut gehen.« Diesen riesigen Klotz in der besten Lage von Oldenburg bekam er einfach nicht aus dem Kopf. Womöglich sollte er die Branche wechseln? Oder vielleicht gab es eine Möglichkeit, mit einzusteigen? Die meisten Arzneien wurden schließlich aus Pflanzen hergestellt.

»Doktor Winkelmann hat viele zufriedene Kunden. Die meisten kennen ihn schon seit vielen Jahren.«

»Und erscheinen dir die Preise besonders hoch?« Er mochte zwar keine Ahnung von Apotheken haben, aber er wusste, wie andere Apotheker wohnten.

»Das nicht. Müssen sie aber auch nicht. Sie kommen ja alle regelmäßig wieder.«

Das war interessant. Die Frage wäre dann: Geschah dies in gängigen Abständen, oder geschah dies vielleicht *zu* regelmäßig?

35. Kapitel

»Und für dich habe ich herzerquickende Neuigkeiten, Lily.« Frieda lächelte der jungen Frau mit den müden Augen zu, die in der ersten Reihe saß und die Hände auf ihren runden Bauch gelegt hatte. Jeden zweiten Sonntag trafen sie sich in der Scheune am Ortsrand, die zu den abgelegenen Ländereien der Thormälens gehörte. Jost hatte erlaubt, dass Frieda sie für ihre Treffen des Vereins für Arbeiterinnen nutzte.

»In Österreich wurden der Elfstundentag und ein vierwöchentlicher Wöchnerinnenschutz eingeführt.« Sofort verbreitete sich ungläubiges Flüstern unter den jungen Frauen. So war es ihr auch ergangen, als sie die Neuigkeit in der *Gleichheit,* einer Zeitschrift für Arbeiterinnen, gelesen hatte.

»Wenn es also so weit ist, kannst du dieses Recht vom Vorarbeiter einfordern und dich auf die Regelung in Österreich berufen.«

Lily fasste sich an den Hals, und Frieda sah, wie sie schluckte. »Das ... das erlaubt er mir niemals. Vier Wochen? Der zeigt mir doch den Vogel.«

Leider war es sehr wahrscheinlich, dass das Vorhaben tatsächlich nicht von Erfolg gekrönt wäre. Aber es ging Frieda um etwas anderes. »Womöglich«, sagte sie und lief nachdenklich vor den Stuhlreihen auf und ab. Sie hatten klein angefangen, mit nur drei Arbeiterinnen. Doch im Laufe der Zeit hatte sich herumgesprochen, dass sie hier einander unterstützten, die Berufsertüchtigung und Lohnfragen diskutierten und sich gegenseitig halfen. Und der Mutterschutz war ein Thema, das Frieda besonders am Herzen lag.

»Trotzdem wird deine Anfrage Bewusstsein wecken. Sie zeigt, dass wir nicht mehr sang- und klanglos alles hinnehmen. Und wenn nach dir auch noch Helma, Marianne und Ingeborg verlangen, für die Zeit des Wochenbetts freigestellt zu werden, ruckeln wir zumindest an den alt eingefahrenen Denkstrukturen.« Sie blickte über die Stuhlreihen und spürte, dass jede der Anwesenden ganz genau hören wollte, was sie zu sagen hatte. Sie las die Zeitschrift von Clara Zetkin und anderen großen Stimmen der Arbeiterbewegung und machte sich dazu ihre eigenen Gedanken. Früher hatte sie sich mit Marleene dazu ausgetauscht, allerdings fiel das nun ja weg, wie ein dumpfes Gefühl im Bauch sie erinnerte. Dennoch fasste sie weiterhin alle Denkanstöße und Neuerungen für die Arbeiterinnen ihres Vereins zusammen, und dann diskutierten sie sie gemeinsam. Das hatte sich über die vergangenen Jahre so eingebürgert.

Früher hatte sie ja auch alles hingenommen, doch wenn man die Dinge genau betrachtete und verstand, wie das eine das andere beeinflusste, war so viel Ungerechtigkeit da draußen, dass sie am liebsten schreien würde. Und das heutige Thema hatte es in sich.

»… ich meine, das muss man sich mal auf der Zunge zergehen lassen: Immer wieder wird gepredigt, dass die Mutterschaft das höchste Gut der Menschheit und somit die wichtigste Aufgabe der Frau ist. Und dennoch gestehen sie uns nicht einmal zu, dass wir wenigstens eine Woche von der Arbeit fernbleiben? Nachdem wir eine Meisterleistung vollbracht haben? Nachdem wir stundenlang Höchstarbeit geleistet haben – denn nach dem, was ich gehört habe, ist eine Geburt nicht gerade ein Spaziergang.«

Wieder verbreitete sich beifälliges Gemurmel im Raum, und Frieda genoss es mitzuerleben, wie die Erkenntnis dieses Widersinns nach und nach in den Augen der Zuhörerinnen aufflackerte.

»So schwer ist es doch eigentlich nicht zu begreifen. Wenn die Leute da draußen weiterhin wollen, dass wir unsere Aufgabe erfüllen, dass wir für den Fortbestand der Menschheit sorgen, dann sollen sie uns doch bitte auch die Möglichkeit geben, uns von den Strapazen zu erholen und uns um den neuen kleinen Menschen gebührend zu kümmern. Sie beteuern doch stets, dass sie das starke, das überlegene Geschlecht sind. Wenn sie allerdings nicht imstande sind, das zu erkennen ...« Frieda stand mit festen Beinen vor der Gruppe und gestikulierte so nachdrücklich, dass sie sich fühlte wie eine Politikerin. »... dann frage ich mich doch, wer hier eigentlich minderbemittelt ist!«

Tosender Applaus und Gelächter brandeten auf. Frieda grinste und wartete, bis wieder Stille einkehrte. »Eigentlich will ich die Spaltung der Geschlechter gar nicht propagieren«, erklärte sie dann, denn sie kannte zumindest einen Mann, der intelligenter war als alle Menschen, die sie zuvor getroffen hatte. Ihre Wangen wurden warm, aber das lag gewiss an der ungeteilten Aufmerksamkeit.

»Letztendlich bin ich der festen Überzeugung, dass es schlicht und einfach keine Frage des Geschlechts ist, sondern eine der Menschlichkeit. Es gibt verdammt schlaue Menschen und eben weniger schlaue. Auf beiden Seiten. Und die meisten davon werden sich vermutlich in der Mitte befinden. Und so ist es nicht nur mit dem Verstand, sondern auch mit der Schwatzhaftigkeit, dem Ideenreichtum und sämtlichen Dingen, die gerne ausschließlich den Männern oder nur den Frauen zugeschrieben werden. Es stimmt einfach nicht, dass derartige Eigenschaften eine Frage des Geschlechts sind. Nur der Körper unterscheidet sich, und da uns nun mal die Ehre zuteilwird, Kinder zu gebären, müssen wir dafür kämpfen, dass wir nicht nur den gebührenden Respekt bekommen, sondern auch die Zeit zur Erholung und das bei Fortzahlung des Lohns!«

Abermals klatschten alle begeistert, und Frieda setzte zu ihrem Schlussplädoyer an. Es war höchste Zeit, dass ein Umdenken angestoßen wurde. »Deswegen müssen wir jetzt tätig werden und unser Recht einfordern. Jede Angestellte und jede Arbeiterin muss einen Antrag stellen, für die Zeit des Wochenbetts freigestellt zu werden, wenn es so weit ist. Vielleicht wird er abgelehnt. Sehr wahrscheinlich sogar. Aber denkt daran: Steter Tropfen höhlt den Stein, und selbst wenn das Umdenken erst in zehn oder zwanzig Jahren geschieht, ist es besser, als wenn es gar nicht eintritt. Ich frage mich oft, was gewesen wäre, wenn unsere Mütter oder Großmütter bereits dieses Recht eingefordert hätten – vielleicht wäre es dann jetzt so weit, wer weiß? Vermutlich war die Zeit damals noch nicht reif. Doch jetzt ist sie es, das spüre ich hier.« Sie legte eine Hand auf ihr Herz. »Spürt ihr es auch?«

Viele taten es ihr gleich, die meisten nickten, und vereinzelte Stimmen riefen »Ja!«.

»Gut. Dann lasst es uns wagen. Lasst uns diesen ersten Schritt tun. Wenn er uns nicht hilft, bringt er zumindest unsere Kinder voran.«

Frieda atmete heftig, das hatte sie während ihrer Brandrede wohl vergessen. In der Luft schwebte die Entschlossenheit der ganzen Gruppe, und sie spürte, dass viele es wenigstens versuchen würden. Vom hinteren Teil der Scheune hörte sie nun Beifall, und zu ihrer Verblüffung trat Jost aus dem Zwielicht nach vorne. Herrje, hatte er also alles mit angehört? Ihr Gesicht begann zu glühen, je näher er kam.

»Was machst du denn hier?«

»Ich war gerade in der Gegend. Und dann dachte ich mir, ich schau mir mal eines deiner Geheimtreffen an.« Er war jetzt so nah, dass sie seinen Geruch nach Sägespänen nicht mehr ignorieren konnte. Zeitgleich schrie ihr Kopf wenig hilfreiche Tipps wie: »Renn einfach weg!« Sie unterdrückte den Impuls und versuchte, das Treffen kleinzureden. »Ach das … ist doch keine große Sache.«

»Keine große Sache, machst du Witze? Nach der flammenden Rede bin selbst ich kurz davor, zum Besitzer der Ziegelei zu gehen und Mutterschutz zu verlangen.«

Frieda lachte.

»Aber ich habe die vage Vermutung, dass er mir das nicht so ganz abnehmen würde«, sagte er sachlich. »Immerhin bin ich dort nicht angestellt«, setzte er hinzu, als wäre dies das größte Problem und nicht etwa seine Männlichkeit.

Frieda lachte abermals. Seit wann war er so witzig? Und sie? Was sollte sie sagen? Ihr musste auf der Stelle etwas einfallen. Nicht nur irgendetwas – etwas Geistreiches am besten. Mit einem Hauch Komik. Trotzdem sah sie ihn einfach nur an, bemerkte, wie sich in den Stuhlreihen neben ihr die Frauen aufgeregt unterhielten, während sie ihre Ausgehtücher umlegten oder Taschen packten.

»Nein, ernsthaft.« Er kam noch einen Schritt näher, und Frieda spürte seine Wärme auf ihrer Haut. »Du hast deine Sache großartig gemacht. Ich … ich fühle mich ehrlich ziemlich schäbig, dass ich mir um diese Dinge nie Gedanken gemacht habe. Alles, was du aufgezählt hast, ist bestens nachvollziehbar, und es ist sehr wichtig, dass ihr euch dafür einsetzt. Wenn ich dir irgendwie helfen kann, sag gerne Bescheid. Wobei …« Er kratzte sich am Nacken. »Ich fürchte, dafür könnte ich keine Maschine bauen. Also bin ich wohl keine große Hilfe.«

Eine Gleichberechtigungsmaschine, das wäre etwas. Doch zum dritten Mal lachte Frieda einfach nur dümmlich, da ihr noch immer nichts einfallen wollte. Jost sah ihr trotzdem direkt in die Augen. »Aber wenn ich könnte, dann würde ich.«

36. Kapitel

»Können wir noch bei der Apotheke vorbeifahren? Meine Mutter benötigt neue Salbe gegen ihre Gelenkschmerzen«, fragte Marleene Julius, nachdem sie tagsüber auf Hochtouren im Oldenburger Schlossgarten gearbeitet hatten, damit alles rechtzeitig zur Eröffnung fertig wurde. Julius hatte Marleene allemal ein paar Gerätschaften anreichen dürfen. Die Eröffnung zwar erst im kommenden Frühling, aber damit die Pflanzen noch anwachsen konnten, mussten sie dieses Jahr noch in die Erde. Deswegen konzentrierten sie sich momentan darauf.

»Natürlich.« Julius lenkte den Pferdewagen Richtung Lambertikirche, und kurz darauf kamen sie vor der kleinen Apotheke zum Stehen. »Ich mach das schnell«, sagte er und war bereits im Begriff abzusteigen. Marleene lachte. »Einen simplen Einkauf kriege ich aber nun wirklich noch hin!« Vorsichtig kletterte sie herunter. Normalerweise wäre sie gesprungen, aber ihr Bauch war mittlerweile so riesig, dass sie sich nicht mehr wie gewohnt bewegen konnte. Sich zu bücken kam Schwerstarbeit gleich, und wann immer sie es tat, blickte sie sich um, ob noch irgendetwas herumlag, was sie mit aufheben könnte, damit der beschwerliche Weg nach unten sich auch lohnte.

Zu ihrer Verwunderung wurde sie nicht vom weißhaarigen Doktor Winkelmann mit seiner überschwänglichen Freundlichkeit begrüßt, sondern von einem Jüngling mit dünnem Oberlippenbart, den er merkwürdig aufgezwirbelt hatte.

»Guten Tag, was kann ich für Sie tun?«, fragte er mit kaum hörbarer Stimme, und Marleene gab ihre Bestellung auf. Er verschwand im Nebenraum, kam kurz darauf mit einer Dose wieder und stellte sie vor ihr auf die Ladentheke. Dann holte er tief Luft, und Marleene entdeckte feine Schweißperlen an seinem Haaransatz. »Darf es dazu noch die Englische Centifoliensalbe sein?«

»Nein, danke«, sagte Marleene lächelnd.

»Aber sie wirkt wahre Wunder. Erst kürzlich wurde eine fünfundzwanzig Jahre alte Wunde einer Siebenundsiebzigjährigen damit erfolgreich behandelt, obwohl sie für unheilbar erklärt wurde.«

»Steht das in der Reklame oder in der Fachpresse?«

»Doktor Winkelmann studiert regelmäßig die Fachpresse. Hinten im Raum liegt ein ganzer Stapel. Überaus interessant, ich lese sie auch immer, wenn wir keine Kundschaft haben. Woher das aber nun genau kommt …« Er nagte an seiner Unterlippe. »Er hat es mir auf jeden Fall gesagt.«

Marleene versteckte ihr Grinsen, um ihn nicht zu kränken. Von Doktor Winkelmann war sie diese Anpreisungen weiterer Arzneien bereits gewohnt – obgleich er sie glaubhafter hervorbrachte. Bei diesem Jüngling merkte man, dass er selbst nicht vollkommen überzeugt war.

»Momentan gibt es bei uns gottlob keine offenen Wunden.«

»Dann vielleicht einige Schweizer Pillen des Apothekers Richard Brandt? E-es ist ein vorzügliches Blutreinigungsmittel, allgemein anerkannt und erprobt. Wirkt bei Störungen in den Unterleibsorganen, trägem Stuhlgang, Kopfschmerzen, Schwindel, Atemnot, Herzklopfen, Beklemmung und Appetitlosigkeit. Es ist in der ganzen Welt bekannt und wird von einigen Tausend praktizierenden Ärzten empfohlen.«

Seine Augen blickten sie so hoffnungsvoll an wie die von Asta, wenn sie Schinken gerochen hatte, und es tat Marleene fast leid, dass sie ablehnen musste. Sie hatte gelesen, dass bei derartigen Wundermitteln stets Vorsicht geboten war, ganz gleich, wie vielversprechend die Anpreisungen klangen. »Es tut mir leid«, sagte sie und klopfte sachte auf ihren runden Bauch. »Ich denke, in meinem momentanen Zustand nehme ich besser keine zusätzlichen Medikamente.«

»Es ist auch während der Schwangerschaft vollkommen unbedenklich.« Vermutlich sah er bereits an der Art, wie sie das Gesicht verzog, dass sie ablehnen würde. Er drehte sich einigen großen Säcken zu, die an der hinteren Wand der Apotheke lagen. »Dann vielleicht etwas gemahlenen Peru-Guano-Dünger? Reiche Erträge und vorzügliche Qualitäten sind Ihnen damit sicher. Also … falls Sie einen Garten haben?«

Nun musste Marleene doch lächeln. »Wir haben sogar eine ganze Gärtnerei. Aber deswegen haben wir auch schon einen Düngerlieferanten, fürchte ich.«

Er stockte. »Nicht zufällig in Rastede?«

Marleene nickte.

»Dann sind Sie die Hofgärtnerin mit der Gartenbauschule für Frauen?«

Marleene bestätigte seine Vermutung und freute sich, dass selbst er davon gehört hatte, obwohl er offensichtlich neu in der Stadt war. Vielleicht hatte Doktor Winkelmann sie mal erwähnt, er kannte ihre Familie seit vielen Jahren und hatte schon ihren Vater behandelt.

»Moment«, er hob einen Finger, »dann habe ich doch etwas für Sie.«

»Aber ich …«

»Keine Sorge, es ist bereits bezahlt.« Er war bereits im Hinterraum verschwunden und kehrte mit einer durchsichtigen kleinen Flasche mit Korken zurück. »Eine Ihrer Schülerinnen hat es letzten Monat vorbestellt und bezahlt, ich hätte mich sonst am Wochenende selbst auf den Weg gemacht. Sie war überaus liebreizend, hatte braune Locken und Bernsteinkämme im Haar.«

Agneta. Eindeutig.

»Was ist es denn?«, erkundigte sich Marleene.

»Laudanum, also Mohnsaft. Ein wahres Wundermittel – aber ein echtes«, setzte er leicht beschämt hinzu. »Ich habe selbst nachgelesen, und da gibt es einen Arzt, der damit von seinem Blasenleiden und ständigen Schmerzen erlöst wurde. Es hilft zudem gegen Zahnschmerzen, Frauenleiden, ja, selbst Säuglinge können Sie damit ruhigstellen.«

»Nun gut, wenn sie es so dringend benötigt …«

»Durchaus, sie wirkte schon sehr erpicht.« Er rechnete die Salbe ab, und Marleene war im Begriff zu gehen, bemerkte aber, dass er noch etwas sagen wollte, und sah ihn abwartend an. »Wenn ich mir noch eine Nachfrage in privater Angelegenheit erlauben darf?«

Marleene wunderte sich, was dieser Jüngling wohl für ein Anliegen haben mochte, und lächelte ihm aufmunternd zu.

»Mein Vater hat ebenfalls eine Gärtnerei und feiert nächsten Monat ein großes Einweihungsfest, das auch gleichzeitig seine Hochzeit ist. Ich dachte, da Sie ja zur selben Branche gehören, haben Sie und Ihre Schülerinnen vielleicht die Güte, uns ebenfalls zu beehren? Es wird ein Kostümfest.«

»Ein Kostümfest, wie interessant. Aber dürfen Sie denn einfach so Gäste hinzuladen?«

Seine Antwort kam zögerlich. »Gewiss, Vater wird sich freuen. Es kommt ohnehin halb Oldenburg, und die Villa bietet ausreichend Platz.«

Ein ungutes Gefühl beschlich Marleene, und sie musste ihm sogleich auf den Grund gehen. »Wie heißt denn Ihr Vater?«

»De Vos. Eik De Vos.«

Fast wären Marleene die Dose und das Fläschchen aus der Hand gefallen.

»Geht es Ihnen gut?«

»Ich … ja … alles bestens. Ich muss jetzt aber wirklich gehen, mein Gatte wundert sich gewiss bereits.« Sie drehte sich zur Tür und stürmte los.

»Was ist mit dém Maskenball?«

»Wir sind leider verhindert.«

»Aber ich habe noch gar kein Datum genannt.«

»Ich …« Herrje, wie sagte man jemandem höflich, dass sein Vater ein widerwärtiger Lüstling war? »Ich … Es geht einfach nicht.«

Murmelte er etwa: »Hier also auch«? Marleene wusste es nicht, sie wollte nur noch raus.

Julius konnte kaum glauben, dass De Vos einen Maskenball veranstaltete, als sie ihm wenig später davon erzählte.

»Soso, versucht er nun also, sich bei der Gesellschaft durch einen großen Ball beliebt zu machen. Das sieht ihm ähnlich«, sagte er, nachdem Marleene sich ein wenig erholt hatte. Dann deutete er mit dem Kopf auf das Fläschchen in Marleenes Hand. »Was hast du denn da?«

»Ach das?« Sie hielt es kurz hoch. »Laudanum. Agneta hatte es bei ihm vorbestellt.«

Tiefe Furchen zeichneten sich auf Julius' Stirn ab. »Laudanum?«

»Ja. Er sagte, das sei Mohnsaft, es soll gegen sämtliche Gebrechen helfen. Wahrhaftig, nicht so wie diese zahlreichen Wundermittel, die einem das Blaue vom Himmel versprechen. Kein Wunder, dass Agneta es unbedingt braucht, sie hat ja ständig etwas.«

Julius verzog das Gesicht und wirkte beunruhigt.

»Was ist? Glaubst du, sie ist einem Scharlatan aufgesessen?«

»Wenn es nur das wäre … Ehrlich gesagt …«, er sah sie voller Sorge an, »bin ich nicht sicher, ob nicht genau das jenes Mittel war, welches meine Mutter immer genommen hat.«

Marleene biss sich auf die Unterlippe. »Agneta ist doch nicht krank. Deine Mutter war geschwächt … Warum sollten sie dasselbe Mittel nehmen?«

»Darüber habe ich auch viel nachgedacht, aber ehrlich gesagt frage ich mich, ob es nicht vielleicht das Mittel selbst war, das sie überhaupt erst dermaßen geschwächt hat.«

Marleene fröstelte mit einem Mal trotz der Julihitze. Julius' Mutter war damals sehr plötzlich verstorben. Wenn seine Vermutung stimmte, mussten sie dringend herausfinden, ob es sich um ein und dasselbe Mittel handelte. Auf gar keinen Fall wollte sie, dass Agneta Schaden nahm. Und eine Schülerin, die während ihrer Zeit in der Gartenbauschule schwächer und schwächer wurde, war zudem so ziemlich das Letzte, was sie momentan benötigte.

37. Kapitel

Es war schon spät am Sonntagnachmittag, als Lina beschloss, sich davonzustehlen. Am Tag des Herrn durfte jeder seinen eigenen Angelegenheiten nachgehen, und das Schwalbennest lag gänzlich verlassen da, als sie sich aufmachte.

Aus der Gewohnheit heraus hätte sie das schmiedeeiserne Tor zur Gärtnerei fast wieder hinter sich verschlossen, als ihr ein Gedanke kam. Was, wenn sie es vergaß? Was, wenn es irgendwer heute vergessen hatte und so den möglicherweise vorbeiziehenden Wildschweinen kein Einhalt mehr geboten wurde?

»Huch, wie konnte das nur passieren?!«, wisperte sie für sich und ging mit offenem Tor im Rücken weiter.

»Lina?«

Sie fuhr zusammen und drehte sich nur langsam um. Da stand Franz mit seinen stechend blauen Augen und seiner Entschlossenheit im Blick. Ein langer Ratscher zierte seine Wange, und er lächelte sie mit einem Anflug von Verwunderung an. »Du hast vergessen, das Tor zu schließen. Pass bloß auf, dass das nicht noch mal geschieht, die Wildtiere können ganze Beete zerstören und höllischen Schaden anrichten.«

»Oh.« Lina wurde heiß am Kragen, und sie rang um Worte. »E-es tut mir leid. Ich war so in Gedanken, ich …« Rasch kehrte sie auf das Gelände der Hofgärtnerei zurück und schloss das Tor hinter sich.

Er winkte ihre Bedenken beiseite. »Pass einfach auf, dass es nicht wieder vorkommt. Du willst doch nicht deiner eigenen Arbeit schaden, oder?«

Tatsächlich versetzte ihr die Vorstellung von vollkommen zerwühlten Gemüse- und Blumenbeeten, an denen sie und die anderen Mädchen wochenlang gearbeitet hatten, einen kleinen Stich. Dennoch wäre es die Sache wert. Und es wäre um einiges einfacher, wenn die Wildschweine die Drecksarbeit erledigten, denn Franz erwies sich immer mehr als sturer Bock.

»Was machst du eigentlich am Sonntag hier? Hat die Hofgärtnerin dir nun auch noch den Wochenenddienst aufgebrummt?« Das würde ihr ähnlich sehen. Ließ die anderen für sich arbeiten, während sie selbst ihrem Vergnügen nachging.

»Nein.« Er hängte seine Daumen locker in seine Hosenträger ein. »Ich bin gewissermaßen freiwillig hier.«

»Freiwillig?« Sie rümpfte die Nase. »Bist du noch ganz bei Sinnen?«

Er lachte verschmitzt. »So schlimm ist der Gartenbau nun auch wieder nicht. Du selbst musst doch ebenfalls eine Vorliebe dafür haben, sonst würdest du ja nicht die Schule besuchen.«

Richtig! Sie musste dringend vorsichtiger werden. Franz hatte so eine einnehmende Art, dass sie mitunter vergaß, ihre Rolle als begeisterte Gärtnerschülerin zu spielen.

»Gewiss«, beeilte sie sich zu sagen. »Ich kann es auch gar nicht abwarten, Montag zu den duftenden Blüten zurückzukehren. Aber heute ist doch erst einmal Schontag. Du solltest dich ebenfalls ausruhen.«

»Ich habe sogar etwas Besseres gemacht. Komm mit!«

»Äh, also eigentlich …« Was konnte sie ihm auf die Schnelle sagen? Die Wahrheit schied aus. »… eigentlich wollte ich gerade einen Spaziergang machen.«

»Bitte! Ich verspreche dir, du wirst es nicht bereuen.« Er wirkte so versessen darauf, ihr etwas zu zeigen, dass sie zustimmen musste.

Ein Spaziergang war etwas, das sich viel zu leicht verschieben ließe, da hätte ihr wohl eine bessere Ausrede einfallen müssen, wenn sie ihn wirklich abwimmeln wollte.

»Na gut«, sagte sie ergeben.

Anstatt zum Schwalbennest oder in Richtung der Gewächshäuser zu gehen, schlug er einen Weg in das Kiefernwäldchen ein, wo sie vor einiger Zeit die Knospen aus den Rhododendren gebrochen hatten, damit diese buschiger wuchsen. Doch auch die ließ er hinter sich liegen, ging tiefer und tiefer durch den kleinen Wald, bis sie ihn vollends durchquert hatten. Hinter dem Waldrand tat sich ein Roggenfeld auf, das den Thormälens gehörte, sie hatte Jost hier neulich mit einer gar riesigen Maschine gesehen. Die Abendsonne malte lange Schatten auf den Boden und ließ die samtweich wirkenden Ähren golden glänzen. Das ewig lange Feld zog sich bis zum nächsten Begrenzungswall in der Ferne, der so weit entfernt war, dass die darauf stehenden Bäume, hinter denen die Sonne verschwand, nur noch daumengroß wirkten. Es duftete nach trockenen Blumen, und der Ort strahlte mit den kunterbunten Wiesenblumen und dem leisen Zirpen der Grillen eine solche Friedlichkeit aus, dass Lina an die wenigen harmonischen Tage ihrer Kindheit erinnert wurde.

»Was ist?«, fragte Franz leicht amüsiert.

»Früher hätte ich mich bei so vielen Blumen sofort ins Gras gesetzt und einen Kranz aus Dotterblumen gebunden.«

»Wirklich? Das muss ich sehen.«

Für einen Moment war sie versucht, dann besann sie sich eines Besseren. »Nein, das wäre albern.«

Franz drängte sie jedoch so lange, bis sie lachend aufgab, sich ins Gras hockte und dicke Blumensträuße zu einem Kranz zusammenfasste. Kichernd legte sie sich ihn auf den Kopf und sah Franz erwartungsvoll an.

»Bist du nun zufrieden?«

Jeglicher Schalk verschwand aus seinen Augen, und die Grillen schienen zu verstummen.

»Es ist perfekt.«

Lina spürte, dass ihre Wangen rosig wurden, und wandte den Blick ab. Franz räusperte sich. »Es passt nämlich so gut zu der Sache, die ich dir eigentlich zeigen wollte.«

»Welche Sache?«, hakte Lina nach, und er deutete auf einen Baum am Rande des Kornfelds. Sie entdeckte sofort, was er meinte, und ging fassungslos darauf zu, spürte ihren Herzschlag bis in die Ohren.

Hatte er das wirklich getan?

Mit heißen Augen sah sie ihn an, und er versuchte es abzutun.

»Du hast so hingerissen davon gesprochen. Und da wir letztens eh auf der Reeperbahn waren, um die Seile zu kaufen, habe ich eben zwei für mich selbst erstanden. Willst du sie ausprobieren?«

»Aber ich kann doch nicht … Ich bin immerhin erwachsen.«

»Lina.« Eindringlich sah er ihr in die Augen. »Wann bist du von zu Hause weggegangen, um zu arbeiten?«

»Mit vierzehn.«

»Und vorher hast du dich tagtäglich um die jüngeren Geschwister gekümmert. Gekocht, geschrubbt und gewaschen, hast womöglich sogar die Schule deswegen manchmal sausen lassen, richtig?«

Nicht nur manchmal, dachte sie, und er sah ihr so intensiv in die Augen, dass es in ihrem Bauch kitzelte.

»Siehst du? Deswegen ist es allerhöchste Zeit, jetzt noch einmal Kind zu sein.«

Lina nickte beklommen und folgte ihm mit tauben Beinen durch das hohe Gras zur meterlangen Schaukel. Mit der flachen Hand klopfte er mehrere Male auf das Brett, und Lina nahm glücklich darauf Platz.

Sie genoss den Blick über die goldenen Gräser und die Sonne, deren Strahlen vor den dunklen Bäumen sichtbar waren. Mit beiden Händen gab er ihr von hinten Schwung, sodass sie vergnügt aufquietschte. Im nächsten Moment strich der Wind durch ihre Haare und vertrieb die Hitze aus ihren Gliedern. Da die Seile so unglaublich lang waren, schaukelte sie höher und höher, und schon bald war das Gefühl aus ihrer Kindheit gänzlich zurückgekehrt. Endlich war sie wieder so frei wie ein Vogel.

38. Kapitel

Julius und Marleene hatten eine Woche später das Glück, an einem der schönsten Plätze im gesamten Oldenburger Schlossgarten zu arbeiten. Die Sonne erleuchtete die Balustrade am großflächigen Teich elfenbeinweiß. An einer Stelle führte sie als Halbrund in das Gewässer, sodass man sich wie eine Königin auf ihrem Balkon fühlen konnte. Über die Wasseroberfläche zogen sich leichte Wellen, und darauf spiegelte sich die Turmspitze der Lambertikirche vor dem hellblauen Himmel. Ein wahrer Ort zum Wohlfühlen.

Aber sie waren nicht zum Entspannen hier, sondern zum Arbeiten. Heute mussten sie noch eine weitere Schicht Kieselsteine auf die Wege füllen, letzte Gewächse verpflanzen oder zurechtschneiden. Dann musste alles nur noch etwas besser anwachsen, um nach all den Jahren bereit für die Eröffnung im kommenden März zu sein. Fertig war er wohl nie, schließlich lebte er.

»Ich kann kaum glauben, dass es nächstes Jahr endlich so weit ist. Vielleicht sollten wir …« Marleene unterbrach sich selbst, als sie in der Ferne eine Frau im weißen Kleid mit üppigem Hut auf sie zuschreiten sah. Trotz der Sommerhitze trug sie ein besticktes Tuch um die Schultern. Unwillkürlich spannte sich alles in Marleene an.

»Die Prinzessin kommt«, raunte sie Julius zu, und er arbeitete sogleich ein wenig schneller. Elisabeth Pauline Alexandrine war nämlich nicht nur die Großherzogin von Oldenburg, sondern zugleich eben Prinzessin von Sachsen-Altenburg.

»Sie haben wahrlich vortreffliche Arbeit geleistet«, versicherte sie ihnen, nachdem Marleene und Julius die Begrüßung gemeistert hatten. »Ich hatte jedoch eigentlich gehofft, auch Ihre Schülerinnen hier einmal bei der Arbeit anzutreffen?«

Marleene spürte ein Zucken an ihrem Lid und verzog den Mund zu einem Lächeln. »Die Schülerinnen? Ich weiß nicht, ob das so eine gute Idee ist …« Sollte sie wirklich ihre Mädchen in Jungenkleidern hier öffentlich zur Schau stellen? Das fühlte sich irgendwie falsch an.

»Aber gewiss doch. Warum verstecken sie sich? Für mein Empfinden war Ihre Idee mit der Gartenbauschule für Frauen fulminant. Es wäre doch großartig, wenn möglichst viele sie hier bei der Arbeit sehen würden.«

Marleene nickte langsam. Auf der einen Seite wäre es das. Auf der anderen Seite bekamen sie noch so viel Widerstand entgegengebracht, dass es gleichzeitig eine unberechenbare Situation wäre.

»Dir gefällt ihr Vorschlag nicht?«, erkundigte Julius sich, als die Großherzogin außer Hörweite war und ihren Spaziergang durch den Park fortsetzte.

»Ich fürchte, es wäre zu heikel.« Sie hatte einfach das ungute Gefühl, dass die Gesellschaft noch nicht so weit war.

»Apropos heikel. Mir geht da eine ganz andere Sache nicht aus dem Kopf«, gestand Julius, als er seine Schaufel tief in die Schubkarre mit dem Kies stieß. Marleene sah ihn fragend an.

»Das Laudanum. Was, wenn es wirklich das Medikament ist, das meine Mutter bekam? Können wir unsere Schülerin das dann guten Gewissens nehmen lassen?«

»In dem Fall natürlich nicht«, sagte Marleene, während sie vorsichtig mit dem Rechen den grauen Kies über den frisch angelegten Weg verteilte. Mehr ließ Julius sie nicht machen. Ihr Bauch hatte mittlerweile derartige Ausmaße angenommen, dass es aussah, als könnte das Kind jeden Moment kommen, dabei hatte sie noch einen ganzen Monat. »Wir können ihr allerdings aufgrund einer vagen Vermutung nicht verbieten, die Medizin einzunehmen, die sie benötigt. Sie fühlt sich ja tatsächlich oft schlecht.«

Julius nickte und stützte sich schwer atmend auf seiner Schaufel ab. »Deswegen habe ich mir etwas überlegt. Ich müsste allerdings in die Fliedervilla, um nachzusehen. Vater hatte damals alle Habseligkeiten meiner Mutter in den Keller geschafft, damit er nicht ständig an ihr Fehlen erinnert wurde, das war ihm zu schmerzhaft. Ich würde hundert Rhododendren darauf verwetten, dass Konstantin nichts davon angerührt hat, und De Vos hat ja alles so übernommen, wie es war.«

»Schön und gut.« Marleene verlangsamte ihr Harken. »Aber sollen wir etwa in einer Nacht-und-Nebel-Aktion in den Keller der Fliedervilla einbrechen? Wir kommen ja nicht einmal auf das Gelände, das Loch in der Mauer ist schon lange verschlossen und das Tor nicht zu überwinden, sofern man nicht als Spießbraten enden möchte.«

Julius lachte auf dem Weg zum Karren. »Wo denkst du denn hin? Es besteht doch gar kein Grund, sogleich nach unlauteren Mitteln zu greifen.«

»Ach nein? Was schlägst du stattdessen vor?«

»Wir fahren hin und fragen höflich nach.«

»Und du denkst, er lässt uns gewähren?«

»Warum nicht?«, fragte Julius auf dem Rückweg vom Karren mit einer Schaufel voller Kies in der Hand. »Letztendlich waren wir früher Geschäftspartner. Und es muss ihn ja nicht stören, wenn ich die Sachen durchgehe, die meiner Familie gehören.«

»Nun ja, wir könnten es zumindest versuchen«, sagte Marleene, sollte ihre Worte drei Stunden später jedoch zutiefst bereuen.

* * *

267

Julius hatte den massiven Türklopfer mehrmals gegen die Messingplatte schnellen lassen, und Marleene hatte sich innerlich darauf eingestellt, einem emsigen Bediensteten gegenüberzustehen. Doch als die Tür aufschwang und ein Schwall kalten Rauchs ihnen entgegenschlug, klappte ihr Mund unwillkürlich auf.

»F-F-Frau Holthusen?«, stotterte sie schließlich perplex, als sie in die unerbittlichen Augen ihrer einstigen Chefin sah. Die hätte sie nun wirklich nicht in ihrer geliebten Fliedervilla vermutet. Es passte absolut nicht, und sie hätte sie am liebsten wie eine Heuschrecke fortgewischt, die auf ihrem Lieblingskleid gelandet war.

»Was wollt ihr hier?«, kläffte Frau Holthusen stattdessen.

»Wir wollten Herrn De Vos sprechen«, übernahm Julius das Gespräch, da Marleene noch immer neben sich stand.

»Mein Verlobter ist im Betrieb.« Sie verschränkte die Arme, als ahnte sie, dass ihre Worte eine Welle des Entsetzens auslösten.

»Sie … Sie haben vor, De Vos zu heiraten?«, fragte Marleene ungläubig und griff Halt suchend nach Julius. »Nach allem, was er mir und anderen angetan hat?«

»Ach«, sie fuchtelte unwirsch in der Luft herum. »Jetzt hör doch auf, diese ollen Kamellen wieder hervorzukramen. Ich habe dir damals schon gesagt, dass du übertreibst.«

»Übertreiben? Er wollte Notzucht an mir verrichten! Und nicht nur das, meine Cousine ist er auch angegangen.«

»Papperlapapp! Du hast ihm schöne Augen gemacht und bist zornig, dass er dich nicht wollte. Stattdessen heiratet er nun mich.« Sie hob das Kinn und streckte die Schultern nach hinten. »Wenn ihr mich jetzt entschuldigen würdet, ich habe ein Fest vorzubereiten.« Mit diesen Worten schmiss sie ihnen die Tür vor der Nase zu.

Julius und Marleene tauschten einen Blick.

»Sollen wir ihn dennoch fragen?«

»Ja. Mir ist zwar nicht daran gelegen, auch nur eine Minute länger auf dem Anwesen zu verbringen, das nun die zwei fürchterlichsten Menschen, die ich kenne, bewohnen. Aber es ist wirklich wichtig, dass wir herausfinden, welche Medikamente deine Mutter genommen hat, um jegliches Risiko zu vermeiden.«

Sie steuerten den Hauptweg an, der von der Fliedervilla wegführte. Marleenes Seele wurde schwer, als sie die Remise neben dem Freilandquartier passierten, den Bereich mit den großen Topfpflanzen und die wunderschöne alte Orangerie. Das alles war noch immer so vertraut, sie hatte sich vom ersten Tag ihrer Lehre an hier zu Hause gefühlt.

Die Tür eines Erdgewächshauses öffnete sich, und sie beide wandten den Kopf in die Richtung, um zu sehen, ob es De Vos war. Es schob sich zwar ein recht massiger Körper nach draußen, doch es war Oskar. Auf dem eiförmigen Gesicht mit den tiefen Ringen unter den Augen erschien ein breites Lächeln, als er sie erblickte.

»Julius, Marleene!« Umgehend eilte er auf sie zu.

Die beiden begrüßten den Obergärtner, doch als er seine Kappe abnahm, vergrößerten sie den Abstand ein wenig, da von dieser ein recht strenger Geruch ausging.

»Gut, dass ich euch treffe, ich wollte ohnehin mit euch sprechen und wäre schon längst vorbeigekommen, aber die Tage hier sind unglaublich lang. Ich meine, Alexander hat ja schon dafür gesorgt, dass hier kein Schlendrian herrscht, Konstantin war das meiste einerlei, der Neue hinge…« Verstohlen blickte er über beide Schultern, bevor er mit gesenkter Stimme weitersprach. »Mein lieber Herr Gesangsverein, dat is een scharpen Hund! Wenn wir die kaum schaffbaren Wochenziele nicht erreichen, müssen wir sogar am Sonntag arbeiten, am Tag des Herrn! Könnt ihr euch das vorstellen?«

Julius und Marleene schüttelten die Köpfe.

»Schon beim geringsten Fehler rastet er aus. Hat alltied de Stock bei de Döör stehn … Und ik sitz zwischen Boom und Bark, weil ich seine Anordnungen durchsetzen muss. Wir sind alle so doodmüde, wir kriegen de Foten nich mehr vörnanner.«

»Das tut mir sehr leid, Oskar. Wenn wir irgendetwas für dich tun können, dann …«

»Ja!«, fiel er Julius ins Wort und senkte die Stimme. »Bitte, lasst mich in der neuen Hofgärtnerei anfangen. Waren wir nicht immer eine gute Truppe?«

Julius zögerte. »Das schon …« Er sah zu Marleene. Es wäre schön, auch Oskar dabeizuhaben, allerdings würde De Vos ihnen den Kopf abreißen, wenn sie ihm seinen Obergärtner abspenstig machten. Außerdem waren sie wegen der neuerlichen Investitionen nicht gerade flüssig.

»Bitte, ganz gleich, was ihr mir zahlen könnt, ich nehme es. Wenn ich dafür nur wieder zu den alten Bedingungen arbeiten kann. Sonst …« Aus seinen matten Augen sah er sie an, seine Haut war deutlich blasser, sodass die Adern zu sehen waren und die Lippen spröde. »Sonst mache ich es nicht mehr lange, da bin ich mir sicher.«

Marleene konnte es kaum ertragen, den stoischen Oskar so zu sehen, und da er bereit war, auf einen Teil seines Lohnes zu verzichten, musste die Arbeit hier ihm wahrlich zusetzen. Zudem würde sie ja etwas kürzertreten müssen, sobald das Kind da war. Sie nickte Julius zu, und er wandte sich an seinen ehemaligen Kollegen. »Wir würden uns sehr freuen, wenn du wieder bei uns arbeitest.«

Oskar hatte bereits den Mund geöffnet, als neben ihm die Tür des zweiten Gewächshauses aufging und ein wutschäumender De Vos heraustrat. »So ist das also.« Er funkelte sie an und rang wie ein abgehetztes Schwein nach Luft.

»Das sieht euch ähnlich, hierherzukommen und meine Leute abzuwerben. Konstantin hat mich schon vor euch gewarnt. Eine Unverschämtheit! Verschwindet auf der Stelle und kommt nie mehr wieder, das ist Hausfriedensbruch!«

39. Kapitel

Dorothea trat am späten Nachmittag mit Leni an das Ufer des Sees, um die Enten zu füttern. Der Sommer war überaus heiß über sie hereingebrochen, und das Schilfgras stand bewegungslos wie Soldaten vor dem glitzernden Wasser. Dorothea schwitzte selbst in ihrem leichten Teekleid. Am liebsten hätte sie sich sämtliche Lagen Stoff vom Leib gerissen und wäre in das kühle Nass gesprungen. Aber das ziemte sich natürlich nicht.

»Wann fahren wir wieder Boot?«, fragte Leni wie jedes Mal, wenn sie am Ufer standen, mit leuchtenden Augen. In den vergangenen Wochen hatte Konstantin leider nicht mehr die Zeit dafür gefunden, mit ihnen rauszufahren. Einige Tage war er für dringenden Papierkram in Oldenburg gewesen und danach hatte er sich gleich wieder in die Arbeit gestürzt. Dorothea wollte sich daher nicht beschweren. Er hatte das Gut wie versprochen »Dorotheenhöhe« getauft, was ihr sehr schmeichelte. Und sie wusste es zu schätzen, dass er dermaßen in seiner neuen Aufgabe aufging. Vielleicht konnte er sich ja heute Abend für einige Minuten loseisen, immerhin hatte sie ihn seit Tagen kaum mehr zu Gesicht bekommen – was dazu führte, dass sie tagsüber nur mit den Bediensteten und Leni Kontakt hatte, da sie im Umland noch niemanden kannte. Sie sollte Konstantin dringend darum bitten, mit ihr Höflichkeitsaufwartungen bei den anderen Gutshäusern der Gegend vorzunehmen.

Ein Räuspern hinter ihr riss sie aus den Gedanken. »Bitte entschuldigen Sie vielmals die Störung, gnädige Frau.« Der Gutsverwalter trat leicht verlegen auf Dorothea zu und nahm seine Cordmütze ab. »Ich mache das nur höchst ungern, aber es gibt da einige dringende Fragen, die ich mit Herrn Goldbach besprechen muss. Die Ernte steht auf dem Spiel, und da ich ihn seit Tagen nicht mehr zu fassen bekomme …«

Er ließ den Satz ins Leere laufen, und um ein Haar hätte Dorothea nachgefragt, was er mit seinen Worten meinte. Hatte sie doch geglaubt, Konstantin wäre die ganze Zeit an seiner Seite gewesen.

Offensichtlich war das nicht der Fall gewesen.

Allerdings musste das nicht sofort jeder mitbekommen.

»Ich bitte meinen Gatten vielmals zu entschuldigen«, sagte sie, aus der Hocke hochkommend. »Ich werde ihm umgehend ausrichten, dass Sie mit ihm sprechen müssen, sobald er zurück ist. Wir haben nur nach dem Umzug noch immer so schrecklich viele Verpflichtungen, denen wir nachkommen müssen.«

»Gewiss, gewiss. Ich würde auch wirklich nicht fragen, wenn die Lage eine andere wäre, aber wenn wir nicht bald mit der Ernte beginnen … Schicken Sie ihn bitte also unbedingt zu mir, ganz gleich, zu welcher Tages- oder Nachtzeit.«

Er verabschiedete sich höflich, doch seine Worte hallten noch immer in Dorotheas Ohren, als Konstantin schließlich gegen zwei Uhr nachts ins Schlafzimmer torkelte. So wollte selbst der hartgesottene Vorarbeiter ihn sicherlich nicht sehen. Immerhin bemühte er sich, leise zu sein, wenngleich er kläglich damit scheiterte. Als er obendrein hickste und ein Kichern unterdrückte, drehte Dorothea die Öllampe auf und lehnte sich mit verschränkten Armen an das Kopfteil des Bettes.

»Wo warst du so lange?«, fragte sie in einer Mischung aus Verwirrung und Zorn.

»Oh, mein Feinsliebchen ist noch wach!« Er warf sich samt Kleidern aufs Bett und wollte sie küssen. Der Geruch nach Zigarren, Brandy und einem Hauch Schweiß kroch in ihre Nase, und sie drückte ihn von sich fort.

»Wo du gewesen bist, habe ich gefragt!«

»Sei doch nicht so.« Schmollend begann er sein Hemd aufzuknöpfen. »Ich habe den ganzen Tag hart gearbeitet, da wird man sich zum Feierabend doch noch einen Schnaps genehmigen dürfen!?«

»Red keinen Unsinn. Der Verwalter hat dich gesucht, ich weiß, dass du seit Tagen nicht auf dem Gut tätig warst. Also verrate mir doch bitte, wo zum Teufel du dich die ganze Zeit herumtreibst!?«

»Das ist allerdings keine vornehme Art, sich auszudrücken, Fräulein von Wallenhorst«, lallte er und zog das Nachthemd über den Kopf.

»Könnte daran liegen, dass ich jetzt eine Goldbach bin. Verrätst du mir nun endlich, wo du die ganze Zeit warst?«

»Nun ja«, sagte er, während er unter die Decke schlüpfte. »Ich musste mich doch mit den neuen Nachbarn bekannt machen …«

Dorothea schnappte nach Luft. Das konnte nicht sein Ernst sein. »Und was ist mit mir? Denkst du, ich will unsere Nachbarn nicht kennenlernen, um mich hier einzuleben? Ich liebe unsere Tochter über alles, aber meinst du, mir reicht auf ewig die Gesellschaft eines Kindes?«

Er musterte sie, als wäre ihm wahrhaftig gerade erst bewusst geworden, dass auch sie Bedürfnisse hatte. »Es tut mir leid«, nuschelte er und robbte näher an sie heran. »Nächstes Mal nehme ich dich mit.« Seine Hand fuhr über ihren Bauch und begann dann ihre üppige Brust sanft zu kneten, doch sie war so zornig, dass ihr danach nun gewiss nicht der Sinn stand. Sie schob seinen Arm weg. »Ich bin müde.«

Er grummelte leise vor sich hin.

»Versprichst du mir, morgen früh als Erstes zum Gutsverwalter zu gehen? Es klang wirklich dringend.«

Wieder grummelte er, und als sie meinte, das Wort *Nachkömmling* herauszuhören, zog sich ihr Magen zusammen. Trotz der Erschöpfung lag sie noch lange wach. Die Sorgen klumpten aneinander, und sie war mit einem Mal fest überzeugt, dass es ein großer Fehler gewesen war, Oldenburg zu verlassen. Im Großherzogtum hatte sie immerhin morgens mit Rosalie frühstücken können, und wenn sie ihren inbrünstigen Tiraden über die Ungerechtigkeit der Welt lauschte, kamen ihr die eigenen Probleme stets nichtig vor. Zudem war sie jeden Tag durch die ehemalige Hofgärtnerei spaziert, hatte kurze Pläusche mit den Arbeitern gehalten und manchmal gar Ratschläge zum Umgang mit den Pflanzen gegeben. Außerdem hatte sie in Oldenburg ihre Freundinnen und den Frauenverein. Dort schien es inzwischen richtig voranzugehen. Da die rasch ansteigende Frauenarmut nun auch immer mehr in bürgerlichen Kreisen Einzug fand, hatten sie nach Vorbild des Leipziger Bildungsvereins ebenfalls einen offiziellen Verein gegründet, was zuvor lange Zeit verboten gewesen war – zumindest, wenn er sich mit Rechtsfragen beschäftigen sollte. Sogar eine eigene Zeitschrift wollten sie herausbringen. Zu gerne hätte Dorothea sich eingebracht, aber auf dem Land gab es derartige Zusammenschlüsse nicht.

Und was blieb dann noch? Nichts. Rein gar nichts.

Dorothea schreckte schließlich aus dem Schlaf, als die Sonne bereits hoch am Himmel stand. Die Fläche neben ihr im Bett war verwaist, und sie eilte sich mit dem Ankleiden.

»Guten Morgen, gnädige Frau«, der neue Hausdiener, auf dem Dorothea statt eines Dienstmädchens bestanden hatte, begrüßte sie gediegen und präsentierte ein gefaltetes Blatt Papier auf dem Silbertablett. »Herr Goldbach hat mich gebeten, Ihnen das zu übergeben.«

Musste geschäftlich nach Oldenburg, bin in einer Woche zurück. Dein dir treu ergebener Konstantin. Dorothea konnte kaum glauben, was sie da las.

Er musste schon wieder nach Oldenburg? Hatte er denn wenigstens zuvor noch mit dem Gutsverwalter gesprochen? Dorothea zwang sich, ruhig zu atmen und sich nichts von ihrer Panik anmerken zu lassen.

»Ich werde kurz draußen nach dem Rechten sehen«, teilte sie dem Hausdiener mit, als wäre alles völlig normal. Er nickte minimal. »Wünschen Sie vorher oder nachher zu frühstücken?«

»Ich … bin heute nicht hungrig.«

Kaum hatte sie die imposante Eingangstreppe hinter sich gelassen, trat der Gutsverwalter auf sie zu und sah sie hoffnungsvoll an. Konstantin hatte ihn also nicht aufgesucht. Abermals kontrollierte sie ihre Atmung und zwang sich zu einem entschuldigenden Lächeln.

»Mein Gatte ist leider weiterhin verhindert.«

Die Augen des Vorarbeiters weiteten sich, und feine Schweißtropfen erschienen über seiner Oberlippe. Er war ebenso in Panik wie sie.

»Aber worum geht es denn? Vielleicht kann ich ja behilflich sein«, sagte sie.

Nun furchte sich seine Stirn, doch offenbar war er verzweifelt genug, um sich an sie zu wenden. »Wir müssen jetzt die Leute für die Ernte anheuern. Wenn wir nicht umgehend mit der Gerste beginnen, kommen wir mit den anderen Sorten nicht hinterher und könnten einen Großteil verlieren.«

»Oh.« Das klang ganz und gar nicht gut. Schließlich arbeitete man das gesamte Jahr auf die Ernte hin, und die Erlöse wurden gewiss auch dazu genutzt, um das neue Saatgut zu erstehen. Wenn man einmal aus diesem Kreislauf hinausfiel, war es vermutlich schwer, wieder auf einen grünen Zweig zu kommen. »Und was benötigen Sie nun von uns?«

Er druckste ein wenig herum, bevor er es endlich aussprach. »Bis wir das Korn verkaufen können, müssen die Löhne vorgestreckt werden.«

Dorothea nickte. Natürlich, bisher hatte das Gut für sie noch nichts erwirtschaftet. Zum Glück gab es ja ihr kleines Vermögen. Und auch in der Gärtnerei hatten sie im Winter oft davon zunächst die Löhne finanziert, bis das Geld nach und nach zurückerwirtschaftet werden konnte. Die Problematik war folglich gar nicht so erheblich, wie der Vorarbeiter offenbar vermutete.

Normalerweise kümmerte sich zwar Konstantin um jegliche finanziellen Belange, aber hier ging es offensichtlich um einen Notfall. Wenn sie jetzt nicht handelte, könnten sie Unsummen verlieren. Und letztendlich war der Betrag in Anbetracht ihres eingebrachten Vermögens gar nicht so hoch. Es wäre töricht, jetzt nicht zu handeln. Zuversichtlich lächelte sie ihn an.

»Wo soll ich unterschreiben?«

40. Kapitel

Nervös lächelte Frieda Jost zu, als sie spürte, dass die Kutsche in die Auffahrt abbog. Während der gesamten Fahrt hatten sie kaum ein Wort miteinander gewechselt. Frieda hatte ihm lediglich erneut ihren unglaublichen Herzensdank ausgesprochen, dass er heute ihren Verlobten spielte, und noch mal die ausgeklügelte Miniaturwohnung gelobt. Hoffentlich würde heute alles gut gehen, betete sie inständig, sonst wäre sie nicht nur arbeits-, sondern auch wohnungslos.

»Das klappt schon«, sagte Jost in seiner Baritonstimme, und Frieda sah überrascht auf. Er wusste, dass sie sich sorgte? Bekräftigend nickte sie. »Es sind ja nur drei Stunden. Was soll schon groß passieren?«

»Eben.« Damit schien die Sache für Jost erledigt. Doch als er ihr aus der Kutsche half, waren Friedas Hände schweißnass, und sie genoss seinen rückversichernden Druck.

»Wie herzallerliebst«, flüsterte sie ergriffen, als sie das hell erleuchtete dreistöckige Backsteingebäude unter den hochgewachsenen Eichen erblickte. Im hinteren Teil schien es einen dieser luxuriösen Wintergärten zu geben, wie auch die Fliedervilla einen hatte, und vor der mächtigen Eingangstür hielten dicke weiße Säulen einen Austritt in die Höhe. Direkt darüber duckte sich ein Halbkreisfenster.

Das Personal hatte emsig das Gefährt entgegengenommen und würde dem Knecht der Thormälens, der sie herkutschiert hatte, gewiss einen Platz in der Küche anbieten. »Wir werden sicher nicht lange bleiben«, teilte Frieda ihm mit, und er tippte sich an die Kappe.

»Vermaakt jo wat!«

Alma hatte ihr ein schickes Kleid geliehen, und erst vor Kurzem hatte sie sich neue Schnallenschuhe gekauft, dennoch wirkten diese auf dem edlen Parkett des Foyers abgetragen. Frau Oltmanns schenkte dem zum Glück keine Beachtung und hieß sie freudig willkommen. Ihre Haare waren dermaßen hoch aufgetürmt, dass Frieda Sorge hatte, sie könnte ins Taumeln geraten. Ihr Gatte im feinen Zwirn begrüßte sie weltmännisch, und Frieda fühlte sich wie der reinste Bauerntrampel.

»Darf ich Ihre Verlobte zu einem Aperitif entführen?«, zwitscherte Frau Oltmanns Jost zu, nachdem sie abgelegt hatten. Wie es in den gehobenen Gesellschaften üblich war, sollten die Getränke vor dem Essen wohl getrennt voneinander eingenommen werden, und so steuerte Jost mit Herrn Oltmanns den Salon an. Angespannt warf sie einen Blick über ihre Schulter, um ihm hinterherzusehen, und stellte fest, dass er just in diesem Moment das Gleiche tat.

In der Bibliothek wurde Frieda den anderen beiden Damen, Frau Rüve und Madame Dubois, vorgestellt. Während sie Höflichkeitsfloskeln austauschten, bewunderte sie verstohlen die Unmengen an Büchern in der holzvertäfelten Wand und dachte beklommen an die drei Regalbretter mit den fünf Büchern in ihrer kleinen Kammer. Außerdem gab es hier einen steinernen Kamin, daneben eine dunkle Penduluhr – die gnadenlos anzeigte, dass erst zehn Minuten verstrichen waren. Also noch zwei Stunden und fünfzig Minuten, bis die Höflichkeit es erlaubte, dass sie sich auf den Heimweg begaben.

Die Damen sprachen über Personen und Lustbarkeiten, von denen Frieda nie zuvor gehört hatte, und sie wünschte unwillkürlich, sie wäre wieder an der Seite des stets besonnenen Josts.

Als es eine halbe Stunde später so weit war, änderte sich dies jedoch schlagartig.

Das Essen war bereits aufgetragen worden, vorzüglicher Hasenbraten mit Schmorkohl, und für einen Moment war ausschließlich das leise Klappern des Geschirrs zu hören. Zu ihrer Freude hatte Frieda zudem ihr Blumenarrangement auf der Mitte der Tafel entdeckt, und es war wundervoll zu sehen, wie gut es sich in das Gesamtbild einfügte. Frau Oltmanns sparte nicht mit Lob, und ihre Freundinnen kündigten an, fortan bei Frieda ihre Gestecke bestellen zu wollen.

»Ich freue mich wirklich, Sie nun endlich hier zu haben. Sie sind ja ein viel beschäftigter Mann, Herr Thormälen.« Als Erklärung für ihre Freundinnen fügte Frau Oltmanns hinzu: »Ich versuche die beiden schon seit dem Frühjahr zu einem Essen hier bei uns zu überreden. Man könnte fast meinen, wir wären liederliche Ungeheuer.« Sie lachte herzlich, und jeder am Tisch stimmte ein. Von der Seite merkte Frieda einen raschen Blick von Jost, konzentrierte sich dennoch auf ihren Braten, obwohl sie schlagartig jeglichen Appetit verloren hatte.

»Wie kommt das denn nur, dass Sie so unabkömmlich sind, Herr Thormälen? Selbst unsereins ist ja weniger stark beschäftigt als Sie …«, sagte Frau Oltmanns jetzt obendrein. Frieda betete, dass Jost nicht verriet, dass sie ihn erst vor gut einem Monat gefragt hatte.

»Nun ja.« Er legte Messer und Gabel an den Tellerrand. »Wie Sie wissen, bin ich Bauer.«

Alle am Tisch nickten, und Frieda gefiel es, dass er einfach nur Bauer sagte und nicht etwa betonte, dass er ein Großbauer war, dem die Ländereien um halb Rastede gehörten.

»Und die Natur hält sich nun mal nicht an Termine. Im Frühjahr muss ein ganzer Berg an Arbeit erledigt werden. Wenn ich das nicht mache, habe ich im Herbst keine Ernte.« Diesmal hätte Frieda ihn für seine sachliche Wortwahl küssen können. Für Jost war mit dieser Erklärung die Frage hinreichend beantwortet, und er nahm das Besteck wieder auf, während insbesondere die Männer zustimmten und ein Gespräch über den Lauf der Jahreszeiten anstimmten.

Vorsichtig warf Frieda Jost ein dankbares Lächeln zu, das er zaghaft auffing. »Ist doch klipp und klar«, schien sein Blick sagen zu wollen.

Für eine Weile blieben sie verschont. Nach dem Kompott von Essigpflaumen, als sich alle mit einem Getränk in den Wintergarten zurückzogen, schienen Frieda und Jost allerdings plötzlich das einzige Gesprächsthema von Interesse zu sein.

»Sie sind ja schon recht lange verlobt«, sagte Frau Oltmanns und blickte zwischen den beiden hin und her. »Wann läuten denn nun endlich die Hochzeitsglocken für Sie?«

»Wir wollen nichts überstürzen«, sagte Frieda ausweichend.

»Überstürzen?«, schaltete Madame Dubois, Frau Oltmanns' dunkelhaarige Freundin, sich ein. »Davon kann bei vier Jahren nun ja gewiss nicht die Rede sein.«

»Sind Sie denn sicher, was die Hochzeit betrifft?«, fragte Frau Oltmanns mit dem Blick eines Raubvogels.

»Natürlich«, riefen Frieda und Jost wie aus einem Munde und lächelten sich danach verlegen an.

»Wie wunderschön, diese junge Liebe …«, schwärmte Frau Rüve in ihrem roten Kleid, die Frieda kaum ansehen konnte, da sie noch etwas Petersilie zwischen den Schneidezähnen hatte.

»Was hindert Sie denn noch?«, hakte Frau Oltmanns dessen ungeachtet nach.

»A-a-a-a-also …«, stotterte Frieda, die langsam den Verdacht bekam, dass das gesamte köstliche Essen nur für dieses Verhör veranstaltet worden war. Zeitgleich stammelte Jost: »Nun ja …« Panisch sahen sie sich an, beide um Worte ringend, jedoch hatte keiner eine zündende Idee. Warum hatten sie sich nicht auf diese Frage vorbereitet und sich irgendetwas ausgedacht?

»Es ist eine lange Geschichte«, versuchte sie sich herauszuwinden, derweil sie gedanklich sämtliche Bücher durchging, die sie je gelesen hatte. Was wurde dort als Hinderungsgrund für Hochzeiten angegeben? Doch es gab keinen, dessen sie sich entsinnen konnte. Meist endeten die Romane mit einem Antrag oder dem rauschenden Hochzeitsfest, denn offensichtlich gab es im Leben einer jungen Dame schlichtweg nichts Erstrebenswerteres. Ob sie diese Problematik als Ablenkung anführen sollte? Aber nicht, dass das diese Geier noch auf den Pfad ihrer eigentlichen politischen Gesinnung führte. Auch dann würde sie haushoch aus dem Laden fliegen.

Voller Verzagen sah sie Jost an. Jetzt konnten sie wahrlich einen seiner Geistesblitze gebrauchen. Wobei der höchstwahrscheinlich für eine Explosion erster Güte gesorgt hätte, so geladen, wie die Stimmung im Wintergarten mit einem Mal war.

Frau Oltmanns setzte sich seelenruhig auf die Récamiere und schlug die Beine übereinander. »Wir haben ja Zeit«, verkündete sie begeistert und sah Frieda erwartungsfroh an.

Mit erzwungenem Lächeln nahm Frieda ihr gegenüber Platz, Jost setzte sich neben sie, und auch die restlichen Gäste ließen sich nieder. Aller Augen schienen auf ihnen zu liegen.

»Ach, wir wollen doch nicht den gesamten Abend nur über uns sprechen. Was gibt es denn sonst noch an Neuigkeiten?«

»Keine Sorge, wir vier sind Mitglieder im gleichen Wohltätigkeitskomitee und verkehren generell in denselben Kreisen. Es gibt diese Woche nichts, was wir nicht bereits besprochen hätten. Oh, ich habe eine Idee!« Frau Oltmanns setzte sich kerzengerade auf und klatschte in die Hände. »Wir machen ein Spiel, eines von denen, die sie auch auf den Hochzeitsfeiern machen, um herauszufinden, wie gut man seine Braut kennt.«

Wäre es arg unhöflich, an genau dieser Stelle zu gehen?, fragte Frieda sich verzweifelt. Allerdings hätte dies das Misstrauen wohl nur geschürt. Vielleicht kamen sie ja mit recht harmlosen Fragen davon. Zaghaft sah sie zu Jost hinüber, doch der sagte wie so oft gar nichts, wirkte dabei aber vollkommen gelassen.

»Also gut, lasst mich überlegen.« Frau Oltmanns legte ihre Fingerkuppen aneinander.

»Wie ist die Augenfarbe Ihrer Angebeteten?«, kam Madame Dubois ihr zuvor.

Frieda wollte sich rasch zu Jost drehen, damit er im Zweifelsfalle schummeln konnte, aber Frau Oltmanns hob mahnend den Zeigefinger.

»Braun«, kam es zum Glück auch ohne Mogelei in absoluter Sicherheit von Jost. »Braun mit kleinen honigfarbenen Sprenkeln darin, um genau zu sein.«

»Lieblingsfarbe?«, schoss Frau Oltmanns direkt hinterher. Auf die Schnelle war ihr wohl keine schwierigere Frage eingefallen. Das war gut, denn es gab keinerlei Möglichkeit, hier die Wahrheit zu prüfen.

»Es kommt darauf an«, sagte Jost jedoch, und Frieda ärgerte sich, dass er nicht einfach eine willkürliche Farbe gewählt hatte. »Bei Kleidern Rot. Bordeauxrot. Deswegen hat sie am häufigsten einen Rock in genau der Farbe an. Sie mag ihn sogar so gerne, dass sie ihrer besten Freundin einen ebensolchen Rock letztes Jahr zu Weihnachten geschenkt hat. Wenn es allerdings um Blumen geht, bevorzugt sie Gelb. Aber kein kühles Gelb, das ins Grünliche geht, es muss warm sein.«

Frau Oltmanns nickte nachdenklich. »Stimmt, gelbe Blumen finden sich in nahezu jedem Strauß bei ihr.«

»Sonnengelb verbreitet stets so eine fröhliche Stimmung. Wenn man solche Blumen aufstellt, ist es, als würde man sich die Sonne ins Haus holen«, plapperte Frieda nervös, weil sie noch immer nicht fassen konnte, was Jost soeben gesagt hatte. Er kam immer nur kurz in den Laden und sprach wenige Worte. Trotzdem wusste er all diese Details über sie? Sie warf ihm einen schnellen Seitenblick zu, doch er saß weiterhin vollkommen ruhig da und verzog keine Miene.

»Lieblingstier?«, rief in diesem Moment Madame Dubois vergnügt, und Friedas Anspannung verflüchtigte sich. Selbst wenn er den Hirschhornkäfer angeben würde, würde sie dies mit einer blumigen Geschichte zur Wahrheit erklären. Aus irgendeinem Grund schien er aber zu wissen, dass sie Eichhörnchen liebte. War es geraten? Oder hatte er etwa beobachtet, wie oft sie am Fenster des Schwalbennests gestanden hatte, um die eifrigen Wesen zu bestaunen? Verstohlen wischte sie ihre kribbeligen Hände ab. So langsam beschlich sie das Gefühl, als würde hinter dem ruhigen Jost, hinter dem, was sie bisher zu sehen bekommen hatte, ein ganz unbekannter Mensch wohnen. Einer, der aufmerksam war und sich über sie Gedanken machte.

Die Fragen gingen weiter, und Frieda musste sich davon abhalten, Jost anerkennend zuzunicken, denn er brillierte bei jeder einzelnen. Langsam begann auch sie sich zu entspannen, die Muskeln wurden weicher, und sie nahm etwas mehr Platz auf der Sitzfläche ein.

Doch dann machte sie einen Fehler.

»Und wo haben Sie beide sich eigentlich kennengelernt?«, fragte Frau Oltmanns im Plauderton, nachdem sie an ihrem Getränk genippt hatte. Endlich eine leichte Frage, hatte sie gedacht.

»Durch die Hochzeit meiner Cousine«, sagte Frieda wahrheitsgemäß.

Jost schüttelte den Kopf. Warum zum Teufel stimmte ihr dieser Banause nicht zu?

»Weil sich schon in den Tagen davor unsere Wege gekreuzt haben, meinst du? So richtig kennengelernt haben wir uns da allerdings nicht.« Sie konnte ein angespanntes Lachen nicht verhindern, und der Rotwein schien ihre Kehle langsam wieder hochzuklettern.

»Aber zum ersten Mal gesehen haben wir uns auf dem Rosenball. Äh, auf dem Alpenrosenball, meine ich.«

Frieda kräuselte die Stirn. Sie war so perplex, dass die Frage einfach aus ihr herauspurzelte. »Dort warst du auch? Das glaube ich ja kaum.«

»Du hattest ein rotes Kleid an und dazu passende rote Blumen im Haar. Astern. Auf dem Korridor zu den Waschräumen bist du gegen mich geprallt.«

Frieda grub in ihrer Erinnerung, und ja, jetzt, wo er es erwähnte, war da etwas. Kurz nach dieser höchst genierlichen Situation, die ihr noch Jahre später die Schamesröte ins Gesicht trieb, wo sie Konstantin Goldbach bei einer weiß Gott unsittlichen Handlung erwischt hatte. Sie war vollkommen durch den Wind gewesen und durch den Flur geeilt. Dabei war sie in jemanden hineingelaufen.

Sollte das Jost gewesen sein?

Fragend starrte sie ihn an. Er lächelte leicht und griff nun vor den Augen aller nach ihrer Hand, küsste zart ihren Rücken, die Bartstoppeln piksten ihre Haut. »Ich habe mich auf der Stelle in sie verliebt«, sagte er für alle hörbar, vermied es jedoch, Frieda dabei in die Augen zu sehen.

Sie war ihm so nah, dass sie spürte, wie sein kräftiger Oberkörper sich durch die Atemzüge hob und senkte. Ansonsten war ihr Kopf wie leer gefegt. Es wirkte so aufrichtig. War es sein Ernst? Oder hatte sein geniales Erfinderhirn nur endlich einen Weg gefunden, damit die Gesellschaft sie nicht länger in die Mangel nahm? War es echt? Oder nur ein Spiel? Was auch immer es war, es tat seine Wirkung. Sie merkte, wie ihr Herz bei so viel offener Zuneigung nach Jahren der Verschlossenheit langsam wieder weich wurde. Und die verzückten Laute um sie herum legten die Vermutung nahe, dass die anderen Damen ebenso dahinschmolzen.

41. Kapitel

In der Stille der Sprechpausen ihres Diktats, wo Rosalie sonst nur die Spitzen der Füllfederhalter über das Papier schaben hörte, vernahm sie das Flüstern.

»Papa sagt, dass Fräulein Goldbach nur hier sei, weil sie keinen abbekommen hat«, wisperte Achim, einer von den älteren Schülern, seinem Sitznachbarn zu. Dieser kicherte hämisch in seinen Hemdkragen, und Rosalie spürte unwillkürlich Wut in ihrem Bauch.

Sehe ich so aus, als hätte ich Schwierigkeiten, eine gute Partie zu machen?, hätte sie am liebsten gekeift, diktierte jedoch scheinbar seelenruhig den nächsten Satz für die jüngeren Schüler. Nicht genug, dass sie und die anderen Lehrerinnen Gegenwind von allen Seiten bekamen, die Eltern trichterten ihren Kindern obendrein diese veralteten Ansichten ein. Wenn das nicht aufhörte, würde die heranwachsende Generation ebenfalls der Meinung sein, dass Frauen weniger wert wären. Dabei kam sie mittlerweile bestens zurecht, sogar als alleiniges Klassenoberhaupt. Herr Widdendorf hatte in dieser Woche die Vertretung für eine andere Klasse übernommen, da Fräulein Strindberg, eine weitere Kollegin, der Hysterie verfallen war. Der Alte aus dem Lehrerzimmer, der stets predigte, dass Frauen keiner Arbeit nachgehen sollten, hatte dies sogleich als Bestätigung verbucht.

Dass Henny und sie in ihrem Beruf aufgingen, zählte für ihn nicht. Das wunderte Rosalie mittlerweile jedoch kaum mehr. Als er aufgewachsen war, hatte es keine arbeitenden Frauen im Bürgertum gegeben, er kannte es nicht anders. Aber die jungen Leute? Sie konnte es sich nicht leisten, dass auch sie in diesen Bahnen dachten. Dann konnten Henny und sie und die anderen Lehrerinnen, die sie kennengelernt hatten, noch so viele Petitionen einreichen, sie würden immerfort auf taube Ohren stoßen.

Rosalie diktierte den letzten Satz, wartete, bis die Schülerinnen und Schüler drei Mal darum gebettelt hatten, diesen zu wiederholen, und schlenderte in den Bereich mit den älteren Schülern.

Sie wies sie allerdings nicht darauf hin, dass sie problemlos einen Ehemann finden würde beziehungsweise dies gar nicht nötig hatte, denn besser als Johannes konnte sie es nicht treffen. Doch darum ging es nicht.

»Kannst du dir nicht vorstellen, dass ich vielleicht gerne unterrichte?«, fragte sie Achim freiheraus, und er blickte erschrocken auf. »Waren es nicht meine Erläuterungen in Algebra, die dazu geführt haben, dass du die Rechenart verstanden hast?«

Herr Widdendorf hatte zuvor wochenlang versucht, das Lösen der Gleichungen auseinanderzulegen. Er war dabei überaus korrekt vorgegangen, hatte zu Beginn an der Tafel dargelegt, wie die Formeln hergeleitet wurden und warum sie funktionierten. Auf diese Weise hatte auch Johannes versucht, es ihr begreiflich zu machen. Und doch waren es Almas Erklärungen im Schwalbennest gewesen, die dazu geführt hatten, dass Rosalie begriff, wie sie vorgehen musste. Diese ganzen Herleitungen benötigte man nicht, man musste sich lediglich vereinzelte Dinge merken, die gesetzt waren. Alles andere hatte sie verwirrt. Und genauso hatte sie es Achim erklärt, sodass das Lösen der Gleichungen auch ihm eingeleuchtet hatte.

Mit hochrotem Kopf nickte der Schüler.

»Und denkst du, ich würde mich so für euch einsetzen und immer wieder nach spannenden Möglichkeiten suchen, euch alles zu erklären, wenn ich nur hier wäre, da ich ›keinen abbekommen habe‹?«

Sie hatte jetzt zu der gesamten Klasse gesprochen. Leise Gespräche lebten auf, Achim hob die linke Schulter. Wenn jeder ihnen etwas anderes erzählte, wussten sie nicht mehr, was sie glauben sollten. Aber Rosalie wollte ohnehin nicht, dass sie dumpf alles hinnahmen, was gesagt wurde. Sie sollten sich ihre eigene Meinung bilden.

»Ich frage mich auch: warum? Warum sollten denn nur Männer unterrichten?« Fragend blickte sie in die Gesichter ihrer Zöglinge. Nie zuvor hatten sie so sehr an ihren Lippen gehangen wie heute. Vielleicht, weil sie nie zuvor so offen miteinander gesprochen hatten?

»Na ja«, sagte Karl mit den auffällig großen Schneidezähnen aus der letzten Stuhlreihe. »Männer sind schließlich schlauer als Frauen.«

Aufgeregtes Wispern verbreitete sich im Raum, und Rosalie lächelte leicht. »Wirklich? Woher will man das denn so genau wissen? Ich kenne einige überaus clevere Frauen.«

»Vielleicht ...« Er biss mit den Riesenzähnen auf die rechte Seite seiner Unterlippe. »Durch Schulnoten?«

»Also, wenn wir danach gehen ...«, Rosalie griff sich einen Stapel Klassenarbeiten, der noch auf dem Pult lag, und blätterte ihn durch, »... tut mir leid. Die besten Noten haben hier überdurchschnittlich viele Frauen. Und auch wenn ich an die vergangenen Arbeiten zurückdenke, war es so.«

Das Gemurmel in der Klasse wurde lauter, und die Wangen von so manch einer Schülerin wurden rosig.

»Aber es war doch schon immer so«, warf überraschenderweise Elsbeth ein wenig scheu ein.

»Und deswegen muss es nun auf ewig so bleiben? Muss es denn zwangsläufig gut sein, wenn es immer so war?«

Einige Zöglinge nickten, manche von ihnen vage, andere heftig. Nicht wenige wirkten unentschlossen, und vereinzelte schüttelten den Kopf.

»Schauen wir uns doch mal andere Dinge an. Früher ist man überall mit dem Pferdewagen hingefahren. Heute gibt es auch Automobile. Sollen wir nun aber weiterhin nur die Pferdewagen nutzen, weil wir es eben immer so gemacht haben?«

Sie sammelten gemeinsam Argumente dafür und dagegen und suchten mit Feuereifer nach weiteren Dingen, die sich im Laufe der Zeit geändert hatten.

»Aber stimmt es denn?«, fragte Karl zum Schluss, den Mund halb geöffnet.

»Was?«

»Sind Sie nur hier, weil Sie keiner heiraten wollte, Fräulein Goldbach?«

Sie spürte, dass die Blicke aller gebannt auf ihr lagen. Tief atmete sie ein, bevor sie antwortete. »Nein. Ich bin hier, obwohl ich heiraten wollte.«

Rosalie wusste nicht, warum ihr Brustkorb plötzlich eng wurde, es war doch etwas, was ihr bewusst war. Und eines Tages würde es hoffentlich möglich sein, wenn das Lehrerinnenzölibat aufgelöst würde.

»Und das dürfen Sie nicht?«, fragte die kleine Marta mit den roten Bändern in den Zöpfen.

»Leider nicht.«

»Aber warum denn nicht?«

Möglicherweise war dies eine Gelegenheit für einen ungewöhnlichen Klassentest? Sie zuckte mit den Schultern und unterdrückte ihr schalkhaftes Grinsen. »Vielleicht, weil es schon immer so war?«

Auf der Stelle brandeten Proteste auf.

»Das will ja noch gar nichts heißen. Nur weil es immer so war, muss es ja nicht gut sein«, hörte sie, und: »Das ist aber nicht gerecht!«, oder: »Warum dürfen dann die Lehrer heiraten und das Fräulein Lehrerin nicht?«

Die Enge um Rosalies Brustkorb löste sich wieder, und sie hätte alle siebenundvierzig Zöglinge umarmen mögen. An Tagen wie diesen wusste sie, warum sie genau diesen Beruf ergriffen hatte. Aber noch etwas war ihr klar geworden. Henny und sie und all die anderen Lehrerinnen mussten sogar noch stärker für ihre Belange kämpfen, wenn sie wollten, dass die Gesellschaft sich änderte.

42. Kapitel

Marleene und Julius suchten im Gewächshaus Blumen für den groß-
herzoglichen Hof aus, den sie normalerweise zwei Mal wöchentlich
mit den prächtigsten aller Gewächse belieferten. Da der Großherzog
noch immer auf Reisen war, war momentan eine Lieferung pro Woche, die stets vom Wagen mit dem Oldenburger Wappen abgeholt
wurde, ausreichend.

Das war eine enorme Erleichterung, denn mit dem riesigen Bauch,
den Marleene mittlerweile unter ihrem Kleid vor sich herschob, konnte
sie allenfalls auf die Pflanzen deuten, die sie wählen wollte. Sie konnte
es kaum abwarten, das Kind in ihren Armen zu halten, und erwischte
sich immer wieder versonnen lächelnd und summend. Gleichzeitig
hing die Sorge um Agnetas Wundermedikament wie eine Gewitterwolke in der Luft.

»Ganz gleich, wie wir es drehen oder wenden, wir müssen in die
Fliedervilla«, folgerte Marleene. »Nur ist das unmöglich, es war ja
schon schwer genug, bevor De Vos uns Hausverbot erteilt hat.«

»Das stimmt.« Ein geheimnisvolles Grinsen umspielte Julius'
Mundwinkel. »Allerdings gibt es nächste Woche ja dieses Fest, wo
vermutlich den gesamten Abend über das Tor offen stehen wird,
das uns zudem die beste Möglichkeit gibt, unsere Identität zu verstecken.«

Marleene blinzelte ungläubig. »Du … du willst, dass wir uns auf
dem Maskenball einschleichen!?«

»Was heißt hier einschleichen?« Er stemmte die Hände in die Hüften. »Streng genommen hast du sogar eine Einladung.«

»Von seinem Sohn. Der keinen blassen Schimmer hat, dass wir uns kennen. Die ich obendrein abgelehnt habe!«

»Mag sein. Nur wer von den Gästen weiß das schon? Und nach allem, was ich gehört habe, wird tatsächlich halb Oldenburg auf diesem Ball sein. Da fallen zwei weitere Personen doch gar nicht auf.«

Marleene schnaubte. »Und als was soll ich gehen? Als gestrandeter Walfisch?« Sie deutete auf ihren immensen Bauch, mit dem sie sich vorkam, als würde sie einen Schiffsbug vor sich herschieben.

»Ich dachte eher an Riesenkürbis.«

»Sehr lustig!«, empörte sich Marleene und warf eine vertrocknete Blüte, die sie abgezupft hatte, nach ihm.

Julius lachte. Dann wurde er wieder ernst. »Mal ehrlich, Marleene. Ich weiß, es ist heikel, aber solch eine Gelegenheit ergibt sich für uns nicht wieder. Ich habe es gedanklich schon genauestens durchgespielt. Wir werden bis zur Unkenntlichkeit verkleidet hineinhuschen, gehen auf direktem Weg in den Keller, wo die Habseligkeiten meiner Mutter stehen. Wir suchen die Schuldscheine heraus, und sobald wir sie haben, verschwinden wir flugs wieder.« Er ließ mit seinen Worten zwei Finger durch die Luft wandern. »Das Unterfangen ist so einfach wie das Fertigen von Steckhölzern. Ich würde es ja alleine machen, aber der Keller ist riesig.«

»Ich weiß nicht …« Marleene knabberte an ihrer Unterlippe. Konnte das gut gehen?

Julius legte derweil den Kopf schief. »Ich weiß gar nicht, warum du zögerst. Du bist doch diejenige, die fast ein Jahr in einer Verkleidung gelebt hat, da solltest du ein, zwei Stunden doch auch hinbekommen.«

War das so? Marleene stellte es sich vor, und ihr fielen sogleich unzählige Möglichkeiten ein, was alles schiefgehen könnte. Was, wenn man sie sofort erkannte? Viele wussten um ihr verfeindetes Verhältnis zu De Vos und würden sich gewiss wundern. Unsicher blickte sie zu Julius, der nun gar nicht mehr spaßig war, sondern vollkommen ernst. Eindringlich sah er sie an. »Ich könnte es mir einfach nie verzeihen, sollte Agneta das gleiche Schicksal ereilen wie meine Mutter.«

Marleene seufzte, denn er hatte recht. Wenn sie wirklich auf Nummer sicher gehen wollten, mussten sie es auf den Ball schaffen.

* * *

»Pssssst«, tönte es urplötzlich hinter Lina, während sie Stecklinge der Alpenpflanzen schnitt. Verwirrt sah sie sich um.

»Hier hinten«, zischte es aus dem Kiefernwäldchen, und dort entdeckte sie doch tatsächlich einen jungen Mann. Sie kniff ein wenig die Augen zusammen, um schärfer sehen zu können, und erkannte den Lehrling aus der Apotheke. Er trug zwar einen Hut, als wäre er ein feiner Herr, aber der dünne Bart, der merkwürdig zu den Seiten abstand, ließ keine Zweifel. Da heute alle Arbeiter im Schlossgarten tätig waren und die Hofgärtnerin samt Anhang verreist war, winkte sie ihn herüber.

»Was versteckst du dich denn wie ein Ganove im Gebüsch?«, fragte sie und erkannte zu spät, dass sie ihn aus Versehen geduzt hatte. Er schien sich nicht daran zu stören, nahm den Hut ab und konnte Agneta kaum aus den Augen lassen, die am Ende eines Feldes Unkraut zupfte.

»Ich war mir nicht sicher, ob ihr Herrenbesuch empfangen dürft. Das Gelände ist ja abgeriegelt wie ein Zuchthaus, ich musste ein ganzes Kornfeld durchwandern.«

Agneta, die weiterhin als einzige Frauenkleider trug, hatte ihn nun ebenfalls entdeckt, kam zu ihnen herüber und begrüßte ihn freudig. »Haben Sie eine neue Lieferung für mich?«, erkundigte sie sich dann.

Er nickte eifrig, schlug die Klappe seiner ledernen Umhängetasche nach hinten und zog ein gläsernes Fläschchen hervor, das genauso aussah wie die beiden anderen, die bereits auf ihrem Nachtkästchen standen. Mit zitternden Fingern nahm sie es entgegen und dankte ihm. »Es kommt gerade richtig, vom letzten Flakon ist kaum noch etwas übrig, und mein Befinden wird stetig misslicher.«

»Dann ist die Lieferung über die Hofgärtnerin geglückt?«

»Aber gewiss doch.« Mit einem leisen Ächzen setzte Agneta sich auf eine Kiste. »Frau Langfeld hat mir meine Medizin gegeben, vielen Dank dafür, ich wünschte, ich könnte mich erkenntlich zeigen.«

Er lächelte verlegen und klammerte sich nahezu an seinen Hut. »Dann schenken Sie mir heute Abend doch einen Tanz. Es muss auch nicht der erste sein. Es wäre mir eine Ehre, wenn Sie mir einen Platz ganz nach Ihrem Belieben auf Ihrer Tanzkarte reservieren würden.«

Agneta stutzte und sah zu Lina, aber auch sie wusste nicht, wovon der Apothekerlehrling sprach.

»Hat die Hofgärtnerin denn meine Einladung nicht überbracht?«

Lina und Agneta schüttelten die Köpfe.

»Ach herrje, da bin ich wahrlich untröstlich. Wenn ich das nur geahnt hätte, hätte ich Sie früher aufgesucht. Mein Vater, er hat geheiratet, und noch dazu sind wir ja neu in Oldenburg, das möchte er mit einem rauschenden Fest feiern. Ein Maskenball, direkt bei uns in der Fliedervilla. Jeder, der in Oldenburg etwas auf sich hält, wird zugegen sein. Da dürfen Sie natürlich nicht fehlen.« Er strahlte Agneta an. »Denken Sie, Sie können es so kurzfristig noch einrichten?«

Er hatte seine Worte einzig und allein an Agneta gerichtet, die recht skeptisch dreinblickte. Sein Fauxpas schien auch ihm jetzt aufzufallen. »Sie und die anderen Schülerinnen natürlich. Jeder ist willkommen.«

»Hmmm.« Agneta fuhr mit der Spitze ihres Schuhs durch den feinen Sand, sodass er ganz staubig wurde. »Das klingt überaus verlockend. Aber ich bin nicht sicher, mein Bef…«

Lina schnitt ihr das Wort ab. »Wir werden darüber nachdenken. Jetzt müssen wir erst einmal weiterarbeiten.«

»Gewiss, dann empfehle ich mich.« Er verneigte sich tief und verschwand wieder im Wald, von wo aus er vermutlich den Rückzug durch das Roggenfeld antreten würde. Das war gut. Ohne ihn konnte Lina nämlich viel besser auf Agneta Einfluss nehmen, denn seine Einladung hatte sie auf eine Idee gebracht.

* * *

»Ein Mummenschanz?«, rief Fenja begeistert, als sie am Nachmittag zusammen im Gewächshaus über den Maskenball sprachen.

»Natürlich gehen wir dorthin, das klingt doch famos«, sagte auch Babsi voller Überschwang.

Die hübsche Ottilie hingegen zweifelte. »Ich weiß nicht. Schickt sich das denn?«

Eben nicht, dachte Lina triumphierend. Genau deswegen musste sie dafür sorgen, dass sie alle hingingen – und sich am Ende fürchterlich blamierten. Dass ausgerechnet Ottilie ihr in den Rücken fiel, hätte sie nicht gedacht.

»Ich glaube, das sollten wir lieber nicht tun«, sagte Elise mit besorgtem Gesichtsausdruck. Von Julius' Base hatte Lina nichts anderes erwartet, sie war der reinste Hasenfuß.

»Warum denn nicht?«, fragte sie in die Runde. »Letztendlich sind wir ohnehin alle verkleidet, keiner wird wissen, wer wir sind.«

»Ich fühle mich allerdings nicht besonders gut«, jammerte Agneta und legte den Handrücken auf ihre Stirn. Lina war kurz davor, die Augen zu verdrehen, sie konnte diesen Satz wirklich nicht mehr hören. Trotzdem griff sie nach Agnetas Hand und drückte sie leicht. »Das tut mir sehr leid – aber vielleicht ist ein Tanzvergnügen gerade richtig für deinen Kopf?«

»Schon möglich«, gab Agneta zu, und Lina wollte erleichtert zur Frage übergehen, wie sie sich verkleiden sollten, als Gegenwind aus einer ansonsten windstillen Richtung aufkam.

»Aber die Herrschaften sind nicht da«, sagte Meike leise und blickte alle aus ihren eng zusammenstehenden Augen an. »Wir können gar nicht um Erlaubnis bitten …«

Zum Teufel, die Mädchen, die die Hofgärtnerin sich herausgepickt hatte, waren wahrlich zu gut für diese Welt.

»Meike«, sagte sie jedoch ruhig und geduldig. »Sie sind nun nicht mehr deine Herrschaft, sondern es sind die Schulleiter. Und es ist gut, dass sie heute verreist sind. Womöglich sogar Gottes Wille?« Das warf sie ein, da sie sich gut vorstellen konnte, dass Meike ein sehr gläubiger Mensch war. »Auf jeden Fall würden sie es vermutlich nicht erlauben, dass wir auf einen Ball gehen.«

Jetzt sah Meike wie ein Lamm auf der Schlachtbank aus. Mist.

»Auf der anderen Seite haben sie es natürlich auch nicht verboten. Und …«, Lina hob den Zeigefinger, »wir haben eine offizielle Einladung.«

»Bekommt man die sonst nicht schriftlich? Beim gnädigen Fräulein war das stets so.«

Lina wedelte Meikes Bedenken fort. »Nicht immer. Wir leben schließlich in modernen Zeiten, das Jahrhundert neigt sich dem Ende entgegen, und bald wird ein neues Zeitalter beginnen. Wichtig ist doch, *dass* wir eingeladen sind. Was spricht also dagegen? Wie sagt die alte Frau Langfeld so schön? *Waar de Hahn krabbt, will he ok wat finnen.* Jede Arbeit soll auch ihren Lohn haben. Und wir arbeiten hier seit Monaten quasi ohne Pause. Haben wir uns da nicht etwas Kurzweil verdient?«

Ein Mädchen nach dem anderen nickte, und schließlich brachte Ottilie die Frage nach der Verkleidung auf.

»Warum gehen wir nicht einfach als Gärtnerin? Noch ist es so wenig verbreitet, dass es originell ist, oder?«, schlug Elise pragmatisch vor.

Fenja ließ die Schultern hängen. »Ich will nicht in Hosen auf einen Ball gehen. Nein, ein Mal in meinem Leben will ich auch hübsch sein.«

»Aber welche Kostüme sollen wir so zügig herbeizaubern?«, fragte Ottilie nachdenklich.

Meike trat einen Tipselschritt nach vorne. »Also, ich hätte noch meine alte Dienstmädchen-Uniform ...«

»Das ist immerhin ein Beginn. Vielleicht können wir anderen was mit den Sonntagskleidern machen?«, überlegte Ottilie laut. »Oder ... Unser Vater ist Hufschmied, wir könnten seine dicke Lederschürze ...«

»Ts, ts, ts«, wurde sie unterbrochen, und alle sahen zu Agneta, die bestürzt den Kopf schüttelte. »Wart ihr etwa noch nie auf einem Maskenball?« Fassungslos blickte sie in die Runde.

Einen Moment lang blieb es ruhig, bis Lina das Offensichtliche aussprach, was Agneta wohl nicht bedacht hatte. »Äh ... nein?«

Agneta atmete hörbar aus. »Es geht bei einem solchen Ball nicht darum, sich möglichst schräg oder einfallsreich zu verkleiden.«

»Nein?«, fragte Meike betroffen. »A-aber worum geht es dann?«

»Die Kostüme dienen dazu, den Reichtum der Familie widerzuspiegeln.« Sie hob den Zeigefinger. »Wir benötigen Kleider aus feinsten Stoffen in modischen Schnitten. Bestenfalls sollten Edelsteine eingearbeitet oder goldene Fäden verwoben worden sein.«

Mit leicht geöffneten Lippen starrte Lina Agneta an. Damit hatte sie nicht gerechnet.

»Dann können wir das Ganze wohl wieder vergessen«, schloss Fenja betrübt und sank ein Stück in sich zusammen. »Das Einzige, womit wir uns zeigen könnten, wären dutzendfach gestopfte Röcke. Solch edle Kleider hat niemand von uns.« Ihr Mund wurde zu einer schmalen Linie.

Selbst Lina, die eigentlich nur zu diesem kleinen Abenteuer angestiftet hatte, um die Hofgärtnerin ins Verderben zu stürzen, spürte, wie Enttäuschung durch ihren Körper rauschte und ihre Arme und Beine lähmte. Sie hatte sich bereits auf den Ausflug gefreut.

»Ihr vielleicht nicht.« Agneta lächelte triumphierend. »Ach, hätten wir doch nur eine höhere Tochter in der Gruppe, die bestens ausgestattet mit zwei riesengroßen Truhen voll feinsten Kleidern und mannigfaltigen Hüten und Stolen angereist ist …«

Der Enthusiasmus kehrte spürbar in die Mädchengruppe zurück, und sie sprangen jubelnd auf, Meike schlug eine Hand vor den Mund, und Fenja zupfte aufgeregt an Ottilies Ärmel.

»Jaja, ihr habt euch alle über mein Gepäck brüskiert, das habe ich sehr wohl bemerkt, doch nun kommt es gerade recht«, dozierte Agneta mit verschränkten Armen, als sich alle beruhigt hatten. »Deswegen teile ich es nur mit euch, wenn ihr jetzt alle gemeinsam sagt: *Danke, höchstverehrte Agneta, dass du zwei Überseetruhen mitgebracht hast. Wir sind dir zur ewigen Verbundenheit verpflichtet.*«

Jede von ihnen starrte Agneta an, keine wusste, ob und wie sie den Anfang machen sollte.

Aus heiterem Himmel lachte Agneta fröhlich auf, ihre Wangen waren erstmals gerötet. »Kleiner Scherz meinerseits.« Amüsiert winkte sie ab. »Kommt, auf zum Hof der Thormälens. Meine zweite Truhe steht noch immer dort.«

»Wartet! Wir müssen noch unsere Arbeit beenden«, warf Elise ein.

Lina stemmte die Hände auf. »Willst du jetzt zum Maskenball oder nicht? Wir haben jede Menge vorzubereiten. Allein die Anfertigung der Masken wird Stunden dauern.«

»Schon. Aber ist es nicht ohnehin zu auffällig, wenn wir alle dort aufschlagen?«

Zu ihrem Unwillen musste Lina zugeben, dass sie recht hatte. »Na schön. Ich werde mit Agneta rübergehen und Jost bitten, die Truhe herüberzuschaffen.« Der stellt wenigstens keine Fragen, fügte sie in Gedanken hinzu.

Doch als sie wenig später an die Tür des großen Bauernhauses klopfte, machte niemand auf – und das, obwohl Lina ziemlich sicher war, eine Bewegung am Vorhang gesehen zu haben.

43. Kapitel

»Keiner rührt sich von der Stelle«, ordnete Alma an. Marleene hörte die Alarmiertheit in ihrer Stimme und fror in der Bewegung ein. »Es sind Lina und Agneta«, flüsterte Alma, die sich wie ein Spion neben dem Fenster an die Wand gedrückt hatte und vorsichtig nach draußen linste. »Jetzt klopfen sie an die Tür.«

»Oh, nein, was sollen wir machen?«

»Wir werden einfach nicht öffnen«, entschied Alma. »Papa und Jost sind ohnehin auf dem Feld, und ich … bin eben nicht da. Ihr wisst, dass ich eine miserable Lügnerin bin.«

»Und wenn sie Hilfe brauchen? Warum sollten sie sonst herkommen? Vielleicht hätten wir sie doch nicht allein lassen sollen.« Unruhig biss Marleene sich auf die Unterlippe. Sie hatten den Mädchen gesagt, dass sie an diesem Wochenende Freunde besuchen würden. Dabei hatten sie allerdings verschwiegen, dass es sich bei den Freunden um die Thormälens handelte, die sie einzig und allein aus dem Grund trafen, damit die Mädchen nicht sahen, wie Julius und Marleene verkleidet das Haus verließen. Denn dann wäre klar, wohin sie gingen. Das würde jedoch bedeuten, dass es zu viele Mitwisser gab, und letztendlich sollte ja keiner mitbekommen, dass Julius und Marleene dem Ball ihres Erzfeindes beiwohnten. Als Rosalie Wind davon bekommen hatte, was sie vorhatten, hatte sie dennoch darauf bestanden, dass sie und Johannes ebenfalls mitkamen. Ihr triftiges Argument, dass sie zu viert um einiges schneller die Unterlagen durchgehen könnten, hatte sie schließlich überzeugt. Mehr Menschen sollten allerdings definitiv nicht eingeweiht werden.

»Zur Not ist doch deine Mutter da. Und welche Frage sollte so dringlich sein, dass sie nicht bis Sonntag warten kann?«, wisperte Julius von seinem Platz aus, wo Rosalie versuchte, seine Haare zu bändigen. Nachdem sie ihnen zuvor hatte erklären müssen, dass sie Kostüme von bester Qualität im feinsten Zwirn benötigten, um auf dem Maskenball nicht aufzufallen, hatte sie das gesamte Unterfangen zu ihrer persönlichen Mission erklärt. »Auf dem Maskenball, wo ich war, hatte sich eine Dame gar als Suezkanal verkleidet«, hatte sie ihnen eröffnet. »Aber auch da war der Stoff vom Feinsten, ihr Kostüm wird alles in allem mehrere Hundert Mark gekostet haben.« Bei der Summe hatte Marleene schlucken müssen, so viel konnten sie niemals für ein Kostüm ausgeben. Also mussten sie mit dem vorliebnehmen, was sie hatten.

»Lass das doch mit den Haaren, das sieht man unter dem Tropenhelm später ohnehin nicht«, protestierte Julius nun, der entschieden hatte, auf seine Sachen aus der Zeit als Pflanzenjäger zurückzugreifen. Das brachte den Vorteil, dass er ein Moskitonetz um den Helm tragen konnte, das vorzüglich sein Gesicht verschleiern würde.

Die größte Herausforderung war allerdings, Marleenes riesigen Bauch zu verstecken.

»Die beiden Mädchen sprechen jetzt mit dem Knecht. Ah, sie steuern die Scheune an. Vermutlich braucht Agneta nur was aus ihrer Truhe.«

Alle atmeten auf, und Alma ging zu Marleene herüber und betrachtete den üppigen Bauch. »Bist du sicher, dass du gehen willst?«

»Ich bin schwanger, nicht krank! So gut wie momentan ging es mir lange nicht, die erste Hälfte mit der ständigen Übelkeit war viel schlimmer. Und knapp einen Monat habe ich ja noch. Also, hilf mir lieber in dieses furchtbare Kleid!«

»He!« Rosalie hielt beim Kämmen inne. »Das habe ich damals von meinem ersten Lohn gekauft und auf dem Frühlingsball des Herzogs getragen.«

Marleene lachte leise. »Ich meine ja nicht, dass das Kleid furchtbar ist, sondern dass es furchtbar eng ist.« Mit Almas Hilfe schaffte sie es hinein, und sie schnürten es so, dass der Rock weit über Marleenes Bauch fiel.

Darauf hatte Alma seidene Blüten und vereinzelte Schmetterlinge genäht, und sie hatten sich überlegt, dass Marleene als Wald gehen würde, deswegen schlang Alma obendrein ellenlange Efeuranken raffiniert um das Kleid.

»Macht sie aber auch noch irgendwie hässlich, das alles sieht viel zu gut aus«, protestierte Julius von seinem Hocker, wo Rosalie ihm gerade den Tropenhelm aufsetzte.

»Was?«, japste Marleene empört, und die drei Frauen sahen ihn fassungslos an.

»Na, wir wollen doch nicht, dass jeder mit ihr tanzen will …«, erklärte er nun, und alle lachten.

»Sei ohne Sorge, der Clou kommt erst noch«, verkündete Alma, beugte sich zu einer der vielen Kleidungskisten im Raum hinunter und holte einen ausladenden Hut von Rosalie hervor. »Ich habe dieses blaue Seidentuch daran genäht.« Sie zog es in die Höhe, und Marleene beobachtete fasziniert, wie es umgehend in sanften Wellen zum Boden floss. »Es wird dein Gesicht verschleiern, aber du kannst dennoch hindurchsehen. Wenn jemand fragt, kannst du sagen, es sei ein Bächlein, das durch den Wald fließt. Und du, lieber Julius, musst dir keine Sorgen machen, dass sich jemand in deine Marleene verguckt.«

»Sehr gut!«, rief Julius unter seinem Tropenhelm hervor und versuchte Rosalie, die weiterhin alles zurechtzupfte, zur Seite zu drängen.

»Alma …« Marleene legte eine Hand auf ihr weich werdendes Herz. »Das sieht fantastisch aus!« Dann wandte sie sich an Rosalie.

»Und noch mal das wärmste Dankeschön an dich, dass wir deine edlen Ballkleider tragen dürfen.«

»Ach«, sagte Rosalie, ohne aufzuhören, an Julius' Moskitoschutz herumzuzupfen. »Ich habe dafür ohnehin keine Verwendung mehr. Ich gehe jetzt lieber auf Protestmärsche als auf Bälle. Henny, das ist die andere Lehrerin an meiner Schule, hat herausgefunden, wie viel weniger wir als die Männer verdienen, das ist wahrlich unglaublich! Und das, wo wir ohnehin das Lehrerinnenseminar selbst bezahlen mussten … Wir wollen jetzt einen Verein gründen. Gewiss gibt es noch mehr Lehrerinnen, denen es so ergeht wie uns.«

»Als was gehst du denn eigentlich?«, fragte Julius. »Als Suffragette?«

Rosalie ging nicht auf seine Stichelei ein. »Ich habe mir etwas Besseres überlegt«, sagte sie geheimnisvoll, wollte jedoch nicht verraten, was. Als sie eine halbe Stunde später zu ihnen in die Wohnküche trat, fielen Julius und Marleene nahezu die Augen aus dem Kopf. Rosalie trug ein mitternachtsblaues Kleid, von dessen Saum und von den Schultern allerlei Zettel kunstvoll in die Luft ragten. Die Gespräche verstummten umgehend.

»Was bist du denn?«, fragte Alma verwirrt.

»Ein Papierkorb«, erklärte sie nicht ohne Stolz in der Stimme.

»Du hättest auf diesem Fest die Gelegenheit, als Rosengarten oder gar Kleopatra zu gehen, und entscheidest dich für das Papierkorb-Kostüm?«, fragte Julius ungläubig. Auch Marleene schmunzelte innerlich. Rosalie hatte sich *wirklich* verändert.

»Warum nicht?«, ertönte eine tiefe Stimme hinter ihnen, und im nächsten Moment legte Johannes seinen Arm um Rosalie und lächelte sie an. Er musste durch die Hintertür hereingekommen sein. »Endlich sind die Dinge, wie sie sein sollten. Meine Verlobte geht als Mülleimer, und ich …« Er vollführte eine formvollendete Verneigung. Unter der Hose, die bis zu den Knien ging, zeigten sich Seidenstrümpfe. Er trug eine weiße Perücke, seinen Hals zierte eine weite Krause, und der Mantel reichte bis in die Kniekehlen. »… bin ein Gentleman der alten Schule.«

»Viele nutzen den Maskenball als Gelegenheit, um mal in die Rolle zu schlüpfen, die man am allerwenigsten innehat«, sagte Rosalie spitz und begutachtete seine feinen altmodischen Kleider von oben bis unten. »Von daher – gut gemacht!«

Er knuffte sie in die Seite, und lachend machten sie sich auf dem Weg zur Kutsche. Trotz der gelösten Stimmung kam Marleene nicht umhin, sich zu sorgen. Würden sie wirklich unentdeckt bleiben?

* * *

Agneta hatte ihre zahlreichen Kleider auf die zwei Kammern aufgeteilt, trotzdem war es viel zu eng mit Ottilie und Fenja im Raum. Zudem mussten sie ständig über den Flur huschen, da Meike im Nebenraum mit der Lockenzange, welche sie aus Rosalies Zimmer stibitzt hatten, ihre Haare bearbeitete und gekonnt hochsteckte. Babsi und Elise nähten derweil die Masken für alle. Die alte Frau Langfeld hatte sie von ihrem Platz im Schaukelstuhl aus neugierig gemustert, und sie hatten vorgegeben, lediglich hübsche Frisuren auszuprobieren.

»Wie soll man sich in solch einer kleinen Kammer auf einen Maskenball vorbereiten?«, jammerte Agneta zum wiederholten Male. Fenja, Ottilie und Lina antworteten wie aus einem Munde: »Gar nicht!«, und brachen danach in Gekicher aus, nur um sich umgehend die Ellenbogen in die Seite zu stoßen und sich zu ermahnen, doch leise zu sein. Lina schenkte allen einen ordentlichen Schluck Genever ein, den sie aus der Vorratskammer entwendet hatte, hinterher aßen sie obendrein Würfelzucker. Von ihrer Mutter wusste sie, dass der Alkohol so noch schneller seine Wirkung zeigte.

»Also gut, lasst mich überlegen, was in dem Buch stand.« Agneta hatte in der heimischen Villa ein ganzes Buch voller Kostümbeschreibungen, nach denen die feine Gesellschaft sich wohl richtete. »Im Grunde genommen kann man sich als fast alles verkleiden. Als Tag und Nacht oder als Jahreszeit oder Naturwunder. Am liebsten gewählt werden berühmte Persönlichkeiten, Könige und Königinnen, und selbst antike Porzellanfiguren sind sehr gängige Kostüme.«

»Uhhh, ich wäre von Herzen gerne eine Königin für einen Abend«, sagte Fenja andächtig, und Lina hätte fast laut gelacht, da Fenja nun wirklich das Gegenteil eines königlichen Antlitzes besaß, doch Agneta nickte verständnisvoll.

»Das glaube ich dir gerne, meine Liebe, ohne jegliche Vorbereitungszeit bekommen wir das allerdings nicht hin. Die Kostüme sind zu aufwendig. Wir können nur die Kleider nehmen, die ich dabeihabe, und durch Accessoires andeuten, als was wir gehen.« Sie rieb sich die Stirn. »Lasst mich überlegen. Ich habe das Buch unzählige Male durchgeblättert, nur habe ich früher natürlich stets nach den aufwendigsten Kostümen gesucht …«

Sie hob erst ein rotes, danach ein blaues Kleid in die Höhe. Bei einem ihrer Teekleider stockte sie. »Mit einem weißen Kleid kann man als Geist gehen, erinnere ich mich.« Begeistert schwang sie herum. »Wer möchte?« Sie hielt es Fenja an, rümpfte minimal die Nase und drückte es dann Lina an die Brust. »Oh, mit deinen feinen Löckchen siehst du aus wie ein Rauscheengel.«

»Findest du?« Lina bezeichnete ihre Haarmähne zwar lieber als krisselig, doch die Mädchen nickten begeistert, also beschlossen sie, dass Lina sich als Engel verkleiden würde. Ottilie würde dafür mit einem anderen Teekleid als Geist gehen, und Agnetas roter Mantel brachte sie auf die Idee, dass sich jemand als Rotkäppchen kostümieren könnte. Agneta selbst wollte sich in einem tiefschwarzen Trauerkleid als Nacht verkleiden.

Für den Rest würden sie wie vorgeschlagen auf Accessoires zurückgreifen. Ein geschwungener Stab, den sie im Geräteschuppen gefunden hatten, machte das himbeerfarbene Kleid zu dem einer Schäferin, und Meikes Schürze würde doch zum Einsatz kommen, allerdings in Kombination mit einem herrschaftlichen Kleid. Drei Stunden und eine ganze Flasche Genever später waren alle umgezogen. Nun mussten sie nur noch aus dem Haus kommen. Leider erwiesen sich die Fenster als zu schmal, da sie jetzt ja die pompösen Kleider samt Unterröcken trugen.

»Die alte Frau Langfeld hat sich vor über einer Stunde in ihre Kammer zurückgezogen. Ich denke, wir können es jetzt wagen«, sagte Lina, nachdem sie an der Tür gehorcht hatte. Im Gänsemarsch schlichen sie hinaus, klopften leise bei Meike und Babsi und huschten weiter zur Grootdör. Lina war im Begriff, die Klinke herunterzudrücken, als hinter ihnen ein schnarrendes Räuspern ertönte.

Lina erstarrte. Mist! Mit zusammengebissenen Zähnen drehte sie sich gleichzeitig mit den anderen herum, und da stand Frau Langfeld auf ihren Stock gestützt und zitterte leicht. Sie knipste das Licht an, das es seit Kurzem im Bauernhaus gab, und im Angesicht der bunt leuchtenden Ballkleider flatterten die Ausreden wie Paradiesvögel davon.

»Ich ... äh ... also wir ...« Nein. Es gab einfach nichts, womit man ihren Aufzug erklären könnte.

Frau Langfeld schlurfte zum nächsten Binsenstuhl und ließ sich nieder.

»Wat seht ihr denn so smuck aus? Wollt se auf de Danz op de Deel?«

»So etwas in der Art«, nuschelte Babsi mit gesenktem Kopf.

»Weet Marleene van Bescheed?«

Gemeinsam schüttelten sie nach kurzem Zögern die Köpfe. Das war's. Das Abenteuer war zu Ende, bevor es begonnen hatte. Mit kleinen Schritten und dem gelehmten Fußboden fest im Blick, trat Lina den Rückzug in Richtung ihrer Kammer an. Sie winkte den anderen, ihr zu folgen, und schließlich setzten auch sie sich in Bewegung.

»Wo sall 't hengahn?«, unterbrach die Mutter der Hofgärtnerin sie.

Lina blieb stehen und sah sie fragend an. War es denn nicht offensichtlich, wo es hingehen sollte?

»Da geiht jo de verkehrte Kant an.«

»Das ist die falsche Richtung? Wie meinen Sie das?«

»Na, in eurer Kammer ist heute Abend keen Danz …«

Lina schnappte nach Luft, und sie spürte Agnetas Hand, die sich an ihr festhielt. »Sie meinen …«

»Man to, man to, vermarkt jo wat! Wenn ihr erst mal alt und runzlig seid, werdet ihr sehen, dass man nur die Dinge bereut, die man nicht getan hat. Ich hoffe nur, ihr hebt all nen Unnerhemd an?«

44. Kapitel

»Lass uns am besten hier schon heraus«, rief Marleene aus der Kutschkabine nach draußen, nachdem sie die Lindenallee, die zur Fliedervilla führte, erreicht hatten. Offenbar hatte De Vos weder Kosten noch Mühe für diesen Abend gescheut. Die einzelnen Bäume der Lindenallee wurden mit elektrischen Lichtern angestrahlt und schimmerten in märchenhaftem Grün. Auch die Fliedervilla am Ende leuchtete ihnen aus der Dunkelheit entgegen, und man hörte bereits sanfte Klänge eines Orchesters. Den Rest des Weges konnten sie zu Fuß zurücklegen, hatte Marleene entschieden, denn sie fürchtete, dass jemand die Kutsche der Thormälens erkennen könnte.

»Dann mal viel Spaß. Und toi, toi, toi, dass alles gut geht«, sagte Jost vom Kutschbock aus, während sie ausstiegen.

»Danke. Ach, Jost?«

»Hm?«

»Weißt du, wie es Frieda in letzter Zeit ergangen ist?«, fragte Marleene ihn, da sie ihn in der vorigen Woche aus dem Blumenladen hatte kommen sehen. Es schmerzte ihr in der Brust, wenn sie an ihren Streit dachte, und sie musste daran denken, wie Frieda in den Vorbereitungen des Maskenballs aufgegangen wäre. Vermutlich wäre auch sie mitgekommen und hätte sich als Rosengarten oder Blumenbouquet verkleidet.

Aber sie wollte es ja nicht anders.

»Es geht ihr gut«, versicherte Jost ihr, nickte zum Abschied und nahm die Zügel auf. Alles in Marleene wehrte sich dagegen, jetzt in diesem Aufzug die Lindenallee herunterzuspazieren. Wenn De Vos oder vielleicht Frau Holthusen, sofern sie mittlerweile nicht Frau De Vos hieß, sie erwischten, würden sie ihr blaues Wunder erleben.

»Gut, lasst uns losgehen«, rief Rosalie aufgeregt und hielt Johannes aufforderungsvoll den Arm entgegen, der diesen sogleich ergriff. Julius bot Marleene grinsend den seinen dar.

»Also, dass ich mal als Papierkorb kostümiert die Lindenallee passieren würde, um mein eigenes Elternhaus zu durchsuchen, hätte ich im Leben nicht gedacht«, sagte Rosalie leichtmütig und lachte. Ihr schien das alles wenig zuzusetzen, sie musste wahrlich Nerven so dick wie Baumstämme haben.

»Ich ebenfalls nicht«, murmelte Marleene.

»Du müsstest es von uns allen doch am ehesten gewohnt sein, kostümiert die Allee entlangzulaufen«, stichelte Rosalie, zwinkerte ihr jedoch zu, und als alle lachten, ahnte Marleene, dass Rosalie ihnen nur die Anspannung nehmen wollte.

»Also, lasst uns noch einmal den Plan durchgehen ...«, setzte Julius an, wurde jedoch von Rosalie unterbrochen.

»Wie oft denn noch? Wir bewegen uns so schnell wie möglich durch die Gesellschaft vor dem Haus, geben vor, zunächst die Gastgeber begrüßen zu wollen. In Wirklichkeit schleichen wir uns zur Rückseite der Fliedervilla, wo sich der Wareneingang für den Keller befindet. Die kräftigen Männer schlagen die schweren Flügeltüren am Boden zurück, wir spazieren hinein, durchsuchen die Schränke und Schubladen, finden, was wir suchen – die geniale Rosalie wird vorgeben, dass sämtliche Zettel zu ihrem Kostüm gehören –, und wir schlendern wieder hinaus. Ein Kinderspiel, oder?«

Wenn sie es so sagte, klang es gewiss danach. In Wahrheit gab es gut tausend Dinge, die schiefgehen konnten. Marleenes Magen zog sich zusammen, und mit einer eiskalten und dennoch verschwitzten Hand rückte sie ihren Wasserfall-Hut zurecht.

Wie vermutet befanden sich bereits vor der Villa diverse Grüppchen, die miteinander Konversation betrieben. Eik De Vos hatte offenbar den gesamten Hof und Garten mit als Aufenthaltsort für den Ball eingeplant. Es standen reichlich Laternen auf dem Hof, und der Bereich zur Gärtnerei war mit zahlreichen Paravents, an denen bunte Masken hingen, verstellt worden. Ein Streichquartett sorgte für behagliche Hintergrundmusik, und kurz vor der Villa war ein wandhohes Stammbaumblatt aufgemalt, das Herrn und Frau De Vos' Vorfahren zeigte.

»Die Holthusen soll ja schon seine sechste Ehefrau sein«, raunte ein gedrungener Mann mit Zylinder seiner Begleiterin soeben zu, und sie sah ihn überrascht an.

»Das haben sie auf diesem Monstrum von Stammbaum allerdings wohlweislich verschwiegen«, antwortete sie kichernd. »Wirklich sechs Frauen? Wie hat er das denn geschafft?«

Der Zylinderträger hob die Schultern. »Womöglich konnte er seinen Drang selbst im Wochenbett nicht zurückhalten. Ich habe da so etwas gehört …«

Die Frau schlug eine Hand vor den Mund, und Marleene sah zu Julius. Er deutete ein Nicken an, und Marleene vermutete, dass er ebenso überrascht war wie sie.

Ein Blick über die Schulter verriet ihr, dass Johannes und Rosalie ihnen dicht auf den Fersen waren. Unterwegs trafen sie die skurrilsten Gestalten: zahlreiche Könige und Königinnen aus vergangenen Zeiten, Märchenfiguren, Schneeflocken und sogar die Schweiz. Marleene spürte auch die Blicke einiger Anwesender auf ihrem Kostüm, hoffte, dass der Schleier halten möge, was er versprach, und versuchte, flach zu atmen.

»Jetzt«, zischte Julius, kurz bevor sie die wenigen Stufen zur Haus-

tür hätten hochgehen müssen, und sie machten eine scharfe Rechts-
kurve und verloren sich schon bald im Schatten des Hauses. Im hinteren und nicht so repräsentativen Teil, waren keine Gäste vorgesehen,
und Marleene atmete erleichtert auf.

»Hier ist es«, raunte Julius Johannes zu und deutete auf die zwei
grauen Klappen des Kellereingangs. Jeder von ihnen beugte sich über
eine Hälfte und zog. Und rüttelte. Johannes ächzte vor Anstrengung.

»Blixem!«, fluchte er. »Verschlossen.«

Marleene schlug das blaue Seidentuch zurück, um besser atmen zu
können, und sie sahen einander ratlos an.

»Und wenn wir durch das Innere des Hauses gehen?«, fragte Marleene zaghaft.

»Ja!« Rosalie sprang sofort auf. »Das ist es!«

»Seid ihr nicht ganz bei Sinnen? Was ist, wenn wir De Vos drinnen
treffen? Und was soll das Hauspersonal sagen? Denkst du, die lassen
jeden einfach so in den Keller?«

Einen Herzschlag lang zog sich Rosalies Nase kraus, dann schien
sie bereits einen Plan zu haben. »Sobald wir im Vestibül sind, sehen
wir uns um, ob der Erzfeind in Sichtweite ist. Wenn nicht, stehlen wir
uns in die Küche, gleich hinter der Tür führt eine weitere Treppe in
den Keller hinunter. Sollten wir dabei auf Hauspersonal treffen, geben wir überzeugend vor, etwas aus dem Keller holen zu wollen. Aller
Wahrscheinlichkeit nach sind sie ohnehin viel zu beschäftigt, um uns
wahrzunehmen.«

Julius legte den Kopf schief. »Und diesen fadenscheinigen Erklärungen sollen sie Glauben schenken?«

»Warum nicht? Wenn wir es bestimmt rüberbringen, wird es keiner infrage stellen«, entschied Rosalie mit ebenjener Bestimmtheit in
der Stimme.

»Gut. Das machst du dann aber, ich glaube, das liegt dir.«

Rosalie funkelte ihren Bruder an, und Marleene mahnte zur Eile.

Um zwölf wurden die Masken abgenommen, bis dahin mussten sie fertig sein. Da ihr eigentlicher Plan nicht aufgegangen war, würde es sehr knapp werden.

»Glaub nicht, dass ich dir noch mal die Haare mache«, zischte Rosalie auf dem Weg zum Haupteingang Julius zu, und er lachte auf. »Ich bitte darum! Du hast so viel Pomade hineingeschmiert, dass ich bei jedem Schritt Sorge habe auszurutschen, weil ich höchstwahrscheinlich eine schleimige Spur ganz wie eine Nacktschnecke hinter mir herziehe.«

Rosalie war im Begriff, ihm ihre Antwort um die Ohren zu hauen, als ihr eine Stimme zuvorkam.

»Julius? Rosalie?«

Sie alle blieben abrupt stehen, und eine kräftige Frau, die ohne Kittelschürze gar nicht so leicht zu erkennen war, trat zu ihnen. Frau Maader, Friedas ehemalige Chefin und zugleich Julius' und Rosalies Tante. Sie trug ein Kopftuch, wallende Röcke und klimpernde Armreifen. Eine Kristallkugel ließ Marleene vermuten, dass sie als Wahrsagerin ging.

»Euch hätte ich beim besten Willen hier nicht erwartet«, sagte sie verwundert. »Hattet ihr nicht die Geschäftsbeziehungen zu De Vos abgebrochen?«

»Wir sind eigentlich gar nicht da«, platzte es zornig aus Marleene heraus, da sie ihr nicht verzeihen konnte, dass sie Frieda damals aus heiterem Himmel gekündigt hatte. »Aber Sie? Sie sollten sich schämen, dass Sie freiwillig zu dem Menschen gehen, der uns die Fliedervilla abgeluchst hat.«

Sie zuckte die Schultern. »Wir sind nun mal Geschäftspartner, da gehört es zum guten Ton. Ihr wolltet mir ja nichts verkaufen.«

»Natürlich nicht! Nach alledem, was Sie Frieda angetan haben?«

Jetzt wurde Frau Maaders Ausdruck weich. »Nach dem, was ich höre, läuft der Blumenladen in Rastede bombastisch?«

»Und ob«, triumphierte Marleene. »Allerdings hat sie das garantiert nicht Ihnen zu verdanken!«

»Nicht?«, fragte die ältere Dame mit einem nicht einordbaren Ausdruck im Gesicht.

»Natürlich nicht.«

»Was wäre denn, wenn ich sie nicht hinausgeworfen hätte?«

»Dann …« Marleene überlegte. Vermutlich wäre alles beim Alten geblieben. Frieda wäre nach wie vor die Angestellte in Frau Maaders Laden und würde eben die Tätigkeiten ausführen, die ihr aufgetragen wurden. Ganz gewiss würde sie unter diesen Umständen keine Regionalgruppe der proletarischen Frauenrechtlerinnen leiten, und mit Sicherheit hätte sie sich nicht aus freien Stücken selbstständig gemacht. Marleene sah Frau Maader an, die wissend lächelte. Im nächsten Moment weckte ein hustendes Lachen allerdings die Panik in Marleene.

»Helga!«, rief De Vos von der Treppe der Fliedervilla aus und öffnete die Arme weit. Hastig zog Marleene das Tuch wieder vor ihr Gesicht. Frau Maader schien zu verstehen, dass sie nicht gesehen werden wollte, und deutete mit dem Kinn in die entgegengesetzte Richtung. Mit wild pochendem Herzen entfernte sie sich, während die anderen ihr folgten. De Vos eilte derweil auf Frau Maader zu, und solange die beiden im Gespräch waren, konnten sie die Gunst der Stunde nutzen. An Julius' Seite erklomm Marleene mit gerafften Röcken die Stufen, doch kaum hatte Julius die Villa betreten, schien er sie wieder verlassen zu wollen.

»Kommen Sie nur herein«, ordnete eine resolute Stimme an, die offenbar das Befehlen gewohnt war. Frau Holthusen lächelte von Julius zu Marleene und dann zu Rosalie und Johannes, die ihnen direkt gefolgt waren.

»Einen wunderschönen guten Abend, ich bin Frau De Vos und freue mich, Sie hier in der Fliedervilla begrüßen zu dürfen. Ich nehme an, dass Sie Bekannte meines Ehegatten sind?« Marleene dankte dem

Herrn im Himmel dafür, dass Frau Holthusen Julius nur wenige Male gesehen hatte und er durch das Moskitonetz nicht gut zu erkennen war. Johannes und Rosalie hatten ihr Kostüm ebenfalls mit den Masken vervollständigt, sodass auch hier keine Gefahr in Verzug war.

Und sie? Sie durfte nur nichts sagen.

Nach Jahren als Zimmermädchen im Hotel Holthusen war die Gefahr schlichtweg zu groß, dass Frau Holthusen sie an der Stimme erkannte. Zum Glück schien auch Julius dies zu durchschauen.

»Genau«, sagte er. »Wir haben ebenfalls eine Gärtnerei, allerdings ein Stück außerhalb, und Ihr Gatte war so überaus liebenswürdig, uns einzuladen. Was für ein rauschendes Fest, da kann ich nur meine Komplimente aussprechen. Wir wollen Sie aber auch gar nicht zu lange in Anspruch nehmen, Frau De Vos.« Er wollte sich verbeugen, nur leider wollte die Gute nichts davon hören. »Nicht doch, nicht doch, jeder darf heute ein wenig von meiner Aufmerksamkeit genießen, dann müssen die anderen eben warten. Ihr Kleid sieht ja entzückend aus«, sagte sie zu Marleene. »Was ist es denn? Eine Blumenfee?«

»Meine Schwägerin geht als Wald«, erklärte Rosalie rasch, da sie vermutlich ebenso erkannt hatte, dass Marleene besser nicht das Wort erheben sollte.

»Nun lassen Sie die Gute doch für sich sprechen«, fuhr Frau Holthusen sie in ihrer herrischen Art an, schien sich dann jedoch selbst darüber bewusst zu werden und verzog den Mund rasch zu einem Lächeln. »Ich meine ja nur, dass jeder gerne persönlich über seine Kostüme spricht. Es war übrigens meine Idee mit dem Maskenball, gefällt sie Ihnen?«

Obwohl Julius, Rosalie und sogar Johannes voll des Lobes waren, schaute sie ausgerechnet Marleene an, die lediglich heftig nickte, während die anderen ihre Lobpreisungen aussprachen.

»Ich sehe, Sie haben noch gar nichts zu trinken. Darf ich Ihnen etwas holen?«

Alle lehnten umgehend mit überschwänglichem Dank ab, doch diesmal schien ihr Marleenes Kopfschütteln nicht auszureichen. Ihr Blick ruhte so lange abwartend auf ihr, dass Marleene sich genötigt fühlte, etwas zu sagen.

»Nein, danke«, flüsterte sie.

Frau Holthusen beugte ihr Ohr näher zu Marleene. »Wie bitte?«

»Danke, ich bin nicht durstig. Es tut mir leid, ich habe Halsschmerzen und kann nicht gut sprechen«, flüsterte sie, um ihre Stimme zu verbergen.

Julius legte sofort den Arm um sie. »Sie wollte dennoch unbedingt kommen, Ihr Fest wurde ja mit so viel Vorfreude erwartet. Das wollten wir uns wahrlich nicht entgehen lassen. Nun wollen wir Ihre Zeit aber wirklich nicht noch länger beanspruchen, ich fühle mich schon ganz schlecht.«

»Das tun Sie nicht im Geringsten. Sie sagten ja, Sie kommen von weiter außerhalb. Wie ist denn der werte Name? Dann stelle ich Sie allen vor.«

Genau wie die anderen ging Marleene eilig sämtliche Möglichkeiten durch. An ihren Namen, Langfeld, würde sie sich erinnern, und auch wie die Vorbesitzer hießen, würde sie wissen. Sollten sie einfach vorgeben, die Thormälens zu sein? Nur was, wenn sie damit vorgestellt wurden, und jemand kannte ihre Nachbarn?

»Kessler«, sagte Johannes nun mit einem schmeichelnden Lächeln, und Frau Holthusen betrachtete ihn verzückt. Marleene wusste, dass es sein echter Nachname war, und das war fürs Erste eine gute Lösung. Rosalie könnte als seine Frau durchgehen, allerdings mussten sie verhindern, dass Frau Holthusen nun mit ihnen die Runde machte. Was war überhaupt in sie gefahren? Sonst war sie nie nett und zuvorkommend gewesen, zumindest nicht zu den Zimmermädchen. Normalerweise müsste Frau Holthusen als Gastgeberin zudem von einer großen Traube Menschen umringt sein – das war jedoch nicht der Fall. Hatte sie sich etwas zuschulden kommen lassen? Fühlte sie sich am Ende auf ihrer eigenen Hochzeitsfeier allein? Klammerte sie sich deswegen dermaßen an die Neuankömmlinge?

»Also Sie sind die Kesslers«, sagte sie zu Johannes und Rosalie. »Und Sie?« Fragend blickte sie zwischen Marleene und Julius hin und her. »Oder sind Sie der Bruder und heißen ebenfalls Kessler?«

»I-ich …« Julius schien in Windeseile abzuwägen, ob er lügen sollte oder nicht.

»Käthe?«, rief nun jemand von der Tür, und Marleene erkannte Frau Maader mit ihrem roten Halstuch und den klimpernden Armreifen. »Du musst mir unbedingt etwas zu diesem beeindruckenden Stammbaum hier draußen erklären. Ist die entfernte mütterliche Linie wirklich mit den Fuggern verbandelt?«

Frau Holthusen lächelte von einem Ohr zum anderen und entschuldigte sich umgehend.

»Na endlich«, fauchte Rosalie, stapfte los zur Küche und musste ihr schauspielerisches Talent nicht einmal zum Einsatz bringen. Es herrschte so viel buntes Treiben, Pfannen zischten auf dem Herd, Wasser brodelte, und die Köchin hatte ihnen den Rücken zugewandt.

Ohne zu zögern, steuerte Rosalie die Kellertreppe an, und die anderen folgten ihr. Marleene genoss die Ruhe, das gedimmte Licht und die Kühle, die unten den Raum bestimmten. Der Keller war allerdings riesig, ebenso groß wie die Fliedervilla, und alle Möbelstücke waren sorgfältig mit Laken abgedeckt worden, um sie zu schonen. Julius bewegte sich zum hinteren Bereich auf der linken Seite zu.

»Lasst uns den Raum aufteilen, jeder beginnt in einer Ecke. Mutters Sachen waren aus Rosenholz. Eine Halbmond-Kommode mit vergoldeten Schlössern, dann noch ein mittelhohes Vertiko im selben Stil, und irgendwo muss ihr kleiner Sekretär sein. Er hat ein Blumendekor in der Mitte und Intarsien. Das Nachtschränkchen ist oben geblieben, aber die Sachen daraus hat De Vos vermutlich ohnehin bereits weggeschafft.«

Sie machte sich umgehend auf die Suche, Marleene hatte das Gefühl, als könnte sie den gesamten Keller auf einige Faust durchsuchen. Doch nachdem sie unter die ersten fünf Laken gespäht hatte, änderte sich das plötzlich.

»Ich habe den Sekretär«, rief Julius von irgendwo, doch Marleene nahm es kaum wahr. Etwas war seltsam. Sie tastete nach einem Hocker, fand den eines Pianofortes und ließ sich langsam darauf nieder. Ihr Rücken schmerzte wie verrückt, und eine merkwürdige Unruhe hatte sie erfasst.

Sie atmete, wie die Hebamme es ihr gezeigt hatte.

»Geht es dir gut?«, fragte Julius über die Schulter, bevor er ein Bündel Briefe aus dem Sekretär zog.

»J-ja … ich … Mir ist nur ein bisschen schwindelig«, sagte Marleene kurzatmig. Musste ausgerechnet jetzt eine dieser verfluchten Vorbereitungswehen kommen? Ihre Hebamme hatte ihr gesagt, dass dies ab jetzt immer mal wieder der Fall sein würde.

»Hier ist das Vertiko«, rief Johannes, der von Marleenes Schwächeanfall nichts mitbekommen hatte, aufgeregt vom anderen Ende des Kellers.

»Bleib einfach da sitzen«, sagte Julius ruhig und zog dabei einen Zeitschriftenstapel aus dem Sekretär. »Wir schaffen das schon.«

Marleene nickte, während sie tief in den Bauch atmete. Diese Wehe dauerte wirklich lange. Endlich war sie überwunden. Marleene wollte wieder aufstehen, doch irgendetwas war komisch. Etwas, was sie jedoch nicht richtig fassen konnte.

»Ich glaube, ich bin fündig geworden«, rief Johannes nun vom Vertiko her, und Rosalie stimmte begeistert ein und hielt einige Papiere in die Luft. »Ich auch!«

Marleene zog sich am Pianoforte hoch, kam gegen die Tasten,

sodass ein verzerrter Ton den Keller gespenstisch erfüllte. Ihr war schwindelig. Gleichzeitig war da diese rasende Unruhe. Sie wollte durch den Keller rennen und sich zugleich die Haare zerraufen, aber alles drehte sich, und sie wusste schlichtweg nicht, was sie tun sollte. Hilflos sah sie zu Julius. Er kam sofort auf sie zu, doch noch bevor er sie erreichte, war da dieser enorme Druck. Genau zwischen ihren Beinen, der stärker und stärker wurde. Sie tastete um sich, und ihre Gedanken verschwammen ineinander. Musste sie zur Toilette? Eigentlich nicht. Es war ein anderer Druck, sehr viel heftiger.

Sie brauchte nicht länger darüber nachdenken.

Mit einem gewaltigen Flatsch entlud sich das Fruchtwasser auf den Boden. Der grüne Satinstoff sog sich von unten mit der Flüssigkeit voll. Alle starrten sie an. Sie wusste weder, was geschehen war, noch, was sie sagen sollte.

Dann erst verstand sie.

»Ich schätze mal, es waren wohl nicht nur Vorbereitungswehen«, stammelte sie schließlich.

45. Kapitel

Übermütig stürmte Lina mit den anderen Mädchen nach draußen, Fenja juchzte gar laut. Agneta blieb jedoch kurz darauf ernüchtert stehen und ließ in ihrem nachtschwarzen Kleid die Arme hängen.

»Herrje, wir haben ja gar keinen Fahrer«, sagte sie frustriert zu den Mädchen, und ihre Worte brachten Meike zum Grinsen. In dem Rotkäppchen-Mantel sah sie richtig niedlich aus, insbesondere, wenn sie sich so freute.

»Sag mal, hast du etwa noch nie einen Pferdewagen gelenkt?«, erkundigte sie sich im gleichen ernüchterten Tonfall, mit dem Agneta sie nach dem Mummenschanz gefragt hatte.

»Äh … nein?«, griff Agneta die Antwort auf, die ihr die Mädchen gegeben hatten, und kichernd holten sie Falke aus dem Stall und spannten ihn vor das Fuhrwerk. Für Lina und die Mädchen, die auf dem Land oder in helfenden Positionen aufgewachsen waren, bereitete dies keine Schwierigkeiten. Zudem hatten sie mit Falke im Frühjahr die Felder gepflügt, aber damals hatte Agneta sich dezent zurückgehalten.

Unterwegs mühte Lina sich stetig, die Gläser der anderen mit noch mehr Genever zu füllen. Das würde ihrem Ziel, dass sich die angehenden Gärtnerinnen öffentlich blamierten, nur zuträglich sein. Insbesondere Meike schien Gefallen daran zu finden, zumindest wenn sie hinterher Würfelzucker essen konnte.

Kurz bevor sie die Fliedervilla erreichten, kam die Frage auf, ob man ein einfaches Fuhrwerk die Allee hinunterlenken und dem Stallmeister übergeben könne. »Wisst ihr was?«, schaltete Elise sich in diesem Moment ein. »Ich werde hier etwas abseits am Straßenrand mit dem Wagen auf euch warten.« Offenbar hatte sie kalte Füße bekommen. »Agneta meinte ja, dass wir ohnehin vor Mitternacht, wenn die Masken gelüftet werden, zurück sein müssen, das ist ja gar nicht mehr so lange. Und ich habe ein Buch dabei.«

Lina konnte nicht fassen, dass Elise, die zwar wirklich in jeder freien Minute las, selbst zum Ball ein Buch mitgebracht hatte. Ihr sollte es jedoch recht sein, dass sie diese Hürde so problemlos überwinden konnten. Die Mädchen erklärten sich einverstanden und bemühten sich, trotz der Aufregung und des kleinen Schwipses möglichst gediegen die illuminierte Auffahrt hinunterzugehen.

»Hört zu«, wisperte Agneta, kurz bevor sie den Vorplatz der hübschen Fliedervilla erreicht hatten, wo bereits zahlreiche Personen in wunderschönen Kostümen zu sehen waren. In der Ferne erspähte Lina eine Frau in einem grünen Kleid, das mit Blumen bestickt und Efeuranken umwickelt war, dahinter hatte sich eine Blondine doch gar als Papierkorb verkleidet. Selbst das Kostüm war hübsch, aber es brachte Lina auch zum Schmunzeln, denn es hatte etwas von einem Augenzwinkern. Während alle versuchten, sich in ihrer Schönheit zu übertrumpfen, kleidete diese vermutlich reizvolle junge Dame sich als Papierkorb.

»Wir dürfen nicht in dieser großen Gruppe bleiben, das wäre zu auffällig«, fuhr Agneta fort. »Besser, ihr mischt euch immer zu zweit ins bunte Treiben. Haltet euch von den Gastgebern fern, zum Glück sind sie aller Wahrscheinlichkeit nach ohnehin die meiste Zeit von Menschen umringt. Falls jemand fragt, sagt immer, ihr seid die Base von …«, sie sah fragend zu Lina. »Was ist hier in der Gegend ein gängiger Nachname?«

Lina wurde heiß. Hatte sie nicht stets verschleiert, dass auch sie in

Oldenburg aufgewachsen war? Möglichst gleichgültig zuckte sie die Achseln. »Ich bin ja nicht von hier.«

»Goldbach?«, schlug Fenja vor, und Lina freute sich bereits, denn das könnte herrlich unangenehm werden, doch Meike, die überraschend redselig geworden war, rümpfte die Nase. »Die Goldbachs haben hier früher gewohnt. Ich weiß nicht, was vorgefallen ist, aber ich könnte mir vorstellen, dass sie einander nicht wohlgesonnen sind. Außerdem ist Goldbach viel zu einzigartig, lasst uns lieber etwas Gängigeres wählen, wie Müller oder Schmidt.«

»Ja, das ist gut«, stimmte Agneta zu. »Wie gesagt müssen wir vor zwölf den Ball verlassen. Ich habe daher die Taschenuhr meines Großvaters im Retikül. Kommt bitte regelmäßig zu mir, damit ich euch die aktuelle Zeit sagen kann.«

Die Mädchen nickten, und Lina hätte am liebsten laut geflucht. Sie hatte gehofft, dass sie allen eine falsche Uhrzeit zuflüstern könne, das ging nun nicht mehr. Dann hatte sie eine Idee. »Oh, darf ich mal sehen?«, fragte sie Agneta scheinbar fasziniert, und ihre Zimmergenossin reichte ihr gleich das ganze Retikül. Während Agneta letzte Anweisungen für angemessenes Verhalten gab, auf die Lina nicht sonderlich erpicht war, zog sie die goldene Taschenuhr hervor. Es dauerte nur zwei Sekunden, mithilfe des kleinen Rädchens den großen Zeiger eine halbe Stunde zurückzudrehen. Dann verstaute sie die Uhr wieder im Täschchen und reichte es Agneta zurück.

Sobald Agneta geendet hatte, verteilten sich Fenja und Ottilie sowie Babsi und Meike in der Menge. Meike nahm strahlend eine Sektflöte vom Silbertablett eines Kellners. Vermutlich gefiel es ihr, dass sie jetzt bedient wurde, nachdem jahrelang sie das gemacht hatte.

Lina blieb an Agnetas Seite, und gemeinsam betraten sie die Fliedervilla. Staunend sah sie sich im festlich geschmückten Vestibül um, in dem auch eine Tanzfläche errichtet worden war. Sie musste sich eingestehen, dass sie den turbulenten Abend sogar ein wenig genoss.

Es war schön, der Musik der Kapelle zu lauschen. Auf den ländlichen Festen gab es oft nur einen Fidelspieler oder jemanden mit einer Quetschkommode. Und auch das Essen war köstlich. Es gab sogar mehrere Fleischsorten sowie Pastete, und fürs Dessert war ein ganzer Tisch mit Näschereien wie Pralinen, Konfekt und Zuckerwerk beladen. Lina wollte sich gerade etwas zugutetun, als ein Jüngling mit dünnem Bart vor sie trat und sich tief verbeugte.

»Welch eine Freude, dass Sie es so kurzfristig einrichten konnten.«

Offenbar hatte der Apothekerlehrling Agneta und sie auch mit Maske erkannt. Sie tauschten einige Gefälligkeiten aus, dann verneigte er sich abermals vor Agneta. »Wenn ich um den nächsten Tanz bitten dürfte?«

Agneta knickste, und gemeinsam steuerten sie die Tanzfläche an. Lina wandte sich derweil wieder dem Dessert-Büfett zu und griff unauffällig eine ganze Handvoll Pralinen, die sie sich in Ruhe auf der Zunge zergehen lassen wollte. Dazu wickelte sie sie in eine Serviette und suchte sich einen abseits stehenden Stuhl, von dem aus sie alles im Blick behalten konnte. Zu ihrer Freude entdeckte sie sowohl Fenja als auch Ottilie auf der Tanzfläche. Mit etwas Glück würde sie jemand nach dem Abnehmen der Masken erkennen, oder vielleicht erzählten sie, dass sie Gartenbauschülerinnen waren. Meike hatte ein neues Sektglas in der Hand, und ihre Wangen waren fast so rot wie ihr Umhang. Sie redete auf einen Bediensteten ein, und Lina fragte sich, ob sie ihm erzählte, dass sie dasselbe Schicksal teilten?

In gut einer Stunde würde es so weit sein.

Dann könnte das böse Erwachen kommen.

Vorsichtshalber würde sie die Information, dass die Gartenbauschülerinnen anwesend waren, gleich streuen. Sobald die letzte dieser köstlichen Pralinen vertilgt war.

Nun trat allerdings ein Mann an sie heran. Sie konnte nur annehmen, dass er noch jung war, denn ersichtlich war es nicht. Er trug einen ausladenden Hut mit einer langen Feder und eine schwarze Maske um die Augen. Ein gestiefelter Kater, welch niedliche Idee zwischen all den Königen und Welteroberern! Mit einer Verbeugung bat er um den nächsten Tanz.

Verflucht! Sah er denn nicht, dass sie sich den Fächer in den Schoß gelegt hatte, um zu signalisieren, dass sie nicht zu tanzen wünschte? Kannte er die Gepflogenheiten nicht?

Leider ziemte es sich nicht abzulehnen. Mittlerweile wäre es ihr ganz recht, wenn die Gärtnerinnenschule zu Fall käme, ohne dass es auf ihr Zutun zurückzuführen wäre. Also reichte sie ihm die Hand und ließ sich widerwillig von ihm auf die Tanzfläche führen. Er hatte etwas Faszinierendes an sich. Den gesamten Tanz lang sahen sie sich in die Augen, wechselten jedoch kein Wort miteinander. Sie war heilfroh, dass sie in ihrer ersten Anstellung stets mit dem jungen Herrn das Tanzen hatte üben müssen, sodass ihr die Schritte und Figuren keinerlei Probleme bereiteten.

Danach wollte sie sich höflich verabschieden.

Aber sie konnte nicht.

Irgendetwas hielt sie zurück, daher beschloss sie, noch für einen zweiten Tanz bei diesem Herrn mit der einnehmenden Aura zu verweilen, dessen Augen sie im Schatten der Hutkrempe jedoch nicht so gut erkennen konnte. Zu ihrer Linken sah sie jetzt, dass Meike offenbar in ihre alte Rolle verfallen war. Sie kam soeben mit fliegendem Umhang und einem gefüllten Tablett voller Canapés aus der Küche und bot sie rundherum an – allerdings nicht mit der gewohnten Unaufdringlichkeit der Hausangestellten. Sie redete so lange auf die Leute ein, bis sie ein Häppchen genommen hatten, und griff zwischendrin selbst beherzt zu.

Ihr Tanzpartner lachte leise, während er einen Blick in Meikes Richtung warf. Nun verklang das zweite Lied, und sie beäugte ihn aufs Genaueste, um zu sehen, ob er sie zurück zu ihrem Platz zu geleiten gedachte. Er machte keinerlei Anstalten. Etwas in ihr entspannte sich. Sie fühlte sich wohl an seiner Seite, wollte noch nicht gehen. Auch für das dritte Lied ließ er ihre Hand nicht los, und der Zauber begann aufs Neue. Meike flatterte indes von einer Menschengruppe im Saal zur nächsten und schien überall für Erheiterung zu sorgen. Doch schon bald bemerkte Lina nicht einmal mehr das. Die Zeit verflog, sie spürte allein die warmen Hände ihres Tanzpartners – und fühlte sich wohl. Seine Präsenz nahm ihre Gedanken so gefangen, dass sie nicht nur ihre Sorgen vergaß, sondern auch, was sie wollte. Wie zuvor endete das Musikstück viel zu schnell, und die verklungene Musik ließ sie bangen, dass sie sich jetzt trennen müssten. Er verweilte abermals, als wäre es das Natürlichste der Welt.

War es nicht unschicklich, mehr als drei Tänze hintereinander zu verbringen? Tief in ihrem Hinterkopf regte sich etwas bei Lina. Doch schon setzten die Streicher aufs Neue ein, und der geheimnisvolle Mann griff nach ihrer Hand und zog sie in diese herrliche Parallelwelt des Tanzes, in der es nur sie beide gab. Lina wusste nicht, wann sie sich zuletzt so sorglos und frei gefühlt hatte. Hatte sie sich je so gefühlt?

Sobald seine Hände ihre Haut berührten, schien sich eine Verbindung zwischen ihnen aufzubauen. Sie konnte nicht aufhören, ihn anzulächeln. Fühlte sich leicht und beschwingt wie die große Feder an seinem Hut. Es war so vertraut und behaglich – als würden sie einander ewig kennen. Als brauchten sie keine Worte, um sich zu verstehen, eine Berührung genügte. Allein seine Anwesenheit versicherte ihr, dass alles gut werden würde.

Lina verlor mehr und mehr das Gefühl für die Zeit, konnte die Tänze gar nicht mehr zählen und hatte keinen blassen Schimmer, was um sie herum geschah.

Und so erschrak sie, als ein ohrenbetäubender Gong ertönte, der alle Tänzer im Saal zum Stehen kommen ließ.

»Meine höchst verehrten Damen und Herren«, sagte ein korpulenter Mann mit holländischem Akzent, der einige Stufen der Doppeltreppe erklommen und neben dem Orchester Position bezogen hatte. Seine Haare waren schmierig, und er lächelte bis auf das Zahnfleisch. »Der Augenblick der Enthüllung ist gekommen. Wir zählen von zehn rückwärts und nehmen bei eins alle unsere Maskierungen ab.«

Lina schnappte nach Luft. So spät war es schon? Sie hatte es nicht geschafft, die Unwahrheiten über die Gärtnerinnen in Umlauf zu bringen.

Aber war das noch wichtig?

Gleich würde sie erfahren, wer ihr galanter Tanzpartner war. Sie spürte in sich hinein, da ihr so anders war. Wo war der tonnenschwere Groll, der sich über die Jahre fest in ihr eingenistet hatte? Alles, was sie nun fühlte, war eine ungekannte Leichtigkeit. Was war das? Und wer war sie dann noch, wenn die Wut nicht mehr da war? Was wollte sie dann noch vom Leben, wenn nicht Rache? Die Gedanken wirbelten so stark durch ihren Kopf und auch durch ihr Herz, dass ihr schwindelig wurde. Insbesondere als sie in die wachen Augen ihres Gegenübers sah, die in so kurzer Zeit schon so vertraut geworden waren.

Sieben. Sechs. Fünf.

Nur noch wenige Sekunden. Es war kaum auszuhalten. Linas Herz klopfte bis zum Hals. Hoffentlich war er kein allzu feiner Herr, dann würde der Stand eine nähere Bekanntschaft verhindern, und allein die Vorstellung, ihn niemals wiederzusehen, machte ihr Angst. Das durfte nicht geschehen!

Vier. Drei.

Und falls er die reinste Vogelscheuche war? Lina war fast überzeugt, dass es ihr vollkommen gleich wäre, wie sein Äußeres anmutete. Er hatte es ganz ohne Worte geschafft, ihr Herz zum Singen zu bringen. Wenn das keine Liebe war, dann gab es keine. Daher war es ihr einerlei, wie er aussah oder wie alt er war. Ihr wäre alles recht, wenn sie nur zusammen sein könnten.

Zwei. Eins.

Um sie herum wurden Schleier gelüftet und Masken abgenommen. Aus dem Augenwinkel sah sie, wie jemandem die Gesichtszüge entglitten, als Fenja ihre Maske ablegte.

Schließlich griff auch der gestiefelte Kater an seinen Hinterkopf, ruckelte am Band und löste den Knoten. Dann nahm er zudem den Dreispitz ab.

Linas Mund öffnete sich einen Spaltbreit, ansonsten war sie wie erstarrt. Das konnte nicht sein. Das durfte nicht sein. Er?! Sie wich einen Schritt zurück, musste dringend dieses Band lösen, das zwischen ihnen entstanden war.

»Lina, willst du deine Maske denn nicht abnehmen?«, fragte Franz besorgt.

»D-du?«, stotterte sie fassungslos.

»Das war dir nicht klar?«, fragte er nicht weniger fassungslos.

Er hatte es also gewusst. Aber gewiss, mit ihrer Mähne aus Krisselhaaren war es fast unmöglich, sich zu verstecken.

Der Gastgeber räusperte sich betont und klatschte in die Hände. »Nun, da das große Geheimnis gelüftet ist, möchte ich die Gelegenheit nutzen, Sie offiziell in der Fliedervilla zu begrüßen.« Rechts von ihr entstand ein wenig Gerangel, und Lina sah, wie Meike das Häppchen-Tablett einem Gast im Cäsar-Kostüm in die Hand drückte und in Richtung Treppe wankte. Sie hatte erzählt, dass ihre Kammer dort gewesen sei. Ob sie vergessen hatte, dass diese Zeiten vergangen waren?

»Einige von Ihnen kennen mich vielleicht bereits, andere noch nicht«, sagte der Mann mit dem Zahnfleischlächeln besonders laut, um die Aufmerksamkeit zu sich zurückzuholen.

Vielleicht hätte er das besser lassen sollen.

»Mein Name ist De Vos, und ich ...«, sagte er, während Meike hastig an ihm vorbeitorkelte. Das Rotkäppchen schien es verdammt eilig zu haben. Im nächsten Moment schlug Meike die Hand vor den

324

Mund. Ob sie sich nach oben zurückziehen wollte? Ganz gleich, was sie vorhatte, sie schaffte es nicht. Als sie abermals an De Vos vorbeistürzen wollte, erbrach sie eine enorme Ladung einstiger Häppchen und Schnaps über seine Schuhe.

»Eine interessante Interpretation von Rotkäppchen«, murmelte Franz, während Meike nach draußen stürzte. Die Gäste verzogen abgestoßen die Gesichter und nahmen Abstand von De Vos. Dieser hob angewidert den rechten Fuß, ein Brocken löste sich und fiel in den Brei aus Erbrochenem, der ihn umgab. Er rang um Worte. Bevor er sie fand, öffnete sich jedoch die Flügeltür, und zu Linas Entsetzen stürmte Julius mit wild abstehenden Haaren in den Raum. In seinen Armen trug er Marleene. »Schnell«, rief er mit panikerfüllter Stimme. »Wir brauchen eine Kutsche. Meine Frau bekommt ein Kind!«

46. Kapitel

Noch am nächsten Morgen am Frühstückstisch schäumte Eik De Vos vor Wut. Was bildeten die sich ein? Erst warben sie eiskalt seinen Obergärtner ab, und nun erdreisteten sie sich obendrein, in seiner Villa, auf seinem Grund und Boden, von dem er sie ausdrücklich verwiesen hatte, herumzuspionieren?

Das war eine Ungeheuerlichkeit.

Das war sogar schlimmer als dieses Mädchen, das über seine Schuhe gekotzt hatte.

»Guten Morgen!«, trällerte Käthe dennoch, als sie den Frühstückssalon betrat. Er grummelte eine Antwort und stellte beim unnachgiebigen Tageslicht, das durch die Sprossenfenster hereinfiel, fest, dass sie doch schon arg faltig war. Sie hatte sich im Bett zwar stets willig gezeigt, nicht so wie seine erste und dritte Ehefrau, die so getan hatten, als wäre er ein Monstrum, vor dem man Angst haben müsse. Trotzdem war er mittlerweile nicht mehr ganz so sicher, ob er die richtige Entscheidung getroffen hatte. Aber immerhin hatte sie tatsächlich alles, was in Oldenburg Rang und Namen hatte, auf seinen Ball gelotst. Ein Jammer, dass der Großherzog momentan in Konstantinopel weilte, doch sobald er Hofgärtner war, würde er noch häufig genug mit ihm verkehren. Es reichte, wenn er sich zunächst in der gehobenen Gesellschaft einen Namen machte.

Käthe butterte in bester Gemütslage ihr Brötchen. »War es nicht ein fulminantes Fest gestern?«, schwärmte sie. Er wusste jedoch, dass sie nur auf Komplimente aus war. Und das nervte ihn. Er schnaubte missfällig.

»Du meinst, bis mir ein dämlicher Backfisch auf die Füße gekotzt und Goldbach junior mit diesem Weibsbild auf dem Arm Radau gemacht hat?« Sie wollte etwas sagen, doch er ließ sie nicht zu Wort kommen. »Sie haben mich zum Narren gehalten! Meine Erzfeinde auf meinem eigenen Ball, welch eine Schmach.«

Mit einem dumpfen Geräusch fiel Jahns Brötchen auf den Teller und erinnerte ihn daran, dass sein Sohn ebenfalls anwesend war. Er schickte ihm aufgrund seiner Unbeholfenheit einen vernichtenden Blick. Der bekam wahrlich nichts auf die Reihe.

Käthe blieb weiterhin seelenruhig. »Ach«, sorgfältig legte sie das Buttermesser zurück an seinen Platz. »Was wäre denn ein Fest ohne einen kleinen Skandal? Glaub mir, der ist uns nur zuträglich, denn so ist unser Ball heute in aller Munde. Letztlich schädigen sie sich selbst mit ihrem Auftritt am meisten, denn ich habe jeden wissen lassen, dass sie nicht geladen waren ... Wir haben unser Ziel erreicht. Jeder kennt dich. Wenn wir jetzt noch die wichtigsten Verbindungen festigen, die altbackenen Möbel hinauswerfen und zu regelmäßigen Diners laden, bist du ein vollwertiges Mitglied der Gesellschaft.«

Nun gut. Womöglich war sie keine so schlechte Wahl gewesen, denn das waren ziemlich gute Schachzüge gewesen. Er selbst hatte aus Frust die restlichen Stunden des Balls in einsilbigem Argwohn verbracht, sie hingegen war tätig geworden.

»Wie hat es dir denn gefallen?«, fragte Käthe nun seinen Sohn. Jahn war es nicht gewohnt, dass jemand an seiner Meinung interessiert war, und bekam prompt einen Hustenanfall.

»E-e-es war wahrlich ein rauschendes Fest«, sagte er, nachdem er sich beruhigt hatte, mit hochrotem Kopf. Gott, wie konnte ein solcher Schwächling sein Sohn sein? Nicht einmal eine Frage innerhalb der Familie konnte er ohne Nervosität beantworten. Er war das reinste

Mädchen. Daran änderte auch der Bart nichts, den er erneut auf diese lächerliche Art aufgezwirbelt hatte.

»Wer war denn die junge Frau im schwarzen Kleid mit den Bernsteinkämmen im Haar, mit der du so oft getanzt hast?«, erkundigte Käthe sich als Nächstes. Sie schien wirklich alles im Blick gehabt zu haben, nur dass ihr ehemaliges Zimmermädchen sich eingeschlichen hatte, war ihr ganz offensichtlich entgangen.

Jahns Hände zitterten, als er sein Brötchen wieder aufnahm. »D-das war Fräulein Agneta von Tegenkamp.«

Mit neu erwachtem Interesse betrachtete Eik seinen Sohnemann, und Käthe sprach aus, was er dachte. »Oh, eine Adelige, wie angenehm.« Dann rümpfte sie die spitze Nase. »Der Name sagt mir allerdings nichts.«

»S-sie kommt aus Hildesheim.«

»Hildesheim? Ich frage mich, wer sie eingeladen hat.«

»Äh … also …« Sein Kopf war mal wieder bis zum Haaransatz rot, und nun legte er sein Brötchen ab, und seine Hände verschwanden unter der weißen Tischdecke. Das konnte nur eins bedeuten. Kräftig schlug er mit der Hand auf den Tisch, das Geschirr hüpfte hoch und fiel scheppernd zurück. Selbst der Hausangestellte, den er im Augenwinkel hatte, war zusammengezuckt.

»Raus mit der Sprache!«, ordnete er mit bedrohlichem Unterton an.

»I-i-ich h-habe sie eingeladen.«

»Du?« Er konnte es nicht fassen. Sonst war Jahn doch nicht dermaßen forsch. Er hatte sich nie getraut zu rebellieren oder irgendwelche Regeln zu brechen, manchmal hätte er sich fast etwas mehr Schneid von ihm gewünscht. »Was fällt dir ein, Leute auf meinen Ball einzuladen? Und woher kennst du sie überhaupt?«

»Sie haben es nicht verboten, lieber Herr Vater. Ich kenne sie aus der Apotheke.«

Natürlich hatte er es nicht untersagt, er konnte ja nicht ahnen, dass der Nichtsnutz loszog und willkürlich Leute einlud. Immerhin war es eine höhere Tochter und nicht irgendein Bauerntrampel gewesen. Jahn war alles zuzutrauen; schon seiner Mutter hatte De Vos damals alles erzählen können, die war ebenso naiv gewesen.

»Wenn ich mich entschuldigen dürfte?« Jetzt nuschelte er obendrein zum Stottern! Er wollte es ihm bereits gewähren, einfach um ihn aus den Augen zu haben, doch etwas machte ihn stutzig.

»Nein!« Er lehnte sich zurück und taxierte seinen Sohn aufs Genaueste, der stur auf die Tischdecke blickte.

»Und was macht dieses Fräulein aus Hildesheim in einer Oldenburger Apotheke?«

Jahn hob die Schultern, und an seinem Haaransatz waren feine Schweißperlen zu sehen. Er wartete ab. Käthe zerstörte seine Taktik jedoch mit einem aufforderungsvollen: »Hm?«

»Ich weiß es nicht«, stotterte Jahn und brachte De Vos dazu, ihm einen ordentlichen Schlag in den Nacken zu verpassen. »Unsinn! Muss ich erst den Gürtel hervorholen?«

»Nein!« Die schiere Angst stand in seinen Augen, sie stammte wohl noch aus der Zeit, als er bemüht gewesen war, das Weichliche aus ihm herauszuprügeln. Leider vergebens. »Bitte, Herr Vater, verzeihen Sie mir. I-i-ich habe ja nicht gewusst, dass Sie mit der Hofgärtnerei verfeindet sind …«

»Was hat das Frauenzimmer mit der Hofgärtnerei zu tun?«

Jahn war wieder nicht Manns genug, ihm in die Augen zu sehen. Krallte sich an seiner Hose fest und sprach mit der Kaffeetasse. »Sie … sie ist Schülerin. In der Gartenbauschule für Frauen, die die Hofgärtnerin gegründet hat.«

Zaghaft lugte Jahn in seine Richtung, vermutete wohl, er würde nun endgültig explodieren – was er unter normalen Umständen auch getan hätte. Doch De Vos musste sich diese Information erst einmal durch den Kopf gehen lassen. »Sie ist Gärtnerschülerin?«, hakte er nach, und

Jahn nickte. Jetzt verstand er, wer diese Personen gewesen waren, die mit Julius und dem Weibsbild die Fliedervilla verlassen hatten.

»Und hast du nur sie eingeladen oder gleich alle?«

»Alle«, stammelte er. »Aber die Hofgärtnerin kann nichts dafür. Fräulein von Tegenkamp hat mir erzählt, dass sie heimlich hergekommen sind.«

Allmählich verzogen sich die dunklen Wolken aus seinem Kopf. Das bot ihm gänzlich neue Möglichkeiten. »Dann wollen wir doch mal sehen, was die Eltern dazu sagen, dass die sogenannte Hofgärtnerin ihre Schülerinnen auf rauschende Feste führt …«

47. Kapitel

Wie lange hatte Marleene diesen Moment herbeigesehnt? Ihn sich bildlich ausgemalt? Doch jetzt, da es so weit war, war er doch vollkommen anders. Noch schöner, als sie geglaubt hatte. Trotz all der Strapazen. Es war unglaublich, wie ein so kleines Wesen so viele Gefühle in ihr wecken konnte. Glück. Freude. Zufriedenheit. Gelöstheit. Wärme. Es war, als fühlte sie alle schönen Dinge der Welt gleichzeitig. Vor allem aber war da die Liebe. Eine Liebe, so groß, dass sie für die gesamte Welt reichen würde, wenn sie auch nur einen winzigen Teil davon weitergeben könnte.

Wenn sie ihre restlichen Tage damit verbringen würde, im Bett zu liegen und ihren Sohn zu betrachten, es würde ihr genügen. Er war so faszinierend. Die Haut so unendlich glatt und rein, noch gänzlich ohne Spuren des Lebens, während seine Augen sie anblickten, als würde sich dahinter bereits eine große Weisheit verbergen. Marleene strich ihm zärtlich über den federweichen Flaum auf seinem Kopf.

Mit seiner winzigen Hand wedelte er durch die Luft, und Marleene lächelte verzückt. Seine Bewegungen waren so geschmeidig, als würde er mit den Händen durch Wasser fahren. Und er duftete lieblicher als die feinste Rose. Natürlich ausgenommen, er hatte die Windeln voll. Das Waschen der Windeltücher war eine Qual, aber zum Glück hatte sie hier tatkräftige Unterstützung im Haus – und mit den Mädchen hatte sie ohnehin noch ein Hühnchen zu rupfen.

Auf der anderen Seite wäre es ohne sie schwierig geworden. Die

Geburt hatte sich zwar noch um Stunden hingezogen, dennoch war es angenehmer gewesen, die Wehen zu Hause durchzustehen als an einem Ort, wo sie nicht erwünscht gewesen waren.

»Was habt ihr hier zu suchen?«, hatte De Vos in der Fliedervilla gedonnert und gar nicht beachtet, in welchem Zustand sie sich befunden hatte. »Raus, oder ich rufe die Wachtmeister!«

»Eine Kutsche, bitte!«, hatte Julius verzweifelt in die Menge gerufen, während sie gegen die nächste Wehe gekämpft hatte. »Hat denn niemand eine Kutsche?«

Die Gäste hatten sie jedoch nur entgeistert angestarrt, vielleicht waren sie nicht sicher gewesen, ob es echt oder ein mitternächtliches Schauspiel gewesen war.

»Wir brauchen eine Kutsche, zur Hölle!«, hatte dann auch Rosalie gerufen, und erst da war eine leise Antwort aus der Menge gekommen.

»Wir hätten da etwas.« Eine Gasse hatte sich zu der Sprecherin gebildet. Als Marleene anhand der Lockenmähne des Rauscheengels Lina erkannt hatte, hatte sie nicht nur wegen der nächsten Wehe aufgeschrien. Ihre Schülerin hatte sich auf einen Ball geschlichen? Als Nächstes waren auch Babsi, eine grüngesichtige Meike, Fenja und Ottilie und selbst Agneta zu ihr getreten. Unter anderen Umständen hätte sie ihnen gehörig die Leviten gelesen. Julius war pragmatischer gewesen.

»Na los, worauf warten wir denn noch?« Ungehalten war er zum Tor gestürmt, die Schülerinnen waren ihnen gefolgt, und als sie am Ende der Lindenallee Julius' Nichte mit dem Fuhrwerk entdeckt hatten, war Marleene zornig und erleichtert zugleich gewesen.

Es hatte allerdings noch Stunden gedauert, bis sie mithilfe der Hebamme das Kind zur Welt gebracht hatte. Qualvolle Stunden. Doch sobald sie in die Augen des Kindes geblickt hatte, die in dieser neuen Welt zunächst so verloren wirkten, waren sie vergessen. Theodor Alexander wollten sie ihn nennen – nach ihren beiden Vätern.

Ein sanftes Klopfen riss Marleene vier Tage später aus der Geschichte, die sie dem kleinen Theo gerade erzählte. Julius streckte den Kopf durch die Tür. »Besuch ist da!« Er strahlte, und in jedem seiner Worte schwang der Stolz eines frischgebackenen Papas mit.

Marleene freute sich ebenso. Nahezu alle waren bereits da gewesen. Die Schülerinnen und Rosalie natürlich, Alma mit einer ganzen Wagenladung voll selbst genähter und gestrickter Kinderkleider und Jost, Hermann und die anderen Nachbarn, die Arbeiter der Hofgärtnerei, und selbst der alte Alois hatte ihnen einen wortkargen, aber fröhlichen Besuch abgestattet. Marleene bekam gar nicht genug davon zu hören, wie niedlich der kleine Theo war, und liebte die Spekulationen, was er von ihr abbekommen und was er von Julius hatte.

Wer mochte es heute sein?

Vielleicht Frieda? Frieda liebte Wickelkinder. Marleenes Hoffnung war so groß, dass ihr Herz schwer wurde. Tatsächlich erschien aber Dorothea mit einer extravaganten Hochsteckfrisur und kleinem Hütchen hinter Julius in der Tür. Helene an ihrer Hand nuckelte an ihrem Daumen.

Marleene setzte sich auf. »Na, das ist aber eine Überraschung.«

»Konstantin ist leider verhindert«, sagte Dorothea leicht verlegen. »Aber wir wollten uns keinesfalls die Gelegenheit entgehen lassen, Helenes Cousin kennenzulernen.« Ihr Lächeln wirkte glücklich, und Marleene war erleichtert. Sie war nicht sicher gewesen, ob nicht vielleicht auch Konstantin und Dorothea auf ein weiteres Kind hofften. Konstantin wäre zuzutrauen gewesen, dass er sich einen Stammhalter wünschte. Dabei könnte doch die kleine Leni genauso gut das neue Rittergut übernehmen.

Nachdem auch Dorothea im vollen Umfang ihr Entzücken über Theo geäußert hatte, tranken sie gemeinsam mit Rosalie Kaffee und tauschten sich über die Neuigkeiten aus. Rosalie berichtete stolz über den Lehrerinnenverein, den sie mit ihrer Kollegin gegründet hatte, und Dorothea zeigte sich ganz angetan. Danach nahm Julius Helene mit nach draußen, und Rosalie entschuldigte sich, um noch einige Klassenarbeiten zu korrigieren.

»Wie ist es denn, das Leben auf einem Rittergut?«, fragte Marleene nun.

Dorotheas Lippen wurden zu einer schmalen Linie, und Marleene sah sie bestürzt an.

»Nicht gut? Ich hatte so gehofft, ihr würdet dort draußen glücklich werden.«

»Doch, doch. Das ist es nicht. Ich kann mich eigentlich nicht beschweren. Konstantin geht voll auf in seiner neuen Aufgabe.« Sie zögerte. »Anfangs zumindest. In letzter Zeit …« Sie schüttelte den Kopf. »Manchmal ist er wie ein Kleinkind, das ein neues Spielzeug bekommen hat. Für ein paar Tage ist es aufregend und interessant, doch dann …« Sie sah aus dem Fenster, wo die Schülerinnen in der Ferne Unkraut zupften und in ihren Weidenkörben sammelten. Marleene konnte nur hoffen, dass nicht auch das Rittergut wie ein langweilig gewordenes Spielzeug in der Ecke liegen würde. Das hatte Dorothea nicht verdient. Aber sie hatte nicht unrecht. Leider. Mit den Frauen ging er schließlich ähnlich um.

»Er ist plötzlich fürchterlich oft auf Reisen, alles für das Gut, betont er immer wieder. Aber wenn ich frage, was er macht oder plant, bleibt er mir eine konkrete Antwort schuldig. Stattdessen kommen fadenscheinige Erklärungen.«

Da schien noch mehr zu sein, was sie beschäftigte, und Marleene wartete ab. Dorothea verfolgte jede Bewegung der Schülerinnen in der Ferne. Dachte sie an ihre gemeinsame Zeit in der Hofgärtnerei zurück? Damals war sie ihnen fürchterlich erschienen, Marleene mit ihrer Verkleidung und Dorothea im Korsett und mit mehrlagigen Unterröcken, die ständig irgendwo hängen blieben und ewig schwer waren, nicht nur, wenn der Regen sie durchtränkt hatte.

Dorothea holte sich selbst in die Wirklichkeit zurück, lächelte, als sie auf den selig schlafenden Theo blickte. Dann sah sie Marleene jedoch ernst an.

»Es tut mir leid. Ich … ich habe wirklich versucht, auf Konstantin einzuwirken. Er hätte an euch verkaufen sollen, es war schließlich auch Julius' Erbe.«

Marleene seufzte. Das schmerzhafte Thema war in den letzten Tagen durch ihre Mutterfreuden tatsächlich in den Hintergrund gerückt, dennoch war ihr bewusst, dass es Julius alles bedeutet hätte, seinen Sohn in der Fliedervilla aufwachsen zu sehen.

Und dass ausgerechnet De Vos nun dort wohnte, machte sie noch immer so wütend, dass sie die Wände hinaufgehen könnte. Sie war bloß froh, dass der Besuch des Balls vonseiten ihrer Schülerinnen ohne Folgen geblieben war. Bisher hatten sie immerhin keine Beschwerden von den Eltern erhalten, und es hatte auch keine neuerlichen Verrisse in den Zeitungen gegeben. Hatten sie Glück gehabt? Oder dauerte es lediglich länger, bis ihr das Ganze zum Verhängnis wurde?

Dorothea wirkte so zerknirscht, wie sie an der Spitzenborte ihrer Bluse nestelte, dass Marleene ihre Hand auf die ihrer Schwägerin legte.

»Es ist in Ordnung«, log sie. »Es ist schließlich nur ein Haus.« So richtig stimmte das allerdings nicht. Die Fliedervilla mit der dazugehörigen Gärtnerei war immer so viel mehr gewesen. Ein Ort zum Wohlfühlen. Heimat. Und nun kam noch hinzu, dass der gesamte Umzug offenbar vergebens gewesen war. Wenn Dorothea wenigstens glücklich geworden wäre in der neuen Heimat, wäre aus dem Verkauf immerhin eine gute Sache entsprungen. Aber so hatte er eigentlich alle nur traurig gestimmt.

48. Kapitel

»Hilfe! Zu Hilfe!« In heller Panik rannte Alma über die seitliche Zufahrt auf das Schwalbennest zu und war im Begriff, gegen die Tür zu hämmern, als eine unterdrückt laute Stimme sie innehalten ließ. »Halt!«

Sie wirbelte herum, und ihr Herz setzte einen Schlag aus, als sie sich ausgerechnet Bruno gegenübersah.

»Was soll das?«, herrschte sie ihn an. »Ich muss mit Julius oder Marleene sprechen, sie müssen mir helfen.«

Bruno ging langsam auf sie zu, und Alma versuchte sich davon abzulenken, wie hinreißend er mit dem Striemen Erde auf der Wange aussah.

»Marleene und Julius haben seit einer Woche nicht geschlafen, sie haben alle an die Luft gesetzt. Johannes und Franz sind mit den Schülerinnen an die Nordsee gefahren, um etwas über Wasser- und Geestpflanzen zu lernen. Was ist denn los? Vielleicht kann ich ja …«

»Unsere dicke Kunigunde. Sie müsste jeden Moment werfen. Sie hat sich bereits vor Tagen von der Gruppe abgesondert, und wir haben sie in eine separate Box gebracht, wo sie eine Abferkelbucht bauen kann. Aber irgendetwas stimmt nicht, sie legt sich immer wieder hin und steht kurz darauf wieder auf.« Alma schob fahrig ihr Kopftuch nach hinten und verfluchte wie so oft ihr Lispeln, das durch die Aufregung stärker geworden war.

Bruno sah sie voller Sorge an, stach den Spaten in die Erde und stiefelte mit großen Schritten in Richtung des Thormälenhofes. »Sind Hermann und Jost nicht da?«

»Nein.« Alma geriet außer Atem, hatte Mühe, Schritt zu halten. »Dieses Wochenende feiert mein Cousin seine seidene Hochzeit nach.« Sie presste die Lippen zusammen. Auf die grüne Hochzeit ihres Cousins hatte sie vor vier Jahren mit Bruno gehen wollen. Das war der Tag, an dem er ihr offenbart hatte, mit Greta eine gemeinsame Zukunft aufbauen zu wollen.

Den brennenden Schmerz von damals spürte sie noch heute.

»Was ist mit Rosalie? Zur Not kann sie mir helfen.«

Bruno legte den Kopf schief und sah sie nachdenklich an. »Rosalie ist doch jeden Tag in der Schule. Sie hat jetzt eine Festanstellung.«

Alma fluchte leise vor sich hin. Am Ende des Freilandquartiers sah sie einen Arbeiter, den sie bislang gar nicht kannte, und blieb stehen. »Was ist mit ihm dort? Kann er mir nicht helfen? Er sieht aus, als würde er sich mit Schweinen auskennen.«

»Oskar?« Bruno lachte auf. »Das glaube ich kaum, der versteht sich nur auf Pflanzen. Aber du weißt doch, dass ich von 'nem Bauernhof wechkomme. Lass uns für heute die Schwierigkeiten beiseiteschieben.«

Sie zögerte. Eine schwierige Geburt könnte die gesamte Nacht dauern. Würde sie es so lange an seiner Seite aushalten?

»Na, komm schon. Kunigunde zuliebe?«

Gegen ihren Willen musste sie lachen. »Na schön.«

»Aber Oskar könnte den Tierarzt holen, während wir uns die Sache näher ansehen.« Noch bevor sie etwas sagen konnte, war er losgerannt, und sie sah ihn kurz darauf in der Ferne mit dem wohlbeleibten Mann reden. Dieser legte seinen Grubber umgehend nieder und lief eilig auf das Schwalbennest zu, wo das Fahrrad an der Wand lehnte. Bruno eilte in die entgegengesetzte Richtung zurück zu ihr, und wenig später waren sie im Stall angelangt.

Bruno begutachtete die Sau aufs Gründlichste und erkundigte sich, ob sie die maximale Tragzeit von einhundertsechzehn Tagen überschritten hatte, was der Fall war. Danach prüfte er, ob die Milch bereits im Strahl abfloss, was ebenfalls der Fall war. Einfach alles deutete darauf hin, dass es jeden Moment so weit sein müsste.

Doch nichts passierte.

Bruno und Alma blieb nichts übrig, als beruhigend auf die Sau einzureden, solange sie auf den Tierarzt warteten. Draußen dämmerte es allmählich, und Alma stand auf, um Öllampen zu entzünden, obwohl Jost im vergangenen Jahr überall elektrisches Licht installiert hatte. In all der Anspannung war ihr jedoch nach mehr Heimeligkeit zumute.

Dann kehrte sie in die Box zurück und setzte sich neben Bruno.

»Hast du Hunger?«, fragte sie ihn. Es wäre längst Abendbrotzeit gewesen.

»Hast du etwa wieder Kuchen gebacken?« An seiner Stimme hörte sie, dass er lächelte, und das schnürte ihr die Kehle zu. Sehr, sehr lange hatte sie überhaupt nicht mehr gebacken. Zumindest keinen Kuchen. Es rief zu viele Bilder in ihrem Kopf hervor. Bilder von ihm. »Nein«, sagte sie fast tonlos. »Aber ich kann dir ein paar Brote richten?«

»Schon gut, ich bin nicht sonderlich hungrig.«

Kunigunde röchelte gequält. »Alles gut, altes Mädchen.« Bruno strich sanft über ihren Rücken. An Alma gewandt, wisperte er jedoch leise: »Ich fürchte, dass eines der Ferkel quer liegt. Da müssen wir wirklich auf den Tierarzt warten, das traue ich mir nicht zu. Ich frage mich, wo Oskar bleibt. Ich habe ihm extra gesagt, dass er das Fahrrad nehmen soll …«

Abermals blickten beide zum Fenster, doch niemand war zu sehen.

»Mach dir keine Sorgen«, sagte er zu Alma, und sie bemerkte, dass es kurz in seiner Hand zuckte, so als hätte er nach ihrer greifen wollen, er hielt sich jedoch zurück. »Das hatte eine unserer Muttersauen auch einmal, und schlussendlich ist alles gut gegangen.«

»Apropos«, sagte Alma und stand umständlich auf. »Ich habe letztens etwas entdeckt, das ich dir schon lange zeigen wollte. Ich hole es schnell, bin gleich wieder da.« Sie stürmte in das große Bauernhaus und holte die Annonce, die sie im Oldenburger Hauskalender erspäht und feinsäuberlich ausgeschnitten hatte, aus der Schublade und rannte zurück.

»Hier.« Außer Atem reichte sie Bruno die Anzeige, auf der eine Frau mit weißer Schürze stolz ein Silbertablett mit einem riesigen Schinken und Würsten hochhielt.

»Hervorragender Geschmack zeichnet unsere bekannten westfälischen Fleischwaren aus, welche wir seit vielen Jahren bis in die fernsten Gegenden versenden«, las Bruno mit gekräuselter Stirn langsam vor. »Wir liefern nur das Allerfeinste von durchaus tadelloser Qualität.«

»Äh, Alma …«, er kratzte sich am Nacken, »das ist echt lieb von dir, nur, warum zeigst du mir das? Hast du vergessen, dass meine Mutter selbst auch Schinken und Würste räuchert?« Mit runden Augen sah er sie an, und Alma hätte ihn umarmen mögen, denn er fragte das ganz sachlich. Sie hingegen wäre sauer geworden, wenn jemand, der sie so gut kannte, vergessen hätte, dass sie Bauerntochter war.

»Nein, das habe ich nicht vergessen«, sagte sie lächelnd und deutete dann auf den tieferen Abschnitt der Anzeige. »Sieh dir die Preise an!«

Bruno schnappte nach Luft. »Die sind ja horrend! Sollen wir ihnen sagen, dass sie viel zu viel verlangen? So eine beachtliche Summe bezahlt doch keine Menschenseele für Schinken.«

Und genau hier lag die Krux. Alma hatte sich mit Jost und ihrem Vater besprochen und gefragt, wie sie es so teuer machen konnten. Vermutlich lag es daran, dass man, wenn man seine Waren in Zeitungen inserierte, viel mehr Leute erreichte, als wenn man nur an Nachbarn verkaufte. Sogar wohlhabende Menschen, die bereit waren, für gute Qualität ordentlich zu zahlen, konnte man so ansprechen. Und das ganz ohne Stand auf dem Wochenmarkt, nur das Inserat wäre kostenpflichtig. Könnte sich aber lohnen.

»Du hattest mal gesagt, dass der Schinken deiner Mutter in eurer Gegend eine kleine Berühmtheit ist.«

Bruno nickte heftig. »Alle sind immer voll des Lobes. Habe ich dir eigentlich schon einmal etwas mitgebracht? Wenn nicht, muss ich das unbedingt nachholen.«

Mit einfachen Worten gab sie ihre Überlegungen weiter, löschte Bedenken, ob man Fleisch denn wirklich verschicken könne, aus, und zum Schluss leuchtete auch der Funken der Hoffnung in Brunos Augen. Er schien voller Tatendrang. »Ich werde Mutter gleich morgen davon berichten, und dann werden wir es versuchen. Wenn es echt Menschen gibt, die so viel für Schinken zahlen … Das wäre«, er angelte nach Worten, »das wäre unglaublich. Unser Leben würde so viel einfacher werden. Gerade jetzt, wo alles anders ist.«

Ein Schatten huschte über sein Gesicht, und die Freude verschwand aus seinen Zügen.

Gerade jetzt? Alles war anders? Was sollte das wohl bedeuten?

Das Quietschen der Stalltür ließ sie innehalten. Ein vollkommen atemloser Oskar, dessen verschwitzte Haare an den Schläfen klebten, stürzte auf sie zu. »Der Tierarzt kann leider nicht weg. Fohlengeburt mit Komplikationen im Marstall des Großherzogs.«

»Oh, nein!« Alma sah verzweifelt zu Bruno.

»Aber er hat mir genauestens gesagt, was zu tun ist. Wenn das Fruchtwasser getrübt ist, müsst ihr sofort mit der Hand rein, das quer liegende Ferkel in die richtige Position bringen und es herausziehen. Der Rest sollte dann wie von selbst flutschen.«

»Das sollen wir allein machen?« Almas Stimme überschlug sich. Normalerweise ging bei Ferkelgeburten nie etwas schief, doch ausgerechnet heute, wo sie alleine war, war der Tierarzt unabkömmlich? Das konnte alles nicht wahr sein.

»Komm, Alma, wir haben keine Zeit zu verlieren«, sagte Bruno vollkommen ruhig. »Oskar, du gehst wieder zurück und sagst dem Tierarzt, dass er sofort kommen soll, sobald das Fohlen da ist. Alma, hast du etwas, um das Fruchtwasser zu untersuchen?«

Mechanisch nickte sie und holte ihren Koffer von der Schwesternausbildung, den sie bereits zurechtgestellt hatte, und zapfte mit einer Spritze ohne Nadel ein wenig Fruchtwasser ab. Es war grünlich verfärbt. Alarmiert sah sie Bruno an. »Kannst du es versuchen? Du warst doch bei unzähligen Geburten dabei …«

Er sah ihr fest in die Augen. »Wenn du das möchtest, mache ich das. Ich glaube allerdings, dass du es viel besser kannst, Alma. Du bist immerhin Krankenschwester.«

»Als Krankenschwester musste ich aber nie in einen Geburtskanal greifen!«

Bruno nickte bedächtig. »Das ist richtig. Aber du weißt, wie man da drin gebaut ist. Denk daran, wie die Ferkel normalerweise herauskommen.« Mit beiden Händen zeigte er die übliche Richtung. »Bitte, versuche es. Ich bin fest überzeugt, dass du es schaffst.«

Brunos unerschütterliche Überzeugung gab ihr die Kraft. Sie reinigte sorgfältig ihre Hände und den ganzen Arm, schöpfte noch einmal tief Luft und tastete sich schließlich langsam in den Geburtskanal vor. Zuerst kam ihr alles vor wie warme Pampe. Dann stießen ihre Finger jedoch auf einen Widerstand. »Hier ist etwas«, rief sie am Rande der Panik.

»Das ist gut.« Brunos Stimme war stoisch, und seine ruhige Hand auf ihrem Rücken gab ihr Kraft. »Genau das wollten wir. Versuche, etwas zur Orientierung zu finden. Ein Bein oder die Schnauze. Vielleicht machst du die Augen zu und verlässt dich ganz auf dein Gefühl?«

Sie tat, wie ihr geheißen, fand eine kleine Nase, ein erstes Bein und schließlich ein zweites, tastete sich den Bauch entlang, um die Hinterläufe zu finden. Kunigunde musste völlig erschöpft sein, schwer atmend lag sie da und leistete keinerlei Widerstand. »Ah, hier stößt etwas gegen die Hüfte, glaube ich.«

»Gut, das ist sehr gut, Alma. Versuche, das Ferkel sanft in eine andere Richtung zu drücken, um die Verkeilung zu lösen.« Alma wusste nicht, wie, doch es gelang ihr. Langsam zog sie den Arm zurück, und schon kurze Zeit später schaute ein kleines Köpfchen heraus. Während Alma ihren Arm abwischte, flutschte bereits der restliche Körper aus der Muttersau.

»Ich habe es geschafft. Kaum zu glauben, oder? Das hätte ich nie für möglich gehalten«, plapperte sie überglücklich. »Zuerst wusste ich überhaupt nicht, wo ich bin, und es fühlte sich an wie Kuchenteig, ich muss dringend mal wieder backen, egal, aber sobald du mir gesagt hast, dass ich die Augen schließen soll, ist ein kleines Wunder geschehen. Ich konnte es mir förmlich vorstellen, wie dort alles liegt. Das hat so viel Spaß gemacht, und schau sie dir an!« Das Ferkel hatte bereits den Weg zur Zitze gefunden und versuchte, daran zu saugen, während die Muttersau, die sich sichtlich erholt hatte, das nächste auf die Welt brachte.

Alles in allem zog es sich dennoch vier weitere Stunden hin, bis alle Ferkel da waren. Bruno und Alma waren wieder Seite an Seite ins Stroh gesunken, um sicherzugehen, dass es keine weiteren Komplikationen gab.

Für eine ganze Weile hatten sie in müder Einvernehmlichkeit geschwiegen.

»Wolltest du wirklich, dass Rosalie Kunigunde beim Abferkeln hilft?«, fragte Bruno schließlich mit einem Grinsen.

»Ich war verzweifelt.«

Sie lachten leise und verfielen wieder in ihre schwere Müdigkeit.

»Was meintest du eigentlich vorhin?«

Bruno gähnte. »Vorhin?«

»Als du sagtest, dass jetzt alles anders wäre.«

»Ach das.« Er zupfte an einigen Strohhalmen. »Ich habe Greta rausgeschmissen.«

Mit einem Mal war Alma hellwach. Hatte sie das gerade wirklich gehört? Oder hatte sie nur geträumt?

»W-wieso? Und wo ist sie jetzt?«

»Erst mal wohnt sie im Haus meiner Eltern. Wegen dem Kleinen, Elias. Ich konnte sie schlecht auf die Straße setzen. Aber sie ist auf der Suche nach einer Anstellung, damit sie umziehen kann.«

Almas Blut rauschte durch ihre Adern. All das, was sie sich immer erhofft hatte, war eingetroffen. Er hatte sich getrennt. Doch hatte er es ihretwegen getan?

»Was ist denn geschehen?«

Er erzählte ihr die ganze Geschichte. Wie er mit der verletzten Hand früher nach Hause gekommen war und sie in flagranti erwischt hatte. Ausgerechnet mit Konstantin Goldbach.

»Und jetzt?«, stammelte Alma.

Sie konnte hören, dass Bruno tief Luft holte. »J-jetzt bin ich wieder frei.« Das Stroh raschelte leise, als er sich auf die Seite drehte. Sie tat es ihm gleich, und sie sahen sich direkt in die Augen, die Gesichter so eng beieinander, dass sie sich küssen könnten. Mit einer leicht zitternden Hand fuhr er sich durch die morgenroten Haare. »Ich … ich weiß, dass ich ein Hornochse war, da ich sie gewählt habe.« Er senkte den Blick, schien all seinen Mut zusammenzunehmen. »In Wirklichkeit hat es aber immer nur dich gegeben in meinem Herzen. Zumindest, sobald wir uns kennengelernt haben. Ich hätte auf mein Herz hören und mich nicht irgendwelchen Versprechungen hingeben sollen, die ich vor langer Zeit unter anderen Umständen gemacht hatte.« Die Worte waren aus ihm herausgepurzelt, so als hätte er sie sorgfältig zurechtgelegt und danach immer wieder im Kopf wiederholt. Nun hielt er inne.

Er griff nach ihren Händen, und mit seiner Berührung wirbelte er einen ganzen Bienenschwarm in ihrem Bauch auf. »Aber jetzt haben wir eine neue Chance, und wenn du mich noch willst«, er schlug die Augen nieder und sah sie erst nach zwei Atemzügen wieder an. »Also falls du mich je gewollt hast, wäre ich bereit. Und ich würde alles dafür geben, damit du deine Wahl nie bereust, und von Herzen versuchen, dich glücklich zu machen.« Ein leises Lächeln huschte über seine Lippen. »Hat sich nicht erst heute gezeigt, dass wir gut zusammenpassen?«

Ihre Kehle brannte, und sie nickte leicht, denn sie hatten wirklich gut zusammengearbeitet. Die Begeisterung in seinen Augen zeigte ihr jedoch, dass er sie missverstand. Er dachte, sie sähe eine Zukunft für sie beide. Nur wie sollte sie ihm je wieder vertrauen, nachdem er Greta gewählt, sie ihr vorgezogen hatte? Und nur weil Greta ihm die Hörner aufgesetzt hatte, sollte sie ihn jetzt aus zweiter Hand nehmen?

»Es tut mir leid, Bruno.« Sie entzog ihm ihre Hände, und sie fühlten sich sofort winterkalt an. »Ich kann nicht, es ist zu spät.« Wenn es nicht ihre eigenen Worte waren, die sie umbrachten, war es der Ausdruck in Brunos Augen. Aber so fühlte sie nun mal, es war die Wahrheit. Zu viel war geschehen, als dass es für sie noch eine Zukunft gäbe.

49. Kapitel

Friedas Hände wurden schwitzig, als sie am Hufgeklapper hörte, dass eine Kutsche vor ihrem Laden zum Stehen kam. Das musste er sein. Seit dem Essen bei den Oltmanns hatte sie Jost nur noch flüchtig gesehen, und sie hatte nicht den Mut aufgebracht zu fragen, ob das, was er gesagt hatte, sein Ernst gewesen war.

Für heute hatte Frau Oltmanns sich jedoch etwas Neues überlegt. Es war fast, als ahnte sie, dass sie ihr nicht die ganze Wahrheit sagten. Auf jeden Fall machte sie Frieda das Leben recht schwer. Abermals hatte sie Jost aufsuchen und um einen Gefallen bitten müssen. Als sie durch die Baumwipfel das Dach des Schwalbennests hatte schimmern sehen, hatte sie kurz überlegt, ob sie ihren Groll begraben und Marleene einen Besuch abstatten sollte – immerhin hatte sie vor zwei Wochen das Kind bekommen. Doch nicht einmal der Gedanke an das runzelige Bündel in weißen Wickeltüchern vermochte ihren Ärger zu vertreiben. Schließlich wohnte Rosalie noch immer dort.

Frieda trat durch die rosenumrankte Tür nach draußen, genoss den liebreizenden Duft und lächelte Jost zaghaft zu. Zum heutigen besonderen Anlass trug er seinen besten Sonntagsstaat samt dunklem Hut und sah darin wirklich gut aus. Seine Hände zuckten zu seinem Hut, fielen dann aber unverrichteter Dinge nieder.

»Moin. Frieda.«

Sie hoffte, dass er ihr neues Kleid loben würde, doch er blieb still.

345

Also steuerte sie die Kutschkabine an. »Soll … soll ich dir beim Einsteigen behilflich sein?«

»Papperlapapp. Nur weil wir heute zum Pferderennen fahren, müssen wir uns ja nicht anders benehmen als sonst.« Sie kletterte hinein, und er folgte ihr, da der Knecht wieder auf dem Kutschbock saß. »Es sei denn natürlich, die Oltmanns sind in der Nähe«, fügte sie verschwörerisch hinzu. »Dann müssen wir natürlich wieder so tun als ob.«

Er nickte.

»Das hast du beim Essen ja bestens hinbekommen.«

Er nickte abermals.

»Wirklich überzeugend.«

»Hmmm«, stimmte er zu, und die Kutsche setzte sich ruckelig in Bewegung.

»Fast so …«, sie beobachtete ihn ganz genau, »als wäre es … echt?«

Sein Blick flog umgehend zu ihr. »Wie meinst du das?«

Frieda spürte, wie ihre Wangen sich röteten. Konnte er denn nicht ahnen, was sie meinte? Aussprechen konnte sie es gewiss nicht. »I-ich, ich meine … sind wir uns wirklich schon auf dem Rosen…, äh Alpenrosenball begegnet?«

Er nestelte an seinem Manschettenknopf und wirkte betrübt. »Du erinnerst dich folglich nicht?«

»Ich? Doch! Natürlich erinnere ich mich. Im Korridor. Dieser ewig lange Korridor, er war zugig und kalt im Gegensatz zum Ballsaal. Und ich, ich war wahnsinnig aufgewühlt und bin in jemanden hineingelaufen. Und das … das warst du?«

Er nickte. »Warum warst du eigentlich so außer dir?«

Frieda spürte die Hitze bis in ihren Nacken. Unmöglich konnte sie zugeben, dass sie in ein Stelldichein hineingeplatzt war.

»D-das ist eine lange Geschichte. Warst du eigentlich schon einmal auf einem Pferderennen? Ich weiß gar nicht genau, wie es vonstattengeht. Wie ich gehört habe, kann man auch wetten.« Sie hielt ein Beutelchen in die Höhe. »Ich bin fest entschlossen, mich daran zu versuchen. Du weißt ja, wie man sagt: Glück im Spiel, Pech in der Liebe – demnach müsste ich als Krösus die Rennbahn verlassen.«

Wehmutsvoll sah er sie an, und sie hätte sich am liebsten selbst geohrfeigt. Warum sagte sie so etwas? Wenn er mit seinem Geständnis bei den Oltmanns ihr vielleicht etwas klarmachen wollte, hätte sie ihn spätestens jetzt wieder vergrault. Aber seine Anwesenheit machte sie so nervös, dass sie einfach alles ausgesprochen hatte, was ihr in den Kopf kam. Ob es Alma so immer erging? Allerdings war sie im Grunde kein nervöser Mensch.

Obwohl die Oltmanns nicht zu sehen waren, reichte Jost Frieda die Hand beim Ausstieg, und sie kam sich aufgrund ihrer Spitzenhandschuhe vor wie eine feine Dame. Mit der Hutmacherin aus der Straße hatte sie eine Dreimonatslieferung gegen einen schicken Hut getauscht und war über diesen Schritt heilfroh, als sie sich umblickte. Jeder war auf das Ausgesuchteste herausgeputzt, und viele trugen eine extravagante Kopfbedeckung.

»Weißt du, wie spät es ist? Wir haben ausgemacht, uns um drei an der großen Tribüne zu treffen.«

Jost zog eine Taschenuhr hervor und teilte ihr mit, dass sie noch eine gute Stunde Zeit hätten. »Dann können wir ja deine Wette platzieren«, sagte er und bot ihr seinen Arm zum Geleit an. Frieda stimmte begeistert zu, und sie schlenderten zunächst an den Pferden entlang, die fürs Rennen bereit gemacht wurden. Jost zeigte seiner Natur gemäß ein außerordentliches Interesse an den Wägelchen, die von den Pferden gezogen wurden. Frieda hingegen fand die Tiere faszinierender. Sie waren von schmalerer Statur als die üblichen Kutschpferde und hatten glänzendes Fell.

»Na, wer von euch wird als Erstes über die Ziellinie traben?« Sie begutachtete eines nach dem anderen.

»Und, hast du dich schon entschieden?«, fragte Jost und legte sogar ganz kurz seine Hand auf ihren Rücken.

»Fast. Ich schwanke zwischen Maurice hier vorne, der hübschen Lady Koko und dem Klugen Heinz da hinten.«

Jost ging langsam an den Tieren vorbei und inspizierte eines nach dem anderen. »Wie kommst du zu deinen Favoriten?«, erkundigte er sich dann.

»Nun ja«, Frieda lachte auf. »Ich habe vorhin aufgeschnappt, dass der Kluge Heinz schon viele Rennen gewonnen hat. Bei Lady Koko gefällt mir offen gestanden vor allem der Name, und Maurice …«

»Was ist mit Maurice?«, fragte Jost, der nun ein Wägelchen nach dem anderen unter die Lupe nahm.

»Ich weiß nicht … Er steht zwar nur ganz brav da und beobachtet alles, aber …« Jost kehrte zu ihr zurück und sah sie aufmerksam an. »Was *aber*?«

»Da ist etwas in seinen Augen. Kampfeswille. Er scheint mir fest entschlossen, und ich habe bei ihm ein gutes Gefühl.«

Jost nickte, legte eine Hand an sein Kinn und ließ den Blick abermals über Pferde und Wagen schweifen.

»Also, wen favorisierst du?«, fragte Frieda. Mittlerweile hatte sie vollkommen vergessen, nervös zu sein, und genoss das kleine Abenteuer mit Jost, der seinerseits nun gar nicht mehr wortkarg war.

»Maurice«, sagte er nach kurzem Überlegen.

»Ja?« Erschrocken sah sie ihn an. »Nur weil ich bei ihm ein gutes Gefühl habe?« Sie wollte seine ehrliche Meinung und nicht, dass er ihr einen Gefallen tat.

Jost schmunzelte. »Nein. Mir gefällt der Wagen.« Flüchtig nickte er zum Himmel. »Es wird gleich regnen, und sein Wagen hat breitere Reifen, das könnte von Vorteil sein. Wenn der Boden weich wird, sinkt er nicht so tief ein und hat infolgedessen mit weniger Widerstand zu kämpfen. Das macht ihn schneller.«

Frieda sah in den Himmel, wo sich in der Tat dunkle Wolkenburgen auftürmten, und wenn Jost von etwas Ahnung hatte, dann von Technik und Maschinen.

»Na gut.« Sie hob feierlich ihr Beutelchen. »Also alles auf den Sieg von Maurice.«

Gemeinsam machten sie sich auf den Weg zum Wettschalter.

»Junge Dame, haben Sie das auch mit Ihrem Gatten abgesprochen?«, fragte der Mann hinter der Scheibe, auf dessen Stirn sich tiefe Falten gebildet hatten, als er ihren Einsatz hörte. »Maurice ist der absolute Außenseiter, und Ihr Gatte ist gewiss nicht glücklich, wenn Sie hier seinen hart erarbeiteten Lohn verprassen.«

Das hart erarbeitete Geld *ihres Gatten*? Frieda hätte ihm am liebsten ins Gesicht gespuckt, doch bevor sie etwas sagen konnte, spürte sie Josts kräftigen Oberkörper in ihrem Rücken, der zu ihr herangetreten war.

»Meine Ehefrau verdient nicht nur ihr eigenes Geld, ich vertraue ihr in Finanzgelegenheiten auch vollkommen«, sagte er mit seiner ruhigen Stimme dem Mann hinter dem Schalter ins Gesicht und legte dann eine ganze Handvoll Münzen neben den Haufen von Frieda. »Deswegen erhöhe ich ihren Einsatz um das Doppelte.«

Der Mann fasste sich an den Hals, wo der Adamsapfel hoch- und wieder runterging. »A-alles auf Maurice?«

»Wie meine Frau sagte.« Jost schob das Geld näher an ihn heran.

Hinter seiner Scheibe lachte der Mann nun verächtlich, notierte jedoch ihre Wette, und Frieda lächelte Jost glücklich zu. Gerne hätte sie dem Mann selbst erklärt, wie falsch er lag, aber sie wusste, dass einige Männer derartige Wahrheiten von Geschlechtsgenossen hören mussten.

Erste Regentropfen fielen herab, und Frieda erinnerte sich siedend heiß, warum sie eigentlich gekommen waren. Es war bereits kurz nach drei, und vor der Zuschauertribüne winkte Frau Oltmanns ihnen mit der rechten Hand wild zu, während sie mit der linken ihren weißen Hut festhielt. »Huhu, hier drüben. Welch ein Wetter, gut, dass ich einen Parapluie mitgebracht habe, nicht wahr?«

Nachdem sie ihre Plätze bezogen hatten, nickte Frau Oltmanns zur langen Schlange am Wettschalter. »Sieh sich das einer an, was für Narren, die glauben, sie könnten hier den großen Reibach machen.«

Frieda lachte nervös, wurde durch die Parade der Rennpferde, die auf einen baldigen Rennstart hindeutete, aber von einer Antwort befreit. Es war richtig aufregend. Sobald die Türen aufklappten, trabten die Pferde in einer enormen Geschwindigkeit los. Leider war Maurice zunächst im Mittelfeld, weit hinter Lady Koko und anderen Pferden, deren Namen sie wieder vergessen hatte. Doch nach einer Weile hatte er ein gutes Stück aufgeschlossen und schien weniger gegen den matschigen Boden ankämpfen zu müssen als seine Mitstreiter. Aus dem Augenwinkel sah sie, dass Frau Oltmanns ein Opernglas hervorholte. Während sie es ihr am liebsten aus der Hand gerissen hätte, zwang Frieda sich, sie ruhig danach zu fragen, und Frau Oltmanns reichte es ihr großzügig.

So konnte sie aus nächster Nähe miterleben, wie der Fuchs sich Stück für Stück vorarbeitete. Ein Raunen ging durch die Menge, als Lady Koko, die an dritter Stelle war, ihre Schritte veränderte. »Schiet, sie ist in der Luft«, meckerte ein älterer Mann hinter ihr, und Frieda sah verwirrt zu Frau Oltmanns.

»Sie ist in den Galopp verfallen, das disqualifiziert sie«, erklärte diese ihr. Nun lag Maurice also an zweiter Stelle. Frieda tastete nach Jost, er drückte flüchtig ihre Hand. Es lag nach wie vor nur noch der Rappe vor Maurice, doch die Ziellinie war bereits in beängstigender Nähe.

Es würde nicht gut gehen.

Es fehlte schlichtweg die Zeit für eine größere Aufholjagd, auch wenn Maurice an Geschwindigkeit zugelegt hatte und jede Sekunde einige Meter gutmachte. Kurz vor der Ziellinie sackte jedoch der Wagen hinter dem Rappen zur Seite. Ein Aufschrei ging durch die Menge. Ein Rad hatte sich gelöst. Auch Frieda schrie auf. Josts sanfter Druck seiner Hand gab ihr Halt, denn im nächsten Moment war Maurice am langsamer werdenden Rappen vorbeigestürmt und überschritt die Ziellinie als Erster. Überall um sie herum fluchten die Leute und machten ihrem Ärger Luft. Der Rappe war offenbar der Favorit gewesen.

Nur Frieda sprang auf, klatschte glücklich in die Hände und jubelte. Als sie sich bewusst wurde, dass sie die Einzige war, die jubilierte, gefror sie in der Bewegung. Warum hatte sie ihre Gefühle so schlecht unter Kontrolle?

Frau Oltmanns hatte die Augenbrauen fast bis an die Hutkrempe hochgezogen. »Sie haben doch nicht etwa gewettet?« Ihr Ton war so abfällig, dass Frieda sich gezwungen fühlte zu verneinen. Sie durfte es sich mit dieser Frau nicht verderben. »Natürlich nicht. I-ich dachte lediglich, dass man zum Ausgang des Rennens eben applaudiert. Die Pferde haben sich doch sehr bemüht ...« Frau Oltmanns schüttelte pikiert den Kopf, und Frieda blickte vorsichtig zu Jost, der verschwörerisch grinste. Das war nun schon das zweite Geheimnis, das sie verband. Nach dem Rennen wehrten sie sämtliche Vorschläge der Oltmanns ab, was sie noch gemeinsam unternehmen könnten, und sobald das Ehepaar außer Sichtweite war, hüpfte Frieda mehrmals in die Höhe, und sie begaben sich zum Wettschalter, der gänzlich verlassen dalag. Der grimmige Mann schien sie wiederzuerkennen und nickte ihr anerkennend zu, als sie ihm den Wettschein zuschob.

»Meinen Glückwunsch, junge Dame.«

Frieda konnte es kaum fassen, wie viel Geld er vor ihr abzählte. Immer wieder wanderten seine Hände nach unten an die Kasse. Schließlich schob er ihr einen ganzen Haufen entgegen. »372,86 Mark. Sie können gerne nachzählen.«

»Was?«, stotterte Frieda. »So viel?« Sie sah überwältigt zu Jost, der zufrieden nickte.

»War 'ne gute Quote.«

Mit zitternden Händen raffte sie das Geld zusammen, es war so viel, dass es kaum in ihren Beutel passte. Fast vier Monatslöhne.

Sie quiekte übermütig, sobald sie das Renngelände verlassen hatte. Mittlerweile waren nur noch vereinzelt Zuschauer anwesend. Ihr Arm fühlte sich taub an, als sie ihn für Jost anhob und den Beutel vor seinen Augen baumeln ließ, während ihr Herz vor Freude überzusprudeln schien. Das alles war doch nicht die Möglichkeit!

Er nickte mit einem Lächeln.

Enttäuscht ließ sie den Arm wieder sinken. »Du freust dich ja gar nicht.«

»Natürlich freue ich mich.«

»Aber man sieht es nicht.«

»Doch, natürlich. So sehe ich aus, wenn ich glücklich bin.«

Frieda lachte kopfschüttelnd und fasste ihn an den Händen. »Komm, ich zeige dir, wie man glücklich ist!« Sie tanzte mit ihm im Kreis. Erst war er ganz steif, nach und nach wurde er lockerer, und schließlich begann er ausgelassen zu lachen, bis auch er keine Luft mehr bekam.

Auf dem Rückweg in der Kutsche konnte sie nicht aufhören zu reden. »Oh mein Gott, so viel Geld!«, sagte sie nicht zum ersten Mal, und der Beutel wog schwer wie ein Ziegelstein auf ihrem Schoß. Sie hatte das Gefühl, als könnte jeden Moment ihre Kutsche überfallen werden, da sicherlich alle Welt ahnte, welches Vermögen sie mit sich herumtrug. Immer wieder schielte sie nervös aus dem Fenster.

»Was fangen wir nur mit all dem Geld an? Wenn wir wieder im Blumenladen sind, werden wir natürlich genau halbe-halbe machen.«

»Nee, nee, das gehört alles dir. Du hast das Pferd ausgesucht.«

»… und du den Wagen. Wir teilen! Auf jeden Fall werde ich eurem

Knecht ein großzügiges Trinkgeld geben, er musste so lange auf uns warten«, überlegte sie laut.

»Du könntest dir ein Zimmer mieten, wo du etwas mehr Komfort hast.«

Frieda ließ sich seinen Vorschlag durch den Kopf gehen, merkte aber, dass sich etwas in ihr sträubte, sobald sie sich vorstellte, den Platz mit einer alten Dame oder dergleichen zu teilen. Sie liebte ihre winzige Wohnung und wollte sie um nichts in der Welt missen, selbst wenn man sie mit drei Schritten durchmessen konnte.

»Kommt gar nicht infrage. Meine Miniatur-Wohnung ist mit den Möbeln von dir so wunderhübsch, das finde ich doch nirgendwo wieder! Einen Teil werde ich gewiss für schwere Zeiten beiseitelegen, aber ich möchte mit einer kleineren Summe auch etwas Schönes machen, um mich am Gewinn zu erfreuen. Was wirst du denn mit deinem Anteil tun?«

Er zuckte die Achseln. »Ich hab eigentlich alles, was ich brauche. Deswegen möchte ich ja, dass du ihn nimmst. Ohne dich wäre ich eh nie auf die Idee gekommen zu wetten ...«

»Und ohne dich hätte ich mich vermutlich für den Klugen Heinz entschieden.«

Lächelnd sahen sie einander in die Augen, und Frieda wusste gar nicht mehr, wohin mit ihrer ganzen Freude. Die Zeit mit Jost war herrlich. Das brachte sie auf eine Idee. Nur – konnte sie das wirklich vorschlagen? Wer nicht wagt, der nicht gewinnt, entschied sie. Hatte sie das nicht erst heute gelernt? Sie nahm allen Mut zusammen und sprach ihre tollkühne Offerte zaghaft aus.

»Wie wäre es denn ... wenn wir einen Teil des Geldes für weitere gemeinsame Ausflüge nutzen würden? Es gibt ja noch so viele Vergnügungen, denen man nachgehen könnte, und dann hätten wir beide etwas davon.«

Sie hielt die Luft an.

Jetzt war es raus.

Wie würde er reagieren?

Ein zartes Lächeln erschien auf seinem Gesicht. »Das würde mir sehr gefallen«, sagte er, als die Kutsche mit einem Ruck zum Stehen kam. Sie lächelten einander drei Herzschläge lang an, bevor Frieda Anstalten machte auszusteigen. Er kletterte zuerst hinaus und war ihr behilflich, obwohl die Oltmanns ganz gewiss nicht da waren.

Frieda bedankte sich glücklich, wollte fast seine Hand nicht loslassen. Sie rang um die passenden Abschiedsworte für diesen herrlichen Tag. Nicht nur wegen dieses immensen Gewinns, auch so war es vergnüglich gewesen, Zeit mit Jost zu verbringen. Sollte sie ihm womöglich sogar einen Kuss auf die Wange hauchen? Sie hatte ein gutes Gefühl. Er hatte ihrem Vorschlag zugestimmt, und möglicherweise hatte sie seine Verschlossenheit vollkommen falsch gedeutet. War es am Ende die ganze Zeit über gar keine Ablehnung ihr gegenüber gewesen sein, sondern … sondern vielmehr das Gegenteil? Sie ging ihre gemeinsame Zeit bruchstückhaft in der Erinnerung durch. Wie sie vor Jahren auf dem Alpenrosenball gegen ihn geprallt war. Eine nichtssagende Situation, die sie selbst nur wegen ihrer erschütternden Entdeckung, die sie zuvor gemacht hatte, nie vergessen hatte.

Doch auch er hatte sie sich gemerkt.

Dann war da der Polterabend gewesen, auf dem sie so ausgelassen getanzt hatten, und erst danach hatte er ein vermeintlich ablehnendes Verhalten an den Tag gelegt. Aber was, wenn es gar keine Ablehnung gewesen war? Was, wenn er nur nicht gewusst hatte, wie er damit umgehen sollte? War es Überforderung gewesen?

Sie sah ihn an. Und nun lächelte er. Ein Lächeln, das durch ihr Herz bis in die Fingerspitzen floss. Jetzt war sie sich fast sicher. Da war mehr zwischen ihnen. Viel mehr. Sie hatte es nur völlig falsch gedeutet. Ihr Herz galoppierte schneller als das beste Rennpferd, und ihr Atem zitterte, als sie den Abstand zwischen ihnen noch etwas verringerte. Er kam ebenfalls näher, sie spürte schon seine Wärme auf ihren Lippen und sah eine störrische Locke, die als einzige eine andere Richtung einschlug als der Rest. Wie immer roch er nach frischem Holz. Doch wonach würde er schmecken, wenn ihre Lippen im nächsten Moment aufeinandertreffen würden? Ganz langsam beugte sie sich noch näher, als eine Stimme sie innehalten ließ.

»Hallo, Frieda.«

Verwundert sah sie in die Richtung, von wo die warme Begrüßung gekommen war. Im nächsten Moment rang sie nach Luft, konnte nicht glauben, was sie da sah. Er passte nicht in diese Welt. Nicht mehr. Und dennoch stand direkt vor ihrem kleinen Blumenladen, mit seinen glänzend schwarzen Haaren und dem strahlenden Lächeln im sonnengebräunten Gesicht: Manilo.

50. Kapitel

Seit Marleenes Niederkunft und den zahlreichen Höflichkeitsbesuchen waren die Tage in einem bizarren Wechsel aus Wach- und Schlafphasen verwischt, die nicht mehr an den Lauf der Sonne gebunden waren. Marleene schlief etwas, wenn der Säugling schlief und sie und Julius vor Erschöpfung die Augen nicht länger offen halten konnten. Bis er hungrig aufwachte und gestillt werden wollte.

Nach dem Wochenbett wollte sie nun aber wieder arbeiten. Theo würde sie wie alle Landarbeiterinnen mit Stillkindern in einem langen Tuch um sich schnallen, dann konnte er wie zuvor im Bauch mit ihrem Herzschlag am Ohr schlafen oder von ihrer Brust trinken.

Doch eine harte Aufgabe stand ihr noch bevor.

»Hast du dir überlegt, welche Strafe du den Schülerinnen auferlegen willst?«, fragte Julius leise, während er vorsichtig in die Hose stieg, um Theo nicht aufzuwecken.

»Ja.« Marleene setzte sich auf. »Ich werde ihnen eine ordentliche Standpauke halten und sie abermals daran erinnern, dass aller Augen auf uns liegen.«

»Eben.« Julius unterbrach sich beim Knöpfen seines Hemdes. »Und dennoch willst du es bei einer Standpauke belassen? Ich finde, es sollte spürbar sein …«

»Soll ich den Rohrstock hervorholen?«, fragte Marleene augenzwinkernd. Sie verstand ja, worauf er hinauswollte, allerdings war sie sich sicher, dass den Mädchen ihr Fehler bewusst war. Und letztlich hatte keine von ihnen über die Stränge geschlagen – außer Meike vielleicht. Sie war das Hochprozentige eben nicht gewohnt und ansonsten ja stets vorbildlich und fleißig. Wer wusste außerdem, wie sie ohne das Fuhrwerk, das die Mädchen sich von ihnen ausgeborgt hatten, schnell genug zum Schwalbennest zurückgekommen wären?

»Es gibt ja auch andere Maßregelungen. Sie könnten zum Beispiel einen Tag lang meiner Schwester zur Hand gehen.«

Marleene lachte. »Es ist doch wunderbar, dass Rosalie dermaßen darin aufgeht, Protestplakate zu malen. Aber schön, ich werde mir etwas überlegen. Schade, dass der Viburnum momentan nicht blüht.« Da gab es eine Sorte, die garstigen Staub verbreitete, der die Augen zum Jucken brachte.

Als Marleene nach den zahlreichen Tagen im Wochenbett wieder nach draußen trat, segelten erste buttergelbe Blätter zu Boden und erinnerten an den anstehenden Rückzug der Natur. Während sie die erdige Luft tief einatmete, legte sie eine Hand an Theos Rücken, der sich in ihrem Tragetuch regte. Dann ging sie zu der Mädchengruppe vor den Gewächshäusern, und obwohl jede von ihnen ihr Besuche abgestattet hatte, war das Hallo groß, und alle wollten einen raschen Blick auf Theo werfen, der selig schlief.

Danach brachte Franz sie auf den neuesten Stand. Er hatte tiefe Ringe unter den Augen, und sie fragte sich, ob sie den Arbeitern in den vergangenen Wochen, wo Julius und sie sich zurückgezogen hatten, zu viel zugemutet hatte. Nicht dass Oskar, der nun seit einem Monat bei ihnen tätig war, quasi vom Regen in die Traufe gekommen war.

»Wir haben mit dem Einwintern der empfindlichen Kalthauspflanzen begonnen, und bevor du fragst, selbstverständlich haben wir sie vorher gesäubert und in jeglicher Beziehung in Ordnung gebracht.«

»Sehr gut, danke, Franz.« Sie wandte sich den Mädchen zu. »Nun, was eure Strafe betrifft, habe ich mir Gedanken gemacht.« In den Augen der Mädchen stand so viel Angst, dass Marleene am liebsten einen Rückzieher gemacht hätte. Sie schluckte und erinnerte sich an Alexanders strenge Hand und Frau Holthusens Unnachgiebigkeit. Vielleicht musste sie ja nicht ganz so streng und vor allem nicht ungerecht sein. Allerdings waren die Backfische ihr jedoch auf der Nase herumgetanzt, und Julius hatte recht, wenn er sagte, dass dies nicht ohne Folgen bleiben sollte.

Zunächst hielt sie ihre geplante Standpauke und rief ihnen ins Gedächtnis, dass sie nicht nur für sich selbst, sondern auch für die nachfolgende Generation an Gärtnerinnen handelten.

»Und da ihr diesen guten Ruf rücksichtslos aufs Spiel gesetzt habt und ohne meine Erlaubnis auf den Ball gegangen seid, werdet ihr diesen Monat ganz allein das Düngen mit dem Jauchegemisch übernehmen. Außerdem kümmert ihr euch eigenständig um die Belieferung des Großherzogs, das heißt, jede steht an den Liefertagen eine Stunde früher auf, während eure Kollegen später kommen.«

Agneta wurde noch blasser, wenn das überhaupt möglich war, die anderen wirkten hingegen nahezu erleichtert. »Außerdem wird es diese Woche jeden Abend Theorie-Unterricht geben, und«, sie sah einer nach der anderen fest in die Augen und sprach schließlich das aus, was sie am härtesten treffen würde, »der Ausflug an die Nordsee nächstes Wochenende ist gestrichen.«

Ottilie schrie auf, und unter den übrigen Schülerinnen verbreitete sich so heftiges Protestgemurmel, dass Marleene Theo beruhigend über den Rücken strich.

»Das ist mitnichten gerecht«, beschwerte sich Lina und stemmte die Hände in die Hüften. Vermutlich müsste Marleene sich ärgern, aber wenn sie ehrlich war, gefiel ihr der Einsatz. »Du hast Agneta regelmäßige Ausflüge zugesagt!«

»Das habe ich«, stimmte Marleene zu und musste ein Grinsen verbergen. »Ich denke allerdings, wir können uns alle einig sein, dass euer kleines Gastspiel beim Maskenball als Landpartie zu verbuchen ist, oder etwa nicht?«

Dagegen konnte keine etwas einwenden, und Marleene kehrte erleichtert ins Haus zurück, wo ihre Mutter junge Erbsen ausschotete. Sie vermisste Frieda, der sie nur zu gerne von diesem kleinen persönlichen Erfolg berichtet hätte. Niemand verstand so gut wie ihre Cousine, wie viel Überwindung es sie gekostet hatte, so hart zu sein.

»Hebbt se Wind van vörn kriggt?«, fragte ihre Mutter mit einem merkwürdigen Lächeln, und Marleene fasste zusammen, was sie ihnen zur Strafe alles aufgetragen hatte.

Im Haus räumte sie die Sachen weg, die sich über die vergangenen Wochen angesammelt hatten. Seit Theo da war, war das Schwalbennest zu einem Bienenstock geworden, nur dass es keinerlei Organisation gab. Anfangs hatte Rosalie versucht zu kochen, doch nach wenigen Tagen hatte Lina dies übernommen, da es trotz der zahlreichen Anweisungen durch Marleenes Mutter gar zu fürchterlich geschmeckt hatte. Eigentlich war der »Genuss« des Essens fast schon Strafe genug gewesen, überlegte Marleene schmunzelnd, während sie achtlos abgelegte Kleider von einer Truhe sammelte. Auf einem Stuhl in der Ecke ihres Schlafzimmers fand sie sogar noch die Kostüme vom Maskenball. Sie hob Julius' Anzug hoch, um ihn neu zusammenzulegen und zu den Waschfrauen in der Stadt zu bringen, als ein Bündel Zettel aus der Jackentasche zu Boden segelte. Natürlich, die Unterlagen von Julius' Mutter! Jetzt hatten sie so viel Mühe auf sich genommen, sie zu ergattern, doch über Theos Ankunft waren sie gänzlich in Vergessenheit geraten. Da sie sich mit dem Kleinen im Tragetuch nicht bücken konnte, ging sie vorsichtig in die Knie, tastete nach den Papieren und richtete sich leicht schwankend wieder auf. Sie kehrte damit an den großen Küchentisch zurück und überflog sie unter dem beständigen Knacken der Erbsenschalen.

Doch sie musste gar nicht lange suchen.

Schon auf dem vierten Zettel war ein Fläschchen mit zehn Milligramm Laudanum abgerechnet worden. Er war von 1885. Auch auf den weiteren Rechnungen war stets Laudanum zu finden, manchmal in Kombination mit anderen Mitteln. Nur schienen die Fläschchen mit der Zeit größer zu werden und die Abrechnungen häufiger.

»Dann ist es also wahrlich das Gleiche«, murmelte sie gedankenverloren vor sich hin. Wie sollte sie Agneta gegenüber damit umgehen?

»Wat seggst du?«, fragte ihre Mutter hinter der Emaille-Kumme.

»Es geht um Agneta.« Marleene nagte nachdenklich an ihrer Unterlippe. »Selbst nach all den Wochen an der frischen Luft und dem deftigen Essen wirkt sie noch immer so gebrechlich. Und jetzt haben wir herausgefunden, dass sie dasselbe Mittel nimmt wie Julius' Mutter. Sie war ebenfalls schwächlich und ist schließlich viel zu früh gestorben.«

Ihre Mutter hielt inne. »Wat willste damit sagen?«

»Was, wenn sie nicht an der Schwäche gestorben ist, sondern an der Medizin? Immerhin wurde bei ihr keine Krankheit diagnostiziert und bei Agneta auch nicht.«

Ihre Mutter sah sie aus ihrem runzligen Gesicht voller Sorge an. »Wie heet de Medizin denn?«

»Laudanum.«

»Ach so.« Die Anspannung löste sich in ihrer Mutter, und sie zog das Weidenkörbchen mit den aussortierten Schalen wieder zu sich heran. »Dat is harmlos. Dien Vader hat es ok von Doktor Winkelmann bekommen und war Füür un Flamm. Ohne dat wären de letzten Tage de Hell gewesen.«

Auch ihr Vater hatte Laudanum von Doktor Winkelmann bekommen? Als hätte er ihre innere Unruhe bemerkt, wachte Theo auf und begann zu weinen. Mit einem unwirklichen Gefühl, wie im Traum, erhob Marleene sich. Sie tänzelte wie eine Marionette von einem Bein aufs andere, um Theo zu beruhigen, denn sie brauchte ihre gesamte Konzentration, um das zu ergründen, was sie soeben gehört hatte. War es wirklich der Beweis, dass Laudanum harmlos war? Oder nicht vielmehr ein Beleg dafür, dass Winkelmanns Geschäfte auf eine Skrupellosigkeit ohnegleichen hindeuteten?

51. Kapitel

Frieda seufzte unwillkürlich, als sie sah, wer durch die Tür trat. In den vergangenen zwei Wochen hatte Manilo sie jeden Tag in ihrem Laden aufgesucht, obwohl sie ihn immer wieder fortschickte. Seine Entschuldigung hatte sie angenommen, jegliche Einladungen zum Essen oder Flanieren jedoch ausgeschlagen. Dennoch gab er nicht auf. Sie ließ sich nicht davon abhalten, weiterhin die abgeschnittenen Blumenstängel zusammenzufegen, und warf ihm nur einen knappen Blick zu.

»Was willst du?«

»Frieda … bitte!« Flehentlich sah er sie aus seinen dunklen Augen an, und es fehlte wohl nicht mehr viel, dass er auf die Knie gegangen wäre.

Jost war am Tag seines überraschenden Aufkreuzens in sein verhaltenes Selbst zurückgefallen und noch wortkarger als üblich davongefahren. Es tat ihr in der Seele weh. Nur eine Stunde zuvor hatte sie die pure Freude in seinen Augen aufblitzen sehen, als sie zusammen getanzt hatten, und nun mochte er das Schlimmste von ihr denken.

»Wie oft muss ich es dir noch sagen, Manilo? Geh! Ich möchte nichts mehr mit dir zu tun haben.« Sie kehrte ihm bewusst den Rücken zu und ging mit dem Grünabfall auf der Schaufel zum Mülleimer.

»Bitte, ich …«

Sie fuhr herum, nachdem sie die Schaufel geleert hatte. »Was?«

»Ich liebe dich.« Er war kein bisschen schüchtern bei diesen Worten. Rief sie fröhlich heraus, als wäre das etwas, das man tagtäglich verkündete. Nichts Kostbares. Erwartungsfroh sah er sie aus seinen dunklen Augen an, kam einen Schritt auf sie zu und wollte nach ihren Händen greifen. Vor wenigen Jahren hätte Frieda alles für dieses Geständnis gegeben, sogar ihr Gespür für Farben. Es war das, wonach sie sich gesehnt hatte. Doch nun fühlte es sich anders an, als sie gedacht hatte. Wie ein Kleid, das man jeden Tag in der Auslage bestaunt hatte, nur um festzustellen, dass es einem nicht stand, wenn man nach sehr viel Verzicht das Geld dafür zusammengespart hatte.

Anstatt sich zu freuen, tauchte immer wieder Josts Gesicht vor ihr auf. Was, wenn sie auf dem Alpenrosenball nicht ausschließlich Augen für Manilo gehabt hätte? Sie und Jost waren sich damals nur flüchtig begegnet, trotzdem hatte er es niemals vergessen. Es schien ihr mittlerweile nahezu offensichtlich, dass auch er Gefühle für sie hegte, nur eben ganz andere als Manilo. Er tat es auf seine stille, ganz eigene Art, vollkommen unaufdringlich, aber beständig. Manilo auf der anderen Seite hatte sich, bereits ein halbes Jahr nachdem sie auseinandergegangen waren, verlobt. Ihre Gefühle für ihn waren wie schnell wachsende Kresse gewesen, kaum ausgesät, waren sie gesprossen, man hatte fast beim Wachsen zusehen können. Ihre Empfindungen für Jost hingegen waren dabei eher Sukkulenten. Nur ganz langsam gewachsen, dafür waren sie jedoch fest und robust.

»Ich danke dir von Herzen für … deine Offenbarung …«, sagte sie zu Manilo und sah ihm direkt in die Augen. »Ich fürchte allerdings … ich kann deine Gefühle nicht erwidern. Nicht mehr. Ich denke, es wäre das Beste, wenn du gehst.«

Er wandte den Blick ab. Erst dachte Frieda, sie hätte ihn verletzt, dann bemerkte sie, dass er herumdruckste. Er hatte noch etwas auf dem Herzen. Was mochte er von ihr wollen?

»Ich habe nicht genügend Geld für die Heimreise.«

Frieda atmete tief ein. Geld. Natürlich. Aber was sollte sie tun? Jetzt war dieser junge Mann so weit und auf diese beschwerliche Art gereist, und sie konnte seinen Herzenswunsch nicht erfüllen. War es da nicht das Mindeste, ihm etwas von ihrem Geld zu geben, ganz gleich, wie hart erspart es war? Durch ihren Gewinn hatte sie zum Glück einige Reserven.

Sie seufzte, legte Schaufel und Besen ab. »Warte hier.« Sie verschwand durch die Tür, die Jost ihr für ihre winzige Wohnung gebaut hatte. Dann holte sie aus dem Versteck ihre Geldkatze hervor und zählte fünfzig Mark ab. Ein halber Monatsverdienst, aber für die Fahrkarte würde es gerade eben reichen. Sie schwang herum, bemerkte, dass er ihr gefolgt war, und zuckte zusammen. Schnell hielt sie das Geld wie als Trennlinie zwischen ihnen hoch. »Hier.«

Mit beiden Händen umfasste er die ihre mitsamt den Geldscheinen. »Danke«, hauchte er mehr, als dass er es sprach, und in seinen Augen lag dieser zärtliche Ausdruck, den sie sonst darin gelesen hatte, bevor sie sich küssten. Sie musste dringend Abstand zwischen sie beide bringen, allerdings war das auf diesem beengten Raum kaum möglich.

»Frieda, ich …«

Ein entrüstetes Schnauben unterbrach sie. Frieda blickte aufgeschreckt hoch, entriss Manilo ihre Hand und stürzte zur Tür. Sie konnte gerade noch sehen, wie Frau Oltmanns, das Hütchen auf ihrer eleganten Hochsteckfrisur festhaltend, eilends davonrauschte.

* * *

Das Pochen an der Tür des großen Bauernhauses war so vehement, dass Alma beim Teigkneten zusammenzuckte. Wer mochte das sein? Rasch wusch sie die Reste des Sauerteigs von ihren Fingern, was dem überraschenden Besucher offensichtlich zu lange dauerte. Das Klopfen wurde heftiger und schneller. War etwas passiert? Ohne die Hände abzutrocknen, stürzte Alma zur Tür und riss sie auf.

Zu ihrem Erstaunen stand draußen eine feine Dame in einem Kleid aus Samt und Seide mit eleganter Hochsteckfrisur, gekrönt von einem Hütchen. Aus verschmälerten Augen sah sie Alma an.

»Wo ist Jost Thormälen? Ich muss ihn auf der Stelle sprechen.« Sie fuhr mit einem Spitzentaschentuch über ihre Stirn und kramte dann in ihrem Retikül. »Wo ist mein Riechsalz, mir ist ganz blümerant von all der Aufregung. So etwas aber auch!«

»Bitte«, Alma trat geschwind zur Seite und gestikulierte ins Innere das Hauses. »Wollen Sie sich nicht setzen? Nicht dass Sie in Ohnmacht fallen.«

Sie führte die Fremde in die gute Stube und eilte davon, um ein Glas Wasser zu holen.

»Danke«, sagte die Dame und stellte sich danach als Frau Oltmanns vor. »Ich bin die Gattin vom Vermieter des Blumenladens Ihrer angehenden Schwägerin.«

»Meiner …« Alma kämpfte, damit ihr nicht sämtliche Gesichtszüge entglitten. Ihrer *angehenden Schwägerin*? Sie hatte keine angehende Schwägerin. Jörn-Fied war zu jung zum Heiraten und momentan ohnehin auf dem Internat. Und Jost … war eben Jost. Ein ewiger Junggeselle, und das würde er aller Wahrscheinlichkeit nach auch bleiben, obwohl er ein herzensguter Mensch war. Dennoch schien diese Frau felsenfest davon überzeugt zu sein. Und eingangs hatte sie nach Jost gefragt. Möglicherweise könnte ihr das nähere Hinweise geben, damit sie hier nichts Falsches sagte?

»W-was wollen Sie denn von meinem Bruder? Er ist momentan ganz weit draußen auf dem Feld. Kann ich Ihnen vielleicht weiterhelfen?«

»Ich fürchte, nein.« Sie holte ein Spitzentaschentuch hervor und tupfte damit ihre Stirn ab. »Die Sache ist schon höchst … prekär. Das sollte ich ihm lieber selbst sagen.«

Nicht plappern!, mahnte sich Alma und hasste ihre mangelnde Begabung im Lügen. Sie durfte jetzt keinesfalls in diesen Zustand verfallen, wo sämtliche Informationen gewollt wie auch ungewollt aus ihr herauspurzelten. Nein, heute musste sie mit Bedacht vorgehen, wie sie es im Krankenhaus gelernt hatte. Zumindest bis sie verstanden hatte, was hier gespielt wurde.

»Oh, aber ist es in dem Fall nicht sogar besser, wenn er es von mir erfährt? Wissen Sie, wir stehen uns ziemlich nahe.«

Wenigstens hatte sie das bisher gedacht – bevor sie erfahren hatte, dass ihr großer Bruder allem Anschein nach eine heimliche Verlobte hatte, selbst wenn sie sich das immer noch nicht vorstellen konnte. Er redete wenig, behielt fast alles für sich, aber eine anstehende Hochzeit würde nicht einmal Jost verschweigen. Wie kam diese Frau nur zu der Annahme? Lag vielleicht eine Verwechslung vor? Allerdings war *Jost* in dieser Gegend ein recht seltener Name.

»Hach, ich weiß auch nicht.« Wieder tupfte sie ihre Stirn ab. Das Taschentuch war mittlerweile zu einem Knäuel geworden. »So gut kenne ich ihn ja wahrhaftig nicht. Nur vom Diner, der Landpartie und dem Pferderennen neulich.«

Alma wären fast die Augen aus dem Kopf gefallen. Ihr einsilbiger Bruder hatte ein erlesenes Diner, eine Landpartie und gar ein Pferderennen besucht? Stille Wasser waren wahrlich tief!

»Ja, davon hat er in den höchsten Tönen geschwärmt«, sagte sie und musste innerlich lachen. Als wenn Jost jemals von etwas schwärmen würde. »Dat is nich verkehrt«, war so ziemlich das Höchste der Gefühle.

Frau Oltmanns nickte und schien innere Kämpfe auszutragen. »Na schön, ich werde es Ihnen verraten. Vermutlich ist es wirklich besser, dass er es von einer Vertrauensperson erfährt. Ich würde ja im Boden versinken, wenn ich dieses delikate Thema vor einem Mann ansprechen müsste.«

Alma wurde ganz kribbelig. Das waren bereits überaus aufschlussreiche Neuigkeiten. Was sollte nur dazukommen? Ging es überhaupt noch heikler?

»Also, ich war gerade im Blumenladen. Wie jeden Montag.« Sie knetete heftig ihr Taschentuch, und Alma rückte näher. »Und da …«, Alma hielt die Luft an, während Frau Oltmanns sprach, »habe ich doch tatsächlich …« Sie schüttelte den Kopf und fuhr sich mit der Hand durchs Gesicht. »Ich kann es nicht. Es ist einfach zu entsetzlich.«

»Sagen Sie es einfach«, bettelte Alma, die diese Ungewissheit nicht länger ertrug. »Sehen Sie es wie Zähne ziehen, ein fürchterlicher Ruck – doch dann ist es geschafft.«

»Na schön.« Frau Oltmanns holte tief Luft. »Ich habe Josts Verlobte in intimer Zweisamkeit mit einem anderen erwischt.« Sie sprach dermaßen schnell, dass die Worte kaum zu verstehen waren, und ihr Gesicht wechselte die Farbe. Alma musste dennoch sichergehen, dass sie all das hier richtig verstand. »Sie haben …«, fragte sie ungläubig, und Frau Oltmanns sank elendig in den Sessel zurück.

»Ja«, klagte sie. »Es ist ein Jammer. Frieda und Jost sind so ein nettes Paar! Aber dass sie sich mit einem Fremden ins Hinterzimmer ihres Blumenladens zurückzieht … Ts, ts, ts, das hätte ich wirklich nicht von ihr geglaubt.«

Irgendetwas stimmte hier ganz und gar nicht.

Und das lag nicht nur daran, dass Frieda und Jost plötzlich verlobt sein sollten. Ihr Bauchgefühl sagte Alma, dass es dafür eine logische Erklärung geben musste. Frieda hatte damals ewig nach einem geeigneten Ladenlokal gesucht, schon fast aufgegeben, und dann hatte es doch noch geklappt. Sollte das Josts Verdienst gewesen sein?

Aber das, was ihre Instinkte anschlagen ließ, war etwas anderes, das nicht ins Bild passte. Sie musterte Frau Oltmanns, die heftig atmend und wie ein Häufchen Elend im Sessel saß. »Ich meine, warum tut sie Jost das an? So kurz vor der Hochzeit? Was sollen denn die Leute sagen?«

Allmählich erkannte Alma, was los war. Diese Frau hatte gar kein

Mitleid mit Jost. In ihren Augen funkelte die reinste Sensationsgier. Wenn sie wirklich nicht wollte, dass die Leute sich die Mäuler über Jost und Frieda zerrissen, müsste sie es schließlich nicht groß weitertratschen.

»Es tut mir so leid für Sie, Sie müssen von Josts Verlobter unendlich enttäuscht sein«, sagte sie nun mit einem leichten Hecheln in der Stimme.

Alma rang nach Worten, aber jemand anderes kam ihr zuvor.

»Verlobte?«, fragte Hermann von der Tür aus und nahm verwundert seine Pfeife aus dem Mund. »Jost hat doch keine Verlobte!«

Alma lachte auf und hoffte, dass Frau Oltmanns nicht auffiel, wie erzwungen es klang.

»Aber Papi«, sagte sie und lief rasch zu Hermann hinüber. »Hast du das schon wieder vergessen?« Sie fasste ihn am Arm und steuerte ihn auf einen Ohrensessel zu. Währenddessen raunte sie ihm leise zu, dass er einfach mitspielen solle, war allerdings unsicher, ob er sie verstand.

»Sie müssen entschuldigen, mein Vater ist leider ein wenig zerstreut. Ständig entfallen ihm Dinge! Aus der Kindheit kann er Ihnen noch alles erzählen, wie hart es damals war, aber wehe, es geht darum, wo er seine Brille hingelegt hat. Wo ist die eigentlich schon wieder?«

Vollkommen verdattert sah Hermann Alma an, denn er hatte ja nicht mal eine Brille, doch wie immer hatte sie das Erstbeste herausgeplappert, was ihr in den Kopf gekommen war.

»Also, Vater, ich sage es dir jetzt noch einmal. Jost und Frieda sind verlobt. Schon seit …« Sie hielt inne, und kochende Hitze schoss in ihre Ohren. Was mochten sie der Dame nur erzählt haben? »Schon seit Ewigkeiten«, sagte sie vage.

»Jost und Frieda?«, fragte Hermann mit solch ehrlicher Freude in der Stimme, dass es Alma fast leidtat. »Dat es een ganz leeve Deern.« Er klang richtig stolz, und Alma lächelte kläglich.

»Und was führt Sie zu uns?«, wandte er sich nun höflich an Frau

Oltmanns, die auflachte und ihr Taschentuch weiter knetete. Dann sah er zu Alma. »Willst du unserem Gast denn nicht einmal eine ordentliche Tasse Ostfriesentee anbieten?«

Jetzt hätte Alma um ein Haar ebenso nervös aufgelacht. Sie konnte die beiden unmöglich allein lassen. Nicht, solange sie nicht herausbekommen hatte, was eigentlich vor sich ging und ob sie womöglich Frieda in die Bredouille bringen könnten. Außerdem war es fast zwölf, und das bedeutete, dass Jost bald zum Mittagessen kommen würde. Wenn sie nicht wollte, dass ihr fragiles Kartenhaus aus Lügen und Ausreden in sich zusammenstürzte, sollte sie Frau Oltmanns besser loswerden.

»Äh, der ist leider aus.«

Zwischen Hermanns buschigen Augenbrauen erschien eine steile Falte. »Der Tee ist uns ausgegangen?«, fragte er ungläubig, denn Alma sorgte eigentlich immer dafür, dass nie etwas ausging. Sie war gerne auf sämtliche Eventualitäten vorbereitet, und die Speisekammer war stets zum Bersten gefüllt.

»Ja, leider. Hast du das auch vergessen? Das war er doch heute Morgen schon.«

»Ja?«

Alma nickte nur, da sie nicht noch mehr lügen konnte.

»Na, dann mach eben Kaffee.«

»Ach«, sie wischte ihre schwitzigen Hände an der Schürze ab, »die Kaffeedose ist leider Gottes ebenso leer. Ich bin wirklich zu schusselig! Gleich heute Nachmittag werde ich losgehen und neuen kaufen.« Sie blinzelte in Frau Oltmanns' Richtung und hoffte, dass diese sich jetzt erheben würde, während Hermann sie verdutzt beäugte und sich am Nacken kratzte.

»Hm«, murmelte er und ersparte ihr damit zum Glück weitere Rückfragen.

»Ja«, warf Alma lang gezogen ein und blickte unverhohlen zur Uhr.

Zeit für den Aufbruch. Fünf vor zwölf. Vielleicht hatten sie Glück, und Jost verspätete sich? Doch im nächsten Moment klappte bereits die Hintertür zu. Nun würde es wahrlich spannend werden.

»Mahlzeit!«, hörte sie seine tiefe Stimme aus der Küche, und sie rief ihm zu, dass sie in der guten Stube waren.

Die Dielen knarrten, und im nächsten Moment erschien Jost in der Tür, die er fast komplett ausfüllte.

»Frau Oltmanns?«, fragte er verblüfft, sobald er ihren Gast entdeckt hatte. Dann kannten sie sich wahrhaftig.

»Ja«, sagte sie mit leidender Stimme, erhob sich und tat einen Schritt auf ihn zu. »Ich … Es tut mir ja so leid …«, sie sah kurz zu Alma. »Ich erzähle es doch besser selbst, nicht wahr?« Bevor Alma etwas einwenden konnte, tat sie es auch schon. »Ich bin wahrlich untröstlich, aber ich muss Ihnen eine degoutante Neuigkeit mitteilen.«

»Aha?« Josts Miene war stoisch, und Alma überlegte fieberhaft, wie sie ihm vermitteln konnte, dass sie Bescheid wusste und Hermann zum Schweigen gebracht hatte.

»Ich habe Frieda in unsittlicher Zweisamkeit mit einem anderen erwischt. Im Blumenladen.«

Jost sackte leicht in sich zusammen, richtete sich aber sogleich wieder auf. In seinen Zügen stand jedoch so viel Schmerz wie damals nach dem Tod ihrer Mutter. Beim Versuch, sie aus dem brennenden Haus zu retten, war er unglücklich gestürzt und hatte sich sein steifes Bein zugezogen. Almas Herz wurde schwer.

Frau Oltmanns legte eine Hand an seine breite Schulter. »Ich konnte es ebenfalls kaum fassen. Wer hätte das von Frieda gedacht? Sie wirkt immer so herzlich … Wir werden natürlich umgehend das Mietverhältnis kündigen, an solch eine liederliche Person wollen wir den Laden nicht vermieten.«

Alma wurde schwindelig. Ganz gleich, was Frieda in ihrem Laden getan hatte, sie durfte ihn nicht verlieren! Einen Mann würde man gewiss nicht, ohne mit der Wimper zu zucken, hinauswerfen, weil er ein Techtelmechtel hatte.

Jost verschränkte die Arme und wirkte dadurch noch kräftiger, seine Miene zeigte dabei keinerlei Emotionen. »Wenn ich mich recht entsinne, hat Ihr Gatte allerdings für die nächsten drei Jahre an mich vermietet. Und ich habe mir nichts zuschulden kommen lassen.«

Frau Oltmanns' Mund öffnete sich zu einem O. »Sie wollen ihr das einfach so durchgehen lassen?«

»Das lassen Sie mal meine Sorge sein.«

Frau Oltmanns reckte das Kinn. Ohne auch nur ein Wort des Abschieds an Alma oder Hermann zu verlieren, drängte sie sich an ihm vorbei und eilte davon.

52. Kapitel

Mit angehaltenem Atem verteilte Lina das Jauchegemisch über die Blumenerde. Sie hatten die Tage, an denen gedüngt werden musste, unter sich aufgeteilt, und heute waren sie und Agneta an der Reihe. Der Gestank war so beißend, dass er ihren Kopf an den Schläfen zusammenzupressen schien.

»Soll ich euch behilflich sein?«

Ein Schauer durchfuhr Lina, als sie Franz entdeckte, wie damals, als sie zur Strafe alles alleine hatte gießen müssen. Grinsend ließ er die Hosenträger gegen die Brust schnellen. Seit sie zusammen getanzt hatten, wühlte seine Gegenwart sie auf. Vor Kurzem hatte sie ihn gemeinsam mit Agneta aus Wut über ihre eigenen Gefühle *aus Versehen* in den Schuppen gesperrt und erst nach zweieinhalb Stunden wieder herausgelassen.

»Also … äh«, setzte sie an. Doch er beachtete sie kaum, sondern sah zu Agneta. Sollte der Schuppen gewirkt haben? Sie hatte die Hoffnung eigentlich bereits aufgegeben.

»Ja, das wäre großartig!«, verfügte Agneta mit ihrer ewig leidenden Stimme, und so schnappte er sich eine Gießkanne und befüllte sie am Fass mit Jauche.

»Es ist so ungerecht, dass Marleene uns diese Aufgabe auferlegt hat! Wir dürfen schuften, und sie sitzt im Haus und ruht sich aus«, jammerte Agneta, während sie mit abgespreiztem kleinem Finger das Gemisch über die Pflanzen verteilte. Lina dachte daran, wie Franz es einst nachgeahmt hatte und sie von Herzen gelacht hatten. Vorsichtig linste sie zu ihm hinüber.

Er bemerkte es nicht.

Nein, er lachte leise über Agnetas herzlose Bemerkung und versuchte, sie für neue Sichtweisen zu öffnen. »Aber sie hat doch gerade den kleinen Theo bekommen ...«

Lina schaltete sich nun ebenfalls ein, denn das war etwas, was ihr wirklich am Herzen lag.

»Ganz recht, ich finde es großartig, dass sie sich Zeit für ihr Kind nimmt. Ich wünschte, meine Mutter hätte das für uns getan, sie war immer nur arbeiten. Das hat sie natürlich auch für uns Kinder gemacht – aber Zeit ist eigentlich das kostbarste Geschenk, das eine Mutter ihrem Kind machen kann.«

»Ts!«, zischte Agneta. »Dafür gibt es doch Ammen.«

Wie von selbst schoss Linas Blick zu Franz, und diesmal fing er ihn grinsend auf. Erleichterung durchfuhr ihre Glieder, er hatte sie also nicht vergessen. Nach wie vor konnten sie sich im stillen Einvernehmen ohne Worte darüber lustig machen, dass in Agnetas naiver Welt kein Platz für die Vorstellung war, dass sich nicht jeder eine Amme leisten konnte. Wobei Julius und die Hofgärtnerin ja sicherlich die Mittel dazu hatten. Sollte sie ihr Kind tatsächlich aus freien Stücken stillen? Dann wäre sie womöglich doch ein besserer Mensch, als Lina vermutet hatte. Sie musste bei der nächsten Gelegenheit ihre Mutter dazu befragen.

»Bei dir in Hildesheim werden die Angelegenheiten vermutlich ein wenig anders geregelt als hier«, klärte sie Agneta auf und holte eine neue Ladung Jauche.

»Sag mal, wo genau wohnen deine Eltern eigentlich?«, fragte Franz, als sie zum Beet zurückkehrte, und erwischte Lina mit seiner Frage so eiskalt, dass sie beinahe ihre Holsken mit Jauche übergossen hätte. Erschrocken sprang sie im letzten Moment zur Seite.

»Du sollst die Blumen düngen, nicht dich selbst«, sagte Franz grinsend, und Agneta lachte so schallend, als hätte er den Flachs des Jahrhunderts gemacht. Lina ärgerte sich, und dann ärgerte es sie, dass sie das wütend machte. Dass Agneta und Franz sich verstanden, war doch ihr ausdrückliches Ziel gewesen. Warum widerstrebte ihr dies nun?

»Also«, holte Franz sie aus ihrer Gedankenwelt zurück. »Wo wohnen nun deine Eltern? Du hattest Jever mal erwähnt, aber wo genau?«

Lina wand sich innerlich. In Jever war ihre letzte Arbeitsstätte gewesen; wo ihre Eltern wohnten, hatte sie nie erwähnt. Wohlweislich. Es widerstrebte ihr auf einmal, ihn anzulügen, doch es blieb ihr keine andere Wahl, und so bestätigte sie seine Vermutung. Danach wechselte sie rasch das Thema. »Welch ein Jammer, dass wir nicht mehr an die Nordsee fahren. Wir hatten uns alle so darauf gefreut.«

»Wohl wahr. Ich hätte dringend frische Seeluft gebraucht, ihr wisst ja, meine Befindlichkeit ...«

»... ist leider nicht die beste?«, fielen Lina und Franz gleichzeitig ein, sodass Agneta zunächst konsterniert wirkte, dann entschied sie sich jedoch zu lachen.

»Wenn das so ist«, sagte Franz, während er sich mit der Jauchekanne gefährlich weit über das Beet beugte, »kann ich das wirklich nicht zulassen. Wir wollen ja nicht, dass du *unpässlich* wirst.«

Jetzt griff er obendrein ihre hochtrabenden Wörter auf!

»Nein?«, hauchte Agneta wehmütig und schien sich über seine Anteilnahme zu freuen. Lina konnte spüren, wie sich die Gemütslage zwischen ihnen veränderte – und das tat weh. Aber das Gefühl musste sie niederkämpfen. Sie würde sich weiterhin von jeglichen Burschen fernhalten, insbesondere von Franz, den sie für Agneta auserkoren hatte.

»Unter gar keinen Umständen«, beteuerte dieser jetzt. »Und Marleene mag euch die Exkursion für den Unterricht gestrichen haben – was ihr an eurem freien Tag macht, kann euch jedoch keiner vorschreiben, nicht wahr? Lasst uns doch nächsten Monat alle zusammen eine Nordseepartie machen.«

»Au ja!« Agneta wirkte begeistert, und selbst Lina wärmte die Aussicht auf einen freien Tag am Meer das Herz. »Können wir vielleicht auch Jahn mitnehmen?«, fragte Agneta dann auch noch, und Lina fiel aus allen Wolken.

Dieses überraschende Interesse war ihr Ausweg aus der Bredouille.

Eine Verbindung zu dem jungen Apotheker war nicht ganz so skandalös wie zu einem Arbeiter, aber ein gefallenes Mädchen war ein gefallenes Mädchen.

»Der, mit dem du auf dem Maskenball so schön getanzt hast? Aber gewiss doch«, sagte sie verzückt, insbesondere um Franz daran zu erinnern, dass er bei Agneta schlechte Karten hatte.

Franz verzog das Gesicht. »Ich denke, das ist keine gute Idee. Die De Vos sind gewiss nicht gut auf uns zu sprechen …«

»Nun ja«, sagte Agneta mit gesenkter Stimme, blickte dabei über ihre linke und rechte Schulter, »sein Vater müsste es schließlich nicht mitbekommen.«

»Wie soll das vonstattengehen?«

»Da gäbe es mannigfaltige Möglichkeiten. Zum Beispiel könntest du ihn von einem geheimen Treffpunkt abholen?« Agneta blinzelte Franz hoffnungsvoll an, aber er rümpfte die Nase und wirkte ganz und gar nicht begeistert. »Lasst uns doch besser unter uns bleiben. Er versteht schließlich auch nichts von Pflanzen.«

»Das ist doch egal«, argumentierte Lina dagegen. »Wenn es Agnetas sehnlicher Herzenswunsch ist, sollten wir ihn dann nicht erfüllen?«

Agneta blinzelte wieder, und Franz seufzte ergeben. »Na schön, ich werde einen Treffpunkt mit ihm vereinbaren.« Daraufhin nahm er Agnetas Zinkkanne entgegen, um sie abzuspülen, und Lina ärgerte sich abermals über ihren Zorn. Ganz gemächlich schien ihr Samen zu sprießen – doch musste es ausgerechnet jetzt sein? Jetzt, wo sie selbst mehr und mehr Gefallen an ihm fand?

* * *

Sie hatten den zehnten Oktober als Abholtag für den Althändler festgelegt. Eik De Vos strich ein letztes Mal über die Anrichte aus Nussbaumholz und stieß dabei gegen die kitschige Porzellankatzensammlung. Dann ging er zum Schreibtisch hinüber, quetschte seinen Körper ächzend dahinter. Eigentlich waren die alten Möbel noch bestens in Schuss. Handarbeit mit gezapften Holzverbindungen. Die Arbeitsfläche des Schreibtisches war mit schwarzem Rindleder überzogen und mit Ziernägeln fixiert.

»Klare Linien, wenig Schnickschnack. Dieser schlichte und zurückhaltende Stil schreit förmlich nach Alexander Goldbach«, hatte Käthe jedoch vor drei Wochen gesagt. »Aber du bist besser!« Mit den Worten war sie an ihn herangetreten und hatte mit ihren spitzen Fingern über seine Brust gestrichen. »Heutzutage zeigt man, was man hat. Auch mit dem Mobiliar kannst du signalisieren, dass du ein weltgewandter, bedeutsamer Mann bist. Dir gebühren reich verzierte, voluminöse Schränke, mächtige Tische und imposante Büfetts.« Mit den Armen deutete sie ihren Umfang an und sah sich dann mit hochgezogener Oberlippe im Salon um. »Und nicht diese ganzen fitzeligen Kleinmöbel. Das ist schlichtweg nicht mehr zeitgemäß.«

»Ich weiß nicht …«

Sie durchschaute seine Bedenken sogleich. »Es muss auch gar nicht teuer werden. Schau mal hier!« Sie holte einen Möbelkatalog, den sie offenbar bereits studiert hatte, denn sie zeigte auf verschiedene darin abgebildete Wohnzimmer-Ensembles. Er konnte nicht leugnen, dass sie etwas hermachten. Mächtige verzierte Möbel, ein wenig wie man sie aus der Renaissance oder dem Barock kannte, aber mit kantigeren Strukturen. Als er die klein gedruckten Preise sah, auf die Käthe vehement deutete, konnte er es kaum fassen.

»Wie ist das möglich?«

»Das wird heutzutage alles in Fabriken hergestellt, hat mir ein Möbelfabrikant aus Herford erzählt, der neulich im Hotel abgestiegen ist. Es gibt seit einigen Jahren eine Maschine, wie heißt sie noch gleich?« Sie legte den Zeigefinger an die Lippe. »Abrichthobelmaschine oder etwas in der Richtung. Sie kann durch einen kleinen Motor die Arbeit verrichten, die sonst die Tischler Tage gekostet hat. Und deswegen sind die Möbel dermaßen preisgünstig.«

Sie strahlte eine fast jugendliche Freude aus, die er so nicht an ihr kannte. »Außenwirkung sollte man nicht unterschätzen, das Hotel lasse ich daher alle zehn Jahre neu ausstatten. Außerdem hast du gesagt, dass du die Fliedervilla zu einem Spottpreis bekommen hast, da kaum einer mitgeboten hat, was mich im Übrigen wirklich wundert bei solch einer repräsentativen Villa. Aber wie auch immer.« Geschäftig blätterte sie weiter. »Stell dir doch nur vor, was unsere Gäste sagen werden, wenn sie die neu ausstaffierten Räumlichkeiten sehen! Das Mobiliar sagt ja so viel über die Menschen aus, sie werden dann gleich merken, dass hier nun ein anderer Wind weht. Bedenke doch, wie beeindruckt du von Doktor Winkelmanns Möbeln warst!«

Das war das Zünglein an der Waage gewesen. Er hatte sich vorgestellt, wie seine Besucher tief beeindruckt vom Esszimmer in den Salon wechselten und die Luft mit Ah! und Oh! erfüllt war.

Jetzt war Hufgeklapper zu hören, und De Vos trat nach draußen. Schon bald schleppte ein breitschultriger Mann nach dem anderen die Möbelstücke ins Freie. Auf dem Hof der Gärtnerei mutete es wie an den Ziehtagen am 1. April und 1. Oktober in den Städten an, wenn die Mietgelasse endeten.

Er staunte nicht schlecht über die Professionalität des Althändlers.

Die Wagen waren von innen gepolstert, um die Möbelstücke während der holprigen Fahrt zu schützen. Er begutachtete gerade ein langes Fach für große Spiegel zwischen den Achsen, als er den alten Alois auf sich zukommen sah. Mit aufgestemmten Armen blieb er vor ihm stehen.

»Wat soll dat?« Er schäumte vor Wut, als ob er hier irgendetwas zu melden hätte.

»Was willst du?« De Vos suchte mit den Augen das Pferdefuhrwerk. »Hast du schon alle Pflanzen ausgeliefert?«

»Weten Julius und Marleene Bescheed, wat du hier treibst?« Ungläubig betrachtete der Alte die handgefertigte Kommode, die in diesem Moment die drei Stufen heruntergetragen wurde.

»Das geht dich 'nen feuchten Kehricht an. Und jetzt an die Arbeit! Sonst …«

Der Alte hob die Augenbrauen, machte sich dann jedoch auf den Weg zum Fuhrwerk, das bereits fertig beladen war. De Vos hatte sich unterbrochen, da ihm im letzten Moment eingefallen war, dass er es sich nicht leisten konnte, Alois zu feuern. Es war schwer, Ersatz zu finden, und der Alte hielt sich in der Regel aus allem heraus und war zuverlässig. Er würde es doch nicht wagen, irgendwelche Dummheiten zu machen? Mit seiner heutigen Einkaufsfahrt sollte er sich besser beeilen.

53. Kapitel

Marleene legte die Thuja verblüfft beiseite, als Hufgeklapper ertönte und kurz darauf Lotte und Lore, die Haflinger der ehemaligen Hofgärtnerei, auf den Hof trabten. Julius, der auf der Streuobstwiese zu tun hatte, schien Alois samt Fuhrwerk ebenfalls entdeckt zu haben und trat zeitgleich mit ihr auf ihren alten Kollegen zu.

»Ja, Alois, das ist ja eine schöne Überraschung! Was führt dich zu uns?« Neugierig begutachtete er die geladenen Pflanzen und blickte danach zu dem Alten.

»Willst du etwa auch noch hier anfangen?«, scherzte Marleene, während sie auf den Füßen wippte, damit Theo zurück in den Schlaf fand. »Dann wären wir fast wieder die komplette alte Truppe.«

Alois' Runzelgesicht verdüsterte sich, und Marleene bereute ihre unbedachten Worte.

»Dat wär' ewigsmooi, aber ik wohn ja in Tweelbäke buten, dat wär' vööl to weit. Nee. Es ist …« Er schüttelte den Kopf und ließ die Schultern sinken.

Derart betrübt hatte sie Alois selten erlebt. Er war schon durch schwere Zeiten gegangen, und ihn konnte so schnell nichts aus dem Trott bringen.

»Was ist denn, Alois?«, fragte Julius zögerlich.

»De Vos wieder. Vandaag stehen wohl fünf Wagen van de Althändler up'n Hof. Er schmeißt alls ut de Fliedervilla raus. De ganzen feinen Möbels …«

378

Marleene sah erschrocken zu Julius, der nicht weniger erschüttert wirkte. »Alles? Was hat er denn vor?«, fragte er ungläubig, und Alois kratzte sich an seiner Halbglatze. »Gute Frage. De Althändler holt sie just ab. Soll se wohl weiterverkopen ...«

Julius raufte sich die Haare, und Marleene nahm ihm die Entscheidung ab, was zu tun sei. »Das müssen wir verhindern, wir fahren sofort los!«

»Da müsst ihr aber tomaken. Gegen Middag kommt er von seiner Einkaufsfahrt zurück.«

»Danke, Alois«, rief Marleene ihrem einstigen Kollegen zu und rannte indes mit einer Hand auf Theos Rücken los, um das Fuhrwerk zu holen.

Wenige Minuten später waren sie auf der Oldenburger Straße, und Marleene musste immer wieder ihre kribbeligen Hände an ihrem roten Rock abwischen. Hoffentlich schafften sie es noch rechtzeitig. Die schönen Dinge aus der Fliedervilla, an denen Julius' Herz hing, durften nicht in fremde Hände gelangen.

Julius schnalzte, damit Falke schneller trabte, und schüttelte abermals den Kopf. »Das gesamte Mobiliar!? Das ist doch noch bestens in Schuss! Warum macht er das nur?«

Marleene lachte freudlos auf. »Ich habe schon lange damit aufgehört zu versuchen, diesen Mann zu verstehen.«

Schon von Weitem sahen sie, wie ein voll beladener Wagen nach dem anderen die Fliedervilla verließ. »Halt!«, rief Julius einem der Fahrer zu, sobald sie in Hörweite waren. »Wo bringt ihr das hin? Ich will es kaufen! Alles!«

»Dann musste mit'm Chef schnacken. Ist gerade in der Villa«, sagte der Fahrer ungerührt und deutete mit dem Kopf die Lindenallee hinunter.

Julius warf Marleene einen skeptischen Blick zu. Das letzte Mal, als sie sich auf das Gelände der ehemaligen Hofgärtnerei begeben hatten, war es im Desaster geendet. Aber Alois hatte ihnen versichert, dass De Vos nicht da war. Und die Zeit drängte. Wenn sie hier untätig auf den Chef warteten, könnte De Vos sie quasi auf frischer Tat ertappen.

»Wir beeilen uns einfach, ja?«

Julius nickte mit zusammengepressten Lippen. Dann lenkte er Falke in die Lindenallee und parkte das Fuhrwerk allerdings im Schutz der sonnengelben Linden. Zu Fuß gingen sie auf die beiden verbliebenen Wagen zu. Auf den vorderen wurde soeben Alexanders großer Schreibtisch gewuchtet. Danach würden sie vermutlich warten, bis die anderen Wagen leer zurückkehrten.

»Wer ist hier der Chef?«, rief Julius angespannt den bärigen Männern entgegen, die soeben wieder in der Fliedervilla verschwinden wollten. De Vos war zum Glück nirgendwo zu sehen, und die Männer blieben unschlüssig stehen.

»Sie meinen wohl *die Chefin*«, hörte man nun eine grantige Stimme von innen, und heraus trat eine Frau, die eine Stehlampe trug. Ihr Kopf verschwand fast vollständig hinter den Bommeln des Lampenschirms, und als sie die Lampe abstellte, sah Marleene, dass sie einen merkwürdigen Hut mit breiter Krempe trug. Marleene hatte Derartiges noch nie gesehen, und die ungewohnte Aussprache ließ sie vermuten, dass sie aus einem anderen Land stammte. Jetzt spuckte sie eine Ladung Priem auf den Boden, ganz so, wie Johannes es früher stets getan hatte.

»Ich bin es so leid, dass in diesem Land Frauen nie ernst genommen werden. Das ist bei uns drüben in Amerika vollkommen anders! Also, selbst wenn Sie sich das nicht vorstellen können: Auch eine Frau kann ein Geschäft führen!«

Julius lächelte ebenso wie Marleene, das war eine Frau ganz nach ihrem Geschmack.

»Gewiss doch, ich teile Ihre Meinung vollkommen«, sagte er, und als sich Skepsis in ihren Zügen zeigte, legte er einen Arm um Marleene. »Wenn ich vorstellen darf? Das ist meine Gattin. Sie ist die

Hofgärtnerin von Oldenburg, und wir führen gemeinsam die Hofgärtnerei in Rastede.«

Sie entblößte ihre Zähne zu einem breiten Lächeln. »Wonderful!« Dann sah sie sich um. »Was kann ich für Sie tun?«

»Ich möchte die Möbel der Fliedervilla aufkaufen. Alle.«

Sie neigte den Kopf, und Julius kam ihrer Rückfrage zuvor. »Wissen Sie, die Fliedervilla ist mein Heimathaus. Ich habe es offen gestanden nicht ganz freiwillig verlassen, und wenn ich hier schon nicht mehr leben darf, möchte ich wenigstens die Möbel meiner Familie um mich haben.«

»Verstehe. Es ist nicht leicht, alles zurückzulassen.« Schmerz flackerte in ihren Augen auf, und Marleene fragte sich, was sie jenseits des großen Ozeans hinter sich hatte lassen müssen.

»Wo kann ich …«, setzte die Althändlerin an, wurde jedoch von einer tobenden Stimme unterbrochen.

»Was zum Teufel habt ihr hier verloren?«, donnerte es von der Lindenallee herüber, von wo aus sich De Vos mit seinem Fuhrwerk näherte. »Ihr habt Hausverbot, wie oft muss ich das noch sagen?«

So wie er tobte, war Marleene heilfroh, dass sie Theo bei ihrer Mutter gelassen hatte.

»Wir wollen nur Julius' Familienerbstücke retten. Sie hätten uns auch gleich fragen können, wenn Sie sie nicht wollen!«

»So weit kommt es noch! Warum sollte ich euch einen Gefallen tun? Und nun schert euch davon, von mir bekommt ihr gar nichts!« Mit dem Ärmel wischte er sich unter heftigen Atemzügen den Schweiß von der Stirn und wandte sich dann an die Althändlerin. »An die verkaufen wir unter gar keinen Umständen.«

Sie musterte ihn ausgiebig, und Marleene betete, dass sie widersprechen möge, doch die Althändlerin nickte. Marleenes Herz sank ins Bodenlose. »Sie haben recht.« Die Althändlerin ruckelte ihren Hut zurecht. »Wir verkaufen nichts.«

De Vos atmete erleichtert auf, und Marleene drückte Julius' Hand voller Mitgefühl. Es wäre so schön gewesen, wenigstens ein paar Stücke Heimat zu retten. Ein kleiner Wermutstropfen für alles, was er in den letzten Jahren verloren hatte.

Im nächsten Moment räusperte die Händlerin sich und begann hämisch zu grinsen. »Allerdings haben Sie an mich verkauft, und *ich* verkaufe an dieses junge Paar.« Mit ausgestreckter Hand ging sie auf Julius zu, und dieser schlug begeistert ein. De Vos warf derweil die Hände in die Luft.

»Unterstehen Sie sich, das sind meine Möbel!« Er riss sich die Kappe vom Kopf und schmiss sie auf den Boden. Dann versuchte er die Männer, die gerade mit einer Récamiere aus der Villa kamen, wie Hühner zurückzuscheuchen. »Weg, weg, ich habe es mir anders überlegt! Ich verkaufe doch nicht.«

Sie sahen fragend zu ihrer Chefin, die einfach nur mit dem Kinn auf den Wagen deutete, damit sie weitermachten. »Sie können toben und wettern, as much as you like. Aber Sie haben bereits verkauft, und das zu einem Spottpreis, wenn ich mir die Bemerkung erlauben darf, und wir haben es mit Handschlag besiegelt. Wollen Sie etwa Ihre Kaufmannsehre verletzen?«

Das gebot De Vos Einhalt. Über die Kaufmannsehre ging wahrlich nichts. »Ich wusste, dass ich nicht mit einem Weibsbild Geschäfte hätte machen sollen.«

Sie beachtete ihn nicht weiter und wandte sich lächelnd an Julius und Marleene. »Wohin darf ich die Möbel liefern?«

Noch während der gesamten Rückfahrt waren Julius und Marleene in heller Aufregung.

»Ich schätze, die Zimmer der Mädchen werden ziemlich aufgewertet werden, wenn sie nun Nussbaumkommoden statt der zusammengezimmerten Schränke bekommen«, sagte Julius schmunzelnd.

»Oh, ja, ich freue mich schon auf Agnetas Gesicht. Vielleicht muntert sie das nach unserem Laudanum-Verbot wieder auf. Und Rosalie wird ganz aus dem Häuschen sein.«

»Wenn sie es überhaupt bemerkt, so selten, wie sie da ist.«

»Stimmt. Allerdings werden wir niemals alle Möbel aus der Villa ins Schwalbennest bekommen, selbst wenn es nur die aus der unteren Etage sind. Was machen wir nur mit all den Sachen?«, überlegte Marleene laut.

»Also, für Vaters Büromöbel hätte ich eine Idee.« Julius nahm Falkes Zügel in die linke Hand, und Marleene sah ihn neugierig an. »Ich spiele schon lange mit dem Gedanken, den alten Spieker zu einem Büro umzubauen. Jetzt, wo ständig jemand im Haus ist, kann ich mich am Küchentisch kaum noch auf die Buchführung konzentrieren.«

»Ein Büro außerhalb des Hauses? Wie mondän«, sagte Marleene glucksend, strich dabei jedoch über den weichen Cord, der sich um Julius' Oberschenkel spannte. »Das können wir gerne machen. Vielleicht kannst du dann auch endlich das Pflanzenbuch schreiben, das dir schon so lange vorschwebt. Alma hat bestimmt nächste Woche bereits die Vorhänge für den Spieker fertig, und …« Frieda stellt frische Blumen auf, hatte sie sagen wollen, bloß war das ja nicht mehr. Sie schluckte.

»Und was?«

»Und was den Rest betrifft, fürchte ich, dass wir wieder einmal unsere Nachbarn um Hilfe bitten müssen.« Sie seufzte, aber Julius winkte ab. »Das machen sie doch gerne, und in der großen Scheune ist ja noch massig Platz, habe ich neulich gesehen. Jost hat wirklich einen immensen Verbrauch an Holz. Doch eines Tages, wenn unser Sohnemann sich ein eigenes Zuhause aufbaut, kann er sein Wohnzimmer mit feinsten handgefertigten Möbeln ausstatten. Ist das nicht eine schöne Aussicht?«

»Fürwahr, das ist es!« Marleene lehnte den Kopf an Julius' Schulter und sonnte sich in der Freude. Es war für sie so beschwerlich gewesen, alles aus dem Nichts heraus aufzubauen, und es war ein gutes Gefühl, dass ihr Kind es ein wenig einfacher haben würde.

In der Hofgärtnerei staunten die Schülerinnen und Arbeiter nicht schlecht, als direkt hinter Julius und Marleene zwei weitere Wagen voll bepackt mit Mobiliar auf den Hof gefahren kamen. Schon bald waren sie von einer Menschentraube umringt.

»Was hat es denn hiermit auf sich?«, fragte Agneta und blickte baff um sich. Sie wirkte nach wie vor blass, und die dunklen Ringe unter ihren Augen waren nicht verschwunden, wie Marleene es gehofft hatte.

»Ach, wir haben euch nur ein wenig neues Mobiliar besorgt. Und jetzt bitte alle mit anpacken: Die alten Binsenstühle raus, die massiven mit der Lederbespannung dafür rein«, rief Julius den Männern zu.

»Was sind das denn für Möbel?«, fragte Agneta mit gerümpfter Nase und versuchte, im Gewusel auf den Wagen etwas zu erkennen.

»Ach, nichts Besonderes«, sagte Julius leichthin. »Nur Tische und Beistelltische mit Mahagoni-Pyramidenfurnier, edle Nussholzkommoden, eine Bodenstanduhr, mehrere Gueridons, Spiegel und Kandelaber.«

Die Mädchen starrten sie allesamt fassungslos an, selbst Agneta wirkte beeindruckt.

»Und wohin kommt das alles?«, fragte Lina stotternd.

»Wir werden es auf das gesamte Haus verteilen.«

»Auch auf unsere Zimmer?«

»Aber gewiss doch!«

»Wirklich?«

Julius nickte, und die Mädchen fassten sich an den Armen und sangen und sprangen im Reigen, da sie es wohl kaum glauben konnten, dass sie jetzt in Luxusmöbeln wohnen sollten. Eifrig begannen auch sie die Wagen, die nacheinander auf den Hof der Gärtnerei holperten, leer zu räumen. Schon bald waren die ersten einfachen Möbel durch die edlen Erbstücke ersetzt.

Als Rosalie auf ihrem Fahrrad angeradelt kam, stieg sie bereits auf der Einfahrt ab, rannte das letzte Stück und ging vor einer Frisierkommode in die Knie. Mit den Fingerspitzen fuhr sie über das edle Holz, als müsste sie ihrem Gehirn begreiflich machen, dass sie kein Truggespinst waren.

»W-woher …?«, stotterte sie ungewohnt wortkarg. Erst jetzt begriff Marleene, dass Rosalie all ihre Entbehrungen nicht so leicht getragen hatte, wie sie vermutet hatte. Sie fasste zusammen, was sich zugetragen hatte, und Rosalie half mit einem glücklichen Lächeln beim Abladen.

»Den Schreibtisch bitte zum Spieker«, rief Julius vom Wagen aus Bruno und Johannes zu, die den massiven Tisch herunterwuchteten – doch offenbar hatten sie unterschätzt, wie schwer er war.

»Hast du ihn?«, ächzte Johannes mit gepresster Stimme, als Bruno aufjaulte.

»Schiet, mein kaputter Finger. Ich kann ihn nicht mehr haaaaal…!« Marleene sah mit erschütternder Klarheit, wie der dunkle Tisch zu Boden krachte und das Holz splitterte. Vereinzelte Schreie zerrissen die Luft – und im nächsten Moment hatte der Tisch nur noch viereinhalb Beine und eine Ecke weniger.

»Hariejasses nee, das tut mir wirklich leid!« Bruno fuhr sich übers Gesicht und die Haare. »Das werde ich natürlich bezahlen, zieht es von meinem Lohn ab.«

Julius war mit einem Satz neben Marleene am Tisch angekommen und winkte ab. »Red keinen Unsinn. Außerdem lässt er sich bestimmt reparieren.« Gemeinsam rückten sie ihn auf die Seite, um das zerbrochene Bein zu begutachten. Zum Vorschein kam auf der gespaltenen Rückseite der Tischplatte jedoch noch etwas anderes.

»Was ist denn das?«, Rosalie deutete auf mehrere weggesplitterte Leisten, die hinter der in die Tischplatte eingelassenen Schublade angebracht worden sein mussten. Marleene fuhr sachte mit den Fingern über das kaputte Holz. Es musste einmal ein Geheimfach gewesen sein.

»Hmmm.« Mit gerunzelter Stirn zog Julius die Schublade heraus, musste mehrmals kräftig daran ruckeln und schaffte es nur, als Johannes mit anfasste. Von unten ließ sich nun, da der dünnere Boden zersplittert war, bestens erkennen, dass noch ein zweites Fach hinter der Schublade lag.

»Was zur …«, murmelte Julius, beugte sich darüber und öffnete das unscheinbare Fach. Er zog ein vergilbtes Papier hervor, das Marleene erst auf den zweiten Blick als Briefkuvert erkannte. Es war auf der Rückseite mit den Buchstaben *AG* versiegelt.

Sie hörte Julius' Atem stocken, seine Augen wurden rund, und gleich darauf atmete er heftiger, während er den Inhalt des Briefes las.

»Julius, was ist?«, fragte sie erschrocken.

Wortlos drehte er den Briefumschlag um, und sie las selbst, was in kantiger Männerhandschrift in schwarzer Tinte darauf geschrieben stand. *Testament.*

54. Kapitel

Dorothea stürmte nach draußen, sobald Konstantins Kutsche auf den Hof fuhr, und riss die Kabinentür auf, bevor sie zum Stehen gekommen war. »Wo zum Teufel warst du so lange?« Ganze drei Wochen hatte er sie und Leni allein gelassen. Natürlich hatte sie Hausangestellte, doch der Haushalt war nicht das Problem. Die Führung des Gutes verlangte nach Entscheidungen. Entscheidungen, die ihr selbst als gelernter Gärtnerin nicht leichtfielen. Entscheidungen, die sie nicht ohne ihn treffen wollte – und doch war sie dazu gezwungen gewesen.

Und eine davon hatte sich letzten Endes als falsch erwiesen.

Konstantin kletterte ungelenk aus der Kutsche. Er wirkte reichlich übernächtigt und durch seine ungekämmten Haare, den geöffneten Kragen und den Fünftagebart ungewohnt zerrüttet. Abwehrend hob er die Hand und verzog das Gesicht, als sie dennoch weitersprach. »Ich kann nicht fassen, dass du mich mutterseelenallein hast sitzen lassen! Du hast mir dein Wort gegeben, dass du dich um das Gut kümmern wirst. Was denkst du dir eigentlich?«, herrschte sie ihn im gemäßigten Ton an, während sie das Gutshaus betraten, obwohl sie am liebsten lauthals geschrien hätte. Aber die Bediensteten sollten von alledem nichts mitbekommen.

»Bitte, Dorothea, ich kann mich jetzt nicht damit befassen.« Er machte eine lapidare Handbewegung, als wäre sie eine lästige Fliege, und steuerte direkt den Salon an. Obwohl aus jeder seiner Poren Alkoholdunst drang, ging er auf den Getränkewagen zu.

Sie schnaubte ebenso verächtlich. »Du wirst dich jetzt damit befassen müssen! Wir müssen dringend die Streuwiesen mähen und die Streue häckseln lassen, sonst haben unsere Tiere keine Winterstreu! Die Weidezäune sind noch nicht winterfest gemacht worden, und wir müssen den Wald von Schadholz befreien, und noch viel wichtiger: Wir müssen Brennholz schlagen, das ist eine entscheidende Einnahmequelle des Ritterguts, wenn ich dich daran erinnern darf. Nur fehlen uns dazu leider die Arbeiter, und weißt du, warum?«

Er nahm einen kräftigen Schluck Branntwein, ließ sich dann auf die Chaiselongue fallen und kümmerte sich nicht darum, dass der edle Tropfen dabei über die Ränder des Cognacschwenkers schwappte.

»Nein?«, übernahm Dorothea seine Antwort, da er nun den Kopf nach hinten über die Lehne kippen ließ. »Ich habe an mein Bankhaus telegrafiert, um Geld für die Löhne zu bekommen. Und was offenbarte der Bankier mir da?«

Wie zuvor reagierte er nicht einmal. Versteckte sich grummelnd hinter seinem Unterarm, den er quer über das Gesicht legte.

»Was sagte man mir da, Konstantin?« Sie schrie jetzt doch. Die Wut brach so stark aus ihr heraus, dass die Bediensteten ihr mittlerweile einerlei waren. Sie hatte sich ohnehin bereits zum Gespött gemacht, und sie würden nicht mehr lange bei ihnen sein.

»Es ist nichts mehr da! Nichts. Rein gar nichts.« Kraftlos sank sie in ihren grünen Ohrensessel, in dem sie in einem besseren Leben viele schöne Lesestunden verbracht hatte. Sie wusste es seit einer Woche und konnte es nach wie vor nicht fassen. Drei Mal hatte sie telegrafisch nachgefragt, um wirklich sicherzugehen. Nach der dritten Bestätigung war ihr klar geworden, dass sie ab sofort rigoros sparen musste. Schadensbegrenzung war nun die oberste Devise. Dann könnten sie im kommenden Jahr die Ernte verkaufen, die sie vielleicht irgendwie über die Runden brachte. Was jetzt nicht half, war Konstantins lethargische Starre.

»Wo ist denn alles hin?«, fragte sie ermattet, da sie es schlichtweg nicht verstand. Es war so immens viel gewesen, dass sogar Helene gut davon hätte leben können, ohne je einen Finger zu krümmen. So, wie es sich gehörte, auch wenn sie für sich beschlossen hatte, arbeiten zu gehen. Leni hingegen hätte sie gerne die Wahl gelassen.

»Es tut mir leid«, sagte er bloß, nahm den Arm weg und blinzelte sie erschöpft an. Vermutlich tat es das wirklich, allerdings nützte das jetzt nichts mehr. Es schnürte ihr die Luft ab, wenn sie daran dachte, dass sie nicht nur bankrott waren, sondern dazu noch diesen gigantischen Klotz eines ehemaligen Ritterguts am Bein hatten.

Mehrere Male atmete sie tief ein, um ihre Nerven zu beruhigen. Dann stand sie mit letzter Kraft auf, hielt ihm ihre Hand entgegen. »Jetzt komm! Es gibt viel zu tun. Wir müssen Leute finden, die bereit sind, ihren Lohn erst später zu bekommen. Und wir müssen so viel wie möglich eigenhändig schaffen. Hast du schon mal Holz gehackt?«

Konstantin schüttelte den Kopf und schürte so neue Wut in ihr. Wie konnte ihn dieses Desaster dermaßen kaltlassen?

»Ich lasse mir das nicht länger gefallen, Konstantin! Du stehst jetzt auf der Stelle auf und gehst an die Arbeit. Wir müssen retten, was zu retten ist.«

Er bewegte sich, und für einen Moment hatte Dorothea Hoffnung, doch dann lehnte er sich lediglich auf die Oberschenkel. »Es ist nichts mehr zu retten«, sagte er tonlos.

»Aber natürlich!« Sie stemmte die Hände in die Hüften. »Wir haben die Felder, wir haben die Gerätschaften und Pferde. Selbst wenn wir nur ein paar Felder schaffen, bringt uns das voran. Es ist alles besser als Nichtstun!«

Wieder schüttelte er den Kopf. Sah ihr nicht in die Augen.

Sie wollte einen neuen Wortschwall auf ihn niederprasseln lassen, als sie ihn etwas leise sagen hörte. Aber das, was sie verstanden hatte, konnte nicht sein.

Nein, das ging nicht. Stand außer Frage.

»W-was?«, stotterte sie, jegliche Etikette außer Acht lassend.

»Wir haben nichts mehr.« Jetzt hob er den Kopf und sah ihr direkt in die Augen. Es fühlte sich an, als würde sein Blick sie erdolchen, da war kein bisschen Wärme mehr. War da nicht vielleicht sogar ein zynisches Grinsen um seine Mundwinkel? Nur ein Hauch, aber es war da.

»Natürlich haben wir noch etwas. Vielleicht kein Geld, aber ...« Sie deutete nach draußen, wo der See in der Herbstsonne glitzerte und hinter den gelb-rötlichen Bäumen sich in sanften Hügeln ihre Ländereien erstreckten. Felder, die nur darauf warteten, abgeerntet zu werden, und einen ganzen Wald voller Bäume.

Er schloss die Augen, und Dorothea beschlich ein ähnliches Gefühl wie in der Vorwoche, als sie das Telegramm der Bank erhalten hatte. Ihr wurde übel, eiskalt und schwindelig zugleich. Sie tastete um sich, um Halt zu finden.

Doch da war nichts.

»Konstantin?«

»Es ist ein neues Testament aufgetaucht«, erklärte er mit erschreckend nüchterner Stimme. »Offenbar hatte mein lieber Herr Vater seine Meinung noch einmal geändert. Er hatte Julius zum Grunderben ernannt.«

Mittlerweile fühlte Dorothea nichts mehr außer dem Brennen in ihrem Hals. »W-was heißt das?«

»Julius hat die Fliedervilla geerbt. Ich muss daher De Vos das Geld zurückgeben.«

»Verstehe«, sagte sie, obwohl sie nicht sicher war, ob sie es wirklich begriff.

»Nein, du verstehst nicht!« Mit einem Mal war die Lethargie verschwunden. Konstantin sprang auf, stürmte im Kreis und trat schließlich mit voller Wucht gegen den Getränkewagen. Er brach zusammen, dünnhalsige Flaschen und Kristallkaraffen krachten zu Boden, zersplitterten, und die Flüssigkeit sickerte in den teuren Orientteppich, während der beißende Geruch Dorothea zu Kopf stieg.

»Um De Vos sein Geld zurückzugeben, muss ich das Rittergut verkaufen!«, brüllte Konstantin ungehalten, und Dorothea musste den Drang unterdrücken, sich wegzukauern.

»Aber ... aber ... aber es steckt doch nur ein kleiner Teil des Geldes aus der Erbschaft im Rittergut?«, fragte sie zaghaft.

»Nein. Ich habe das Gut auf Pump gekauft. Das Geld für die Fliedervilla war nur die Anzahlung. Den Rest wollte ich nach und nach durch den Verkauf der Ernte abbezahlen.«

Dorothea starrte ihren Ehemann an. Das alles ergab für sie gar keinen Sinn. »Warum?«, fragte sie perplex. »Warum hast du es nicht von meinem ... äh, unserem Vermögen bezahlt?«

Er drehte ihr den Rücken zu und starrte aus dem Fenster. So konnte sie ihm nicht einmal in die Augen sehen, als sie die bittere Wahrheit erfuhr. »Es war doch schon damals nichts mehr übrig.«

Natürlich. Dorothea lachte auf. Er hatte alles verprasst, während sie Abend für Abend zu Hause gesessen und auf ihn gewartet hatte. Nahezu alles hatte sie ihm verziehen, damit ihre Ehe weiterhin funktionierte und sie sich und ihrer Familie eine weitere, noch viel größere Schmach ersparen konnte. Dennoch hatte er sie zum Narren gehalten. Der Name »Dorotheen*höhe*« erschien ihr wie eine Farce – war sie doch nie zuvor näher am Boden gewesen.

55. Kapitel

»Nachdem uns klar geworden ist, dass Vater Staat nichts für die Erziehung seiner Töchter tun wird, haben wir beschlossen, die Sache selbst in die Hand zu nehmen.« Helene Lange machte eine Sprechpause und sah aus ihren weisen Augen langsam in die Runde. Rosalie hing wie jede andere Person im Raum an den Lippen der bekannten Frauenrechtlerin aus Berlin. Als Henny auf ihre Anfrage hin die Zusage bekommen hatte, hatte sie schon von Weitem mit dem Brief gewunken, und sie hatten gemeinsam einen Freudentanz aufgeführt. Ob es daran lag, dass Frau Lange selbst aus Oldenburg stammte? Andererseits hatte sie bereits vor sieben Jahren den *Allgemeinen Deutschen Lehrerinnenverein* gegründet und setzte sich deutschlandweit für weibliche Lehrkräfte ein. Nach dem Vorbild hatten Henny und Rosalie nun den *Verein Oldenburger Lehrerinnen* ins Leben gerufen.

»Zusammen mit Minna Cauer und Franziska Tiburtius haben wir ›Realkurse‹ für Mädchen eingerichtet, in denen wir Schülerinnen nach dem Besuch der höheren Töchterschule helfen, eine allgemeine Bildungsgrundlage für praktische Berufe oder ein Studium in der Schweiz zu erlangen – im Kaiserreich ist dies ja leider noch immer nicht möglich. Die Kurse geben uns die Möglichkeit zu beweisen, dass unsere Forderungen vollkommen angemessen sind.«

Sie hatte mit Nachdruck gesprochen und stützte sich während des begeisterten Applauses schwer auf das hölzerne Rednerinnenpult. »Gibt es dazu noch Fragen?«

Rosalies Arm schnellte sofort in die Höhe, und sie begann zu reden, ohne sich zu versichern, dass sie überhaupt dran war. »Nur warum müssen wir uns erst beweisen? Sollte die gleiche Bildungsgrundlage uns Frauen nicht schlichtweg zustehen? Ist das nicht unser gutes Recht?!«

Frau Lange musterte sie genauestens und nickte dabei leicht. »Das ist es. Aber haben Sie schon einmal versucht, diesen Ansatz in einer Diskussion heranzuziehen?«

»Natürlich.«

»Und wie gut ist das geglückt?«

Rosalie dachte an Johannes, der umgehend begriffen hatte. »Ziemlich gut«, schoss es aus ihr heraus. Dann erinnerte sie sich an Direktor Wöbken und seine Ausführungen dazu, dass jeder große Pädagoge bisher männlich gewesen sei. Ganz ungeniert hatte er das kleine Detail außer Acht gelassen, dass es Frauen bislang nicht einmal möglich war, sich pädagogisch zu betätigen. Und das Bild des Leiters des Lehrerseminars stieg in ihr auf und das vom alten Herrn Thalbach an ihrer Schule, der fest davon überzeugt gewesen war, dass alle Lehrerinnen beschämend und obendrein hysterisch wären. Keiner von ihnen hatte sich durch logische Argumente überzeugen lassen.

»… u-u-und …«, stotterte sie.

Helene Lange lächelte sanft. »Weniger gut?«

»Möglicherweise war da noch ein klein wenig Luft nach oben«, stimmte Rosalie kleinlaut zu. Frau Lange verließ das Rednerpult, trat in den Saal und deutete auf sie. »Deswegen lassen wir jetzt Taten sprechen. Wir beweisen, dass Mädchen genauso viel Köpfchen haben wie Jungen, denn damit nehmen wir ihnen den Wind aus den Segeln. Man könnte sagen: Wir verschaffen uns Zutritt durch die Hintertür. Wenn genügend Mädchen gute Leistungen im Ausland erbracht haben, können sie uns nicht länger die Teilhabe verweigern.«

Wieder brandete Applaus auf, und Henny und Rosalie warfen sich einen begeisterten Blick zu. Es tat so gut, unter Gleichgesinnten zu sein, endlich zu wissen, dass man nicht mehr allein gegen Windmühlen kämpfte, sondern dass viele das Unrecht erkannt hatten und sie jetzt gemeinsam dagegen vorgingen. Im nächsten Monat würde Gertrud Bäumer über frauenpolitische Fragen sprechen, und es waren Vorträge zur Verbesserung der Frauenkleidung und Vermögensverwaltung geplant. Zudem gab es Reiseberichte von Frauen, oder sie besprachen Lektüre.

Als sie heute den Vortrag verließen, sprühte Rosalie vor Energie und Tatendrang, wollte am liebsten tausend Ideen auf einmal umsetzen. »Trotzdem stört es mich, dass wir diesen Weg über die Hintertür wählen müssen. Das ist fürchterlich langwierig … Warum können die Männer es nicht einfach verstehen, dass wir gleichberechtigt sind? So schwer ist das doch eigentlich nicht?«

»Fürwahr, trotz alledem ist es besser, als gar nichts zu tun und abzuwarten. Unsere Petitionen stoßen schließlich immer wieder auf taube Ohren.«

»Das stimmt leider. Mir dauert es nur generell alles zu lange. Ich will, dass es jetzt klappt!«

Henny lachte auf, und Rosalie merkte, dass sie die Unterlippe vorgeschoben hatte. »Was ist denn los mit dir? Du argumentierst wie ein fünfjähriges Kind, so kenne ich dich ja gar nicht …«

»Ach nein?«, sagte urplötzlich eine sonnige Stimme hinter ihnen. »Ich habe sie haargenau so in Erinnerung.«

Rosalie hielt inne. Wer erdreistete sich, so etwas zu sagen? Schnaubend schwang sie herum und glaubte, ihren Augen nicht zu trauen. Auf der Stelle blieb sie stehen, sodass die anderen Menschen, die den Vortrag verließen, einen Bogen um die drei machen mussten. »Manilo?«

Er strahlte sie an, als freute er sich ernsthaft, sie zu sehen. Über seinen Augenbrauen zeichneten sich zwei leichte Falten ab, und er trug jetzt einen Bart. Sonst hatte er sich nicht im Geringsten geändert. »Buonasera, Rosalie. Wie geht es dir?«

»I-ich …« Sie brach ab. War sich des überraschten Blickes von Henny nur allzu bewusst, konnte diesen für den Moment aber lediglich ignorieren. Sie wusste nicht, was sie denken sollte, in ihr waren zu viele Fragen auf einmal. Nach Jahren kam heute der erste Mann, in den sie sich Hals über Kopf verliebt hatte, zu ihr? Ohne jegliche Ankündigung? Und warum kam er überhaupt zu ihr, war sie ihm nicht stets zuwider gewesen? »Was willst du hier?«

»Begrüßt man so einen alten Freund nach langer Zeit?«

Freund? Waren sie denn jemals Freunde gewesen? Vermutlich hätte sie ihn tatsächlich nicht mit der drängendsten Frage überfallen müssen. Unauffällig wischte sie ihre feuchten Handflächen an ihrem Kleid ab.

»Entschuldige bitte. Wie ist es dir ergangen, was führt dich zu uns?«

»Sehr gut. Ich … würde gerne mit dir sprechen. Kann ich dich zum Essen einladen?«

Rosalie schluckte. Jetzt fragte er sie das, wonach sie sich damals so lange gesehnt hatte? Sollte sie zusagen? Ein Teil von ihr rief ihr zu, wohl nicht mehr ganz bei Trost zu sein. Merkte sie nicht jeden Tag aufs Neue, wie glücklich sie mit Johannes sein konnte? Beim heutigen Vortrag war wieder offensichtlich geworden, dass nur wenige Männer die Frauenbewegung unterstützten.

»Ich kann nicht.«

»Aber Rosalie!« Er trat auf sie zu und wollte nach ihren Händen greifen, doch sie wich zurück. Henny fielen fast die Augen aus dem Kopf. Manilo wirkte überrascht, schien allerdings noch immer nicht aufgeben zu wollen.

»Gibt es denn nichts, womit ich dich überzeugen könnte?« Er lächelte sie an und ließ die vergessene Sehnsucht in ihrem Bauch für einen Wimpernschlag aufflackern.

»Ich bin verlobt!«

»Sieh an, sieh an.« Er legte den Kopf schief. »Wer ist es denn? Ein Graf oder vielleicht der Sohn eines Fabrikbesitzers?«

»Es ist Johannes.«

Manilo begann wild zu husten und um Atem zu ringen. Henny zog die Augenbrauen zusammen und linste neugierig zu ihr herüber.

»Johannes Kessler?«, versicherte Manilo sich zwischen zwei Atemzügen.

»Ganz genau der.«

»Mein ehemaliger Arbeitskollege?«, hakte er dennoch weiter nach und stützte sich auf seinen Oberschenkeln ab, um endlich wieder genug Luft zu bekommen.

»Was ist daran so verblüffend?« Johannes, der versprochen hatte, sie abzuholen, damit sie nicht im Dunkeln durch die Stadt laufen musste, legte eine Hand um ihre Taille und hauchte ihr einen Kuss auf die Wange. »Hallo, mein Schatz, hattest du einen schönen Abend?«

Manilo richtete sich langsam auf, blickte von Johannes zu Rosalie und wieder zurück, schüttelte den Kopf. »Das gibt es doch nicht. Ich war nur sechs Jahre fort, und nun steht die ganze Welt kopf?«

* * *

Kurzerhand luden sie Manilo in ein Kaffeehaus in der Nähe ein, und als sie im dezenten Licht der kristallenen Kronleuchter in ihrer Nische saßen und die Floskeln ausgetauscht waren, schüttete Manilo ihnen sein Herz aus. »In Italien lief alles nicht so, wie ich es mir vorgestellt hatte. Aber hier … hier war ich zwar kein ganzes Jahr, und trotzdem war ich glücklich.« Mit zwei Fingern strich er eine Falte in der Damasttischdecke glatt, doch Rosalie entging nicht, wie traurig er wirkte.

»Deswegen schien es mir das Selbstverständlichste auf der Welt, hierher zurückzukehren. Jetzt, wo … ich es wieder kann.« Damit meinte er wohl, dass derjenige, der ihn damals des Landes verwiesen hatte, verstorben war. Ihr Vater. »Doch nun bin ich zurück, und in der Hofgärtnerei war nur ein unwirscher Herr, der komplett die Nerven verloren hat, als ich ihn auf Julius und Konstantin angesprochen habe. Ich habe mich ein weiteres Mal hingeschlichen, aber weder Bruno noch Johannes oder Oskar angetroffen. Immerhin habe ich von Frau Maader im Blumenladen erfahren, dass Frieda jetzt einen eigenen Laden in Rastede hat. Sie klang richtig stolz. Endlich habe ich Frieda gefunden …«, er rührte lustlos seine heiße Schokolade um, » … doch sie will mich nicht mehr.«

»Und dann kommst du zu mir.«

»Ich bin verzweifelt.«

Rosalie hob die rechte Augenbraue.

»Nein, so meinte ich das nicht. Nun gut, anfangs hat mich vielleicht ein wenig die Not hergetrieben, doch jetzt, wo ich höre, was aus dir geworden ist, und man sich sogar anständig mit dir unterhalten kann …«

»So schlimm war ich nun auch wieder nicht.«

»Du hast mich drei Mal am Tag gebeten, dir zu bestätigen, wie wunderschön deine Locken sind.«

»Aber sind sie nicht auch einfach entzückend?« Mit der flachen Hand bauschte sie ihre Haare von unten mehrmals auf, und als sie sah, wie Manilo um Worte rang, lachte sie auf. »Man muss mir allerdings zugutehalten, dass das nun mal das Thema ist, das uns jungen Frauen immer wieder eingetrichtert wird. Wir müssen liebreizend aussehen, um eine gute Partie zu machen, denn eine andere Wahl bleibt uns ja nicht. Mittlerweile sehe ich das alles auch anders. Wenn man jedoch niemanden hat, der einem auch mal andere Impulse gibt, ist es schwer, dies alles zu durchschauen.« Die Vorträge und die intensive Auseinandersetzung mit dem Thema hatten sich offenbar bereits gelohnt, wenn sie Manilos beeindruckten Gesichtsausdruck richtig deutete.

»Das ist übrigens auch der Grund, warum wir ohnehin nie zusammengepasst haben.«

»Weil du jetzt nicht mehr ausschließlich über dein vorzügliches Äußeres sprichst? So oberflächlich bin ich beileibe nicht!«

»Nein, nicht deswegen. Johannes hätte mir nur bei einer solchen Äußerung sogleich eine ordentliche Retourkutsche um die Ohren geknallt ...« Sie legte den Zeigefinger ans Kinn. »Was hättest du gesagt, Liebster? Dass sie sich genauso entzückend ringeln wie die Schwänzchen der Ferkel oder so?«

Johannes rümpfte die Nase. »Nein, das wäre viel zu dezent. Eher etwas in Richtung: Stimmt, das sieht ganz reizend aus. Und jetzt versteck dich, da hinten kommen Kunden, und wenn sie sehen, dass wir unseren Misthaufen direkt vor der Fliedervilla lagern, schreckt es sie gewiss ab.« Er grinste sie an, und Rosalie grinste zurück.

»Und dich müsste man doch unter Strom setzen und beleuchten, damit wenigstens die Motten auf dich fliegen.« Sie küsste in seine Richtung die Luft, und Manilo schmunzelte.

»Ihr seid wahrlich wie geschaffen füreinander.«

Rosalie nickte, griff nach Johannes' Hand und sah ihm direkt in die Augen. »Durch ihn weiß ich, was wahre Liebe ist. Da ist einfach diese absolute Gewissheit.«

Manilo schnaubte. »Wahre Liebe? Gibt es die denn wirklich? Ich dachte, man versteht sich gut, und entweder entscheidet man sich dann zusammenzubleiben oder nicht?«

»Und deswegen bist du so weit gereist?«

»Frieda ist einfach eine herzensgute Seele. Solch sanftmütige Menschen sind angenehm im Umgang.«

»Das stimmt.« Rosalie zupfte am Blatt der roten Rose, die auf ihrem Tisch stand. »Aber ganz ehrlich? Wenn du sie nicht mit Haut und Haaren liebst, hast du diese herzensgute Seele nicht verdient.«

56. Kapitel

Der November blies ihnen auf dem Fuhrwerk seinen eiskalten Atem ins Gesicht, und Lina zog das Wolltuch, das die Hofgärtnerin ihr geliehen hatte, enger um sich. War es ein Fehler gewesen mitzukommen? Sie hasste diese fürchterliche Kälte. Aber wie sollte sie sonst dafür sorgen, dass Jahn und Agneta sich näherkamen? Andererseits brauchte es ihr Zutun offenbar gar nicht. Agneta schien ohnehin nur Augen für diesen Apothekerlehrling mit dem aufgezwirbelten Schnurrbart zu haben. Ganz eng saß sie bei ihm und warf ihm mädchenhaft verliebte Blicke zu.

Schade, dass Franz das vom Kutschbock aus nicht sehen konnte.

Er brachte das Fuhrwerk an einem Krug mit Ausspannmöglichkeit für das Pferd zum Stehen und half danach zuvorkommend Agneta und auch Babsi und Meike vom Wagen. Jede von ihnen ergriff mit geröteten Wangen seine dargebotene Hand. Fast war Lina dazu geneigt, »Ich schaff das schon« zu rufen und eigenmächtig in den Sand zu springen, aber sie hatte sich vorgenommen, ihm nicht mehr ganz so sehr die kalte Schulter zu zeigen. Verzagt ergriff sie seine warme Hand, obwohl sie beinahe Angst vor der Berührung hatte. Doch diesmal ging alles gut. Kein Prickeln oder sprühende Funken zwischen ihnen. Viel zu schnell ließ er sie los und eilte Agneta und Jahn hinterher. Dieser hatte auf dem Weg zum Strand Agneta seinen Arm angeboten, und sie hatte sich kichernd untergehakt.

»Stimmt, du bist ja vom Stande. Bitte nimm auch meinen Arm«, rief Franz gestikulierend. Herrje, er konnte sich benehmen wie ein feiner Herr, und sie? Sie hatte beim Ausflug zur Apotheke sogar laut gerülpst, fiel ihr nun siedend heiß ein. Glucksend hakte Agneta auch ihren linken Arm unter, während Babsi und Meike bereits vorausgelaufen waren und so ins Gespräch vertieft waren, dass sie nichts von alledem mitzubekommen schienen.

»Na großartig!«, murmelte Lina und stapfte mürrisch mit drei Metern Abstand hinterher.

Sobald sie das Meer erreicht hatten, wurde sie jedoch wieder versöhnt. Es war noch so früh, dass die Gräser mit Raureif überzogen waren. Zwischen den Dünen hingen Nebelschwaden, und als sie diese überwunden hatten, bot sich ihnen ein herrlicher Anblick. Wie eine strahlende Goldkugel leuchtete die aufgehende Sonne über dem Watt, und ihr gleißendes Licht wurde von der Wasseroberfläche gespiegelt.

In einer langen Reihe blieben sie nebeneinander stehen und ließen das Naturschauspiel andächtig auf sich wirken. Minutenlang sprach keiner von ihnen ein Wort.

»Danke, dass du uns hierhergefahren hast, Franz«, sagte Agneta dann jedoch feierlich, und Lina konnte sehen, dass er sich ehrlich darüber freute. Warum hatte sie nicht daran gedacht, sich zu bedanken? Es war wirklich lieb, dass er seinen freien Tag für sie opferte.

Sie wanderten am Strand entlang, sammelten Muscheln, und Franz ließ es sich nicht nehmen, ihnen die Namen einiger Wasser- und Geestpflanzen beizubringen.

»Schaut mal, das ist eine Kartoffel-Rose«, sagte er mit entzückender Begeisterung in der Stimme, obwohl er nur einen grünen Zweig ohne Blüten in der Hand hielt.

Plötzlich kreischte Agneta auf.

Alle sahen in ihre Richtung, und Lina musste lachen, als sie den Grund für Agnetas Furcht erkannte. Ein kleiner Krebs krabbelte in ihre Richtung, und sie flüchtete sich in Jahns Arme, der ihr offensichtlich nur zu gerne Schutz bot. Franz hingegen stürzte sich tollkühn auf das fipsige Tier, als wäre es ein Monster, und setzte es ein gutes Stück entfernt wieder ab. Außer Atem kehrte er zu Agneta zurück. »Jetzt hast du nichts mehr zu befürchten«, sagte er mit so tiefem Blick in Agnetas Augen, dass Linas Handflächen zu kribbeln begannen und sie ihre Hände zu Fäusten ballen musste. Die Konkurrenz hatte Franz offenbar endgültig wachgerüttelt.

»Können wir jetzt mal weiter?«, fragte sie unwirsch und stapfte, ohne eine Antwort abzuwarten, an der Gruppe vorbei. Doch als sie merkte, dass keiner ihr folgte, musste sie stehen bleiben. Sie schlang die Arme um sich und schwenkte herum.

Meike und Babsi hatten irgendetwas im Watt entdeckt, vermutlich eine Qualle oder einen Wattwurm, und hatten sich tief darüber gebeugt, um es zu begutachten. Agneta hingegen hatte wohl ihr gutes Kleid, das sie unsinnigerweise zu diesem Ausflug angezogen hatte, beschmutzt. Nun stützte sie sich auf Franz, während Jahn sich mühte, notdürftig den Sand herauszuklopfen.

Und sie? Sie beachtete schlichtweg keiner.

Die Erkenntnis überzog sie so eiskalt wie die Eisblumen die Fenster. Sonst hatte Franz sich stets um ihre Aufmerksamkeit bemüht – während sie kläglich versucht hatte, diese auf Agneta zu lenken. Nun war er ganz bei ihrer Zimmergenossin. Das alte Ziel war mit Verspätung erreicht.

Es fühlte sich fürchterlich an. Solange Agneta Jahn zugetan war, konnte sie sich immerhin noch Hoffnung machen. Und das war sie gewiss, sonst hätte sie ihn wohl kaum dazugebeten.

Agneta lachte über etwas auf und schlug Franz die flache Hand gegen die Brust. »Du bist ja ein richtiger Dördriever!«

Meike blickte überrascht in ihre Richtung »Snackste jetzt ok platt, Agneta?«

Agneta grinste stolz. »Hat Franz mir beigebracht.«

Linas Rippen schienen sich zusammenzuziehen. Ihr hatte er nie Plattdeutsch beigebracht. Nun ja, sie beherrschte es natürlich bereits, aber trotzdem. Unwirsch stocherte sie im Sand herum. Die Perlmuttseite einer Muschel glänzte in der Sonne auf, und sie rief die anderen herbei – doch keiner reagierte, und dann schlug der Wind ihr obendrein ihre Mähne direkt ins Gesicht. Zornig strich sie ihre Krisselhaare wieder nach hinten. Hatten sie sie nicht gehört, oder wollten sie sie nicht hören?

»Hört mal alle her«, rief Agneta nun, und Lina hasste es, dass ihre Bernsteinkämme wie Gold in der Sonne glänzten. »Franz hat erzählt, dass es dort hinten ein Kaffeehaus gibt, wo der beste Rhabarberkuchen der Welt serviert wird, und ich könnte wahrlich eine Kleinigkeit vertragen. Zur Feier des Tages möchte ich euch alle einladen!« Sie klopfte auf ihr braunes Retikül.

Die jungen Männer verneigten sich leicht vor Agneta, während Meike freudig die Hände vor den Mund schlug und Babsi durch das Watt stakste, um Agneta dankbar in die Arme zu schließen. Agneta ließ die Umarmung über sich ergehen und klopfte dabei unbeholfen mit den Fingerspitzen auf Babsis Rücken.

»Was feiern wir denn?«, fragte Meike und sah sie aus ihren engen Augen verschüchtert an.

»Ach, einfach dass heute so ein schöner Tag ist – und wir uns alle kennengelernt haben.« Nahezu kokett lächelte sie erst Franz und dann Jahn zu. Sie setzten sich in Bewegung, und Lina blieb nichts anderes übrig, als ihnen mit Abstand zu folgen.

Agneta hakte sich wieder bei ihren Begleitern unter und seufzte. »Mein Leben ist wirklich so viel schöner, seit ich auf der Gärtnerinnenschule bin. Wer hätte das gedacht?«

»Wahrhaftig? Verzeih mir die Frage, aber hattest du nicht vorher bereits alles, was das Herz begehrt? Ich meine, du kommst aus so gutem Hause …«, sagte Babsi in ihrem österreichischen Dialekt.

»Das stimmt, allerdings macht Geld allein nicht glücklich. Ihr macht euch keine Vorstellung davon, wie viel Zeit ich alleine verbracht habe. Meine Eltern sind ständig auf Reisen. Aber seit ich hier bin, gab es stets Trubel, und ich war nie wieder einsam. Nicht wahr …« Sie sah sich suchend um, als bemerkte sie erst jetzt, dass Lina nicht direkt bei ihnen war. Schließlich fand sie ihren Blick und lächelte. »Nicht wahr, Lina?«, rief sie gegen den Wind, der ihre Haare tanzen ließ.

Lina wurde leichter zumute, und sie schloss ein Stück zu den anderen auf. Ohne dass sie es gemerkt hätte, war Agneta tatsächlich ein wenig wie eine Schwester für sie geworden. Eine etwas merkwürdige und ziemlich anstrengende Schwester, trotzdem war sie ihr eindeutig ans Herz gewachsen. Auch wenn sie sie zeitweise erwürgen könnte.

* * *

Als sie abends im Bett lagen, war es mal wieder so weit. Unter der von der Bettpfanne angewärmten Decke, die sie bis zum Kinn hochgezogen hatten, ließen sie die Aufregungen des Tages Revue passieren und schwärmten vom himmlischen Rhabarberkuchen mit Slagrohm. Doch dann sagte Agneta etwas, womit Lina nicht mehr gerechnet hätte.

»Franz ist überaus charmant, findest du nicht auch?«

»F-Franz?«, krächzte Lina dümmlich.

»Ja, der höfliche Gärtnergehilfe, der uns tagtäglich in die Kunst des Gärtnerns einweist, wenn Marleene keine Zeit hat. Du erinnerst dich?«, neckte Agneta sie, und Lina streckte ihr im Licht der Öllampe die Zunge heraus.

»Ich dachte nur, dein Herz würde eher für Jahn schlagen.«

»Bist du noch bei Sinnen? Dieser Zärtling mit dem albernen Bart? Im Leben nicht!«

»A-aber wir mussten ihn extra abholen …«

»Das«, Agneta zog das S in die Länge, »war zu einem anderen Behufe.«

»Zu welchem denn?«

»Es war … etwas Geschäftliches«, sagte Agneta vage.

Lina stöhnte auf und schlug sich die Hand vors Gesicht. »Oh, nein.«

»Wie meinen?«

»Du hast dir neues Laudanum von ihm geben lassen, nicht wahr? Agneta, das solltest du doch nicht mehr nehmen!«

»Ts! Sie wissen doch nicht einmal, wovon sie reden«, fuhr Agneta ungewohnt gefühlsbetont auf. »Mit Pflanzen mögen Julius und Marleene sich auskennen, aber mit Medizin? Keineswegs. Sobald ich die Tropfen nehme, verbreitet sich eine angenehme Leichtigkeit in meinem Körper. Alles, was mich vorher betrübt hat, ist weniger arg, und die fürchterlichen Schmerzen verschwinden. Und glaub mir«, erstickte Tränen schlichen sich in ihre Stimme, »keiner, der nicht so gelitten hat, wie ich es tue, wird verstehen, was es heißt, mit diesen Schmerzen zu leben. Deswegen können sie mir raten, was sie wollen – ich schaffe es ohne meine Medizin nicht.«

Lina atmete heftig ein. Was sollte sie davon halten? Sie wollte nicht, dass Agneta Schmerzen litt, doch sie hatte erzählt, dass die Hofgärtnerin sie auf die Medizin angesprochen hatte, aus Sorge, dass diese ihr nicht guttat. Lina selbst hatte mitbekommen, wie Agneta im Laufe der Monate immer mehr und mehr Tropfen abgezählt hatte, und sorgte sich ebenfalls. Andererseits beteuerte Agneta, dass sie das Laudanum von einem Arzt verschrieben bekommen habe, und auch der Apotheker Doktor Winkelmann hatte dazu geraten. Die würden doch wohl wissen, was sie taten?

»Lass uns lieber über ein angenehmeres Thema sprechen«, entschied Agneta nun. »Du meintest ja schon lange, dass Franz mich mag, wenn ich mich recht entsinne?«

»J-ja«, stammelte Lina – und es war das erste Mal, dass sie dabei nicht lügen musste.

»Weißt du was?«, fragte Agneta verträumt. »Ich glaube, ich mag ihn auch.«

»Aber … deine Eltern!?« Mehr brachte Lina nicht hervor.

»Ach die.« Agneta seufzte. »Eigentlich haben sie sich nie so richtig um mich gekümmert. Es scheint ihnen einerlei, ob ich krank bin oder nicht, solange ich mir nichts zuschulden kommen lasse.«

»Und so eine Verbindung unter deinem Stand, wäre das nicht ein ziemlicher Skandal? Dem würden sie doch gewiss nie im Leben zustimmen.«

»Wohl wahr.« Das Lächeln schien durch Agnetas Stimme. »In einigen Wochen werde ich allerdings volljährig. Ab dann können sie nicht länger über mich verfügen.«

57. Kapitel

»Bitte, es ist unsere einzige Chance«, hatte Konstantin gesagt und sie aus seinen kastanienbraunen Augen so flehentlich angesehen, wie es sonst nur ein frierender Welpe vermochte.

Sie hatte entschieden die Arme verschränkt und sich dazu eine Backsteinmauer zwischen sich und ihren Ehemann gewünscht. »Trotzdem werde ich keine Falschaussage vor Gericht machen, das kann ich dir sagen. Mit Gewissheit werde ich das nicht tun«, hatte sie dagegengehalten. Damals, als sie noch so etwas wie Würde und Anstand besessen hatte.

Aber anscheinend war ihr letztlich beides zusammen mit den Millionen abhandengekommen.

Jetzt saß sie im Gerichtsstand und mahnte sich, eine möglichst gelassene Körperhaltung einzunehmen, obwohl der Schweiß ihren Rücken herunterkroch. Sie war streng darauf bedacht, weder Marleene noch Julius in die Augen zu sehen, ahnte, wie sehr sie ihr Verhalten missbilligten. Mehr noch. Verabscheuten.

Allerdings hatten die beiden, was sie sich erträumt hatten. Sie besaßen eine gut gehende kleine Gärtnerei, waren gar zum Hoflieferanten geworden, ganz Oldenburg und das Umland rissen sich um die Rhododendren und den besonderen Flieder. Doch vor allem: Sie hatten einander. Sie hatten im jeweils anderen einen Partner gefunden, den sie aufrichtig liebten und in jeder Lebenslage unterstützten.

Was hingegen war ihr geblieben? Nichts. Da war lediglich dieser Gatte, der sie ausgenommen hatte wie eine Weihnachtsgans, und so hatte sie nun nicht einmal mehr ein eigenes Dach über dem Kopf. Sie waren in einer so billigen Absteige in der Mottenstraße untergekommen, dass sie nicht mal ein Schild draußen hatte. Ansonsten wohnten nur Arbeiter dort. Gott weiß, woher Konstantin eine solche Herberge kannte. Die ersten zwei Tage hatte sie auf den Knien verbracht, um erst einmal alles zu putzen.

Falls Konstantins Plan aufging, würden sie zumindest die Fliedervilla samt Gärtnerei behalten. Der Gedanke umschmeichelte sie wie warmes Badewasser. Die Fliedervilla. Sie hatte die Backsteinvilla stets geschätzt, und es wäre so schön, wenn sie wenigstens dorthin zurückkehren könnten. Ihren Freunden und Bekannten könnten sie dann weismachen, dass sie sich an der Helgoländer Bucht nicht wohlgefühlt und sich nach Oldenburg zurückgesehnt hätten. Gewiss würde es diesbezüglich spitze Kommentare geben, aber letztendlich war die Heimat stets etwas Besonderes, sodass vermutlich jeder Oldenburger ihre Allüren würde nachvollziehen können. Und was wären vereinzelte schneidende Zwischenbemerkungen gegen die Schande, am Boden der Gesellschaft zu sein? Sie mochte gar nicht daran denken, wie es wäre, ihren Eltern beichten zu müssen, dass all die Bedenken gegenüber Konstantin sich bewahrheitet hatten.

Und deswegen tat sie jetzt diesen Schritt.

Obwohl er fürchterlich war.

Obwohl sie nicht wusste, wie sie sich selbst je wieder im Spiegel betrachten sollte.

»Und ab wann hat diese geistige Umnachtung des Alexander Goldbach, von der Sie berichtet haben, begonnen? Wann haben Sie es zum ersten Mal bemerkt?«

Dorothea zwang ihre Hände, sich zu entkrampfen, und tat so, als erinnerte sie sich an jene Zeit zurück, kurz bevor Konstantins Vater, ihr einstiger Chef, Marleene an die Luft gesetzt hatte.

»Das muss so Ende 1891 gewesen sein. Damals hat er ja auch seinen Lehrling, der beste Arbeit geleistet hatte, rausgeworfen, nur weil er eine Frau war.«

Sie hörte Marleene nach Luft schnappen und musste zugeben, dass es recht dreist war, Marleenes Maskerade als Beweismittel dafür zu nutzen, dass Alexander nicht mehr ganz bei Sinnen gewesen war, als er das Testament geändert hatte. Immerhin stand Julius' Erbe auf dem Spiel, doch Alexanders Entscheidung damals war schwachsinnig gewesen – wenn er auch aus falschem Stolz heraus gehandelt hatte. Aber andere Beispiele waren ihr nicht eingefallen.

»So richtig schlimm wurde es allerdings erst im Folgejahr. Immer wieder entfielen ihm die einfachsten Sachverhalte. Er ging im Winter ohne Jacke nach draußen, gab widersprüchliche Arbeitsanweisungen. Oft hat er mich mit falschem Namen angeredet. Er nannte mich Rosalie, obwohl seine Tochter eine ganz andere Apparenz hat. Nicht einmal die Haarfarbe stimmt überein.«

All die Lügen fraßen sich wie Säure in ihre Seele, und Dorothea erinnerte sich wiederholt daran, dass sie es für ihre Familie tat. Die letzte gesellschaftliche Blamage ihrer unehelichen Schwangerschaft war doch gerade erst überwunden. Sie tat es zudem für Leni, es sollte ihr gut gehen. Und wenn Konstantin ihr Privatvermögen verprasst hatte, stand ihr dann nicht wenigstens die Villa zu?

Sie ignorierte das leise Wispern im Publikum und versuchte die oft geprobten Worte so glaubwürdig wie möglich herüberzubringen. »Einmal hatte er mich abends zum Essen geladen, doch als ich in der Villa ankam, erinnerte er sich an nichts. Und er ...«, sie erlaubte sich, deutlich zu schlucken, » ... er hatte sogar vergessen, dass Konstantin und ich uns verlobt hatten. Seine eigene angehende Schwiegertochter – vergessen.«

»Ihr habt euch erst kurz vor der Hochzeit verlobt, da war Alexander bereits von uns gegangen«, rief eine zornige Stimme von hinten, und Dorothea hätte Johannes, der aufgesprungen war, den Hals umdrehen mögen. Sie wusste, dass sie nicht darauf eingehen musste, weil er kein

Anwalt war, aber da jedoch selbst der Richter verwirrt wirkte, sah sie sich zu einer Erklärung verpflichtet. »Im engsten Familienkreis war unser Bündnis früher bekannt.«

Wieder dieses Wispern überall, doch der Richter mahnte zur Ruhe.

»Und wie erklären Sie sich, dass Ihre ehemaligen Kollegen«, er verlas sie allesamt mit Namen, »sowie Rosalie Goldbach und das damalige Stubenmädchen allenthalben Alexander Goldbach sinniges Verhalten attestiert haben? Keiner von ihnen konnte Ihre Angaben bestätigen.«

»Nun ja, als angehende Schwiegertochter hatte ich ein besonders enges Verhältnis zu Herrn Goldbach. Und außerdem …«

»Ja?«

»Mehr als die Hälfte der Belegschaft arbeitet nun für … den neuen Grunderben. Wer beißt schon die Hand, die ihn füttert?«

Sie schlug die Beine übereinander und nahm im Augenwinkel wahr, dass der Richter sich etwas notierte. Danach erklärte er die Verhandlung für geschlossen und teilte mit, dass sie in einigen Tagen Bescheid über sein Urteil bekommen würden.

Jetzt konnte sie nur noch hoffen und bangen.

Sie packte jeden Zettel einzeln ein und ließ sich alle Zeit der Welt, ihren Mantel anzuziehen. Wie beabsichtigt verließ sie den Gerichtssaal als Letzte. Trotzdem ging ihr Vorhaben nicht auf. Marleene wartete vor dem Gebäude auf sie. Dorothea spannte die Muskeln an, um sich zu wappnen. Fast wünschte sie sich, dass Marleene sie anschrie, damit sie ihre Schwägerin als ungerecht bezeichnen und sich selbst einen Hauch besser fühlen könnte. Doch nichts dergleichen geschah.

Sie sah sie einfach nur enttäuscht an. »Das hätte ich dir wirklich nicht zugetraut«, sagte sie und ließ Dorothea mit ihren Schuldgefühlen stehen. Konstantin trat an ihre Seite und legte einen Arm um sie. »Das hast du großartig gemacht, Liebchen. Was für ein Schachzug mit der fütternden Hand«, lobte er. »Wenn der Richter uns nicht die Fliedervilla zuspricht, dann weiß ich, wer auf dieser Welt ganz gewiss geistig umnachtet ist.«

58. Kapitel

»Bist du bereit?« Julius' Hände mit dem Briefkuvert bebten, als er bedächtig darüberstrich.

Er war so glücklich gewesen, als sie das neue oder vielmehr das eigentliche Testament entdeckt hatten. Glücklich und dankbar. Nicht nur, weil das bedeutete, dass sie in die Fliedervilla zurückkehren konnten, sondern auch, weil sein Vater die Wahrheit gesagt hatte. Er hatte ihm und auch Marleene vergeben und ihnen alles vermacht.

Hiermit hebe ich alle bisher von mir errichteten letztwilligen Verfügungen in vollem Umfang auf. So hatte der erste Satz in Alexanders neuerem Testament gelautet.

Der Advokat, den sie zurate gezogen hatten, hatte sich über diesen Satz erleichtert gezeigt, denn er besagte eindeutig, dass Alexander wusste, es gab eine andere Testamentsversion, und dass er dieser widersprechen würde. Gemeinsam mit dem neueren Datum machte es die Sachlage klar, und der Richter hatte sich, von den Zeugenaussagen gestützt, auf diese Zeile berufen. Julius erbte die Fliedervilla samt Gärtnerei, und Konstantin bekam den Pflichtteil. Die übrigen Verwandten ebenso, aber diese hatten ihn ja bereits erhalten.

Doch dann war die Ernüchterung mit Konstantins Klage gekommen. Seit Ewigkeiten warteten sie nun schon auf die Entscheidung des Gerichts. Tagtäglich waren sie gemeinsam zum Dorfladen gegangen, wo alle eingegangenen Briefe ausgelegt wurden.

Julius hatte sich schon so an die Enttäuschung gewöhnt, dass wieder nichts für sie da war, dass er aus allen Wolken fiel, als heute dieser hochoffizielle Brief mit Oldenburger Wappen für sie im Fenster lag.

Er kam unverkennbar vom Gericht. Jetzt hatten sie also die Entscheidung, das Urteil. Hatte der Richter Dorothea Glauben geschenkt? Ihre Aussagen widersprachen zwar fünf anderen, allerdings entstammte sie einer angesehenen Familie und hatte durch ihre Lügen vielleicht ausreichend Zweifel gesät.

»Ja, lass uns nachsehen«, stieß Marleene aus und schlug die Hände vors Gesicht. Sie war mindestens so nervös wie er. Manchmal glaubte er, er würde es nicht überstehen. Noch mal dieser Schmerz, dass sie die Fliedervilla nicht bekamen, obwohl sie zu seiner Familie gehörte? Gut, dass sie Theo bei Marleenes Mutter gelassen hatten, er sollte seine Eltern nicht am Rande der Verzweiflung erleben.

Julius spürte, wie sein Brustkorb sich mit der Atemluft, die er einsog, weitete, und schließlich bohrte er den Zeigefinger unter die Lasche des Umschlags. In breiten Fetzen löste sie sich dort, wo der silberne Brieföffner sonst lediglich einen schmalen Schlitz hinterließ. Dann zog er das hellbraune Papier heraus und schluckte schwer.

Was hatte das Gericht entschieden?

Sachte faltete er das Papier auseinander – und spürte, dass er es nicht schaffen würde. Sein Herz pochte so heftig, dass er kaum einen klaren Gedanken fassen konnte. Vermutlich würden die Buchstaben vor seinen Augen tanzen. Und wenn er jetzt eine niederschmetternde Nachricht erfahren würde, wollte er sie von der Frau hören, die er liebte. Vielleicht würde er dann nicht daran zerbrechen. Er reichte Marleene das Schreiben. »Mach du.«

Marleene nickte nervös, ihre Fingerspitzen waren schwitzig, als sie den Brief entgegennahm. Er konnte nicht hinsehen, schloss die Augen und legte Daumen und Zeigefinger darüber. Am Rascheln erkannte er, dass sie den Brief auseinanderfaltete. Sie sagte nichts. Atmete heftig.

Warum sagte sie nichts?

Wäre sie nicht schon längst in Jubel verfallen, sollte die Nachricht positiv sein? Er lugte jetzt doch auf das Papier. Die ungewohnte Schreibmaschinenschrift wirkte, also würde sie düstere Worte bellen. Doch er war zu weit weg, um zu lesen. Marleenes Stirn lag in Falten. Endlich schien sie an einer relevanten Stelle angekommen zu sein und begann zu lesen. Ganz leise.

»… wurde *gegen* die Klage von Konstantin Goldbach entschieden. Das neu aufgefundene Testament mit Julius Goldbach als Haupterbe wird als rechtskräftig anerkannt.«

Waren die ersten Worte kaum mehr als ein Flüstern gewesen, schrie Marleene am Ende fassungslos all ihr Glück und die Erleichterung heraus. Julius legte den Kopf in den Nacken und blinzelte erleichtert die Tränen weg, auch wenn er wusste, dass er sie vor ihr nicht zu verstecken brauchte. Dann schloss er sie in die Arme und wirbelte sie mehrmals im Kreis. Marleene lachte und kreischte, und ihre geteilte Glückseligkeit musste ansteckend sein. Der Fahrer eines Automobils presste mehrmals das Horn seines Wagens, der eines Pferdefuhrwerks zog vor ihnen mit einem breiten Grinsen den Hut.

»Hat sie ›Ja‹ gesagt?«, fragte eine neugierige Passantin im Teekleid freudig. Sie hatte sich elegant bei ihrem Begleiter untergehakt und strahlte sie euphorisch an.

Julius und Marleene sahen sich an. Um all das zu erklären, was vorgefallen war, hätte man gut und gerne ein ganzes Buch füllen können. Ein sehr dickes Buch.

»Sozusagen«, wich Julius lachend aus. Er fühlte sich so gelöst wie lange nicht mehr. »In jedem Fall wird es ein großartiger neuer Lebensabschnitt.«

* * *

Bevor sie in die mittlerweile fast kahle Lindenallee abbogen, hielt Julius die Kutsche an und sah unsicher zu Marleene. Sie lächelte ihm mit Theo auf dem Schoß aufmunternd zu, er atmete tief ein und nahm die Zügel wieder auf. Normalerweise übernahm der Advokat die Korrespondenz bezüglich der Fliedervilla, die heutige Nachricht wollten sie jedoch höchstpersönlich überbringen.

»Ho«, sagte Julius zu Falke und brachte den Friesen direkt vor der Villa zum Stehen. Damit es möglichst wenig Zuschauer gab, hatten sie extra den Sonntag für die Bekanntgabe der neuen Entwicklung gewählt.

Schon während sie vom Fuhrwerk stiegen, stürmte De Vos ihnen entgegen. Eine Stoffserviette steckte in seinem Kragen, offenbar war er gerade erst zu Tisch gewesen.

»Ich fasse es nicht«, presste er zwischen zusammengebissenen Zähnen hervor. »Dass ihr euch untersteht, hier erneut aufzukreuzen! Diesmal zeige ich keine Gnade mehr. Diesmal werde ich umgehend die Wachtmeister rufen.« Er wandte sich ab, doch Julius' ungewohnt strenge Stimme unterbrach ihn. »Moment!«

»Was!?«, zischte De Vos über seine Schulter.

»Wir haben etwas zu besprechen. Können wir vielleicht hineingehen?«

Er lachte sarkastisch auf. »Ich habe euch nichts weiter zu sagen. Und jetzt verlasst meinen Grund und Boden, bevor ich mich vergesse ...«

»Das ist es ja gerade«, schaltete Marleene sich ein, und Julius holte den Packen Briefe und Dokumente aus seiner Innentasche. »Es ist leider nicht *Ihr* Grund und Boden.«

De Vos grummelte und zog die Augenbrauen zusammen. »Was willst du damit sagen? Ich habe das Anwesen rechtmäßig erstanden, ich kann dir die Belege zeigen.«

»Das schon ...«, sagte Marleene und musste sich zusammenreißen, um nicht zu grinsen. Julius faltete den Amtsbrief auseinander, der auch den erneuerten Erbschein enthielt.

»... das Problem ist nur, dass Konstantin nicht hätte verkaufen dürfen.«

De Vos' Gesicht wurde schneeballweiß. »Nicht?« Dann fasste er sich wieder. »Ich glaube kein Wort davon, das müsst ihr mir erst mal beweisen!«

Julius räusperte sich und öffnete mit Genugtuung seine Aktentasche. »Aber gerne doch, das ist gar kein Problem. Wie es sich herausgestellt hat, gab es noch ein neueres Testament.«

»Und in dem wurde Julius begünstigt«, stellte Marleene stolz fest, damit auch ja keine Missverständnisse aufkamen, während Julius ihm das Bündel Papiere reichte.

Unwirsch nahm De Vos die Blätter entgegen und mit jeder Seite, die er las, verdunkelte sich seine Miene noch.

Seine Stimme krächzte leicht, als er schließlich sprach. »Wie ... wie kann das sein? Konstantin war doch der Erbe.« De Vos tastete um sich, und seine Finger fanden den Handlauf der Eingangstreppe. »Wie, zur Hölle, ist jetzt ein weiteres Testament aufgetaucht?« Mit seiner Frage schien auch die Erkenntnis zu kommen, denn gleich darauf fasste er sich an den Kopf. »Die Möbel«, flüsterte er mit weit aufgerissenen Augen.

Marleene musste noch stärker gegen das Grinsen kämpfen, und Julius bestätigte seine Vermutung.

Er fluchte leise, im nächsten Moment wurde er ungehalten, fuchtelte durch die Luft und schrie sie an. »So eine bodenlose Frechheit, ihr ...« Offenbar fehlten ihm die Worte, als ihm klar wurde, dass er seine übliche Drohung nicht anbringen konnte.

Julius nutzte die Gelegenheit, um ganz ruhig auf ihn zuzugehen und ihm den behördlichen Brief mit offiziellem Siegel zu überreichen, der Konstantins Scheck mit der Rückerstattung der Kaufsumme enthielt sowie die richterliche Verfügung, die Fliedervilla samt Gärtnerei wieder zu räumen. Allein die Gewächse, die er in den vergangenen Monaten angepflanzt hatte, und sein neumodisches Billigmobiliar durfte er mitnehmen. »Wenn ich *Sie* jetzt bitten dürfte, *unseren* Grund und Boden zu verlassen? Sie haben eine Woche Zeit, den Umzug über die Bühne zu bringen.«

De Vos verschränkte die Arme. »Wenn ihr mich zwingt, wieder zu packen, werde ich dafür sorgen, dass ihr es bis zum Ende eurer Tage bereuen werdet. Ich werde euch das Leben zur Hölle machen.«

De Vos hatte nicht wie üblich sein fieses Grinsen aufgesetzt. Er sah auch nicht Julius an, sondern starrte Marleene direkt in die Augen. Von dort schien die Drohung eisig ihren Nacken herunterzulaufen. Konnte das gut gehen?

59. Kapitel

De Vos donnerte die Tür so heftig zu, dass die Wände zitterten. Schreiend rannte er durch das Vestibül und trat gegen das dämliche verschnörkelte Vertiko, zu dessen Kauf Käthe ihn verleitet hatte. Einmal reichte nicht. Zweimal, dreimal und auch ein viertes Mal trat er mit seinem verstärkten Stiefel dagegen, sodass das billige Holz splitterte und er in ein klaffendes Loch starrte. Doch selbst das zügelte seinen Zorn nicht. Er riss das ganze vermaledeite Ding zu Boden. Die Porzellanetagere zerbrach, ebenso die Vase mit den Blumen. Danach stieß er den Beistelltisch um, zerrte an den hässlichen goldfarbenen Gardinen und hätte mit einem Haar sogar einen Stuhl durch die Glasscheiben des Wintergartens gedonnert. Wäre da nicht ein sanfter, aber bestimmter Druck auf seiner Schulter gewesen, der ihn zwang, sich umzudrehen.

»Was in aller Welt ist geschehen?«, fragte Käthe bestürzt. Nun sah er auch Jahn auf der Doppeltreppe herumlungern.

»Das ist passiert!« Er klaubte die vereinzelten Zettel, die er zu Boden gedonnert hatte, zusammen und stieß sie gegen Käthes Brust. Sie schob dessen ungeachtet ihre Lesebrille auf die Nase und studierte die Papiere systematisch, während er sich entkräftet auf die Treppe setzte.

»Wir müssen die Fliedervilla also verlassen«, schlussfolgerte sie, und Jahn schrie erschrocken auf. »Fürwahr? A-aber d-das geht d-doch nicht. O-oder? Wir k-kehren doch nicht etwa nach Holland zurück?«

De Vos ballte die Fäuste. Das wäre wahrlich eine Katastrophe, er war dort ohnehin schon verhasst, vermutlich hatten sie Feste gefeiert, sowie er das Land verlassen hatte.

»Nein, das wird nicht nötig sein«, beschloss er flugs.

Käthe hatte derweil ihren Zeigefinger neben die spitze Nase gelegt und ging ungerührt zwischen den Möbeltrümmern umher. »Fürs Erste können wir natürlich mein Stadthaus beziehen. Ich werde die Mieter an die Luft setzen.«

Es gefiel ihm, dass sie so pragmatisch war, dass sie offenbar nicht einmal auf die Ziehtage Rücksicht nehmen wollte, was es den Mietern nicht leicht machen würde, eine neue Bleibe zu finden. Aber schließlich mussten sie ja irgendwo hin.

»Schön und gut. Allerdings benötige ich Land. Was bin ich denn ohne Gärtnerei? Etwas anderes habe ich nie gelernt, und wir können ja nicht alle von deinen Einkünften aus dem Hotel überleben.«

Sie überlegte kurz. »Lass mich nur machen«, entschied sie dann. »Ich werde meine Kontakte spielen lassen, und sehr bald finden sich bestimmt einige Bauern oder Gärtner, die bereit sind, uns ein paar Felder und Äcker zu verpachten.«

Sie lächelte ihn an, und die Aussicht beruhigte ihn tatsächlich etwas. Gewiss hatte sie recht. Aber der Verlust des Landes war bei Weitem nicht das, was ihn so zornig machte. Ohne dieses prestigeträchtige Anwesen und mit nur vereinzelten Ländereien konnte er die Stellung als Hofgärtner vergessen. Und er hasste es, dass sie mal wieder gewonnen hatten, dieses Weibsbild und ihr Mann. Sie dachten wohl, sie könnten ihn zum Narren halten. Aber da hatten sie die Rechnung ohne den Wirt gemacht. Er würde sich rächen – und wenn es ihn selbst zugrunde richtete, würde er dafür sorgen, dass sie mit in den Abgrund zog.

60. Kapitel

Dorothea fühlte sich wie ein Störenfried, als sie mit ihrem letzten guten Kleid im Dobbenviertel vor der herrschaftlichen Villa ihrer Eltern stand. Christrosen waren zu dieser kalten Jahreszeit das Einzige, was die Beete des Vorgartens zierte. Sie hatte sie einst selbst gepflanzt, doch heute konnte sie sich nicht an dem Anblick erfreuen.

Heute war der Tag, dem sie es ihnen sagen musste.

Fast fünf Jahre waren vergangen, seit sie das letzte Mal ein unangenehmes Geständnis hatte ablegen müssen. Inzwischen zierte ihr Alter eine Drei vorne, und dennoch kam sie sich bei dem Gedanken, was sie ihren Eltern beichten musste, vor wie eine törichte Göre.

Der Wind konnte ihrer perfekt sitzenden Frisur unter dem kleinen Aufsteckhut heute nichts anhaben, er ließ nur ihren Rock aufbauschen. Doch ihre Würde war zu einem solch zarten Pflänzchen geworden, dass jeglicher Hauch es zu Boden gedrückt hätte.

Sie beobachtete, wie ihre behandschuhte Hand fast wie von selbst zur Tür flog, bevor sie es sich anders überlegen konnte. Die hellen Handschuhe zeichneten sich drastisch von dem Ebenholz ab, und die feine Spitze bohrte sich in die Fingerknöchel, während diese mehrmals gegen das Türblatt pochten. Sie hätte den Türklopfer benutzen können, doch sie wollte es so schnell wie möglich hinter sich bringen, jede noch so kleine Sekunde zählte.

Clothilde öffnete, sie trug eine reinweiße Schürze und ein Spitzenhäubchen. Offenbar war ihre Mutter der neuen Mode gefolgt, die

Dienstboten Uniform tragen zu lassen, seit immer mehr Stoffe maschinell gefertigt wurden und die Kleidung daher nicht länger auf den ersten Blick von der der Herrschaft zu unterscheiden war.

Sie lächelte dem Hausmädchen mit dem vergrämten Gesicht zu und verzichtete auf eine Vorstellung. Clothilde wusste, wer sie war.

»Einen Moment, bitte, Frau Goldbach.« Sie führte Dorothea in den Salon, der ihr trotz des prasselnden Feuers im Kamin viel zu kühl erschien. Dorothea beobachtete, wie die Flammen tanzten, doch das Naturspiel hatte nicht wie üblich eine beruhigende Wirkung auf sie. Und dann kehrte Clothilde bereits zurück.

»Ihre Eltern lassen bitten.«

Dorothea folgte ihr in die Eingangshalle und erklomm die Stufen zur Beletage. Ihr Blick wanderte über die mit Maiglöckchen, Wiesenmohn und anderen floralen Elementen verzierten Wände, dann das halbrunde Treppenhausfenster mit Bleiverglasung. Jetzt drückte Clothilde die Klinke der fein beschlagenen Tür zum Wohnzimmer herunter, öffnete sie und stellte sich an den Rand, damit Dorothea an ihr vorbeitreten konnte. Einst hätte sie dies mit stolz erhobenem Haupt getan, heute wäre ihr eher danach, sich hinter Clothilde zu verstecken.

Ihr Vater entließ das Dienstmädchen mit einem Nicken, und es schloss geräuschlos die Tür hinter sich. Erst dann begrüßte Dorothea ihre Eltern. Sie äußerten ihre Freude darüber, dass sie heute in Oldenburg sei, und baten sie, Platz zu nehmen.

»Was führt euch her? Hatte Konstantin noch Verbindlichkeiten? Und wo ist Helene?«

»Ich … äh … ich habe sie bei einer Freundin gelassen.«

»Ja? Aber warum denn nur?« Ihre Mutter wirkte betrübt. »Wir haben die Kleine viel zu lange nicht gesehen.«

»Nun ja … Ich habe etwas Wichtiges mit euch zu besprechen. Und vermutlich werdet ihr künftig noch ausreichend Gelegenheit haben, sie zu sehen.«

»Sag bloß, ihr kehrt nach Oldenburg zurück!?« Ihre Mutter schlug die Hand vor den Mund, und in den Augen ihres Vaters flackerte Freude auf. Oje! Sie hätte nicht mit etwas Positivem und so Hoffnungsvollem beginnen sollen.

Das bedeutete lediglich, dass sie noch tiefer fiel.

Sie korrigierte ihre Sitzposition und fischte nach den richtigen Worten.

»Ich habe tatsächlich überlegt, in meine Heimatstadt zurückzukehren.«

Ihre Mutter strahlte, ihr Vater schien jedoch zu ahnen, dass das nicht alles war. »Das klingt nach einem *Aber*?«

Dorothea schluckte. Suchte Hilfe beim prasselnden Feuer, das auch in diesem Raum so eifrig die Kälte vertrieb. Allein gegen eine weitere öffentliche Schmach vermochte es nichts zu verrichten. Erst war sie unehelich schwanger geworden, dann hatte sie im letzten Moment geheiratet, und nun wollte sie ebenjenen heiligen Bund wieder lösen. Als Frau war ihr dies nur möglich, wenn sie vor Gericht den Ehebruch beweisen konnte, doch dank Konstantins umtriebigem Verhalten sollte zumindest das ein Leichtes sein.

Sie räusperte sich. »Aber es gibt kein *wir* mehr.« Endlich sprach sie mit fester Stimme. Sie streckte den Rücken durch und schob die Schultern nach hinten. Es gab nichts, wofür sie sich schämen musste, rief sie sich in Erinnerung. Konstantin war ein furchtbarer Mann, und es war ihr gutes Recht, ihn zu verlassen. »Ich werde die Scheidung einreichen.« Sie hob die Hand, als ihr Vater etwas sagen wollte, denn sie war nicht bereit für die Einwände und Vorwürfe, welch schlechtes Licht eine Scheidung auf das Ansehen der Familie werfen würde. Der gute Ruf war nach Jahren tadelloser Konduite nur mühsam wiederhergestellt worden. Sie konnte verstehen, dass ihre Eltern dessen überdrüssig geworden waren, und es tat ihr leid, dass sie ihnen dies antun musste. Deswegen hatte sie lange mit sich gehadert, war letztendlich jedoch zu dem Entschluss gekommen, dass es keinen anderen Weg gab.

»Es tut mir leid, ich weiß, was das für euch bedeutet. Und ich schäme mich dafür, euch um Hilfe zu bitten, aber ich schaffe es nicht alleine. Das ganze Geld. Er hat es verprasst. Alles.« Jetzt war es raus. Ihre Kehle schmerzte, doch sie schluckte entschieden die aufkommenden Tränen herunter. Sie würde nicht an ihm zugrunde gehen! Sie würde es schaffen. »Ich brauche nicht viel, nur ein wenig für den Neuanfang. Vielleicht kann ich mir eine kleine Wohnung nehmen. Und dann werde ich arbeiten, wozu habe ich schließlich einen Beruf erlernt?« Sie hatte es sich genau überlegt. Leider konnte sie nach der Falschaussage Julius und Marleene nicht darum bitten, sie wieder in der Hofgärtnerei aufzunehmen. Dafür schämte sie sich bis heute, und sie wagte kaum mehr, ihnen unter die Augen zu treten. Aber mittlerweile gab es mehrere Gärtnereien im Großherzogtum, die auch bereit waren, Frauen einzustellen. Keine war so schön wie die Hofgärtnerei, doch sie würde gewiss etwas finden.

Ihre Mutter wollte sich in ihren Jammerklagen verlieren, ihr Vater brachte sie jedoch mit einem Blick zum Schweigen und wandte sich an Dorothea.

»Liebes, das ist ja fürchterlich! Wir sind untröstlich, dass du das durchmachen musstest. Warum ziehst du nicht hier wieder ein? Du bist jederzeit willkommen.«

Dorothea sah von den stuckverzierten Decken zu den Fenstern mit den aufwendigen Holzumrandungen, golden gestrichen, flankiert von schweren Samtvorhängen. Daneben die hübsch geschnitzten Holzanrichten und links von der Tür die immense Standuhr, deren Pendel mahnend hin und her ging.

Es war ein Prunk, ein Überfluss, der Konstantins höchsten Zuspruch erfahren hätte.

Und sie? Sie wollte all das nicht mehr.

Sie sehnte sich nach einem einfachen Leben, in dem sie einzig und allein Verantwortung für sich und Helene trug.

»Ich weiß eure Großzügigkeit sehr zu schätzen. Wenn es euch nichts ausmacht, würde ich allerdings lieber auf eigenen Füßen stehen. Ich verspreche euch, dass ich jeden Pfennig zurückzahlen werde. Es wird dauern, da wir Frauen nicht viel verdienen, aber ich werde wieder in die bürgerliche Frauenbewegung eintreten und dafür kämpfen, dass dies nicht so bleibt, und Jahr für Jahr meine Schulden bei euch abbezahlen. Und bitte glaubt mir, es tut mir unglaublich leid, dass ich diese Schmach der Scheidung über euch bringe.«

»Ich sag dir was …« Zu ihrer Überraschung lächelte ihr Vater. »Ich lebe tausend Mal lieber mit der Schmach der Scheidung als mit einem Hurensohn wie Konstantin zum Schwiegersohn.«

Ihre Mutter schnappte bei diesem ungehobelten Gassenjargon nach Luft und sah ihren Vater tadelnd an.

»Na, ist doch wahr, oder etwa nicht?«

Schließlich begann ihr Vater zu lachen, ihre Mutter ebenso. Nach einem Moment des Zögerns stimmte Dorothea ebenfalls ein. Endlich fiel all die Anspannung der letzten Wochen Stück für Stück von ihr ab. Sie hatte es geschafft.

61. Kapitel

Frieda drückte die aufgerollten Plakate fest an sich, als sie auf den Tischlerschuppen zuging. Lautes Hämmern drang heraus. Über einen Monat hatte sie nichts von Jost gehört und wunderte sich langsam. Bevor Manilo aufgetaucht war, hatte er sie immer öfter in ihrem Blumenladen besucht, und sie hatten gemeinsam in der Mini-Wohnung Tee getrunken. Je besser sie sich kennengelernt hatten, desto weniger schweigsam war er gewesen. Und hatten sie nicht abgemacht, von ihrem Wettgewinn schöne Unternehmungen nachzugehen?

Das beschäftigte sie mehr noch als das Wegbleiben von Frau Oltmanns als Kundin. Sie musste etwas falsch verstanden haben. Das würde sie bei ihrem nächsten Besuch im Blumenladen richtigstellen, denn die große Villa ganz alleine aufzusuchen, traute sie sich nicht.

Jost war ohnehin wichtiger.

Sie hatte beschlossen, mutig zu sein, und anstatt zu warten und sich weiter zu grämen, ihn einfach aufzusuchen. Da sie ohnehin schon lange überlegt hatte, wie sie auch ihm etwas Gutes tun konnte, hatte sie von den Handzetteln seines Landmaschinenverleihs Plakate drucken lassen.

Sie klopfte an die hölzerne Tür, aber ihr Pochen ging im Hämmern unter.

»Jost? Bist du da?«, rief sie, und als sie zaghaft eintrat, umhüllte sie der Geruch nach frischen Sägespänen. Genau so roch Jost oft. Ihr Herz schlug schneller.

Das Hämmern hatte aufgehört, und Jost sah sie hinter einer eigentümlichen Maschine auf zwei Rädern überrascht an. »F-Frieda!?« Er wirkte nahezu perplex über ihren Besuch, schien nicht zu wissen, wie er reagieren soll. Ob ihn der Beinahe-Kuss ebenso verwirrte?

Stolz hielt sie die Plakate hoch. »Ich habe jeden Ladenbesitzer der Hauptstraße gebeten, sie bei sich ins Schaufenster zu hängen.«

Doch das schien ihn nicht zu erfreuen, nein, seine Miene verdüsterte sich zusehends. »Ohne mich zu fragen?«

»Es sollte eine Überraschung werden.«

Er verschränkte die Arme.

»Ich … Es tut mir leid. Ich dachte, du freust dich, aber es war wohl eine dumme Idee. Noch heute werde ich rumgehen und sie wieder abnehmen.«

Er grummelte leise und sagte dann: »Lass nur.«

Zögerlich trat sie einen Schritt auf ihn zu. »Ist alles in Ordnung?«

»Klar!«

»Sicher?«

»Was sollte nicht in Ordnung sein?« Er beugte sich wieder über sein Gerät und schraubte daran. Dachte er etwa, sie hätte sich auf Manilo eingelassen? Dabei hatte sie ihn doch umgehend weggeschickt. Mehrmals. »Manilo ist wieder abgereist«, sagte sie zur Sicherheit.

Er nickte lediglich.

Frieda umrundete die Maschine und betrachtete die neun trichterartigen Rohre, die von einem hölzernen Behältnis abgingen. »Was ist das?«, fragte sie interessiert.

Jost unterbrach das Schrauben nicht. »Eine Drillmaschine.«

»Was macht man damit?«

»Samen aussäen. Ich habe schon eine kleinere entwickelt. Bei dieser kann man die Spurweite verstellen und täglich durchschnittlich sechs Morgen bestellen.«

Frieda pfiff anerkennend, und für einen Moment schien er der Alte zu sein, als er sich über ihre Wertschätzung freute.

»Hast du schon eine Idee, für welche Unternehmung wir unseren Gewinn einsetzen wollen?«

Die Freude verschwand aus seinem Gesicht, und er hörte auf zu schrauben. »Ach, was das betrifft …«

»Ja?«

»Ich habe es mir anders überlegt. Ich möchte meine Hälfte des Gewinns dem Waisenhaus spenden.« Noch bevor er zu Ende gesprochen hatte, beugte er sich über die Schraube und zog sie fest.

Frieda war perplex. »Das ist auch eine wunderbare Idee, warum bin ich nicht selbst darauf gekommen? Wir können natürlich trotzdem noch spazieren gehen, wenn du magst?«

Jost hielt inne, sah sie jedoch nicht an. »Lieber nicht. Ich … habe recht viel zu tun.«

Frieda spürte, wie sich ein Kloß in ihrer Kehle bildete, und versuchte, ihn herunterzuschlucken. »Verstehe«, wisperte sie und machte auf dem Absatz kehrt. Während sie über den Hof hastete, hatte sie das Gefühl, als würde er ihr hinterhersehen, aber sie mochte sich nicht umdrehen.

Es gab nur eine Person, mit der sie jetzt reden wollte. Eine, mit der sie viel zu lange nicht gesprochen hatte. Ihre Schritte wurden schneller und schneller, und als sie den seitlichen Zuweg erreicht hatte, rannte sie in atemberaubender Geschwindigkeit zum Schwalbennest. Kein Arbeiter war weit und breit zu sehen, stellte sie erleichtert fest, und pochte vehement an die braune Grootdör.

Niemand antwortete, und so riss sie die Tür kurzerhand selbst auf. »Marleene?«, rief sie, während sie gegen das Licht blinzelte, und wunderte sich über den ungewohnten Widerhall. »Marleene, Julius? Wo seid ihr denn alle?« Langsam betrat sie das Haus, und sobald sich ihre Augen an das schummerige Licht gewöhnt hatten, sah sie sich entsetzt nach allen Seiten um. Der Küchenbereich im Unterschlag lag verlassen da, das Feuer im Kamin war lange erloschen, keine Bücher standen in den Regalen und keine Holztruhen an der Wand. Wie gelähmt ging sie auf ihre ehemalige Kammer zu und öffnete die leise quietschende Tür. Doch auch die war vollkommen leer, allein eine Handvoll Stroh lag noch an der Seite. Nach Luft schnappend sah sie sich ein weiteres Mal im Bauernhaus um – und kam sich vor wie der einsamste Mensch auf Erden. Der Mann, der ihr Herz höherschlagen ließ, sprach kaum mehr mit ihr. Und ihre beste Freundin war umgezogen, ohne ihr auch nur einen Piep zu sagen.

62. Kapitel

Erst als Marleene nach einem schläfrigen Blinzeln den seidigen Stoff des Himmelbetts sah, erinnerte sie sich, wo sie war. Die Fliedervilla. Sie wohnten jetzt wahrhaftig in Julius' Familienanwesen. Sie kuschelte sich eng an ihn und ließ für einen Moment die Bilder des Umzugs an sich vorüberziehen.

Alma hatte an sämtliche Wagen bunte Bänder gehängt, die schlangengleich im Wind getanzt hatten, während sie voll bepackt und karawanengleich gen Oldenburg gezogen waren. Es hatte eine ebensolche Festtagsstimmung geherrscht wie damals, als in ihrer Kindheit zum Erntefest die Fuhrwerke mit Girlanden aus Wildblumen durchs Dorf fuhren.

Der Umzug in der Kälte war beschwerlich gewesen, aber der Winter war für Gärtnereien nun mal die ruhigste Jahreszeit. Wenn sie mit dem Pflanzen, Schneiden und Säen beschäftigt waren, konnten sie nicht obendrein den Umzug stemmen. Zudem konnten sie so ihr erstes großes Weihnachtsfest mit dem kleinen Theo bereits in Julius' Geburtshaus feiern. Gewiss würde Julius aus dem Wäldchen am Ende der Hofgärtnerei eine Rottanne schlagen, die sie gemeinsam mit Rosalie mit Strohsternen und Äpfeln behängen würden. Rosalie war ganz ergriffen gewesen, als sie ihr altes Zimmer wieder mit ihren Möbeln hatte einrichten dürfen, und die Schülerinnen hatten gekreischt vor Freude. Sie fühlten sich hier richtig wohl. Agneta hatte sogar mit Tränen in den Augen gefragt, ob sie die Festtage ebenfalls bei ihnen verbringen dürfe, da ihre Eltern noch auf Reisen waren, und Lina hatte sich ihr spontan angeschlossen, damit sie sich nicht einsam fühlte. Sie war wahrlich ein herzensgutes Mädchen.

Marleene holte Theo aus der Familienwiege. Glücklich blickte sie zu Julius hinüber, der müde blinzelte, und wünschte ihm einen wunderschönen guten Morgen. Jetzt fühlte sich alles richtig an, auch wenn sie noch immer kaum fassen konnte, dass sie nun in der Fliedervilla lebte.

»Also, wie gehen wir nun weiter vor?«, fragte sie nach einer Weile leise.

»Ich würde sagen, wir frühstücken in Ruhe, immerhin ist Sonntag. Oder willst du dich lieber gleich um die Pflanzen kümmern?« Er zwinkerte ihr zu.

»Ich meinte natürlich generell«, antwortete sie mit einem Lachen. »Es gibt reiflich viel zu überlegen und zu planen. Welche Pflanzen kultivieren wir an welchem Standort? Wen ernennen wir zum Obergärtner des Rasteder Betriebes? Wann machen wir die große Wiedereröffnung der Gärtnerinnenschule? Sollen wir sie vielleicht mit der Eröffnung des Schlossgartens zusammenlegen? Und da wir fortan den Platz haben, um endlich mehr Schülerinnen aufzunehmen: Wann beginnen wir mit den Bauarbeiten für das neue Wohnheim? Aber vor allem: Was machen wir, wenn De Vos es ernst gemeint hat und uns das Leben zur Hölle macht?« Marleene atmete scharf ein. Mit dem größeren Haus und dem weitläufigen Grundstück kam auch eine größere Verantwortung.

»Keine Sorge.« Julius strich eine Strähne aus ihrem Gesicht. »Hunde, die bellen, beißen nicht, würde ich sagen. Er hat zwar ganz schön gebellt, aber was soll er denn groß unternehmen? Wir haben die Fliedervilla und das Grundstück unwiderruflich zugesprochen bekommen und damit sämtliche Ressourcen. Er hat nichts. Mit etwas Glück verzieht er sich zurück nach Holland, jetzt, wo er hier nichts mehr ausrichten kann. Und um den Ruf der Gärtnerinnenschule mache ich mir keine Sorgen. Sobald sich herumspricht, wie fleißig und gut ausgebildet deine Schützlinge sind, wird der sich von ganz alleine wieder einstellen. Diesen ollen Artikel vom Anfang des Jahres haben die Leute doch schon lange wieder vergessen, da ging es ja auch nicht um deine Schule. Und heute? Heute richten wir erst einmal unser neues Zuhause ein.«

Er strahlte sie an und nahm Theo auf den Schoß. Marleene lehnte sich gegen das kuschelige Kopfkissen. Es war ein langer Weg zu ihrem Wiedereinzug gewesen.

Doch wenn sie in diesem Augenblick von Julius zu Theo sah, der gerade entzückt die Patschehändchen zusammenführte, spürte sie es. Ganz gewiss. Ab jetzt könnte alles gut werden.

63. Kapitel

Es war erst zehn Uhr, als De Vos die Tageszeitung zusammenfaltete. Er hatte alles gelesen. Sogar die Heirats- und Todesanzeigen, obwohl er hier kaum eine Menschenseele kannte, und jede Werbeannonce. Unschlüssig stand er auf, trat ans Fenster des momentan menschenleeren Hotelrestaurants. Im Januar hatten sie stets wenige Gäste, hatte Käthe gesagt – trotzdem war sie permanent beschäftigt. Er beobachtete, wie eine Kutsche vor dem Centralbahnhof hielt und eine feine Dame mithilfe ihres Hausdieners ausstieg, während ein Herr mit Zylinder und Spazierstock den Bahnhof verließ und eilig eine Droschke heranwinkte. Drei junge Burschen machten sich daran, sein Gepäck zu verladen. Er seufzte und beschloss, Käthe in ihrem Büro aufzusuchen. Zwar wohnten sie nun in ihrem Stadthaus, tagsüber hatte es sich jedoch so eingebürgert, dass er mit ins Hotel kam.

Ihm entging nicht ihr tiefes Einatmen, als er eintrat. Der Zug um ihre Mundwinkel zeigte, dass das Lächeln sie anstrengte.

»Hast du die Tageszeitung bereits durch?«

»Schon lange.«

»Die *Gartenlaube* haben wir ebenfalls da.«

Er schnaubte. Es war eine Demütigung, dass sie überhaupt auf den Gedanken kam, er solle sich mit diesem Weiberkram beschäftigen. Er würde auch nicht kontrollieren, ob die Zimmermädchen ihre Arbeit gut gemacht hatten, und schon gar nicht die Blumen auf den Tischen im Restaurant verteilen, wie sie es gestern vorgeschlagen hatte. Er!

Noch immer war er fassungslos, wenn er daran zurückdachte. So verzweifelt war er nun auch wieder nicht.

»Könntest du mir …« Sie griff nach ihrer Geldbörse und begann darin zu kramen.

»Ich will keine vermaledeiten Besorgungen in der Stadt für dich machen!« Am Vortag hatte die Köchin sich verplappert, und so hatte er herausgefunden, dass er offenbar nur deshalb Mehl hatte kaufen sollen, damit sie ihn unter den Füßen weghatte. So war es gewiss auch mit der Schuhcreme und der Wurzelbürste gewesen.

Sie schluckte. Vielleicht war er ein wenig zu laut geworden. Egal. Das konnte sie sich doch denken, dass er kein Botenjunge war.

»Weißt du …«

»Was?«

»Ich kann das Hotel hier auch vermieten.«

»Und dann?«

»Dann … Ich dachte … Ich dachte, dann könnten wir vielleicht nach Holland gehen. Zu deinem alten Betrieb? Wenn es hier nun keine Möglichkeit mehr für dich gibt?«

»Den habe ich verkauft, wie oft muss ich dir das noch sagen? Du bist doch wirklich der reinste Ausbund an Stumpfsinn!« Er ließ die gesamte Luft aus seiner Lunge entweichen und spürte, wie auch die Energie ihn verließ. In Käthes Augen lag nun jene Angst, die er ebenso bei Ehefrau Nummer eins, drei, vier und fünf gesehen hatte.

»Entschuldige«, murmelte er und nahm auf dem Armlehnstuhl ihr gegenüber Platz. Sie hatte ja nur nicht wissen sollen, dass er niemals in seine Heimat zurückkehren könnte, so sehr, wie er dort in Verruf geraten war, nur weil er so viele Ehefrauen überlebt hatte. Dabei war es nicht erwiesen, ob es damit zusammenhing, dass er direkt nach der Geburt auf seinem ehelichen Recht bestanden hatte. Wenn das problematisch wäre, müsste man es schließlich in »eheliches Recht – außer direkt nach der Niederkunft« oder dergleichen umbenennen.

Außerdem fühlte er sich wie ein Taugenichts. Selbst der eigentliche Taugenichts der Familie und das Frauenzimmer hatten mehr zu tun als er, es war eine verkehrte Welt, in der er lebte.

Und wem hatte er all das zu verdanken? Diesem verfluchten Weibsbild. Er gab es ungern zu, aber vielleicht hätte er sich niemals mit ihr anlegen sollen.

»Dir fehlt eine Aufgabe«, sagte Käthe sanftmütig.

Welch blitzgescheite Bemerkung! Er hob jedoch lediglich die Schultern und knurrte leise.

»Ich könnte dich zum Hoteldirektor machen.«

Er verschränkte die Arme. »Langweilig.« Jetzt sah sie ihn obendrein merkwürdig an und merkte nicht einmal, wie lächerlich dieser Vorschlag war.

»Du willst also nur etwas mit Pflanzen machen.«

»Etwas mit Pflanzen machen?« Er schlug auf den Tisch. »Ich bin Gärtner. Obergärtner, um genau zu sein, ich ›mache nicht was mit Pflanzen‹, ich …«

»Schon gut, schon gut, schon gut, ich habe verstanden. Wir müssen also einen Betrieb für dich finden.«

Er lachte sarkastisch auf. Das Frauenzimmer dachte wohl, Betriebe gäbe es hier zuhauf. »Habe ich schon selbst versucht«, zischte er. »Niemand hier hat Land zu verkaufen, deine Beziehungen haben kein bisschen geholfen.«

»Und wenn wir woanders hingehen? Ich habe Verwandte in Süddeutschland.«

»Da ist der Boden nicht so gut.«

»Verstehe.« Sie tippte sich mit ihrem Füllfederhalter an die Unterlippe. »Dann brauchen wir jemanden, wo du als Kompagnon mit einsteigen kannst. Ja, das ist es!« Sie richtete sich kerzengerade auf. »Du bringst großartiges Wissen mit, und überdies sind wir liquide. Das muss doch von Interesse sein!? Vielleicht für jemanden, der bisher nur einen kleinen Betrieb hat? Oder dessen Gärtnerei sich noch im Aufbau befindet?«

»Ts. Also, das ist doch …« Er stutzte, zog die Brauen zusammen. Ihm fiel so schnell kein Gegenargument ein. Unter Umständen war die Idee gar nicht so schlecht. Eigentlich missfiel es ihm, nicht der alleinige Chef zu sein, aber möglicherweise könnte er es so drehen, dass der andere all die Aufgaben verrichtete, deren er überdrüssig war. Die Buchhaltung. Und der ganze Schreibkram generell, die Auswertung der Verkäufe und Anfrage von Angeboten. Ja, sein Kompagnon könnte den lieben langen Tag im Kontor verbringen, während er draußen dafür sorgte, dass die Arbeiter das taten, wofür sie bezahlt wurden, und auf Einkaufsfahrt ging.

»Bestenfalls könnte ich es vielleicht so drehen, dass ich der Mehrheitseigner bin«, überlegte er laut. »In dem Fall würde jegliche Entscheidungsgewalt letztendlich bei mir liegen.« Ganz allmählich kehrte das Lächeln in sein Gesicht zurück. Welch vorzügliche Idee er doch gehabt hatte, er war ein Genie! Noch heute würde er sich auf die Suche begeben, und dann würde er es der Hofgärtnerin zeigen. Schon sehr bald würden sie feststellen, dass sie sich mit dem Falschen angelegt hatten.

64. Kapitel

Noch auf dem Rückweg vom Treffen der proletarischen Frauenbewegung war Frieda ganz außer sich. In Berlin war ein Dachverband der deutschen Frauenvereine gegründet worden, und sie als Arbeiterinnenverein waren nicht einmal gefragt worden, ob sie sich beteiligen mochten.

Durch die Engstirnigkeit der bürgerlichen Frauenbewegung, die einfach nicht verstand, dass sie die gesamte Gesellschaftsordnung aufheben mussten, um wahre Gerechtigkeit herzustellen, war ihr Verhältnis ohnehin bereits schwierig genug. Doch nicht einmal zu fragen, ob sie auf irgendeine Art und Weise zusammenarbeiten könnten ... Das war allerhand! Frieda stampfte mit jedem Schritt, um den Zorn aus ihrem Bauch zu bekommen.

Fast hatte sie ihre winzige Wohnung erreicht. Der Weg führte sie vorbei an einem Innenhof, der rücklings hinter der Geschäftszeile lag. Frieda blieb abrupt stehen. War denn das die Möglichkeit? Im Gestöber der Schneeflocken stand eine kleine Person mit getupftem Kopftuch auf Zehenspitzen an die Mauer gedrückt und versuchte, durch das Fenster in ihre Wohnung zu lugen.

»Kann ich dir irgendwie behilflich sein, Alma?«

»Oh.« Blitzschnell drehte sie sich um und presste den Oberkörper so eng gegen die steinerne Fassade, dass es im Rücken piksen musste. »Frieda. Da bist du ja. Zu dir wollte ich.«

»Warum nimmst du dann nicht den Vordereingang?«

»Weil da niemand war.«

»Und nun wolltest du dich durch das Fenster hineinstehlen wie ein Gauner? Nimm's mir nicht übel, aber da passt selbst du nicht durch.«

»Du hast gut reden!«

Nun verstand Frieda gar nichts mehr. Alma versuchte, ihr hinterherzuspionieren, und war jetzt biestig, weil sie sich nicht eben erfreut darüber zeigte?

»Ich? Wie meinst du das?«

Alma stemmte die Hände in die Hüften und blies sich eine Haarsträhne aus dem Gesicht. »Immerhin erzähle ich keine Lügenmärchen.«

»Lügenmärchen?« Wen sollte sie anlügen? Frieda hasste Lügen und vermied sie bis aufs Blut. Bis Marleene mit ihrer Maskerade angefangen hatte und sie für sie hatte lügen müssen. Und dann war die Sache mit dem Laden gekommen. Also war sie eigentlich immer dann, wenn es galt, etwas für die Frauenwelt zu erreichen, gezwungen gewesen zu lügen. Sie fühlte sich nicht gut dabei, jedoch gab es keinen anderen Weg, von daher mussten Notlügen erlaubt sein. Bloß, wieso sollte das Alma so erzürnen? »Was ist hier eigentlich los?«

»Hach.« Almas Schultern sanken nach unten. »Ich versuche einfach nur herauszufinden, warum Jost seit Wochen wie der reinste Trauerkloß herumläuft. Ich meine, er redet sonst ja auch nicht eben wie 'ne Nähmaschine, aber seit Frau Oltmanns bei uns war, ist er völlig verändert.«

»Frau Oltmanns war bei euch?« Friedas Mund war plötzlich viel zu trocken. Das war eine Katastrophe!

»Ha-ha-hat sie …« Wie fragte sie nach der vermeintlichen Verlobung, ohne sich zu verraten?

Alma kam ihr zuvor.

»Ja, hat sie. Ihr hättet mich ruhig mal zu eurer Verlobung einladen können.« Sie kicherte und stieß Frieda den Ellenbogen in die Rippen,

435

als sie gemeinsam den Häuserblock umrundeten, um regulär durch die Ladentür zu gehen.

Frieda fuhr sich über das Gesicht. Jetzt war aber wirklich alles aus dem Ruder gelaufen. »Oh mein Gott!«

»Keine Sorge, Jost hat mir alles erzählt«, beruhigte Alma sie, während sie sich an den Bindetisch im Laden setzten. »Natürlich nicht freiwillig, ich musste jede einzelne Information mühselig aus ihm herausziehen, so wie die Glassplitter aus einer Wunde. Damit will ich natürlich keineswegs sagen, dass es negative Neuigkeiten gewesen wären. Vielleicht war das ein schlechter Vergleich mit den Splittern, ich ziehe ihn zurück. Was ich eigentlich sagen will: Was ist da los bei euch? Sie hat behauptet, du hättest ein Techtelmechtel mit diesem Manilo gehabt!?«

Frieda schrie auf und sprang vom Hocker. »Sie hat was? Was bildet diese vermaledeite Giftspuckerin sich eigentlich ein? Ich habe Manilo lediglich Geld geliehen, und er hat meine Hände festgehalten.« Das Geld hatte er ihr inzwischen zurückgegeben. Aber Jost? Was, wenn sie ihn deswegen nun für immer verloren hatte? Endlich verstand sie, warum er sich noch wortkarger und reservierter gezeigt hatte.

»Himmel noch mal, das darf doch alles nicht wahr sein.« Sie begann im Laden auf und ab zu laufen. Wie hatte es so weit kommen können, fragte sie sich wieder und wieder.

Fakt war, dass sie alle völlig falsch eingeschätzt hatte. Manilo. Frau Oltmanns.

Jost.

Jetzt war da ein einziges Riesenwollknäuel aus verletzten Gefühlen, sich überkreuzenden Zielen und Beweggründen, und sie hatte keine Ahnung, wie sie Ordnung in diesen gigantischen Schlamassel bekommen sollte. Vielleicht mit dem Einfachsten beginnen?

Sie horchte tief in sich hinein, was wollte sie denn überhaupt?

Glücklich sein.

Und was brauchte sie dafür? Nicht viel. Jost gehörte definitiv dazu, das hatte sie in den vergangenen Wochen ganz deutlich gespürt. Wie kam es dann aber, dass immer wieder Manilo bei ihr auf der Matte gestanden hatte, Frau Oltmanns ihr eine Affäre andichtete und Jost sich verletzt in sein Schneckenhaus zurückgezogen hatte? Das konnte und durfte nicht sein.

Wenn sie früher losgelassen hätte, wäre alles so viel einfacher gewesen. Aber sie hatte ja auf ewig Manilo hinterhertrauern müssen. Dabei war Jost gleich nebenan gewesen und hatte in seiner ruhigen und bedächtigen Art auf sie gewartet.

Das musste sie jetzt irgendwie wiedergutmachen. Nur wie?

Verzweifelt schüttelte sie den Kopf. »Oh mein Gott, Alma, ich war ja so blind! Ich bin so eine dumme Gans. Warum habe ich nicht schon viel früher erkannt, dass mein Herz sich vollkommen verrannt hatte?«

Nachdenklich sah Alma sie an. »Aber so schlimm wird es doch nicht sein?«

»Doch! Statt ewig an etwas Vergangenem festzuhalten, was sich ohnehin nicht mehr retten lässt, hätte ich erkennen sollen, was wirklich wichtig ist. Und nun stehe ich vor dem größten Schlamassel des Jahrhunderts.«

65. Kapitel

»Na, Theo, wollen wir mal nachsehen, wie viele Bäume schon gefällt wurden?« Marleene wertete Theos neugierigen Blick aus seinen dunklen Augen als Zustimmung, legte sich das Wolltuch um die Schultern und machte sich auf den Weg durch die Hofgärtnerei. In den vergangenen zwei Monaten waren sie mit der Neueinrichtung der Villa und der Gärtnerei beschäftigt gewesen. Langsam schossen nun erste Schneeglöckchen aus der Erde und kündigten den Frühling an. Marleene atmete tief die frische Luft ein, erklärte Theo, was eine Orangerie war, als sie das verschnörkelte Gebäude aus Eisenstreben passierten, und nannte ihm jeden einzelnen botanischen Namen der Pflanzen in den zugedeckten Beeten zu ihrer Rechten und Linken.

»Das sieht doch schon gut aus«, befand Marleene von Weitem, als sie das Ende des Hauptweges erreichten. Theo gluckste. »Schau mal, die gesamte erste Reihe der Bäume, wo das Wohnheim hinsoll, ist bereits weg.« Sie bedauerte es ein wenig, die Bäume fällen zu lassen, doch wenn sie so viele Mädchen wie möglich in ihrer Schule aufnehmen würden, benötigten sie den Platz und das Holz für den Bau des Wohnheims. Sie hatten sich für das Wohnheim ohnehin finanziell weit aus dem Fenster lehnen müssen.

Nun konnte sie es kaum abwarten, bis eine ganze Horde Backfische auf dem Gelände war, eine jede danach lechzend, Gärtnerin zu werden – und endlich wäre es vollkommen legal. Glücklich trat sie den Rückweg an und winkte Manilo zu, der im vorigen Jahr mit Rosalie und Johannes zu ihnen gekommen war. Eigentlich hatte er nur für eine Nacht bleiben wollen, dann hatte er allerdings gefragt, ob er nicht auch wieder in der Hofgärtnerei arbeiten könnte. Julius und Marleene hatten nur zu gerne eingewilligt, und heute würde er die Mädchen in die Kunst der Pflege tropischer Pflanzen einweihen.

Sie wollte gerade wieder in die Fliedervilla gehen, um ihre Korrespondenz zu beantworten, als Alma auf dem Fahrrad aus der Lindenallee schoss und wild klingelte.

»Stell dir vor, Marleene, ich war auf dem Postamt und habe jede Menge Briefe für euch«, lispelte sie in ihrem flotten Sprechtempo. »Sie haben übrigens immer noch diese hübsche Messingbürste mit dem Porzellanrücken, auf dem solch ein reizendes Veilchenbouquet abgebildet ist. Mit ganz filigranen Blüten, es würde hervorragend zu deinen Augen passen. Es gibt auch noch einen passenden Handspiegel dazu. Ob ich mir das zulegen sollte? Eigentlich besitze ich bereits eine gute Bürste. Hach, manchmal ist es wirklich nicht förderlich, dass die Post zugleich der Dorfladen ist.« Sie lachte auf. »Aber was ich eigentlich sagen wollte: Stell dir vor, ihr habt sogar ein Telegramm bekommen! Ein echtes Telegramm! Ich durfte es leider nicht lesen.«

Andachtsvoll reichte sie es ihr, und Marleene begutachtete es skeptisch. Wer mochte ihr telegrafieren? Etwa der Großherzog von seiner Reise? Sonst wollte ihr keiner einfallen, der die nötigen Mittel für ein dermaßen kostspieliges Unterfangen hatte.

»Nun mach schon auf, ich sterbe zu erfahren, was drinsteht«, sagte Alma, und erst jetzt wurde Marleene sich bewusst, dass sie noch immer das Kuvert anstarrte.

Sie öffnete den bräunlichen Umschlag, darin lag ein einfach gefaltetes Blatt mit dem Wappen des Großherzogtums Oldenburg. Ein Vordruck, auf den ein Streifen maschinenbeschriebenen Papiers geklebt worden war. Es sah fürchterlich streng aus – das lag doch sicherlich an der formellen Schreibmaschinenschrift? Sie überflog die abgehackt wirkenden Worte, und umgehend wurde ihr eiskalt, obwohl der kleine Theo stets eine behagliche Wärme ausstrahlte. Eilig unterdrückte sie das Zittern, das sich über ihren Körper ausbreiten wollte, und schnupperte an Theos duftendem Kopf. Sie würden einen Weg finden. Irgendwie würden sie über die Runden kommen – selbst wenn sich soeben ein neuerliches Problem desaströsen Ausmaßes aufgetan hatte.

»Was ist es denn?«, fragte Alma mit besorgter Miene. »Du siehst ja aus, als hättest du ein Irrlicht gesehen.«

Marleene rang sich ein Lachen ab. »Du und deine Irrlichter! Es ist nichts von Bedeutung, nichts, was sich nicht richten ließe«, sagte sie nervös mehr zu sich selbst als zu Alma. »Aber danke, dass du die Post vorbeigebracht hast! Komm uns unbedingt bald wieder besuchen.« Alma versprach, das zu tun, und schwang sich winkend auf ihr Fahrrad.

Marleene zwang sich durchzuatmen und machte sich auf den Weg zur Orangerie. Der Messinggriff lag kalt in ihrer Hand, als sie ihn herunterdrückte.

»Agneta, könnte ich kurz mit dir sprechen?«

Verblüfft stellte Agneta die Orchidee ab und folgte Marleene in die Fliedervilla, von der Agneta nicht müde wurde, die Vorzüge zu loben. Welch eine Ironie. Drinnen bat Marleene das Mädchen im Wintergarten, der wieder einer grünen Oase glich, Platz zu nehmen. Ihre Mutter saß zwar am Fenster und strickte, sie hörte jedoch nicht mehr gut.

Also teilte sie Agneta mit, warum sie sie zu sich gebeten hatte.

»Dein Vater, er ist offenbar von seiner Reise zurückgekehrt und hat uns telegrafiert.«

»Tatsächlich?« Agnetas Augenbrauen schnellten empor. »Das sieht ihm gar nicht ähnlich. Was war denn sein Begehr?«

Marleene ließ den Blick durch den Wintergarten wandern. Nun hatten sie die Villa, in der das rauschende Fest gefeiert worden war, zwar zurückerobert, doch mit diesem Nachspiel hatte sie nach so langer Zeit gar nicht mehr gerechnet. Sie seufzte, während die Luft dünner und dünner zu werden schien.

»Offenbar hat er von deinem Besuch auf dem Maskenball erfahren und möchte, dass du umgehend nach Hause zurückkehrst. Er duldet deinen Aufenthalt hier nicht länger.«

Es dauerte eine Weile, bis Agneta antwortete, und alles, was schließlich kam, war ein geflüstertes »Nein!«.

Marleene stand auf, umrundete den Tisch und setzte sich neben das Mädchen. »Es tut mir leid. Ich wünschte auch, es wäre anders gelaufen, jedoch …«

Agneta schluchzte auf. »Ich kann nicht wieder gehen. Bitte, Marleene, bitte! Ich flehe dich an.« Mit beiden Händen umfasste sie Marleenes Oberkörper und ließ sich hängen. Marleene konnte nur ihre Überraschung verbergen, eine Hand auf Agnetas bebenden Rücken legen und beschwichtigende Worte murmeln. Zu gerne hätte sie gesagt: »Mach dir keine Sorgen, alles wird gut.« Doch wie sollte das gehen, wenn Agneta selbst der seidene Faden war, an dem alles hing?

66. Kapitel

»Bin wieder zu Hause«, rief Bruno, wie jeden Abend nach der Arbeit, sobald er das Bauernhaus betrat, denn seit der Trennung aß er wie früher bei seinen Eltern mit. Doch etwas war seltsam. Er schnupperte, während er in der Waschküche die Hacke in den Stiefelknecht schob, um sich von den derben Stiefeln zu befreien, konnte allerdings keinen Essensgeruch wahrnehmen. Merkwürdig.

Er stieß die Tür zur Wohnküche auf, die Hühner stoben wie gewohnt erschrocken zur Seite. Nur Schneeflocke war zurückgeblieben, und er strich ihr sachte über das weiche Gefieder. Dann sah er sich um. Es stand nicht einmal ein Topf auf dem Herd, lediglich eine Kumme ungepulter Bohnen. Befremdet blickte er zu seiner Mutter, die regungslos am Tisch saß. »Mama?«

Sie reagierte nicht.

Besorgt ging er auf sie zu. Stille Tränen rannen ihre Wangen herunter. »Mama, was ist geschehen? Geht es dir nicht gut? Wo ist Minna? Sie hat sich doch hoffentlich nicht verletzt?« Dass Greta heute wieder auf Stellensuche in Oldenburg war, wusste er. Aber seine Schwester war eigentlich immer zu Hause und half ihrer Mutter auf dem Hof, der zwar ärmlich war, allerdings dennoch bannig viel Arbeit machte.

Wortlos und ohne ihn anzusehen, schob sie einen Stapel Briefe zu ihm herüber. Mit gerunzelter Stirn lugte er in das oberste Kuvert, das sorgfältig mit dem Brieföffner aufgeschlitzt worden war. Zu seiner

Überraschung lagen mehrere Geldmünzen darin. Seine Brauen zogen sich zusammen, als er zählte, dass es fünf Mark waren. Davon konnte man einen halben Herrenanzug oder einen ganzen Stuhl kaufen. Sie konnten von Glück sagen, dass sie Selbstversorger waren, denn nach dem Verkauf der Ernte ging ein Großteil des Geldes für neues Saatgut drauf. So blieben ihnen in der Regel zwanzig bis dreißig Mark für die gesamte Familie, und das benötigten sie für die Heizkohle und alle Dinge, die sie nicht selbst herstellen konnten, wie etwa Seife. Und nun hatte ihnen jemand fünf ganze Mark und zwei Groschen geschickt? Einfach so?

Er zog das beiliegende Blatt Papier hervor und überflog stockend die Zeilen. »Jemand bestellt vier Pfund von deinem köstlichen Rundschnittschinken?«, rief er erfreut aus, und seine Mutter lächelte ihn überglücklich aus ihrem tränenüberströmten Gesicht an.

»Und dafür zahlen sie 1,30 pro Pfund, ganz so wie in der Anzeige?« Wie Alma es vorgeschlagen hatte, hatten sie es nämlich gemacht. Im neuen Oldenburger Hauskalender hatten sie auf ihre vorzüglichen Würste und den Räucherschinken aufmerksam gemacht und dabei haargenau die gleichen Preise wie der andere Anbieter verlangt. Sein Vater hatte aufgelacht, und sein Bruder hatte sie für verrückt erklärt, so viel Geld für ein Inserat aus dem Fenster zu werfen. Seine Mutter, Minna und er waren dennoch fest entschlossen gewesen, es zu versuchen.

»Aber ... aber das ist doch fantastisch! Warum weinst du dann?«

Sie nickte erneut zu dem Stapel Briefe, und er ging einen nach dem anderen durch. Mal wurden drei Pfund bestellt, dann sogar sieben. Einige wollten mitunter eine Wurst dazu, andere nicht. Alles in allem war es überwältigend.

»Grundgütiger«, murmelte Bruno. »Das muss ja ...«, er schaffte es nicht, es auszurechnen. »Das muss ja eine enorme Summe sein.«

»Einhundertsieben Mark dreißig«, hörte er nun die aufgekratzte

Stimme seiner Schwester, die gerade vorsichtig die Leiter vom Dachboden herunterkletterte. Sie balancierte eine breite Kiste voller Schinken und Würste vor ihrem Bauch, die unter dem Dachgiebel geräuchert worden waren. Bruno eilte herüber, um sie ihr abzunehmen.

»Es gibt viel zu tun«, sagte Minna lächelnd, und nun kam auch Arend, sein großer Bruder, herein, der mit dem Rücken die Tür aufstieß, da er in einer riesigen Kiste jede Menge kleinerer Kisten hereintrug. Er stellte sie auf den Tisch und rieb sich die Hände. »Also, an die Arbeit. Wir haben jede Menge Schinken, die verschickt werden wollen. Einer geht gar bis nach Brasilien!«

Damit sie nicht durcheinanderkamen, legten sie jeden Brief in eine Kiste. Minna wog die Schinkenstücke ab, und Bruno trug sie zu seinem Bruder hinüber, der sie sorgfältig verpackte. Glücklich klopfte er ihm auf den Rücken. »Wenn wir dich nicht hätten, Bruno!«

Bruno meinte vor Stolz zu zerplatzen, am glücklichsten war er jedoch, dass seine Mutter selig lächelnd am Tisch saß und zusah, wie ihre Kinder ihren Schinken verpackten, den sie stets nach dem alten Familienrezept unter dem Giebel des Hauses räucherte. Er konnte es kaum abwarten, Alma davon zu berichten.

»Was machen wir denn nur mit dem ganzen Geld?«, fragte Bruno und hörte die Aufgedrehtheit in seiner eigenen Stimme. »Mutter, wir könnten dir jetzt auch welche von diesen hübschen holländischen Fliesen für deine Küche kaufen.« Momentan hatten sie den weißen Kalk nur mithilfe von Schwämmen in Blau betupft, aber er ahnte, dass seine Mutter die beliebten holländischen weiß-blauen Küchenfliesen mit den Windmühlen und Schiffen gerne hätte. »Und du könntest dir ein neues Sonntagskleid kaufen, Minna.« Seine zweiunddreißigjährige Schwester hatte zwar die Suche nach einem Ehemann schon vor langer Zeit aufgegeben, doch ihr jetziges Kleid hatte sie unzählige Male gestopft, und ein neues würde ihr gewiss Freude bereiten. »Oder sollen wir vielleicht zunächst etwas für den Hof kaufen?«, fragte er seinen Bruder.

Dieser nickte nachdenklich, während er Schinken Nummer neun in die Holzkiste bettete. »Also, um ehrlich zu sein, gäbe es da tatsächlich etwas …«

»Was denn?«, erkundigte Minna sich neugierig, derweil sie das Messer an ihrer Schürze abwischte.

»Ich habe neulich ein Plakat für eine vorzügliche Landmaschine gesehen. Damals war die Miete noch unerschwinglich, aber stellt euch vor, mit einer solchen Maschine könnten Vater und ich neun Reihen auf einmal aussäen.«

Beeindruckt sahen alle zu Arend, denn das wäre eine immense Arbeitserleichterung und könnte womöglich auch den Ertrag steigern.

»Selbst das Ausleihen der Maschine ist ganz schön happig, allerdings …«

»Dat is es weert, wenn ihr dafür mehr schafft und im Vörjahr nich mehr ganz so lange schuften müsst«, entschied seine Mutter.

»Dann werde ich mir die mal ansehen. Sie kommt vom Hof der Thormälens. Dann könntest du ja schon mal schauen, oder, Bruno?«

»Ja!« Bruno stürzte los. Hätte ihm auch gleich einfallen können, dass eine solche Teufelsmaschine nur von Jost stammen konnte.

»Ich meinte doch nach der Arbeit, wenn du eh drüben bist«, rief Arend lachend hinterher, als Bruno bereits in seine Stiefel stieg.

»Quatsch! Was du heute kannst besorgen, das verschiebe nicht auf morgen!« Für ihn gab es kein Halten mehr. Er musste Alma auf der Stelle sagen, dass ihre Idee so sehr gefruchtet hatte, dass sie jetzt womöglich die tollste und neueste Landmaschine, die es gab, mieten konnten. Und dann war da noch etwas, was er unbedingt loswerden musste. Er hatte schon viel zu lange gewartet. Es war lange her, seit er wegen des vergessenen Gießdienstes so überstürzt aufgebrochen war, damals voller Panik. Diesmal herrschte in ihm die pure Freude vor.

* * *

445

Mit einem Seufzen aus tiefstem Seelengrund klappte Alma ihren Koffer zu und schloss eine Schnalle nach der anderen. Das abgenutzte Leder des Griffs lag weich in ihrer Hand, als sie ihn die Treppe heruntertrug. In der Küche saß ihr Vater, seine Augen wurden traurig, als er sie mit dem Gepäck sah. Er nahm die Pfeife aus dem Mund.

»Und es gibt wirklich nichts, womit ich dich umstimmen könnte?«

Alma presste die Lippen zusammen. »Es tut mir leid.«

Ihr Vater konnte sich wahrlich nicht zum Vorwurf machen, dass er nicht alles versucht hätte, nachdem sie ihm offenbart hatte, dass sie gerne nach Hannover zurückkehren würde. Er hatte ihr sogar angeboten, dass sie den Hof übernehmen könne. Es war nicht unbemerkt an ihm vorübergegangen, dass Jost sich lieber voll und ganz den Landmaschinen widmete. Und ihr kleiner Bruder hegte wohl den Wunsch zu studieren. Alma war aus allen Wolken gefallen, denn die Führung des Bauernhofs war einst ihr Traum gewesen.

Dennoch konnte sie nicht anders. Es war einfach nicht mehr wie früher. Erst war Frieda nicht mehr da gewesen, die Schülerinnen schienen eine eingeschworene Truppe geworden zu sein, und Julius und Marleene wohnten nun in Oldenburg.

Das Schlimmste war jedoch, dass sie viel zu oft Brunos roten Schopf aus einem der Pflanzenquartiere hervorstechen sah. Wie sollte sie sich jemals von ihm lösen, wenn sie tagtäglich an ihn erinnert wurde? Wie Frieda gesagt hatte, was es unmöglich, glücklich zu werden, wenn man zu sehr den alten Träumen nachhing. Deswegen brauchte sie Abstand. Und Ablenkung. In Hannover hingegen war die Zeit so knapp und voller Arbeit gewesen, dass sie kaum einen Gedanken über sich selbst hatte fassen können. Genau so etwas benötigte sie dringend, denn als er ihr nach Kunigundes Entbindung seine Gefühle gestanden hatte, wäre sie fast schwach geworden.

Aber sie hatte ihre Prinzipien, und an die würde sie sich halten.

Deswegen hatte sie sich entschieden zu gehen. Ihr Vater fühlte sich inzwischen besser, und er würde eine Haushälterin einstellen.

»Nun gut, dann lass uns mal«, sagte Hermann, legte die Pfeife beiseite und stand ächzend auf. Er schien in den vergangenen Jahren doppelt so rasch gealtert zu sein wie sonst. Seine Haare waren nun gänzlich grau, und die Tränensäcke unter seinen Augen, aus denen er sie warm anlächelte, waren geschwollen. Es tat ihr unendlich leid, ihn allein zu lassen, genauso wie Jost, den sie nur zu gerne in den Hintern getreten hätte, damit er zu Potte kam. Aber ihr Vater würde sich zurechtfinden, und Jost musste seinen Weg alleine gehen. Wenn er und Frieda füreinander bestimmt waren, würden sie es schaffen. Inzwischen wusste sie das. Es gab Dinge, die man nicht beschleunigen konnte. Bei Bruno hatte sie es damals versucht und war ordentlich auf die Nase gefallen.

Hermann griff nach ihrem Koffer, der zum Glück nicht schwer war, und gemeinsam spannten sie die Pferde ein. Ein letztes Mal strich Alma über Adlers flauschiges Winterfell, das so herrlich nach Pferd duftete. »Pass gut auf deinen Freund auf, ja?«, sagte sie danach zu Habicht, stützte sich auf die Oberschenkel und genoss, wie ihre Lippen auf seine seidigen Nüstern stießen, als sie einen kleinen Kuss darauf hauchte.

In der Kutschkabine lächelte Hermann ihr tapfer zu und sie ebenso zurück. Ruckel, ruckel, ruck, zählte sie ab, da kurz bevor sie auf den Feldweg bogen, immer das Loch im Kopfsteinpflaster kam. Jenes, in das die Milch geflossen war, als sie zu Julius und Marleene hinübergelaufen war, weil Marleene so fürchterlich geschrien hatte, nachdem sie entdeckt hatten, dass ihre Pflanzen für den Wettbewerb vollkommen zerfressen gewesen waren.

Sie war dankbar für die Dunkelheit hinter dem Fenster. So musste sie nicht sehen, wie die abgedeckten Pflanzenquartiere und das Fichtenwäldchen an ihr vorüberzogen. Das ganze Grün, in dem sie dennoch immer nur nach Rot Ausschau gehalten hatte. Bald wäre sie diese Bürde los.

Jetzt kam gewiss das Roggenfeld, an dessen Rand jemand eine wunderbare Schaukel gehängt hatte. Vor Kurzem hatte sie sie entdeckt, sich daraufgesetzt und war für wenige Minuten glücklich hin- und hergeschwungen – bis sie wieder festen Boden unter den Füßen gehabt hatte.

Viel zu schnell kam die besser befestigte Straße nach Rastede, und schließlich kündigte das durchdringende Pfeifen der Dampfrösser an, dass der Bahnhof vor ihnen lag. Mit schweren Gliedern stieg sie aus. Ihr Zug fuhr von Gleis 1. So wie der nach Hamburg damals, den Julius, Frieda und Marleene genommen hatten.

Vor der offenen Abteiltür blieb sie stehen. »Lebe wohl«, flüsterte sie ihrem Vater zu und schloss ihn fest in die Arme. Da waren noch allerlei Wünsche und Anweisungen, die sie ihm mit auf den Weg geben wollte, sie konnte jedoch nicht sprechen.

Er reichte ihr den Koffer in das Wageninnere, nachdem sie eingestiegen war, und jeder von ihnen setzte wieder das tapfere Abschiedslächeln auf. Schließlich hob Hermann die Hand zum Gruß, und Alma tat es ihm gleich, obwohl der Zug noch nicht losrollte. Aber sie konnte nicht mehr. Sie wollte sich jetzt nur noch auf ihren Platz setzen und daran arbeiten, ihre Schutzmauern aufzuziehen, damit sie es ohne Tränen bis nach Hannover schaffte.

Sie kämpfte sich mit dem Koffer durch die hölzernen Sitzreihen und atmete langsam auf, als sie merkte, dass der Zug ins Rollen kam. Doch eine Stimme ließ sie innehalten. Konnte es wirklich sein? Nein, das wäre absurd. Ihre Seele spielte ihr einen Streich.

Doch das Rufen wurde lauter.

»Alma, Alma!«

Verzweifelt rannte Bruno draußen von Abteil zu Abteil, pochte gegen jede Fensterscheibe. »Alma, bist du da?«

Alma hielt die Luft an. Ging zum Fenster hinüber und spürte das kalte Glas unter den Fingerspitzen.

»Alma, bist du da?«, rief er nun auch an ihr Abteil schlagend, und für einen Herzschlag trafen ihre Finger aufeinander, nur noch durch das dünne Glas getrennt. »Bitte geh nicht weg! Alma, ich … ich liebe dich!«

67. Kapitel

Wie schon im vergangenen Jahr fertigten Lina und die anderen Schülerinnen auch in diesem Februar Steckhölzer an, nur dass sie dieses Mal kaum noch Hilfestellung benötigten. Selbst Agnetas Haufen wuchs langsam, aber stetig, obwohl sie mit jedem Schnitt ein angestrengtes »Eh« verlauten ließ. Auch in der Fliedervilla teilten Lina und Agneta sich eine Kammer, nur dass diese sehr viel eleganter ausgestattet war. Dicke Orientteppiche zierten den Boden, es gab einen Ofen, und die teuren Nussbaum- und Mahagonimöbel wirkten jetzt gar nicht mehr fehl am Platze. Lina musste zugeben, dass sie sich mitunter wie eine Prinzessin fühlte. So gut und reichlich gegessen wie im vergangenen Jahr hatte sie nie zuvor. Nun noch die edle Kammer, und sie war obendrein auf einem Ball gewesen. Manchmal zweifelte sie gar, ob Marleenes Charakter wirklich dermaßen verdorben war, denn sie war ihnen gegenüber stets freundlich, und dass sie hier eine echte Lehre machte, würde ihr Leben wahrlich erleichtern.

In solchen Momenten rief sie sich jedoch wieder ins Gedächtnis, was die Hofgärtnerin ihrer Familie angetan hatte, und die Wut kehrte umgehend zurück.

»Was wollte Marleene denn gestern von dir, Agneta?«, fragte Meike, sobald die Hofgärtnerin sie nach ihrer Einweisung im Gewächshaus zurückgelassen hatte und zum Standort an der Fliedervilla zurückkehren würde, während die Schülerinnen heute beim Schwalbennest in

Rastede arbeiten würden. Es gelang Meike nur schlecht, ihre Neugier zu verstecken, und auch Lina brannte darauf, es zu erfahren. Am Vorabend hatte Agneta sich wortlos ins Bett gelegt und war nicht mehr ansprechbar gewesen.

»Ach … nichts Besonderes.« Agneta betrachtete hoch konzentriert den Schnitt, den sie soeben gesetzt hatte.

Babsi blickte auf und legte den Kopf zur Seite. »Und deswegen zitiert sie dich ins Kontor?«

»Wir hatten eben etwas zu bereden.«

»Und die Besprechung konnte nicht bis zum Abend warten, wo wir ohnehin alle beisammensitzen?«, fragte Elise skeptisch, aber Lina wusste, dass dies die falsche Herangehensweise war.

»Du weißt doch, dass du uns alles anvertrauen kannst«, erinnerte sie ihre Freundin sanft und legte eine Hand auf ihren Arm.

Agneta sah von einer zur anderen, ließ schließlich Gartenschere und Obstholz sinken und atmete resigniert aus. Im nächsten Moment schwammen ihre Augen vor Tränen.

»Es ist …«, presste sie hervor, setzte dann aber neu an. »Meine Eltern. Sie wollen nicht, dass ich noch länger auf diese Schule gehe.«

»Was?«, rief Lina, und auch von links und rechts drangen empörte Laute an die Luft.

»Das gibt es doch nicht! Warum wollen sie, dass du aufhörst? Gerade jetzt, wo du schon so weit gekommen bist? Ich meine, wer hätte das von dir …« Meike hielt sich im letzten Moment zurück, und Babsi übernahm. »Sie scheren sich doch eh nie um dich, und hier lernst du etwas! Warum wollen sie das urplötzlich nicht mehr?«

Agneta strich sich mit dem Handrücken die Tränen aus dem Gesicht und setzte sich auf eine Pflanzkiste. Einen Moment druckste sie herum, begutachtete ihre schmutzigen Hände, obwohl sie eigentlich darüber hinweggekommen war, dass sie nicht mehr ganz so zart waren. »Es ist wegen des Maskenballs. Ihnen ist anscheinend zu Ohren

gekommen, dass wir dort waren, und das hat eben diese Ohren …
nicht gerade ergötzt.«

»Oh.« Meike sackte zu Boden, die Schere fiel ihr aus der Hand.
»Dann ist es meine Schuld. Ich habe durch mein liederliches Verhalten dafür gesorgt, dass wir uns alle blamierten. Das … das tut mir
unendlich leid.«

Sie wirkte wie ein Häufchen Elend, und Agneta schüttelte den
Kopf, als auch Lina das Wort ergriff. »Papperlapapp! Wenn jemand
schuld ist, dann wir alle. Wir haben gemeinsam entschieden, dort hin-
zugehen.« Sie unterdrückte das nagende Gewissen, das sie daran erinnerte, dass sie dies ganz schön forciert hatte. »Und dieser De Vos hat
es ja wohl so was von verdient, dass du ihm vor die Füße gespien hast!«
Alle Mädchen stimmten ihr zu. »Wenn er so fies zu Marleene und
Julius war, hätten wir es dir alle gleichtun sollen.« Ihre Freundinnen
kicherten, vermutlich, weil sie es sich bildlich vorstellten. In Wahrheit
hatte Lina allerdings sogar schon überlegt, ob sie sich nicht irgendwie
mit ihm zusammenschließen konnte. Immerhin hatten sie dasselbe
Ziel. Gleichzeitig wollte sie nicht, dass Agneta ging.

»Und was geschieht jetzt mit dir?«, fragte Babsi. »Musst du uns
verlassen?«

»Wir könnten ja alle für dein Schulgeld zusammenlegen«, schlug
Meike schüchtern vor, und Lina hätte fast aufgelacht. Doch irgend-
etwas sagte ihr, dass es falsch wäre, darauf hinzuweisen, dass Agnetas
Schulgeld sie alle mitfinanziert hatte. Letztendlich konnte sie nur hof-
fen, dass durch das überraschende Erbe die finanzielle Situation von
Julius und Marleene nicht mehr ganz so prekär war.

»Das ist herzallerliebst von dir, Meike«, sagte Agneta mit ihrer
dünnen Stimme. »Marleene hat allerdings bereits versprochen, mit
Julius zu reden, denn ich habe ihr gesagt, dass ich um nichts in der
Welt nach Hause zurückkehren möchte. Wir können also noch hoffen.« Sie griff nach einem neuen Steckholz. »Und jetzt lasst uns zu-

sehen, dass wir vorankommen. Die Johannisbeeren vermehren sich immerhin nicht von alleine.«

Einträchtig arbeiteten sie vor sich hin und sangen das eine oder andere Lied. Agneta konnte gar nicht genug bekommen von all den Ernteliedern und hatte ihnen ihrerseits einige französische Chansons beigebracht. Als sie die Stöcke am späten Nachmittag schließlich in die dafür vorgesehenen Beete steckten, tauchte ein grobschlächtiger Mann auf dem Hof auf. Erst nachdem er näher an sie herangetreten war und bis auf das Zahnfleisch lächelte, erkannte Lina ihn als De Vos. Was, zum Teufel, wollte der hier? Doch nicht etwa sie nach so langer Zeit wegen des Maskenballs ausschimpfen? Eine nach der anderen richtete sich auf, Lina massierte mit der rechten Hand ihr geschundenes Kreuz.

»Guten Tag, meine Damen.« Er hatte sie nun erreicht und griff sich eines der Steckhölzer, die in beschrifteten Holzkisten darauf warteten, in die Erde zu kommen. Mit einem anerkennenden Nicken legte er es zurück. Lina entging dabei nicht, dass er es in die falsche Kiste legte. Es erinnerte sie an ihre eigenen Vertauschungen aus dem vergangenen Winter. Wieso hatte sie das in diesem Jahr eigentlich noch nicht gemacht?

Jetzt beugte er sich über die anderen Kisten und kam dann schnaufend wieder hoch. »Eine eindrucksvolle Arbeit«, sagte er und lächelte in die Runde.

»Danke«, murmelte Lina stellvertretend für alle. Sie wusste nicht, was sie von seinem Auftritt hier halten sollte.

»Das bringt mich auch zum Grund meines Kommens. Ich benötige Hilfe. Ich habe eine neue Gärtnerei droben in Wüsting. Mein Kompagnon und ich wollen gerne einen Lehrling einstellen.«

»Einen *weiblichen* Lehrling?«, fragte Babsi ebenso fassungslos, wie Lina war.

»Warum nicht?« Er klopfte seine Finger ab und schritt an dem

Beet entlang, das sie bereits beackert hatten. »Wie ich gehört habe, ist das jetzt die neueste Mode.« Sein Lachen klang wie ein Husten. »Nun aber mal allen Ernstes: Ich traue euch jungen Dingern einiges zu und bin offen für Neues. Wenn eine von euch also in Erwägung ziehen würde, bei uns …«

Meike schnitt ihm das Wort ab: »Danke, wir haben kein Interesse.«

Seine Augen wurden zu schmalen Schlitzen. »Von dem Mädchen, das mich ganz offensichtlich zum Kotzen findet, habe ich nichts anderes erwartet. Bitte sprich aber doch nicht für deine Kolleginnen. Also«, er nahm eine nach der anderen ins Visier, »wenn eine von euch ihre Lehre in einer echten Handelsgärtnerei fortsetzen mag, meldet sie sich bitte bis Dienstag bei mir. Wir zahlen einen gerechten Lohn, und die Chancen einer Übernahme stehen sehr gut. Falls ihr es allerdings vorzieht, an dieser Spielschule zu bleiben … bitte sehr. Ab Mittwoch werde ich die Stelle anderweitig vergeben.«

Er verneigte sich leicht und verschwand schließlich im Fichtenwäldchen, musste wohl außerhalb geparkt haben. Wie die anderen Mädchen sah Lina ihm hinterher, während ihre Gedanken sich überschlugen. Dennoch gelang es ihr nicht, sein Angebot einzuordnen. Was bezweckte er damit? Wollte er wirklich nur einen spottbilligen Lehrling? Oder führte er etwas im Schilde?

* * *

Gelacht hatte Konstantin, als Dorothea ihn um die Scheidung gebeten hatte. Er dachte nicht daran, zum Gespött der Leute zu werden, hatte er behauptet. Als wenn sie das nicht bereits wären. Und da sie selbst mittlerweile in einer bescheidenen Zweizimmerwohnung lebte und er noch immer in der Spelunke in der Mottenstraße, wusste ohnehin jeder, dass sie getrennte Wege gingen. Dann konnten sie es genauso gut offiziell machen. Schlussendlich hatte sie gar keine Wahl, wenn sie wieder auf die Füße kommen wollte, denn solange sie verheiratet waren, würde jeder Pfennig, den sie verdiente, an Konstantin gehen, der seinerseits nicht daran dachte zu arbeiten. Zudem hatte sie das Problem, dass sie sich keine Kinderfrau für Helene leisten konnte und sie ihr kleines Mädchen gewiss nicht in eine dieser grässlichen Kleinkinder-Bewahranstalten geben würde, aber darum würde sie sich im nächsten Schritt kümmern.

Zunächst musste sie Konstantin loswerden.

Dazu musste seit der Reform der Verfahrensordnung ein schwerwiegender Grund vorliegen. Und da er weder ihrem Leben nachgestellt hatte, dem Wahnsinn erlegen war (zumindest nicht jenem, der vor Gericht Bestand hätte) oder ihr den ehelichen Verkehr verweigert hätte, war es notwendig, dass sie seinen Ehebruch bewies. Sie musste folglich jemanden finden, der vor Gericht für sie aussagte. Anfangs hatte sie vermutet, dass dies ein Leichtes werden würde, doch da war sie zu optimistisch gewesen. Davon abgesehen, dass sie es selten mit absoluter Gewissheit wusste, mit wem Konstantin sich vergnügt hatte, hatten die Frauen natürlich kein Interesse daran, dies öffentlich kundzutun – nicht einmal, wenn sie einen gewissen Geldbetrag dafür bot.

Es war alles sehr verfahren. Sie konnte von Glück sagen, dass Helene ein Mädchen war, denn das Gesetz sah bei einer Scheidung vor, dass Mütter nur für Söhne unter sechs Jahren sorgen durften. Bei Töchtern war dies unabhängig vom Alter erlaubt, die waren in den Augen der Gesetzgeber ja nicht so wichtig. Allerdings würde die Vermögenssorge für Helene stets in Konstantins Händen liegen, selbst wenn es Dorothea gelang, sein Verschulden nachzuweisen. Ihr blieb einzig das Erziehungsrecht, hatte sie herausgefunden.

In ihrer Verzweiflung hatte sie sogar Fenja und Ottilie nach der Arbeit aufgesucht, schwer darauf bedacht, Julius und Marleene nicht in die Arme zu laufen. Sie hatte mit Fenja unter vier Augen von Frau zu Frau gesprochen. Sie wusste, dass Konstantin mehrmals versucht hatte, sie zu einem Schäferstündchen zu bewegen, doch den Blick fest auf die Spitzen ihrer Holsken gerichtet, hatte sie ihr versichert, dass sie sich Konstantin nie gänzlich hingegeben hatte. Sie hatte sich mehrfach bei ihr entschuldigt und war voll des Dankes, dass sie ihr und Ottilie die Gärtnerinnenschule finanziert hatte. Auf diese Weise hatte immerhin ein winziger Teil ihres Geldes eine sinnvolle Verwendung gefunden. Wenn es nach ihr gegangen wäre, hätte sie liebend gerne weiteren Mädchen die Ausbildung bezahlt, das wäre ein sinniger Schritt gewesen! Doch nun war alles in Alkohol, Zigarren, Kartenspiele und wer wusste, was für Vergnügungen verplempert worden.

Bei aller Erleichterung, dass Fenja dem Charme ihres Ehemanns nie erlegen war, stellte sie das vor die neuerliche Herausforderung, eine andere Zeugin aufzutreiben.

Natürlich gab es da jemanden.

Jeder in der Hofgärtnerei hatte über kurz oder lang gewusst, dass sie sich auf Konstantin eingelassen hatte. Dorothea selbst war die Letzte gewesen. Und der Beweis für das Techtelmechtel war inzwischen sechs Jahre alt, hatte Konstantins sanftbraune Augen und Gretas pechschwarze Haare. Greta war ihre letzte Hoffnung. Gleichzeitig wusste Dorothea, dass sie von Greta als ihre Erzfeindin angesehen wurde, da Konstantin sie geheiratet hatte. Wochenlang hatte sich Dorothea daher vor diesem Besuch gedrückt, aber heute rieselten dicke Flocken vom Himmel und legten eine Decke des Friedens auf Bäume, Wiesen und Gebäude, und so wollte sie es versuchen. Je eher sie sich gänzlich von Konstantin löste, desto schneller konnte sie sich eine Anstellung suchen.

Helenchen hatte sie bereits zu ihren Eltern gebracht, nun streifte sie die wollenen Handschuhe und den Mantel über und schwang sich auf das Fahrrad, das sie sich vom Startkapital ihrer Eltern zugelegt hatte. Schlingernd glitt es durch die dünne Schneeschicht. Nach einer halben Stunde hatte sie Ofenerdiek erreicht, wo Bruno mit seinen

Eltern wohnte. Der Herrgott war ihr offenbar gnädig, denn Greta lief soeben mit einem Weidenkörbchen voll Kartoffelschalen über den Hof. Sie trug noch immer das dunkelrote Kopftuch wie damals in der Hofgärtnerei. Sobald sie Dorothea erblickte, beschleunigte sie ihre Schritte und verschwand im Stall. Dorothea lehnte das Rad an einen Baum und folgte ihrer ehemaligen Kollegin in das flache Gebäude.

Es war überraschend warm, roch nach Stroh, aber auch etwas säuerlich. Sowie ihre Augen sich an das Licht gewöhnt hatten, sah sie, dass Greta die langen Schalenschlangen auf die Futtertröge verteilte. Die Schweine quiekten vor Aufregung und stießen sich gegenseitig beiseite.

»Was willst du?«, fragte Greta barsch, als das Körbchen leer war. Sie klopfte ihre Hände ab und schob die Finger in die Taschen ihrer Kittelschürze. »Ich weiß, dass es falsch war, in Ordnung? Bruno hat mich verlassen, ich denke, das ist Strafe genug. Du musst mir nicht auch noch eine Moralpredigt halten.«

»Bruno hat dich verlassen? Ich dachte, er hätte dich trotz der … der … trotz des Vorfalls geheiratet.«

Greta verdrehte die Augen. »Doch nicht diesmal. Als ich mich wieder auf Konstantin eingelassen habe, ist ihm der Kragen geplatzt, und er hat mich im hohen Bogen aus dem Haus geschmissen. Konstantin im Übrigen auch. Durchs Fenster.«

»Diesmal?«

»Letzten Juni?«

Dorothea rechnete nach. Das musste zu der Zeit gewesen sein, als er so überstürzt nach Oldenburg aufgebrochen war. Da war er allen Ernstes hierhergekommen und hatte sich abermals mit Greta vergnügt?

»Warum lächelst du?«

»Hättest du etwas dagegen, genau diesen Sachverhalt vor Gericht zu erzählen?«

Greta riss die Augen auf. »Vor Gericht? Er hat doch keine Notzucht mit mir betrieben!«

»Das nicht. Aber ich brauche Beweise seiner Untreue, damit ich mich von Konstantin scheiden lassen kann.« Sie hielt die Luft an. Von Gretas Ruf war ohnehin nicht mehr allzu viel übrig, was sich zerstören ließe, dennoch hatte sie nicht den geringsten Grund, ihr zu helfen.

Doch sie nickte. »In Ordnung.«

»In Ordnung?«

»Klar, warum nicht? Ich habe ohnehin nichts zu verlieren.« Sie griff nach dem Körbchen, das sie abgestellt hatte, verblieb jedoch weiterhin im Stall. »Außerdem wäre es schön, zur Abwechslung mal das Richtige zu tun. Nur, warum willst du dich scheiden lassen?«

»Ach, weißt du …«, Dorothea beobachtete, wie die Schweine ihre kurzen Rüssel in den Trog stießen in der Hoffnung, mehr zu finden, »ich bin mit diesem Schweinehund durch. Wenn du willst, kannst du ihn haben.« Das meinte sie tatsächlich ernst und keinesfalls garstig. Sie wollte Konstantin Goldbach einfach nicht länger in ihrem Leben haben und war froh, wenn er sich anderen Frauen widmete.

Doch Greta winkte ab. »Ach, weißt du … ich denke, ich bin mit dem Schweinehund ebenfalls durch.«

Überrascht blickte Dorothea auf, sah Gretas grün gesprenkelte Augen aufblitzen, und zum ersten Mal lächelten sie sich an. Erst jetzt fiel ihr auf, wie hübsch ihre einstige Kollegin eigentlich war, wenn sie nicht so griesgrämig guckte.

»Mami, Mami, schau mal, was ich geschnitzt habe«, rief in diesem Moment eine helle Kinderstimme, und ein kleiner Wicht drückte sich an ihr vorbei und stürmte auf Greta zu. Greta ging sofort in die Hocke, strahlte Elias an und lobte das unförmige Holzmännchen in den höchsten Tönen, sodass der junge Mann vor Stolz ein gutes Stück größer wurde. Die Art, wie er seine Brust blähte, erinnerte Dorothea sogleich an Konstantin, doch da ihm dabei Gretas kohlrabenschwarze

Haare ins Gesicht fielen, wirkte er dennoch ganz anders. Und das strahlende Lächeln? Das kannte sie von Helenchen, wurde ihr mit einem Anflug von Wehmut bewusst. Sie waren eben Geschwister. Und während sie Greta beobachtete, wie sie begeistert das Männchen in alle Richtungen wendete, hatte Dorothea eine verrückte Idee.

»Du suchst nicht zufällig eine Anstellung als Kinderfrau?«

68. Kapitel

»Du hättest sie sehen sollen, Julius.« Marleene legte Theo vorsichtig in die Familienwiege und knöpfte dann ihre Bluse auf. Aus Gewohnheit stellte sie sich darauf ein, dass sich gleich jeder Muskel ihres Körpers anspannen würde, um der Eiseskälte zu entgehen, wenn sie den Stoff von den Armen gestreift hätte. Doch dank des kleinen Ofens in der Ecke des Zimmers geschah nichts dergleichen. Ein Ofen eigens für das Schlafzimmer! Sie konnte es noch immer nicht fassen, von welch einem Luxus sie jetzt umgeben war. Am meisten freute sie sich, dass in das Gesicht ihrer Mutter nun ein stetiges Lächeln geschrieben zu sein schien, seit das Kohlenfeuer in ihrer Kammer die Schmerzen ihres Rheumas dämpfte. Die Sache mit Agneta gab ihrem Glück allerdings einen gehörigen Dämpfer. Wäre sie nicht direkt nach dem Maskenball mit Windelnwechseln und Dauerstillen beschäftigt gewesen, hätte sie sich wohl jeden Tag gesorgt, dass jemand etwas vom Benehmen ihrer Schülerinnen mitbekommen hatte und dies verurteilte. Doch nach all den Monaten hatte sie sich letztlich in Sicherheit gewogen.

Ein Fehler, wie sich nun herausstellte.

»Sie war das reinste Häufchen Elend. Es ist kaum zu glauben, sie will unbedingt hierbleiben.« Rasch schlüpfte sie in ihr Nachtgewand. »Ich würde ihr den Wunsch nur zu gerne erfüllen, aber ohne das monatliche Geld ihrer Eltern trägt sich die Schule nicht mehr. Außerdem ist sie noch nicht volljährig, und ich kann doch nicht gegen den Willen ihrer Eltern entscheiden – wobei dies das geringste Problem wäre, denn sie hat im März Geburtstag und wird einundzwanzig.«

»Hm.« Julius löste nachdenklich seine Hosenträger, nachdem er den Wollpulli über den Kopf gezogen hatte. »Eine wahrlich vertrackte Situation. Jetzt, wo das Haus und unser Grundstück gesichert sind, können wir aber Gott sei Dank anders kalkulieren. Wie viele Anmeldungen hast du für das kommende Schuljahr?«

Marleene rechnete nach, gestern waren drei und heute zwei hinzugekommen. »Siebenundzwanzig von den geplanten vierzig Plätzen sind bisher belegt. Sechzehn davon sind höhere Töchter.« Sie hatten beschlossen, die künftigen Jahrgänge im Sommer beginnen zu lassen, wenn die Belastung nicht ganz so hoch war wie im Frühjahr und das Arbeiten deutlich angenehmer. Und nun sollten sie all dies wieder aufgeben?

Julius murmelte Zahlen vor sich hin und schlüpfte zu ihr unter die Decke. »Es wäre unsinnig, die Schule jetzt aufzugeben, nachdem wir so viel Zeit und Mühe hineingesteckt haben. Insbesondere wenn die Prognose für das kommende Schuljahr so rosig ist. Wir sollten alles so weiterlaufen lassen wie bisher.«

»Selbst wenn wir in den kommenden Monaten womöglich rote Zahlen schreiben?«

»Ja. Es fühlt sich nicht gut an, ich weiß. Ich bin mir allerdings sicher, spätestens wenn die Zeitungen über unsere große Neueröffnung berichten, werden sich auch die letzten Plätze rasch füllen. Auf der großen Eröffnung des Schlossgartens können wir ja vielleicht auch noch mal für die Gärtnerinnenschule werben. Die Verluste wären erheblich größer, wenn wir jetzt aufgeben würden. Wenn wir weitermachen, stehen uns einige Verlustmonate bevor, wir werden die fehlende Summe in der zweiten Jahreshälfte aber wieder einfahren.«

Marleene ging den Plan ebenfalls gedanklich durch, und er erschien ihr vollkommen sinnig. Sie mussten einfach weitermachen! »Dann kann ich Agneta sagen, dass sie bleiben darf?«

»Genau!« Julius blitzte sie schelmisch an.

Marleene schloss ihn fest in die Arme und genoss das sonnige Gefühl in ihrem Inneren. Sie hatte definitiv den richtigen Mann gefunden.

* * *

Nicht schon wieder, dachte Marleene zwei Tage später. Gab es im Leben dieser Menschen denn wahrlich nichts Aufregenderes?

»Bitte gehen Sie weiter, es gibt hier nichts zu sehen«, rief Marleene der Menschentraube zu, die auf dem frisch angelegten Weg des Oldenburger Schlossgartens zum Stehen gekommen war. Am gegenüberliegenden Ende, wo die Rasenfläche sich verlor, setzten die Schülerinnen in ihren Gärtnerhosen gerade Schleifenblumen, Iberis sempervirens, in den Halbschatten unter die Bäume, damit bei der Eröffnung in zwei Wochen alles hübsch aussah. Dies schien sich, wie Marleene befürchtet hatte, im Oldenburger Volk jedoch herumgesprochen haben. Warum sollten sonst dermaßen viele Bürger an einem nieseligen Dienstagvormittag in den Park kommen? Im gesamten vergangenen Jahr, wo die Mädchen in der Gärtnerei gearbeitet hatten, hatte es keinen Menschenauflauf in diesen Maßen gegeben. Man könnte fast meinen, die Eröffnung sei bereits heute. Ihre Gemütslage war ohnehin nicht die beste, seit sie gehört hatte, dass De Vos nicht nach Holland zurückgekehrt war, sondern sich mit dem jungen Jüchterjohanns zusammengetan hatte. Da seine Gärtnerei noch in den Kinderschuhen steckte und Julius und ihr dagegen die Ressourcen der Hofgärtnerei zur Verfügung standen, hatten sie auf den ersten Blick einen Vorteil. Auf der anderen Seite gab es Menschen, die vor nichts zurückscheuten. Sie hatte in den vergangenen Jahren schon so viel erlebt: Pflanzendiebe, Schädlinge, widrige Wetterbedingungen. Und nun hatten sie nahezu doppelt so viele Pflanzenquartiere wie zuvor. Was, wenn sie einen Fehler machten? Was, wenn De Vos die Krallen ausfuhr und mit unlauteren Mitteln kämpfte?

Sie schob den Gedanken beiseite und eilte zu den Mädchen hinüber, die während des Pflanzens immer wieder zu den flanierenden Besuchern schauten, die sie begafften wie Tiere im Zoo. Nur weil sie Hosen trugen. »Es tut mir leid, ich hatte zwar vermutet, dass wir Aufsehen erregen werden, wusste aber nicht, dass es so schlimm werden wird.«

»Ich habe gleich gesagt, dass wir Frauenkleider tragen sollten, wie es sich gehört.« Agneta strich ihren Rock, den sie weiterhin stur trug, glatt und reckte das Kinn.

»Uns als Frauen steht es aber ebenso zu, Hosen zu tragen, wie Männern. Und Hosen sind für diese Arbeit einfach praktischer.« Marleene konnte inzwischen schon nicht mehr zählen, wie oft sie diese Debatte geführt hatte.

»Das mag sein. Aber geht es uns nicht darum, den Beruf der Gärtnerin als normal zu etablieren? Warum in aller Welt verstecken wir dann unsere Weiblichkeit? Das erscheint mir widersinnig. Ich finde, wir sollten zu unserem Dasein als Frau stehen. Ja, wir sind weiblichen Geschlechts, und ja, wir verrichten Gärtnerarbeit.« Sie stellte sich breitbeinig hin und reckte ihren kleinen Spaten mit zwei Händen in die Höhe, während der Rock ihre Waden umspielte. »Und ja, wir tragen dabei Frauenkleider, denn das sind wir.«

Hinter Marleene ertönte Applaus, und als sie sich umdrehte, sah sie, dass zwei Jünglinge in den Flegeljahren Agnetas Auftritt überaus gut gefallen hatte. Eine Frau mit dunklem Regenschirm hingegen hängte sich energisch bei ihrem Begleiter ein. Sie gingen tuschelnd davon und machten sich keinerlei Mühe, ihre Missbilligung zu verstecken.

Marleene warf Agneta einen mahnenden Blick zu. Gestern Abend war sie noch voll des Dankes gewesen, nachdem ihr eröffnet worden war, dass sie auch ohne Schulgeld bleiben könne. Agneta war so unendlich dankbar gewesen und hatte Tausende Versprechungen gegeben, was sie alles machen wolle. Und nun benahm sie sich auf diese provokante Weise, obwohl Marleene kontinuierlich predigte, dass jede von ihnen eine Vorbildfunktion einnahm?

Agneta hatte die Hände wieder sinken lassen. »Wir müssen uns nicht verschämt in Männerkleidung quetschen und unsere Weiblichkeit verstecken.«

Marleene seufzte. »Es steht dir frei, nach deiner Ausbildung eine eigene Gärtnerinnenschule zu eröffnen. Dort kannst du es dann handhaben, wie es dir gefällt.«

»Tatsächlich?« In Agnetas Blick schwang eine ungewohnte Begeisterung, die die gewohnte Lethargie vertrieb.

»Aber gewiss doch. Wenn wir wollen, dass so viele Mädchen wie nur möglich eine Berufsausbildung erhalten, benötigen wir zahlreiche Ausbildungsstätten.«

»Oh, das mache ich.« Sie legte einen Arm um Lina. »Und du wirst meine Obergärtnerin, dir gelingen die praktischen Tätigkeiten meist sehr viel besser.«

»Wer sagt denn, dass ich nicht meine eigene Gärtnerinnenschule gründen möchte?«, blaffte diese ihre Mitbewohnerin an, und Marleene fragte sich, was vorgefallen sein mochte. Bisher hatten die beiden sich nahezu verblüffend gut verstanden.

Zum Glück war Agnetas Schale im vergangenen Jahr um einiges härter geworden, selbst wenn sie mit ihren Augenringen und der durchscheinenden Haut noch immer kränklich wirkte. Doch immerhin rannte sie heute nicht unter Tränen fort, wenn ein Zweig sie gestreift hatte. Agneta wandte sich jetzt an Meike. »Dann vielleicht mit dir? Du bist ohnehin die Geschickteste und obendrein die Flotteste von uns.«

Meikes Gesicht verfärbte sich bis zum Haaransatz. »Also ... ehrlich gesagt …« Sie blickte hastig zu Babsi, die sich jetzt ebenfalls aufrichtete. »Wir träumen davon, gemeinsam in Österreich eine Schule zu eröffnen. Natürlich erst, nachdem wir selbst einige Jahre in einer Gärtnerei gearbeitet haben.«

Marleene wünschte sich Arme, so lang wie Sonnenblumen, um all ihre Schützlinge in eine feste Umarmung drücken zu können. Es war einfach nur schön, wie sehr sie zusammengewachsen waren. In der Ferne begannen die Glocken der Lambertikirche zu läuten, und Marleene schlug die Hand vor den Mund. »Harrijasses nee, so spät ist es schon? Ich muss zurück in die Hofgärtnerei, ein potenzieller Großkunde wartet auf mich.« Sie schwang sich auf ihr Fahrrad. »Später kommt Franz und hilft euch!«

* * *

Sobald die Hofgärtnerin in Richtung der Gärtnerei davongedüst war, bedeutete Lina den anderen Mädchen, ihr hinter einen mächtigen Rhododendron zu folgen, wo sie sich in aller Ruhe beratschlagen konnten.

Sie war zu dem Entschluss gekommen, dass der Holländer nichts Gutes im Schilde führen konnte. Zwar wollte sie, dass die Hofgärtnerin mit Vehemenz zu Fall kam, dennoch wollte sie nicht, dass er die anderen Schülerinnen ins Verderben zog. Daher hatte sie überlegt, dass es das Beste wäre, wenn sie selbst das Angebot des Holländers annahm. Dann konnte er, ganz gleich, welchen Plan er verfolgte, diesen mit ihr umsetzen und die Hofgärtnerin öffentlich zu Fall bringen. Er erledigte quasi die Drecksarbeit für sie, das gefiel ihr. Falls er sie danach entließ, wäre es für sie vergleichsweise das kleinste Übel. Sie hatte ohnehin vor, sich so bald wie möglich eine Stelle als Köchin zu suchen, wo sie wieder schön im Warmen arbeiten konnte – selbst wenn ihr bei dem Gedanken, ihre Kolleginnen und Kollegen zu verlassen, unbehaglich zumute war.

Jetzt musste sie es nur noch so hinbiegen, dass sich keine von ihnen bei De Vos meldete.

»Also, habt ihr über das Angebot von dem Holländer nachgedacht?« Sie rümpfte leicht die Nase, damit klar wurde, was sie von seiner Offerte hielt.

»Eigentlich wäre es nicht schlecht«, sagte Ottilie jedoch. »Anstatt Schulgeld zu zahlen, würden wir bereits Geld verdienen!«

»Allerdings bestimmt nicht viel.« Meike guckte richtiggehend angeekelt drein, und Lina triumphierte, ohne eine Miene zu verziehen. Sie nickte lediglich bekräftigend.

»Ich habe bei dem irgendwie ein ungutes Gefühl«, sagte Babsi, und Ottilies anfängliches Interesse schien auch versiegt. Wie es aussah, musste Lina schon gar nichts mehr machen. Der Widerling hatte sich selbst ins Aus manövriert. Doch dann ergriff Fenja das Wort.

»Bei einigen könnte es allerdings Eindruck schinden, wenn man in einer echten Handelsgärtnerei gelernt hat und nicht bloß in einer Gärtnerinnenschule.«

Leider hatte sie damit recht. Die Schule wurde nach wie vor kritisch gesehen. Dummerweise gerieten auch die anderen Mädchen ins Grübeln, und als neben Lina die ovalen Blätter des Rhododendrons urplötzlich wackelten, erschraken sie allesamt.

Franz trat aus der Pflanze hervor und verschränkte die Arme. Er musste sie gehört haben. »Und wer würde einem noch nicht fertig ausgebildeten Backfisch ein solches Angebot machen? Versteht mich nicht falsch, ich halte viel von eurem Können, ich weiß nur nicht, ob die Welt dafür schon bereit ist. Oder ist euch entgangen, wie man auf euch reagiert?«

»Als könnte einem das entgehen«, zischte Lina und verfolgte Franz wütend mit den Augen, der nun direkt neben Agneta Position bezog und obendrein eine Hand um ihre Taille legte. Am liebsten hätte Lina die Augen verschlossen, um die beiden nicht mehr zusammen ertragen zu müssen. Was war sie doch töricht gewesen!

»Worum geht es denn, Herzchen?«, fragte Franz mit einer abscheulichen Sanftheit in der Stimme. Wie immer, wenn er Agneta ansah, wurden seine Züge ganz weich.

»De Vos hat uns angeboten, dass eine von uns eine Stelle in seiner neuen Gärtnerei antreten kann«, antwortete Lina schroff an Agnetas Stelle. Ihr war bewusst, dass sie sich wie ein widerborstiges Kind verhielt, und sie hasste sich selbst dafür.

Aber sie konnte nicht anders.

Immerhin verließ Franz' Hand umgehend Agnetas Rücken, und er sah sie alarmiert an. »Keine von euch wird das tun.«

»Du hast uns überhaupt nichts vorzuschreiben!«

»Lina!« Mit einem Schritt war er bei ihr und so nah wie früher einst. Es tat gut, seine volle Aufmerksamkeit zu haben, und gleichzeitig tat es weh, denn ihr war bewusst, dass sie nicht zärtlichen Gefühlen entsprang, sondern nur einer allgemeinen Fürsorge.

Dennoch wollte sie dies nicht so leicht aufgeben.

»Es ist ein gutes Angebot«, wiederholte sie und pustete sich eine Krisselsträhne aus dem Gesicht.

»Lina, bitte!« Viel zu schnell trat er einen Schritt zurück und fuhr sich durch die Haare. Etwas schien ihm richtige Seelenqualen zu bereiten. »Du darfst die Stelle nicht antreten. Keine von euch darf das!«

Jedes einzelne Haar auf ihren Unterarmen stellte sich auf, sie hatte ihn nie zuvor so voller Sorge und so ernst erlebt. »Wieso denn nicht?«

»Das … das darf ich euch leider nicht verraten, das habe ich versprochen. Wenn ich euch dennoch einen guten Rat geben darf, dann haltet euch an das, was ihr habt. In der Hofgärtnerei bekommt ihr eine solide Ausbildung. De Vos hingegen ist schlichtweg nicht zu trauen.«

Als ob er ahnte, dass sie dies noch unter sich besprechen mussten, verzog er sich wieder, ohne sie zum Weiterarbeiten aufzufordern. Lina sah von einer Freundin zur anderen, und auf jedem Gesicht hatten Franz' Worte eindringliche Spuren hinterlassen. So wie auch sie glaubten sie ihm. Es klang so, als wäre Gefahr in Verzug, wenn man an De Vos' Seite arbeitete. Und sosehr sie auch wollte, dass die Hofgärtnerin unterging, würde sie nicht so weit gehen und ihr körperliches Wohlbefinden dafür opfern.

»Also gut«, schloss sie. »Keine von uns wird die Stelle annehmen!?« Lina hielt ihre Hand in die Mitte des Kreises, und eine nach der anderen legte die ihre obendrauf. Nur Fenja zögerte, doch schließlich tat sie es den anderen gleich. Der Pakt war besiegelt.

69. Kapitel

Der Wind heulte um die Fliedervilla und ließ die kahlen Äste an den Fensterscheiben kratzen. Marleene hatte Theodor mit dem Tragetuch fest an sich gebunden. Sie tanzte im Wintergarten leise singend von einem Bein aufs andere und hoffte, dass das Koselied auch ihre Nerven beruhigen würde. Doch wenn sie sah, wie der aufkommende Sturm die dünnen Kastanien auf dem Freilandquartier zur Seite bog und die knorrigen Stämme der mächtigen Linden der Allee zum Ächzen brachte, wurde ihr ganz anders.

Sie hörte Schritte in der Eingangshalle und ging, sich langsam wiegend, damit Theo nicht aufwachte, ins Vestibül. Vielleicht hatte ja eine der Schülerinnen eine Frage. Doch es war Julius, der soeben nach seinem Mantel griff.

»Was hast du vor?«, fragte Marleene überrascht. Er durfte unter gar keinen Umständen bei diesem Hundewetter den Schutz der Villa verlassen. Draußen gab es nichts, das nicht warten konnte, und die Fensterläden hatte er bereits geschlossen.

»Ich will nur kurz nach dem Rechten sehen.«

»Jetzt!? Bei diesem Sturm?«

»Unsinn. Sturm ist erst, wenn die Schafe keine Locken mehr haben.«

Marleene legte den Kopf schief. »Mal ernsthaft: Ist es nicht sinniger, sich nach dem Sturm umzuschauen, welche Reparaturen vorgenommen werden müssen?«

»Wohl wahr.« Er kam herüber und küsste sie. »Noch sinniger ist es allerdings, schon vorher dafür zu sorgen, dass nichts kaputtgehen kann.«

»Wie willst du das bewerkstelligen?«

»Ich werde die Scheiben der Orangerie mit Brettern vernageln. Dann kann auch der schlimmste Sturm ihnen nichts anhaben.«

Marleene biss die Zähne zusammen. Er sorgte sich, da er wusste, dass sie kein bisschen zusätzliches Geld für derart kostspielige Reparaturen zur Verfügung hatten. Dennoch erschien es ihr viel zu gefährlich.

»Ich werde vorsichtig sein«, nahm er ihre Sorge vorweg.

»Dann lass mich nur schnell Theo in die Wiege legen, damit ich dir helfen kann.« Sie wollte schon die Treppe hinauflaufen, doch Julius berührte ihren Arm. »Marleene. Er ist jetzt endlich eingeschlafen, und du weißt, dass er nirgendwo so gut schläft wie bei dir. Glaub mir, Ich schaff das schon. Ehe du es dich versiehst, bin ich zurück, und wir trinken eine heiße Schokolade vorm Kamin und traktieren die Schülerinnen wieder mit fiesen Botanik-Fragen. Ich habe mir schon etwas ganz besonders Schweres überlegt.«

Marleene sah in das Tragetuch. Theo wirkte vollkommen entspannt und friedlich, so als hätte er eine halbe Stunde zuvor nicht die halbe Villa zusammengebrüllt. Sie würde sich tatsächlich ungut fühlen, wenn er jetzt ihretwegen erneut aus dem Schlaf gerissen wurde.

Mit einem mulmigen Gefühl im Bauch sah sie zu Julius. Er grinste sie an. »Mach dir keine Sorgen, in spätestens einer Stunde bin ich zurück. Du kannst beizeiten ja schon mal die Milch aufsetzen.«

Die Tür wurde ihm nahezu aus der Hand gerissen, sobald er sie geöffnet hatte, und Marleene schirmte schnell Theos Ohren ab, als das Tosen des Sturms in die Villa drang.

Erst als die Ruhe zurückgekehrt war, nahm sie ihre Hände vorsichtig herunter und beäugte Theo kritisch. War es zu laut gewesen?

Er aber schien bereits tief zu schlafen, also ging sie in den Salon, wo die Mädchen über ihren Heften gebeugt saßen. Sie zeichneten Pflanzen mit ihren einzelnen Bestandteilen in ihr Berichtsheft und kolorierten sie danach mit Aquarellfarben.

Ottilie blickte auf und klemmte sich eine Strähne hinter das Ohr. »Könnte ich etwas mit dir besprechen, Marleene?«

»Aber gewiss doch. Was gibt es denn?«

Sie drehte ihren Bleistift zwischen Daumen und Mittelfinger. »Unter vier Augen, wenn das ginge?«

»Natürlich. Lass mich nur meine Runde machen, dann gehen wir ins Kontor, ja?«

Sie schaute Fenja über die Schulter, die eine eindrucksvolle Anemone nemorosa, ein Hain-Windröschen, zu Papier gebracht hatte. Linas Atropa belladonna, die schwarze Tollkirsche, war ebenfalls hübsch anzusehen. Agnetas Erdbeere, Fragaria vesca, war hingegen erst in den Umrissen zu erkennen, während die anderen Mädchen bereits die Farben auftrugen.

»Mir war heute wieder sehr blümerant zumute«, röchelte Agneta und sah sie aus ihren tief umrandeten Augen an, sodass Marleene kurz die Hand auf ihre Schulter legte.

Ein lautes Klappern befreite sie von einer Antwort. Alle blickten erschrocken auf, es klang, als ob geschossen wurde.

»Oben muss sich einer der Fensterläden gelöst haben«, erklärte sie und eilte los. Sie fand die zeternden Fensterläden in Babsis und Meikes Kammer und musste einige Zeit mit dem Wind ringen, bis sie die drei Riegel vorschieben konnte. Theo gefiel das gar nicht, und er brachte es auch lauthals zum Ausdruck. Sie beschloss, ihn diesmal in die Wiege zu legen, damit sie sich freier bewegen konnte, wenn er schlief, ihr Rücken schmerzte ohnehin schon. Es dauerte eine halbe Stunde, bis er wieder eingeschlafen war und sie sich aus dem Zimmer schleichen konnte. Was wollte sie noch alles? Sie wollte den restlichen

Mädchen Rückmeldung geben, Julius müsste jeden Moment zurück sein, sie sollte besser den Kakao vorbereiten, und Ottilie wollte sie sprechen.

Als sie die Treppe hinunterging, sah sie das Mädchen bereits in der Tür herumlungern, vermutlich hatte Ottilie auf sie gewartet. Noch bevor sie unten ankam, öffnete sich die Haustür, und Marleene spürte erst durch die Erleichterung, die sie durchfuhr, wie sehr sie sich gesorgt hatte. Er war wieder da. Doch um die Ecke kam stattdessen Rosalie, gefolgt von einer ganzen Horde weiterer Frauen und einem jungen Mann. »Können wir unsere Besprechung hierher verlegen? Im Vereinshaus gibt es kein Feuerholz mehr.«

»Dann wart ihr wohl in den vergangenen Wochen zu fleißig.« Sie nickte Richtung Wohnzimmer, damit Rosalie wusste, wohin sie ihren Besuch führen konnte.

»Oder der Alte hat es fortgeschafft, um den Sittenverfall aufzuhalten«, sagte Henny in ihrer leichtlebigen Art, und alle lachten, während sie das Vestibül durchquerten.

Wo in aller Welt blieb Julius?

Nun trat ihre Mutter auf ihren Stock gestützt aus der Küche. »Wenn wir rechtzeitig Essen auf dem Tisch haben wollen, müssen wir beizeiten mit dem Kochen anfangen.« Marleene fluchte. Sobald es um die Finanzen wieder besser stand, würde sie als Erstes dafür plädieren, dass sie eine Köchin einstellten.

»Ich komme sofort, ich sehe nur noch eben nach den Schülerinnen.«

Rasch zeigte sie Meike, dass die Blätter der zweiblättrigen Schattenblume, Majanthemum bifolium, etwas spitzer zuliefen, und lobte Babsis und Elises Werke. Ein Blick zur goldenen Tischuhr zeigte, dass es schon fast sechs war. Julius müsste nun wirklich zurück sein.

Sie hielt es nicht mehr aus, musste jetzt nach ihm sehen. Vermutlich war es nichts, ein störrischer Nagel und ein paar umgewehte Topfpflanzen, die Julius trotz des Sturmes nicht liegen lassen konnte. Doch sie musste Gewissheit haben.

»Ottilie, können wir das Gespräch vielleicht auf morgen verschieben?« Sie hatten abgemacht, dass wegen des Sturmes alle in der Fliedervilla nächtigten, und so könnten sie gleich nach dem Frühstück besprechen, was sie auf dem Herzen hatte.

Ottilie wurde ganz blass um die Nase. »Ich fürchte nicht.«

»Nicht? Was gibt es denn so Dringendes? Ich würde wirklich gerne nach Julius sehen, er ist schon viel zu lange da draußen, und ich wüsste nicht …«

»Ich kündige.«

»Was?«

Marleene hatte nicht alleine gesprochen, die Stimmen der fünf anderen Mädchen hatten zeitgleich dieselbe Frage gestellt. Ottilie starrte auf ihre Zeichnung, wirkte alles andere als glücklich über ihre Entscheidung. Was mochte denn nur der Auslöser sein? Am Geld konnte es nicht liegen, das hatte Dorothea vorab vollständig gezahlt.

»Du hast das Angebot von diesem Holländer angenommen?«, zischte Lina nun in einer Bösartigkeit, die Marleene noch nie zuvor bei ihr erlebt hatte.

»Es ist ein lukratives Angebot. Ich werde weiter ausgebildet und bekomme obendrein Geld dafür.«

Marleene musste zugeben, dass sie hier nicht mithalten konnte. Und unter normalen Umständen hätte sie sich sogar gefreut, wenn erste Gärtnerkollegen Interesse an ihren Schülerinnen zeigte.

»Du wirst bei De Vos anfangen?«

Ottilie nickte stumm.

Sie sah De Vos mit seiner öligen Haut vor sich. Dachte daran, wie er sich gegen sie gepresst und ihre Haare gelöst hatte. Diese Gier in seinen Augen. Sie schüttelte sich.

»Bitte … tu das nicht. Ich flehe dich an!«

473

Ottilie konnte ihr nicht in die Augen sehen, und ihre Stimme war nur mehr ein Flüstern. »Es ist zu spät. Ich habe schon unterschrieben.«

»Aber er ... er ist gefährlich. Hat sich bereits an vielen Mädchen vergriffen.«

Ottilie presste die Lippen zusammen. »Ich komme schon klar. Er wäre nicht der Erste, den ich mir vom Hals zu halten weiß.«

Marleenes Blut rauschte durch ihre Adern. Es war zu viel. Sie ertrug den Gedanken nicht, dass Ottilie sich in die Fänge von De Vos begab, und die Sorge um Julius raubte ihr den Verstand. Ottilie ließ nicht mit sich reden, aber sie musste jetzt etwas wegen Julius unternehmen. Sie spürte, dass etwas nicht stimmte.

»Wenn ihr mich bitte entschuldigt«, brachte Marleene nur noch hervor und hastete aus dem Salon. Sie ließ sich vom Sturm die Haustür aus der Hand reißen und musste sich mit dem gesamten Körper dagegenpressen, um sie wieder zu schließen. Der eisige Wind fuhr ihr unter die Kleider, schien ihre Haut zu beißen. »Julius!«, schrie sie in den Wind, doch er zerrte ihre Worte viel zu schnell davon, als dass sie ihn hätten erreichen können. Die Arme eng um sich geklammert, kämpfte sie sich voran. Die meisten Topfpflanzen lagen auf dem Boden, einige Tontöpfe waren zersprungen. Die Remise hatte nur noch ein halbes Dach, die Orangerie hingegen stand stoisch da, wenn auch wenig edel durch ihr Gehäuse aus alten Brettern.

»Julius!«, schrie sie wieder.

Plötzlich war jemand an ihrer Seite, sie wollte sich schon freudig umdrehen, doch dann sah sie, dass es Lina, Meike, Elise und Babsi waren. Meike legte ihr einen Mantel um die Schultern, und Marleene zog ihn dankbar enger um ihren Körper.

»Danke! Aber jetzt wieder rein mit euch!« Der Wind verschluckte die Hälfte ihrer Worte, aber sie war sicher, dass die Mädchen spätestens durch ihren resoluten Fingerzeig verstanden, was sie meinte.

Doch jede von ihnen schüttelte vehement den Kopf. Herrje, welch störrische Bande hatte sie nur zusammengesucht?

Sie gab sich geschlagen, und gemeinsam kämpften sie sich durch die Hofgärtnerei. In Kleingruppen suchten sie jeden Winkel ab, bis sie das Ende des Geländes erreicht hatten. Hier stand das geheime Gewächshaus, in dem Julius und Marleene sich einst kennengelernt hatten und wo er sich nun einem Geheimprojekt widmete, das sie unter keinen Umständen sehen durfte. Dahinter begann das Wäldchen, vor dem das Mädchenwohnheim gebaut wurde. Mit großen Schritten stakste sie wie durch Wasser auf die Baustelle zu, als eine Bewegung ihre Aufmerksamkeit erregte.

»Julius!«, rief sie gegen den Sturm an und versuchte, sich schneller durch den unsichtbaren Widerstand zu kämpfen. Er lag auf dem Boden, der untere Teil seines Mantels flatterte im Wind. Endlich hatte sie ihn erreicht und ging neben ihm in die Knie. »Kannst du mich hören?«, fragte sie besorgt, denn er lag da, als würde er schlafen. Seine Haut fühlte sich eisig unter ihren Fingerkuppen an, und ihr Herz setzte einen Schlag aus, denn aus den vollen Haaren, die vom Wind hin und her gepeitscht wurden, sickerte dunkelrotes Blut.

* * *

Irgendwann musste Marleene erschöpft eingenickt sein, denn als die Tür des Krankenzimmers sich öffnete, schreckte sie hoch. Die ganze Zeit war sie tapfer geblieben. Während sie Julius mit einer Schubkarre zur Fliedervilla gebracht hatten und auch, als sie auf den Arzt gewartet hatten, den Rosalie über den Fernsprecher der Nachbarn verständigt hatte. Er besaß ein Automobil und hatte sie nach seiner fachmännischen Untersuchung persönlich ins Peter-Friedrich-Ludwig-Hospital gefahren. Julius hatten sie, so gut es ging, auf der Rückbank ausgestreckt, den Kopf mit dem dicken Verband in ihrem Schoß gebettet.

Zwei Pfleger waren umgehend mit einer Holztrage herbeigehastet. Weitere Untersuchungen waren gefolgt, auch wenn die dicke Platzwunde bereits in der Fliedervilla genäht worden war. Doch wie sich herausgestellt hatte, war Julius' Schienbein gebrochen. Erst nachts um drei hatte sie zu ihm aufs Zimmer gedurft, und Rosalie hatte sich endlich überzeugen lassen, eine Droschke nach Hause zu nehmen.

Marleenes Augen glitten über Julius, dessen Haut in der gestärkten Bettwäsche noch blasser wirkte. Wenn der Verband und die kleinen Kratzer nicht wären, hätte er genauso gut friedlich schlafen können – nur konnte gerade das zu ihrem Verhängnis werden.

»Die nächsten Stunden sind entscheidend«, hatte der Arzt ihr erklärt. »Er hat einen heftigen Schlag auf den Kopf bekommen, und wir wissen, dass der Körper dann oft in eine Art Schockzustand gerät, um sich von den Schmerzen abzuschotten.« Er hatte eine Pause gemacht. »Die Problematik liegt darin, dass einige diesen Zustand nicht wieder verlassen.«

»Was … was wollen Sie damit sagen?«

»Das bedeutet, dass, wenn er nicht im Laufe der nächsten Tage erwacht, er vielleicht nie wieder in unsere Welt zurückkehren wird.«

70. Kapitel

»Alma, du hast Besuch.« Schwester Agathe hatte nur kurz den Kopf durch den Vorhang gesteckt und war wieder verschwunden, bevor Alma Rückfragen stellen konnte. Wer mochte sie hier im Krankenhaus besuchen kommen? Ein dankbarer Patient? Ihre Verwandten hätten sich gewiss angekündigt. Oder war es etwa Bruno?

Sie verdrängte den Gedanken, der noch viel zu viel Hoffnung in ihr auslöste. Sie hatte sich entschieden und würde dabei bleiben.

»Sobald die Wunde verheilt ist, sollten Sie sie täglich mit Arnikasalbe einreiben, das unterstützt die Wundheilung.« Der Patient nickte dankbar, und sie trat zum Waschbecken, um ihre Hände zu reinigen, bevor sie den Krankensaal verließ.

Seit ein gewisser Robert Koch herausgefunden hatte, dass Krankheiten nicht durch Miasmen übertragen wurden, sondern durch Erreger wie Bazillen, war publik geworden, wie wichtig eine solche Hygiene war.

Als vor sechs Jahren eine Cholera-Epidemie in Hamburg ausgebrochen war, hatte der preußische Gesundheitsminister sofort nach Koch geschickt. Dieser hatte nach seiner Inspektion des Gängeviertels mit den engen verschmutzten Gassen offenbar gesagt: »Ich vergesse, dass ich in Europa bin!«

Koch hatte die Bevölkerung aufgefordert, das Trinkwasser abzukochen, und die Wohnungen der Erkrankten waren von speziellen Reinigungskolonnen mit Chlorkalk desinfiziert worden. Zudem war der Hafen abgeriegelt worden, die Schulen hatten geschlossen, und keine andere Stadt hatte mehr Handel mit Hamburg betreiben dürfen. Eigentlich recht einfache Maßnahmen, fand Alma, und so war die Epidemie zwei Monate später bereits wieder am Abklingen gewesen und ein Übergriff auf das restliche Land verhindert worden. Seitdem gab es eine obligatorische Anzeigepflicht für hoch ansteckende Krankheiten und bisher keinen weiteren Cholera-Ausbruch im Kaiserreich. Alma konnte nur hoffen, dass es so blieb. So oder so hatte der Bericht einen tiefen Eindruck bei ihr hinterlassen, und sie wusch ihre Hände immer überaus gewissenhaft vor und nach der Behandlung von Patienten.

Nachdem sie ihre Hände abgetrocknet hatte, suchte sie den Warteraum auf. Neugierig sah sie sich um, doch wenn ihre Besucherin nicht aufgestanden wäre, hätte sie sie womöglich nicht erkannt. Alma tastete nach dem Silberkreuz um ihren Hals und drückte es, bevor sie auf sie zuging.

»Greta?«, fragte sie ungläubig. Statt des Kopftuchs trug diese ein adrettes Hütchen. Mit beiden Händen hielt sie sich an einer schicken Henkeltasche fest. Die Bluse, die sie eng um ihre schmale Taille gebunden hatte, war von vorzüglicher Qualität; kleine perlmuttfarbene Knöpfe glänzten im Tageslicht, das durch die Fenster hereinfiel.

»Die Uniform kleidet dich gut.« Greta wirkte verlegen, Alma hingegen wusste nicht so ganz, was sie fühlen sollte.

»Danke! Du kannst dich aber auch sehen lassen.« Wie sie sich diese hochwertige Garderobe leisten konnte, hing wie eine offene Frage im Raum, für die Alma zu höflich war, sie zu stellen. Offenkundig entschied Greta sich, sie dennoch zu beantworten.

»Ich habe die Kleider von … einer Freundin geliehen.«

»Und um mir das zu erzählen, holst du mich von der Arbeit weg?« Alma fehlte nun doch die Zeit für die Befolgung weiterer Höflichkeitsregeln. Drinnen musste sie sich um das Wohlergehen von sieben weiteren Patienten kümmern.

»Nein.« Greta sah sich im Raum um, dessen Wände halbhoch mit Holz vertäfelt waren. Daran reihten sich Stühle, auf denen die Angehörigen auf Nachricht von den Ärzten warteten. »Können wir uns vielleicht irgendwo in Ruhe unterhalten?«

Alma überlegte. Sie hatte nicht wenig Lust, Greta des Raumes zu verweisen und unverrichteter Dinge wieder abreisen zu lassen. Andererseits brannte sie darauf zu erfahren, was ihr Anliegen sein könnte.

»Wenn es sein muss«, brummte sie und steuerte den Park an. Sie würde ihre Mittagspause vorziehen, und in der pflegte sie ohnehin an der frischen Luft spazieren zu gehen, um zumindest kurz dem Geruch nach Eiter und Desinfektionsmitteln zu entgehen.

Greta war einverstanden, und wenig später schlenderten sie über die geschwungenen Wege, die durch das kleine Parkstück neben dem Krankenhaus führten, als wären sie gute Freundinnen und nicht etwa das Gegenteil.

»Also. Was führt dich zu mir?«, fragte Alma, als sie es schlichtweg nicht mehr aushielt.

Greta holte tief Luft. »Ich habe in den vergangenen Wochen viel nachgedacht.«

»Aha.«

»Wie du siehst, ist es mir recht gut ergangen. Ich wohne jetzt bei Dorothea in der Stadt und kümmere mich um unsere Kinder.«

»Du …« Almas Stimme hatte sich schon in der ersten Silbe überschlagen, und Greta hob die Hand.

»Ich weiß, dass es ungewöhnlich ist. Aber es klappt überraschend gut. Mir bereitet es Freude, und vielleicht bekomme ich bald sogar noch ein drittes Kind dazu, denn als Doros Freundin davon gehört hat, war sie sofort Feuer und Flamme. Dann würde ich sogar ein wenig dazuverdienen. Diese Kleinkinderschulen sollen gar fürchterlich sein.

Schon in jungen Jahren herrschen dort Disziplin und Ordnung, und sie müssen ganz wie in der Schule einen richtigen Lehrplan befolgen, die kleinen Wichte. Kannst du dir das vorstellen?«

Alma schüttelte den Kopf. So etwas gab es auf dem Lande nicht. Irgendjemand hatte auf dem Hof immer für die Lütjen Zeit, und wenn nicht, gingen sie zu den Nachbarskindern.

»Doro hat eine Stelle in einer Gärtnerei ergattern können. Abends koche ich für uns, und sie weiß es richtig zu schätzen und ist stets voll des Lobes. Kein stummes An-den-Tisch-Setzen und eiliges Weg-spachteln des mühsam vorbereiteten Essens, um danach wortlos den Raum zu verlassen.«

Alma schmunzelte, denn genau das kam bei Jost und Hermann auch oft vor, wobei sie selbstredend dafür gesorgt hatte, dass das Essen nicht vollkommen wortlos verlief. Ob sie dies vermissten? Oder freuten sie sich, dass sie stumm satt werden konnten, um danach vor dem Kamin die Füße hochzulegen?

»Ich berichte Doro dann, was die kleinen Racker angestellt haben, und wir amüsieren uns über die neuesten Wortverdrehungen, und sie erzählt mir von ihrem Tag. Natürlich sind auch die Männer in der neuen Gärtnerei wieder voller Vorurteile, aber Doro arbeitet schon da-ran, ihnen den Kopf zurechtzurücken.« Greta lächelte glücklich, und trotz allem, was vorgefallen war, freute Alma sich, sie so zu sehen. Sie konnte schließlich nichts dafür, dass sie sich ebenfalls in Bruno ver-liebt hatte. Allerdings hätte sie sich seiner Zuneigung dann auch wür-dig zeigen müssen, erinnerte sie sich und ballte nun doch die Fäuste.

»Was hat das alles mit mir zu tun?«, erkundigte sie sich ungeduldig.

Greta blieb stehen. »Ich wollte dich um einen Gefallen bitten.«

»Mich!?«

Gretas behandschuhte Hände fanden zusammen und kneteten ei-nander. Es schien ihr nicht leichtzufallen, Alma sah dennoch keinen Grund, ihr die Sache zu vereinfachen.

»Ja. Ich wollte dich bitten … nicht den gleichen Fehler zu machen wie ich.«

Alma zog die Augenbrauen hoch. Sie sollte irgendwelche Fehler gemacht haben? Sie, die stets das Herz auf der Zunge trug und immer bemüht war, es allen recht zu machen?

»Ich weiß heute, dass es falsch war, Bruno zu nötigen, dass er zu seinem uralten Versprechen stand. Seit wir zusammengekommen sind, ist er jeden Tag betrübter geworden. Und ich mag Bruno, er ist ein feiner Kerl mit gutem Herzen, aber ich habe ihn wohl nie richtig geliebt. Das alles ist mir jetzt klar, und ich ertrage es nicht, dass es mir so gut geht, während es ihm offensichtlich schlecht geht. Ohne dich.«

»Greta …« Das mochte alles wahr sein, trotzdem änderte es nichts an der Tatsache, dass er sich gegen sie entschieden hatte. Wenn er sie wirklich geliebt hätte, hätte er doch gewiss Nein zu Greta gesagt.

»Bitte, sei nicht so stur, wie ich es damals war. Damit stürzt man sich nur ins Unglück. Ich habe an etwas Falschem festgehalten, und ich fürchte, dass du das Gleiche tust.«

An etwas Falschem? Aber Bruno hatte sich klar und eindeutig gegen sie entschieden. Natürlich war sie deswegen verletzt. »Er hat sich nie gegen dich entschieden«, fuhr Greta fort und sah ihr eindringlich in die Augen. »Er hat immer nur dich geliebt. Sein Gewissen ist so riesengroß, dass er es nicht geschafft hat, sein Versprechen mir gegenüber zu brechen. Er wollte es, konnte es jedoch nicht. Ich hätte ihn daraus entlassen müssen, denn ich weiß, wie er denkt. Doch ich habe dieses Wissen gegen ihn eingesetzt. Ich war egoistisch und verzweifelt.« Gretas dunkle Augen zeigten aufrichtiges Bedauern, trotz alledem zauderte Alma.

Sollte es wirklich so einfach sein?

»Bitte, trage es nicht ihm nach, sondern mir. Ich war einzig und allein die Böse in dem ganzen Szenario, und das möchte ich heute wiedergutmachen.«

Almas Blick wanderte über die ordentlich getrimmte Rasenfläche bis hin zum Fluss, wo gerade zwei graue Enten zum Wasser watschelten.

»Er ist auch nicht mehr der arme Schlucker, falls dich das zögern lässt. Irgendwie haben sie es geschafft, ihren Schinken öffentlich bekannt zu machen, und sie bekommen nun wahnwitzige Summen dafür. Die ganze Familie ist eigentlich nur noch damit beschäftigt, Kisten zu packen und zu verschicken. Brunos Bruder hat bereits zwanzig neue Schweine gekauft, damit sie das Geschäft im ganz großen Stil fortführen können. Ich sag dir, wenn du noch zwei, drei Jahre wartest, sind sie zu wohlhabenden Großbauern aufgestiegen.«

Das war ja wohl die Höhe. Alma sog so viel Luft in sich hinein, wie ihre Lungen zu fassen vermochten, dann legte sie los. »Mir ist es nie um Geld gegangen! Ich hätte auf alles allein seinetwegen verzichtet. Denn ich habe Bruno schon immer um seiner selbst willen geliebt!«

Sie sagte noch einiges mehr in der Richtung, und Greta hörte sich sämtliche Einwände in Seelenruhe an, als hätte sie genau das beabsichtigt.

»Ich weiß«, sagte sie sanft, als Alma geendet hatte. »Und deswegen bitte ich dich ein weiteres Mal mit aller Eindringlichkeit: Mach nicht den gleichen Fehler wie ich. Komm zurück nach Hause.«

71. Kapitel

Es kostete Marleene jegliche Kraft, die sie noch in sich trug, sich ein Lächeln abzuringen, als der Großherzog zu ihr herüberblickte. Und das an jenem Tag, auf den sie so lange hingefiebert hatten: die Einweihung des Oldenburger Schlossgartens. Gemeinsam mit einer großen Gruppe an interessierten Bürgern in Sonntagskleidung waren sie über die geschwungenen Pfade und kleinen Brücken spaziert und hatten sich nun im Glaspavillon in der Mitte zur feierlichen Eröffnung zusammengefunden.

Doch Marleene war kein bisschen feierlich zumute, sie musste stetig die Tränen zurückkämpfen.

Und nun konnte sie nicht mehr. Julius fehlte ihr so unendlich. Sie hatte etwas erfahren, das sie nie wissen wollte. Sie hatte erfahren, wie sich ein Leben ohne Julius anfühlen würde. Das einsame Einschlafen in dem riesigen Bett. Und noch schlimmer: morgens ohne ihn aufzuwachen. Wenn sie noch zwischen den Welten weilte, dachte sie nämlich, dass alles gut sei.

Wie immer tastete sie als Erstes nach ihm, spürte das Lächeln in ihrem Gesicht und das warme Flattern in ihrem Bauch, weil sie wusste, dass er sie gleich an sich ziehen würde. Dann kam die erste Verwunderung. Ihre Fingerspitzen fuhren vergebens über seine Betthälfte. Die Decke war viel zu weich. Sie sollte dornenbesetzt oder kratzig sein, um sie zumindest ansatzweise darauf vorzubereiten, was sie erwartete.

Denn als Nächstes tröpfelte Stück für Stück die Wahrheit in ihr Bewusstsein. Und diese könnte nicht bitterer sein.

Er war nicht mehr da.

Und Ottilie auch nicht.

Das war stets der Punkt, an dem sich ihre Kehle so sehr zusammenzog, dass sie kaum mehr die heiße Flüssigkeit hinunterschlucken konnte. Dann schloss sie die Augen wieder, aber die Zwischenwelt mit der vergessenen Wirklichkeit war verloren. Tränen bildeten sich schmerzhaft langsam und liefen in ihre Augenwinkel, die von den getrockneten Tränen des Vortags noch rot waren.

Ihre Mutter dachte, sie würde im Schlaf um Julius weinen. Sie konnte nicht ahnen, dass Marleene ihn jeden Morgen aufs Neue verlor.

Mit der Planung des neuen Schlossgartens hatte alles angefangen. Weil sie Julius damals während ihrer Lehre ermuntert hatte, einen eigenen Entwurf einzureichen, hatten sie noch mehr Zeit Seite an Seite verbracht und sich nicht nur näher kennen-, sondern auch lieben gelernt.

Und heute wurde der Park nach jahrelangem Aufbau endlich eröffnet. Sie hätte übersprudeln sollen vor Freude, wie die Fontänen eines Springbrunnens, vor Energie strotzen sollen und ihren Triumph genießen. Stattdessen fühlte sie sich wie eine verwelkte Blume. Heute war der große Tag – und Julius nicht an ihrer Seite.

Deswegen war es so schwer zu lächeln, als der Großherzog seine Rede beendete. »Und geplant haben diesen wundervollen Park die Hofgärtnerin und ihr Gatte, der heute leider verhindert ist.« Der Applaus tat Marleene in der Seele weh, und das Lächeln, das sie den Zuschauern schenkte, war ein Kampf.

Wenn sie gekonnt hätte, hätte sie die gesamte Veranstaltung abgesagt. Doch der Termin war seit Langem festgesetzt, und der Großherzog hatte seine Reisen extra dementsprechend geplant. Es war ihre Pflicht, anwesend zu sein.

Sie versuchte wieder mehr im Hier und Jetzt anzukommen, um Julius später im Krankenhaus alles ganz genau berichten zu können. Eine lange Schlange hatte sich gebildet, alles Leute, die ihr gratulieren wollten.

»Was für ein wundervoller Park, endlich einmal spielt Oldenburg die Vorreiterrolle in Sachen Natürlichkeit. Es gibt wirklich keinen Grund, die Natur in starre Formen zu pressen«, sagte eine ältere Frau mit wässrigen Augen.

Marleene bedankte sich. Mit dem Argument der modernen Ausrichtung hatte sie seinerzeit den Großherzog überzeugen können. Dennoch konnte sie sich nicht so recht freuen. Sie und Julius hätten heute gemeinsam die Glückwünsche entgegennehmen und mit leuchtenden Augen die Schaumweingläser aneinanderklirren lassen sollen. Stattdessen waren Julius' Lider geschlossen und zuckten nur gelegentlich, was eine irrsinnige Hoffnung in ihr hervorrief, die dann doch wieder enttäuscht wurde. Und sein Körper lag bewegungslos im Krankenhausbett. Seit einem Monat war sein Zustand unverändert.

Und Marleene lähmte jeden Tag aufs Neue dieselbe quälende Frage: Was, wenn er nie wieder aufwachte?

72. Kapitel

»Mein Gott, das ist ja nicht mehr auszuhalten«, rief Lina und warf ihr Stecklingsmesser in den unbearbeiteten Haufen aus Rhododendronstängeln. »Davon, dass keiner von uns einen Piep sagt, wird Julius auch nicht wieder gesund.« Die Hofgärtnerin hatte in den letzten Tagen sichtlich neben sich gestanden. Selbst wenn sie anwesend war, waren es ihre Gedanken mit Sicherheit nicht. Jede Frage an sie musste wiederholt werden, und während der Mahlzeiten stocherte sie bloß im Essen herum. Aber das half doch niemandem, fand Lina. Zudem hatte Marleene heute berichtet, dass es ihm wohl ein kleines bisschen besser ging. »Sehen wir doch auf die guten Dinge: Die Sonne scheint, letzte Nacht hat es geregnet, sodass wir nicht gießen müssen. Da nächste Woche Gründonnerstag ist, darf ich an dem Tag Grünkohl kochen, das hat Marleene erlaubt, und da sie fast den ganzen Tag im Krankenhaus ist, haben wir freie Bahn …«

Fenja grummelte unwirsch. »Die Stecklinge müssen trotzdem fertig werden. Schließlich arbeitet meine Schwester nun bei diesem Widerling. Ich kann noch immer nicht glauben, dass sie uns allen in den Rücken gefallen ist.«

»Und deswegen blasen auch wir nun bis ans Ende unserer Tage Trübsal? Macht das die Sache denn besser? Sie wird uns schon früh genug vermissen. Wie geht es ihr denn, hat sie was erzählt?«

»Ich quetsche sie natürlich jeden Abend aus. Offenbar sind sie nur zu fünft. Bisher musste sie jeden Tag Pflanzen vereinzeln, und die Stecklinge wollen natürlich auch noch gemacht werden, es geht allerdings wohl nur schleppend voran. Dafür ist der junge Chef anscheinend ganz in Ordnung.«

»Und De Vos?«, fragte Meike mit einer Abfälligkeit in der Stimme, die sie selten zeigte.

Fenja hob die Schultern. »Bisher hat er sie nicht angerührt. Noch nicht einmal angeschrien, auch wenn er einige Male wohl kurz davorstand. Und er überträgt ihr schon richtig viel Verantwortung. Heute ist sie eigenständig für das Lüften und Schattieren der Glashäuser verantwortlich.«

Ein Raunen ging durch die Schülerinnen. Das war wirklich allerhand. Hier in der Hofgärtnerei kümmerten sich zumeist Julius oder Marleene höchstpersönlich darum, und drüben, beim Schwalbennest, erfahrene Gärtner wie Oskar oder Johannes. Sie würden es zum Ende ihrer Lehrzeit ebenfalls machen dürfen, aber die Hofgärtnerin hatte ihnen erklärt, dass gerade bei den zarten Jungpflanzen allerlei in die Binsen gehen konnte. Wurde die Wärme durch die gläsernen Wände zu sehr verstärkt, konnten die Pflänzchen selbst unter der milden Märzsonne verbrennen oder vergeilen – so nannte man es, wenn die Triebe zu schnell in die Höhe schossen, anstatt langsam und somit buschig zu wachsen. Andererseits konnte man auch nicht einfach die Tür den lieben langen Tag über offen stehen lassen, denn zu viel Kälte war ebenfalls nicht gut.

»Ottilie hat gestern extra noch mal in ihrem Notizheft alles nachgelesen, was wir gelernt haben. Sie ist nervös, aber zuversichtlich.«

»Hoffentlich schafft sie das«, überlegte Lina laut. Sie selbst würde sich das nicht zutrauen. Und wenn, würde sie vermutlich Marleene alle zehn Minuten um ihre Meinung bitten. Dann stutzte sie. Hatte sie gerade tatsächlich gehofft, dass Ottilie sich nicht blamierte? Aller Wahrscheinlichkeit nach war das doch genau De Vos' Plan, und sie musste darauf zählen, dass er aufging, wenn die Hofgärtnerin das bekommen sollte, was ihr zustand. Alles hing von De Vos' Plan ab, denn ihr eigener schien mehr und mehr im Sande zu verlaufen und kam ihr mittlerweile gar töricht vor. Agneta und Franz benahmen sich immer mehr wie ein Pärchen, und kaum einer schien Anstoß daran zu nehmen. Wenn sie sich ohnehin von ihren Eltern abwenden wollte, würde es wohl keinen Skandal geben.

Hinter den schützenden Wänden der Remise war ein Tumult zu hören, und Lina trat neugierig aus dem Unterstand hervor.

»Nein, nein, lass mich raus!« Franz klammerte sich kreischend an die Wände der hölzernen Schubkarre, während Bruno mit ihm mitten auf dem Hof im Kreis rannte. »Sag es ihr, sonst sage ich es ihr«, drohte er lachend, und Lina hatte endlich eine Idee, wie sie den ganzen Trübsinn vertreiben konnte.

Sie stemmte die Hände in die Hüften. »Lust auf eine Herausforderung?«

Die Männer sahen verwirrt zu ihr, Bruno wurde langsamer.

»Gärtnerschülerinnen gegen Gärtnergehilfen? Wer zuerst mit seinem Kumpan in der Karre hinten beim halb fertigen Wohnheim ist! Wer verliert, muss die dornigen Berberitzen schneiden.«

»Aber wir sind viel kräftiger als ihr«, gab Bruno zu bedenken.

»Dafür kann ich flinker rennen. Und ihr könnt ja die alten Schubkarren aus Holz nehmen, die sind schön vollgesogen mit Regen, wir nehmen dann die leichten neuen aus Zink.«

Die Jungs stimmten zu und rannten los, um Manilo und Johannes zu holen. Lina wandte sich an ihre Mitschülerinnen. »Wenn ich bitten dürfte?«

Agneta sah sie aus ihren geröteten Augen an und strich mit einer zitternden Hand ihr Haar zurück. »Mir geht es leider nicht so gut.«

Lina hielt ihr die Hand entgegen. »Na komm schon, du bist das reinste Fliegengewicht, ich brauche dich. So schlagen wir die Jungs mit Leichtigkeit, das wird lustig!«

Wenig später hatten sich Franz, Johannes, Manilo und Bruno mit den schweren Holzkarren neben den Schülerinnen mit den leichteren Zinkkarren am Anfang des Hauptweges positioniert.

»Auf die Plätze. Fertig. Los!«, rief Lina und rannte in der nächsten Sekunde wie um ihr Leben. Johannes war recht früh mit dem bölkenden Manilo zurückgeblieben, da sie ins Straucheln geraten waren. Auf der Hälfte des Weges lag der Wasserschlauch, von dem Lina wusste, dass sie ihn mit ordentlich viel Schwung nehmen musste. Die anderen schienen gezögert zu haben, was sie wichtige Sekunden kostete. Bald war nur noch Franz neben ihr, der mit Bruno die Plätze getauscht hatte. Agneta und Bruno feuerten sie wie die anderen Zuschauer an und klangen dabei so ausgelassen wie lange nicht. »Schneller, schneller, schneller!«

Linas Seiten begannen zu stechen, aber nun hatte sie das Wohnheim beinahe erreicht. Sie hatte sonst schon alles verloren, dieses Rennen wollte sie in jedem Fall gewinnen. Obwohl sie kaum mehr Luft bekam, gab sie noch einmal alles.

»Großartig, Lina, wir haben es fast geschafft!«, kreischte Agneta ausgelassen.

Franz gab gleichermaßen alles und lachte dabei obendrein, während Lina dazu die Luft fehlte.

»Gleich sind wir da!«, quietschte Agneta nun vergnügt, und endlich nahm der Sandweg ein Ende. Polternd stellte sie die Karre ab und ließ sich vollkommen fertig in einen Sandhaufen fallen. Sie legte die Hand auf den Oberkörper, der sich heftig hob und senkte, ihr Atem schien zu rasseln. Agneta und Bruno hörten nicht auf zu lachen, und dann erschien Franz' Gesicht direkt über ihr.

»Darf ich der Gewinnerin gratulieren?« Er hielt ihr die Hand hin und wollte ihr vermutlich beim Aufstehen behilflich sein. Dazu müsste sie ihn allerdings berühren. Und dann würde sie sich ihm wieder so verbunden fühlen. Das ertrug sie nicht länger, insbesondere, da er nun mit Agneta zusammen war. Ohne seine Hilfe sprang sie auf. »Es geht schon.«

Die anderen Mädchen und Arbeiter hatten sie nun erreicht, und sie beschlossen, den Rückweg für eine Revanche zu nutzen. Lina sorgte sich um Agnetas Befinden, doch sie schien heute in der körperlichen Betätigung geradezu aufzugehen. Ihre Wangen wurden rosig, und sie strahlte noch den gesamten restlichen Tag über das ganze Gesicht.

Abends in ihrer Kammer rieb sie sich jedoch die geschundenen Glieder. »Das war neben unserem Nordseeausflug und dem Maskenball einer der schönsten Tage, den ich je hatte, Lina. Nun schmerzt allerdings jeder einzelne Knochen. Ich denke, ich nehme heute vorsichtshalber ein paar zusätzliche Wundertropfen.«

Lina verkniff sich eine Bemerkung, es brachte ohnehin nichts, Agneta war viel zu versessen auf diese Tropfen. »Warum hast du denn eigentlich Franz' Hand nicht geschüttelt, als er dir gratulieren wollte?«, fragte sie später in die Dunkelheit, nachdem sie sich in die Betten gekuschelt hatten.

»Ach, wollte er das? Ist mir gar nicht aufgefallen. Außerdem ist er doch dein Bewerber, er sollte besser deine Hände schütteln.«

Agneta lachte amüsiert.

»Was gibt es da zu lachen?«

»Du hast es also noch immer nicht begriffen?«

»Was begriffen?«

»Dass wir dich mit deinen eigenen Mitteln schlagen. Als du uns zusammen in den Schuppen gesperrt hast, haben wir uns ausgesprochen und alles herausgefunden. Also haben wir beschlossen, einfach so zu tun, als wären wir zusammen, um zu sehen, was dann geschieht. Und wenn ich das richtig verstanden habe, hat dir das ganz und gar nicht zugesagt, oder, meine liebe Lina?«

Linas Welt hörte auf, sich zu drehen, sie schnellte in die Höhe. »D-d-das heißt … du bist gar nicht in Franz verliebt?«

»Wo denkst du denn hin? Für mich gibt es nur einen. Jemanden, der sehr belesen ist, sich überaus gewählt ausdrücken kann und den entzückendsten Schnurrbart trägt, der mir je unter die Augen gekommen ist.«

»Jahn?«

»Natürlich. Aber nun sage mir bitte eins: Warum?«

Franz war also nicht in Agneta verliebt? Die Erleichterung hüllte Linas Körper ein, und all das, was ihr seit Wochen den Schlaf geraubt hatte, war vergessen.

»Das ist eine lange Geschichte«, konnte sie nur mehr murmeln, bevor sie in den Schlaf sank. Morgen würde sie ihr alles erklären.

73. Kapitel

Die guten Teller aus der Vitrine fühlten sich doppelt so schwer an wie sonst, als Marleene den Stapel auf den ausladenden Tisch im Frühstückssalon stellte. Julius war noch immer in seinem Dämmerzustand. Am liebsten hätte sie Tag und Nacht an seinem Bett gewacht, aber er würde nicht wollen, dass alles zum Erliegen käme, und es gab zu viele Aufgaben, die ausgerechnet jetzt erledigt werden mussten. Deswegen hatte sie in den vergangenen Tagen mit tauben Fingern gesät und wie in Trance die Pflanzen geschnitten. Dabei fiel ihr bereits das Aufstehen schwer. Doch sie durfte sich nicht länger ihrer Traurigkeit hingeben. Wie mechanisch platzierte sie auf jedem Platz einen Teller, musste sich danach an einer Stuhllehne festhalten und zwang sich, tief Luft zu holen.

Es musste weitergehen.

Sie trat an den Stubenwagen, in dem Theo noch fest schlief, und strich ihm sanft über das weiche Haar, das bereits jetzt erste Tendenzen von Julius' Sturmfrisur zeigte. Marleene schloss die Augen und konzentrierte sich auf ihren Atem. Es würde alles gut werden, das sagte sie sich immer wieder, um durch die Tage zu kommen. Heute war Ostern, deswegen gab es Weizenstuten und Osterklaben mit Rosinen und Korinthen zum Frühstück. Zudem war sie ganz früh am Morgen in die Orangerie gegangen und hatte ein üppiges Bouquet aus Frühjahrsblumen gebunden, das sie nun mitten auf den Tisch stellte. Sie tat ohnehin kaum ein Auge zu, und die Mädchen hatten sich ein schönes Osterfest verdient.

Babsi und Meike kamen schwatzend herunter und erzählten Marleene vergnügt von einem Schubkarrenrennen, das sie am Vortag veranstaltet hatten. Sie halfen, Marmelade, Honig und Käse zu decken, und Rosalie, die gähnend dazugekommen war, holte die Rosen-Himbeer-Konfitüre.

»Ich muss noch Wasser für den Kaffee aufsetzen – heute wird es sogar echten geben und nicht nur den aus Zichorien. Und dann muss ich die Post holen, sicherlich gibt es allerhand Oster- und Genesungskarten.«

»Ich mach das schon!« Meike verfiel weiterhin mitunter in alte Gewohnheiten, obwohl Marleene sie stets erinnerte, dass sie nun nicht mehr das Stubenmädchen war. Aber sie beteuerte, dass sie derlei Dinge gerne übernehme, weil sie in der Gärtnerinnenschule so glücklich sei.

Marleene ging in die Küche, um den Kessel aufzusetzen, und kehrte zeitgleich mit Meike in den Salon zurück. Instinktiv spürte sie, dass etwas nicht stimmte. Die Luft war aufgeladen wie bei einem Streit, obwohl alles ruhig war.

»Was ist?«, fragte sie Meike, die so blass war wie sonst nur Agneta.

Wortlos hielt Meike die *Gartenwelt* hoch, ihre Hände zitterten. *Zeit und Streitfragen. Frauengärtnerei.* Das war erst mal nichts Ungewöhnliches. Der Berufsstand an sich und auch die sogenannte Frauengärtnerei waren schließlich in den vergangenen Jahren regelmäßig Diskussionsthemen in der Fachzeitschrift gewesen.

Der Untertitel war es, der Marleene das Gefühl gab, keine Luft mehr zu bekommen:

Holländischer Gärtner berichtet über seine Erfahrungen mit Gärtnerinnenschülerin Ottilie Jennick.

»Das hat er nicht getan!« Kraftlos ließ sie sich auf einen Stuhl sinken.

»Was?« Rosalie stürzte zu ihr herüber und nahm Meike die Zeitschrift aus der Hand. Sie begann laut vorzulesen.

Mein Kompagnon und ich stehen der Mitarbeit der Frau im Gartenbau durchaus nicht ablehnend gegenüber. Jedes junge Mädchen, das in unserer Zeit aus Interesse zum Gartenbau den gärtnerischen Beruf ergreifen will und gewillt ist, ernstlich mitzuarbeiten, soll uns willkommen sein, haben wir, die gerade eine neue Gärtnerei aufbauen, beschlossen. Nur zu gerne haben wir daher Ottilie Jennick, die ihres Zeichens die im Großherzogtum Oldenburg ansässige neuartige Gartenbauschule für Frauen besucht hat, bei uns in Lohn und Brot gestellt.

Doch nach einigen Wochen der Mitarbeit muss festgestellt werden, dass die Arbeitsergebnisse dieser sogenannten Gärtnerin eher ernüchternd sind. Mit Voranschreiten der Arbeitszeit scheint ihre Arbeitsweise immer langsamer zu werden. Nicht einmal die Hälfte der in unserem Sortiment befindlichen Pflanzen waren dem Mädchen trotz der angeblich ach so vorzüglichen Ausbildung bekannt. Sie konnte weder das richtige Maß an Dünger berechnen, gleich mehrere Frühbeete sind unter ihrer Aufsicht erkaltet, und die Warmhäuser hat sie so unzureichend gelüftet, dass zahlreiche unserer mit Mühe gezogenen ersten Pflanzen reihenweise zu vergeilen drohen.

Sind denn diese Basisfähigkeiten eines Gärtners wirklich zu viel verlangt, wenn man eine Gärtnerin in Stellung nimmt?

Wir haben diese Problematik aber und abermals durchdacht, und sobald man sich die einzelnen Versatzstücke genau ansieht, liegt die Begründung mehr oder weniger auf der Hand.

Wer wird denn überhaupt Gärtnerin?

Doch nicht etwa die gebildeten jungen Frauen, die durch ihren Charme und ihren Witz die Gesellschaft zu verzaubern mögen. Nein, diese werden keinerlei Probleme haben, in den Stand der Ehe zu treten. Wer für die Gärtnerinnenschule übrig bleibt, sind jene, die sich dem Gartenbau in die

Arme geworfen haben, weil sich kein Männerherz für sie erwärmen konnte. Und so landen die Minderbegabten oder diejenigen mit einer verminderten Schönheit auf dieser Schule. Letzteres ist bei Ottilie gewiss nicht der Fall.

Aber das ist nur das erste Problem, das dafür sorgt, dass Frauen auf dem Gebiet des Gartenbaus – abgesehen von der Blumenbinderei – nie richtig Fuß fassen werden.

Es gibt noch einen untilgbaren Fehler der Frauenzimmer, welcher den Wert der Frauenarbeit stark verringert und die Ergreifung eines jeden Berufes erschweren wird: das pressierende Bedürfnis der Unterhaltung, nach dem eine jede Frau lechzt. Gerade in der Gärtnerei, wo eine gewisse Unabhängigkeit herrscht, äußert sich ebendieses Bedürfnis besonders nachteilig. Derweil in der Fabrik meist ein Aufseher neben den Arbeiterinnen steht, ist das in Gärtnereien nicht möglich. Kaum mit der Arbeit begonnen, springt sogleich das lose Mundwerk an – und das nicht etwa während der Verrichtung der Tätigkeiten, sondern sie verharrt indes vollkommen still. Schon aus diesem Grunde darf Frauenarbeit nicht so hoch bezahlt werden wie Männerarbeit!

Protest machte sich im gesamten Frühstückssalon breit. Alles, was De Vos geschrieben hatte, kam einer Farce gleich. Natürlich verrichtete eine nicht ausgelernte Gärtnerschülerin derartige Aufgaben noch nicht völlig fehlerlos. Auch dem besten Gärtner erkaltete mal das eine oder andere Frühbeet, und an den Pflanzenkenntnissen hätten sie ja das gesamte Jahr weitergearbeitet. Dass er aber ohnehin vorgegeben hatte, sie in die Lehre zu nehmen, verschwieg er schlichtweg. Er ließ es so klingen, als hätte er eine fertig ausgebildete Gärtnerin übernommen, die nun in jeglicher Hinsicht versagte. Nicht nur fachlich, sondern auch aufgrund ihres Wesens.

»Das sieht Ottilie gar nicht ähnlich«, warf Babsi ein. »Klar hat sie auch mal geredet, aber doch nicht übermäßig. Und wir haben alle immer zugesehen, dass wir weiterarbeiten.«

»Und selbst wenn«, sagte Rosalie, der anzusehen war, dass die Wut in ihrem Bauch tobte. »Der müsste mal Johannes oder Bruno hören. Jeder redet doch mal bei der Arbeit, das hat überhaupt nichts mit dem Geschlecht zu tun. Kommunikation ist ein menschliches Grundbedürfnis, wir sind doch keine Maschinen!«

Das stimmte. Das Problem war nur, dass es De Vos gelungen war, es verdammt danach klingen zu lassen. »Lies weiter«, sagte Marleene erschöpft. Sie wollte es hinter sich bringen.

Dies führt aber zu einem dritten Problem: Dadurch, dass Frauenarbeit so viel weniger wert ist, kommt es dazu, dass sie zu Gehaltsdrückerinnen des gesamten Berufsstandes werden. Da kaum einer sie will – mit Fug und Recht, wie ich anmerken möchte –, »arbeiten« sie schließlich für jede noch so geringe Vergütung, nur um überhaupt irgendwo unterzukommen.

Uns verwundert es daher nicht, dass trotz der über die vergangenen Jahre fortgesetzten Bemühungen die Gärtnerinnen bis heute im gärtnerischen Berufsleben keinen festen Fuß gefasst haben. Bei dem, was wir mit Ottilie erlebt haben, überrascht es nicht, dass bis dato von keiner besonderen Leistung aus der berufsmäßigen Damengärtnerei berichtet wurde. Weder auf Ausstellungen noch sonst wo. Einige wenig einsichtige Stimmen werden nun darauf verweisen, dass dies damit zu begründen sei, dass es eben auch wenige Frauengärtner gebe. Dem möchten wir Folgendes entgegenstellen: Wenn die Gärtnerin bei Stellenbesetzungen stets hinter dem Gärtner zurücksteht, ist dies denn nicht bereits ein Beweis, wie gering ihre Leistungen einzuschätzen sind? Wir haben es dennoch versucht, und unser Fazit fällt leider mehr als ernüchternd aus: Von all den Berufsarten, welche sich die Frauen gegenwärtig erobern wollen, ist die Handelsgärtnerei die allerungeeignetste.

Wie eingangs erläutert, stehen mein Kompagnon und ich der Frauengärtnerei durchaus nicht ablehnend gegenüber, aber wir bekämpfen mit all unserer Energie jene Institutionen, die vielversprechend klingen, deren Ergebnisse dann jedoch nur zu stümperhafter Arbeit führen.

Mögen all die Versuche, den Damen durch Gärtnerinnenschulen eine
Sonderstellung im Gartenbau zu schaffen, ruhig weiterlaufen. Wir kön-
nen nach unserem hoffnungsvollen und doch so arg gescheiterten Probe-
lauf anderen Wagemutigen leider nur empfehlen, den hochfliegenden Plänen
der »Gartendamen« keine Beachtung zu schenken – sofern man weiteres
Unheil vermeiden möchte.

Er war gut. Marleene hasste ihn umso mehr dafür, aber sie musste zugeben, dass er seine Worte mit Bedacht gewählt hatte. Indem er immer wieder darauf verwies, dass er eigentlich die Idee der Frauengärtnerei befürwortete, konnte man ihn nicht einfach als Querulanten abtun. Und dann war da noch das Schwarz-Weiß-Foto von Ottilie mit einer Gießkanne in der Hand in der Mitte des Artikels. Das Mädchen lächelte glücklich in die Kamera. Vermutlich war es gleich an einem ihrer ersten Tage aufgenommen worden, und als Arbeiterdeern war es nicht leicht, an Fotos zu kommen. Allein die Unterschrift des Bildes zerstörte die Harmonie:

Gärtner De Vos' große Hoffnung in seine neue Gärtnerin konnte leider
nicht eingelöst werden.

Marleene spürte, dass alle sie erwartungsvoll ansahen. Keiner getraute sich, etwas zu sagen. Sie müsste irgendetwas tun. Etwas Verurteilendes sagen, auf den Tisch hauen oder sich zumindest die Resignation aus dem Gesicht wischen.

Doch sie konnte sich nicht rühren – bis ein markerschütternder Schrei durch die Fliedervilla drang. Alarmiert sprang sie auf. Da war so viel Panik und Verzweiflung in der Stimme gewesen. Immer zwei Stufen auf einmal nehmend, rannte sie in das Obergeschoss.

74. Kapitel

»Ich geh dann mal los«, sagte Dorothea, als sie in die Stube zu Greta und den Kindern trat. Heute tagte der Stammtisch des Frauenvereins, und sie hatte beschlossen, sich wieder aktiv einzubringen. Sie spürte, wie Gretas Blick über ihr Kleid aus dunkelblauer Seide glitt.

»Gut siehst du aus, das Mitternachtsblau kleidet dich wunderbar! Aber warte noch einen Moment …« Greta hatte sich suchend in der Stube umgesehen und verschwand nun aus dem Raum. »Dürfte ich etwas aus deiner Kleidertruhe holen?«, hörte Dorothea ihre Stimme aus dem Flur. »Natürlich«, sagte sie und wartete gespannt ab.

Wenig später kehrte ihre Wohnungsgenossin mit einem Tuch aus weißer Spitze in die Stube zurück und trat auf sie zu. »Darf ich?«, fragte Greta außer Atem und hielt verlegen das Tuch ein Stück höher. Dorothea nickte und spürte im nächsten Moment den kühlen Stoff in ihrem Nacken. Greta nestelte daran herum, und Dorothea fixierte die Blumen auf der Tapete, um nicht in Gretas Augen zu sehen. Ihr gefiel der liebliche Duft, der so ganz anders war als der von Konstantin.

Fast fehlte ihr die Wärme, als Greta nun wieder von ihr abrückte und sie skeptisch musterte. Ein Lächeln erschien auf ihrem Gesicht.

»Nun ist es perfekt.« Der Ausdruck, mit dem Greta sie ansah, gab ihr das Gefühl, tatsächlich hübsch auszusehen, und das fühlte sich ungewohnt an. Ungewohnt, aber gut.

»Sieh selbst«, entschied Greta und schob sie zum großen Spiegel im Flur.

Dorothea betrachtete skeptisch ihr Spiegelbild. Um den hochgeschlossenen Kragen ihres Kleides hatte Greta als eine Art Jabot die weiße Tüllspitze gebunden. Es bildete einen guten Kontrast zum dunkelblauen Kleid, und durch das maritime Flair, das es nun verbreitete, hatte es etwas Mondänes. Sie bemerkte, dass ihr Spiegelbild zaghaft lächelte, und stellte überrascht fest, dass Greta recht hatte. Es sah tatsächlich gut aus.

»Danke«, sagte sie unsicher, wechselte dann aber rasch das Thema, um Greta nicht zu lange in die Augen zu schauen. Immer wenn sie das tat, war sie nicht mehr ganz sie selbst. Aber sie musste jetzt die stoische, selbstbewusste Dorothea sein. Oder nicht? »Und danke, dass du dich heute um unsere Kinder kümmerst.« Sie ging zurück zu Lenchen und Elias in die Stube und gab ihnen einen Abschiedskuss.

»Um die Kinder kümmere ich mich doch gerne, das weißt du. Außerdem ist das jetzt ja meine neue Arbeit«, meinte Greta nicht ohne Stolz in der Stimme. »Ich würde eher sagen: Danke, dass du dich für die Rechte der Frauen einsetzt, das ist längst überfällig. Sobald unsere Kinder alt genug sind, gehen wir zusammen.«

Zusammen.

Die Vorstellung gefiel Dorothea.

Für einen Moment lächelten sie sich an. Dorothea fühlte sich aufgeregt und … angekommen zugleich. Das verwirrte sie so sehr, dass sie kaum wusste, was sie sagen sollte.

»Ich … geh dann mal«, wiederholte sie schließlich und verließ beschwingt die kleine Wohnung. Was aus einer spontanen Laune heraus entstanden war, hatte sich zu einer wundervollen Gemeinschaft entwickelt. Es tat richtig gut, jemanden zu haben, der ernsthaft zuhörte, was sie erzählte, und nicht nur ihre Pausen abwartete, um willkürlich beipflichtende Laute einzuwerfen. Vermutlich hätte Konstantin sogar zugestimmt, ein violettes Rhinozeros zu kaufen. Jetzt hatte sie eine Gefährtin, mit der sie staunen und lachen konnte, die mit offenen

Ohren ihren Sorgen lauschte und dem, was sie aus der Gärtnerei in Donnerschwee berichtete, und die ihre Vorschläge dankbar und nicht genervt annahm.

Mit leichtem Herzen spazierte sie durch die Lange Straße und betrachtete dabei die Auslagen der Geschäfte. Leder Hallerstede hatte schöne Gürtel und Handtaschen ausgestellt, vielleicht konnte sie Greta etwas kaufen, sobald sie finanziell wieder bessergestellt war, um sich bei ihr erkenntlich zu zeigen. Es tat ihr so gut, arbeiten zu gehen und gleichzeitig Helene in liebevollen Händen zu wissen.

Da der Frauenverein nicht mehr ganz so abgelegen von Oldenburg tagte, hatte sie den Treffpunkt wenige Minuten später erreicht. Die warme Wirtshausluft mit einem Hauch von Malz und Gerste hüllte sie ein, und sie schaute sich im regen Treiben nach einem bekannten Gesicht um. Zu ihrer Überraschung hatte sie zu Beginn erfahren, dass nicht etwa eine ihrer Mitstreiterinnen den neuen Frauenrechtsverein gegründet hatte, wie die plietsche Gudrun oder Klara, die schon seit der ersten Stunde dabei waren, als sie den Verein noch als Strickzirkel hatten tarnen müssen, sondern ein Mann. So groß waren die gesellschaftlichen Vorbehalte gegen das öffentliche Engagement von Frauen folglich noch immer. Unbestreitbar war dies besser als gar nichts, auf eine gewisse Weise erschien es Dorothea jedoch falsch. Kämpften sie nicht unter anderem gegen die permanente männliche Vorherrschaft? Was für einen Eindruck vermittelte es dann, wenn selbst ihr Verein von einem Mann geleitet wurde? Allerdings engagierte sie sich erst seit wenigen Wochen wieder im Verein, da wollte sie nicht gleich aufmüpfig werden und hatte es bisher nicht angesprochen.

»Dorothea!«, rief Gudrun, die mutig genug war, ihre Haare kurz zu tragen, und winkte ihr vom langen Tisch im Klubraum des Wirtshauses aus zu, wo sie einen Stapel Briefe faltete. »Ich dachte, du schaffst es vielleicht nicht mehr, weil du niemanden hast, der auf die Kleine aufpasst?«

»Doch«, antwortete Dorothea und geriet dabei irgendwie ins Stottern. »Ich habe jetzt jemanden«, sagte sie und spürte, wie ihre Wangen warm wurden. Sie musste rasch andere Themen zur Sprache bringen. »Was steht denn heute auf der Tagesordnung?«

»Das wird Harald uns gewiss gleich mitteilen.«

Dorothea sah zum Kopfende des Tisches, wo der ältere Herr soeben Platz nahm. Sein Schnurrbart ging bis weit über die Mundwinkel, und seine Augenbrauen deuteten zum Boden, sodass er wie ein Hund wirkte. Um den Kragen seines Hemdes hatte er ein Tuch gebunden, und unter dem Sakko blitzte eine silberne Uhrenkette hervor.

»Auf jeden Fall wollen wir unser Artikelportfolio des Vereinsorgans *Neue Wege* vergrößern und die Reichweite verbessern.« Gudrun zog den Stuhl neben ihr zurück, und Dorothea setzte sich. Jetzt kam eine weitere Bekannte in den Klubraum. Klara, deren Augen unter den Ponyfransen fast ganz verschwanden, entdeckte sie und nahm ihr gegenüber Platz. Auch die restlichen Stühle füllten sich, und zahlreiche neue Gesichter waren zu sehen. Schön, dass sich offenbar immer mehr Menschen für ihre Sache einsetzten.

Am Kopf des Tisches ergriff Harald das Wort und begrüßte zunächst alle. Danach verkündete er, dass ihre neueste Petition für die Zulassung von Frauen an Universitäten abgelehnt worden sei. Unwirsches Gemurmel und Protestrufe verbreiteten sich im Raum.

»Aber wir geben nicht auf«, erhob sich Haralds Stimme über die der Frauen. »Wir werden es einfach weiterhin versuchen. Dass wir wieder keinen Erfolg hatten, bestätigt allerdings aufs Neue, dass unser Weg der richtige ist. Wir müssen innerhalb der bestehenden Gesellschaftsordnung vorankommen. Dieses Vorausstürmen, wie die Proletarier es tun, bringt nichts. Wie kann man nur für das Wahlrecht kämpfen, solange Frauen noch nicht einmal die höhere Schule besuchen dürfen?«

Dorothea seufzte. Sie wünschte, es wäre anders, doch sie war ebenfalls der Meinung, dass es zielführender wäre, einen Schritt nach dem anderen zu tun. Erst mal für bessere Bildung und, damit verbunden, die Möglichkeit der Erwerbsarbeit kämpfen, und wenn das geschafft war, würden sie sich dafür einsetzen, dass sie auch politische Rechte bekamen.

Oder vielleicht würde Lenchen das übernehmen müssen.

So langsam, wie sie vorankamen, würde ihr Kampf sich gewiss über viele Jahre hinziehen.

»Und eines möchte ich ohnehin klarstellen.« Er nahm die ovale Brille vom Kopf, stand auf und sah in die Runde. »Die politische Emanzipation und Gleichberechtigung der Frauen ist nicht das, was wir anstreben. Niemals. Nicht in einem noch so fernen Jahrhundert sollte das unser Ziel sein.«

Mit einem Mal wurde es ganz still im Klubraum.

Dorothea räusperte sich. »Entschuldigung, ich fürchte, ich verstehe nicht richtig. Wie meinen Sie das genau?«

»Na, das steht doch wohl außer Frage! Wir setzen uns nicht für die politische Gleichberechtigung ein, sondern allein für eine bessere Bildung.«

Dorothea stutzte. »... im ersten Schritt. Und dann gehen wir auch das Frauenwahlrecht an.«

»Nein, wo denken Sie denn hin? Sobald Frauen ebenfalls an der Universität aufgenommen werden, haben wir unser Ziel erreicht.« Er setzte sich wieder.

»Aber ...« Dorothea blickte zu ihren Mitstreiterinnen. Einige hatten die Stirn gerunzelt, andere schienen sich mit dem Ziel zu begnügen. Sie sah zu Gudrun, die leicht den Kopf schüttelte, und Klara hatte die Hände zu Fäusten geballt. »Das kann doch nicht alles sein. Wenn wir die Verhältnisse verbessern wollen, müssen wir auch mitreden dürfen. Politik ist hoch kompliziert, das können wir unmöglich alleine den Männern überlassen.«

Die Frauen lachten, und sogar Harald schmunzelte leicht und ergriff erst das Wort, nachdem sich alle beruhigt hatten. »Sie sorgen wohl gerne für Heiterkeit, das gefällt mir. Nun aber mal ernst. Die traurige Wahrheit ist doch leider, dass sogar bei aller Frauenförderung – und möge sie noch so gut sein – selbst die Qualifizierteste aller Frauen niemals den männlichen Standard erreichen würde.«

Amüsiert sah er in die Runde und geriet ins Stocken, als er die Blicke der Damen bemerkte.

»Wollen Sie das etwa bestreiten?«, fragte er verwundert. »Ich dachte, darin wären wir uns einig.«

»Und ich dachte, Sie wollen sich für die Belange der Frauen einsetzen?« Gudrun lehnte sich zurück, verschränkte die Arme und ließ ihn nicht mehr aus den Augen.

»Gewiss.« Mit fahrigen Händen schob er die schmale Brille nach oben und massierte die Nasenwurzel. »Allerdings …«

»Allerdings nur bis zu einem gewissen Grad?«

»Nun ja, also, wie soll ich sagen …?«

Dorothea stand auf, stützte die gespreizten Finger auf dem Tisch ab. Sie hatte bereits genug gehört. »Jetzt sage ich Ihnen mal etwas. Dort draußen sind bereits genug Menschen, die die Verstandeskraft der Frauen anzweifeln und ihnen so gut wie nichts zutrauen. Wenn Sie ebenfalls die Meinung teilen, dass Frauen minderbemittelt sind, dann tun Sie mir sehr leid. Ich kann Sie nicht zwingen, Ihre Meinung zu ändern, doch eine Sache erkenne selbst ich mit meiner ach so kleinen Verstandeskraft.«

Abwartend sah er sie an.

»Wenn Sie uns Frauen nichts zutrauen, sind Sie denkbar ungeeignet, diesen Verein zu führen.« Sie sah ihn so herausfordernd an, dass er den Blickkontakt abbrach. Mit den Unterarmen stützte er sich auf und rutschte ein Stück vor.

»Schade, dass Sie das so sehen.« Er ordnete seine Papiere neu, und als er wieder aufblickte, grinste er leicht. »Leider sehen Ihre Mitstreiterinnen das anders und haben mich zum Vorsitzenden gewählt.«

Dorothea hörte einen Stuhl über das Parkett schaben, und im nächsten Moment stand Gudrun neben ihr. »Und genauso schnell können wir Sie wieder abwählen.«

»Also wirklich. So einfach geht das nicht.«

»Doch!«, meldete Klara sich zu Wort. »Ich mag mit meinem beschränkten Verstand zwar nur die Vereinssatzung abgetippt haben, aber wenn es einstimmig geschieht, können wir sofortige Neuwahlen ansetzen. Machen wir es doch ganz einfach offen.« Freudig blickte sie in die Runde. »Wer ist dafür, dass Harald als Vorsitzender abgewählt wird?« Aller Arme schnellten in die Höhe, nur bei einer Ängstlichen hatte die Nachbarin mit einem sanften Stups mit dem Ellenbogen nachhelfen müssen.

Klara lächelte. »Sehr schön. Und wer ist dafür, dass Dorothea Goldb…«

»Von Wallenhorst«, fiel Dorothea ihr ins Wort. »Ich habe meinen Mädchennamen wieder angenommen, da ich mich demnächst scheiden lassen werde.«

»Großartig! Wer ist dafür, dass Dorothea von Wallenhorst unsere neue Vorsitzende wird?«

Diesmal zögerte niemand, und Dorothea fühlte sich so leicht, als könnte sie abheben. Sie konnte es kaum abwarten, Greta davon zu erzählen.

75. Kapitel

Mit zitternden Händen strich Marleene sich die Haare zurück, als sie beobachtete, wie die herrschaftliche Kutsche in einem weiten Bogen auf den Hof der Gärtnerei trabte. Seit zwei Tagen hatte sie kaum ein Auge zugetan. Die Bilder, die sie dann einholten, waren zu grausam. Dabei hatte Agneta so friedlich ausgesehen, fast als schliefe sie selig. Vielleicht war Marleene deswegen zurückgezuckt, als sie Agnetas Arm berührt hatte.

Sie hatte nicht mit der Kälte gerechnet.

Alarmiert hatte sie über die Schulter zu den Mädchen geblickt und ihren eigenen Herzschlag bis in die Ohren gespürt. Da war Lina, erinnerte sie sich, mit tränenüberströmten Wangen, ganz außer sich im weißen Nachthemd. Babsi und Meike hielten sich an den Händen, während der Schrecken ihnen ins Gesicht geschrieben stand.

Das alles machte es unmissverständlich klar. Agneta war tot.

Nicht unpässlich. Nicht unwohl. Nicht krank.

Tot.

Für immer.

Die Erkenntnis riss ihr das letzte bisschen Boden unter den Füßen weg, den wenigen Halt, den sie noch gehabt hatte. Wie konnte das nur passieren, das arme Mädchen!? Und was sollte sie tun? Marleene bekam kaum noch Luft, ihre Kehle brannte. Was sollte sie Agnetas Eltern sagen? Tausende von Fragen drängten gemeinsam mit dem

Schock und der Trauer in ihren Kopf, machten sie unfähig zu handeln. Dankbar nahm sie wahr, dass Rosalie die aufgelösten Mädchen aus Linas und Agnetas Zimmer beorderte.

Marleene setzte sich neben ihrer Schülerin auf das Bett. Sie hob die Hand, um etwas Kitzeliges von der Wange zu wischen. Sie war klatschnass.

Ihr Blick glitt über die Bernsteinkämme auf Agnetas Nachttisch und zurück zu der vermeintlich tief schlafenden Schülerin. Sie hatte nicht gut genug aufgepasst. In den letzten Tagen war sie so auf Julius fokussiert gewesen, dass sie die Schülerinnen vernachlässigt hatte. Aber eine Schule bedeutete Verantwortung. Anfangs hatte sie geglaubt, dass es ihr ein Leichtes sein würde, eine Gartenbauschule zu leiten, wenn sie erst alles Werkzeug, alle Unterlagen beisammen hätte. Doch sie hatte versagt. Ganz offensichtlich hatte sie zugelassen, dass Agneta sich überlastete. Hatte ihre Schülerin nicht stets mit hoher, leidgeplagter Stimme auf ihre schlechte Gesundheit hingewiesen? War sie ihnen nicht allen damit auf die Nerven gegangen?

Was hätte sie jetzt für einen weiteren solchen Satz gegeben.

»Es tut mir leid«, hatte sie Agneta zugeflüstert und ein letztes Mal ihre Hände gedrückt …

Und nun stand sie hier am Fenster, musste zusehen, wie die Eltern ihrer Schülerin aus der schwarzen Kutsche mit den roten Lederpolstern stiegen, um Antworten zu verlangen. Vor vielen Jahren hatte es eine ähnliche Situation gegeben, als eine weiße Kutsche vor der Villa gehalten hatte und sie dem Hotelier von Wallenhorst hatte beichten müssen, dass alle Rosen vertrocknet waren. Damals hatte sie geglaubt, das wäre das Schlimmste, was geschehen könnte. Sie hätte kaum falscher liegen können. Blumen waren zu ersetzen, Menschen waren es nicht. An jenem Tag hatte sie zudem Julius an ihrer Seite gehabt. Heute war sie auf sich gestellt. Ganz allein musste sie den trauernden Eltern erklären, warum ihre Tochter gestorben war. Unter ihrer Obhut. Dabei konnte sie es sich selbst nicht erklären.

* * *

»Das müssen sie sein«, sagte Babsi vom Fenster aus und durchbrach damit die Stille, die sich wie ein seidenes Tuch über ihre Kammer gelegt hatte. Lina hatte es nicht ertragen, in ihrem eigentlichen Zimmer zu schlafen. Sie wollte es nicht einmal mehr betreten. Zunächst hatte sie sich nur gewundert, dass Agneta nicht antwortete. Hatte sie sogar neckend eine Schlafmütze genannt. Schließlich war sie zu ihr rübergegangen und hatte ihren Arm gerüttelt, nachdem sie noch immer nicht reagiert hatte. Der ganze Körper war starr gewesen und hatte sich wie ein Brett mitbewegt. Die Schreie waren unkontrollierbar aus ihrer Kehle gedrungen. Genau wie der unbändige Schmerz. Und die Fassungslosigkeit.

Alles war herausgeströmt.

Trotzdem hatte der Schock ihren Körper nicht verlassen. Agnetas Tod war das Erste, woran sie am Morgen dachte, und das Letzte, bevor sie spätnachts in einen unruhigen Schlaf sank. Sie sprach nicht mehr viel. Konnte nur noch in die Luft starren. Es war wichtig, nichts Konkretes anzusehen, denn überall konnten Erinnerungen lauern. Einfach in das unsichtbare Nichts sehen. Dennoch kreisten ihre Gedanken wie Geier. War es ihre Schuld? War das Schubkarrenrennen zu viel gewesen? Sie vertrieb den Gedanken, sobald er aufkam. Schottete sich gegen jegliche Gefühle ab, ließ sie einfach nicht mehr zu.

Weder die guten noch die schlechten. Nur so konnte sie die Tage überstehen.

Gemeinsam hatten sie ihr Bett in Babsis und Meikes Zimmer getragen, und hier verbrachte sie die meiste Zeit. Die Hofgärtnerin hatte ihnen freigestellt zu arbeiten oder für einige Zeit nach Hause zu fahren. Sie hatte gemeint, einigen würde es guttun, wenn sie eine Beschäftigung hätten. Aber Lina zog es vor, weiterhin nichts zu tun.

Meike trat neben Babsi an das Fenster. »Frau von Tegenkamp, Agnetas Mutter, hat ganz rot geweinte Augen«, wisperte sie voller Mitleid.

Babsi nickte. »Er sieht aber auch nicht besser aus. Was sie wohl besprechen werden?«

Meike zauderte einen Moment. »Es gäbe da eine Möglichkeit, es herauszufinden ...«

Im nächsten Moment fand Lina sich mit den beiden Mädchen vor der Kassettentür zum Wohnzimmer wieder. Meike deutete auf den viereckig gerahmten Bereich unter der Türklinke. »Dieser Teil musste mal ersetzt werden, Herr Goldbach senior konnte etwas cholerisch werden. Jedenfalls kann man hier am besten lauschen.«

Lina hinterfragte das nicht. Sie wollte nicht sprechen, einfach nur hören. Als Erstes drangen Frau Tegenkamps Schluchzer an ihre Ohren. Sie warf einen Blick durch das Schlüsselloch und sah, dass sie dicht bei ihrem Gatten saß und ein Spitzentaschentuch in den Händen hielt.

»Wie konnte das denn nur geschehen?« Ihre Stimme erinnerte an Agnetas.

»So genau vermochte der Arzt das leider nicht festzustellen.« Lina konnte die Hofgärtnerin nicht sehen, aber ihre Stimme klang belegt. »Gebrochen oder verletzt war nichts. Überanstrengung wäre eine Möglichkeit, aber Agneta hatte die Erlaubnis, jederzeit Pause zu machen, wenn sie sie benötigte.«

Lina presste die Zähne aufeinander. Überanstrengung. Dann war vielleicht tatsächlich das Schubkarrenrennen schuld.

»Unsinn!« Herr von Tegenkamp sprang so überraschend auf, dass Lina zusammenzuckte, und auch Meike stieß ein Japsen aus. Babsi legte mahnend einen Finger an die Lippen.

»Machen wir uns doch nichts vor. Ich weiß genau, wer schuld ist.« Mit seinem knochigen Zeigefinger deutete er auf die Hofgärtnerin. »Sie!«

Lina hatte mit Protest gerechnet, und Babsi und Meike sahen sich empört an – doch Marleene stimmte ihm zu. »Sie haben recht, es geschah alles unter meiner Verantwortung. Und ich wünschte, es gäbe irgendetwas, das ich …«

»Schluss jetzt. Mir geht es nicht mal darum, dass sie unter Ihrer Obhut stand. Nein. Sie waren es doch, die Agneta verboten hat, ihre Medizin zu nehmen! Oh, ja, Agneta hat uns davon geschrieben, wir wissen über alles Bescheid. Vielleicht etwas verspätet, bedingt durch unsere Reise, aber wir wissen es. Und jetzt sehen Sie, was passiert ist! Fahrlässige Tötung nenne ich das, jawohl!«

Babsi und Meike schnappten nach Luft. »Was kann denn Marleene dafür?«, fragte Babsi entrüstet. »Das kann er doch nicht einfach so behaupten!«

Marleene selbst antwortete nicht sofort. War sie genauso vor den Kopf geschlagen wie Lina?

»Aber …«, stotterte die Hofgärtnerin schließlich. Sie sammelte sich und sprach mit überraschend klarer Stimme. »Wir hatten Grund zu der Annahme, dass ihr das Laudanum nicht guttut. Schon mehrere Menschen sind nach der Einnahme verstorben …«

»Verstorben? Das kann gar nicht sein. Zahlreiche Ärzte wie auch Patienten schwören auf das Mittel. Meine Frau nimmt es ebenfalls jeden Tag, und ihr geht es blendend.« Frau von Tegenkamp sah mit ihrer blassen Haut und den verquollenen Augen nicht gerade wie ein Quell der Gesundheit aus, aber sie nickte bestätigend. »Und wer soll das überhaupt sein, *wir*?«, fuhr Herr von Tegenkamp fort.

»Mein Ehemann und ich.«

»Und wo ist er, Ihr Ehemann?«

Marleene senkte den Kopf. »Im Krankenhaus.«

Frau von Tegenkamp riss die Augen auf, und ihr Gatte nahm einen

Schritt Abstand. »Wer sind Sie? Ein Todesengel oder so? Das wird ein Nachspiel haben, da können Sie sicher sein. Wir haben bereits Anzeige gegen Sie erstattet, damit jeder von Ihren Machenschaften hier in der sogenannten Gartenbauschule für Frauen erfahren wird. In Hildesheim wissen bereits alle Bescheid, und es ist nur eine Frage der Zeit, bis es sich herumgesprochen hat und das gesamte Kaiserreich im Bilde ist. Einfach die Medikamente zu verbieten, ich fasse es nicht!«

Babsi und Meike flüsterten wild gestikulierend, überlegten, was sie tun könnten, um Marleene zu helfen und die Schule zu retten.

Lina hingegen dachte nicht nach. Sie handelte einfach.

»Sie hat nie aufgehört, die Tropfen zu nehmen!« Lina hatte die Tür aufgerissen, bevor sie wusste, was sie tat. Ihre Stimme war rau, da sie heute noch nicht gesprochen hatte, und die Blicke, die ihr entgegenschlugen, waren ihr nicht geheuer. Aber sie hatte nicht schweigen können.

»Was sagst du da, Mädchen?« Herr von Tegenkamp musterte sie eindringlich aus dunklen Augen und hatte die Hände in die Seiten gestemmt.

»Agneta. Sie hat weiterhin jeden Abend Laudanum genommen. Und am Abend vor ihrem Tod besonders viel.«

* * *

Marleene hätte schreien mögen. Agneta hatte entgegen ihrem Versprechen weiterhin das Mittel genommen? Eine lautstarke Diskussion entbrannte, da Herr und Frau Tegenkamp weiterhin darauf bestanden, dass das Laudanum ein harmloses Wundermittel sei.

»Sie können das doch gar nicht beurteilen und wollen nur davon ablenken, einen Fehler gemacht zu haben. Agneta brauchte diese Medizin. Meine Frau ist auch eine ganze andere, wenn sie ihre Tropfen nicht rechtzeitig bekommt.«

»Wissen Sie, was?«, sagte Marleene kurzerhand. »Sie haben recht. Ich kann es nicht beurteilen. Warum fahren wir nicht gemeinsam in die Stadt und befragen jemanden, der Medizin studiert hat?«

»Das werde ich …« Herr von Tegenkamp hatte wohl aus Routine zum Protest angesetzt, hielt jetzt jedoch inne. Offenbar ließ er sich alles durch den Kopf gehen. Dann lächelte er bitter. »In Ordnung. Fragen wir jemanden, der sich mit der Thematik auskennt.«

Wenig später saßen sie in der schwarzen Kutsche. Rosalie und die Schülerinnen wären am liebsten mitgekommen, Marleene schickte sie jedoch weg, die Sprechzimmer wären auch ohne zusätzliche Personen schon voll genug.

Letztendlich wurden es sogar drei Ärzte, die sie aufsuchten. Da der erste gesagt hatte, er habe gehört, dass Laudanum schädlich sein könne, hatte Herr von Tegenkamp darauf bestanden, eine zweite Meinung einzuholen. Der zweite Arzt, ein sonniger alter Brummbär, hatte abgewunken und gesagt, dass er es ständig verschreibe und wirklich kein Grund zur Sorge bestünde.

Also suchten sie einen dritten Arzt auf und nahmen auf wackeligen Holzstühlen gegenüber seinem Schreibtisch Platz.

Der Arzt setzte seine Brille ab und rieb sich die Stirn, nachdem sie ihr Anliegen vorgebracht hatten.

»Neueste Studien geben tatsächlich Anlass zur Sorge. Es wurde zwar jahrelang als Wundermittel verkauft, und das im Laudanum enthaltene Opium hat wahrlich eine erstaunlich schmerzlindernde Wirkung. Allerdings hat es auch einen erheblichen Nachteil: Man kann offenbar nie genug davon bekommen. Wie es aussieht, gewöhnt sich der Körper nach einiger Zeit an die Menge und verlangt nach mehr. Dieses Verlangen kann überaus groß werden … In Fachkreisen wird immer wieder über ein Verbot des Mittels diskutiert, doch nicht wenige schwören darauf. Es gibt jetzt ein neues Mittel. Kokain. Vielleicht können wir das gegen die Sucht einsetzen.«

Marleenes Körper spannte sich an. Die Problematik wurde sogar bereits in Fachkreisen diskutiert!

Trotzdem hatte Winkelmann nie etwas gesagt.

»Seit wann?«, fragte sie.

»Wie bitte?«

»Seit wann ist die bedenkliche Wirkung von Laudanum bekannt?«

»Nun ja«, er schien nachzurechnen, »das müssen mittlerweile einige Jahre sein. Es hängt natürlich immer davon ab, wie intensiv man die Fachpresse studiert …«

Marleene sprang auf. Agnetas Eltern sahen sie überrascht an, aber sie konnte nicht länger warten. »Bitte, treffen Sie mich später in der Fliedervilla, um alles in Ruhe zu besprechen. Aber zunächst gibt es etwas, das ich klären muss. Wenn Sie mich entschuldigen würden?«, rief sie noch im Gehen. Sie musste sofort mit Doktor Winkelmann sprechen. Konnte er tatsächlich gewusst haben, dass das Mittel, das er ihrem Vater und Julius' Mutter verschrieben hatte, auch eine überaus nachteilige Wirkung hatte?

* * *

Als Marleene bei der Apotheke ankam, war sie völlig außer Atem und spürte ihren Herzschlag im gesamten Körper. Sie riss die Ladentür so vehement auf, dass beinahe die Glocke heruntergefallen wäre. Es kümmerte sie nicht, dass noch zwei weitere Kunden im Laden waren, mit denen der Alte gerade sprach, während er eine Tube der braunen Centifoliensalbe vor ihnen in die Luft hielt.

»Haben Sie es gewusst?«

Er neigte den Kopf, die Kunden waren verdattert ein Stück zur Seite gewichen, als hätte sie die Cholera, und aus dem Hinterzimmer sah sie, dass sein Lehrling den Kopf reckte. Die Luft war so dick, dass man sie pikieren könnte.

Er fragte nicht, worauf sie hinauswollte.

»So lasse ich nicht mit mir reden, Mädchen!«

Marleene stemmte sich auf die Ladentheke. »Ich bin kein Kind mehr! Ich bin eine erwachsene Frau. Und die Hofgärtnerin des Großherzogs noch dazu. Für Sie bin ich Frau Langfeld, die Gattin von Julius Goldbach. Dem Sohn von Helene Goldbach – die nach der Einnahme Ihres Laudanums viel zu früh verstorben ist. Ganz genau wie mein Vater. Und vorgestern ist eine weitere Person in unserem Haushalt dem Tode erlegen, die Ihr Mittel eingenommen hat. Kann das noch ein Zufall sein, *Doktor* Winkelmann?«

Die beiden Kunden warfen dem Apotheker einen erschrockenen Blick zu und suchten eilends das Weite. Derweil war der Lehrling vom Hinterzimmer nach vorne gekommen. »W-w-wer ist es?«

Winkelmann brachte ihn mit einer Handbewegung zum Schweigen und verschränkte gemächlich die Arme, nachdem er Marleene ins Visier genommen hatte. »Was fällt dir ein, hier so einen Aufstand zu machen und meine Kunden zu vertreiben? Was, wenn sich das herumspricht?«

»Sollte ich mit meiner Vermutung richtigliegen, würde das nur Gutes bewirken.«

»Du bist ja nicht mehr bei Sinnen, vollkommen hysterisch. Dich sollte man in die Idiotenanstalt einweisen.«

Jahn kam noch näher und klammerte sich mit beiden Händen an den Tresen. »Wer?«, krächzte er. Er sah so kläglich aus, dass Marleenes Herz kurzzeitig weich wurde. Wie sollte sie es ihm sagen? Sie wollte nicht die Hoffnung aus seinen Augen löschen, die dort so eifrig flackerte. »Es – es tut mir leid«, sagte sie und senkte den Blick.

Er schlug die Hände vors Gesicht und stürmte zurück ins Hinterzimmer.

Marleene spürte ihre Kräfte schwinden. Julius' Unfall, Agnetas Tod und das ganze mögliche Ausmaß der Medikamente … Es war zu viel, um es zu fassen. Um es zu ertragen. Mit letzter Energie wandte sie sich an Winkelmann. »Ich will doch einfach nur wissen, ob Ihnen bewusst war, was Sie da getan haben.«

Der Apotheker atmete schwer aus. Waren schon immer so viele Falten in seinem Gesicht gewesen? Die Haut so durchscheinend?

»Natürlich nicht«, gab er traurig zu. »Erst vor Kurzem habe ich einen entsprechenden Bericht gelesen …«

Marleene ließ die Schultern hängen. Immerhin hatte er es nicht gewusst. Es war alles ein furchtbares Missverständnis gewesen. Eine Art Unfall. Der sich zu oft wiederholt und viel zu viele Leben gekostet hatte.

Wie Wodan, nur ohne achtbeiniges Ross, kam urplötzlich der Lehrling zurück in den Verkaufsraum gefegt und knallte einen dicken Ordner auf den Tresen, sodass die winzigen Glasflaschen hochsprangen. Eine fiel klirrend zu Boden. Marleenes Nackenhaare stellten sich auf.

»Und was ist das?«, zischte Jahn und blätterte den großen Stapel handbeschriebener Blätter durch. Der Apotheker versuchte, ihn durch Blicke zum Schweigen zu bringen, und als Jahn dennoch den Mund aufmachte, packte er ihn am Ohr und zog ihn davon.

»Er … er hat alles aufgeschrieben! Er muss es gewusst haben«, brüllte Jahn unter Schmerzen. »Der Ordner trägt den Namen *Neuralgie*, allerdings ist darin eine Liste all jener Oldenburger Bürger, denen er Laudanum empfohlen hat. Aua!« Er jaulte so schmerzerfüllt, dass Marleene die Zähne zusammenbeißen musste. »Er darf mit der Dosierung nicht durcheinanderkommen, um Überdosen zu vermeiden. Manchmal passiert es aber eben doch.«

Marleene klappte der Mund auf. Also doch. Ihr Vater. Julius' und Rosalies Mutter. Und jetzt auch Agneta. Sie alle waren keines natürlichen Todes gestorben, sondern der Profitsucht eines Apothekers erlegen, der süchtig machende Medizin verkaufte. So konnte er sichergehen, dass der stetige Geldfluss niemals versiegte.

»Mal sehen, was die Wachtmeister davon halten!«, rief sie in das Hinterzimmer und stürmte davon.

76. Kapitel

Marleene schob Theo langsam im Kinderwagen durch die Oldenburger Straßen, damit die großen Räder nicht allzu sehr über das Kopfsteinpflaster holperten, vor allem jedoch, weil sie unendlich müde war. Natürlich hatten sie Winkelmann umgehend auf der Polizeiwache angezeigt, doch bis die Polizisten bei ihm in der Apotheke gewesen waren, hatte er längst jegliches Beweismaterial vernichtet. Nach und nach war ihr Zorn verpufft; alles, was blieb, war die vollkommene Resignation. Sie lebte in einer Welt, in der Männer offenbar schalten und walten konnten, wie es ihnen beliebte, denn das Wort einer Frau zählte nur halb so viel.

Sie sah zu Theo. Er lag mit erhobenen Fäustchen auf dem kuscheligen Schaffell und schlief selig. Er war in jener heilen Traumwelt aus gedämpften Farben, die sie so sehr herbeisehnte.

Seufzend sah sie die Straße entlang. Wie viel des Weges hatte sie hinter sich gebracht?

Eine Frau mit elegantem Hut auf den dunklen Haaren und einem kleinen Mädchen an der Hand fing ihren Blick auf, und beide blieben abrupt stehen. Dorothea. Marleene öffnete den Mund, wusste aber nicht, was sie sagen sollte, nachdem Dorothea vor Gericht falsche Behauptungen aufgestellt hatte, damit Konstantin die Fliedervilla behielt. Doch ihre Schwägerin bog ohnehin hastig in die nächste Straße ein und nahm ihr die Entscheidung ab.

Marleene schüttelte den Kopf. Um dieses Thema konnte sie sich momentan nicht kümmern. In der gesamten Fliedervilla wurde nur noch geflüstert, wenn denn überhaupt geredet wurde. Marleene hatte eine Unterrichtspause ausgerufen, und Babsi hatte die Gelegenheit ergriffen, um für ein paar Tage nach Österreich zu reisen. Linas Körper schienen sämtliche Emotionen verlassen zu haben, sie aß kaum und redete wenig – ganz genau wie Marleene. Sie zwang zwar regelmäßig etwas Brot in sich hinein, um Theo weiterhin stillen zu können, doch Appetit hatte sie keinen.

Heute musste sich das ändern.

Auch wenn ihr danach zumute war, den Kopf unter der Bettdecke zu verstecken und den ganzen Tag zu weinen, musste sie stark sein. Sie musste den anderen Kraft spenden und Zuversicht verbreiten.

Obwohl sie selbst keine verspürte.

Über die Tage waren bereits vereinzelte Briefe eingetrudelt, und sie ahnte, was darin stand. Bisher hatte ihr die Kraft gefehlt, sie zu öffnen. Vielleicht schaffte sie es heute Abend? Wenn es ihr womöglich tatsächlich gelungen war, ihre Gemütslage zu heben?

Zumindest würde sie alles dafür tun. Viel gab es nicht, was sie machen konnte. Der Leichnam war nach Hildesheim überführt worden und würde dort im Familiengrab seine letzte Ruhestätte finden. Da sie der Bestattung nicht beiwohnen konnten, wollte sie Agneta zu Ehren am nächsten Tag ein Essen veranstalten, um des lieben Mädchens zu gedenken. Und dafür würde sie heute die feinsten Zutaten kaufen.

Beim Einkaufen hatte sie das Gefühl, als würden tausend Augen auf ihr liegen, und so beeilte sie sich, um die Markthalle so rasch wie möglich wieder zu verlassen. Danach machte sie sich auf zum Hofcafé Klinge, um noch diese köstlichen Erdbeerschaumtörtchen und Spritzkuchen zu erstehen. Vor der Verkaufstheke hatte sich eine Schlange gebildet, und Marleene stellte sich an. Es dauerte nicht lange, bis sich weitere Kunden hinter ihr einreihten. Mit einem Mal hörte sie es wispern und spürte verstohlene Blicke im Nacken.

Als sie ihre Bestellung aufgab, verstärkten sich die geflüsterten Sätze, sodass das reinste Grillenkonzert entstand.

»Hast du es schon gehört? Es stand in der Zeitung.«

»Jaja, das muss sie sein.«

»Laudanum. Eine Überdosis.«

»Wahrlich unverantwortlich!«

Während die Bäckersfrau die Törtchen in knisterndes Papier einschlug, fuhr Marleene zu den tuschelnden Frauen herum. »Es war nicht meine Schuld!«, erklärte sie mit letzter Kraft, doch die Umstehenden starrten sie nur an.

Zurück in der Fliedervilla, suchte Marleene ihren liebsten Raum auf, den Wintergarten. Wie sollte es nur weitergehen? Angefangen hatte es bereits im vergangenen Frühjahr mit der garstigen Karikatur und dem Artikel von Herausgeber Max Hesdörffer in der *Gartenwelt*. Dann hatte De Vos dafür gesorgt, dass das Ansehen der Schule in der Fachpresse zerstört worden war, und Agnetas Tod hatte in der überregionalen Presse für negatives Aufsehen gesorgt.

Ihre Mutter kam über ihren Stock gebeugt in die grüne Oase, in der linken Hand trug sie einen dicken Haufen Briefe. Seit dem Vortag war ein ganzer Stapel hinzugekommen.

»Wullt du nich deine Post lesen?« Ihre Mutter legte das Bündel auf den Tisch, bevor sie sich in den Rattansessel sinken ließ. Marleene biss die Zähne zusammen. Es war schwer zu ertragen, den großen Haufen anzusehen.

»Wullt du nich weten, wat drinsteht?«, hakte ihre Mutter nach.

Marleene sog den Atem ein. Sie ahnte, dass es Absagen der bereits gebuchten Plätze waren. Sobald sie sie gelesen hätte, würde es real werden.

Dann wäre ihr Lebenstraum endgültig zerstört.

Wenn sie jetzt die Schule wieder schließen mussten, nachdem sie so viel Zeit und Geld investiert hatten, käme das nicht nur einer finanziellen Katastrophe gleich. Damit würde ihr außerdem die Chance genommen werden, mehr Frauen bei der Ergreifung eines Berufs zu unterstützen, und sie würde der Frauenbewegung massiv schaden, wenn sie mit ihrem Vorhaben auf die Nase fiel.

»Womöglich ist es ja nur halb so schlimm?«

Marleene fuhr sich durch das Gesicht, wünschte sich, sie könnte die Anspannung einfach abschrubben. Sie rang sich ein Lächeln ab.

»Du hast recht.« Seufzend zog sie den Stapel von Kuverts an sich heran und öffnete den ersten mit dem Brieföffner.

»… sind untröstlich, doch wir müssen unsere Anmeldung leider zurückziehen.«

Sie legte das Papier beiseite und schnappte sich den nächsten Brief. Das schneidende Geräusch des Brieföffners könnte dabei genauso gut ihr Herz zerteilen.

» … sehen wir uns zu einer Abmeldung gezwungen.«

Ihre Mutter sank mit jeder weiteren Absage ein Stück mehr in sich zusammen, und der Papierstapel zu Marleenes Rechten häufte sich. Sie machte sich nicht mehr die Mühe, die zerstörerischen Worte laut vorzulesen, überflog nur die Zeilen und verkündete das Ergebnis.

»Absage.«

»Wieder etwas für den rechten Haufen.«

»Absage.«

»Absage.«

»Und noch eine Absage. Das wäre Nummer siebenunddreißig. Nicht einmal mehr die Arbeitermädchen, die nur eine geringe Gebühr zahlen, sind gewillt, sie in eine Institution wie die unsrige zu stecken.«

Marleene stützte sich auf die Oberschenkel. Mit jedem weiteren Brief hatte ein Teil ihrer verbliebenen Kraft den Körper verlassen, und nun war sie nur noch eine leere Hülle. Aber vielleicht war das ja gut, denn so konnte sie den Schmerz nicht mehr spüren. So oder so war sie am Ende. Sie und die Gärtnerinnenschule und damit auch die Frauenbewegung.

Gerade als sie dachte, es gehe nicht mehr, stürzte Rosalie in den Wintergarten.

»Marleene«, rief sie aufgeregt. »Es ist Julius. Er ist kurz aufgewacht und hat sich bewegt!«

77. Kapitel

War Bruno wirklich abgefahren, nachdem er sie zum Rasteder Bahnhof gebracht hatte? Verstohlen vergewisserte Lina sich mit einem Blick über die Schulter. Erst jetzt traute sie sich, Gleis eins zu verlassen, denn um zu ihren Eltern zu gelangen, brauchte sie keinen Zug. Sie würde die restliche Strecke zu Fuß bewältigen. Es fühlte sich seltsam an, den vertrauten Weg Richtung Schwalbennest zu gehen, vielleicht weil sie wusste, dass es nicht ihr Ziel war?

Fast konnte sie wehmütig bei dem Gedanken werden. Die anderen Mädchen waren begeistert gewesen von der noblen Fliedervilla und ihren luxuriösen Zimmern, doch Lina hatte das Schwalbennest eigentlich sogar noch besser gefallen.

Oder vermisste sie nur die damalige Zeit?

Rückblickend wirkte alles so sorgenfrei. Wobei es auch in der Fliedervilla schöne Stunden gegeben hatte. Das Weihnachtsfest war bezaubernd gewesen. Aber auch die Abende am knisternden Kaminfeuer, wenn sie Zeichnungen für ihr Lehrheft angefertigt hatten. Agneta, die ihr kichernd am Schminktisch die Haare gemacht hatte. Sie schob die Hände in die weiten Taschen ihres Rockes und presste die Bernsteinkämme so sehr, dass sich die Zinken in ihre Handballen gruben. Agnetas Eltern hatten sie ihr gegeben, nachdem sie sich mit Marleene ausgesprochen hatten. Offenbar waren die Briefe ihrer Tochter voll mit Berichten über ihre liebste Freundin Lina gewesen.

Lina schluckte.

Das war nun alles nicht mehr.

Kein Jammern mehr wegen Kinkerlitzchen, kein unbändiger Hunger gleich nach dem Frühstück, kein damenhaftes Erröten über heikle Fragen. Nie mehr würden sie bis tief in die Nacht hinein reden.

Jetzt war sie wieder allein. Vollkommen auf sich gestellt.

Wann war ihr Agneta eigentlich dermaßen ans Herz gewachsen? Und wie konnte ein kränkliches Mädchen, das in Saus und Braus aufgewachsen war, sich mehr nach Schwester anfühlen, wenn doch ihre echten Geschwister so ganz anders waren?

Sie hatte das Ende des Pottswegs, der nach Neusüdende führte, erreicht. Über den nächsten Feldweg geradeaus würde es über den Birkenweg zum Schwalbennest gehen, in der Ferne sah sie das Kiefernwäldchen, neben dem die Schaukel nun wohl verlassen im Frühlingswind pendelte. Sie vertrieb den schmerzvollen Gedanken und biss die Zähne zusammen. Dann schlug sie die entgegengesetzte Richtung ein und klopfte schon bald an der Tür des Bauernhauses, in dem ihre Eltern mit den kleineren Geschwistern wohnten.

Hilda öffnete. Ihr Mund war schmutzig und die Kleidung zerschlissen, aber Freude leuchtete in ihren Augen auf, sobald sie Lina erkannte, und sie schloss sie zur Begrüßung fest in die Arme. »Halt dich von Vater fern, er hat gestern wieder viel zu viel gezecht und könnte jeden Moment aus seinem Suff erwachen«, flüsterte sie ihr warnend ins Ohr.

Es hatte sich also nichts geändert.

»Mutter, Lina ist hier«, rief Hilda dann in die Diele, und als ihre Mutter mit der blauen Schürze aus dem hinteren Teil des Hauses auftauchte und ihr faltiges Gesicht sich zu einem strahlenden Lächeln verzog, wurde ihr ganz warm ums Herz.

»Na, hamse dich aus Jever auch noch mal weggelassen? Wie die Hunde, sage ich, man wird als Dienstmädchen behandelt, wie die Hunde, sage ich.«

Jetzt oder nie, erinnerte Lina sich. Sie hatte mit einem enormen Triumph zu Hause aufschlagen wollen. Mitteilen wollen, dass sie die Hofgärtnerin zu Fall gebracht und die Ehre der Familie gerettet habe.

Doch nun war es ganz anders gekommen.

Marleene war am Boden, so viel war gewiss. In der gesamten Stadt zerriss man sich das Maul über sie, und Lina waren die ganzen Briefe, die eingetroffen waren, nicht entgangen. Sicherlich keine Glückwunschkarten. Allerdings hatte sie nichts damit zu schaffen gehabt.

Und ein kleiner Teil freute sich darüber.

Ja, sie verabscheute die Hofgärtnerin. So, wie ihre gesamte Familie es tat. Aber irgendwie war das vergangene Jahr auch ein gutes gewesen. Sie hatte ordentlich gegessen, ausreichend geschlafen, gar nicht wenig gelacht und wahnsinnig viel gelernt. Freunde gefunden. Hatte sich verliebt – wenn auch unglücklich. Dennoch kam sie nicht umhin, sich zu fragen, wann sie sich jemals in ihrem Leben so geborgen gefühlt hatte.

Sie setzten sich in den Underslag neben dem Herd, und Lina machte ihr Geständnis. »Ich habe in Jever gekündigt.«

»Was? Wieso das denn, das war eine patente Stelle! Wo warst du denn, und warum haben wir nichts davon erfahren?«

»Ich … ich war auf der Gärtnerinnenschule.« Der Mund ihrer Mutter klappte auf, doch bevor sie loszetern konnte, sprach Lina rasch weiter. »Allerdings nur dir zuliebe, Mutter. Du hast doch immer erzählt, dass Marleene schuld ist, dass du die Hofgärtnerei verlassen musstest. Es ist so ungerecht, dass sie dir den Pflanzendiebstahl in die Schuhe geschoben hat! Und dass sie obendrein dafür gesorgt hat, dass eure Gärtnerei nie so richtig Fuß fassen konnte, sodass ihr auf Bauernhof umrüsten musstet, ist eine Boshaftigkeit sondergleichen.« Jedes Mal, wenn sie daran dachte, welche Chancen Marleene ihrer Familie genommen hatte, wurde ihr heiß vor Wut. »Und das wollte ich rächen. Sie sollte mal sehen, wie es sich anfühlt, am Boden zu liegen.«

Hildegard lächelte und griff nach ihren Händen, wollte etwas sagen.

»Und, ist es dir gelungen?« Die tiefe Stimme ihres Vaters klang belegt, und als sie sich zu ihm umdrehte, sah sie, dass sein halbes Hemd aus der fleckigen Hose hing. Mit einer undurchdringlichen Miene setzte er sich zu ihnen an den wackeligen Tisch. Eine Dunstwolke aus billigem Fusel waberte zu ihr herüber.

»Also, am Boden ist sie …«

»Aber?«

»Irgendwie hat es sich mehr oder weniger von allein ergeben.« Sie fasste zusammen, was geschehen war, ihr Vater lehnte sich zurück, und sein Grinsen wurde immer breiter.

»Ha, es gibt eben doch einen Gott!«, befand er, als sie geendet hatte. Dann beugte er sich zu ihr herüber, sodass sie die Flecken auf seinen Zähnen nur allzu gut sehen konnte. »Aber ich sag dir was, die Göre ist wie eine Katze mit neun Leben. Sie schafft es immer wieder, auf den Füßen zu landen. Wenn das passiert, Lina, ist es an dir, ihr den Todesstoß zu versetzen.«

Mit einem beklommenen Gefühl im Magen verließ Lina das Haus ihrer Eltern. Sie hatte auf einen anderen Ausgang gehofft. Ihr Vater und ihre Mutter sollten wissen, dass ihre schlimmste Feindin bekommen hatte, was sie verdiente, und sie hatte vorgehabt, sich dezent zurückzuziehen. Doch ihr Vater wollte nichts davon hören. Er war überzeugt, dass Marleene einen Weg aus dem Schlamassel finden würde, und ein klein wenig hoffte sie es ja auch. Nicht für sich, aber für die anderen Mädchen. Sie brannten so sehr darauf, Gärtnerin zu werden.

Und nun sollte sie all das vollends zerstören?

»Lina?«

Sie hatte kaum bemerkt, dass sie den Birkenweg erreicht hatte, und als sie Franz nun entdeckte, konnte sie die Lage einen Atemzug lang nicht einordnen. Aber natürlich, ein Drittel der Gärtner und Gehilfen arbeitete nach wie vor im Schwalbennest, und da er in Rastede wohnte, gehörte er meist dazu. Sie wusste nicht, was sie sagen sollte. Ihre Gedanken schienen stehen zu bleiben und nur einzelne Worte auszuspucken. Agneta. Aus. Rache. Plan. Schuppen. Tod. Tanz. Angst. Verzweiflung.

Was sollte sie sagen?

Was wollte sie überhaupt?

Rache oder den Sieg der Gärtnerinnenschule? War es an der Zeit loszulassen oder höchste Zeit, so richtig aufzudrehen? Wem gegenüber musste sie loyal sein? Ihrer Familie oder ihren Freunden? Ihr wurde bei all den Fragen ganz schwindelig, und allein der Anblick von Franz auf der gegenüberliegenden Straßenseite beruhigte sie ein wenig. Er war das einzig Vertraute in dieser durchgerüttelten Welt.

Im nächsten Moment überquerte er die Straße und war bei ihr.

»Wie geht es dir?« Voller Sorge sah er sie an, und sie spürte, dass sich etwas in ihr löste. Die ganze Zeit hatte die Trauer festgesessen, da sie fürchtete, dass ihre Welt zerfiel, wenn sie losließ. Doch nun war er da, und sie merkte, dass sie kaum noch atmen konnte. Er schloss sie nach einem Blick in ihre Augen einfach nur in die Arme, und Lina hielt sich an ihm fest und ließ an seiner Brust den Tränen freien Lauf.

78. Kapitel

Marleenes Tee war bereits kalt geworden, die Kluntjes hatten sich lange aufgelöst, dennoch rührte sie weiter darin herum. Als die Ärzte ihr vor drei Tagen gesagt hatten, Julius erhole sich langsam, war die Freude immens gewesen. Nach den erlösenden Worten hatte sie endlich wieder frei atmen können, doch nun war eine neue Sorge vorgerückt. Was würde sie ihm sagen?, fragte Marleene sich immer wieder. Wenn er die Wahrheit erfuhr, könnte das zu viel für ihn sein. Aber verheimlichen ließ es sich auch nicht lange. Die Ernüchterung lastete schwer auf ihren Schultern.

Es war alles verloren.

Sie würde die Schule schließen müssen.

Und nach dem, was sie alles in die Schule investiert hatten, vielleicht auch die Hofgärtnerei. Wenn sie ihm das sagte, würde er sich gewiss viel zu sehr aufregen. Aber sollte sie ihn anlügen?

Rosalie kam mit einem Stapel Briefe herein, legte die obersten drei vor Marleene auf den Tisch und riss ihren hastig direkt mit den Fingern auf.

»Erwartest du etwas Dringendes?«

»Ja, unser Lehrerinnenverein hat eine Petition eingereicht, damit wir ebenso viel verdienen wie unsere männlichen Kollegen. Wir haben alle unterschrieben. Jetzt haben wir endlich die Antwort.« Im nächsten Moment ließ sie das Papier sinken. »Abgelehnt.«

»Mit welcher Begründung?«

Rosalie setzte sich müde und rezitierte die entsprechenden Zeilen. »Das Übliche ... Bla, bla, bla ... *Der Platz der Frau ist im Hause. Mütterliche Fürsorge ist die natürliche Aufgabe der Frau. Arbeit außerhalb des Hauses widerspricht dem und könnte den Hausfrieden stören.*«

Marleene seufzte. Das also auch noch. Warum scheiterten sie auf ganzer Linie? Nicht nur die Gärtnerinnenschule, selbst die Lehrerinnen kamen trotz ihrer wachsenden Zahl mit ihren Bemühungen nicht weiter.

Rosalie warf das Schreiben achtlos auf den Tisch. »Das war's, wir haben verloren.«

Marleene wollte aus der Gewohnheit heraus protestieren – aber sie fühlte keinen Widerstand mehr in sich. Es gab ohnehin nichts, was sie noch tun konnte, warum also nicht aufgeben? Vielleicht waren Frauen zu nicht mehr geeignet, als die Handlanger des Mannes zu sein. Vielleicht reichte ihre Verstandeskraft wahrhaftig nicht aus.

Ihr zumindest waren die Ideen ausgegangen. Der Kampf war sinnlos.

»Ich geh mal die Pflanzen versorgen«, murmelte sie, denn die Frühlingssonne hatte in den letzten beiden Tagen kräftig geschienen. Vor der Villa saß ihre Mutter trotz des frischen Windes mit dem schlafenden Theo in einem Lehnstuhl und hielt ihr Gesicht der Sonne entgegen.

»Was machst du denn hier draußen? Ist es nicht noch zu kühl? Nicht dass du dich erkältest.« Jetzt klang sie wie ihre eigene Mutter.

Diese grinste zahnlos. »Ick heb nen Unnerhemd an«, versicherte sie ihr. »Und der lütje Hölmel ist so warm wie der reinste Ofen.« Marleene strich zärtlich über Theos wollene Mütze und vergewisserte sich, dass er wirklich dick genug eingepackt war.

Ihre Mutter deutete mit der faltigen Hand auf die Fliederbüsche neben dem Haus. »Die beginnen auszutreiben.«

Marleene beugte sich über die noch kahlen Zweige. Sie wirkten wie knorrige Finger, doch an jedem Auge waren deutlich zapfenförmige grüne Knospen zu erkennen. In wenigen Wochen würden daraus große Blätter entstehen, gekrönt von den weißen und lilafarbenen Blütendolden, bis ein duftender Wall aus Blüten die Fliedervilla umgab.

»Weetst du, dat es diese Fliederbüsche neben dem Haus des alten Goldbachs waren, die deen Vader als erste Pflanzen in unseren Fliedergarten gepflanzt hat?«

»Nein.« Marleene sah sie überrascht an. Sie hatte nie darüber nachgedacht; in den frühen Jahren, an die sie sich zurückerinnern konnte, war der Fliedergarten bereits üppig gewesen. Eigentlich viel zu groß für das kleine Heuerhus, das sie bewohnt hatten. Aber sicher, mit vereinzelten Büschen musste alles seinen Anfang genommen haben, und es war naheliegend, dass ihr Vater den Chef der Hofgärtnerei gefragt hatte, ob er die Pflanzen vermehren dürfte, die ohnehin jedes Jahr zurückgeschnitten wurden.

»Der Neuaustrieb der Büsche war immer een großes Fest for deen Vader. Viel mehr noch als Oostern oder Wiehnachten.« Ihre Mutter schmunzelte. »Siener Meinung nach sollte man den Flieder im Frühling feiern und nich irgendwelche Menschen. Liegt nicht in den Pflanzen das größte Wunder?, hat er immer gesagt. Ganz gleich, was war, sie treiben stets wieder aus. Sie verlieren ihre Blätter im Winter, aber mit Gewissheit kommen sie im neuen Jahr wieder. Du kannst sie zurückschneiden, trotzdem treiben sie wieder aus – und das sogar mit doppelter Kraft. Du kannst einen ganzen Zweig abbrechen, aber die Pflanze wächst dennoch weiter und wird dessen ungeachtet blühen. Trotz des Verlustes. Is dat nich grootaardig?«

»Das ist es.« Marleene lächelte versonnen, küsste ihre Mutter auf den Kopf und machte sich daran, auf den Freilandquartieren, in den Warmhäusern und der Orangerie nach dem Rechten zu sehen. Am Ende des Geländes erreichte sie das einst geheime Gewächshaus, in dem sie Julius näher kennengelernt hatte. Er hatte es repariert und schrecklich geheimnisvoll getan, ihr untersagt, es zu betreten, und Johannes mit dem Gießen beauftragt. Deswegen wusste sie gar nicht, welche Pflanzen es enthielt. Dennoch war es besser, sie sah hier ebenfalls nach, ob alles in Ordnung war.

Vorsichtig öffnete sie die Milchglastür, und als sie all die Pflanzen sah, tat ihr Herz einen kleinen Sprung. Süßer Fliederduft hüllte sie ein, und ein ganzes Meer aus purpurfarbenen Blütenblättern mit weißem Rand strahlte ihr entgegen. Er hatte ihren besonderen Flieder vorgetrieben. Marleene schlug die Hand vor den Mund und zwang sich zum Atmen. Dann rannte sie mit ausgestreckten Händen den gesamten Mittelweg durch das Fliederparadies und tanzte zurück. Am Anfang des Beetes stand ein Sortenschild. Marleene nahm es neugierig in die Hand, denn natürlich würden sie den Namen ihres ganz speziellen Flieders nie vergessen, und so war das Schild eigentlich überflüssig. *Sensation* hieß er. Doch zu ihrer Überraschung stand gar kein Pflanzenname auf dem Emailleschild, sondern in edel geschwungener Schrift die Worte: *Für meine Fliederprinzessin.*

Sie drückte das Schild an ihr ungestümes Herz und schloss die Augen. Schritt für Schritt ging sie die Geschehnisse der vergangenen Wochen durch. Sie wusste noch immer nicht, was zu tun war, doch sie erinnerte sich an etwas viel Wichtigeres: Sie durfte nicht aufgeben. Sie mochte momentan den dunkelsten aller Winter erleben, aber auch sie musste wieder aufblühen. So wie der kostbare Flieder, der ihr als Schulmädchen fast zerstört worden wäre – und der nun tausendfach blühte.

***

Marleene rannte den gesamten Weg zurück zur Fliedervilla, lächelte ihrer Mutter außer Atem zu und rief: »Auch wir werden wieder aufblühen!« Dann stürmte sie in den Salon, wo Rosalie noch immer saß, den Kopf in die Hände gestützt.

»Was ist denn mit dir passiert?«

»Wir werden uns nicht unterkriegen lassen. Wir machen es wie die Pflanzen. Vielleicht wurden wir gerade zurückgeschnitten, vielleicht hat uns jemand einen wichtigen Ast genommen oder auf uns herumgetrampelt. Trotzdem werden wir wachsen, wir werden blühen!«

Rosalie atmete aus und sah Marleene mitleidsvoll an. »Aber wie? Wie sollen wir aus dem ganzen Schlamassel wieder herauskommen?«

»Das weiß ich noch nicht.«

»Großartig, wenn du solch einen ausgeklügelten Plan hast, klingt es gleich viel leichter.«

Marleene verschränkte die Arme, und Rosalie stand auf. »Tut mir leid, nur weiß ich eben nicht, wie es funktionieren soll. Wir versuchen doch schon alles, seit Wochen, Monaten. Und selbst wenn wir Lehrerinnen vorankommen, bei dir …« Sie gestikulierte in die Luft.

»Ist Hopfen und Malz verloren?«

Rosalie zuckte leicht mit den Schultern.

»Aber das ist es eben! Wir haben noch lange nicht alles versucht. Bisher haben wir immer eine Lösung gefunden, wenn wir zusammengehalten haben. Als wir den Schädlingsbefall hatten, hatte Alma die Idee mit den Dorfkindern, du die Idee mit dem Flieder, und Frieda hat unseren Stand zu einem Blickfang gemacht.«

»Und wie soll uns das jetzt helfen?«

»Es zeigt uns doch, dass wir aufs Neue alle zusammenhalten müssen.«

»Tun wir das denn nicht bereits? Ich habe mich extra mit den anderen Lehrerinnen zusammengeschlossen …«

»Das reicht nicht. Jeder kocht bisher sein eigenes Süppchen. Was ist zum Beispiel mit deiner Petition?« Marleene gestikulierte zum Brief. »Warum habe ich da nicht auch unterschrieben? Und die Schülerinnen?«

»Ich dachte, es betrifft nur uns Lehrerinnen …«

»Aber ich wünsche mir doch auch, dass Mädchen die Maturitätsprüfung ablegen und studieren dürfen. Und was ist mit Dorothea? Sie traut sich nicht mehr, uns unter die Augen zu treten, dennoch bin ich gewiss, dass auch sie unterschrieben hätte. Und Frieda? Ganz bestimmt. Sie setzt sich für die Arbeiterinnen ein – soweit ich weiß, kommt auch sie allerdings nicht wirklich voran. Jede Einzelne von uns tritt auf der Stelle. Warum helfen wir uns denn nicht gegenseitig? Was ist in den letzten Jahren nur passiert, dass wir uns dermaßen aus den Augen verloren haben?«

»Ich weiß es nicht.« Rosalie lehnte sich gegen die Wand, blickte aus dem Fenster und drehte sich dann wieder zu Marleene. »Ich weiß es wirklich nicht.«

»In jedem Fall muss das aufhören. Wir müssen wieder näher zusammenrücken und schauen, wie wir uns gegenseitig unterstützen. Vielleicht lässt sich die Gärtnerinnenschule nicht mehr retten, aber möglicherweise gibt es ja ein anderes Projekt, das Hilfe benötigt. Das werden wir jedoch nie erfahren, wenn wir nicht miteinander reden.«

Rosalie nickte, und Marleene steuerte die Tür an. »Ich gehe jetzt zu Julius. Und sobald es ihm besser geht, werde ich Dorothea und Frieda aufsuchen.«

79. Kapitel

Greta verließ den Kolonialwarenladen mit einem dick gefüllten Korb unter dem Arm. Gewiss würde Dorothea wieder genussvoll die Augen schließen, wenn sie den Butterkohl probierte. Falls sie jetzt noch etwas Rauchfleisch … Sie blieb erschrocken stehen. Konstantin kam ihr auf dem Bürgersteig entgegen, und es gab keine Möglichkeit, ihm auszuweichen. Er lächelte, sobald er sie erkannte. »Na, das ist ja eine Überraschung!« Über dem rechten Mundwinkel zierte ein rundliches Geschwür seine Haut. Wie dunkelbraunes Moos schien es von der Lippe bis in seine Gesichtshaut zu wuchern. Ließ er deswegen neuerdings seinen Bart stehen?

Greta murmelte etwas und rückte von ihm ab. Er inspizierte den Inhalt ihres Korbes, und sie konnte ihm ansehen, dass er sich wunderte, wie sie sich all diese exquisiten Köstlichkeiten leisten konnte. Aber am Wochenende ließen Dorothea und sie es sich gerne gut gehen. Zudem betreute sie nun täglich fünf Kinder, das füllte ihre Haushaltskasse.

»Schön, dass ich dich treffe.« Er senkte die Stimme, sodass sie wohl verführerisch klingen sollte, doch in Greta rief dies Übelkeit hervor. »Letztes Mal musste ich ja ein wenig … überstürzt dein Gemach verlassen.« Er tat einen Schritt auf sie zu. Greta wich weiter zurück, sie konnte nicht verhindern, dass ihr Blick immer wieder zu der Geschwulst ging. Ob es eines dieser frühen Merkmale der Lustseuche war? Dann konnten sie nur hoffen, dass er Dorothea nicht angesteckt hatte. Oder sie.

»Wollen wir das bei Gelegenheit nicht noch einmal in aller Ruhe fortführen?«

Greta klammerte sich so sehr an ihren Korb, dass die trockenen Weidenruten knisternd protestierten.

»Nein, danke«, stammelte sie in Ermangelung einer guten Erklärung.

»Nein?« Er klang überrascht. »Ist es wegen Bruno? Wir können ja diesmal in ein Hotel gehen.« Er hielt inne. »Oder in den Wald, das kann ungemein lauschig sein.«

»Es ist nicht wegen Bruno. Ich will einfach nicht.«

»Nicht?« Seine Augenbrauen zogen sich für einen Moment zusammen. »Nun hab dich doch nicht so! Ich weiß gar nicht, was du hast, es ist ja nicht so, dass du die Heilige Jungfrau wärest, das wissen wir beide. Und hatten wir nicht immer Spaß miteinander?«

»Spaß?« Greta lachte auf. »Du denkst allen Ernstes, dass ich Spaß hatte? An unser erstes Mal kann ich mich kaum mehr erinnern. Ich weiß nur, was du mir vorher alles versprochen hast. Und … oh, ja, es war herrlich, dass du mich in der Hofgärtnerei eiskalt abserviert hast, obwohl ich schwanger war. Und dann diese malerischen Tage, die ich in der Gosse verbringen musste. Das war wirklich sehr erklecklich. Wenn Bruno nicht gewesen wäre, würde ich vermutlich dort noch heute sein, wenn ich nicht elendig verreckt wäre! Also bitte, lass mich allein. Ich mag ein weiteres Mal auf dich hereingefallen sein, noch einmal passiert mir das allerdings nicht. Ich bin durch mit dir – ein für alle Mal!«

Sie drehte ihm den Rücken zu und konnte nicht verhindern, dass sich ein Grinsen von ihrem einen Ohr zum anderen zog. Wie sehr sie mit ihm durch war, würde er schon in zwei Wochen sehen. Wenn sie vor Gericht öffentlich gegen ihn aussagte. Zuvor hatte sie mit diesem Termin gehadert – nun freute sie sich darauf, der Welt zu berichten, was für ein Mensch er war.

80. Kapitel

»Danke für deine Überraschung!« Marleene drückte Julius' Hand, der weiterhin fest schlief, und beobachtete ihn ganz genau. Manchmal seufzte er leise, oder seine Augenlider flatterten. Hin und wieder bewegte er den Kopf. Momentan rührte er sich jedoch nicht. Marleene erzählte ihm dennoch mit leisen Worten, was sie sich überlegt hatte. Irgendwann nickte sie ein und schreckte erst wieder hoch, als die Tür geöffnet wurde. Sie war sicher, dass im nächsten Moment Rosalie mit ihren resoluten Schritten ins Zimmer kommen würde, doch als sie bemerkte, wer sie stattdessen besuchte, traten ihr Tränen in die Augen. Frieda. Tausend Gefühle fluteten nach oben, und ihr wurde bewusst, dass sie viel zu lange ohne ihre liebste Freundin gewesen war. Sie sprang auf und rannte ihr entgegen, und Frieda schloss sie einfach nur ganz fest in die Arme und hielt sie. Marleene ließ die Sorgen aus sich herausfließen und genoss es, dass sie nicht mehr stark sein musste. Frieda kannte sie, hatte sie schon in sämtlichen Lebenslagen erlebt und wusste, wie es ihr ging.

Marleene spürte, wie die Schluchzer ihren Körper erbeben ließen. Friedas Hand strich immer wieder über ihren Rücken.

»Es tut mir leid, dass ich wegen so einer törichten Sache Hals über Kopf ausgezogen bin«, sagte sie in ihrer sanften Stimme, die nun von Kummer durchzogen war. Marleene schüttelte entschieden den Kopf und wischte mit dem Ärmel die Tränen aus dem Gesicht.

»Ich hätte verstehen müssen, wie wichtig es dir war.«

»Aber ich …«

Marleene griff nach ihren Händen und schnitt ihr das Wort ab. »Jetzt bist du ja da.« Ihre Mutter betonte immer wieder, dass es sich nicht lohnte, über vergossene Milch zu klagen. Sie könnten noch Tage und Wochen damit verbringen, genauestens auseinanderzutüfteln, wer was wann und warum gesagt hatte. Oder sie konnten von vorne beginnen. »Das Wichtige ist doch, dass du gekommen bist. Woher wusstest du es überhaupt?«

Sie setzten sich auf die einfachen Holzstühle, und Marleene sah, wie Frieda auf ihre Unterlippe biss.

»Rosalie. Sie hat mir eine Nachricht zukommen lassen. Vermutlich hat sie sich gedacht, dass du mich gerne in deiner Nähe hättest.«

Marleene lächelte. Der erste Schritt war getan. Mit Frieda an ihrer Seite fühlte sie sich sogleich stärker. Nicht nur wegen Julius, auch generell. Sie hatte sich die Sache wiederholt durch den Kopf gehen lassen. Es brachte nichts, an tausend verschiedenen Schauplätzen die kleinen Kämpfe auszutragen. Im Grunde genommen musste sich die Stellung der Frauen in sämtlichen Bereichen und Berufen verbessern. Alleine waren sie zu schwach. Alle Frauen mussten an einem Strang ziehen, nur dann könnten sie mit Nachdruck handeln. Alle Arbeiterinnen, alle Lehrerinnen, alle Gärtnerschülerinnen – und am besten auch alle Mitstreiterinnen des bürgerlichen Frauenvereins. Nur dann würden sie eine Anzahl an Stimmen erreichen, die sich Gehör verschaffen konnte.

Ohne die Frauen des Bürgertums würden sie es nicht schaffen.

Das Problem war nur, dass ausgerechnet Dorothea nun die Vorsitzende war.

* * *

Frieda verließ das Krankenzimmer, als der Arzt kam, um Julius zu untersuchen, und setzte sich auf einen der Wartestühle im kargen Korridor.

Schon als sie das entschiedene Klack-Klack-Klack von Schnürstiefeln am Ende des Korridors hörte, zog sich alles in ihr zusammen. Sie kannte nur eine Person, die einen solch resoluten Gang hatte. Unauffällig sah sie sich nach einem Ausweg um, doch der Ausgang lag nun mal in der Richtung, aus der Rosalie nun auf sie zukam. Mittlerweile hatte sie sie fast erreicht und wurde langsamer. Unschlüssig blieb sie vor ihr stehen.

»Hallo.«

»Hallo.«

»Danke, dass du mir Bescheid gegeben hast.«

»Ich wusste, dass es Marleene helfen würde. Wie geht es Julius?«

»Es geht wohl langsam aufwärts. Der Arzt ist gerade bei ihm, deswegen warte ich hier.«

»Ah, in Ordnung.« Rosalie nahm ebenfalls Platz, ließ allerdings einen Stuhl zwischen ihnen frei. Zunächst sagte keine von ihnen ein Wort, und es blieb Frieda kaum eine Wahl, als der unangenehmen Stille zu lauschen, da ihr Klönschnack über die Frühlingssonne und die ersten Krokusse unangemessen erschien. Sie lauschte den eiligen Schritten auf dem Gang, dem Geklapper von Geschirr und nickte einem gebrechlichen Mann zu, der in einem gigantischen Rollstuhl aus Holz an ihnen vorbeigeschoben wurde.

»Ich …«, sagte Rosalie plötzlich, als sie wieder allein auf dem ellenlangen Flur waren, und Frieda blickte überrascht auf. »Ich hätte die Briefe nicht lesen dürfen.«

»Vor allem hättest du sie nicht vernichten und erst recht nicht in meinem Namen beantworten dürfen.«

Rosalies Kehlkopf bewegte sich auf und ab, und sie schien sich ganz darauf zu konzentrieren, wie sie mit der linken Schuhspitze etwas eingetrockneten Matsch vom rechten Schuh kratzte. Frieda glaubte schon, sie würde das unkommentiert lassen, als Rosalie sagte: »Ich konnte ein ziemliches Biest sein.«

»Das wäre die Untertreibung des Jahrhunderts. Aber vielleicht hätte ich dir glauben sollen, dass du dich verändert hast. Vermutlich sogar. Ich selbst habe mich ja auch verändert, bin nicht mehr die schüchterne Kleine, und du bist eben nicht mehr die Biestige.«

Rosalies Lächeln wirkte erleichtert, doch vor allem wirkte es echt. »Es tut mir leid, ich wollte nie einen Keil zwischen dich und Marleene treiben. Lange habe ich geglaubt, ihr würdet es alleine wieder hinbekommen, wollte mich nicht einmischen. Allerdings …«

»Wir können eben beide ziemliche Sturköpfe sein. Immerhin sind wir norddeutsch.«

»Das kann aber auch von Vorteil sein. Denk an die Frauenbewegung, wir wären gewiss nicht so weit gekommen, wenn wir nicht alle so beharrlich wären. Und was übrigens die Briefe betrifft: Ich habe sie nie weggeworfen. Ich wollte es, habe es jedoch nicht geschafft.«

»Nein?« Frieda wusste nicht, was sie davon halten sollte. Sie hatte gedacht, die Briefe wären auf ewig verloren. Aber war das überhaupt noch wichtig?

»Willst du … willst du sie lesen?«

Wollte sie? Viel Zeit war vergangen, seit Manilo die Zeilen an sie geschrieben hatte. Lange war sie der festen Überzeugung gewesen, dass sie niemals wieder jemanden finden würde wie Manilo, doch letztendlich hatte sie bei seinem plötzlichen Auftauchen bereits gemerkt, dass sich ihre Gefühle klammheimlich geändert hatten.

»Er war bei mir, weißt du?«

Ein merkwürdiges Grinsen erschien auf Rosalies Gesicht. »Ja, er hat es mir erzählt.«

»Bei dir war er also auch? Wieso das denn? Warst du ihm jetzt doch gut genug, nachdem ich ihn nicht wollte?«

»Vermutlich. Ihm sind fast die Augen aus dem Kopf gepurzelt, als er gehört hat, dass ich mittlerweile mit Johannes verlobt bin.«

Die beiden kicherten, und das Kichern entwickelte sich zu einem richtigen Lachanfall. Die Vorstellung war einfach zu komisch. Das hätte Frieda nur zu gerne selbst miterlebt.

»Ich nehme an, du willst sie also nicht lesen?«, fragte Rosalie, nachdem sie sich wieder gefangen hatten.

Frieda schüttelte den Kopf. »Es würde sich anfühlen, als wären sie nicht für mich. Letztendlich habe ich mich an Manilos Seite auch immer ein wenig klein gefühlt. Er war der große Redner, der mir Dinge erklärt und gezeigt hat, und ich habe ihm mit staunenden Augen zugehört. Eigentlich möchte ich lieber jemanden, der mir auf Augenhöhe begegnet. Jemanden, der auch etwas von mir hält.«

Rosalie musterte sie eingehend. »Und da gibt es auch schon einen, der genau diese Kriterien erfüllt?«

Frieda schmunzelte wehmütig. Nein, auf den Kopf gefallen war Rosalie wahrlich nicht. Sie erzählte von Jost und allem, was sich in den letzten Monaten ereignet hatte.

»Ah, dieser Jost hat dich ja schon damals auf dem Alpenrosenball kaum aus den Augen gelassen.«

Frieda zog die Brauen zusammen. Woher in aller Welt mochte Rosalie das wissen?

Sie lachte auf. »Ich habe den gesamten Abend über alles im Blick behalten. Schließlich wollte ich, dass Vaters großer Auftritt reibungslos über die Bühne geht. Aber mit dir und Jost … da muss es doch einen Weg geben!«

»Nun ja, es ist kompliziert.«

»Ts! Johannes war Vorsitzender der Sozis und ich Tochter des gehobenen Bürgertums – also bitte erzähle mir nichts von komplizierten Verbindungen!« Da blitzte sie wieder hervor, die alte Rosalie. Doch inzwischen wusste Frieda, dass sie es nicht böse meinte. Sie war einfach ein Mensch, der nicht lange fackelte, sondern rasch zur Tat schritt. Sie hingegen konnte die Dinge ewig abwägen – was sie ja in den vergangenen Monaten auch getan hatte. Ihr war bewusst, dass sie mit Jost reden musste, sie wusste nur noch nicht, wie. Nach allem, was er für sie getan hatte, brauchte sie nun eine richtig große Geste, um ihn für sich zu gewinnen.

Und das war nicht eben einfach. Wie beeindruckte man jemanden, der regelmäßig mit seinen bloßen Händen kleine Wunder erschuf? Zudem konnte sie noch immer nicht sicher sein, wie er zu ihr stand.

»Du kannst Johannes nun wirklich nicht mit Jost vergleichen. Johannes schwingt ständig seine großen Reden …«

Rosalie hob ihren spitzen Zeigefinger. »Nicht, wenn es um Gefühle geht. Inzwischen weiß ich einfach, dass man in Liebesdingen nicht zu zaghaft sein darf als Frau. Die Männer sind da ebenso verunsichert wie wir. Nachdem Johannes und ich uns das erste Mal geküsst hatten, hat auch keiner von uns so richtig darüber gesprochen – das wäre nahezu im Desaster geendet. Also. Habt ihr euch geküsst?«

Frieda starrte Rosalie an. So etwas Intimes konnte sie doch nicht einfach so fragen!?

»Also?«, hakte sie bereits ungeduldig nach.

»Fast.«

»Und habt ihr darüber geredet?«

Frieda schlug die Augen nieder.

»Na, worauf wartest du denn noch? Geh zu ihm und sprich mit ihm.«

»Das habe ich ja auch vor! Aber es reicht nicht, einfach nur zu reden. Weißt du, er hat seinen guten Ruf riskiert, indem er sich als mein Verlobter ausgegeben hat. Und als Großbauer und aufstrebender Geschäftsmann sollte man es sich wirklich nicht mit den Dorfleuten verscherzen. Und dann hat er mir die entzückendste Miniatur-Wohnung gebaut, die du dir vorstellen kannst. Er war so gut zu mir und muss nun vermuten, dass ich wieder mit Manilo angebändelt habe. Wie fürchterlich!« Frieda sprang auf und gestikulierte in den leeren Flur. »Da reichen doch nicht ein paar Worte!«

Rosalie legte den Kopf schief. »Nicht?«

Frieda schnaubte. Für sie vielleicht. Aber Jost sollte wissen, wie viel er ihr bedeutete, dass er so viel mehr war, als Manilo je gewesen war. Dass sie spürte, sie beide gehörten zusammen.

»Was schwebt dir dann vor?«

»Das weiß ich ja eben nicht, seit Wochen zermartere ich mir das Gehirn. Da er ja Landmaschinen so mag, dachte ich erst, dass es vielleicht niedlich wäre, wenn ich auf einer großen Landmaschine angefahren käme. Ich könnte ein großes Laken mit einem Herzen drüberhängen. Und als Nächstes halte ich eine kleine Ansprache, damit er versteht, wie ernst es mir ist. Aber dann dachte ich, dass Landmaschinen vielleicht zu naheliegend sind. Immerhin arbeitet er jeden Tag damit. Also habe ich an diese neumodischen Automobile gedacht. Vielleicht könnte ich eins mieten und damit angefahren kommen. Aber hast du eine Ahnung, wie teuer allein das Mieten ist!?«

Rosalie duckte sich und sog geräuschvoll die Luft ein. Frieda sprach weiter.

»Dann habe ich an Fahrräder oder Pferde gedacht, aber das ist nicht besonders genug. Er braucht etwas Außergewöhnliches! Die Pferde haben mich allerdings auf die Idee gebracht, dass ein Pferderennwagen auch ziemlich lustig wäre, denn nachdem wir gemeinsam beim Rennen waren, sind wir uns nähergekommen.« Schwärmerisch dachte sie an diesen nahezu perfekten Tag zurück, an dem sie sich mit Jost im Kreis gedreht hatte. »Also war ich letzte Woche im Rennstall. Auf Knien habe ich sie angefleht, mich mit dem Pferdewagen nach Rastede zu fahren. Meine gesamten Ersparnisse habe ich ihnen geboten! Aber«, sie schüttelte den Kopf, »sie haben sich nicht erweichen lassen. Meinten, die Pferde wären zu kostbar für derartige Unternehmungen.«

Rosalie starrte sie an. »Du wolltest mit einem Rennpferd im Sulky zum Hof der Thormälens fahren, um Jost deine Liebe zu beweisen?«

»Ja. Aber auch das klappt nicht, und ich stehe wieder am Anfang.«

Resigniert setzte Frieda sich wieder neben Rosalie. »Vielleicht, wenn ich vor einer großen Menschenmenge meine Ansprache halte … Ob irgendwie bei einer Veranstaltung des Großherzogs …«, überlegte sie laut, doch ein sanfter Druck auf ihrem Rücken ließ sie innehalten. Sie blickte in Rosalies braune Augen. Waren sie wärmer geworden? Oder hatte sich nur ihre Einstellung zu Marleenes Schwägerin geändert?

»Frieda«, sagte sie sanft und lächelte dabei leicht. »Das brauchst du doch alles nicht.«

»Aber wie soll ich es ihm dann beweisen?«

»Sag es ihm einfach. Geh hin und sag, was hier drinnen bei dir los ist.« Sie legte die flache Hand auf ihr Herz.

»Aber …«

Rosalie schüttelte den Kopf. »Lass ihn einfach nicht noch länger warten, das ist das Wichtigste, glaub mir. Natürlich kannst du abwarten, bis Flugobjekte den Himmel erobern, und dann kannst du dich mit rieselnden Rosenblättern herablassen und ihm vor einer Menschenmasse deine Liebe gestehen. Die großen Visionen habt ihr in jedem Fall schon mal gemeinsam.« Schmunzelnd zuckte sie mit den Schultern. »Aber warum hebst du dir das nicht für euren ersten Hochzeitstag auf?«

Skeptisch sah Frieda sie an.

»… der im Übrigen nie kommen wird, wenn du ihm nicht endlich gestehst, was los ist.«

Frieda seufzte. Vielleicht hatte Rosalie recht. Zu viel Zeit war bereits verstrichen. »Na gut. Ich werde mit ihm reden.«

»Worauf wartest du denn noch?«

»J-jetzt!?«, quietschte Frieda und setzte sich kerzengerade auf. »Das … das geht doch nicht. Ich muss mir erst die richtigen Worte zurechtlegen. Und ich muss mich um Marleene kümmern.«

In diesem Augenblick öffnete sich die Tür, und der Arzt verließ mit wehendem Kittel das Krankenzimmer, grüßte kurz und eilte den Korridor entlang.

»Na, das wollen wir doch mal sehen«, sagte Rosalie triumphierend und zog Frieda mit sich in das Krankenzimmer. Marleene wirkte noch immer sehr mitgenommen, lächelte aber leicht, als sie die beiden entdeckte. Julius lag weiterhin schlafend da.

»Marleene, Frieda ist schon seit Monaten in Jost verliebt. Sie haben sich fast geküsst und nie darüber gesprochen. Möchtest du, dass Frieda sich um dich kümmert, oder kann ich das übernehmen unter der Bedingung, dass Frieda jetzt auf der Stelle zu Jost geht und mit ihm spricht?«

Marleene klappte der Mund auf. »Was ist denn mit euch los?«

»Wir hatten Wartezeit zu überbrücken.«

»Das habt ihr alles in der kurzen Zeit auf dem Korridor besprochen? Warum weißt du bitte schön besser über Friedas Leben Bescheid als ich?«

»Das ist doch jetzt einerlei. Darf sie, oder darf sie nicht? Brauchst du die Eins-a-Fürsorge deiner hochverehrten Frieda, oder reicht auch die gute alte Rosalie?«

Marleene lachte leise und setzte zu einer Antwort an – kam jedoch nicht so weit.

»Ich finde … sie sollte gehen.«

»Julius!?« Marleene griff sofort nach seiner Hand und drückte sie. »Oh mein Gott, wie geht es dir? Brauchst du irgendetwas? Hast du Durst?«

Julius' Augen waren noch geschlossen, die Stimme klang heiser, aber er lächelte leicht. »Mir geht es gut. Sehr gut. Aber Jost … der ist doch schon ewig in Frieda verliebt.« Er räusperte sich leise. Offensichtlich war er noch schwach, aber er sprach weiter. »Anfangs … Da ist er immer rot geworden, wenn sie in der Nähe war. Erst dachte ich, er wäre in dich verliebt, Marleene, erst später habe ich verstanden, was wirklich los ist.«

Frieda war wie die anderen an Julius' Bett getreten, wo Marleene ihm sanft die Haare zurückstrich. »Zu Jost kann ich doch später immer noch gehen. Jetzt gibt es erst einmal Wichtigeres. Ein Glück bist du wieder wach, Julius, wie geht es dir?«

Mühsam richtete er sich auf, und Marleene half ihm mit dem Kissen.

»Noch besser würde es mir gehen, wenn du dich jetzt endlich auf den Weg machst.«

»Sollte ich nicht …«

»Frieda!«, riefen Marleene und Rosalie zeitgleich.

Sie hob abwehrend die Hände. »Na schön, na schön! Ich werde mit ihm sprechen. Jetzt gleich.« Voller Sorge sah sie dennoch von einem zum anderen. »Aber ihr haltet mich auf dem Laufenden, ja?«

»Wird gemacht.«

Zaghaft ging sie zur Tür, drehte sich noch einmal um, bevor sie den Raum verließ. »Wünscht mir Glück!« Sie konnte es nach so vielen Wochen des Schweigens beileibe gebrauchen.

81. Kapitel

Frieda kam mit Seitenstechen auf dem Hof der Thormälens an. Ein Stück hatte sie auf einem Fuhrwerk mitfahren können, den Rest war sie mit zügigen Schritten gegangen.

Hermann trottete gerade wie ein Murmeltier über den Hof auf die Scheune zu und blieb stehen, sobald er sie entdeckte. »Frieda, meen Deern«, er nahm seine Pfeife heraus, »was machst du denn hier? Jost ist just auf dem Weg zu dir …«

»Tatsächlich?« Es kitzelte in ihrem Bauch. Sollte er zufällig die gleiche Idee wie sie gehabt haben? Doch dann sah sie, dass Hermanns Mund sich zu einer schmalen Linie verzogen hatte. »Warum denn?«

»Diese Frau Oltmanns war wieder hier. Mit ihrem Ehemann. Bannig vergrellt war die, fürchte ich. Sie hat hier rumgekeift, aber Jost hat darauf bestanden, zu dir zum Blumenladen zu fahren.«

»Oh Gott!« Frieda fuhr sich durch die Haare. Den Laden hatte sie ausnahmsweise geschlossen, um zu Marleene und Julius zu gehen. »Ich war bis eben in Oldenburg und habe von alledem nichts mitbekommen.« Sie atmete durch, ordnete ihre Gedanken und entschied, dass sie keine Zeit zu verlieren hatte. Sie rannte zur Straße. »Ich werde sofort hinterhergehen«, rief sie Hermann im Laufen zu. Sie hatte den gepflasterten Hof, dessen Einfahrt links und rechts von mächtigen Eichen eingefasst wurde, bereits überquert, doch er hielt sie zurück. »Warte! Ich fahr dich eben!«

Mit Adler und Habicht vor der Kutsche hatten sie den Blumenladen im Nu erreicht. Tatsächlich standen Herr und Frau Oltmanns und Jost davor, die Gattin ihres Vermieters gestikulierte heftig, während sie sprach.

Jost wirkte erleichtert, als er sie aus der Kutsche steigen sah. »Na bitte, hier ist sie doch.«

Frieda hätte am liebsten sogleich nachgefragt, was eigentlich los war, dennoch schlug sie vor, zunächst in den Laden zu gehen, und schloss auf.

»Also, worum geht es überhaupt?«, erkundigte sie sich, nachdem sie die gläserne Tür hinter ihnen geschlossen hatte. Normalerweise fühlte sie sich stets wohl, wenn sie in ihren kleinen Dschungel eintauchte, mit der schäumenden Frau Oltmanns samt Gatten im Schlepptau wollte die Unbehaglichkeit jedoch nicht weichen.

Herr Oltmanns setzte zum Sprechen an, doch seine Frau kam ihm zuvor. »Es geht darum, dass Sie eine hinterhältige Schlange sind!«

»W-wie bitte?«

»Sie dachten wohl, wir bekommen das nicht mit, da haben Sie sich allerdings gehörig getäuscht. Ich weiß, wie der Hase läuft. Nicht genug, dass Sie den jungen Herrn Thormälen betrogen haben, das war ja schon allerhand.« Frieda wollte Einspruch erheben, aber Frau Oltmanns hob die Hand und redete so laut, dass ihre Ohren schmerzten. »Und was höre ich nun? Sie stacheln die Arbeitermädchen dazu an, unerhörte Dinge zu fordern? Dass der Lohn weitergezahlt wird, obwohl sie nicht einmal arbeiten? Wissen Sie eigentlich, wie lächerlich das ist?«

Frieda schnappte nach Luft und lehnte sich leicht an den Pflanztisch. Womöglich würde er ja etwas von seiner Standfestigkeit an sie abgeben.

»Jawohl, lächerlich! Und wissen Sie, was? An so ein aufrührerisches Biest wollen wir nicht länger vermieten.«

Frieda lachte auf. Sie – ein *aufrührerisches Biest*? Dass das mal jemand zu ihr sagen würde, hätte sie im Traum nicht gedacht. Sie war doch stets das verschüchterte Mädchen aus Wiesmoor gewesen. Aber gewiss, wenn man es nur von der Seite der Kapitalisten betrachtete, mochte es so wirken. Es war wirklich unerhört zu fordern, dass die Mütter ein Stück des Kuchens für ihre Leistung für die Gesellschaft abbekämen. Dabei war es mitnichten ein ganzes Stück, eher ein paar Krumen.

»Am Ende fällt das noch auf uns zurück«, erklärte Herr Oltmanns etwas sachlicher, während er sich im Laden umsah. »Wir wollen uns von diesen revolutionären Tendenzen jedoch klar distanzieren. Deswegen ist der Mietvertrag mit sofortiger Wirkung gekündigt.«

Frieda kramte nach den richtigen Worten, als Jost, der sich zuvor dezent im Hintergrund gehalten hatte, sich räusperte und einen Schritt nach vorne tat.

»Wenn ich mir erneut diese Bemerkung erlauben darf … Sie haben an mich und nicht an Frieda vermietet.«

»Und? Dann kündigen wir eben Ihnen.«

»Nun ja. Wenn ich mich recht erinnere, und ich bin in derlei Dingen ziemlich genau, ist ›Verhalten wie ein aufrührerisches Biest‹ nicht als geeigneter Kündigungsgrund im Vertrag mit aufgeführt.« Er blieb so ungerührt und trocken, wie vermutlich nur Norddeutsche es konnten, und sah sich seelenruhig mit an, wie Tausende kleiner Wutbläschen in Frau Oltmanns' Kopf explodierten.

Doch dann änderte sich etwas.

Urplötzlich wirkte sie wie eine listige Ratte.

»Na schön«, willigte sie scheinbar ein und spazierte gemächlich an ihrem Gatten vorbei durch den Laden, ließ ihre Fingerspitzen über Anemonen, Freesien, Levkojen und Tulpen fahren. Frieda hätte es den Blumen nicht übel genommen, wenn sie die berührten Blütenblätter hätten fallen lassen.

»Unter diesen Umständen bleibt mir allerdings nichts anderes übrig, als öffentlich zu machen, welches Spiel Sie beide gespielt haben. Vorzugeben, verlobt zu sein, obwohl das mitnichten so ist.« Mit einem Mal schwang sie herum. »Ich mag mir gar nicht vorstellen, wie das Ihr aufstrebendes Geschäft mit dem Landmaschinenverleih beeinflusst, mein lieber Herr Thormälen. Er ist so weit recht gut angelaufen, nicht wahr? Doch solche Maschinen sind kostspielig, und wann immer es um Kosten geht, geht es auch um Vertrauen.« Sie gab einer bauchigen Blumenvase einen Schubs; klirrend fiel sie zu Boden, das Wasser färbte die Holzdielen dunkel, und die Blumen lagen inmitten der Scherben wie gestrandete Fische.

»Und wer würde einem Lügner schon vertrauen?«, fragte Frau Oltmanns gespielt unschuldig in den Raum.

Das Schlimme war, dass sie recht hatte. Eine solche Enthüllung wäre das Aus für Jost. Friedas Gedanken surrten wie emsige Bienen in jegliche Richtungen, doch es wollte ihr keine Lösung einfallen. Gleichzeitig wusste sie, wie wichtig Jost seine neue Tätigkeit war, er hatte dafür kämpfen müssen, dass er den Handel aufbauen durfte, anstatt den alteingesessenen Hof zu übernehmen – kein leichtes Unterfangen bei Traditionsbetrieben.

Und wer war sie, ihm diesen Traum zu nehmen?

Sein Glück war ihr wichtiger als ihr eigenes.

»In Ordnung«, sagte sie tonlos, obgleich Jost heftig protestierte.

»Wirf nicht alles weg, was du dir aufgebaut hast. Das ist es nicht wert!«

»Wie geht es weiter, muss ich irgendetwas unterschreiben? Oder zerreißen Sie einfach den Vertrag?«, fragte sie Frau Oltmanns, dann wandte sie sich an Jost und ging auf ihn zu. »Doch. Dein neues Unternehmen steckt noch in den Kinderschuhen, ich werde es schon irgendwie schaffen. Das weiß ich mittlerweile. Ich bin stärker, als ich gedacht habe. Mir ist es wichtig, dass du glücklich bist!« Sie griff nach seinen Händen.

Sein Mund klappte auf, doch keine Worte fanden den Weg nach draußen.

Sollte sie es ihm sagen? Sofort hörte sie die Aufmunterungen von Marleene, Julius und Rosalie in ihrem Kopf. Eigentlich ist es die Aufgabe des Mannes, beharrte gleichzeitig die traditionelle Stimme der Gesellschaft. War es nicht denkbar, dass auch das überholt war? Ging die Gleichberechtigung nicht in sämtliche Richtungen, sodass vielleicht nicht immer nur die Männer den ersten Schritt wagen mussten? Womöglich war ihr vor all den Jahren auf Marleenes Hochzeit, als sie Jost im Rausch zum Tanzen aufgefordert hatte, gar kein fürchterlicher Fauxpas unterlaufen, sondern sie war lediglich wahnsinnig modern gewesen?

Schließlich hatte er sich darüber gefreut, wie er ihr im Nachhinein gestanden hatte.

Die Gedanken gaben ihr Kraft, das Unmögliche zu wagen. Sie atmete tief ein und aus und trat noch näher auf ihn zu. »Jost«, sagte sie mit fester Stimme, sah in seine wachen Augen, deren Iris so gesprenkelt war wie die Blüten einer Tigerlilie.

»Als Manilo mich besucht hat, habe ich ihn umgehend weggeschickt. Ich habe mich nie wieder auf ihn eingelassen, denn das hätte ich nicht gekonnt. Dazu hattest du mich doch schon viel zu sehr gefangen genommen. Wie eine Blume warst du einfach da, hast mir deine Schönheit gezeigt und gewartet. Ich gebe zu, dass es etwas gedauert hat, da ich dein abwartendes Verhalten zunächst nicht einordnen konnte, aber wenn dein Ziel war …«, Frieda blinzelte, als die Gefühle der vergangenen Monate sie überwältigten, »… wenn es dein Ziel war, mich zu verzaubern, wage ich zu berichten, dass du es geschafft hast. Und deswegen … wollte ich fragen … ob du … vielleicht Lust hättest, mein echter Verlobter zu werden?«

Frau Oltmanns schnaubte und zeterte, Jost sah ihr jedoch so tief in die Augen, dass sie es kaum mitbekam. Auf seinem Gesicht er-

547

schien ein so breites und offenes Lächeln, wie sie es noch nie zuvor gesehen hatte. Und dann antwortete er. Er tat es in der ihm so eigenen Art, doch letztendlich war damit alles gesagt, und es war alles, was sie brauchte.

Er schloss sie fest in seine kräftigen Arme, drückte sie an sich und sagte einfach nur: »Ja.«

82. Kapitel

Eine Woche später war es vollbracht. Endlich saßen alle an einem Tisch, die Arbeiterinnen und Gärtnerschülerinnen zwischen den Lehrerinnen und Frauen des gehobenen Bürgertums sowie vereinzelt auch Männern wie Julius und Johannes. Künftig würden sie regelmäßig zusammenkommen, wenn auch nicht in ganz so großem Rahmen. Stattdessen würden Vertreterinnen der verschiedenen Gruppen sich gegenseitig auf den neuesten Stand bringen und zu ergreifende Maßnahmen abstimmen.

Und da das Problem der Gärtnerinnenschule das pressierendste war, würden sie heute alle gemeinsam überlegen, wie sie diese retten könnten.

»Also, ich fasse noch einmal zusammen«, sagte Marleene und blickte in die Runde. »Leider kommen die Probleme gleich aus mehreren Bereichen, deswegen ist es so schwer, dagegen anzugehen. Wir hatten die diffamierenden Artikel in den Tageszeitungen und den angeblichen Erfahrungsbericht in der Fachzeitschrift für Gärtner.«

Die Tür öffnete sich mit einem lauten Quietschen, und eine kleine Person mit Weidenkorb unter dem Arm und strahlendem Lächeln schlüpfte in den Saal. »Alma!?«, rief Marleene überrascht.

»Ihr wolltet doch nicht etwa ohne mich anfangen?«, fragte sie fröhlich und stellte den Korb auf den Tisch. »Apfelkuchen für alle. Zur Anregung der Gehirnwindungen!« Danach beeilte sie sich, einen Platz zu finden.

»Als Folge der Diffamierung durch die Zeitungen wurden sämtliche Anmeldungen zurückgezogen, sodass kein neuer Jahrgang zustande kommen kann«, fuhr Marleene nach einem dankbaren Nicken fort. »Keine einzige Behauptung ist wahr, nur wie soll ich das beweisen? Meine Schülerinnen haben gepaukt und geschuftet und sich im vergangenen Jahr umfassendes Wissen angeeignet, aber das weiß da draußen niemand. Wie auch? Selbst wenn ich eine Gegendarstellung verlangen würde, würde die gewiss als kleine Randnotiz untergehen.« Zudem bliebe es weiterhin eine Behauptung. Sie behauptete, ihre Schülerinnen seien fachlich versiert, andere pochten mit bildhaften Darstellungen auf das Gegenteil. Es fühlte sich an, als kämpfte sie mit einem Ästchen gegen Giganten. Was kümmerte die ein klägliches Piksen?

»Wir benötigen also stichhaltige Beweise, dass sie etwas auf dem Kasten haben«, überlegte Rosalie laut und zwinkerte den Schülerinnen kurz zu. »Wie machen wir das?«

»I-i-ihr wollt doch nicht etwa … dass wir eine Prüfung ablegen?« Meike hatte sich leicht von ihrem Platz erhoben und sah mit hochrotem Kopf im Raum umher. Offenbar hatte die Furcht vor einer Prüfung die Angst vor öffentlichem Sprechen überboten.

Das Dumme war nur …

»Das ist eigentlich eine verdammt gute Idee«, sprach Henny Marleene aus der Seele. »Letztendlich ist es ja wie mit der Matura. Nur so können wir beweisen, dass wir für das Studium geeignet wären. Und durch eine offizielle Abschlussprüfung könntet ihr beweisen, dass ihr gut ausgebildet wurdet. Ihr würdet Tatsachen schaffen, schwarz auf weiß. Dem kann keiner so leicht widersprechen, wenn das Examen von einer neutralen Partei abgenommen wird.«

Sie hatte recht, und nun, da es einmal gesagt wurde, lag es eigentlich auf der Hand, es führte kein Weg an einer offiziellen Abschlussprüfung vorbei.

»Stimmt, das ist eine ausgezeichnete Idee, das werden wir ganz gewiss machen.« Sie ignorierte die blanke Angst, die in Meikes Augen geschrieben stand; die würde sie ihr später nehmen, denn gerade das fleißige Lieschen hatte nun wirklich nichts zu befürchten. »Aber ist das groß genug, um ausreichend Beachtung in der Zeitung zu finden?«

»Dann machen wir dazu ein großes Fest, ihr wolltet doch die Schule am neuen Standort ohnehin neu eröffnen«, rief Alma enthusiastisch von hinten. »Ich werde allerlei Kuchen backen, neulich habe ich sogar ein köstliches Getränk entwickelt. Aus Bananen und Bickbeeren und …« Sie blickte in die Runde und brach ab. Früher hätte sie wohl weitergeredet, jetzt unterbrach sie sich jedoch und sah abwartend in die Menge.

Johannes nickte nachdenklich. »Ein Fest ist gut. Es muss allerdings zudem eine spektakuläre Note bekommen. Vielleicht können wir etwas Ähnliches wie bei diesen Schaubuden auf dem Kramermarkt anbieten?«

»Wie jetzt? Du meinst, wie bei diesen menschlichen Sensationen?«, fragte Rosalie. »Was sollen wir machen, so viel Apfelkuchen essen, bis wir die dicksten Menschen sind, die die Menschheit je gesehen hat?«

Johannes legte den Kopf schief. »Nein. Allerdings lieben die Menschen extreme Dinge. Superlative. Und wir haben eine Besonderheit, die eigentlich alle faszinierend finden.«

»Was denn?«

Julius übernahm die Antwort. »Den ersten zweifarbigen Flieder.«

»Ja, wir machen ein Fliederfest«, rief Alma begeistert, und obwohl sie den Essensplan für sich behielt, ahnte Marleene, was sich bereits in ihrem Kopf abspielte.

»Das wäre herzallerliebst«, meldete Frieda sich zu Wort. »Die Schülerinnen können an Ständen zeigen, was sie gelernt haben, und den flanierenden Besuchern Gartentipps geben …«

Die Idee eines großen Fliederfests gefiel Marleene. Es erinnerte sie an die Situation vor vielen Jahren, als sie wegen der Gärtnerlehre vorstellig geworden war und dem Ehepaar Dahlmann ein Apfelfest vorgeschlagen hatte. Schon damals hätte sie auch selbst zu gerne mal ein eigenes Fest gegeben, hätte sich dies jedoch nie träumen lassen, denn in der Arbeiterherberge, in der sie gelebt hatte, war dergleichen kaum möglich gewesen.

»Nun gut, dann haben wir schon mal einen ziemlich guten Plan. Durch die Abschlussprüfungen schaffen wir Tatsachen. Durch das große Fliederfest locken wir eine Vielzahl an Menschen herbei und zeigen, was wir können. Aber reicht das, um unseren guten Ruf wiederherzustellen?«

Jetzt räusperte sich eine kräftige Frauenstimme, und jemand setzte sich auf dem schnörkellosen Stuhl zurecht. Dorothea. Es war nicht einfach gewesen, sie zum Herkommen zu bewegen. Anfangs war sie regelrecht vor Marleene geflohen, doch schließlich hatte diese sie zu fassen gekriegt. Es war ihr überaus unangenehm gewesen, dass sie gegen Marleene ausgesagt hatte, aber letztendlich hatte Konstantin sie dazu überredet, und er hatte bereits genug in ihrer aller Leben zerstört, sodass er nicht auch diesen Kampf gewinnen sollte.

»Zufällig kenne ich mich mit dem Thema ›Wie rette ich meine Reputation?‹ ziemlich gut aus«, gab Dorothea freiheraus zu und erntete damit einige Lacher. Die Wahrheit gab ihrer Bemerkung die richtige Würze. Zwei Mal war sie am Boden gewesen, als sie unverheiratet schwanger geworden war und nachdem sie die Scheidung eingereicht hatte. Aber sie hatte sich jedes Mal wieder hochgerappelt. Gewiss hatte sie an Ansehen verloren, dennoch hatte es sie nie gebrochen. Im Gegenteil, sie stand nun fester im Leben als je zuvor und wirkte glücklich.

»Du brauchst eine hoch angesehene Person auf dem Fest. Einen Fürsprecher oder besser noch eine Fürsprecherin, die das Fest eröffnet und eine Rede hält. Von so etwas lassen sich die Leute beeindrucken.«

Marleene legte eine Hand an ihr Kinn und ging alle Menschen durch, die sie kannte. Wer könnte so etwas übernehmen? Es müsste jemand Angesehenes aus der gehobenen Gesellschaftsschicht sein. Da kannte sie eigentlich nur eine Person.

»Würdest du denn vielleicht …«

Dorothea lachte auf und tauschte mit Greta, die neben ihr saß, einen amüsierten Blick. »Meine Wenigkeit reicht für ein solches Unterfangen nicht. Im Gegenteil. Ich bin für einen erklecklichen Teil der Gesellschaft doch mit dem Teufel im Bunde, da ich es gewagt habe, den Mann, der mich wie einen Hund behandelt hat, zu verlassen.« Sie zögerte. »Nein, Asta hat er eigentlich noch besser behandelt. Und selbst die hat ihn ja für Julius verlassen, was ich bestens nachvollziehen kann. Ich bin nur etwas neidisch, denn über ihren Fortgang hat sich niemand das Maul zerrissen … Aber ich schweife ab. Um es kurz zu machen: Du brauchst jemanden mit einem höheren Bekanntheitsgrad, Marleene. Jemanden, über den auch die Zeitungen berichten.«

Marleene zerbrach sich den Kopf. Gewiss würde sie die Schreiber von der Tages- und Fachpresse einladen, sonst kam ihr jedoch niemand in den Sinn, der es mehrfach in die Zeitung geschafft hätte.

»Denk nach, Marleene! Du bist immerhin die *Hof*gärtnerin. Wer käme besser infrage?«

Marleene schlug die Hand vor den Mund. »Du meinst …«

»Ja, der Großherzog und seine Frau. Wer wäre geeigneter? Die Leute sehen zum Großherzog auf, verfolgen jeden seiner Schritte. Wenn er es öffentlich für gut befindet, was ihr macht, wird das Volk es ebenso tun. Und die Zeitungen werden darüber berichten.«

»Oh, ja«, rief Rosalie begeistert. »Ich sag dir was! Wenn du es schaffst, den Großherzog von Oldenburg für die Zwecke der Frauenbewegung einzuspannen, machen wir dich zur Vorsitzenden des übergeordneten Frauenvereins.«

83. Kapitel

Niemand hatte auf Almas Klopfen reagiert. Da sie allerdings deutlich Stimmen aus dem Bauernhaus dringen hörte, hatte sie sich kurzerhand selbst eingelassen. Nicht lang schnacken, selber machen, hatte ihre Möhm stets gesagt. Sofort umfing sie der Duft von Räucherschinken, und sie staunte nicht schlecht, als sie sich in der Diele umsah, die in eine weitläufige Wohnküche überging. Einige Hühner flatterten zur Seite, nur ein schneeweißes beäugte sie neugierig. Die Ausstattung war einfach, aber gut gepflegt. Lediglich auf dem Herd stand ein nigelnagelneuer Kessel, der so poliert war, dass man sich darin spiegeln konnte. Was sie vor allem beeindruckte, war der Tumult. Bestimmt acht Leute waren hier tätig, die schaffensfreudig wie die Ameisen in einem für sie nicht erkennbaren System umherwuselten.

»Ein Bierschinken, drei Grützwürste und eine Bregen«, tönte es nun laut vom Dachboden, und bevor sie sichs versah, fielen mehrere Würste aus der Dachbodenluke. Sie wollte aufschreien, die gute Wurst sollte keinesfalls kaputtgehen, doch mit einem sachten Bamm! landete eine nach der anderen in einem mit Stroh ausstaffierten Weidenkorb, den eine Frau treffsicher bereitgehalten hatte. Das machte sie nicht zum ersten Mal, erkannte Alma. Ein Dorfknabe, der lässig auf einem Strohhalm kaute, nahm ihr die Fleischwaren ab und brachte sie auf die andere Seite der Diele, wo zahlreiche mit Holzwolle gefüllte Kisten bereitstanden und ein jungenhafter Mann übernahm, während die Frau etwas auf einem Zettel notierte und ein Mädchen mit Zöpfen

554

halb die Leiter hinaufkletterte und weitere Wurstsorten zum Dachboden rief. »Kommt!«, bestätigte die dunkle Stimme umgehend, und sie hörte die Dielen über sich knarzen.

»Entschuldigung?«, sagte Alma ungewohnt zaghaft. Sie wollte dieses ausgeklügelte System keinesfalls unterbrechen. Offenbar waren alle dermaßen in ihre Aufgabe vertieft, dass noch immer keiner von ihr Notiz nahm. Sie ging weiter in den Raum hinein und machte sich ein wenig lauter bemerkbar. Die Frau mit dem Weidenkorb entdeckte sie, stellte den Korb ab und kam auf sie zu. Sie hatte ebenso rote Haare wie Bruno und musste wohl seine Schwester sein. »Wolltest du Schinken oder Wurst kaufen? Ich fürchte, wir haben erst nächste Woche wieder etwas, alles andere ist vorbestellt«, sagte sie zerknirscht.

»Nein, ich … ich wollte zu Bruno.«

Brunos Schwester musterte sie überrascht. »Oh, der macht leider gerade Besorgungen. Soll ich ihm ausrichten, dass du da warst?«

»Gerne. Ich bin Alma, ich …« Sie kam nicht dazu weiterzusprechen. Die Frau hatte die Hand vor den Mund geschlagen und sah sie an, als wäre sie die zu Erden gekommene Muttergottes.

»Du bist Alma?«, fragte sie ergriffen und legte eine Hand auf ihr Herz. Im nächsten Moment fand Alma sich in einer festen Umarmung wieder. »Danke«, sagte die Frau mit tränenerstickter Stimme. Danach wandte sie sich zu den Ameisen. »Alle mal herhören«, verkündete sie aus voller Kehle, »das hier ist Alma!«

Es war, als ginge ein Ruck durch das Bauernhaus, mit einem Mal war alles ruhig, wo eine Sekunde vorher noch emsiges Treiben geherrscht hatte. Einen Herzschlag lang starrte jeder sie nur an, dann begann der junge Mann an den Kisten zu klatschen, und alle stimmten ein und wurden dabei immer übermütiger. In diesem Moment öffnete sich die kleine Tür in der Grootdör, und eine Frau mit schwarzgrauen Haaren, die sie zu einem dünnen Zopf geflochten hatte, kam auf einen Stock gestützt herein.

»Waar geiht dat um?«

Brunos Schwester ging zu ihr hinüber, holte tief Luft und sagte dann abermals feierlich: »Das ist Alma.«

Die alte Frau, die wohl Brunos Mutter war, schnappte nach Luft. »Oh, mien Deern!« Sie wackelte auf den Stock gestützt auf Alma zu. »Dat ik dat noch beleev darf!« Sie legte ihre dünnen Arme um Alma, und als sie deren überraschten Blick bemerkte, erklärte sie: »Du machst dir ja keine Vorstellung davon, wie dankbar wir dir alle sind. Wenn du die Idee mit dem Inserat nicht gehabt hättest …« Sie zog ein knüddeliges Taschentuch hervor und tupfte ihre Augen trocken. »Mittlerweile mussten wir sogar noch Schweine dazukaufen …«

Alma strahlte. Jost hatte ihr zwar erzählt, dass Bruno mit seinem Bruder da gewesen war, um die Landmaschine zu mieten, und auch Greta hatte etwas angedeutet, aber sie hatte nicht gewusst, dass es dermaßen gut mit dem Schinkenverkauf lief.

Mit einem Lächeln winkte sie ab. »Ich habe doch gar nichts gemacht, außer eine Annonce auszuschneiden. Der Schinken und die Wurst würden nicht solch einen Anklang finden, wenn sie nicht besonders gut wären. Und das habt ihr alles euch selbst zu verdanken.«

Brunos Mutter wollte davon nichts hören. »Du sitzt heute am Kopfende, du bleibst doch zum Essen?«, fragte sie, und Alma wusste die große Ehre zu schätzen, denn das Kopfende war heilig und normalerweise dem Familienoberhaupt vorbehalten. Das konnte sie unter gar keinen Umständen ablehnen.

* * *

»Bin wieder da«, rief Bruno wie gewöhnlich aus der Waschküche, während er seine Stiefel in den Stiefelknecht schob. Das Geschirr klapperte bereits, und der würzige Geruch ließ darauf schließen, dass es heute gestampfte Kartoffeln mit Speck und Zwiebelstippels gab. Mittlerweile konnten sie öfter sogar unter der Woche Fleisch essen.

»Das war anstrengend«, sagte er beim Eintreten in die Diele und streckte die Arme. »Aber es hat geklappt, wir dürfen fortan auch auf dem Wochenmarkt in Oldenburg verkaufen.« Er hielt inne. Warum war es plötzlich so still? Normalerweise hörte keiner mit dem Essen auf, wenn ein Nachzügler dazukam, und beim Reden versuchte man sich stets gegenseitig zu übertönen, anstatt Pausen abzuwarten.

Doch heute sahen ihn alle erwartungsvoll an.

»Hat geklappt!«, wiederholte er. »Habe ich doch gerade schon gesagt.« Beim Reden überflog er die Gesichter – und stutzte. Anstelle des Runzelgesichts seines Vaters am Kopf des Tisches war da nun eines mit zarter Haut und strahlenden Augen. Und es lächelte ihn an.

»A-Alma«, stammelte er, als könnte es daran noch irgendwelche Zweifel geben. Sie nickte freudig.

»Du bist wieder da?« Er setzte sich rasch, da er nicht vollkommen sicher war, ob er seinen Beinen noch trauen konnte. Warum war sie wohl hergekommen? Hatte das etwas zu bedeuten? Oder wollte sie einfach nur mal Hallo sagen? Von Rosalie wusste er, dass einige Menschen recht häufig Höflichkeitsbesuche abstatteten.

»Das ist schön«, sagte er. Auch sonst war er kein Mann großer Worte, da hoffte er nicht einmal in solch einer besonderen Situation bessere zu finden. Nervös griff er nach dem Löffel und stach ihn in den Eintopf, den seine Schwester ihm hingestellt hatte.

»Ich habe auch neue Briefe von der Poststelle mitgebracht«, kündigte er an, und als wäre das ein Startschuss, gingen die lauten Gespräche aufs Neue los, in denen jeder durcheinanderschnackte und sie sich dennoch irgendwie verstanden. Nur Bruno nicht. Nicht heute. In seinen Handflächen kribbelte es, und er konnte nicht anders, als immer wieder zu Alma zu schielen, wenn er die Suppe vom Löffel schlürfte. Mit geröteten Wangen saß sie da, bat seine Schwester um das Roggenbrot, lobte abermals den Eintopf seiner Mutter und übertönte seinen Bruder mit einer Idee, wo sie mehr Land aufkaufen könnten. Es war, als gehörte sie bereits zur Familie.

Trotz seines Kohldampfs dauerte es heute eine ganze Weile, bis er seinen Teller leer gegessen hatte. Gleichzeitig essen und denken war gar nicht so einfach.

»Also, mien Jung«, sagte seine Mutter mit einer leicht krächzenden Stimme vom anderen Ende des Tisches. »Willst du Alma nicht mal die Schweine zeigen?« Immerhin hatte sie ihn heute nicht Bruno-Bär genannt, dennoch war ihre Frage peinlich.

»Almas Familie hat selber Schweine, das ist für sie nichts Besonderes.«

»Br-Bruno«, sagte seine Mutter schlicht, und so, wie sie es betonte, erkannte er, dass er etwas übersehen haben musste. Warum sollte er Alma die Schweine zeigen? Im Stall duftete es nicht gerade, und sie wären dort ganz allein.

Ach soooo.

»Alma, möchtest du mit mir die Schweine angucken?«

Alma lächelte. »Ich kann mir nichts Schöneres vorstellen.«

Gemeinsam gingen sie zu den Stallungen, und Alma betrachtete interessiert die Bentheimer Landschweine. Als sie an den Ferkeln vorbeikamen, erkundigte Bruno sich nach dem Tier, bei dessen Geburt sie geholfen hatten. Und dann gab es nichts weiter zu sehen. Bruno verstand noch immer nicht, warum Alma gekommen war. Sie hatte mehr als deutlich gemacht, dass sie ihm nicht verzeihen konnte.

»Wollen wir noch ein paar Schritte an der frischen Luft gehen?«

Alma stimmte freudig zu, und eine Weile liefen sie schweigend über den Feldweg zwischen den Wiesen. Zitronenfalter flatterten davon, bevor sie zu nahe kamen, und die untergehende Abendsonne färbte alles in ein warmes Orange.

»Bist du denn jetzt ganz wieder da oder nur auf Urlaub?«

»Ich bin für immer zurückgekommen.« Sie sah in die Ferne, wo ein Storch seine Runden drehte. Hoffentlich war das kein schlechtes Zeichen für irgendetwas, Alma war manchmal etwas abergläubisch. »Es gibt nämlich Neuigkeiten. Vater hatte ein Einsehen und ist bereit, mir den Hof zu überschreiben.« Sie lächelte verzückt, und Bruno freute sich mit ihr, denn Alma war wahrlich eine geborene Bäuerin. Sie war gewiss auch eine fantastische Krankenschwester, trotzdem gehörte sie irgendwie auf einen Bauernhof.

»Das ist großartig, Alma! Aber was ist mit Jost?«

»Er wird sich gänzlich auf seinen Landmaschinenverleih konzentrieren. Jörn-Fied möchte studieren, und Lieschen würde es am liebsten auch, wenn es nur erlaubt wäre. Eigentlich möchte keiner so richtig den Bauernhof führen, es ist ja auch eine große Verantwortung …«

»Außer dir.«

Alma nickte langsam und sah ihm direkt in die Augen. »Außer mir. Nur wäre es natürlich noch schöner mit dem richtigen Partner an meiner Seite. Einem, der sich ebenfalls für Bauernhöfe begeistern kann.«

In Brunos Kehle wurde es heiß, doch er nickte tapfer. Sie hatte ja auch recht, zu zweit war alles einfacher, und sie hatte einen Mann verdient, der sie liebte. Sofern sie es nicht selbst wollte, sollte sie nicht allein durchs Leben gehen.

»Ich bin mir sicher, dass du jemanden finden wirst. Ich meine, du bist so liebenswürdig. Und so klug. Obendrein noch atemberaubend schön. Du hast alles, was man sich wünschen kann. Jeder, der dich an seiner Seite hat, darf sich glücklich schätzen.«

Alma lachte leise. »Ach, Bruno …«

Wieso lachte sie nun? Was hatte er jetzt wieder falsch verstanden? Er rang um Worte und wollte seinen Kopf zu Höchstleistungen antreiben, aber sie trat ruhig auf ihn zu und legte die Arme um ihn. »Glaubst du wirklich, ich würde hierher zu dir kommen, um dir mitzuteilen, dass ich *irgendeinen* Mann für mich suchen will?«

Wäre das so abwegig? Leute fragten ja gerne um Rat … Und waren sie nicht so was wie Freunde? Andererseits war es schon ziemlich schmerzhaft, denn sie wusste ja, dass er sie liebte. Er zuckte die Achseln. »Nun ja …«

»Ich will dich, Bruno.«

Hatte er das gerade richtig gehört? Sie waren sich noch immer so nah, dass er ihre meeresblauen Augen sehen konnte, die heute so hell wie die Nordsee an einem Sonnentag waren. Doch in ihm war alles in Aufruhr. »W-wirklich? Ich verstehe nicht. Warum jetzt?« Vor einigen Monaten hatte er ihr immerhin seine Gefühle offenbart, und damals hatte sie ihn nicht gewollt. Oder zumindest nicht gekonnt.

»Ich hatte in den letzten Monaten viel Zeit zum Nachdenken, und mir ist einiges klar geworden. Wollen wir noch ein Stück weitergehen? Dann erkläre ich dir alles.«

Bruno nickte, und Hand in Hand streiften sie weiter durch die Wiesen. Sein Herz frohlockte, dass er endlich Alma so nah sein konnte. Was auch immer kommen würde, diesen Frühlingsabend, an dem er mit Alma spazieren war, würde er stets in Ehren halten.

»Zum einen war Greta bei mir. Sie hat sich für alles entschuldigt und mich gebeten, nicht den gleichen Fehler zu machen, den sie gemacht hat. Ich solle mir nicht wegen dem, was war, die gesamte Zukunft verbauen.«

»Greta war in Hannover?«

»Ja, sie ist so weit gereist, nur um mir das zu sagen. Sie hat sich wohl nie verziehen, wie alles mit dir gelaufen ist. Und letztendlich hat sie recht. Man darf sich nicht von einer Sache das gesamte Leben vermiesen lassen. Ganz oft ist es die eigene Entscheidung, wie man damit umgeht. Ich könnte dir mein restliches Leben lang grollen – oder ich entscheide mich für das Glücklichsein. Im Krankenhaus habe ich die unterschiedlichsten Arten kennengelernt, wie man mit Verletzungen umgehen kann. Da gab es Leute vom Sägewerk, die überzeugt waren, dass sie ihr Lebtag nicht wieder froh würden, da ihnen nun drei Finger fehlten, und andere meinten, immerhin hätten sie noch sieben weitere. Dadurch habe ich erkannt: Glück ist oft eine Entscheidung. Glück überkommt einen nicht plötzlich – und wenn doch, erkennt man es nicht immer. Auf jeden Fall gehört auch etwas Aktives dazu, und ich entscheide mich heute aktiv für das Glücklichsein.« Sie blieb stehen und lächelte ihn mit einem Anflug von Schüchternheit an. »Ich entscheide mich für dich.«

Wie gesagt war er kein Mann großer Reden. Aber eines wusste er. Dies hier war die schönste Ansprache, die er je gehört hatte. Nun konnte er gar nicht mehr anders, als endlich das zu tun, was er sich schon lange gewünscht hatte. Er zog Alma an sich und küsste sie.

84. Kapitel

Lina starrte auf das Blatt, während die Stifte ihrer Mitschülerinnen über das Papier kratzten. Die weißen Wände des schmucklosen Raumes mit der großflächigen Schiefertafel am Ende nahm sie kaum mehr wahr. Die anderen hatten es aufgegeben, fragende oder aufmunternde Blicke in ihre Richtung zu schicken. Wäre es besser gewesen, zumindest so zu tun, als würde sie die Aufgaben bearbeiten?

Aber sie konnte nicht.

Die Fragen bereiteten ihr keinerlei Probleme.

Beschreiben Sie Schritt für Schritt, wie Sie einen Flieder veredeln.

Zeichnen Sie einen Frühjahrsblüher.

Was ist beim Fertigen von Steckhölzern zu beachten?

Einige Male hatte es bereits in ihrer Hand gezuckt, um die Fragen zu beantworten. Sie wollte zeigen, was sie gelernt hatte, beweisen, dass auch Frauen Gärtner werden konnten. Trotzdem musste sie an ihre Familie denken.

Marleene hatte es nicht verdient, dass ihr Vorhaben von Erfolg gekrönt wäre, schließlich hatte sie dafür gesorgt, dass ihre Mutter ins Verderben gezogen wurde, indem sie den Diebstahl der Pflanzen ihr in die Schuhe geschoben hatte. Hildegard hatte für Marleenes Vergehen büßen müssen. Und sie würde alles tun, was in ihrer Macht stand, damit Marleene büßen müsste.

Es würde eine ziemliche Schmach werden, wenn bekannt würde, dass eine der Schülerinnen mit Pauken und Trompeten durch die Prüfung gerasselt war. Rein gar nichts hatte sie gelernt, würden die Leute denken. Es stimmte nicht, aber Marleene hatte ja auch nicht vor unlauteren Mitteln zurückgeschreckt.

Der Prüfer mit dem grauweißen Haar vorne räusperte sich und zog seine goldene Taschenuhr aus der Weste. Mit einem *Schnapp* klappte sie auf. »Noch eine Stunde«, verkündete er mit dröhnender Stimme, und das Schreiben um sie herum wurde hektischer.

Eine Stunde. Dann wäre es endlich geschafft. Dann konnte sie all das Unbehagen abschütteln, das sie von innen heraus zermürbte. Alle würden wissen, welches Spiel sie spielte, und danach müsste sie niemandem von ihnen mehr unter die Augen treten.

Aber diese letzte Stunde musste sie überstehen.

Sie hatte das Gefühl, als würde sich alles in ihr zusammenschnüren, und sie bat darum, den Abort aufsuchen zu dürfen. Zuvor war er genauestens auf Spickzettel untersucht worden, hatte der Prüfer ihnen mitgeteilt, und so konnte er nun dieses Zugeständnis machen.

Die veränderte Luft im Korridor tat ihr gut, erfrischte ihren dröhnenden Kopf, während sie eilig über den langen Flur huschte. Doch sobald sie um die Ecke gebogen war, schien ihr Herz stehen zu bleiben.

»Franz!« Was zum Teufel hatte er hier zu suchen? Sie wollte ihn nicht hier haben, nicht in ihrer schwärzesten Stunde, in der sie nicht einmal ihr Spiegelbild ertrug. Sie widerte sich selbst an. Ihr war klar, dass sie ein grauenvoller Mensch war, und er sollte sie so nicht sehen.

Und nun lächelte er obendrein so herzlich aus seinem sommersprossigen Gesicht. »Wie läuft es? Bist du schon durch? Keine Sorge, ich bin nicht hier, um dir beim Schummeln zu helfen, denn ich bin sicher, dass du auch so alles beantworten kannst.«

Ein nervöses Lachen entfloh ihrer Kehle. Sie rang um Worte. Warum konnte er nicht einfach gehen? Sie wollte ihn nie wiedersehen.

»Lina, du … du hast ja Tränen in den Augen!« Er legte eine Hand auf ihren Rücken, und sie hasste diese wohltuende Wärme. Sie hatte sie nicht verdient. Sie hatte ihn nicht verdient, er sollte sich eine suchen, die eine ebenso gute Seele war wie er. Zornig schüttelte sie seine Hand ab und funkelte ihn an. »Lass mich!«

Sie stieß die Tür zum Wasserklosett auf, obgleich sie nicht musste. Doch er durfte dort nicht rein, und sie ertrug seine liebevolle Art nicht länger. Zu ihrem Entsetzen folgte er ihr. »Hier ist nur für Frauen!«, fauchte sie und drehte den Wasserhahn auf, hoffte, dass das Gurgeln seine Stimme übertönen würde. Erfolglos.

»Um Himmels willen, was ist denn los? Sind die Fragen noch schwerer als befürchtet? Wir wussten ja, dass sie es uns nicht leicht machen würden, aber ihr habt so viel gepaukt … Ganz gewiss wirst du zumindest ein paar Punkte holen können. Und ich weiß, dass du ehrgeizig bist, gleichwohl muss es doch kein ›Vorzüglich‹ werden. Es reicht ja, wenn du bestehst.«

Ruckartig schüttelte Lina die Wassertropfen von ihren Händen und griff nach dem Handtuch. »Ich werde nicht bestehen!«

So. Jetzt war es raus.

Sollte er es doch jetzt schon wissen, dann würde er sie immerhin nicht freudestrahlend abholen, und die anderen müssten es nicht mitbekommen, wie sie einen herzensguten Menschen aus ihrem Leben schnitt.

»Lina.« Sanft zog er ihren Namen in die Länge. Sein Lächeln beteuerte ihr, dass sie Ruhe bewahren sollte, und sein Gesicht war voll von kaum zu ertragender Zuversicht. »Warte erst mal ab, du wirst schon sehen, sobald …«

»Nein!« Sie rang nach Luft. »Ich werde ganz sicher durchfallen. Es geht gar nicht anders. Und willst du wissen, wieso? Weil ich keine einzige Frage beantwortet habe.«

Verdattert sah er sie an, und sie sprach weiter, bevor er seine Fragen loswerden konnte, die ihr alles nur noch mehr erschwerten. Sie würde die Wahrheit über ihn ausschütten, und dann würde er endlich gehen.

Sie würde im Klassenzimmer bis zum Ende der Prüfung ausharren, und dann wäre es vollbracht. Im Anschluss würde sie verschwinden und nie zurückkehren.

»Die Hofgärtnerin, deine gute Marleene … Es tut mir leid, dir das mitzuteilen, aber sie ist nicht die, für die du sie hältst.«

Feine Runzeln erschienen auf seiner Stirn, und sie wandte ihm den Rücken zu.

»Ich weiß, sie gibt sich stets herzallerliebst mit ihrer Aufmerksamkeit und der ach so aufopferungsvollen Hilfsbereitschaft und den langen Vorträgen darüber, dass wir die Welt verändern können, wenn wir nur alle zusammenhalten. Allerdings hat die Sache einen kleinen Haken.«

Sie schwang herum. Franz sah sie ungläubig an. Sie war sich gewiss, dass ihr kaum jemand abkaufen würde, was sie über Marleene wusste. Vermutlich hatte sie sich geändert, aber zuvor war sie eine fiese Schlange gewesen.

»Und der wäre?«, fragte Franz mit rauer Stimme.

»Früher, als sie noch unter Alexander Goldbach gearbeitet hat, hat sie Pflanzen geklaut. Und wäre das nicht schlimm genug, hat sie es meiner Mutter in die Schuhe geschoben.«

Brennende Tränen sammelten sich in ihren Augenwinkeln, wenn sie daran zurückdachte, wie ihre Mutter nach dem Rauswurf schluchzend und zusammengekrümmt in der Küche gesessen hatte. Die stets so starke und widerstandsfähige Hildegard war gänzlich verzweifelt und mit den Nerven am Ende gewesen. Es hatte Lina in der Seele wehgetan, sie so zu sehen. Nicht einmal den Ofen hatte sie angezündet, da sie überzeugt gewesen war, fortan noch mehr mit dem Geld haushalten zu müssen. An jenem Tag hatte sie ihr die ganze Geschichte erzählt. Marleene hatte unter der Backsteinmauer, die die Hofgärtnerei umgab, einen kleinen Tunnel gegraben. Von dort hatte sie Pflanze um Pflanze nach Hause geschafft und dann weiterverkauft. Offenbar hatte sie als Lehrling nur einen Hungerlohn erhalten, von daher hatte Lina es auf eine gewisse Art schon nachvollziehen können. Wenn nur nicht der Tag gekommen wäre, an dem Marleene aufgeflogen war. Anscheinend hatte sie aber sogar für diesen Fall vorgesorgt und stichhaltige Beweise bei Hildegard verborgen.

Und so war ihre Mutter zum Sündenbock geworden.

Hatte ihre dringend benötigte Anstellung verloren, sich fortan mit mehreren Aushilfsstellen durchschlagen müssen, obwohl ihre Eltern eigentlich vorgehabt hatten, ihre eigene Gärtnerei aufzubauen. An diesem Tag hatte Lina angekündigt, sich ebenfalls eine Anstellung zu suchen, um die Familie zu entlasten. Die Schule hatte sie dafür frühzeitig abbrechen müssen, dabei hatte ihr das Lernen Freude bereitet.

»Wer ist deine Mutter?«

Lina reckte ihr Kinn. »Hildegard Claußen.«

»Hildegard ist deine Mutter?«, rief Franz fassungslos. »Das hast du mir nie gesagt.«

»Natürlich nicht! Du lässt ja auf Julius und Marleene nichts kommen, hast dich von ihrer Maske der Unschuld blenden lassen. Und selbstverständlich sollte keiner wissen, dass ich gekommen bin, um für Gerechtigkeit zu sorgen.«

»Gerechtigkeit? Was hattest du denn bitte vor?« Er starrte sie an, und im selben Moment schienen sich die Mosaiksteinchen in seinem Kopf zu einem Bild zusammenzusetzen. »Nein.« Langsam ging er durch den Waschraum und raufte sich die Haare. Lina hätte sich am liebsten zusammengezogen wie ein Gänseblümchen.

Schließlich blieb er stehen.

»Es stimmt aber nicht.« Seine Stimme zeigte keinerlei Gefühle. War er zornig? Und wenn ja, zürnte er ihr, oder musste er die Wut unterdrücken, da er sich nicht eingestehen wollte, welch liederliche Person die Hofgärtnerin war?

»Doch.« Mitleid umspülte das Wort, sie wünschte ja selbst, es wäre anders.

Langsam schüttelte er den Kopf. »Nein, ich weiß mit absoluter Gewissheit, dass es nicht so war.«

»Woher willst du das wissen?« Er tat ihr leid. Wollte die Hoffnung bis zum Schluss nicht aufgeben, krallte sich an ihr fest wie an einem Rettungsring. Bedächtig kam er auf sie zu. Sie roch die Wolle seines Pullovers und sehnte sich trotz allem, was war, danach, ihre Wange daran zu schmiegen. Er sollte die Arme um sie legen, und sie wollte den Rest der Welt vergessen.

»Weil es genau andersherum war«, sagte er mit fester Stimme und sah ihr dabei direkt in die Augen. »Deine Mutter hat die Pflanzen gestohlen. Und dann hat sie mich dafür verantwortlich gemacht. Zumindest beim ersten Mal. Danach hat es Manilo getroffen.«

Lina starrte ihn an. Er stand einfach nur da. Weder grinste er, noch gingen seine Mundwinkel nach unten, er verzog keine Miene, während ihr Weltbild in tausend kleine Stücke zerbrach.

* * *

Das schleunige Klacken ihrer Holzschuhe hallte von den Wänden wider, als Lina durch den Korridor rannte. War er länger geworden? Sie riss die Tür so heftig auf, dass alle Köpfe hochschreckten und sie irritiert bis ärgerlich ansahen. Nur Meike schrieb unbeirrt weiter.

Lina murmelte eine Entschuldigung, während sie auf ihren Platz zustürzte. Da waren so viele Dinge in ihren Kopf, die darauf warteten, geordnet zu werden. So richtig wollte sie noch nicht wahrhaben, dass ihre Mutter sie angelogen haben sollte. Doch Franz' Argumente waren überzeugend gewesen, und sie hatte gespürt, dass er die Wahrheit sagte. Zu dem Zeitpunkt, als ihre Mutter entlassen worden war, hatten Julius und Marleene bereits nicht mehr in der Hofgärtnerei gearbeitet. Und sie hatte tatsächlich nie hinterfragt, ob der Lohn ihrer Mutter wirklich für den Kauf der ersten Pflanzen ausgereicht hatte.

Mittlerweile aber hatte sie lange genug selbst gearbeitet und erkannte jetzt, dass es wohl mitnichten so gewesen sein konnte. Sogar Marleene als vermeintlich männlicher Lehrling hatte mehr verdient als ihre Mutter, die ja nur Gehilfin gewesen war, da es damals Frauen untersagt gewesen war, einen Beruf zu erlernen.

Ganz gleich, was war, darum würde sie sich später kümmern.

Jetzt musste sie sich darauf fokussieren, so viele Prüfungsfragen zu beantworten, wie es nur irgend möglich war. Sie musste eine dreistündige Prüfung in weniger als einer schaffen. Von ihrer Stirn perlte der Schweiß, während sie hastig abermals die Fragen überflog. Zum Zeichnen eines Frühjahrsblühers blieb keine Zeit, doch sie notierte die großblumige Miere, Stellaria holostea, womöglich würde ihr das zumindest einen Punkt sichern.

Danach berechnete sie das richtige Düngegemisch für eine Fläche von drei Hektar, denn rechnen konnte sie schon immer recht schnell. Die Arbeitsschritte zum Fertigen der Steckhölzer kannte sie ebenfalls aus dem Effeff und führte sie stichwortartig aus, obwohl gewiss erwartet wurde, dass sie die Beschreibung ausformulierte. Doch alles wäre besser als gar nichts. Genauso verfuhr sie bei der Schilderung zum Packen der Frühbeete und der Listung ihrer Vorteile.

Als sie aufführte, wann und wie oft die Warm- und Kalthäuser gelüftet werden mussten, dachte sie unweigerlich an Agneta und den Fauxpas, der ihnen dabei unterlaufen war. Gewiss hätte auch ihre liebe Freundin diese Frage beantworten können, und sie hätte solch ein vorzügliches Adonisröschen gezeichnet, dass das Prüfungskomitee es sich danach gerahmt und an die Wand gehängt hätte.

Rasch schrieb sie die Namen zu den abgebildeten Gartengeräten nieder, die sie so oft mit Franz gereinigt hatte. Die Frage zur Behandlung der Topfobstbäume und die zu den Krankheiten und Schädlingen ließ sie aus, darüber musste sie zu lange nachdenken. Nur die Nacktschnecken und Dickmaulrüssler trug sie ein.

Auch die Witterungskunde und Klimalehre übersprang sie, lieber kehrte sie ganz an den Anfang zurück, wo die Grundbestandteile einer Pflanze erklärt werden sollten.

»Zum jetzigen Zeitpunkt verbleiben zehn Minuten«, dröhnte die Stimme des Prüfers durch den Raum. Diesmal schrieb keiner schneller. Die anderen waren offenbar bereits beim Korrekturlesen, während Lina in aller Eile eine Zelle mit Chlorophyllkörnern zeichnete. Jetzt noch geschwind die äußere Morphologie und Organografie. Hastig skizzierte und benannte sie ein Blatt mit Spreite, Stiel und Nebenblättern.

Danach nannte sie die Bodenformen, derer sie sich entsinnen konnte, als der Prüfer sich räusperte. »Nun gut, meine Damen, die Zeit ist abgelaufen.«

Jetzt war es an Lina, hastiger zu schreiben, man konnte kaum mehr die Buchstaben erkennen.

»Sammeln Sie bitte die Papiere ein?«, fragte er, als Lina einige Stichworte zur Gründüngung auflistete. Sie wusste, dass Julius und Marleene Lupinen und Kartoffeln gesät hatten, um den Boden humushaltiger zu machen, das hatten sie an einem Winterabend am Kamin bei heißer Milch mit Honig erzählt.

Anhand der Antwort erkannte sie, dass er sich an Meike gewandt hatte. »Was, ich?«, hakte diese scheu nach.

Lina schrieb weiter.

»Wenn Sie so freundlich wären?«

Ihre Antwort kam verzögert. Lina sah nicht auf und wusste nicht, was Meike tat, war aber über jede Sekunde dankbar, die sie zusätzlich hatte.

»Gewiss, das mache ich sehr gerne. So ein bisschen Bewegung nach dem stundenlangen Sitzen tut auch gut. Die Stühle sind ja schon recht hart, muss ich sagen.« Aus den Augenwinkeln nahm Lina wahr, dass Meike darauf herumruckelte, derweil sie hastig die Stoffe, die dem Boden häufig fehlten, niederschrieb.

Stickstoff. Kalium. Kalzium. Natrium. Über diese ganzen *um*-Wörter hatten sie abends beim Pauken oft gelacht.

»Ich muss mich auch erst einmal strecken«, sagte Meike und reckte ächzend wie eine Greisin die Arme in die Höhe. »Schmerzt euer Nacken auch so fürchterlich?« Sie ließ die Schultern kreisen.

Lina hörte zustimmendes Gemurmel, während sie weitere Stoffe listete.

»Schön und gut. Würden Sie denn jetzt bitte …«

»Gewiss, gewiss.« Meike schichtete ihre eigenen Papiere recht umständlich zu einem Haufen, der schien ihren Ansprüchen allerdings nicht zu genügen, und sie begann aufs Neue damit.

Lina sprang weiter und schrieb zwei Stichpunkte zum Pikieren.

»Potztausend!« Der Stuhl ratschte über den Boden, als der Prüfer aufschnellte. »Mit Flinkheit sind Sie ja nicht eben gesegnet. Muss ich etwa selbst tätig werden?«

Meike erhob sich. »Entschuldigen Sie bitte, dass ich meine Aufgabe ordentlich verrichten will. Hätte ich Ihnen etwa einen Zettelwust überreichen sollen? Wissen Sie, ich habe zuvor als Dienstmädchen in einem Hause mit höchsten Ansprüchen gearbeitet. Da war stets die Devise, dass man besser die Dinge ordentlich macht als larifari und dann oft ein zweites Mal. Falls Ihnen das lieber ist …?«

Lina hätte Meike küssen können. Sie hatte das scheue Mädchen nie zuvor so viel am Stück reden hören, und ihr war bewusst, dass Meike alles gab, um ihr kostbare Zeit zu erkaufen. Womöglich würde sie auf diese Weise sogar die Arbeitsschritte beim Veredeln zu Papier bringen können.

»Schon gut, schon gut«, brummte der Prüfer, der sich gottlob viel zu fein war, um persönlich die Prüfungsbogen einzusammeln. »Aber nun machen Sie bitte endlich«, ordnete er gestikulierend an.

Linas Stift flog über das Papier. *Eine Veredlung ist das Aufsetzen eines Edelreises auf einen Wildling.* Meike stand direkt neben ihr, es wäre logisch gewesen, dass sie ihre Seiten als Erstes einsammelte. Doch sie huschte rüber zu Fenja, die ebenso umständlich ihre Blätter sortierte wie zuvor Meike.

Die Unterlage muss gut eingewurzelt sein.

»Das gibt es nicht«, stöhnte der Prüfer, als auch Elise ewig brauchte, um ihre Blätter zu sortieren. »Legen Sie bitte Ihren Stift nieder«, ordnete er Lina an.

»Gleich«, rief sie rasch, ohne den Füller abzusetzen.

Edelreis = jung & wüchsig. Warum konnte sie keine Stenografie?

»Ach, herrjemine«, rief Meike aus, und Lina feixte, als sie sah, dass nun alle eingesammelten Papiere zu Boden segelten. Doch leider hatten sie die Rechnung ohne den Prüfer gemacht.

»Nun reicht es mir aber!« Er sprang auf und steuerte direkt auf Lina zu.

Sie gab alles. *Sorten müssen gleichen anatomischen Bau haben; Apfel und Birne nicht kombinierbar. Birne und Quitte schon.*

Jetzt hatte er sie fast erreicht. Sie musste doch noch den T-Schnitt schildern und wie das Auge mit der Rindenpartie eingeschoben und verbunden wurde! Sie war mitten im Satz, als er ihr die Zettel unter der Nase wegriss. Eine lange Linie ratschte über das Blatt. Mist! So viel ungesagtes Wissen.

Lina schob die Füße vor und stemmte sich heftig gegen die hölzerne Lehne, sodass sie sachte wippte. Wenigstens hatten die Mädchen dafür gesorgt, dass sie noch ein paar Extrapunkte einheimsen konnte. Vielleicht die entscheidenden?

Dankbar sah sie zu ihnen, und ihr Herz wurde schwer, als sie das Mitleid in ihren Mienen sah. Sie hatte es nicht verdient. Womöglich hatte sie alles vermasselt, wofür sie in den vergangenen Monaten gekämpft hatten. Immerhin sollten die Prüfungsergebnisse auf dem großen Fliederfest öffentlich verkündet werden.

85. Kapitel

Die Straßen Oldenburgs waren am frühen Morgen nahezu leer, als Frieda sie durchquerte. Ob es am hauchzarten Nieselregen lag, der sich auf alles legte? Sie solle doch mal mit Frau Maader reden, hatte Marleene gesagt. Nachdem die Oltmanns ihr den Laden gekündigt hatten, hatten sie sich zu einer Krisensitzung mit Julius und Jost an den Tisch gesetzt, und Marleene war, warum auch immer, fest davon überzeugt, dass Frau Maader ihr gar nicht aus purer Boshaftigkeit die Stelle gekündigt hatte, sondern nur, um sie anzuspornen, dass sie etwas Eigenes auf die Beine stellte.

So ganz mochte Frieda das nicht glauben, aber neugierig war sie dennoch geworden. Konnte das wahr sein? Wehmütig ließ sie die vertrauten Häuser an sich vorüberziehen. Viel hatte sich nicht verändert in den vergangenen Jahren, nur dass man inzwischen immer häufiger Automobile in der Stadt sah. Wenn das so weiterging, würden sie eines Tages die Straßen verbreitern müssen.

Schließlich erreichte sie den Laden. Sie hätte sich insgeheim gefreut, wenn er mittlerweile keinen Bestand mehr hätte oder zumindest hässliche Sträuße die Auslage geziert hätten, doch sie musste zugeben, dass die Farbkombinationen der Sträuße reizvoll waren und obendrein der neuesten Mode entsprachen. Ihre Chefin war mit ihrem Fortgang also nicht zu den Biedermeiersträußen im Schachbrettmuster zurückgekehrt.

Frieda erlaubte sich nicht innezuhalten, sondern stieß gleich die gläserne Tür auf. Das Bimmeln der kleinen Glocke weckte noch mehr nostalgische Gefühle in ihr, und sie biss die Zähne zusammen.

Frau Maader steckte den Kopf hinter dem Vorhang hervor, der den Verkaufsraum von der Bindekammer trennte.

»Da bist du ja!« Sie klang, als wäre sie eine gute Freundin, auf die sie lange gewartet hatte. Seltsam. »Hat aber ganz schön gedauert, bis du den Mut gefunden hast, hier wieder aufzuschlagen. Wo warst du denn so lange?«

»Nun ja, nach der Art und Weise, wie Sie mich an die Luft gesetzt haben …«

Frau Maader schob ihren behäbigen Körper in den Verkaufsraum und begann, die verwelkten Blumen aus den Eimern zu sammeln. Es zuckte Frieda in den Fingern, ihr dabei behilflich zu sein, und sie ermahnte sich, dass das jetzt nicht mehr zu ihren Aufgaben gehörte.

»Hat Marleene es dir denn nicht erklärt? Das habe ich doch nur getan, damit du genug Courage hast, etwas Eigenes auf die Beine zu stellen. Wut kann ein unglaublich großer Antrieb sein. Ohne ihn hättest du dir nie zugetraut, eines Tages einen eigenen Laden zu führen.«

Frieda stemmte die Hände auf die Hüften. »Woher wollen Sie das denn wissen?«

»Ich habe immerhin drei Jahre mit dir Seite an Seite gearbeitet. Da lernt man schon das eine oder andere über die betreffende Person. Oder musste ich dich nicht zu der Reise nach Italien überreden? Die hättest du ohne mich auch nicht gemacht.«

Da musste Frieda ihr allerdings recht geben. Schon finanziell hätte sie das alleine nicht stemmen können. Wäre das besser gewesen? Womöglich hätte sie Manilo dann tatsächlich weiterhin nachgetrauert und wäre folglich niemals offen für Jost gewesen. Es wäre ihr gegangen wie Frau Maader, in deren Leben es ebenfalls eine Person gab, der sie nach vielen, vielen Jahren noch immer hinterhertrauerte.

»Erzähl doch mal, wie ist es dir ergangen, was macht der Laden, was gibt es Neues?«

Frieda blähte die Wangen auf. Wo sollte sie nur anfangen?

»Meinen Laden gibt es leider nicht mehr. Aber dafür habe ich mich verlobt.« Sie lächelte bei dem Gedanken an Jost. Der Rest würde sich auch noch finden. Letztendlich brauchte sie nur eine neue Räumlichkeit, und dann würde sie einen schöneren und besseren Blumenladen einrichten als den, den sie zuvor gehabt hatte.

»Und hier?« Frieda sah sich neugierig im Laden um. Abgesehen von den Sträußen in der neuesten Bindetechnik sah es nicht großartig anders aus. »Was hat sich hier in der Zwischenzeit ergeben?«

Frau Maader berichtete von ihren letzten drei Lehrlingen. »Davon abgesehen ist eigentlich alles beim Alten.«

»Und wie sieht es mit einem gewissen Herrn aus, der auch nach all den Jahren Ihr Blut immer noch dermaßen in Wallung bringt, dass wir nie wieder darüber sprechen durften?« Frieda grinste. Endlich hatte sie genügend Mut gefasst, das heikle Thema anzusprechen. Immerhin war Frau Maader nun nicht mehr ihre Chefin, und sie hatte von ihr rein gar nichts zu befürchten. Doch als Frau Maader in sich zusammensackte wie eine Blüte kurz vor dem Herbst, bereute Frieda ihre Worte sogleich. Sie hatte doch nur helfen wollen, damit die zwei womöglich wieder zusammenfanden.

»Auch mit Klaus stehen die Dinge noch so, wie sie immer waren.«

»Klaus?«

»Klaus Husmann. Um den ging es die ganze Zeit. Wusstest du das etwa nicht?«

Frieda strich eine braune Haarsträhne hinters Ohr. Sie hätte es sich gleich denken können. Herr Husmann hatte ebenfalls ein Blumengeschäft in Oldenburg, und sie hatte vor Jahren damit geliebäugelt, dort ihre Lehre fortzusetzen. Er war nach einer Probestunde nicht abgeneigt gewesen, doch sobald er gehört hatte, dass sie damals bei Frau

Maader gelernt hatte, war er vollkommen außer sich gewesen. Sie hatte es einfach nicht gewagt, mehr Fragen zu stellen.

»Wissen Sie, was?«, sagte Frieda kurz entschlossen und schnappte sich Frau Maaders fleischige Hand. »Sie kommen jetzt mit.«

»Was? Wohin denn? Wir können doch das Geschäft nicht einfach allein lassen.«

In dem Moment betrat ein Mädchen mit Affenschaukeln den Laden. »Du bist der neue Lehrling?« Das Mädchen nickte verblüfft. »Du hast heute Vormittag die alleinige Verantwortung. Man wächst mit seinen Aufgaben.«

Sie zog Frau Maader auf die Straße, zerrte sie über das Kopfsteinpflaster und marschierte, ohne auch nur eine Pause einzulegen, mit ihr bis zum nahe gelegenen Laden von Herrn Husmann. Stürmisch riss sie die Tür auf. Er stand höchstpersönlich hinter der Ladentheke. Wie sie gehört hatte, hatte seine Angestellte einen jungen Gärtner geheiratet. Gärtnereien schossen in letzter Zeit wirklich wie Pilze aus dem Boden.

»Was ... wer ... Zum Teufel ...«

»So«, ordnete Frieda resolut an. Nachdem sie nun selbst Jahre gebraucht hatte, um ihr Schicksal in die Hand zu nehmen, ertrug sie keine weitere Zeitvergeudung. Zum Glück war sie durch ihre leitende Position in der Frauenbewegung nicht mehr die schüchterne Frieda von früher und scheute sich nicht länger, den Mund aufzumachen. »Sie sprechen sich jetzt auf der Stelle aus. Was ist vor all den Jahren denn überhaupt geschehen?«

Da keiner den Anfang machen wollte und beide wie Backfische herumstanden, übernahm Frieda wieder das Ruder.

»Frau Maader, Sie fangen an.«

Die Augen ihrer ehemaligen Chefin wurden rund und traurig. »Wir hatten abgemacht, zusammen durchzubrennen. Mit der Postkutsche wollten wir von Oldenburg nach Hamburg fahren, das war damals eine Weltreise. Und er …«, anklagend sah sie in seine Richtung, »ist nicht gekommen.«

Frieda sog die Luft zwischen den Zähnen ein. Das klang in der Tat schmerzhaft.

»Er ist einfach von der Bildfläche verschwunden. Und dann, als wäre das der Schmach noch nicht genug gewesen, hat er einige Jahre später auch noch seinen eigenen Blumenladen aufgemacht, als er plötzlich wieder da war. Als wollte er mir noch mal Salz in die offene Wunde streuen und mir zeigen, dass er das alles viel besser kann.« Sie senkte den Blick. »Was dann ja auch so war«, setzte sie kaum vernehmbar hinzu.

»Was?«, schrie Husmann empört auf. »Das habe ich doch alles für dich getan. Damit du endlich wieder mit mir redest. Deine Schwester hat mir doch zu nachtschlafender Stunde mitgeteilt, dass du einen Rückzieher machst. Dass es dir zu riskant wäre, dein Leben mit einem Habenichts zu verbringen, und du schweren Herzens den sicheren Weg vorziehen würdest, den deine Eltern für dich vorgezeichnet hatten. Danach musste ich einfach weggehen! Den Blumenladen habe ich nur für dich aufgebaut. Ich dachte, wenn du siehst, dass ich dir mittlerweile einen Laden bieten könnte, würdest du zu mir zurückkehren. Doch du hast mich nicht einmal mehr beachtet, hattest nur noch Augen für deinen Sohnemann.«

»Das hat Helene dir erzählt? Aber ich … ich hatte ihr im Vertrauen von unserem Plan erzählt. Habe bis in die frühen Morgenstunden vor dem Kandelaber auf dem Marktplatz auf dich gewartet …«

Beide starrten sich sprachlos an. Die Wellen, die zwischen ihnen hin und her zogen, waren beinahe sichtbar. Wie es aussah, lag hier ein ziemliches Missverständnis vor.

»Ich … ich glaube, hier gibt es einiges zu besprechen«, sagte Frieda behutsam. »Ich denke, es ist das Beste, wenn ich Sie beide allein lassen.« Sie legte Frau Maader kurz eine Hand auf die Schulter und flüsterte ihr zum Abschied »Viel Glück« ins Ohr.

86. Kapitel

»Du bist die Hofgärtnerin. Für dich sollte es das Normalste der Welt sein, am Hofe vorzusprechen«, sagte Marleene sich, während sie vor dem dotterblumengelben Schloss stand. Die repräsentativen Beete davor waren mit Schlüsselblumen, Windröschen, Frauenschuh und Tulpen aus ihrer Gärtnerei bepflanzt worden. Und im Kontor, das man über einen Seiteneingang betreten konnte, war sie schon unzählige Male gewesen, um die Wechsel abzeichnen zu lassen.

Aber eine hochoffizielle Audienz beim Großherzog?

Bei dem Gedanken war sie sofort wieder das Arbeitermädchen aus dem Heuerhus. Zu unwürdig, um jegliche Ansprüche zu haben.

Ging es jedoch nicht gerade darum? Dass noch mehr Arbeitermädchen die Gelegenheit bekamen, durch ehrliche Arbeit ihr Leben zu verbessern? Der Gedanke daran gab ihr die nötige Kraft, das prunkvolle Vestibül des Schlosses zu betreten.

Sie klammerte sich an ihre Unterlagen, von denen sie bereits wusste, dass sie sie nicht benötigen würde, während sie dem Bediensteten durch die langen Gänge folgte. Sie war froh, dass sie mittlerweile keine Holsken mehr trug, die würden auf dem Marmorfußboden fürchterlich laut klacken. Der Diener blieb nun vor einer weißen Doppeltür mit vergoldeten Quadern stehen und klopfte drei Mal. Eine dunkle Stimme bat sie herein, und Marleene betrat hinter dem Dienstboten mit klopfendem Herzen ein hübsches Kontorzimmer, in dem nahezu alles weiß war. Er war deutlich schlichter als die Räume, die sie bisher im Schloss zu Gesicht bekommen hatte, aber er gefiel ihr. Die hohe Decke mit dem schnörkellosen Stuck, das helle Parkett und vor allem das riesige Bogenfenster mit zwei Türen, die zu einer weißen Balustrade führten, welche einen wunderschönen Blick auf den Schlossgarten freigab.

Saß der Großherzog deswegen mit dem Rücken zum Fenster? Damit er nicht permanent abgelenkt wurde?

»Ah, meine Hofgärtnerin«, sagte er und erhob sich, um Marleene die Hand zu schütteln. »Was kann ich für Sie tun, Frau Langfeld? Ich hoffe, es gibt keine Probleme?«

Er wirkte ehrlich besorgt, und Marleenes Herz klopfte bis zum Hals.

»Ich bin heute gekommen, um Sie um einen Gefallen zu bitten,, Eure Hoheit.«

Er bedeutete ihr, sich zu setzen, nahm ebenfalls Platz und sah sie erwartungsvoll an.

»Wie Sie ja wissen, habe ich im vergangenen Jahr eine Gärtnerinnenschule eröffnet. Und meine Schülerinnen haben sich auch fleißig an den Arbeiten im Schlossgarten beteiligt.«

»Ich … habe davon gehört«, gab er zu, wirkte allerdings wenig begeistert.

»Jetzt, wo wir wieder in Oldenburg sind, wollte ich die Gärtnerinnenschule neu eröffnen. Ein frischer Start. Das würden wir gerne mit einem großen Fest verbinden, und für die Eröffnung wäre es uns die größte Ehre, wenn Sie eine kleine Rede halten würden.«

»Ich?« Er klang so, als hätte er das nie zuvor getan, dabei bestand ein Großteil seiner Verpflichtungen darin, derlei Veranstaltungen beizuwohnen.

Die Tür öffnete sich, und Prinzessin Elisabeth Pauline Alexandrine trat in den Raum. Sie wollte sich sogleich zurückziehen, als sie sah, dass der Herzog Besuch hatte, doch er winkte sie herein. »Wir sind gleich fertig«, teilte er seiner Gattin mit, und Marleenes Herz sank.

»An welchem Datum soll das Fest denn stattfinden?«, erkundigte sich der Herzog und griff nach seinem Kalender.

»Da könnten wir uns ganz nach Euch richten, Eure Hoheit. Es sollte nur ein Wochenende im Mai sein, solange der Flieder noch blüht.«

Er blätterte durch die Seiten. »Bedauere. Nächsten Monat habe ich allerhand Termine. Versammlungen, Festivitäten der Nachbarländer, und ich entscheide über die neuen Straßen- und Ortsnamen in Oldenburg. Es sind doch einige Änderungen geplant. Nachdem wir alle Linden in der Lindenstraße fällen mussten, um mehr Platz für den verstärkten Verkehr zu schaffen, ist es nicht eben sinnig, dass sie weiterhin so heißt. Außerdem soll eine alte Moorkolonie nach mir benannt werden. Petersfehn. Ich weiß noch nicht, was ich davon halten soll. Ich fühle mich geehrt, möchte allerdings keinesfalls prätentiös erscheinen. Wie dem auch sei, ich fürchte, mir fehlt die Zeit.« Bedauernd sah er sie an, aber sie war nicht sicher, ob es echt war.

Marleenes Schultern sanken herab. Sie hatte es geahnt. Ohne erfolgreiches Fest, das Schlagzeilen machte, würden sie jedoch nie wieder auf die Beine kommen. Sie fasste sich ein Herz, um weiterzukämpfen. »Es würde wirklich nicht lange dauern. Selbst zehn oder fünfzehn Minuten würden bereits genügen, dann könnten Sie nach einer halben Stunde wieder Ihren Aufgaben nachgehen.«

Er wirkte nicht überzeugt, nahm seinen vergoldeten Füllfederhalter in die Hand und betrachtete nachdenklich seinen Glanz.

»Ich würde nicht darum bitten, wenn es nicht äußerst dringend wäre. Schließlich ist es auch ein politisches Thema. Nur zu gerne würde ich ein Zeichen setzen, dass Frauen ebenso imstande sind zu gärtnern und dass dies auch von der Obrigkeit gutgeheißen wird. Die Menschen da draußen sind sehr skeptisch, deswegen bitte ich Sie inständig, uns zu unterstützen.« Es gefiel ihr nicht, dass sie durch ihre Worte förmlich vor ihm niederkniete, aber ein jeder hatte viel gegeben.

Die Mädchen schrieben sich in ihren Abschlussprüfungen vermutlich gerade die Finger wund. Jeden Abend hatten sie gebüffelt und sich tagsüber beim Stecklingeschneiden und Pikieren gegenseitig abgefragt. Julius arbeitete wieder auf dem Feld, obwohl er sich kaum erholt hatte, Frieda hatte ihren Laden geopfert, um zu ihrem Wort stehen zu können, und Rosalie besuchte nach der Arbeit Vorträge und reichte eine Petition nach der anderen ein.

Da war das Mindeste, was sie tun konnte, sich bei Hofe anzubiedern.

Der Großherzog räusperte sich und legte den Stift beiseite. »Wie Sie schon sagten, ist es inzwischen ein gesellschaftsrelevantes Thema. Genau deswegen ziehe ich es allerdings vor, mich aus dieser Frage herauszuhalten. Schließlich besteht der gesamte Rat aus Herren, wie sähe es denn da aus …« Er gestikulierte in den Raum und blickte dann zu seiner Frau, die sich dezent im Hintergrund hielt.

Schlimm genug, dachte Marleene. Aber das Thema war so umstritten, dass sie es geflissentlich übergehen würde. Wie könnte sie sich weiter dafür einsetzen, ohne sich der Entscheidung des Großherzogs zu widersetzen?

»Aber Sie haben mich zur Hofgärtnerin gemacht«, rief sie ihm ins Gedächtnis. Er benötigte die Zustimmung der anderen nicht. Wenn nicht er als Oberhaupt des Großherzogtums Oldenburg vorbildhaft voranging, wer dann? Marleene hoffte, dass seine einstige Kühnheit ihn daran erinnerte, allerdings bewirkte ihr Appell das Gegenteil.

»Ganz richtig«, sagte er, verschränkte die Arme auf dem Tisch aus Edelholz und lehnte sich ein Stück weit vor. »Und damit habe ich meines Erachtens genug getan.«

87. Kapitel

Ein Monat später

Am Tag des großen Fliederfestes trat Julius auf Marleene zu, die im Wintergarten stand und nervös den Blick über das Gärtnereigelände schweifen ließ. »Und wieder einmal hatte ich recht«, sagte er und zog sie an sich. »Du bist eine himmlische Fliederprinzessin«, hauchte er ihr ins Ohr. Marleene zog lächelnd die Schulter an das Kinn, weil sein Atem ihren Hals kitzelte, und strich ihr Kleid glatt. Wie die Kleider der Mädchen war es fliederfarben, und passend dazu hatte Frieda fliederfarbene Blüten in ihre Frisuren gesteckt. Aber würde wahrhaftig alles gut gehen? Was, wenn keine Menschenseele kam? Oder auf der Bühne, wo sie den Schülerinnen gärtnerische Fragen stellen würde, eine von ihnen einen grundlegenden Fehler machte?

»Hab keine Sorge, die Sonne lacht vom Himmel, und wir sind bereit. Mehr als das, jeder lechzt danach, dass wir uns beweisen können. Alma hat mindestens fünfundzwanzig Torten und Kuchen gebacken, die Mädchen haben ihre Stände mit Friedas Hilfe hübsch dekoriert und unzählige Male ihre Vorführungen geprobt.«

An geschmückten Buden würden sie den Besucherinnen und Besuchern zeigen, wie man Pflanzen zurückschnitt, veredelte oder für die Vase vorbereitete. Wenn die Menschen es direkt sahen und Fragen stellen konnten, würden sie gewiss am ehesten zu überzeugen sein, dass Frauen ebenso gut gärtnerische Arbeiten verrichten konnten. Zudem standen die öffentliche Verkündung der Examensergebnisse und die offizielle Neueröffnung der Schule an – mit dem kleinen Haken, dass es bisher keine Schülerinnen gab.

Das würde sich nach dem Fest hoffentlich ändern, denn Marleene hatte die Tages- und Fachpresse verständigt, um eine möglichst große Reichweite über das Großherzogtum Oldenburg hinaus ins gesamte deutsche Kaiserreich zu haben. Sogar den Herausgeber der *Gartenwelt*, Max Hesdörffer, hatte sie eingeladen und jenen Journalisten, der diese diffamierende Karikatur zu seinem Artikel hatte erstellen lassen.

Sie hatte nichts zu verbergen.

Die Mädchen hatten ehrliche Arbeit geleistet, gepaukt, bis ihnen der Stoff aus den Ohren herauskam. Eines Nachts, als Marleene nach Theo gesehen hatte, hatte sie Meike sogar zu nachtschlafender Stunde botanische Pflanzennamen murmeln hören. Entschlossen küsste sie Julius auf die Wange.

»Du hast recht. Ich gehe aber noch einmal durch die Gärtnerei und sehe nach, ob alles bereit ist. In einer halben Stunde soll es ja schon losgehen. Kümmerst du dich um Theo?«

»Ich werde ihn den ganzen Tag an meiner Seite haben. Alma hat Fliederblüten auf sein Mützchen genäht, damit sieht er dermaßen niedlich aus, dass ich schon geplant habe, ihn einfach hochzuhalten, sollte jemand etwas Negatives sagen.«

Schmunzelnd sprang Marleene die Stufen der Fliedervilla hinunter und war fast so aufgeregt wie damals, als sie als Junge verkleidet bei Alexander für die Lehrstelle vorstellig werden wollte. Die Hofgärtnerei war schon immer ansehnlich gewesen, doch heute erstrahlte sie im besten Glanz. Für den Eingang hatten sie einen Fliederkranz gebunden und alles mit Bouquets und Pflanzschalen versehen, es war der reinste Blütenzauber. Als ihnen die Vasen ausgegangen waren, hatte Frieda wie zu ihrer Hochzeit Weckgläser und Glasflaschen, um die sie eine Spitzenborte geschnürt hatte, aufgestellt, sodass rundherum ein dezenter Fliederduft in der Luft lag. Auf dem Hof gab es zahlreiche Sitzgelegenheiten. Alma hatte jeden Kuchen mit essbaren Fliederblüten verziert und baute soeben hoch konzentriert mit Brunos Hilfe ein wahrlich beeindruckendes Kuchenbüfett auf. Auch das von ihr kreierte Getränk aus Heidelbeeren und Bananen, das so eine schöne kräftige Fliederfarbe hatte, stand zwischen Fliederblütengelee und Fliederhonig bereit.

Links und rechts des Hauptweges hatten die Schülerinnen ihre Stände aufgebaut, an denen sie ihr Können präsentieren würden. Jede einzelne Bude war in einer anderen Fliederfarbe gehalten und eine Attraktion für sich. Die Mädchen hatten bereits Stellung bezogen und legten Hand an die letzten Feinheiten, als Marleene an ihnen vorüberging. Alle bis auf Lina. Sie war nach der Prüfung auf mysteriöse Weise verschwunden, und Marleene machte sich Sorgen um sie. Bis zuletzt hatte sie gehofft, dass sie wieder auftauchen möge.

Am Ende des Hauptweges wartete die große Bühne, wo der Logenführer der Freimaurer, Baron von Rittenberg, die Eröffnungsrede halten würde – nachdem der Großherzog ja leider abgesagt hatte. Rosalie hatte zudem eine Sängerin aufgetan, die zum Abschluss des Festes einige Lieder zum Besten geben würde. Für die Bühne hatten sie über den Lehrerinnenverein sogar eines dieser neuartigen Mikrofone organisiert, das dafür sorgte, dass man selbst in der letzten Reihe noch klar und deutlich gehört wurde. Anlässlich des Festes hatten sie Einladungskarten verschickt, auf die sie mit einem Korken Fliederblüten gestempelt hatten, und jedem Gast einen kostenlosen kleinen Fliederbusch zugesagt, um sicherzugehen, dass sich genügend Besucher einfinden würden. Sollte ihr heutiger Plan nicht aufgehen, könnten sie ohnehin Konkurs anmelden.

Langsam spazierte sie zurück, um möglichst ruhig zu erscheinen, obwohl sie am liebsten Stecklinge im Akkord gefertigt hätte, um die Nervosität loszuwerden. Sie hatte den Fliederbogen fast erreicht, als eine erste Kutsche zwischen den frühlingsgrünen Linden auftauchte. Gefolgt von einer zweiten. Und dritten. Das rhythmische Hufgeklapper schürte ihre Nervosität – insbesondere, da nun zusätzliche Besucher zu Fuß auf dem Hof erschienen, während gleichzeitig der Strom an Kutschen nicht abreißen wollte. Es hatte sich gar schon eine Schlange gebildet. Hatte sie sich soeben noch gesorgt, dass keiner kommen könnte, fragte sie sich nun, ob der Flieder auch für alle ausreichen würde. Ein ganzes Heer an Menschen im besten Sonntagsstaat wogte auf sie zu, und Marleene atmete tief ein. Sie drehte sich zu den Mädchen um, deren Augen groß geworden waren, doch eine nach der anderen nickte Marleene zuversichtlich zu.

Julius kam mit Theo auf dem Arm grinsend aus der Villa. Der Kleine glückste vergnügt, und Julius' Haare wehten im Frühlingswind. Gemeinsam nahmen sie neben dem Eingang des Festgeländes Aufstellung, begrüßten Bekannte mit Handschlag und hielten hier und dort einen kurzen Klönschnack. Marleene staunte, als sie eine strahlende Frau Maader eingehakt bei Herrn Husmann auf sich zukommen sah. Dann erschien ein Gast, dessen Auftritt ihr Herz einen Schlag aussetzen ließ. Der Hof war so voll, dass sie die herrschaftliche Equipage nicht bemerkt hatte. Die Menschen bildeten ehrfurchtsvoll eine Gasse und ließen dem Großherzog und seiner Frau den Vortritt.

»Eure Hoheit, das ist aber …«

»… eine ganz besondere Ehre!«, kam Julius ihr zu Hilfe.

»Nun ja. Ich habe mir die ganze Sache noch einmal durch den Kopf gehen lassen, und eigentlich spricht nichts dagegen, dass ich meine Hoflieferanten öffentlich unterstütze«, erklärte er, und Marleene merkte, dass seine Gattin ihr, während er sprach, leicht zuzwinkerte. Womöglich hatte sie mehr Einfluss auf ihn, als man allgemein glaubte?

* * *

Lina zog den Strohhut tiefer ins Gesicht. Sie war froh über den exorbitanten Menschenauflauf, so ging sie in der Menge leichter unter. Wobei sie im Sonntagskleid ihrer Mutter und mit dem Tuch vor dem Hut ohnehin schwerlich zu erkennen war. Als sie sah, wie schön alles mit Fliederblüten geschmückt worden war, zog sich ihr Magen zusammen. Sie durchschritt den Kranz aus Fliederblüten, sah bereits von Weitem Babsi, Meike, Elise und Fenja, und offenbar war selbst Ottilie zurückgekehrt. In fliederfarbenen Kleidern mit Fliederblüten in den Haaren präsentierten sie ihre Fertigkeiten.

Im Normalfall wäre sie eine von ihnen gewesen.

Doch sie hatte alles verderben müssen.

Warum nur? Warum hatte sie sich Franz nicht eher offenbart? Jetzt konnte sie ihm nicht mehr unter die Augen treten, wenn Marleenes Versuch ihretwegen scheiterte. Aber vielleicht hatte es ja dennoch geklappt? Es war der zarte Hauch einer Hoffnung, der sie hergetrieben hatte. Womöglich hatte sie mit Ach und Krach bestanden. In diesem Fall würde sie sich bei Marleene und ihren Mitschülerinnen entschuldigen und das Ruder unter Umständen herumreißen können. Sie sah es schon vor sich, wie die anderen Mädchen ihr dann ebenfalls Fliederblüten ins Haar steckten und Alma von irgendwo eine fliederfarbene Schürze besorgte, während Julius und Marleene rasch einen weiteren Stand herbeischafften.

Gewiss wird es so kommen, flüsterte die Hoffnung.

An der Bühne angekommen, suchte sie sich einen Platz in der vorletzten Reihe. Wenig später betrat der Großherzog die Bühne und ließ sich kurz in das Mikrofon einweisen. Lina fiel beeindruckt in den Applaus ein. Sie hatte nicht gewusst, dass er hier erscheinen würde, aber schließlich war Marleene die Hofgärtnerin.

Er sagte ein paar Worte zum modernen Zeitalter und etwas vom Ablegen alter Hüte und wie stolz er sei, diese neuartige Schule in seiner Stadt zu wissen. Lina fühlte sich mit einem Mal energiegeladen, denn sie war ein Teil dieser neuen Bewegung und hätte nie gedacht, dass ein unbedeutendes Wesen wie sie eines Tages den Großherzog stolz machen könnte.

Dann fiel ihr wieder ein, dass sie genau das nicht mehr war.

In einer der vorderen Reihen sah sie Franz neben Manilo am Rand sitzen, und ihr Inneres krampfte sich zusammen. Jetzt beugte sich ein Knabe zu seinem Ohr, und Franz eilte nach kurzer Absprache mit Manilo davon. Offenbar war er mit Tätigkeiten im Hintergrund beschäftigt, die sicherstellten, dass im Vordergrund alles reibungslos lief. Im nächsten Moment trat Marleene auf die Bühne, bedankte sich beim Großherzog und begrüßte einige hochrangige Personen gesondert, bevor sie die Besucher willkommen hieß. Sie schilderte den Ablauf und was alle an diesem Festtag erwartete. Lina schluckte, als sie hörte, dass bereits der erste Punkt die öffentliche Verkündung der Examensergebnisse sein sollte. Marleene erklärte, dass die Prüfungen von einem externen Komitee durchgeführt worden seien und dieses die Bekanntmachung übernehmen würde, um sicherzustellen, dass nichts manipuliert worden war.

Der Herr mit den grauweißen Haaren, der auch die Prüfung beaufsichtigt hatte, betrat die Bühne und ging auf das Mikrofon zu. Heute wirkte er deutlich dynamischer als im Vormonat. Nach einer kurzen Begrüßung öffnete er einen versiegelten Umschlag und setzte einen Zwickel auf die Nase.

»Ich weiß, dass Gartenbauschulen in den letzten Jahren stark in der Kritik standen. Wie ich gehört habe, wurde bei dieser jedoch alles sehr viel professioneller angegangen, wovon uns gleich sicherlich auch die Examensergebnisse überzeugen werden. Ich freue mich, Ihnen mitteilen zu können … dass …«, er überflog das Geschriebene, »von sechs geprüften Schülerinnen …«

Lina betete, dass die letzte Dreiviertelstunde ausgereicht hatte, obwohl sie viele Ergebnisse nur hatte umreißen können. Sie presste die

Zähne zusammen, um vorsichtshalber für alles gewappnet zu sein. Der Herr lächelte leicht. Sicherlich ein gutes Zeichen?

»… immerhin fünf bestanden haben.«

Linas Stimmung sackte ins Grundwasser. Es hatte nicht gereicht. Gemurmel verbreitete sich im Publikum, sodass es fast unterging, als er ergänzte, dass alle anderen die Prüfung mit einem *Vorzüglich* absolviert hatten. Am schwersten traf es Lina, als sie sah, wie geknickt Marleene wirkte. Sie versuchte, tapfer zu lächeln, es wollte ihr jedoch nicht gelingen. Lina konnte es ihr nicht verdenken. Sie hatte so sehr gekämpft und ihretwegen womöglich dennoch verloren – je nachdem, wie die Presse und die Zuschauer es aufnahmen, dass sie durch die Prüfung gerasselt war.

»Wie viel«, erkundigte sich eine männliche Stimme, und am kastanienroten Haar erkannte Lina, dass es Franz war, der wieder seinen Platz eingenommen hatte. Sie hielt die Luft an.

»Wie meinen?«, fragte der Prüfer zurück.

»Wie viele Punkte haben zum Bestehen der durchgefallenen Schülerin gefehlt?«, fragte Franz, und der Prüfer überflog die Papiere. »Ein halber Punkt«, offenbarte er schließlich.

Lina ballte die Fäuste. War das sein Ernst?

»Irgendwo muss die Grenze gezogen werden«, erklärte er nun über die Unruhe im Publikum hinweg. Lina biss die Zähne zusammen und kämpfte die Tränen nieder. Ein halber Punkt! Hätte sie nur eine einzige Aufgabe zu Beginn gleich ausgefüllt oder hätte sie eine Minute früher den Abort aufgesucht, hätte sie es schaffen können. Doch so sollte dieser vermaledeite halbe Punkt über ihr restliches Leben entscheiden, denn den anderen konnte sie gewiss nicht mehr unter die Augen treten.

* * *

Marleene lächelte die Anspannung weg. Es mochten ihre Vorzeigeschülerinnen sein, aber es waren immerhin fünf von sechs. Das waren 83 Prozent, also war das Ergebnis nicht vollkommen schlecht. Zudem könnte sie durch die öffentliche Fragerunde womöglich einen bleibenderen Eindruck hinterlassen, sodass die Veranstaltung und ihre bezaubernden Schülerinnen und nicht die Examensergebnisse im Hinterkopf der Besucher verweilten.

Ein kleines Mädchen im weißen Sommerkleid mit dazu passendem Hut reichte ihr eine hellgrüne Schachtel. »Das soll ich dir geben«, sagte sie mit einem liebenswürdigen Lächeln, und ihr Lispeln erinnerte sie an Alma. Marleene bedankte sich und lugte neugierig hinein. Vier kugelrunde Pralinen, umhüllt von Zartbitterschokolade und jeweils gekrönt von einer Walnusshälfte, lagen dort auf Seidenpapier gebettet, und Marleene frohlockte. Wer mochte für diese Aufmerksamkeit verantwortlich sein? Auf der beiliegenden Karte stand schlicht: *Toi, toi, toi!*

Nervennahrung war in diesem Moment genau das Richtige, und sie schob eine Praline in den Mund. Am Geschmack erkannte sie, dass es definitiv nicht Almas Werk gewesen war, denn der war etwas abenteuerlich. Vielleicht hatte Julius sein Glück in der Küche versucht? Auf der Bühne wurde nun das Gärtnerinnenquiz angekündigt, und sie verließ ihren Platz hinter der romantischen Bühnenkulisse. Sie hatten eine umrankte Mauer auf die hölzernen Platten gemalt. Meike, Fenja, Ottilie, Babsi und Elise saßen auf Barhockern in ihren Fliederkleidern auf der Bühne, als Marleene hinzutrat. Für die Beantwortung der Fragen würden sie einzeln an das Standmikrofon herantreten. Sie freute sich über den Applaus, der abermals aufbrandete. Ähnlich wie bei der Prüfung stellte Marleene ihnen allerlei Fragen, die eine jede von ihnen wie aus der Pistole geschossen beantwortete, selbst wenn Meikes Stimme dabei zitterte und sie immer wieder ihre Oberlippe abtupfen musste.

Marleene war ebenfalls etwas mulmig zumute, daher konnte sie es gut nachvollziehen. Es musste an den zahlreichen Augenpaaren liegen, die jeden ihrer Schritte zu verfolgen schienen. Sie tat sich zwar nicht schwer damit, vor Menschenmengen zu sprechen, aber es hatte noch nie so viel auf dem Spiel gestanden wie heute. Es ging um die Gärtnerinnenschule und somit letztlich um ihre Zukunft und ihr gesamtes Lebenswerk. Und dann entdeckte sie ein Ehepaar unter den Zuschauern, das ihr Blut erkalten ließ. Die De Vos. Das konnte nichts Gutes bedeuten. Babsi beendete gerade ihre Ausführungen darüber, was beim Rückschnitt im Frühjahr wichtig war, und gab einige Hinweise für den heimischen Garten, weil sie besprochen hatten, dass die Zuschauer so viele Beispiele wie möglich zu hören bekommen sollten, die sie selbst anwenden konnten. Doch Marleene hörte nur noch mit halbem Ohr zu.

Die Leute klatschten erfreut, eine Stimme aber erhob sich darüber hinweg.

»Schön und gut«, hörte sie es von der linken Seite der Zuschauerreihen her säuseln. Konstantin. Fast wären ihr die Gesichtszüge entglitten, als ihr Blick ihn fand. Zwei verkrustete Ekzeme, eines über seiner Lippe, ein zweites unter dem rechten Auge, verunstalteten sein Gesicht. Wie konnte die junge Frau mit den schiefen Zähnen so dicht neben ihm sitzen? Wenn sie es richtig sah, hatte sie lediglich unreine Haut und noch keinen Ausschlag. Falls sie sich nicht vorsah, würde dieser allerdings nicht mehr lange auf sich warten lassen.

»Dass die Mädchen vorbereitete Fragen beantworten können, ist keine große Kunst«, sagte Konstantin abfällig.

»In der Tat«, stimmte De Vos ihm von der anderen Seite bei. Hatten sie sich abgesprochen? »Ich hatte ja selbst eine der Schülerinnen in meiner Gärtnerei.« De Vos erhob sich leicht von seinem Platz, um auch die hinteren Reihen ansprechen zu können. »Die hat einen Fehler nach dem anderen gemacht, sage ich Ihnen.«

»So ist das eben, Herr de Vos«, antwortete Marleene gelassen, denn darüber hatte sie viel nachgedacht. »Es sind Schülerinnen, und nicht selten lernt man eben durch Fehler.« Sie zögerte. »Das war bei meiner eigenen Lehre nicht anders. Aber wissen Sie, was mein damaliger Chef mir gesagt hat? ›Ein Schüler ist immer nur so gut wie sein Lehrer.‹ Vielleicht lag es bei Ihnen also nicht ausschließlich am Lehrling?«

Die Zuschauer wirkten amüsiert, vereinzelte Lacher waren zu hören, und De Vos grummelte.

»Ganz genau!«, bellte er in die Menge. »Und ich habe sie ja von dir abgeworben! Und was konnte sie? Nichts. Typisch Weib. Viel Plappern, aber nichts in der Birne.«

Bis eben hatte sie gestanden, jetzt nahm auch Marleene auf einem der Barhocker Platz, denn der Boden der Bühne fühlte sich an, als würde er wie ein Schiff sachte über Wasser gleiten. Es musste die Aufregung sein. Oder war sie womöglich wieder schwanger? »*Abgeworben* ist das richtige Stichwort. Sie haben sie vor dem Ende ihrer Lehrzeit zu sich in die Gärtnerei geholt. Natürlich wäre es an Ihnen gewesen, die Lehre fortzusetzen.« Eigentlich konnte sie ihm dankbar sein, dass er es angesprochen hatte und ihr so die Gelegenheit gab, es öffentlich richtigzustellen.

»Nun gut, ich mache Ihnen einen Vorschlag. Wenn Ihnen nicht reicht, was Sie soeben aus dem Munde der Schülerinnen gehört haben, ergreifen Sie alle gerne hier und jetzt die Gelegenheit, weitere Fragen zu stellen. Jeder kann uns etwas fragen.« Ein Raunen ging durch die Menge, während Marleene schluckte und schluckte, da zu viel Speichel in ihrem Mund zu sein schien.

Tat sie das Richtige?

»Meine Wenigkeit allerdings eingeschlossen, denn auch ich bin ja nur eine Frau, und man kann nicht erwarten, dass die Schülerinnen nach etwas über einem Jahr bereits alles wissen. Also, wer möchte eine Frage stellen?«

Ein Arm weit hinten schnellte umgehend in die Luft. Er gehörte zu einer Frau mit einem speckigen Strohhut, dessen Tuch sie so tief ins Gesicht gezogen hatte, dass Marleene nichts erkennen konnte. Marleene betete, dass sie keine absurde Frage stellen würde. Ihre Stimme klang tief und etwas gekünstelt, doch als sie sich erkundigte, wie man beim Fertigen von Steckhölzern vorgehen sollte, hätte Marleene sie küssen können. Die Frage konnte jede von ihnen im Schlaf beantworten. Auch die Nachfragen weiterer Zuschauer zeigten Marleene, dass ihre Sorge unbegründet war. Nahezu alle konnten von den Schülerinnen beantwortet werden, da sie fachlich nicht allzu sehr in die Tiefe gingen, und Marleene musste nur vereinzelte Aspekte mit ihrem Wissen ergänzen.

Doch dann meldete Konstantin sich zu Wort.

Ein tückisches Grinsen lag in seinem abstoßenden Gesicht, und Marleene hielt die Luft an.

»Wie veredelt man Flieder? Ich will jedes Detail hören.«

Marleene atmete auf. Sie konnte kaum glauben, dass Konstantin etwas so Leichtes gefragt hatte. Was führte er im Schilde? Sie bedeutete Meike zu antworten.

»D-d-der beste Zeitpunkt für das Veredeln ist nach dem zweiten Jahrestrieb, also im Juli«, sagte sie und krallte sich an ihrem Kleid fest. »Z-zuerst bereitet man die Unterlage vor.« An die Zuschauer gewandt, erklärte sie: »Da Edelflieder keine guten eigenen Wurzeln bildet, setzt man ihn meist auf eine andere Pflanze drauf, sodass diese den Wurzelstock für die Edelsorte bildet.«

Augenblicklich schnitt Konstantins Stimme durch das Publikum. »Und was nimmst du als Unterlage?«

»Ungarischen Flieder. *Syringa josikaea*«, stammelte Meike unsicher, obwohl sie es ganz genauso gelernt hatte.

»Ha!« De Vos war dermaßen laut, dass er Blätter zum Flattern hätte bringen können. »Habe ich es mir doch gedacht, das wollte deine Kollegin genauso machen. Dabei weiß doch jeder, der auch nur ein biss-chen was von Gewächsen versteht, dass man Edelflieder auf Wildflie-der veredelt! Was für ein Anfängerfehler, ihr könnt absolut gar nichts, wenn ihr mich fragt!« Er lachte gehässig und sah sich auffordernd im Publikum um, weil kaum einer einstimmte.

Marleene räusperte sich und ruckelte ihr Kleid unbehaglich zurecht. Es war von Schweiß durchtränkt, und trotz ihres häufigen Schluckens wollte der Speichel nicht weniger werden. Sie tat dennoch, als wäre alles in bester Ordnung. Zumindest aus fachlicher Sicht war es das auch.

»Wir veredeln hier ja schon seit einigen Jahren Flieder, und als Hof-lieferanten wollen wir unserem Großherzog beste Qualität liefern. Lei-der hat man bei Syringa vulgaris, der Wildfliedersorte, immer wieder das Problem, dass er Wurzelausläufer bildet oder gar die Edelsorte verdrängt. Deswegen haben wir über die Jahre unterschiedliche Unter-lagen ausprobiert und mit dem Ungarischen Flieder so gute Erfahrun-gen gemacht, dass wir inzwischen ausschließlich diesen verwenden. Es mag ungewöhnlich sein, ist dennoch eher modern als falsch.«

De Vos sprang auf, die Hände zu Fäusten geballt. »Das könnte ja jeder behaupten.«

»Wenn Sie gestatten?« Ein stattlicher Mann im gestreiften Anzug mit buschigem Schnurrbart erhob sich und verbeugte sich leicht in alle Richtungen. »Max Hesdörffer mein Name, der Herausgeber der *Gartenwelt*. Julius Goldbach-Langfeld hat uns schon im letzten Jahr einen Fachartikel über die Verwendung des *Syringa josikaea* als Unter-lage eingereicht. Wir haben dies geprüft und können die bessere Eig-nung nur bestätigen. Für mich ist das ein weiterer Beweis, mit wie viel Fachwissen hier gearbeitet wird. Auch die Gärtnerinnenschule hat mich vollends überzeugt. Ich muss gestehen, dass ich selbst zunächst zu den Skeptikern gehört habe. Doch das, was ich heute hier gesehen und gehört habe, hat nichts mit den Spielereien zu tun, die es zuvor an anderen Institutionen gegeben hat. Diese Frauen wissen, was sie tun und wovon sie sprechen. All das werde ich in der nächsten Ausgabe der *Gartenwelt* genau so schildern!«

Begeisterter Applaus brandete auf, Marleene suchte Julius' Blick, der sie anstrahlte und Theos Hände klatschend zusammenführte, als würde er ihr höchstpersönlich applaudieren. Es fühlte sich an, als würde sie innerlich erblühen. Sie hatte die Anerkennung der Fachpresse, die gewiss auch die Tageszeitungen beeinflussen würde. Endlich. Und obendrein hatten Konstantin und De Vos ihr dabei unfreiwillig geholfen. Sie schielte in die Richtung, wo De Vos gesessen hatte. Fest darauf gefasst, dass er das Gelände verlassen hatte oder unhörbar die Welt verfluchen würde. Doch er war noch da und erwiderte ihren Blick. Es lag etwas darin, wovon ihr ganz und gar anders wurde. Sie spürte unweigerlich, dass er ihr diesen Triumph niemals verzeihen würde.

* * *

Sie musste die Bühne verlassen. Vielleicht war es die Anspannung, die von ihr abgefallen war, vielleicht hatte sie etwas Falsches gegessen. Ganz gleich, was es war, sie benötigte Ruhe, um sich zu fangen. Der Schweiß floss so stark, dass sie kitzelnde Rinnsale fühlte, die an ihren Seiten herunterrannen. Mit einem erzwungenen Lächeln ging sie auf das Mikrofon zu, bedankte sich für alles und wünschte viel Freude auf dem Fest. Babsi und die anderen sahen sie überrascht an, denn sie hätten eigentlich weitere zwanzig Minuten auf der Bühne gehabt, aber Marleene konnte nicht mehr. Sie gab den tosenden Applaus an ihre Schülerinnen weiter, und sobald der Anstand es erlaubte, verschwand sie hinter der Bühne und lehnte sich heftig atmend an die improvisierte Wand. Sie blinzelte, der Bereich hier erschien ihr trotz der Maisonne viel zu dunkel.

Franz und Manilo tauchten auf, und Manilo ließ die Hosenträger schnalzen. »Das war meisterhaft, denen hast du es ordentlich gegeben! Sollen wir mit dem Umbau beginnen?«

»Ja, bitte.« Sie war froh, dass die beiden so emsig waren und sofort davoneilten. Die Schülerinnen würden derweil Stellung an ihren Ständen beziehen, und Julius widmete sich gewiss dem Großherzog. Sie sollte dazustoßen. Doch sie konnte nicht. Jede Bewegung fühlte sich an wie damals, als sie im Moor versunken war, so als würde sie gegen eine gierige Masse ankämpfen. Sie würde sich eine kurze Pause gönnen, bevor sie sich wieder unter die Menschen mischte. Danach musste sie stark sein. Nachdem sie schon so weit gekommen war, konnte sie es sich partout nicht leisten, von ihrem eigenen Fest fernzubleiben. Ob sie ein rasches Bad nehmen könnte? Jeder Zentimeter Stoff klebte an ihrer Haut, obwohl ihr kalt war, und sie hatte das dringende Bedürfnis, es von sich zu ziehen.

»Marleene, Marleene, Marleene.«

Sie sah im noch immer zu dunklen Licht nur eine plumpe Gestalt und erkannte ihn eher an der Stimme. De Vos. Eigentlich sollte sie etwas Triumphierendes sagen, doch dazu müsste sie diese Unmengen an Speichel loswerden. Franz tauchte voll bepackt auf, stellte alles hinter der Bühne ab und verschwand wieder.

»Das hast du dir ja schön ausgedacht mit dem Flieder. Interessant. *Syringa josikaea* als Unterlage, das muss ich auch mal versuchen.«

Sie glaubte, sich verhört zu haben. Er wollte einen Ratschlag aus ihrer Gärtnerei annehmen? Sollte er nicht toben vor Wut?

»Und so schlecht war diese Ottilie offen gestanden auch gar nicht. Oft habe ich mich sogar gewundert, was sie schon kann.«

Mittlerweile begriff Marleene gar nichts mehr. »W-wieso sagen Sie mir das? Warum jetzt? U-und hier?«

Er entblößte sein Zahnfleisch beim Lächeln, und Marleene wandte den Blick ab. Ihr war ohnehin schon übel. »Weil ich diesmal vorgesorgt habe. Immer wieder entkommst du deiner gerechten Strafe, wie ein glitschiger Fisch, den man nie zu fassen bekommt. Aber diesmal nicht, meine Gute, diesmal nicht.«

Er tat ganz gemächlich zwei Schritte auf sie zu, kam viel zu nah vor ihr zum Stehen. Sein zwiebeliger Geruch stieg ihr in die Nase, und sie spürte, wie die Übelkeit ihren Hals heraufkroch. Es war wie damals im Hotel Holthusen, als er sich an ihr hatte vergehen wollen. Was hatte er vor? Er würde doch nicht hier, wo nichts als eine dünne Holzwand sie von den anderen trennte, übergriffig werden wollen? Im nächsten Moment wandte er sich zum Glück wieder ab.

Marleene tastete nach Halt. Da lag ein fürchterlich bitterer Geschmack auf ihrer Zunge. Sie musste sich konzentrieren! *Flieder – Syringa vulgaris*, begann sie im Geiste aufzusagen, wie immer, wenn sie nervös war. *Linde – Tilia*. Sie sollte sich davonmachen, allerdings bewegte der Boden sich nun heftiger, als wäre ein Sturm aufgezogen. Oder war sie es etwa, die schwankte? De Vos fixierte sie. Er war seit jeher ein Widerling gewesen, doch nun lag in seinen Augen etwas Boshaftes. Sah er ihr an, wie fürchterlich sie litt?

»Bitte gehen Sie«, presste sie hervor.

»Gehen? Aber dann würde ich ja das Beste der heutigen Aufführung verpassen.« Seine Stimme wirkte, als wäre sie direkt an ihrem Ohr, dabei stand er eine Armlänge von ihr entfernt.

Verdattert runzelte sie die Stirn, das Bühnenprogramm war doch bereits gelaufen, erst am Abend würde es mit Gesang weitergehen. Warum wirkte er so angetan – und das zu ihrem Schrecken in dreifacher verschwommener Ausführung?

»Es kommt nichts mehr«, wisperte sie.

»Nicht doch, meine Gute, da muss ich dich berichtigen. Jetzt steht die größte Attraktion an. Der Fall der sogenannten Hofgärtnerin.«

Marleene taumelte einen Schritt rückwärts. »Was haben Sie vor?«

»Ich?« Er spielte die Überraschung nicht gut. »Nichts. Ich muss nur hier stehen und zusehen. Bevor ich mich verziehe. Der Rest ist schon vollbracht. Ich muss ja sagen, ich genieße es sehr, dass du dich quasi selbst zu Fall gebracht hast. Dachtest du wirklich, deine Freunde würden dir Pralinen an den Bühnenrand schicken?« Sein Lachen war dreckig. »Tut mir leid, das war meine Wenigkeit. Und um unsere ganz spezielle Beziehung zu ehren, habe ich sie mit etwas ganz Speziellem angereichert.« Im nächsten Moment blitzte sein Zahnfleisch über den gelblichen Zähnen auf. »Muscarin.« Er ließ sich das Wort auf der Zunge zergehen, als wäre es eine Köstlichkeit. »Ich hoffe, es hat gemundet? Winkelmann hat mir versichert, es mir in seiner reinsten Form auszuhändigen. Musste er auch, sonst hätte ich der ganzen Stadt erzählt, wie er wirklich zu seiner Villa gekommen ist. Danke, dass du das für mich herausgefunden hast. Jahn war vollkommen außer sich.«

Muscarin, wiederholt sie in Gedanken, während sie fassungslos zurückwich. Sie konnten seinen Worten kaum mehr folgen, denn neben seinem hämisch grinsenden Gesicht blendeten sie wandernde Lichtreflexe. Sie versuchte sie wegzublinzeln. Konzentration, Marleene! Wo hatte sie das Wort Muscarin schon einmal gehört? Sie musste jemandem Bescheid sagen! Aber wo waren die anderen? Und wo war sie? Im Schwalbennest? Tastend sah sie sich um, versuchte die Übelkeit herunterzuschlucken. Wo kam denn nur dieses Brummen her? War es wirklich da oder bloß in ihrem Kopf? Sie zwang sich zu atmen, geriet dabei immer wieder ins Stocken. Was war gerade noch in ihrem Kopf gewesen? Irgendetwas wollte sie doch unbedingt … Äußerst dringlich …

Denk an die Pflanzen, Marleene. Sie drängte so viel Luft in ihre Brust wie möglich und blickte um sich. Sah ihren besonderen Flieder, mit dem sie die Bühne gesäumt hatten. *Syringa sensation.* Und was war da noch? Etwas, wonach sie eben noch verzweifelt gesucht hatte. *Muscarin.* Das Wort tauchte urplötzlich wieder in ihrem Kopf auf. Vor ihrem inneren Auge erschien die Lithografie eines kunstvoll gezeichneten

Fliegenpilzes aus der Pflanzenenzyklopädie ihres Vaters. Mit den weißen Pünktchen, die wie mit einem Pinsel auf den purpurroten Grund aufgetupft schienen, mutete er märchenhaft an. Und bei den schüchtern wirkenden Risspilzen war es ebenso gelistet.

Muscarin – Pilzgift.

Ein Teil von ihr sah lediglich die geschwungene Handschrift, die auf den vergilbten Seiten die Phänomenologie und die Eigenschaften einer jeden Pflanze verzeichnete, während sie Schritt um Schritt nach hinten stolperte. Rechts unten war ein kleiner Zweig mit verführerisch aussehenden dunklen Kirschen. Verlockend und tödlich. »Atropa Belladonna«, sagte sie verzweifelt, bevor ein heißer Blitz durch ihren Kopf fuhr. Sie fiel. Ganz langsam und doch unweigerlich. Ein lauter Knall. Und schließlich nichts mehr. Endlich selige Ruhe.

88. Kapitel

Im selben Moment wie die anderen löste Lina sich aus ihrer Starre und stürzte nach vorne. Zuvor hatte sie gemeinsam mit vereinzelten anderen Zuschauern, die auf den Sitzen verblieben waren, De Vos' Worten gelauscht, nachdem Franz das Mikrofon hinter die Bühne gebracht hatte. Danach war er davongeeilt, hatte vermutlich selbst nicht realisiert, dass es noch angeschlossen war. Doch alle, die zur Hofgärtnerei gehörten, waren bei den Buden und dem Kuchenbüfett beschäftigt gewesen, und von den Zuschauern hatte zunächst keiner den Stimmen gelauscht, die zu hören, aber nicht zu sehen gewesen waren. Dann war es interessant geworden, und einer nach dem anderen war stehen geblieben, bis sich eine große Menschentraube um die Bühne gebildet hatte.

Gehörte es zum Bühnenprogramm?

Mit gefesselter Schaulust hatten sie zugehört, nicht sicher, ob es echt oder gespielt war. »Dann war der Lehrling aus der Gärtnerinnenschule also gar nicht schlecht?«, murmelte ein Herr und machte sich Notizen. Dass De Vos vermutlich unwissentlich vor einem großen Publikum aus dem Nähkästchen plauderte, gefiel Lina.

Bis das Wort *Muscarin* fiel.

Sobald sie das gehört hatte, hatte sie sich einen Weg nach vorne gebahnt – und im nächsten Moment war Marleene mit der gesamten Kulisse auf die Bühne geknallt.

Von De Vos keine Spur. Als sie Marleene erreichte, waren auch

Julius und Frieda herbeigestürzt. Julius war außer sich, so panisch hatte sie ihn noch nie erlebt. Mit zwei Fingern prüfte er ihren Puls. »Viel zu niedrig!« Er klang verzweifelt und klopfte Marleene auf beide Wangen, rief aber und abermals inständig ihren Namen und versuchte, sie ins Bewusstsein zurückzuholen.

Ein jammervoller Laut entfuhr Marleenes Kehle.

»Marleene«, rief Julius verzweifelt und erleichtert zugleich, bettete ihren Kopf auf seinen Schoß. »Bleib bei mir, ja?« Dann wandte er sich hastig an die Umstehenden.

»Was ist denn nur geschehen?«

Eine Frau mit rotem Hut fasste zusammen, was sie gehört hatte. »Und dann hat sie ›Atrooba irgendwas‹ gesagt und ist auf die Bühne gefallen«, schloss sie.

»Jemand hat ihr Muscarin gegeben?«, schrie Julius, offensichtlich am Rande des Wahnsinns. »U-und was hat sie gesagt?«

»Atropa Belladonna. Tollkirsche«, wiederholte Lina hastig. Er warf ihr nur einen kurzen Blick zu, als er sie erkannte. »Wenn ich mich recht erinnere, enthalten Tollkirschen das Gegengift zu Muscarin.«

Julius nickte. »Das ist gut möglich, Marleene kann die Pflanzenenzyklopädie ihres Vaters auswendig. Du musst sofort Tollkirschen herholen, Lina. Wir haben welche hinter Gewächshaus Nummer fünf. Aber verflucht, sie tragen um diese Zeit ja noch gar keine Früchte!« Er fuhr sich zitternd durch das Gesicht und wirkte zehn Jahre gealtert.

»Das macht nichts, das Gegengift ist auch in den Blättern und sogar in der Wurzel.« Sie stutzte. Hatte sie das überhaupt richtig in Erinnerung? Meistens hatte sie die Texte nur halbherzig gelesen.

»Gut, dann beeil dich!«

»Aber …«

»Nun mach schon!«, sagte Julius in einer offensichtlichen Höllenangst, sodass sie ihn nicht mit ihren Bedenken konfrontieren konnte.

Sie rannte so schnell wie nie zuvor in ihrem Leben, rempelte mehrere Menschen an und stürzte, von den Beschwerden unbeeindruckt, weiter. Von der Halterung im Geräteschuppen riss sie einen Spaten und war im Nu hinter Gewächshaus fünf. Sie spürte, wie das Blut durch ihre Adern rauschte, als sie zum Stehen gekommen war. Ihre Finger kribbelten, und sie rang nach Luft. Jetzt bloß keinen Fehler machen! Welche der Pflanzen waren die Tollkirschen?

Sie rief sich mit klopfendem Herzen die Zeichnung ins Gedächtnis, die sie an einem Abend am Feuer angefertigt hatte. Sie erinnerte sich noch genau, wie sie sich vorgeblich auf die feine Behaarung an der rötlich angelaufenen und leicht gerillten Sprossachse konzentriert hatte, während Agneta von Franz geschwärmt hatte.

Die Pflanze war reich verzweigt, die Blütenkelche der schwarzen Tollkirsche flaumig behaart. Sie ließ den Blick schweifen und entdeckte drei kniehohe Exemplare, auf die all das zutraf. Rasch pflückte sie einige Blätter. Aber was, wenn die Wurzel viel besser geeignet war, um das Gegenmittel herzustellen? Sie hatte keine Ahnung, wie dies vonstattengehen könnte.

Und was, wenn sie die falsche Pflanze erwischt hatte?

Beim Zeichnen der Tollkirsche hatte sie sich auf andere Dinge konzentriert, und die Sache mit den Pilzen hatte sie nur gewusst, weil sie im vergangenen Jahr viel Zeit damit verbracht hatte, um Marleene zu ärgern.

Warum zur Hölle hatte sie nicht besser aufgepasst? Warum hatte sie nicht ebenfalls zum Einschlafen Fachbücher gelesen, wie Meike es stets getan hatte?

Keine Zeit, darüber nachzusinnen, entschied sie und rammte den Spaten in den Boden. Immerhin das konnte sie. Der erdige Geruch beruhigte ihr Gemüt, als sie die lange Pfahlwurzel aus dem Boden zog. Sie legte sie gemeinsam mit den Blättern in ihre Schürze und stürzte zurück. Auf dem Hauptweg lief sie Jahn in die Arme, der ebenfalls rannte.

»Lina!«, rief er alarmiert von Weitem. »Wo ist die Hofgärtnerin? Ich muss sie unbedingt warnen, sonst wird etwas Schreckliches geschehen.«

»Du meinst, dein Vater wird sie mit Muscarin vergiften?«, donnerte sie wütend los und rannte unbeirrt weiter. Er schloss zu ihr auf.

»Ich bin also schon zu spät?«, fragte er atemlos. »Wo ist sie?«

Sie drückte ihre Schürze an sich. »Komm mit! Ich habe gerade das Gegengift geholt.«

Hoffentlich hatte sie das.

Als sie an der Bühne ankamen, waren nur noch Julius und Frieda an Marleenes Seite. Die anderen hatten offenbar dafür gesorgt, dass der Bereich geräumt wurde.

»Na endlich, warum hat das denn so lang gedauert?«, herrschte Julius sie an, und in seinen Augen loderte die blanke Panik.

»Tut mir leid. Hoffentlich habe ich die richtige Pflanze erwischt.«

»Schnell, uns läuft die Zeit davon«, rief Frieda, die neben Marleene hockte, mit zitternder Stimme. »Was auch immer ihr tut, beeilt euch, sonst verlieren wir sie. Der Puls ist kaum noch fühlbar.«

Lina schluckte hilflos und leerte den Inhalt ihrer Schürze auf der Bühne aus.

»Was brauchst du? Die Blätter oder die Wurzel?«, fragte sie Jahn.

»I-ich soll das Antidot herstellen?! D-d… Das kann ich nicht. Gibt es hier keinen erfahrenen Apotheker? Oder einen Arzt? Eine Überdosierung würde zum Tod führen!«

»Oh mein Gott, oh mein Gott, oh mein Gott«, murmelte Julius am Rande der Verzweiflung.

»Jahn, du arbeitest seit einem Jahr in der Apotheke«, sagte Lina entschieden. »Du kannst, und du wirst.« Sie schob ihn näher zum Pflanzenhaufen hin und spürte seinen bebenden Rücken unter ihrer kribbelnden Hand. Marleene stöhnte leise, öffnete jedoch nicht die Augen.

»Zuerst muss ich die Dosis herausfinden. Wie viel Gift hat sie zu sich genommen?«, fragte Jahn hoch konzentriert. Er schien sich jetzt vollkommen auf die Sachlage zu fokussieren und wurde ganz ruhig. »Winkelmann hat mir gesagt, dass er meinem Vater drei Unzen gegeben hat, aber wie viel davon hat Marleene genommen?«

»Ich habe vorhin etwas gesehen, als ich eine Decke für Marleene gesucht habe«, rief Frieda, sprang auf und kehrte mit einer lindgrünen Schachtel zu ihnen zurück. »Es ist Platz für vier Pralinen, und nur eine fehlt.«

Jahn nickte. »Wenn wir davon ausgehen, dass mein Vater das Gift gleichmäßig auf alle Pralinen verteilt hat, habe ich eine ungefähre Vorstellung. Ich brauche heißes Wasser für den Aufguss!« Suchend sah er sich um, während Julius Marleene hochnahm. »Wir müssen sofort zur Fliedervilla, hier haben wir nichts zum Kochen.«

Da der Hauptweg voller Menschen war, rannten sie durch die Freilandquartiere zur Villa, wo Julius Marleene auf das Sofa bettete und Frieda sofort Wasser aufsetzte.

Es schien ewig zu dauern, bis Jahn mit einem Becher, in dem Lina die Blätter der Tollkirschen schwimmen sah, zurückkehrte. Seine Hand zitterte, als er Julius den Becher reichte. Mindestens die Hälfte sollte er ihr davon einflößen. »Marleene«, rief Julius mit eindringlicher Stimme und schlug sanft auf ihre Wangen. Sie blinzelte und murmelte zusammenhanglose Worte.

»Du musst trinken, bitte, du musst!« Julius redete von Flieder, von der Gärtnerei, den Schülerinnen, ihrer Mutter und ihrem Vater. Und von Theo. Es dauerte eine ganze Weile, da Marleene immer wieder wegdämmerte. Doch schließlich war es geschafft. Der Becher war leer.

Jahn nestelte nervös an seinem Kragen und sank auf die Sofalehne. »Jetzt können wir nur noch beten, dass es die richtige Menge ist.«

89. Kapitel

»Kann ich sie sehen?« Den ganzen Tag hatte Lina mit sich gerungen, hätte am liebsten das Land verlassen, doch sie wollte nicht länger feige sein. Ihr war nach Aufräumen zumute. Richtig aufräumen. Sie hatte bereits ihre Mitschülerinnen um Verzeihung gebeten, war danach bei Jahn gewesen und hatte ihm gesagt, dass Agnetas letzte Worte ihm gegolten hatten. Es war überwältigend gewesen, als sie gesehen hatte, wie viel ihm das bedeutete. Nun stand der nächste Punkt auf ihrer Agenda. Marleene. »Bitte, es wäre sehr wichtig.«

Julius wirkte angespannt, und es war ihm anzusehen, dass er in der vergangenen Nacht keinen Schlaf gefunden hatte. »Natürlich.« Er führte sie in Marleenes und sein Schlafzimmer, wo Marleene in einem Himmelbett lag. Ihre Mutter und Frieda verließen rücksichtsvoll den Raum, als sie Lina kommen sahen, und sie kniete auf dem weichen Orientteppich nieder. Blass und entspannt lag Marleene da, als würde sie selig schlafen – nur durfte dieser Schlaf nicht *zu* selig werden.

»Es tut mir so unendlich leid, ich bin wirklich untröstlich«, sagte sie mit heiserer Stimme. »Ich fühle mich furchtbar. Wenn ich auch nur einen Wunsch frei hätte, würde ich mir wünschen, dass du wieder aufwachst, damit ich mich richtig bei dir entschuldigen kann, denn so weiß niemand, ob du mich überhaupt hörst.«

Lina schüttelte den Kopf und legte ihn danach auf die Decke. »Du bist so gut zu uns gewesen, setzt dich dafür ein, dass es immer mehr jungen Frauen besser geht, und ich hatte nichts Besseres zu tun, als dein Vorhaben zu sabotieren. Zum Glück hast du einige Sturköpfe um dich versammelt, die sich nicht so leicht manipulieren lassen. Und ich schwöre dir, wenn du wieder aufwachst, werde ich meinen eigenen Dickschädel ebenfalls für das Gute einsetzen. Ich will meine Kraft dafür aufwenden, für die Gleichberechtigung zu kämpfen, aber dafür brauchen wir dich, Marleene. Also bitte, lass uns nicht allein. Jetzt noch nicht, das wäre viel, viel, viel zu früh. Wir brauchen dich hier!« Hoffnungsvoll sah sie Marleene an. Sie schlief vollkommen ruhig weiter, und Lina blinzelte die Tränen weg. Sie blieb eine ganze Weile sitzen und hatte steife Glieder, als sie schließlich die Fliedervilla verließ. Marleene musste es einfach schaffen.

Als Nächstes schnappte sie sich das Fahrrad und radelte zum Schwalbennest. Dort würde Franz heute arbeiten, hatte Julius ihr gesagt. Zu ihrer Überraschung fand sie ihn jedoch nicht in einem der Gewächshäuser oder auf den Freilandquartieren vor, sondern im Haus selbst. Die alten Möbel standen wieder an Ort und Stelle, auch der große Tisch voller Kerben, an dem sie so viele Mahlzeiten geteilt hatten. Agneta mit ihrem unstillbaren Hunger … Die Tür zu ihrer einstigen Kammer stand offen, Sonne fiel durch die Gardinen, die sich sanft blähten. Es war so gemütlich und vertraut, dass es schmerzte. Am Küchentisch aber saß Franz mutterseelenallein und versuchte offenbar, Kartoffeln zu schälen.

»Hier bist du also«, sagte sie schüchtern.

Er blickte auf, blieb jedoch still. Zum ersten Mal sagte er rein gar nichts. Sie hätte sich gewünscht, dass er toben oder ihr einen Vortrag halten würde, doch sein Mund blieb geschlossen.

»Darfst du jetzt hier wohnen?«

Ein Schulterzucken. Lina trat an den Tisch heran, unter anderen Umständen hätte sie wohl geschmunzelt beim Anblick der fast viereckigen Kartoffeln. Seufzend setzte sie sich zu ihm an den Tisch. Normalerweise hätte sie sich eine Kartoffel gegriffen und wäre beim

Schälen ihre Worte losgeworden. Doch das hier war zu wichtig. Es verlangte ihre ungeteilte Aufmerksamkeit. Wie hatte es so weit kommen können, dass sie als einst rechtschaffener Mensch heute den ganzen Tag damit verbrachte, sich zu entschuldigen? Bei Menschen, die ihr viel bedeuteten. Dieser hier war ihr sogar mehr als alles andere. Und das, obwohl sie sich mit Händen und Füßen dagegen gewehrt hatte.

»Es tut mir leid«, sagte sie traurig. Sie ahnte, dass er ihr nie verzeihen würde. Sie zumindest wäre wohl nicht dazu in der Lage. Raus musste es trotzdem. Hoffnungslos schüttelte sie den Kopf, wusste nicht, wie sie es erklären sollte. »Mittlerweile weiß ich selbst nicht mehr, warum ich es geglaubt habe. Aber irgendwie bin ich damals mit dem Wissen aus dem Haus gegangen, dass Marleene Schuld an allem trägt. An all unserem Unheil. Ich war dreizehn, als Mutter die Stelle verloren hatte, und das machte mich stocksauer. Marleene war für mich seitdem mit dem Teufel im Bunde.«

Er hatte aufgehört zu schälen – wenn man das großflächige Wegschneiden der Schalen denn überhaupt so nennen konnte. »Ich bin nicht einmal auf die Idee gekommen, dass es anders sein könnte. Und wo keine Fragen gestellt werden, stößt man auch nicht auf Erklärungen. Als ich dann die Annonce für die Gärtnerinnenschule gesehen habe, erschien mir das wie ein Wink des Schicksals.« Tränen schlichen sich in ihre Stimme, sodass sie ganz dünn wurde. »Und vielleicht war es das auch, nur dass ich den Wink vollkommen falsch verstanden habe. So oder so hätte ich euch nicht in meine Rachepläne einbeziehen dürfen. Ich war … blind vor Wut. Und ich kann verstehen, wenn du mir niemals verzeihst, aber ich wollte zumindest, dass du weißt, dass ich mein Verhalten zutiefst bereue.« Sie schluckte. Er blieb weiterhin still, starrte vor sich hin.

Es würde nichts mehr kommen, erkannte sie nach quälend leeren Minuten. Ihre Kehle brannte. Umständlich wie ein junges Füllen stand sie auf.

»Was ist mit den letzten Wochen?« Er klang heiser. »War das auch gespielt?«

Er meinte ihre gemeinsamen Abende, die Tage, an denen sie sich gegenseitig Kraft gegeben hatten.

»Natürlich nicht.«

Von Anfang an hatte er ihr Herz zum Singen gebracht – selbst wenn sie zu Beginn nicht hatte zuhören wollen.

»Na dann …« Mit dem Anflug eines spitzbübischen Grinsens nickte er in den Raum hinein. Auch wenn seine Augen noch müde wirkten.

»Na dann – was?«

»Na dann hilf mir, diese vermaledeiten Kartoffeln zu schälen. Du bist doch Köchin, oder etwa nicht?«

Zaghaft trat sie wieder an den Tisch. »Heißt das etwa … du verzeihst mir?«

Er wurde ernst. »Wir werden sehen. Für den Anfang verstehe ich dich zumindest.«

Mit klopfendem Herzen setzte sie sich zu ihm. »Wirklich?«

»Ja. Du warst schließlich noch ganz jung. Jungen Menschen kann man sehr viel weismachen, und wenn man in dem Glauben aufwächst, verfestigt er sich über die Jahre nur. Ich sehe die Schuld eher bei jenen Erwachsenen, die diesen Umstand für sich ausnutzen. Und letztlich …« Er schüttelte sich leicht.

»Letztlich was?«

»Letztlich weiß ich, wie überzeugend deine Mutter mit ihrer ach so fürsorglichen Art sein kann. Immerhin haben wir selbst ein Jahr lang zusammengearbeitet, damals in Oldenburg. Und was meinst du, wie Hildegard es geschafft hat, Alexander glauben zu machen, dass ich seinerzeit die Pflanzen geklaut habe?«

Lina hob wie gebannt die Schultern, sie war zu gefesselt, um zu sprechen. Franz massierte seine Nasenwurzel und lachte ohne jede Freude auf. »Sie hat mir weisgemacht, dass jeder Neuankömmling sich

eine Topfpflanze mit nach Hause nehmen darf. Als eine Art Begrü-
ßungsgeschenk. Greta hat es mir damals noch bestätigt, vermutlich
haben sie sich danach ins Fäustchen gelacht.« Lina konnte es förmlich vor sich sehen und hätte gerne eine Hand auf seinen Arm gelegt,
wagte es jedoch nicht. »Ich war da ja auch erst dreizehn und viel zu
aufgeregt, es anzuzweifeln. Hab mich schon darauf gefreut, meine
Mutter mit der Hortensie zu überraschen ... Aber so ... Als schließlich auffiel, dass immer mehr Pflanzen fehlten, musste Hildegard dem
damaligen Chef nur den Tipp geben, doch mal im Heuerhus meiner
Eltern vorbeizufahren. Er hat die Pflanze samt Topf vor der Tür
sofort erkannt, und am nächsten Tag bin ich gefeuert worden.«

Das war wirklich ungerecht. Mehr und mehr sah Lina ihre Mutter in
einem vollkommen anderen Licht. Auch wenn sie aus der Not heraus
gehandelt hatte, um ihre Kinder versorgen zu können – es rechtfer-
tigte in keiner Weise, einem anderen, der selbst fast noch ein Kind war,
die Schuld in die Schuhe zu schieben.

»Hast du es dem Chef denn nicht gesagt?«

»Doch.« Er klang amüsiert. »Aber Alexander hat mir angesichts des
stichhaltigen Beweises natürlich 'nen Vogel gezeigt. Leider hat sich die
Sache im gesamten Oldenburger Land herumgesprochen, und keiner
wollte mir mehr eine Lehrstelle geben.«

»... bis Julius und Marleene hergezogen sind. Deswegen lässt du
nichts auf sie kommen.«

»Genau. Sie standen damals vor dem Nichts, und ich dachte mir,
dass sie sicherlich Hilfe benötigen würden. Anfangs habe ich sogar
umsonst gearbeitet, es hat sich jedoch gelohnt. Sobald sie mit der
Gärtnerei Geld verdient haben, haben sie mir alles nachgezahlt, und
der Lohn ist mehr als gerecht. Und jetzt ...« Ein beschwingtes Lächeln
erschien auf seinem Gesicht. »Sie haben mit dem Großherzog geredet. Er ist bereit, mir dieses Stück Land zu den gleichen Konditionen
zu überlassen, zu denen er es Julius und Marleene gegeben hat ...«

»Wirklich?« Lina quietschte und sprang auf. Sie war so begeistert, dass sie ihm um den Hals fallen musste. »Ich freue mich wahnsinnig für dich! Hoffentlich entwickelt sich die Gärtnerei nach deinen Wünschen, und du wirst glücklich.«

»Also, so ganz alleine werde ich das wohl nicht schaffen.«

»Doch, bestimmt, so fleißig, wie du bist? Und im Laufe der Zeit kannst du gewiss auch jemanden einstellen.«

»Ich meine das mit dem Glücklichwerden.« Er sah ihr tief in die Augen, und Lina hielt die Luft an.

»Heißt das … es macht dir nichts aus, dass ich Hildegards Tochter bin?«

Er lächelte. »Weißt du, Hildegard hat bereits die erste Hälfte meines Lebens ziemlich vermiest. Ich bin nicht gewillt, sie auch noch über die zweite Hälfte bestimmen zu lassen.«

90. Kapitel

Es brauchte einen Ruck, damit Marleene die Augen öffnen konnte. Sie blinzelte mehrmals, um die verklebten Lider auseinanderzubekommen. Im ersten Moment wusste sie nicht, wo sie war, denn alles um sie herum war dunkel. In der Arbeiterherberge? Doch dazu war das Bett zu gemütlich, und in der Bettdecke raschelte kein Stroh.

Allmählich gewöhnten sich ihre Augen an die Dunkelheit, und im Zwielicht konnte sie nun die Pfosten ihres Himmelbetts erkennen. Die Fliedervilla, richtig. Es war nicht alles nur ein Traum gewesen. Sie hatte wahrhaftig Julius Goldbach geheiratet, war in die Fliedervilla gezogen und hatte eine Gärtnerinnenschule gegründet.

Aber wo war er?

Sie tastete über das Bett, doch Julius' Hälfte war leer.

»J-Julius?« Sie hatte seinen Namen nur gehaucht, dennoch spürte sie sofort eine Bewegung im Raum, der im nächsten Moment erleuchtet war. Er musste im samtenen Ohrensessel geschlafen haben, der direkt neben ihrem Bett stand.

»Marleene!« Jetzt war er an ihrer Seite und tastete sie ab. »Gott sei Dank, ich habe mir solche Sorgen gemacht! Der Arzt sagte, wenn du innerhalb der nächsten zwei Tage nicht aufwachst, wäre …« Seine Stimme brach weg. »Wie fühlst du dich?«

Marleene horchte in sich hinein. Da waren keine Schmerzen. Noch sehr viel Müdigkeit und Durst. Ihr Blick ging zum bereitstehenden Wasserkrug, und Julius schenkte ihr ein Glas ein und hob es an ihre Lippen.

»Was … was ist denn überhaupt geschehen?«, fragte sie, nachdem sie es geleert hatte. Sie wusste noch, wie sie mit den Mädchen auf der Bühne die Fragen der Gäste beantwortet hatte. Sogar über De Vos hatte sie öffentlich triumphieren können. Danach wurde es immer nebeliger in ihren Erinnerungen.

Julius fasste die Geschehnisse für sie zusammen, und sie hörte fassungslos zu. »Er hat mich vergiftet? Das gibt es doch nicht. Wo ist er jetzt?« Plötzlich war es wieder fürchterlich kühl, und sie zog die Bettdecke näher zu sich heran.

»Johannes und Rosalie haben sofort die Wachtmeister verständigt. Sie haben ihn im Stadthaus der Holthusen aufgesucht, doch wie es aussieht, hat er das Land verlassen. Seine Frau hat er sitzen lassen. Auch seinen Sohn hat er zurückgelassen, aber der will mit seinem Vater ohnehin nichts mehr zu tun haben.«

Marleene schüttelte den Kopf und sackte zurück in die Kissen. »Das gibt es doch alles nicht.« Sie wollte sich empören und De Vos höchstpersönlich zur Rede stellen. Doch erst mal musste sie sich der Schwere hingeben, die sie nun umfing. Sie nickte Julius zu, zu ihr unter die Decke zu kriechen, und in seinen Armen schlief sie ein.

* * *

Als sie das nächste Mal wach wurde, leuchtete die Frühsommersonne ins Schlafzimmer. Jemand hatte die Fenster geöffnet, sodass die Gardinen sich sanft im Wind bauschten.

Vom Flur her drangen Stimmen zu ihr herein.

»Wunderbar, wer hat die Zeitung?« Das war Frieda.

»Hier. Ich will sie ihr noch vor dem Frühstück zeigen«, kündigte Rosalie entschlossen an. »Also wartest du mit dem Tablett bitte noch, Alma. Was steht da überhaupt alles drauf? So viel kann doch kein Mensch essen!«

»Sie hat drei Tage geschlafen und somit einiges nachzuholen«, widersprach Alma beherzt.

»Trotzdem. Die Zeitung ist wichtiger.«

»Eigentlich wollte ich ihr die auch überreichen.« Marleene musste schmunzeln, als sie Dorotheas willensstarke Stimme hörte.

»Nimm du doch den *Stadtanzeiger*«, schlug Rosalie vor.

»Warum nimmst du nicht den *Stadtanzeiger*? Ich bin immerhin Gärtnerin, da passt es doch viel besser, wenn ich ihr die *Gartenwelt* überreiche. So ein dreiseitiger Leitartikel des Herausgebers ist eben auch viel mehr wert.«

Ein dreiseitiger Leitartikel von Max Hesdörffer? Das war ja fantastisch! Im Flur verfielen ihre Freundinnen derweil in einen Streit, ob Marleene es in ihrem geschwächten Zustand überhaupt bemerken würde, wer was überreichte, bis Julius die beiden zur Ordnung rief und ihnen zu verstehen gab, dass Theo langsam unruhig wurde.

»Außerdem ist doch genug für alle da«, warf Alma ein. »Jede nimmt sich eine Zeitung vom Stapel, und dann geht's los.«

Und so kamen sie in ihr Zimmer. Zuerst Julius mit Theo auf dem Arm, neben ihm Frieda mit einem duftenden Fliederstrauß in einer Vase. Dann Rosalie, die voller Stolz eine Zeitung hochhielt, deren Titelschlagzeile so groß war, dass Marleene sie selbst aus der Entfernung lesen konnte. »Hochprofessionelle Gärtnerinnenschule in Oldenburg neu eröffnet«. Marleene frohlockte bei solch einer offiziellen Anerkennung.

Es folgte Alma mit einem übervollen Tablett, von dem herrlicher Kaffeegeruch ausging. Es gab nicht nur Pfannkuchen, sondern auch Brötchen, Croissants und Quarkspeise, und das Ganze wurde von einer Flieder-Sensation-Rispe geziert.

Dann Dorothea, die mehrmals begeistert auf die *Gartenwelt* tippte, die sie offenbar errungen hatte, und schließlich die Schülerinnen. Selbst Lina, der Marleene tausend Fragen stellen wollte. Eine jede von ihnen hielt eine Zeitschrift oder Zeitung in die Höhe, und so umsäumten sie Marleenes Bett.

»Wird …« Marleene räusperte sich. »Wird unsere Gärtnerinnenschule etwa in all diesen Publikationen erwähnt?«

Die Mädchen nickten. »Nicht nur das«, ergänzte Rosalie. »Die Schule wird in den höchsten Tönen gelobt, und die Redakteure sind sich durchweg in einem Punkt einig.«

»Frauen sind genauso gut für den Gärtnerberuf geeignet wie Männer«, sagte Dorothea feierlich.

Marleene war an sich nicht sentimental, doch nun, da das eingetreten war, wofür sie so lange gekämpft hatte, faltete sie die Hände über Mund und Nase, um nicht zu hyperventilieren.

»Wirklich?«

»Ja«, rief Rosalie begeistert. »Einige sagen sogar, dass man sich auch für die Ausbildung der Jungen einiges von deiner Schule abschauen könnte, denn für die ist ja keinerlei Unterricht vorgesehen.«

»Und der Max Hesdörffer von der *Gartenwelt* stellt sich so dar, als hätte er eine Entwicklung vom Saulus zum Paulus durchgemacht, da er anfangs ebenso überzeugt war, dass Frauen für das Gärtnern ungeeignet seien. Aber du hast ihn vom Gegenteil überzeugt.«

Marleene schüttelte den Kopf. »*Wir* haben ihn vom Gegenteil überzeugt. Das ist ganz genauso euer Sieg wie meiner.«

»Ein Sieg für die Frauenbewegung«, rief Frieda. »Jetzt kann uns nichts mehr aufhalten«, kündigte sie lachend an, und Marleene sah versonnen von einem Gesicht zum anderen und blieb schließlich bei Julius hängen. Vielleicht war es wahr. Der Weg war beschwerlich gewesen. Mehr als das. Wie oft hatte sie geglaubt, daran zugrunde zu gehen? Aber sie hatten sich zusammengerauft und gemeinsam gekämpft. Und nur so hatten sie es mit ihrem eisernen Willen und einer wilden Entschlossenheit geschafft. Gemeinsam.

Epilog

»Fofftein«, hörte Marleene eine Mädchenstimme in der Ferne raunen, und das brachte sie zum Lächeln. Diese Vorwarnung, dass der Chef – oder in ihrem Fall die Chefin – nicht mehr weit war, hatte es schon zu ihren Lehrzeiten gegeben. Jedes Mädchen knipste noch emsiger die Knospen aus den Rhododendren im Schlossgarten. Sie waren zu mächtigen Büschen herangewachsen, und an Sonnentagen wie diesem war es die reinste Freude, im Park tätig zu sein.

Marleene kontrollierte die Pflanzen, doch nachdem sie erklärt hatte, dass das Entfernen der Knospen wichtig für einen schönen Wuchs sei, arbeiteten all ihre Schülerinnen überaus gewissenhaft. Sie gab letzte Anweisungen und kehrte frohen Mutes zu ihrem Fahrrad zurück. Mittlerweile konnte sie ihre Lehrlinge bedenkenlos allein lassen, die Menschen hatten sich an den Anblick von Frauen in Hosen gewöhnt. Wobei sie es in Gedenken an Agneta den Schülerinnen freistellte, ob sie Röcke oder Hosen tragen wollten. Man konnte es tatsächlich aus zwei Richtungen interpretieren. Entweder trug man Frauenkleider, um das Bild einer weiblichen Gärtnerin gängig zu machen, oder Hosen, um zu unterstreichen, dass Frauen die gleichen Rechte hatten.

Sie radelte durch die Oldenburger Straßen zur Hofgärtnerei zurück. Ob sie rasch bei Frieda halten sollte? Mittlerweile betreute sie eine ganze Reihe von Blumenläden, nachdem sie die Geschäfte von Frau

Maader und Herrn Husmann übernommen hatte. Die zwei wollten ihre alten Tage lieber mit Reisen verbringen. Doch in der Hofgärtnerei wartete die nächste Schülerinnengruppe, und zudem musste eine Übersee-Lieferung vorbereitet werden. Also verschob sie den Besuch auf das Wochenende.

Sobald sie die Lindenallee durchquert hatte, sprangen ihr die Zwillinge entgegen. Charlotte und Isabell waren zwei echte Wildfänge, die die gesamte Gärtnerei zu ihrem Spielplatz erkoren hatten. Schon bald würden sie in die Schule kommen und sicherlich von allen hier vermisst werden – aber wenigstens wären dann nicht permanent sämtliche kleine Schaufeln verschwunden.

»Na, wo ist euer Papa? Veredelt er Flieder oder schreibt er an seinem Buch?«

»Papa ist im Kontor«, wusste Charlotte zu berichten, und Marleene beschloss, eine Pause zu machen, bevor sie die Schülerinnen unterwies. Sie wollte den Unterricht nicht schleifen lassen, immerhin hatte sie einen Ruf zu verlieren. Ihre Schützlinge wurden häufig bereits vor dem Abschluss engagiert, und so fand man mittlerweile Hofgärtner-Schülerinnen auf der ganzen Welt.

Julius lächelte, als sie das Kontor betrat, und wedelte mit einem Briefbogen. »Babsi und Meike haben aus Österreich geschrieben. Sie sind nun auch für das kommende Jahr ausgebucht.« Wie geplant hatten die beiden nach einigen Praxisjahren eine eigene Gärtnerinnenschule in Österreich eröffnet, genauso wie Fenja und Ottilie in Schleswig-Holstein. Elise hingegen widmete sich der Gartenkunst und hatte für ihre Pläne bereits zahlreiche Preise und Medaillen einheimsen können. Franz und Lina hatten sich auf Obst- und Gemüseanbau spezialisiert und waren auf der letzten Gartenschau ebenfalls ausgezeichnet worden. Wann immer es im Unterricht um Gemüseanbau ging, schickten sie die Schülerinnen zu ihnen nach Rastede.

»Sehr schön, dann ergeht es ihnen ja wie Fenja und Ottilie. Offenbar haben jetzt selbst ihre Ehemänner den Beruf an den Nagel gehängt, um gänzlich in die Gartenbauschule einzusteigen.«

Man könnte fast meinen, dass alles gut sei, wäre nicht in diesem Moment Rosalie ins Kontor geplatzt.

»Wieder abgelehnt!«, beschwerte sie sich und trat mit verschränkten Armen ans Fenster. Ihre Schultern bebten. Seit so vielen Jahren kämpfte sie nun schon. Immerhin hatten erste Mädchen die Maturitätsprüfung abgelegt, und selbst Einschreibungen an den Universitäten waren Frauen seit 1903 gestattet. Nur das Lehrerinnenzölibat bestand weiterhin, trotz aller Versuche, dieses abzuschaffen.

»Lange kann es nicht mehr dauern«, versuchte Marleene sie zu trösten. »Wir haben doch schon so viel erreicht, eines Tages werden sie auch Lehrerinnen das Heiraten gestatten.«

Rosalie seufzte. Sie umgingen das Verbot, indem Rosalie als Julius' Schwester bei ihnen in der Villa wohnte und Johannes als Obergärtner der Hofgärtnerei bei ihnen ein Zimmer bezogen hatte. Von den Behörden musste keiner wissen, dass dies ein und dasselbe Zimmer war.

»Ich will aber endlich heiraten. Ich habe nicht länger Lust, im sogenannten Konkubinat zu leben, ich bin keine Konkubine! Ich widme mein Leben der Erziehung der Kinder unseres Landes, und mein Wesen wird sich durch eine Hochzeit nicht verändern. Sie haben kein Recht, es mir zu verbieten.«

»Weißt du, was?« Marleene legte einen Arm um ihre Schultern und blickte mit ihr über das weitläufige Gelände der Hofgärtnerei, den Hauptweg, der auf das Mädchenwohnheim zuführte, die edle Orangerie und die zahlreichen Erdgewächshäuser, zwischen denen bunte Punkte umherwuselten. »Wer braucht überhaupt den offiziellen Segen der Kirche und der Behörden? Wir haben doch in zwei Wochen unsere Seepartie mit den Freunden geplant, warum heiratet ihr nicht an der Nordsee?«

»Du meinst ...«

Marleene nickte. »Inoffiziell. Nur im Freundeskreis. Direkt am

Strand, vor dem rauschenden Meer. Wir nähen dir ein schönes Kleid, putzen uns alle heraus …«

»Ich kann mir schon vorstellen, was Frieda und Alma veranstalten werden, wenn sie davon hören«, warf Julius vom Schreibtisch aus ein.

Auf Rosalies Gesicht erschien ein sanftes Lächeln. Vermutlich sah sie es vor sich: ein weißer Pavillon am Strand, geschmückt mit Blumengirlanden, dazu allerlei Köstlichkeiten auf den Tischen. Sie und Johannes gaben sich barfuß das Eheversprechen, das vielleicht nicht offiziell war, dafür aber hoffentlich für immer gelten würde.

»Und wenn jemand kommt?«

»Dann sagen wir, wir feiern etwas anderes. Das zehnjährige Bestehen der Gärtnerinnenschule zum Beispiel. Unser Verein zur Hebung und Förderung des Berufes hat mittlerweile über zweihundert Mitglieder, und es werden stetig mehr. Und eine weitere Gärtnerinnenschule in Bad Godesberg hat eröffnet. Die Leiterin stammt aus der Schule von Fenja und Ottilie. Weißt du, was das bedeutet?«

Rosalie nickte. »Die Kreise werden größer und größer.«

»Ganz genau. Also, wenn das alles kein Grund zum Feiern ist …«

»Also gut. Ich muss natürlich noch mit Johannes sprechen, aber solch eine Rebellen-Hochzeit ist gewiss ganz nach seinem Geschmack. Und wenn es nach mir geht, können wir es wagen. Ich bin es leid, auf die Behörden zu warten, ich will endlich öffentlich verkünden, dass Johannes zu mir gehört!«

Marleene und Julius lächelten sich an. Als ob je jemand gewagt hätte, Johannes Rosalie abspenstig zu machen, dazu war ihre Verbindung viel zu stark. Doch selbst wenn die Welt jetzt um einiges offener für die Belange der Frauen war, waren die Jahre nicht immer einfach gewesen.

Auch weiterhin würde es die eine oder andere Schlacht geben, die es auszufechten galt. In der kommenden Woche würden sie aber erst einmal an der Nordsee feiern. Und anstoßen. Auf ihre Hoffnung, ihre Erfolge, einen ganz besonderen Flieder und das Leben.

Nachwort

Liebe Leserin, lieber Leser,

danke für all die Stunden, die Sie mit Marleene, Julius und ihren Freunden und Widersachern verbracht haben. Wie in den vorhergegangenen Bänden möchte ich gerne einige Worte dazu schreiben, was wirklich und was rein fiktional war. Im Groben war es wieder so, dass alle Figuren (mit Ausnahme der historischen Persönlichkeiten) fiktiv waren, die gesellschaftlichen Bedingungen aber tatsächlich so waren. Im Folgenden werde ich im Einzelnen darauf eingehen.

Die Hofgärtnerei

Die Hofgärtnerei samt Fliedervilla hat es, so wie ich sie beschrieben habe, nicht gegeben. Im Schlossgarten von Oldenburg steht ein Hofgärtnerhaus, und in Rastede hat es eine Schlossgärtnerei gegeben. Die Hofgärtnerfamilie Bosse war zudem in verschiedenen Generationen für den Oldenburger und Rasteder Schlossgarten zuständig, und in der Nähe von Rastede wurde durch einen der Bosses auch eine erste Gärtnerei gegründet. Erste Rhododendren wurden hier wirklich zwischen die Fichten gepflanzt, und der Herzog hat dies tatsächlich unterstützt.

Das alles, wie auch der Aufbau und die Einweihung des Schlossgartens, geschah jedoch schon einige Jahre früher und über mehrere Generationen verteilt. Eine weibliche Hofgärtnerin hat es damals in Oldenburg nicht gegeben. Die erwähnte Prinzessin Elisabeth Pauline Alexandrine schon, sie ist aber leider bereits 1896 verstorben.

Die Gartenbauschule für Frauen

Die Gärtnerinnenschule hat es ebenfalls nicht in Rastede gegeben. Ich habe sie an das historische Vorbild der Gartenbauschule von Elvira Castner in Marienfelde angelehnt. Die erwähnte Hedwig Heyl hatte auch in Wirklichkeit eine allererste Gartenbauschule für Frauen eingerichtet, wie im Roman erwähnt, ging es hier aber noch nicht darum, den Gärtnerberuf auch für Frauen zu erschließen. Elvira Castner, die lange in den USA gelebt hatte, wollte dies ändern, und als Hedwig Heyl von den Plänen erfuhr, hat sie wirklich ihre Schule geschlossen, ihr Gewächshaus gespendet und die verbliebenen Schülerinnen auf die neue Schule geschickt.

Frauengärtnerei

Alle Äußerungen zur sogenannten Frauengärtnerei entstammen echten historischen Leserbriefen. Die Verfasserinnen und Verfasser waren in der Tat der Meinung, dass die Mädchen keine Gartenbauschulen *heimsuchen* sollten. Und dass das, was an Hauswirtschaftsschulen gelehrt würde, für ihre Verhältnisse genügte. Die Forderung, dass sie sich auf echte weibliche Beschäftigungen wie Kochen, Schneidern und Putzarbeiten beschränken mögen, entstammt ebenso einer historischen Zeitschrift wie »Schwachheit dein Name ist Weib«, wo vor allem die konsequente weibliche Selbstüberschätzung und Unbescheidenheit kritisiert wurden. Die Überzeugung, dass jede große Leistung männlich sei, habe ich erschreckend oft gelesen.

Auch die beschriebenen Frauenkarikaturen mit den betont hässlichen Gärtnerinnen hat es tatsächlich so gegeben, hier das Original aus *Möller's Deutsche Gärtner-Zeitung* von 1896:

Abb. 1: Möller's Deutsche Gärtner-Zeitung, 1896 Erfurt, S. 441.

Der lange Erfahrungsbericht, den De Vos zum Schluss verfasst hat, ist eine Mischung aus drei verschiedenen echten historischen Stellungnahmen. Es herrschte wirklich die Überzeugung, dass Frauen viel zu viel reden würden und deswegen ihren Beruf niemals anständig ausführen könnten. Und die Annahme, dass Frauen keine Geheimnisse bewahren könnten, war so groß, dass Frauen lange Zeit nicht als Briefträgerinnen arbeiten durften.

Die Stellung der Lehrerinnen in Oldenburg

Vieles, was Rosalie erlebt hat, hat sich tatsächlich so oder so ähnlich zugetragen. Anfangs mussten Frauen mit diesem Berufswunsch die Ausbildung zur Lehrerin außerhalb von Oldenburg machen, und es existierte zunächst kaum eine Möglichkeit für Mädchen, das Abitur abzulegen, das damals noch Maturitätsprüfung hieß.

Einen Direktor Wöbken gab es wirklich, und das, was er in meinem Roman zum Einsatz von Lehrerinnen sagt, habe ich historischen Dokumenten entnommen. Und auch die abstrusen Argumente dafür, dass Frauen nur bestimmte Jahrgänge unterrichten dürften und nicht so flexibel einsetzbar seien, hat es so gegeben, wie ich in einem Aufsatz über Henny Böger gelesen habe.

Frauen wurden in Oldenburg erst 1920 im Lehrerseminar aufgenommen. Einen Zettel »Frauen und Hunde müssen leider draußen bleiben« gab es meines Wissens nicht in Oldenburg, aber tatsächlich anderswo. Eine Schande: Nachdem die Frauen sich endlich das Recht erkämpft hatten, die Bildungsinstitution besuchen zu können, wurden sie von Einzelpersonen auf diese Weise vom Unterricht ausgeschlossen.

Die bekannte Frauenrechtlerin Helene Lange ist in der Tat in Oldenburg aufgewachsen und hat, wie auch ihre Lebensgefährtin Getrud Bäumer, Vorträge gehalten und sich sehr aktiv für die Ausbildung der Lehrerinnen eingesetzt. Der Oldenburger Lehrerinnenverein folgte ihrem Vorbild. Der im Buch beschriebene Vortrag ist fiktional, die erwähnten Vortragsthemen entstammen aber einem historischen Dokument aus Oldenburg.

Der Kampf der Frauen um die Gleichberechtigung

Jetzt wird es ein wenig theoretisch, aber ich wollte gerne auch auf die Entwicklung der Frauenbewegung im 19. Jahrhundert eingehen.

Damals gab es vereinfacht gesagt zwei Hauptströmungen, die bürgerliche und die proletarische Frauenbewegung, mit unterschiedlichen Schwerpunkten ihres Einsatzes. Der Fokus der bürgerlichen Frauenbewegung lag auf der Verbesserung der Bildungsmöglichkeiten und dem Recht auf Erwerbsarbeit. Ziele der proletarischen Frauenbewegung waren vor allem das Frauenwahlrecht und der Zugang zu den Universitäten. Weil in der Schicht der Arbeiterinnen viele bereits einer Arbeit nachgingen, setzten sie sich zudem für die Verbesserung der Arbeitsbedingungen ein.

Im Roman steht Frieda für die proletarische Bewegung und Dorothea für die bürgerliche. Es ging mir hier darum zu zeigen, mit welch zahlreichen Widerständen die Frauen aus jeglichen Schichten zu kämpfen hatten. Es gibt kein Richtig oder Falsch, sondern nur verschiedene Ansätze, um die Umgestaltung der Gesellschaft anzuregen. Zudem können die Übergänge fließend sein. Nicht jede Frau der gemäßigten bürgerlichen Frauenbewegung muss restlos davon überzeugt gewesen sein, dass ihres das richtige Vorgehen war, vielleicht sahen die meisten es nur als vielversprechender. Und es gab auch bürgerliche Frauen, die sich in der proletarischen Bewegung engagierten.

Die Szene mit dem Verein der bürgerlichen Frauenbewegung wurde von einer wahren Begebenheit inspiriert. So hatte Adolf Lette (1799–1868) einen Verein zur Förderung der Erwerbsfähigkeit des weiblichen Geschlechts gegründet. Trotz seines Engagements in der Frauenförderung war er überzeugt, dass auch die Fähigkeiten qualifizierter Frauen niemals den männlichen Standard erreichen würden. In einer Denkschrift fordert er: »Was wir nicht wollen und niemals, auch nicht in noch so fernen Jahrhunderten wünschen und bezwecken, das ist die politische Emanzipation und Gleichberechtigung der Frauen.«

Zuvor hatte Philipp Anton Korn in Leipzig den Zusammenschluss in Frauenvereinen vorgeschlagen, aber der Verein ging schließlich an Elise Otto-Peters, die bekannteste Verfechterin der bürgerlichen Frauenbewegung, und ihre Kampfgefährtinnen über. Sie setzte zudem durch, dass einzig Frauen vollständige Mitglieder werden könnten, was damals zu einem gesellschaftlichen Aufschrei führte.

Die historische Medizin

Historische Medizin finde ich faszinierend, und so habe ich auch dieses Mal wieder viele Kleinigkeiten eingebracht, auf die ich im Laufe meiner Recherche gestoßen bin. Im 19. Jahrhundert wurden Kindern leider tatsächlich Beutelchen mit Schlafmohn gegeben, damit die Mütter arbeiten gehen konnten.

Der Vorschlag von Marleenes Mutter, »een Sluck Rum for'n Schreck« zu geben und Spinnengewebe, Lehm mit Kuhhaaren oder gar Urin auf die Wunde zu tun, entstammt einem Artikel von Medizinalrat Dr. Roth über Volksmedizin aus dem Jahr 1913, der sich mit veralteten Bräuchen und Ansichten beschäftigt. Hieraus stammt auch die Überzeugung, dass nichts passieren kann, solange man alles warm hält.

Bei dem erwähnten Laudanum handelt es sich um eine Opiumtinktur, die mit Alkohol versetzt wurde. Bis ins frühe 20. Jahrhundert wurde sie häufig verordnet, obwohl in einigen Teilen Europas bereits bekannt war, dass Laudanum extrem abhängig macht. Es gab damals jedoch noch keinerlei behördliche Regulierungen für den Verkauf des Mittels, und so wurde es bei jeglichen Schmerzen genommen, sogar von Kindern. Tatsächlich gab es viele Opiumabhängige in der damaligen Zeit in der gehobenen Gesellschaft, nur dass sie es eben nicht wussten. Auch vielen bekannten Personen des 19. Jahrhunderts wird eine Opiumabhängigkeit nachgesagt, wie etwa Charles Dickens und Edgar Allen Poe.

Zu allem Unglück wurden sowohl Kokain als auch Heroin als Mittel gegen die Morphiumsucht eingesetzt, und es dauerte, bis erkannt wurde, dass beide Substanzen zwar gegen Schmerzen helfen, aber sogar noch abhängiger als Morphium machen. Dennoch wurden erst 1920 erste Drogenverbote erlassen, und es dauerte noch länger, bis die Drogen nicht mehr produziert wurden.

Wundermittel gab es aber generell viele. Im oldenburgischen Hauskalender von 1898 bin ich auf diese Anzeigen gestoßen:

Abb. 2 und 3: Landesbibliothek Oldenburg, Digitalisierung von Drucken.
Der oldenburgische Hauskalender oder Hausfreund 1898.

Bezüglich Marleenes Vergiftung möchte ich darauf hinweisen, dass Atropin zwar wirklich ein Gegengift von Muscarin ist, allerdings ist die Behandlung einer Vergiftung mit einem Antidot überaus kompliziert.

Zum Glück hat unser junger Apothekerlehrling, der ja stets sehr genau gearbeitet hat, es geschafft. Im wahren Leben wäre es aber sicherlich nicht ganz so einfach, weil Zeit ein sehr wichtiger Faktor ist und man auch die genauen Mengen kennen müsste, da eine Überdosierung zum Tode führen könnte.

Historische Möbel

Wer – so wie ich – innerlich aufgeschrien hat, als De Vos die alten Möbel entsorgt hat, die damals noch echtes Handwerk waren, dem muss ich leider sagen, dass dies gang und gäbe war. Wie in jeder Zeit gab es auch vor zwei Jahrhunderten Modeerscheinungen, und wie ich einem Buch der damaligen Zeit (Prof. Bernhard Winter in *Heimatkunde des Herzogtums Oldenburg*, 1913) entnommen habe, verspürten einige, dass diese Möbel nicht mehr »na de Tied« wären, und misteten sie rigoros aus. Angeblich ist vieles davon nach Großbritannien und Amerika gegangen – und das zu Schleuderpreisen.

Es stimmt auch, was Frau Holthusen erzählt hat: Durch die 1875 erfundene Abrichthobelmaschine wurden Möbel zum Ende des 19. Jahrhunderts zur Massenware. Dabei wurden Stilelemente vergangener Epochen mitunter wild durchmischt. Ihr war allerdings nicht bewusst, dass die günstigeren Preise auch aus einer verminderten Qualität durch günstigere Ausgangsmaterialien resultieren. Zudem hatte zuvor jeder Tischler und Kistenmacher ja seine Nachkommen in die Handwerkskunst eingearbeitet, und so konnten sich uralte Zierformen jahrzehnte- bis jahrhundertelang halten, und in allen Gegenden bildeten sich durch die individuelle Ausarbeitung regional unterschiedliche Schmuckformen. All das verschwand durch die nun hergestellten Möbel als Massenware, die fortan im ganzen Land verkauft wurden.

Zum Schluss …

Das waren die wichtigsten Punkte zu den historischen Begebenheiten. Wie immer gibt es noch eine kleine Plattdeutsch-Hilfe und Rezepte zum Selbermachen, aber ansonsten bleibt mir für diese Trilogie nichts weiter, als Abschied zu nehmen. Mir hat es viel Freude bereitet, während der widrigen äußeren Umstände der Pandemie ins historische Oldenburg abzutauchen mit einer Gärtnerei und Menschen, wie ich sie mir gewünscht hätte.

Ich hoffe, es hat Ihnen ebenso gefallen, und vielleicht gibt es in einem meiner nächsten Romane ja ein indirektes Wiedersehen …

Es grüßt ganz herzlich

Rena Rosenthal

Plattdeutsch

Sätze und Redewendungen

Daar frei ik mi to. – Da freue ich mich drüber.

Daar is keen Füür so heet, Water kann 't utmaken. – Jeder Zorn, jeder Streit kann beigelegt werden.

Dat is een ganz anderer Schnack. – Das ist gleich etwas ganz anderes.

Dat is en scharpen Hund. – Das ist ein strenger Vorgesetzter.

Dat is es weert. – Das ist es wert.

Dat wär ewigsmooi. – Das wäre schön.

Füür un Flamm – Feuer und Flamme sein (begeistert sein).

Geld un Good hollt Ebbe un Flood. – Mit Geld kann man fast alles erreichen.

He hett alltied de Stock bi de Döör stahn. – Er ist sehr angriffslustig.

Hebbt se Wind van vörn kriggt? – Wurden sie ordentlich ausgeschimpft? (Wortwörtlich: Haben sie Wind von vorn bekommen?)

In de verkehrte Schöstein fallen – Wird gesagt, wenn jemand nicht nach seinen Eltern schlägt.

Kopp kold, Foten warm, maakt de beste Dokter arm. – Ein kühler

626

Kopf und warme Hände halten gesund.

Sie sind een Büx un een Wams. – Sie sind dicke Freunde (wortwörtlich: Sie sind eine Hose und ein Bauch).

Snack'ste jetzt ok platt – Sprichst du jetzt auch Plattdeutsch?

Vermaakt jo wat! – Viel Spaß euch!

Waar de Hahn krabbt, will he ok wat finnen. – Jede Arbeit soll auch
ihren Lohn haben.

Waar geiht dat um? – Worum geht es?

Waar sall 't hengahn? – Wo soll es hingehen?

Wat sall dat? – Was soll das?

Wat seggst du? – Was sagst du?

Wenn de Katt nen Fisch fangen will, mutt se sük de Pfoten natt maken. – Wenn die Katze einen Fisch fangen will, muss sie sich die Pfoten nass machen.

Wullt du? – Willst du?

Gebräuchliche Wörter

Dördriever – Abenteurer/ Durchtriebener

een Sluck – ein Schluck

goodgahn – gut gehen

grootaardig – großartig

Hariejasses – verdammt noch mal!

Hoff – Hof

kummt – kommt

nech – nicht

Ollern – Eltern

Oostern – Ostern

Schoolwicht – Schülerin

Slagrohm – Schlagsahne

Vader – Vater
Vandaag – heute
verkopen – verkaufen
vööl – viel
Vörjahr – Frühling
weten – wissen
Wiehnachten – Weihnachten

Die wichtigsten Quellen

Glade, Felicitas: Von den »Jungfern im Grünen«. Berufsausbildung für »höhere Töchter« in Gartenbauschulen für Frauen. Aus: Die Ordnung der Natur. Vorträge zu historischen Gärten und Parks in Schleswig-Holstein, herausgegeben von Rainer Hering (Veröffentlichungen des Landesarchivs Schleswig-Holstein, Band 96), S. 121–142.

Jäger, Hermann: Frauen und Mädchen als Gärtnerinnen. Aus: Die Gartenlaube, Heft 32, S. 526–527. Ernst Ziel (Hg.) 1880 Verlag: Verlag von Ernst Keil, Leipzig.

Lette, Adolf: Denkschrift über die Eröffnung neuer und die Verbesserung bisheriger Erwerbsquellen für das weibliche Geschlecht. Berlin 1865, S. 10.

Möller's Deutsche Gärtner-Zeitung, Verlag Ludwig Möller, Erfurt 1896, S. 441.

Niehoff, Anneliese: »Wir fordern einfach nur unser Recht!«. Frauen und Politik in Oldenburg 1900–1950. 1992 Isensee Verlag, Oldenburg.

Rauchheld (Baurat): Wie unser Volk wohnt und baut. (1913) Aus: Heimatkunde des Herzogtums Oldenburg. Herausgegeben vom oldenburgischen Landeslehrerverein unter Redaktion von W. Schwecke, W. von Busch, H. Schütte. Niedersachsen Verlag Carl Schünemann, S. 310–334.

Roth, Dr. (Medizinalrat): Volksmedizin. Heimatkunde des Herzogtums Oldenburg. Herausgegeben vom oldenburgischen Landeslehrerverein unter Redaktion von W. Schwecke, W. von Busch, H. Schütte. Niedersachsen Verlag Carl Schünemann, S. 387–400.

Winter, B.: Feste, Sitten und Gebräuche unserer Heimat. Heimatkunde des Herzogtums Oldenburg. Herausgegeben vom oldenburgischen Landeslehrerverein unter Redaktion von W. Schwecke, W. von Busch, H. Schütte. Niedersachsen Verlag Carl Schünemann, S. 310–334.

Onlinequellen

Nordwest-Zeitung (Hg. und Verlag), Artikel zum Jubiläum des Naturhistorischen Museums: Größter Schatz liegt im Tresor. 2005. https://www.nwzonline.de/oldenburg/kultur/groessster-schatz-liegt-im-tresor_a_6,1,3918777436.html (letzter Aufruf 11.04.2022)

Schraut, Sylvia: Frauen und bürgerliche Frauenbewegung nach 1848. Bonn 2019. APuZ – Aus Politik und Zeitgeschichte. Online abrufbar unter: https://www.bpb.de/apuz/285866/frauen-und-buergerliche-frauenbewegung-nach-1848?p=all (letzter Aufruf 11.04.2022)
Wolseley, Frances: Gardening for women. 1908. London, New York [etc.] Cassell and Company, limited. Online abrufbar unter: https://archive.org/details/gardeningforwomeoowols/page/188/mode/2up?q=elvira+castner (letzter Aufruf 11.04.2022)

Blogartikel: Fancy Dress – Viktorianische Kostümbälle
https://paris1899.de/2014/11/29/fancy-dress-viktorianische-kos-
tuembaelle/ (letzter Aufruf 11.04.2022)
Blogartikel: Laudanum, Opium und Sherlock Holmes – Drogen-
missbrauch im viktorianischen England https://paris1899.de/2014/
03/21/laudanum-opium-und-sherlock-holmes-drogenmissbrauch-
im-viktorianischen-england/ (letzter Aufruf 11.04.2022)

Beide Bilder: Landesbibliothek Oldenburg, Digitalisierung von Drucken. Der oldenburgische Hauskalender oder Hausfreund 1898.

Leckereien aus der Welt der Hofgärtnerin

Linas Handbad für samtweiche Hände

Agneta ist ja ganz geschockt, was die Arbeit mit ihren Händen macht. An einem Wochenende gönnen sie sich daher ein schönes Handbad. Das kann man aber auch machen, wenn man nicht den ganzen Tag im Garten gearbeitet hat, sondern sich einfach mal etwas Gutes tun möchte.

Man benötigt
2 EL Kamillenblüten (notfalls gehen auch zwei Beutel Kamillentee)
2 EL Öl (zum Beispiel Olivenöl)
1 EL Haferflocken
500 ml Buttermilch

Die Buttermilch leicht erhitzen und die Kamillenblüten sowie die Haferflocken hinzugeben. Zehn Minuten ziehen lassen, und wenn die Mischung nur noch mäßig warm ist, das Öl einträpfeln. Alles in eine schöne Schüssel füllen und die sauberen Hände darin baden. Für die optimale Wirkung können die Finger und Handflächen sanft massiert werden. Nach dem Bad die Hände vorsichtig abtupfen.

Traumhafter Rhabarberkuchen

In Dangast essen Lina, Agneta und die anderen Gärtnerinnenschülerinnen mit Franz und Jahn herrlichen Rhabarberkuchen. Falls Sie es dort nicht hinschaffen, haben Sie vielleicht Lust, Ihre Lieben mit einem ganzen Blech voll Rhabarberkuchen zu überraschen?

Man benötigt
Für den Teig
- 3 Eier
- 250 g Butter (weich)
- 220 g Zucker
- 1 Päckchen Vanillezucker
- 4 Eigelb
- 250 g Mehl
- 1 Prise Salz
- 1 Päckchen Backpulver

Für den Belag
- 750 g – 1 kg Rhabarber
- 200 g Zucker
- 4 Eiweiß

Zubereitung
Waschen und putzen Sie den Rhabarber und schneiden ihn in kleine Stücke. Die Eier trennen und das Eiweiß kalt stellen. Die restlichen Eier und die Eigelbe schaumig schlagen. Danach Butter, Zucker und den Vanillezucker hinzugeben und für rund 8 Minuten rühren. Während des Rührens vorsichtig das Mehl, gemischt mit Salz und Backpulver, hineinrieseln lassen.

Geben Sie den Teig auf ein gefettetes und mit Mehl bestäubtes Backblech und verteilen die Rhabarberstücke obendrauf. Bei 180 Grad Umluft 35 Minuten backen.

Schlagen Sie die vier verbliebenen Eiweiße steif, und geben Sie währenddessen vorsichtig den Zucker hinzu. Verteilen Sie die Masse auf dem Kuchen und backen Sie ihn für weitere 5–10 Minuten.

Köstlicher fliederfarbener Smoothie

Alma hat für das Fliederfest ein fliederfarbenes Getränk aus Heidelbeeren und Bananen kreiert. Hier ist das Rezept!

Man benötigt
- 200 g Heidelbeeren
- 2 mittelgroße Bananen
- 100 g Naturjoghurt
- 600 ml Milch
- 1 TL Honig (oder Vanillezucker)
- 1 Spritzer Zitrone

Zubereitung
Die Heidelbeeren waschen, die Bananen schälen und in Stücke schneiden, zusammen mit Joghurt und Milch pürieren. Mit Honig und Zitrone abschmecken und auf Gläser verteilen. Mit Blaubeeren oder Minzblättern als Dekoration sieht der Smoothie besonders hübsch aus.

Fliederblütengelee

Man benötigt

- 3 Handvoll Fliederblüten
- 1 l Wasser
- 200 ml Roséwein
- 625 g Gelierzucker 2:1
- 6 rote Malvenblätter

Zubereitung

Pflücken Sie den Flieder, dabei sollten Sie die pralle Mittagssonne meiden, und schütteln Sie die Rispen gut aus. Danach zupfen Sie jede kleine Blüte von den Rispen, sodass keine grünen Stielchen zurückbleiben.

Im Anschluss mit Wasser, Wein und Malvenblättern aufkochen und fünf Minuten köcheln lassen. Danach sollte der Sud am besten zugedeckt an einem kühlen Ort über Nacht ziehen.

Gießen Sie am nächsten Tag die Blüten durch ein Sieb, das Sie mit einem Tuch ausgelegt haben. Pressen Sie das Tuch, bis keine Flüssigkeit mehr herauskommt.

Geben Sie nach Packungsangabe den Gelierzucker in die Flüssigkeit, und bringen Sie die Masse langsam auf mittlerer Stufe zum Kochen. Lassen Sie das Gelee einkochen und füllen es nach einer Gelierprobe schnell in vorbereitete Schraubgläser. Stellen Sie diese fünf Minuten über Kopf, und schon ist das Fliedergelee fertig. Es schmeckt besonders auf Milchbrötchen oder Stuten – während man die *Hofgärtnerin* liest. Guten Appetit!

Fliederblüten-Bad

Zum Entspannen nach der harten Arbeit lässt Julius Marleene gerne ein Fliederblüten-Bad ein. Haben Sie sich heute nicht auch ein wenig Erholung verdient? Probieren Sie es doch mal, es ist ganz einfach!

Mischen Sie zwei Esslöffel Fliederblütenöl (Rezept in Band 1) mit vier Esslöffeln Kaffeesahne und geben es in das Badewasser. Jetzt nur noch die Augen schließen und vom Frühling träumen …

Lesen Sie weiter >>

Die Blumen sind ihre Leidenschaft.
Die Liebe ist ihr Schicksal.

Oldenburg, 1891. Als Gärtnerin in der Natur zu arbeiten, davon
träumt Marleene schon ihr ganzes Leben. Eine Gärtnerlehre ist
allein Männern vorbehalten, aber Marleene gibt nicht auf:
Kurzerhand verkleidet sie sich als Junge – und bekommt eine
Anstellung in der angesehenen Hofgärtnerei. Doch es wird
zunehmend komplizierter, ihre Tarnung aufrechtzuerhalten.
Als sie dann auch noch die beiden charmanten Söhne der
Hofgärtnerei kennenlernt, werden ihre Gefühle vollends
durcheinandergewirbelt. Marleene muss sich entscheiden –
folgt sie ihrem Traum oder ihrem Herzen …

 **PENGUIN** VERLAG

3. Kapitel

Frieda blieb mit der Türklinke in der Hand stehen und schlug die Hand vor den Mund.

»Ach du meine Güte, was ist geschehen? Deine wunderschönen Haare, die wie Weizen in der Sonne geglänzt haben …«

Frieda, die ihre eigenen Haare stets zu einem Haarkranz flocht, ging mit schreckgeweiteten Augen auf Marleene zu. Sie streckte die Hand nach ihren raspelkurzen Haaren aus, die nun wohl eher einem Stoppelfeld glichen.

Herrje, sah es wirklich so schlimm aus? Oder war es nur die Überraschung? Kurz Haare passten schwerlich zu Friedas romantischer Gesinnung. Marleene atmete tief durch. Auf jeden Fall musste sie ruhig bleiben. Sie durfte sich nicht anmerken lassen, dass in ihrem Kopf gerade ein Wirbelsturm aus Gedanken und Zweifeln tobte.

Betont gleichgültig zuckte sie mit den Schultern.

»Läuse«, sagte sie schlicht und erreichte damit genau das, was sie beabsichtigt hatte. Friedas Hand zuckte zurück, als ob sie sich verbrannt hätte. Hoffentlich merkte ihre Cousine nicht, wie aufgeregt sie in Wahrheit war. Würde sie mit ihrer Geschichte durchkommen? Frieda war ihr erster Versuch, um zu sehen, ob sie Menschen ins Gesicht lügen konnte. Denn das würde sie noch häufig machen müssen. Zwangsläufig. Es war eines der Opfer, die sie bringen musste, um ihrem Ziel näherzukommen.

»Aber da gibt es doch dieses neue wundersame Mittel von Doktor

Winkelmann …« Frieda eilte auf das wackelige Nachtkästchen zu, das zwischen den beiden Holzbetten stand. »Warum hast du nichts gesagt? Ich habe sogar noch etwas da.« Sie rüttelte am dunklen Messinggriff der obersten Schublade, die immer klemmte.

»Lass gut sein.« Marleene trat zur Tür der Kammer, die sie gemeinsam bewohnten. Ihre Cousine hatte sie in der Aufregung offen stehen lassen.

»Ich weiß, wie teuer die Tinktur ist, und sie wirkt nur, wenn man sie frühzeitig einsetzt. Dafür war es bei mir zu spät. Was sein muss, muss sein.«

»Aber deine wunderschönen Haare!« Frieda setzte sich auf das Bett und sah sie zerknirscht an. »Ich würde alles für solch ein helles Blond geben! Jetzt siehst du aus wie ein Junge!« Frieda hatte die letzten Worte geflüstert, so schockiert war sie.

Marleene senkte den Kopf und widmete sich ihren Blusenknöpfen, damit Frieda nicht die Erleichterung sah, die ihr sicherlich ins Gesicht geschrieben stand. Immerhin war es ihre größte Sorge gewesen, dass man sie weiterhin für ein Mädchen hielt. Aber das war nur eine von vielen Schwachstellen in ihrem waghalsigen Plan. Dennoch, sie würde es versuchen. Was hatte sie schon zu verlieren? Eine schlecht bezahlte Anstellung im Hotel – aber immerhin eine, die das dringend benötigte Geld einbrachte, erinnerte sie eine Stimme in ihrem Kopf, die ein wenig wie ihre Mutter klang.

Und ihr Ansehen.

Und das ihrer Familie.

Wenn es herauskam, würde sie sich in der ganzen Stadt lächerlich machen und vielleicht nie wieder eine Anstellung finden. Dann müsste sie ihr geliebtes Oldenburg verlassen.

Marleene verbannte die Zweifel zurück in die hinterste Ecke ihres Kopfes und setzte eine zuversichtliche Miene auf.

»Sie werden wieder nachwachsen«, sagte sie und zog das Unterhemd über den Kopf. Das stimmte natürlich. Auch wenn sie dafür sorgen würde, dass das nicht allzu schnell passierte, vor allem, wenn ihr Plan aufging. Doch jetzt sollte sie dringend das Thema wechseln.

»Wie war es bei dir auf der Arbeit? Hat die alte Frau Maader dich wieder herumkommandiert?«

»Wer so ungeschickt und lahm ist, hat sich das alles selbst zuzuschreiben.« Frieda ahmte den vorwurfsvollen Ton ihrer Chefin so gut nach, dass Marleene lachen musste. Ihre eigene Chefin im Hotel, Frau Holthusen, war zwar sehr streng, aber immerhin ließ sie nicht jeden Tag ihre Launen an den Mädchen aus.

Frieda kleidete sich nun ebenfalls aus und legte ihre Sachen fein säuberlich zusammen, während Marleene ihr Nachthemd anzog und rasch unter die Decke schlüpfte. Das Stroh raschelte, roch aber immerhin noch schön frisch. Trotzdem hoffte sie, sich irgendwann eine Federbettdecke leisten zu können.

Auch Frieda streifte nun ihr Nachthemd über und eilte ins kleine Holzbett an der gegenüberliegenden Wand. Wie Marleene besaß sie nur zwei Hemden und Blusen für die Werktage und eine bessere Garnitur für die Sonntage. Beide achteten sie peinlich genau darauf, sie so sauber wie möglich zu halten.

Frieda seufzte, während sie ihren Haarkranz löste.

»Hugo ist krank, deshalb musste ich mit dem Handkarren durch halb Oldenburg laufen, um bei der Hofgärtnerei die Blumen abzuholen. Als ich endlich dort war, konnte ich weit und breit niemanden entdecken. Eine halbe Stunde habe ich gesucht, bis ich jemanden gefunden habe, der gewusst hat, welche Ware für den Blumenladen reserviert war. Sie sind wirklich vollkommen unterbesetzt.«

Marleenes Herz klopfte schneller. Dann stimmte es also. »Das habe ich im Hotel auch schon aufgeschnappt. Zwei Holländer, die dort Pflanzen einkaufen wollten, haben sich darüber unterhalten. Wie kommt das denn bloß?«, fragte sie. Da der Blumenladen, in dem

Frieda lernte, zur Hofgärtnerei gehörte, wusste ihre Cousine immer gut über solcherlei Dinge Bescheid. Das Blumenbinden hatte Marleene ebenfalls in Betracht gezogen, um zumindest mit Pflanzen arbeiten zu können, auch wenn es sie niemals so erfüllen würde wie das Gärtnern. Doch es gab nur wenige Blumenläden in Oldenburg, und die hatten alle bereits ihre Lehrlinge.

»Gleich drei Arbeiter haben das Unternehmen verlassen. Den jungen Franz haben sie hinausgeworfen, weil er Pflanzen gestohlen hat. Gott, der Arme. Er muss vollkommen verzweifelt gewesen sein, so etwas zu machen. Ich wünschte, ich könnte irgendwas für ihn tun.«

Das war typisch für Frieda. Sie lebte selbst mehr oder weniger von der Hand in den Mund, sorgte sich aber trotzdem um die anderen.

»Und wer fehlt noch?«, hakte Marleene nach.

»Willibald hat eine bessere Stellung in Bremen gefunden, und Hugo, der uns sonst die Blumen liefert, ist wie gesagt krank.« Sie strich sich durchs Haar. »Es sieht nicht so aus, als ob er zurückkehren würde.«

»Oh«, sagte Marleene betroffen. Das hatte sie nicht gewusst.

»Schlimm für die Familie«, murmelte Frieda, und Marleene stimmte ihr zu. Wenn der Hauptverdiener ausfiel, bedeutete das den sozialen Abstieg der gesamten Familie.

Hieß das, dass ihr Glück womöglich auf dem Unglück anderer Menschen fußte? Auf der anderen Seite hatte auch sie bisher nur wenig Glück im Leben gehabt. Ihre kranke Mutter, der früh verstorbene Vater … Nichts da, schalt sie sich selbst, um das Selbstmitleid zu vertreiben. Sie hatte gemeinsam mit Frieda eine wenn auch kleine Kammer, zwei Garnituren an Kleidung und halbwegs festes Schuhwerk – das war mehr, als manch anderer in dieser Stadt besaß. Sie konnte sich weiß Gott glücklich schätzen.

Das imposante Läuten der Lamberti-Kirche drang von draußen herein.

»Herrje, jetzt sind wir wieder ins Plappern gekommen«, sagte Frieda betreten, die die Schläge mitgezählt hatte. »Lass uns besser schlafen, sonst schimpft Frau Maader wieder, weil ich so müde bin.«

Ihre Cousine hatte recht. Die Arbeitstage begannen mit dem Sonnenaufgang, und wenn sie ihre zehn, zwölf Stunden gut durchhalten wollten, mussten sie zusehen, dass sie spätestens um neun im Bett waren.

Aber heute Nacht würde Marleene sowieso kein Auge zutun, das spürte sie. Die Aufregung war einfach zu groß.

4. Kapitel

Sobald die Tür hinter Frieda ins Schloss gefallen war, stand Marleene auf. Ihr Herz begann zu pochen.

Jetzt würde ihre Maskerade beginnen. Es gab kein Entrinnen mehr, sie würde ihren Plan in die Tat umsetzen.

Aus dem schmucklosen Schrank holte sie das lange Leinentuch, das sie vor Jahren im Kolonialwarenladen gekauft hatte. Früher hatte sie ihre kleinen Brüste verflucht. Wie Blumenknospen reckten sie sich gegen das weiße Hemd. Sie hätte alles dafür gegeben, einen so üppigen Busen wie Frieda zu haben, die in jedem noch so einfachen Kleid viel eleganter und weiblicher aussah als sie. Aber dünn und hochgewachsen, wie sie war, war sie von Eleganz weit entfernt. Mit ihren riesigen Augen und den buschigen Wimpern kam sie sich eher vor wie eine Giraffe, einem afrikanischen Tier auf überlangen Beinen, das sie einmal in einem Buch in der Herzoglichen Öffentlichen Bibliothek gesehen hatte.

Aber jetzt waren ihre kleinen Brüste von Vorteil. Mehrmals wickelte sie das Leinentuch um ihren Oberkörper, sodass sie sich schon bald nicht mehr abzeichneten. Danach holte sie das Hemd hervor, das sie tags zuvor unter dem Vorwand gekauft hatte, dass es für ihren – nicht vorhandenen – Bruder sei, und zog sich an. Dabei war es der Verkäuferin vollkommen gleich gewesen, für wen sie das Hemd kaufte. Mit einem beipflichtenden Gemurmel hatte sie es Marleene einfach herübergereicht und ihr dann auch noch die braune Hose mit den Hosenträgern und die Kappe ausgehändigt. Der Einkauf hatte ihre gesamten Ersparnisse aufgefressen, doch als Marleene jetzt in den von Rostflecken übersäten Spiegel sah, erschrak sie.

Ihr blickte ein junger Mann entgegen.

Gewiss war er keine neunzehn Jahre alt, wie sie selbst, aber als Vierzehn- oder Fünfzehnjähriger konnte er ohne Weiteres durchgehen. Gerade richtig für ihr Vorhaben.

Sollte sie sich noch etwas von dem Kohlestift ins Gesicht reiben, den sie in der Apotheke von Doktor Winkelmann für besondere Anlässe erstanden hatte, und damit einen Bartschatten vortäuschen? Oder würde man auf den ersten Blick erkennen, dass es nur Farbe war? Sie könnte es wenigstens ausprobieren, entschied sie und griff nach dem dunklen Stift. Sparsam verteilte sie einige Punkte in der Bartgegend und verschmierte sie dann großflächig.

Nicht schlecht.

Sie war sich nicht sicher, ob es tatsächlich wie ein Bartschatten wirkte, aber auf jeden Fall sah sie irgendwie schmutziger aus. Das passte zu einem Jungen schon eher als zu einer jungen Frau, und alles, was sie mehr wie ein Junge aussehen ließ, war ihr nur recht.

Jetzt musste sie nur noch am Wirt der Arbeiterherberge vorbeikommen. Leider hatte der bessere Ohren als ein Wachhund. Konzentriert lauschte sie nach Geräuschen im Korridor, aber alles war ruhig. Kein Wunder. Hier in der Herberge lebten fast ausschließlich Tagelöhner und Arbeiter, und alle mussten bei Sonnenaufgang auf ihren Arbeitsstätten sein. Am lautesten schien das Herz in ihrer Brust zu pochen.

Marleene zwang sich, ruhig zu bleiben. Nahezu geräuschlos öffnete sie die Tür, schloss sie ebenso leise hinter sich und schlich dann im Zickzack über die Holzdielen, um nicht auf diejenigen zu treten, die knarrten. Mit angehaltenem Atem stakste sie wie ein Fischreiher die Treppe herunter, da sie es noch gewohnt war, beim Laufen mehrere Lagen von Röcken mit den Beinen davonstoßen zu müssen, die jetzt fehlten.

＊

Marleene hatte die Oldenburger Innenstadt durchquert und schritt eine halbe Stunde später durch die Allee aus hochgewachsenen Linden, die zur Hofgärtnerei führte. Mit jedem Schritt bebte sie, daher schloss sie für einen Moment die Augen und flüsterte *Tilia*, den botanischen Namen der Linden, um sich zu beruhigen. Die ersten Pflanzennamen hatte sie schon als Kind von ihrem Vater gelernt. Seit jenem fürchterlichen Tag, der so schön als Vorzeigetag in der Schule begonnen und an dessen Ende ihr Vater seine letzten Atemzüge getan hatte, verbrachte sie jede freie Minute in der oft so überfüllten Bibliothek und las alles über Pflanzen, was sie nur finden konnte. Und wenn dafür keine Zeit blieb, blätterte sie durch die Pflanzenenzyklopädie, die er ihr geschenkt hatte. Dadurch war es ein wenig so, als wäre ein Teil von ihm noch immer bei ihr. Zahlreiche botanische Namen kannte sie inzwischen auswendig.

Sie öffnete die Augen wieder, um weiterzugehen, und die Bäume lenkten ihren Blick direkt auf die Fliedervilla. So nannten alle die Villa der Hofgärtnerei Goldbach, die am Ende der Lindenallee hinter dem eleganten Schaugarten aufragte.

Am Ende der Allee angekommen, hätte Marleene zwar direkt über den Hof laufen und nach links in den Hauptweg der Gärtnerei abbiegen können, aber ihr Blick war wie gefesselt von der hübschen Villa aus rotem Backstein. Das war ihr schon als Kind so gegangen, wenn sie ihren Vater hier von der Arbeit abgeholt hatte. Es war nicht das größte, aber in ihren Augen doch das hübscheste Haus von ganz Oldenburg. Die dunkelgrüne Eingangstür war in einen Vorbau eingelassen, der sich bis ins obere Stockwerk zog. Darüber befand sich ein weiß umrandetes Bogenfenster, das von einem kreisrunden Fenster gekrönt und von einem Spitzdach geziert wurde. An der Seite sah man sogar einen Raum voller Pflanzen ganz aus Glas, von dem sie gelesen hatte, dass er »Wintergarten« hieß.

Am schönsten aber war es, wenn die opulenten weißen Flieder- büsche blühten, von denen das herrschaftliche Haus an drei Seiten reichlich umgeben war. In wenigen Wochen würde es so weit sein, und der Flieder würde die weißen Einfassungen um die Fenster und Türen noch stärker zur Geltung bringen.

Doch heute ließ sie allein der Anblick der hübschen Villa in Schweiß ausbrechen. Sie war nahezu panisch. Ihre Schritte waren kleiner und kleiner geworden, und mittlerweile ging sie mit Schritten, so groß wie die Beeren einer Zwergmispel, weiter. Dennoch stand sie bald darauf direkt vor dem Haupthaus. Tief sog sie die Luft ein und konzentrierte sich auf die Knospen der Fliederbüsche. Sobald sie ausgetrieben wä- ren und aufsprängen, würden sie herrlich duften. Das war auch nach so vielen Jahren für sie noch immer der Geruch von zu Hause, von Behaglichkeit und Heimat.

»Flieder – *Syringa vulgaris*«, flüsterte Marleene, damit ihr Herz nicht mehr so flatterte.

Um sich in ihre Rolle als junger Bursche hineinzufinden, sprang sie die Stufen hoch und klopfte, mutiger als sie sich fühlte, an die Tür. Hoffentlich war es nicht Rosalie, die Tochter des Hauses und gleichzeitig ihre Erzrivalin aus Schulzeiten, die ihr öffnete. Aller Wahr- scheinlichkeit nach würde ohnehin das Stubenmädchen herbeieilen. Auch gegen Helene, die Herrin des Hauses, hätte Marleene nichts ein- zuwenden gehabt. Sie hatte ihr als Kind, wenn sie ihren Vater abgeholt hatte, oft nett zugelächelt und hatte eine ganz besondere Sanftheit um die braunen Augen.

Marleene hörte Schritte im Inneren der Villa. Sie betete still: *Nicht Rosalie, alle, nur nicht Rosalie,* als sich die Tür öffnete und kurz darauf

Rosalies perfekt gedrehte Locken und das dazugehörige makellose Gesicht mit dem winzigen Schönheitsfleck neben dem linken Nasenflügel im Türrahmen erschienen. Zu ihrem Unmut musste Marleene zugeben, dass Rosalie sich zu einer eleganten jungen Dame entwickelt hatte. Sie war die reinste Augenweide. Aber die kalten Augen, die sie nun fragend ansahen, versetzten sie sogleich in ihre Schulzeit zurück. Würde Rosalie in dem jungen Burschen, der ihr gegenüberstand, ihre ehemalige Klassenkameradin wiedererkennen?

Weil es der Anstand erforderte, nahm sie die Kappe ab und biss innerlich die Zähne zusammen. Anstatt etwas zu sagen, hob Rosalie die feinen Augenbrauen und neigte den Kopf.

Marleene räusperte sich. »Guten Tag. Ist … ist der Chef zu sprechen?«

Rosalie musterte sie und runzelte leicht die Stirn. Marleene hatte ein flaues Gefühl in ihrem Magen, doch dann glätteten sich die Falten, und Rosalie verschränkte die Arme.

»Ja, aber nicht hier. Er ist zu dieser Zeit natürlich in der Gärtnerei. Was ist denn dein Anliegen?«

»Ich würde mich gerne vorstellen. Ich suche eine Lehrstelle.«

Zu ihrer Überraschung erschien ein fast schon kokettes Lächeln auf Rosalies Gesicht.

»Das ist sehr erfreulich. Hilfe wird hier momentan dringend gebraucht. Sieh dich gern in der Gärtnerei um, dann findest du ihn bestimmt selbst.« Noch einmal lächelte Rosalie ihr zu und schloss dann die Tür.

Marleene fiel ein Stein vom Herzen, dass Rosalie sie offenbar nicht erkannt hatte, und sie jubilierte innerlich. Eine weitere Prüfung war bestanden!

Anscheinend sahen die Leute lediglich das, was sie sehen wollten. Auf der anderen Seite lag ihre gemeinsame Schulzeit bereits sehr weit zurück, denn nach dem Tod ihres Vaters hatte sie nicht in die Schule zurückkehren können. Selbst wenn sie ihr als Frau begegnet wäre, war sie sich nicht sicher, ob Rosalie sie wiedererkannt hätte.

Marleene war froh, dass sie sich erst einmal in Ruhe umsehen konnte. Auf die Orangerie war sie besonders gespannt, denn die hatte es noch nicht gegeben, als ihr Vater hier gearbeitet hatte. Vor drei Jahren, als sie das erste Mal wegen einer Lehrstelle angefragt hatte, hatte sie das gläserne Gebäude von Weitem gesehen. Dort wurden tatsächlich Orangen gezogen! Eine hatte sie sogar schon einmal kosten dürfen, und sie fühlte sogleich wieder den herb-süßen Geschmack auf der Zunge, als sie jetzt daran dachte. Aber auch andere exotische Früchte wie Bananen und Ananas und ebenso Blumen, die sie noch nicht kannte, mochte es dort geben.

Und natürlich war da noch eine weitere Pflanze, nach der sie suchen wollte. Vielleicht würde sie ja doch irgendwo den zweifarbigen Flieder ihres Vaters finden. Immerhin hatte er ihn hier entdeckt. Vielleicht gab es ja einen weiteren Busch, oder sie hatten damals ebenfalls Ableger genommen.

Neugierig sah sie sich um, nachdem sie den Schaugarten hinter sich gelassen hatte und nun in den breiten, sandigen Hauptweg einbog, der längs durch die gesamte Gärtnerei verlief und in einem Waldstück mündete. Rechts von ihr reihten sich Topfpflanzen in verschieden großen Töpfen aus Ton. Ihr Vater hatte ihr erzählt, dass sie eigens aus einer Tonbrennerei aus Rastede stammten.

Gegenüber lag die Remise, in der der alte Alois, den sie noch aus Zeiten ihres Vaters kannte, ein Fuhrwerk reparierte. Sie fragte ihn nach dem Chef, und er bedeutete ihr, weiter nach hinten durchzugehen.

Marleene folgte dem Hauptweg und konnte schon die Erdgewächshäuser sehen, lang gezogene Bauten aus Glas, kaum höher als sie selbst, die am Ein- und Ausgang mit gemauerten Treppengiebeln verziert waren.

Davor standen mehrere hölzerne Kästen, die mit Fenstern verschlossen waren. Mistbeete. Als Kind hatte sie über diesen Namen immer lachen müssen. Mittlerweile wusste sie, dass durch das Verrotten des Strohs die Erde und auch die Luft unter dem Fenster warm wurde. Junge Pflanzen und Frühgemüse wie Kohlrabi, Radieschen, Sellerie und Fenchel mochten das. Von dem Pferdemist wurden sie nach der Ernte natürlich gründlich befreit.

Auf der linken Seite standen derweil zahlreiche Bäume, die ins Freilandquartier gepflanzt worden waren. Eichen, Kastanien, Linden, aber auch Fliederbüsche und Maulbeeren standen hier in geraden Reihen. Sie bog nach rechts ab und sah in der Ferne zwei Männer. Der kleinere stemmte sich auf einen Spaten und schien etwas aus der Erde zu stechen. Der andere trug eine ähnliche Kappe wie sie und war mit zwei Pflanzen in der Hand auf dem Weg zu einer hölzernen Schubkarre.

Sie kniff die Augen zusammen, um besser sehen zu können. Waren das die überheblichen Söhne des Hauses? Konstantin und Julius? Sie und ihre biestige Schwester waren die einzigen Wermutstropfen, die sie in Kauf nehmen müsste, sollte sie als Lehrling hier anfangen dürfen. Schnell bog sie in einen Seitenweg ab.

Jegliche dunklen Gedanken wurden vertrieben, als sie plötzlich vor der riesigen Orangerie stand. Die verzinkten Eisenstreben waren verschnörkelt und wirkten fast zu fragil, um das Glas zu halten. Marleene spähte durch ein Fenster, um zu erkennen, welche Gewächse hier beherbergt wurden.

Sie erblickte Orangen, Zitronen, interessante Blüten in einem feurigen Ton zwischen Rosa und Rot, die sie nie zuvor gesehen hatte, und schließlich auch langblättrige Bromelien, von denen sie wusste, dass sie nach einigen Monaten von einer Ananas gekrönt werden würden.

Direkt vor den Pflanzen stand ein junger Mann mit dunklen Haaren. Er lehnte auf einer Heugabel, und als er breit lächelte, leuchtete sein gesamtes Gesicht auf. Das Mädchen, dem sein Lächeln galt, musste ihm gut gefallen. Sie hatte dunkelbraune Haare und beugte sich soeben über eine Ananaspflanze, sodass Marleene sie im Profil sehen konnte.

Sie stockte und fühlte sich, als wäre sie von einer Sekunde auf die andere von fiesem Bodenfrost gepackt worden. Das war doch tatsächlich Frieda! Mit einem hektischen Sprung zur Seite rettete sie sich vor dem Erkennen.